LA NOBLE MAISON

Tome I

Né en Australie en 1927, [illegible] *l Navy, James Clavell a gr*[illegible] *t ses études.*
S'étant engagé très jeune [illegible] *Extrême-Orient; fait prisonnier pa*[illegible]*41, il n'est libéré qu'en 1945.*
Vers le milieu des années 50, il s'installe en Californie où son talent de réalisateur est rapidement établi. Citons, parmi bien d'autres films, quelques-uns de ses grands succès : The Fly, Five Gates To Hell, Walk Like A Dragon, The Last Valley, *sans oublier* La Grande Evasion. *Et, grâce au cinéma, qui lui donne les moyens financiers d'écrire, en 1962, il publie son premier livre,* King Rat *(en France en 1964 sous le titre* Un Caïd, *aux Éditions Stock). Ont été publiés depuis* Taï-pan *(1966),* Shōgun *(1977),* La Noble Maison *(1982),* Ouragan *: « Azadeh » et* Ouragan *: « Sharazad » (1987). Il partage aujourd'hui son temps entre les Etats-Unis, la Suisse et la France.*

Dans *La Noble Maison,* James Clavell décrit un monde où la couleur, l'exotisme, l'action sont omniprésents. La description de Hong-Kong, dans les années 1960, fournit beaucoup plus qu'un cadre : elle représente l'essence même du roman. Car, à travers elle, Clavell conte la folle histoire des rapports entre les Britanniques, administrateurs de la colonie, qui règnent en maîtres sur cette ruche frénétique, et les Chinois, qui parviennent toujours à traiter à leur avantage avec leurs dominateurs. Entre les deux communautés surgissent un beau jour deux Américains, experts dans leur domaine et avides de se tailler une part de ce marché fantastique que représente l'Asie, mais parfaitement ignorants des règles non écrites qui régissent la colonie.
L'odeur de l'argent domine toutes les autres à Hong-Kong, et la lutte pour la fortune existe à tous les niveaux — de la passion du jeu, qui agite la plus humble servante, jusqu'à la bataille pour le pouvoir, qui oppose les grands Taï-pans... Pour deux de ces rivaux : Ian Dunross, de la Maison Struan — la Noble Maison —, et Quillan Gornt, de la Maison Rothwell-Gornt, c'est un véritable combat au couteau dont l'enjeu est plus que la richesse et la fortune : le pouvoir. La Noble Maison paraît au bord du gouffre et le sort de Hong-Kong paraît dépendre de l'issue de ce combat de titans. Pour Gornt, il s'agit là d'une chance inespérée d'abattre définitivement son rival de toujours. Pour Linc Bartlett et sa

(Suite au verso.)

belle et séduisante associée, Casey Tcholok, c'est une excellente occasion de tirer les marrons du feu. Pour Dunross enfin, c'est une question de survie pure et simple. De survie, et d'honneur... L'action du roman se déroule sur un peu plus d'une semaine, mais ces quelque huit jours sont pour le moins fertiles en péripéties : enlèvements, assassinats, escroqueries de tous ordres, double jeu permanent, émeutes, catastrophes naturelles. Des événements tragiques donc, mais tout ce qui a fait le renom de Hong-Kong, tout ce qui concourt à cette magie inexplicable qu'exerce l'Orient sur les Occidentaux : l'activité frénétique de ces millions de fourmis qui s'agitent jour et nuit pour glaner de quoi payer leur bol de riz, les réceptions fastueuses de la haute société, avec leur cortège de toilettes somptueuses, de liaisons discrètes ou tapageuses, de traîtrises innommables commises sous le couvert de la plus grande civilité. Tout cela concourt à faire de *La Noble Maison* un véritable univers, à la fois foisonnant et fascinant.

Paru dans Le Livre de Poche :

SHŌGUN, *tome 1.*
SHŌGUN, *tome 2.*
CAÏD.
TAÏ-PAN.
OURAGAN 1, *Azadeh.*
OURAGAN 2, *Sharazad.*

JAMES CLAVELL

La Noble Maison

Tome 1

TRADUIT DE L'ANGLAIS
PAR JACQUES MARTINACHE

PRESSES DE LA CITÉ

Titre original :
NOBLE HOUSE

Je voudrais offrir cette œuvre en hommage à Sa Majesté britannique Elizabeth II, au peuple de sa colonie de Hong-Kong — *et malheur à leurs ennemis.*

Ce livre est bien entendu un roman. Il est peuplé de personnages, de firmes imaginaires et aucune référence à des personnages ou à des firmes qui furent, ou demeurent, une partie de Hong-Kong ou de l'Asie n'est intentionnelle.

Je souhaite également m'excuser sans attendre auprès de tous les *yan* de Hong-Kong — tous les *personnages* de Hong-Kong — pour avoir réorganisé leur belle cité, pour avoir retiré certains événements de leur contexte, pour avoir inventé des personnages, des lieux, des rues, des firmes et des événements qui, heureusement, peuvent donner l'apparence d'avoir existé mais n'ont jamais existé car ceci est, en vérité, *une histoire...*

8 JUIN 1960

PROLOGUE

23 h 45

Sous une pluie torrentielle, Ian Dunross engagea prudemment sa vieille MG sport dans Dirk's Street, la rue longeant l'immeuble Struan, sur les quais de Hong-Kong. Il faisait nuit noire. A travers toute la Colonie — dans l'île de Hong-Kong et, de l'autre côté du port, à Kowloon et dans les *Nouveaux Territoires* faisant partie de la Chine continentale — les rues étaient presque désertes ; calfeutrés, hommes et choses attendaient le typhon Mary. Le signal de tempête de force neuf avait été hissé à la tombée de la nuit ; déjà des vents filant quatre-vingts/cent nœuds se détachaient du cyclone s'étirant sur plus de quinze cents kilomètres au sud et couchaient la pluie cinglant les toits et les flancs de colline où des dizaines de milliers de miséreux sans défense se blottissaient dans les cabanes de fortune des bidonvilles.

Aveuglé par la pluie, contre laquelle ses essuie-glaces se révélaient impuissants, Dunross ralentit. Une rafale de vent gifla la capote et les vitres de la voiture. Le pare-brise s'éclaircit, découvrant, au bout de Dirk's

Street, Connaught Road et la praya*, les digues et la masse trapue du Golden Ferry Terminal. Plus loin, dans la vaste rade bien protégée, cinq cents navires mouillaient à l'abri de la tempête.

Devant lui, sur la praya, un éventaire abandonné roula sur le sol, heurta une voiture et la renversa puis disparut avec elle, emporté par le vent. De ses poings puissants, Dunross serrait le volant de sa MG, qui tremblait violemment sous les rafales. C'était un modèle ancien mais bien entretenu, avec un moteur gonflé et des freins en parfait état. Dunross aimait la tempête, elle lui faisait agréablement battre le cœur. Après avoir attendu un instant, il monta sur le trottoir pour se garer contre le bâtiment, à l'abri du vent, et descendit.

C'était un blond aux yeux bleus d'une quarantaine d'années, à la silhouette mince et élégante enveloppée dans un vieil imperméable. Sous la pluie qui le transperçait, il se hâta vers l'entrée principale de l'immeuble de vingt-deux étages, surmontée de l'emblème des Struan : le Lion rouge d'Écosse face au Dragon vert de la Chine, gravit le large perron et entra.

— 'Soir, Mr. Dunross, dit le gardien chinois.

— J'ai rendez-vous avec le Taï-pan.

— Oui, monsieur, fit l'homme en appelant l'ascenseur.

Quand la cabine s'arrêta, Dunross en sortit, traversa le petit vestibule, frappa à la porte du salon de l'appartement terrasse et entra.

— Bonsoir, Taï-pan, dit-il avec une froide raideur.

Alastair Struan, qui s'appuyait contre une magnifique cheminée, était un Écossais corpulent au teint coloré et aux cheveux blancs. La soixantaine bien conservée — malgré un léger ventre — il dirigeait la compagnie Struan depuis onze ans.

* Promenade.

— Un verre ? proposa-t-il en montrant le seau en argent dans lequel rafraîchissait une bouteille de Dom Pérignon.

— Volontiers, répondit Dunross, qui pénétrait pour la première fois dans les appartements du Taï-pan.

C'était une pièce spacieuse et richement meublée, avec d'épais tapis et, accrochés aux murs, de vieux tableaux des premiers clippers et vapeurs de la compagnie. Les grandes baies d'où l'on découvrait d'ordinaire tout Hong-Kong, le port et, en face, Kowloon, étaient ce soir-là noires et striées de pluie.

Dunross se versa à boire.

— A votre santé, dit-il d'un ton froid.

Alastair Struan hocha la tête, leva son verre en réponse et fit observer avec une même froideur :

— Vous êtes en avance.

— On est à l'heure quand on a cinq minutes d'avance. C'est Père qui m'a inculqué ce principe. Est-il si important que nous nous rencontrions à minuit ?

— Oui, cela fait partie de la tradition. La tradition établie par Dirk.

Dunross but son champagne en silence. Il attendait, avec une excitation croissante, tandis que la vieille horloge marine égrenait son tic-tac. Au-dessus de la cheminée, il y avait le portrait de mariage d'une jeune fille, Tess Struan, qui avait épousé Culum, deuxième Taï-pan et fils de Dirk Struan, le fondateur, lorsqu'elle avait seize ans.

Une bourrasque ébranla les vitres.

— Saleté de temps, marmonna Dunross, les yeux fixés sur le tableau.

Le vieil homme, qui le haïssait, se contenta de le regarder. Dans le silence de plus en plus épais, le carillon de l'horloge sonna minuit. On frappa à la porte.

— Entrez, dit Alastair Struan, soulagé et content de pouvoir commencer.

Lim Chum, son serviteur particulier, ouvrit la porte,

s'effaça devant Phillip Chen, le compradore de la compagnie, et la referma.

— Ah ! Phillip, à l'heure, comme d'habitude, lança le maître de maison en s'efforçant à la jovialité. Champagne ?

— Oui, merci. Bonsoir, Ian Struan Dunross, dit Phillip Chen au plus jeune des deux hommes avec une déférence inhabituelle, dans un anglais très châtié.

C'était un Eurasien fluet approchant des soixante-dix ans, plus Chinois qu'Européen, un très bel homme à la chevelure grise et aux pommettes haut placées, au teint clair et aux yeux noirs, typiquement chinois.

— Quelle épouvantable nuit, vous ne trouvez pas ?

— En effet, Oncle Chen, répondit Dunross, usant d'une marque de respect chinoise à l'égard d'un homme qu'il estimait autant qu'il méprisait son cousin Alastair.

— On dit que ce typhon sera terrible, annonça le Taï-pan en remplissant deux coupes.

Il tendit la première à Chen et servit ensuite Dunross.

— Une chance que je ne sois pas en mer, ajouta-t-il pensivement. Alors, vous revoilà, Phillip.

— Oui, Taï-pan. C'est un honneur pour moi, un grand honneur.

Le compradore avait senti la tension entre les deux hommes mais la jugeait peu surprenante : elle accompagnait chaque passation de pouvoir d'un Taï-pan de la Noble Maison à son successeur.

Après avoir savouré une gorgée de champagne, Alastair Struan reprit :

— Ian, la tradition veut que le Taï-pan passe le relais à son successeur en présence d'un seul témoin : le compradore de la compagnie. Combien de fois avez-vous assisté à cette cérémonie, Phillip ?

— Quatre fois.

— Phillip a connu presque tous les taï-pans. Il est au courant de tous nos secrets. N'est-ce pas, cher vieil ami ? (Chen sourit.) Vous pouvez lui faire confiance, Ian. Il est de bon conseil.

Alastair reposa son verre avant de poursuivre :

— Tout d'abord, je vous pose officiellement la question : Ian Dunross Struan, voulez-vous être Taï-pan de la compagnie Struan ?

— Oui, je le veux.

— Jurez-vous devant Dieu de garder secrète cette cérémonie et de ne la divulguer qu'à votre successeur.

— Oui.

— Répétez la formule.

— Je jure de garder cette cérémonie secrète et de ne la divulguer qu'à mon successeur.

— Lisez à voix haute, ordonna le Taï-pan en tendant à Dunross un parchemin jauni par le temps.

Bien qu'elle ressemblât à des pattes d'araignée, l'écriture en était parfaitement lisible. Dunross jeta un coup d'œil à la date : 30 août 1841.

— Il est de la main de Dirk Struan ? demanda-t-il, ému.

— Pour l'essentiel. Son fils Culum y apporta quelques ajouts. Bien entendu nous en possédons des photocopies au cas où il se détériorerait. Lisez !

— « Tous les Taï-pans qui me succéderont liront à voix haute ces volontés qui sont miennes et jureront devant Dieu, par-devant témoins, selon la procédure établie par moi, Dirk Struan, fondateur de la Struan and Company, de les respecter, et de les garder à jamais secrètes, avant de revêtir ma cape. J'en ai décidé ainsi afin d'assurer la continuité de ma lignée et de prévenir mes descendants des difficultés auxquelles ils se heurteront à cause du sang que j'ai versé, des dettes d'honneur que j'ai contractées et des voies imprévisibles de la Chine, à laquelle nous sommes liés.

« Premièrement : il n'y a qu'un seul Taï-pan à la fois et il exerce un pouvoir total sur la compagnie, engageant ou licenciant à sa guise le personnel, ayant autorité sur tous nos capitaines, navires et filiales, où qu'ils se trouvent. Le Taï-pan est toujours seul, pour sa joie et pour sa peine. Tous doivent préserver sa solitude et protéger ses arrières. Quels que soient ses ordres, il doit être obéi. Aucun comité, conseil ou groupe ne seront créés ou permis au sein de la Compagnie en vue de limiter ce pouvoir absolu.

« Deuxièmement : quand le Taï-pan se trouve sur le gaillard d'arrière d'un de nos bâtiments, son autorité prend le pas sur celle du capitaine ; ses ordres, qu'ils soient de combat ou de navigation, ont force de loi. Tous nos capitaines s'y engageront devant Dieu avant de prendre le commandement d'un de nos navires.

« Troisièmement : le Taï-pan désigne seul son successeur, qui devra être choisi parmi les six membres d'un Conseil Intérieur : notre compradore, obligatoirement de la Maison de Chen, et cinq hommes, bons et loyaux, dignes d'être Taï-pan. Ils devront avoir servi au moins cinq années entières dans la Compagnie et avoir un jugement sain ; être chrétiens et apparentés au clan Struan par la naissance ou par alliance (mes descendants directs et ceux de mon frère Robb ne bénéficieront d'aucun droit de préséance, à moins que leur force d'âme et leurs qualités ne les hissent au-dessus des autres). Ils conseilleront le Taï-pan s'il le désire mais, répétons-le, lui seul choisira puisque son vote aura sept fois plus de poids que celui de chacun d'eux.

« Quatrièmement : si le Taï-pan est perdu en mer, tué dans une bataille, ou s'il disparaît pendant six mois lunaires avant d'avoir choisi son successeur, le Conseil désignera un de ses membres pour lui succéder — chacun des membres ayant droit à une voix, le compradore à quatre. Le nouveau Taï-pan prêtera ensuite serment, selon la procédure définie plus haut, devant ses compagnons — ceux qui auront voté contre lui seront incontinent et à jamais exclus de la Compagnie, sans indemnités.

« Cinquièmement : le Taï-pan décide à sa guise de l'admission ou de l'exclusion du Conseil Intérieur. Lorsqu'il prend sa retraite, à un moment choisi par lui seul, il ne peut garder plus de dix pour cent des avoirs de la Compagnie, les navires devant être exclus de l'évaluation... Nos navires, leurs capitaines et leurs équipages sont notre sang, notre sauvegarde pour les temps futurs.

« Sixièmement : le Taï-pan agrée l'élection du compradore. Ce dernier accepte par écrit avant son élection la possibilité d'être congédié à tout moment sans explication si le Taï-pan le juge bon.

« Enfin, le Taï-pan fera prêter serment à son successeur en présence du compradore, selon la formule écrite de ma main dans notre Bible familiale, ce trentième jour d'août de l'an de grâce 1841. »

« Et c'est signé Dirk Struan, en présence de... Je ne peux déchiffrer les caractères du *chop**, ils sont archaïques, avoua Dunross.

Alastair se tourna vers Phillip Chen, qui dit :

— Le premier témoin était le père adoptif de mon grand-père, Chen Sheng Arn, notre premier compradore ; le second, ma grand-tante T'Chung Jin May-may.

— Ainsi la légende est vraie ! s'exclama Dunross.

— En partie, répondit Phillip Chen. Oui, en partie. Demandez à ma tante Sarah, elle vous racontera de nombreux secrets à présent que vous allez devenir Taï-pan. Elle a quatre-vingt-quatre ans et se souvient parfaitement de mon grand-père, Sir Gordon Chen, de Duncan et Kate, les enfants de May-may et de Dirk Struan. Oui, elle se souvient de beaucoup de choses...

Alastair s'approcha du bureau laqué, prit avec d'infinies précautions une lourde Bible à la reliure élimée,

* Marque (de qualité) utilisée en Extrême-Orient. Sorte de sceau, par extension. *(N.d.T.)*

mit ses lunettes. Dunross sentit les poils de sa nuque se hérisser.

— Répétez après moi, dit Alastair. Moi, Ian Struan Dunross, apparenté aux Struan, chrétien par ma foi, je jure devant Dieu, en présence d'Alastair McKenzie Duncan Struan, onzième Taï-pan, et de Phillip Sheng Chen, quatrième compradore, d'obéir aux volontés qui m'ont été lues, ici à Hong-Kong, de renforcer les liens de la Compagnie avec Hong-Kong et le négoce avec la Chine, de maintenir à Hong-Kong le centre principal de mes affaires tant que je serai Taï-pan, de tenir les promesses faites par Dirk Struan, sur son honneur, à son éternel ami Chen-tse Jin Arn, connu aussi sous le nom de Jin-qua, ou à ses descendants, de...

— Quelles promesses ? interrompit Dunross.

— Jurez devant Dieu sans le savoir, comme tous les Taï-pans l'ont fait avant vous ! Vous connaîtrez bien assez tôt le contenu de votre héritage.

— Et si je refuse ?

— Vous connaissez la réponse !

La pluie battait aux fenêtres avec une violence égale à celle du cœur de Dunross, qui lui martelait la poitrine. S'engager ainsi à l'aveuglette, quelle folie ! mais il le devait pour devenir Taï-pan. Il prêta serment devant Dieu, et continua à répéter les mots lus par Alastair.

— ... d'utiliser tout mon pouvoir et tous les moyens pour maintenir solidement la Compagnie au rang de Première Maison, de Noble Maison d'Asie ; d'accomplir tout acte nécessaire pour vaincre, anéantir et chasser d'Asie la compagnie Brock and Sons, en particulier mon ennemi, Tyler Brock, son fondateur, son fils Morgan, leurs descendants ou quiconque de leur lignée à l'exception de Tess Brock, la femme de mon fils Culum, et de sa descendance...

Dunross s'interrompit une nouvelle fois.

— Vous poserez après toutes les questions que vous voudrez, s'impatienta Alastair Struan. Finissons-en !

— Très bien. Enfin, je jure devant Dieu que mon successeur prêtera lui aussi serment de respecter toutes ces volontés. Que Dieu me vienne en aide !

Le silence qui suivit ne fut troublé que par le crépitement de la pluie sur les carreaux. Dunross sentait des gouttes de sueur lui couler dans le dos. Alastair Struan reposa la Bible et ôta ses lunettes.

— Voilà, c'est fait, dit-il tendant la main. J'aimerais être le premier à vous souhaiter bonne chance, Taï-pan. Je ferai tout ce qui est en mon pouvoir pour vous aider.

— C'est pour moi un honneur d'être le second, déclara Phillip Chen en inclinant légèrement le buste.

— Merci, répondit Dunross, tendu à l'extrême.

— Je crois que nous avons tous besoin d'un verre, reprit Alastair. Je vous sers, avec votre permission, ajouta-t-il à l'adresse du nouveau Taï-pan avec une obséquiosité gênante. Et vous, Phillip ?

— Oui, Taï-pan. Je...

— Non. C'est Ian qui est Taï-pan à présent, corrigea Alastair.

Il versa le champagne et servit d'abord Dunross, qui savoura cette marque de respect et leva son verre :

— A la Noble Maison.

Les trois hommes burent, puis Alastair sortit une enveloppe de sa poche en disant :

— Voici ma démission de la soixantaine de postes de président, administrateur ou directeur qui vont de pair avec les fonctions de Taï-pan. Vous m'y remplacez automatiquement. En principe je deviens président de notre filiale de Londres mais c'est une tradition à laquelle vous pouvez mettre fin si vous le désirez.

— J'y mets fin.

— A vos ordres, bredouilla le vieil homme, la nuque écarlate.

— Je crois que vous serez plus utile à la Compagnie

comme vice-président de la First Central Bank d'Edimbourg.

— Comment ? dit Alastair en lançant à Dunross un regard pénétrant.

— C'est bien un de vos titres, n'est-ce pas ?

— Oui, mais pourquoi...

— Je vais avoir besoin d'aide. La Struan va émettre des actions dès l'an prochain, annonça Dunross.

Les deux autres hommes le regardèrent avec stupeur.

— Quoi ?

— Emettre des act...

— Nous sommes une société privée depuis cent trente-deux ans ! protesta Alastair. Bon dieu, je vous l'ai dit cent fois : notre force, c'est de nous passer d'actionnaires ou d'intrus qui viendraient mettre le nez dans nos affaires ! Vous n'écoutez donc jamais ?

— J'écoute toujours avec la plus grande attention, répondit Dunross d'une voix dépourvue d'émotion contrastant avec l'emportement d'Alastair. Notre seule façon de survivre, c'est de devenir une société par actions... Nous n'avons pas d'autre moyen de nous procurer les capitaux dont nous avons besoin.

— Phillip, parlez-lui. Faites-lui entendre raison.

— Quelles seront les conséquences pour la Maison de Chen ? demanda timidement le compradore.

— Notre système compradore prend fin à dater de ce soir, trancha le nouveau Taï-pan. (Il vit Chen pâlir et ajouta :) J'ai un plan pour vous — par écrit. Il change tout et rien à la fois. Officiellement, vous restez compradore, officieusement, nous opérons de manière différente. Le principal changement, c'est qu'au lieu de vous faire un million chaque année, dans dix ans vous en gagnerez vingt, et trente dans quinze ans grâce à vos actions.

— Impossible ! explosa Alastair Struan.

— Aujourd'hui, notre valeur nette est de vingt millions de dollars américains. Dans dix ans, elle sera de deux cents millions, dans quinze ans, de quatre cents millions, avec du *joss**, et notre chiffre d'affaires annuel approchera du milliard.

— Vous avez perdu la tête, rétorqua Struan.

— Non. La Noble Maison va devenir une compagnie internationale. L'époque où nous n'étions qu'une société commerciale de Hong-Kong est révolue à jamais.

— Rappelez-vous votre serment, au nom du ciel ! Hong-Kong est notre base !

— Je ne l'oublierai pas. Voyons maintenant les responsabilités que j'ai héritées de Dirk Struan.

— Tout est dans le coffre. Sous enveloppe cachetée, avec les « Instructions aux futurs Taï-pans » de la vieille Hag.

— Où se trouve le coffre ?

— Derrière le tableau du salon de la Grande Maison.

La mine renfrognée, Alastair montra du doigt une enveloppe posée sur la cheminée à côté de l'horloge.

— Elle contient la clef spéciale et l'actuelle combinaison — que vous changerez, naturellement. Déposez une copie des nouveaux chiffres dans l'un des coffres privés du Taï-pan, à la banque, et remettez l'une des deux clefs à Phillip, en cas d'accident.

— Selon notre règlement, la banque doit me refuser l'autorisation de l'ouvrir tant que vous êtes vivant, précisa le compradore.

— Bien. A présent, Tyler Brock et ses fils. Nous étions pourtant parvenus à anéantir ces salauds, il y a cent ans.

— La descendance mâle légitime le fut mais Dirk Struan était rancunier et il cherche encore, depuis sa tombe, à assouvir sa vengeance. Vous trouverez aussi dans le coffre une liste mise à jour des descendants de Tyler Brock. Intéressante lecture, n'est-ce pas, Phillip ?

— Certainement.

* Mot chinois signifiant chance, sort. *(N.d.T.)*

— Les Rothwell et les Tomm, Yadegar et sa progéniture, vous les connaissez. Mais il y a aussi Tusker — qui n'en sait rien lui-même —, Jason Plumm, Lord Depford-Smyth, et surtout Quillan Gornt.

— Impossible !

— Non seulement Gornt est Taï-pan de la Rothwell-Gornt, notre principale ennemie, mais aussi un descendant mâle direct et secret de Morgan Brock — direct bien qu'illégitime. C'est le dernier des Brock.

— Mais il a toujours prétendu avoir pour arrière-grand-père Edward Gornt, le négociant américain.

— Il descend bien d'Edward Gornt, dont la mère était Kristian Gornt, une Américaine de Virginie, et dont le vrai père était Sir Morgan Brock. Bien entendu on garda le secret : la société n'était alors pas plus tolérante qu'aujourd'hui. Quand Sir Morgan devint Taï-pan de la compagnie Brock en 1859, il fit venir ce fils illégitime de Virginie et lui acheta une part de la vieille société commerciale américaine Rothwell and Company, de Shanghai. Edward et lui s'attachèrent ensuite à nous détruire et y parvinrent presque — ils causèrent en tout cas la mort de Culum Struan. Mais Lochlin et Hag Struan brisèrent ensuite Sir Morgan et écrasèrent la Brock and Sons. Edward Gornt ne nous le pardonna jamais, pas plus que ses descendants. Je parierais qu'eux aussi sont liés par un pacte avec leur fondateur.

— Gornt sait que nous savons ?

— Je l'ignore, mais l'ennemi, c'est lui. Son arbre généalogique se trouve dans le coffre, avec celui des autres. C'est mon grand-père qui fit cette découverte, tout à fait par hasard, pendant la révolte des Boxers, en 1899. Il y a en outre sur cette liste un nom qui vous intéresse particulièrement, Ian. Celui du...

Une violente bourrasque ébranla l'immeuble, une statuette en ivoire tomba d'une table en marbre et Phillip Chen la remit en place d'un geste nerveux. Les trois hommes se tournèrent vers les grandes baies giflées par le vent où se tordaient leurs reflets.

— *Tai-fun*, murmura Phillip, le front couvert de sueur.

Ils attendirent en retenant leur souffle que cesse le « Vent du Diable ». Ces brusques rafales surgissaient au hasard, de n'importe quel point de la boussole, atteignaient parfois cent cinquante nœuds et semaient toujours la destruction sur leur passage. La violence du vent faiblit. Dunross s'approcha du baromètre, en tapota le cadran et regarda la position de l'aiguille : 980,3.

— Il continue à descendre, dit-il.

Il jeta un coup d'œil vers les baies vitrées que la pluie frappait maintenant presque à l'horizontale.

— *Lasting Cloud* est attendu demain soir, reprit-il.

— Le capitaine Moffatt l'aura détourné sur les Philippines. Il est trop malin pour se faire prendre, fit remarquer Struan.

— Je ne suis pas de votre avis. Moffatt aime respecter l'horaire prévu, et ce typhon n'était pas prévu. Vous... il aurait dû recevoir des ordres en conséquence.

Le Taï-pan but une gorgée de champagne d'un air pensif avant d'ajouter :

— Il vaudrait mieux que *Lasting Cloud* ne soit pas pris dans la tempête.

— Pourquoi ? demanda Phillip, qui avait perçu la colère sous-jacente de Dunross.

— Il y a à bord notre nouvel ordinateur ainsi que des moteurs à réaction pour une valeur de deux millions de livres. Et la cargaison n'est pas couverte par une assurance, ajouta Dunross en coulant un regard en direction d'Alastair. Du moins, pas les moteurs.

— C'était cela ou perdre le contrat, se défendit le vieil homme. Ces moteurs seront livrés à Canton. Phillip, vous savez bien qu'on ne peut assurer une marchandise à destination de la Chine communiste. Leur propriétaire est sud-américain, il n'y a pas de restrictions à l'exportation entre ce continent et la Chine, poursuivit-il d'un ton irrité. Et pourtant, pas moyen de les faire assurer.

Après un court silence, Phillip Chen relança la conversation :

— Je croyais que nous devions recevoir le nouvel ordinateur en mars.

— J'ai réussi à obtenir une livraison plus rapide.

— Qui transporte les documents concernant les moteurs ? demanda le compradore.

— Nous.

— C'est un gros risque, fit observer Phillip Chen, mal à l'aise. Qu'en pensez-vous, Ian ?

Dunross garda le silence.

— Une fois de plus, c'était cela ou perdre le contrat, rétorqua Alastair Struan, d'un ton plus agacé encore. Nous allons faire la culbute avec cette opération et nous avons besoin de cet argent. Les Chinois ont besoin de ces moteurs, ils ne me l'ont pas caché quand je les ai rencontrés à Canton, le mois dernier. Nous, nous avons besoin de la Chine.

— Oui, mais douze millions, c'est... un gros risque pour un seul navire, insista l'Eurasien.

— Toute affaire soufflée aux Soviétiques est de notre intérêt, déclara le Taï-pan. D'ailleurs, il n'est plus temps d'en discuter. Alastair, vous disiez qu'il y a sur la liste un nom qui me concerne particulièrement ?

— Malborough Motors.

— Ainsi les Nikklin descendent de Tyler Brock, dit Dunross avec un sourire ravi. Je les hais, ces tapettes, autant le père que le fils.

— Je le sais.

— Nous ne tarderons pas à les rayer de la liste. Savent-ils qu'ils en font partie ?

— Je ne crois pas.

— Excellent !

— Je ne suis pas d'accord ! Vous détestez le jeune Nikklin parce qu'il vous a battu, accusa Alastair en pointant l'index vers Dunross. Il est grand temps que vous renonciez à la course automobile. Laissez les épreuves de côte et le grand prix de Macao aux semi-professionnels. Vous avez d'autres courses à gagner, plus importantes.

— Macao est réservé aux amateurs, et ces salauds de Nikklin ont triché, l'année dernière.

— On n'a pas pu le prouver. Votre moteur n'a pas tenu — cela arrive tout le temps. C'est une question de *joss*.

— Ma voiture avait été sabotée.

— On n'a pas pu le prouver non plus ! Bon dieu, pour certaines choses, vous êtes parfois aussi stupide que Struan le Diable en personne ?

— Ah oui ?

— Oui, et...

Phillip Chen se hâta d'intervenir pour empêcher la violence de monter davantage dans la pièce :

— Si cette question est tellement importante, avec votre permission, je tâcherai de découvrir la vérité. Je dispose de sources auxquelles vous n'avez pas accès. Mes amis chinois sauront si Tom ou le jeune Donald ont eu quelque chose à voir avec vos ennuis mécaniques. Mais naturellement, enchaîna-t-il aussitôt, si le Taï-pan désire courir, c'est à lui d'en décider. N'est-ce pas, Alastair ?

Le vieil homme parvint à maîtriser la colère qui lui empourprait la nuque.

— Oui, oui, certainement. Néanmoins, Ian, je vous conseille d'abandonner la course. Les Nikklin vous haïssent autant que vous les détestez, ne leur donnez pas de raisons supplémentaires de s'en prendre à vous.

— Y a-t-il sur la liste d'autres noms dont vous souhaitez me parler ?

Après réflexion, Alastair répondit :

— Non, pas pour le moment. A vous de jouer, maintenant, poursuivit-il en débouchant une autre bouteille. A vous le plaisir et les tracas — je vous cède volontiers le tout. Lorsque vous aurez inventorié le contenu du coffre, vous connaîtrez le meilleur... et le pire. (Il servit le champagne, avala une gorgée.) Seigneur Dieu, c'est un des meilleurs vins français que j'aie jamais bus.

— Effectivement, approuva Phillip Chen.

Dunross jugeait quant à lui le Dom Pérignon surestimé et savait que le cru 54 n'était pas particulièrement bon. Cependant il s'abstint d'en faire la remarque. Struan alla au baromètre, qui indiquait 979,2.

— Cette fois, nous allons déguster, dit-il. Enfin, peu importe. Ian, Claudia Chen vous remettra un dossier concernant plusieurs questions importantes et une liste complète de nos actions, avec les noms des personnes représentant nos intérêts. Si vous avez besoin de renseignements supplémentaires, appelez-moi avant mon départ pour Londres, après-demain. Vous gardez Claudia, bien entendu.

— Bien entendu.

Claudia Chen était, après le compradore, le second maillon assurant la continuité d'un Taï-pan à son successeur. Secrétaire de direction du Taï-pan, c'était une cousine éloignée de Phillip Chen.

— Quelle part d'actions détenons-nous exactement de notre banque, la Victoria Bank of Hong-Kong and China ? demanda Dunross avec un plaisir manifeste.

— Cette information est réservée aux taï-pans, répondit Alastair.

Dunross se tourna vers Phillip Chen :

— Et vous, combien en possédez-vous, directement ou par intermédiaires ?

Le compradore parut choqué.

— A l'avenir, vos actions et les nôtres feront bloc lors des votes au conseil d'administration, poursuivit le Taï-pan sans quitter des yeux Phillip Chen. Je veux connaître immédiatement le chiffre de votre pourcentage. Avant demain midi, vous me remettrez un document écrit nous confiant, à moi et à mes successeurs, une procuration perpétuelle et la priorité sur toute action que vous décideriez de vendre.

Le silence se fit.

— Ian, commença Phillip Chen, au bout d'un moment. Ces actions...

Mais ses velléités de résistance se brisèrent contre la volonté de Dunross.

— ... 6 p. 100... un peu plus de 6 p. 100. Je... Elles sont à votre disposition.

— Vous ne le regretterez pas, promit le nouveau chef, qui tourna ensuite ses batteries vers Alastair Struan. Alors, quelle part détenons-nous et quel pourcentage par les intermédiaires ?

Alastair hésita :

— Seuls les taï-pans ont accès à cette information.

— Certes, mais nous devons avoir une confiance absolue en notre compradore. Combien ?

— 15 p. 100.

Le chiffre stupéfia Dunross, qui faillit s'écrier : sacré nom de dieu, nous détenons 15 p. 100, Phillip 6 p. 100, et tu n'as pas eu l'idée d'utiliser ces actions pour nous procurer des fonds alors que nous sommes au bord de la faillite ! Il se contint pourtant et versa le reste du champagne dans les verres pour se donner le temps de recouvrer son calme.

— Bien, dit-il d'une voix neutre. J'ai l'intention d'avancer la Réunion Spéciale à la semaine prochaine.

Alastair et Phillip Chen lui lancèrent un regard aigu. Depuis 1880, les taï-pans de Struan, de Rothwell-Gornt et de la Victoria Bank se réunissaient chaque année, en dépit de leur rivalité, afin de discuter de questions concernant l'avenir de Hong-Kong et de l'Asie.

— Les autres pourraient ne pas accepter, supputa Alastair.

— Je leur ai téléphoné à tous ce matin. La réunion aura lieu ici, lundi prochain à neuf heures.

— Qui représentera la banque ?

— Havergill, le sous-directeur. Le vieux est au Japon et doit prendre ensuite quelques jours de vacances en Angleterre, expliqua Dunross, dont les traits se durcirent. Je m'arrangerai de son remplaçant.

— Paul est très bien, argua Struan. C'est le futur patron.

— Pas si je peux l'en empêcher, répliqua le Taï-pan.

— Vous n'avez jamais aimé Paul Havergill, n'est-ce pas, Ian ? dit Phillip.

— Non. Il est pompeux, dépassé et incapable de sortir du cadre de Hong-Kong.

— Et il a pris le parti de votre père contre vous.

— Oui, mais ce n'est pas pour cette raison que nous devons le liquider. Nous devons nous débarrasser de lui parce qu'il fait obstacle à la Noble Maison. Il est trop conservateur et bien trop généreux à l'égard de la société Asian Properties. Je ne serais pas surpris de le savoir secrètement allié à la Rothwell-Gornt.

— Je ne partage pas votre opinion, objecta Alastair.

— Je le sais. Nous avons besoin de fonds pour nous développer, et ces fonds, je les obtiendrai en utilisant *mes* 21 p. 100.

Dehors la tempête redoublait de violence mais aucun des trois hommes ne paraissait s'en apercevoir.

— Je ne vous conseille pas de vous en prendre à la Victoria, dit Chen d'un ton grave.

— Moi non plus, dit Alastair.

— Je n'en ai pas l'intention... à condition que ma banque se montre coopérative, répondit Dunross. (Les yeux fixés sur la pluie hachant la nuit, il ajouta :) A propos, j'ai également invité Jason Plumm à la réunion.

— Pourquoi diable ? demanda Struan, dont la nuque vira de nouveau au cramoisi.

— Si l'on ajoute à nos actions celles de sa société, Asian Properties, nous...

— Plumm figure sur la liste de Dirk Struan, il nous est radicalement opposé.

— A nous quatre, nous avons la majorité à Hong-Kong, insista Dunross.

Le téléphone se mit à sonner, les trois hommes tournèrent la tête vers l'appareil.

— C'est à vous de répondre, désormais, dit Struan d'un ton aigre.

Dunross décrocha, s'identifia, écouta un moment puis répondit :

— Non, Mr. Alastair Struan a pris sa retraite. C'est moi le Taï-pan, à présent. Oui, Ian Dunross. Que dit le télex... Bien, merci.

Il raccrocha et annonça après un instant de silence :

— C'étaient nos bureaux de Taipei. *Lasting Cloud* a coulé corps et biens au large de Formose...

DIMANCHE 18 AOUT 1963

1

20 h 45

Appuyé au comptoir du bureau d'information, l'officier de police surveillait sans le regarder un Eurasien de haute taille. L'aéroport fourmillait comme à l'accoutumée de Chinois jacassants, hommes, femmes, enfants. L'air chaud et humide était chargé d'odeurs.

— Commissaire ?

Une des hôtesses tendit un téléphone à l'homme vêtu d'un léger costume tropical, d'une chemise blanche et d'une cravate de la police en lui disant :

— C'est pour vous.

Elle lui sourit : dents blanches, cheveux noirs, yeux de jais, peau joliment dorée.

Il la remercia, remarqua qu'elle était Cantonaise et nouvelle et ne s'offusqua pas en pensant que le sourire machinal masquait sans doute l'injure obscène dont elle le gratifiait intérieurement.

— Oui, fit-il dans l'appareil.

— Commissaire Armstrong ? Ici la tour de contrôle. *Yankee 2* vient d'atterrir. Il est à l'heure.

— Toujours porte 16 ?

— Oui. Il y sera dans six minutes.

— Merci, dit Robert Armstrong avant de raccrocher.

Lorsqu'il se pencha par-dessus le comptoir pour remettre l'appareil à sa place, son regard s'attarda sur les longues jambes de la fille, la courbe de sa croupe sous le *chong-sam* lisse, un peu trop ajusté, et il se demanda brièvement ce qu'elle donnait au lit.

— Comment vous appelez-vous ? lui demanda-t-il, bien qu'il sût qu'aucun Chinois n'aimait dire son nom à un policier — à plus forte raison à un flic européen.

— Mona Leung, commissaire.

— Merci, Mona Leung, dit-il.

Il hocha la tête en la dévisageant de ses yeux bleu pâle et vit avec plaisir une expression d'appréhension se peindre sur ses traits. « Toi aussi va te faire foutre », pensa-t-il puis il reporta son attention sur son client.

Armstrong était étonné que John Chen, l'Eurasien qui se tenait près d'une des sorties, fût venu seul et parût aussi nerveux. Lui qui se montrait d'ordinaire impassible, il ne cessait de regarder sa montre, le tableau des arrivées, puis de nouveau sa montre. Une minute encore et on y va, décida le policier.

Il plongea la main dans une de ses poches à la recherche de son paquet de cigarettes et se souvint qu'il avait arrêté de fumer deux semaines plus tôt, en guise de cadeau d'anniversaire à sa femme. En marmonnant un juron, il enfonça sa main plus profondément dans sa poche.

Autour du bureau d'information, des passagers harassés, des gens venus les accueillir se hâtaient dans un sens puis dans un autre, demandaient en braillant, dans une myriade de dialectes, où et quand, comment et pourquoi. Le cantonais, il le comprenait assez bien ; le shanghainais et le mandarin un peu. Il connaissait un peu le taïwanais, quelques expressions chuchow et la plupart des jurons de cet idiome.

Armstrong quitta le comptoir pour s'avancer dans la foule, qu'il dominait d'une tête. Grand, large d'épaules, il avait une démarche aisée et athlétique. Après dix-sept années passées dans la police de la Colonie, il dirigeait à présent la Brigade criminelle de Kowloon.

— Bonsoir, John. Comment ça va ?

— Oh ! salut, Robert, répondit John Chen, aussitôt sur ses gardes, dans son anglais aux inflexions américaines. Tout va bien, merci. Et vous ?

— Ça marche. Votre employé à l'aéroport a informé les services d'Immigration que vous attendez un avion spécial. *Yankee 2*, un « charter ».

— Ce n'est pas un charter mais l'appareil personnel de Lincoln Bartlett, le millionnaire américain.

— Il est à bord ? demanda Armstrong, qui connaissait la réponse.

— Oui.

— Accompagné ?

— Uniquement par son vice-président, qui est aussi son homme de confiance.

— Mr. Bartlett est de vos amis ? interrogea le policier, qui savait bien qu'il n'en était rien.

— Nous l'avons invité dans l'espoir de faire affaire avec lui.

— Vraiment ? Venez donc avec moi, je vous dispenserai de toutes les formalités. C'est le moins que nous puissions faire pour la Noble Maison.

— Merci de vous donner cette peine.

— C'est un plaisir, assura le commissaire.

Il entraîna l'Eurasien en direction d'une porte ménagée dans le barrage de la douane. Un policier en uniforme le salua et regarda John Chen, qu'il avait reconnu, d'un air pensif.

— Lincoln Bartlett... Ce nom ne me dit rien, mentit Armstrong. Je devrais le connaître ?

— Oui, si vous étiez dans les affaires, répondit John Chen, qui hâtait nerveusement le pas. On l'a surnommé le « Pirate » parce qu'il a réussi à s'emparer de nombreuses autres sociétés, la plupart du temps bien plus grosses que la sienne. C'est un homme intéressant, je l'ai rencontré à New York l'année dernière. Son conglomérat rapporte environ un demi-milliard de dollars par an avant impôt et, d'après lui, il a commencé en 1945 en empruntant deux mille dollars. A présent, il est dans la pétrochimie, l'ingénierie, l'électronique, la mécanique, les missiles — nombreux contrats avec le gouvernement américain —, les mousses de polyuréthane, les engrais, etc. Il possède même une fabrique de skis et de matériel de sport. Son groupe s'appelle Par-Con Industries et vous auriez bien de la peine à me citer une branche dont il ne s'occupe pas.

— Je croyais que votre compagnie avait déjà tout raflé, ironisa le chef de la Brigade criminelle.

— Pas en Amérique, répondit l'Eurasien avec un sourire poli. Et ce n'est pas *ma* compagnie. Je ne suis qu'un petit actionnaire de la Struan, un employé.

— Membre du conseil d'administration, ajouta Armstrong. Fils aîné de Chen de la Noble Maison et donc futur compradore.

Par tradition historique, le compradore était un homme d'affaires chinois ou eurasien servant d'intermédiaire exclusif entre une firme commerciale européenne et les Chinois. Tout passait par ses mains et il en gardait une partie au passage.

Quelle richesse et quel pouvoir ! songeait le commissaire. Pourtant, avec un peu de chance, on devrait pouvoir t'abattre, et la Struan avec toi. Sacré bon dieu, quel chambardement ça ferait dans Hong-Kong, se dit-il, jubilant à cette pensée

— Vous succéderez à votre père, à votre grand-père et à votre arrière-grand-père, Sir Gordon Chen, compradore du grand Dirk Struan, qui a fondé la Noble Maison et qui a quasiment fondé Hong-Kong.

— Le compradore de Dirk s'appelait Chen Sheng, corrigea John. Sir Gordon fut le compradore de Culum, le fils de Dirk.

— Ils étaient demi-frères, non ?

— Ainsi le veut la légende.

— Ah ! les légendes. Sans elles nous ne pourrions pas vivre. Vous avez de la chance de descendre d'un homme légendaire.

De la chance ? se demanda John Chen avec amertume. D'avoir pour ancêtres le fils illégitime d'un pirate écossais, trafiquant d'opium, meurtrier s'il fallait en croire certaines des histoires qu'on racontait, et une chanteuse cantonaise achetée dans un petit bordel crasseux d'une petite ruelle crasseuse de Macao ? Presque tout Hong-Kong connaissait ses origines et on le méprisait pour cela, aussi bien chez les Chinois que parmi les Européens.

— Je n'appelle pas cela de la chance, répondit-il en s'efforçant de paraître calme.

Sous ses cheveux noirs striés de gris, il avait un visage de type anglo-saxon, joli malgré une certaine mollesse dans les joues, et des yeux noirs à peine asiatiques. Agé de quarante-deux ans, il portait un costume léger à la coupe impeccable, comme toujours, des chaussures luxueuses et une montre de prix.

— Ah ! je ne suis pas de votre avis, dit le policier, sincère cette fois. Être le compradore de la Noble Maison d'Asie... c'est quelque chose.

— Quelque chose, oui, répéta John Chen d'une voix morne.

Depuis qu'il était en âge de penser, son héritage le tourmentait. Il sentait des regards cupides et envieux posés sur lui, l'aîné des fils, le prochain compradore de la lignée. Cette perspective l'avait toujours terrifié, malgré les efforts qu'il avait faits pour vaincre sa peur. Il ne voulait ni pouvoir ni responsabilité et, la veille encore, il avait eu avec son père une querelle plus éprouvante que les précédentes.

— Je ne veux rien de la Struan ! avait-il crié. Pour la centième fois, je veux quitter Hong-Kong, retourner aux États-Unis, mener ma vie comme je l'entends !

— Pour la millième fois, tu vas m'écouter. Je t'ai envoyé aux États...

— Père, confiez-moi la direction de nos intérêts américains, je vous en prie. J'aurais bien assez de travail là-bas. Il vous suffirait de me donner...

— *Ayiiya*, tu vas m'écouter ? C'est ici, à Hong-Kong et en Asie, que nous gagnons notre argent. Je t'ai envoyé étudier en Amérique pour préparer la famille au monde moderne. Maintenant que tu es prêt, ton devoir...

— Pourquoi pas Richard, Père, ou Kevin ? Richard est dix fois plus doué que moi pour les affaires et il ne demanderait pas mieux. Il y a aussi l'oncle Jam...

— Tu m'obéiras ! Tu sais que ce Bartlett est très important pour nous. Nous avons besoin de tes connaissances.

— Demande à Oncle James ou Oncle Thomas. Oncle James, ce serait l'idéal : pour toi, pour la famille, pour...

— Tu es mon fils aîné. Tu seras chef de la famille et compradore !

— Jamais !

— Alors tu n'auras plus un sou !

— Cela ne changera pas grand-chose ! Vous vous contentez de nous faire l'aumône, contrairement à ce qu'on croit. A combien de millions se monte votre fortune ? Cinquante, soixante-dix ? Cent ?

— Si tu ne t'excuses pas immédiatement et si tu ne changes pas d'attitude une fois pour toutes, je te coupe les vivres. Sur-le-champ !

— Je m'excuse de vous avoir mis en colère mais je ne changerai jamais d'avis. Jamais !

— Je te donne jusqu'à mon anniversaire — c'est-à-dire huit jours — pour devenir un fils obéissant. C'est mon dernier mot. Si tu ne deviens pas raisonnable d'ici là, je te renie, toi et tes descendants ! A présent, va-t'en !

John Chen sentit son estomac se contracter au

souvenir de la scène. Il haïssait ces disputes interminables au cours desquelles son père frôlait l'apoplexie, sa femme éclatait en sanglots, ses enfants demeuraient pétrifiés, sa belle-mère, ses frères et ses cousins le contemplaient avec une joie mauvaise. Envie, cupidité. Qu'ils aillent tous au diable, se dit-il. Père a raison toutefois en ce qui concerne Bartlett, mais pas comme il se l'imagine. Cette affaire, c'est pour moi que je la mène. Une dernière fois et je serai définitivement libre.

Comme ils avaient presque fini de traverser le hall de la douane brillamment éclairé, John Chen demanda :

— Vous allez aux courses, samedi ?

— Qui n'ira pas ?

— La semaine précédente, pour la plus grande joie de tous, le très puissant club hippique ayant le monopole exclusif des courses de chevaux — la seule forme de jeux légalement autorisée dans la Colonie — avait publié un communiqué spécial : « Bien que la saison ne commence officiellement que le 5 octobre, les commissaires ont décidé, avec l'aimable permission de notre illustre gouverneur, Sir Geoffrey Allison, d'organiser le samedi 24 août une Réunion spéciale en hommage à notre vaillante population qui vient de subir avec courage une des plus graves sécheresses de son histoire... »

— J'ai entendu dire que vous avez engagé Golden Lady dans la cinquième, fit Armstrong.

— D'après l'entraîneur, elle a une chance. Venez donc prendre un verre dans la loge de mon père, je profiterai de vos tuyaux. Vous êtes un fin turfiste.

— J'ai de la chance, tout simplement. Mais je ne mise que dix dollars quand vous en jouez dix mille.

— Je ne risque aussi gros que lorsqu'un de nos chevaux court. La saison dernière a été pour nous un vrai désastre... J'aimerais toucher un gagnant.

— Et moi donc ! renchérit Armstrong.

Oh ! oui, j'aimerais toucher un gagnant, pensa-t-il.

Mais toi, Johnny Chen, que tu gagnes ou que tu perdes dix mille dollars, tu t'en fous. Du calme, Robert, pas de jalousie. Ton boulot, c'est d'arrêter les escrocs, aussi riches et puissants soient-ils, de te contenter de ta misérable paye alors qu'il y a de l'or à ramasser à tous les coins de rues. Pourquoi envier ce bâtard ? Il passera à la casserole d'une façon ou d'une autre.

— Oh ! j'oubliais, ajouta-t-il. J'ai envoyé un policier chercher votre voiture et lui faire franchir les grilles. Elle vous attendra vous et vos invités au pied de la passerelle.

— C'est formidable. Merci beaucoup et désolé de vous causer tous ces embarras.

— Pas le moins du monde. Question de prestige, n'est-ce pas ? J'ai pensé que l'occasion était assez particulière puisque vous vous dérangez personnellement.

Ne résistant pas au plaisir de décocher un autre trait, le commissaire poursuivit :

— Il n'est rien que je ne ferais pour la Noble Maison.

Va te faire foutre, pensa John Chen en souriant. Nous te tolérons parce que tu es un flic influent mais nous ne nous faisons aucune illusion sur ton compte. Tu es dévoré d'envie, endetté jusqu'aux yeux, sans doute corrompu, et tu ne connais rien aux chevaux. Va te faire mettre doublement. *Diou ne lo mo* sur tous tes descendants. L'Eurasien gardait pour lui ses injures car il savait qu'Armstrong, honni par tout le *yan* de Hong-Kong, pouvait se montrer aussi rusé et impitoyable dans sa vengeance qu'une saleté de Mandchou. L'Eurasien porta la main à la demi-pièce de monnaie accrochée à son cou par un mince lacet de cuir. Ses doigts tremblèrent en touchant le métal sous l'étoffe de la chemise et il ne put maîtriser un frisson.

— Qu'y a-t-il ? demanda Armstrong.

— Rien. Rien du tout.

Ils avaient quitté les services de la douane pour

ceux de l'immigration, où des files de personnes lasses, anxieuses, agitées, attendaient devant les petits bureaux bien rangés de fonctionnaires en uniforme qui saluèrent le policier. John Chen se sentit mal à l'aise sous leur regard scrutateur bien qu'il se sût à l'abri de leurs questions insidieuses. Il possédait un véritable passeport britannique, non un passeport de seconde classe de Hong-Kong, ainsi qu'une Carte verte américaine — la Carte d'Étranger — sésame inestimable qui lui donnait libre accès aux États-Unis, lui conférait le droit d'y travailler et d'y vivre en jouissant de tous les privilèges d'un citoyen américain, excepté le droit de vote. A quoi cela sert, de voter? se dit-il et, s'efforçant au courage, il soutint le regard d'un des fonctionnaires sans parvenir toutefois à cesser de se sentir nu et vulnérable.

— Commissaire ? appela un des employés en agitant un téléphone. C'est pour vous.

En suivant Armstrong des yeux, John Chen se demanda pour la millième fois quelle vie il aurait s'il était un pur Britannique ou un pur Chinois au lieu d'être un Eurasien méprisé par les deux races. Pardessus le brouhaha, il entendit le policier dire dans l'appareil :

— Non, essaie simplement de gagner du temps. Je m'en occuperai personnellement. Merci, Tom.

Le commissaire rejoignit John, s'excusa puis le conduisit vers un petit couloir menant au hall réservé aux personnalités. C'était une vaste salle luxueuse pourvue d'un bar d'où l'on découvrait la ville et la baie. Elle était vide, à l'exception de deux officiers d'immigration et d'un des hommes d'Armstrong, qui attendait près de la porte 16 — une porte de verre donnant sur la piste inondée de lumière et à travers laquelle l'Eurasien vit le 707 s'arrêter sur un emplacement délimité par quelques traits.

— Bonsoir, sergent Lee, dit Armstrong. Tout est en ordre ?

— Oui, commissaire. *Yankee 2* vient de couper ses moteurs.

Le sergent salua, ouvrit la portière aux deux hommes. Armstrong regarda John Chen en songeant que le piège allait se refermer.

— Après vous, invita-t-il.

L'Eurasien s'avança sur le tarmac où *Yankee 2* le dominait de sa masse, tandis que ses réacteurs agonisants laissaient échapper un dernier grondement étouffé. Par les hublots de la cabine, il aperçut les pilotes, faiblement éclairés. Sur le côté, dans l'ombre, un chauffeur chinois en livrée et un policier se tenaient près de la Rolls Silver Cloud bleu marine de John.

La porte de l'avion s'ouvrit, un steward en uniforme sortit de l'appareil pour accueillir les deux employés de l'aéroport qui attendaient sur la plate-forme. Après leur avoir remis une serviette contenant les documents et manifestes de *Yankee 2*, il échangea avec eux quelques mots aimables. Puis tous se turent, prirent un air déférent et saluèrent courtoisement.

La fille était grande, élégante, exquise et américaine.

— *Ayiiya !* siffla Armstrong entre ses dents.

— Bartlett a du goût, murmura John Chen, dont le cœur battait plus vite.

Perdus dans leurs rêveries masculines, les deux hommes la regardèrent descendre la passerelle.

— Elle est mannequin, à votre avis ?

— Elle en a la démarche en tout cas. C'est peut-être une vedette de cinéma.

John alla à la rencontre de la fille et se présenta :

— John Chen, de la compagnie Struan. Je suis venu accueillir Mr. Bartlett et Mr. Tchuluk.

— C'est très aimable à vous de vous être dérangé un dimanche, Mr. Chen. Ravie de faire votre connaissance. Je suis K.C. Tcholok. Linc m'a dit...

— Casey Tchuluk ? fit l'Eurasien, sidéré. Mais...

Elle lui sourit gentiment sans lui reprocher la façon dont il écorchait son nom.

— Comme les initiales de mon prénom sont K.C., on m'a surnommée *Casey*. Bonsoir, dit-elle à Armstrong d'une voix mélodieuse. Vous êtes aussi de la Struan ?

— Oh ! pardonnez-moi, s'excusa John Chen en bredouillant. Je vous présente le commissaire Armstrong.

— Bonsoir, dit le policier, en remarquant qu'elle était encore plus séduisante de près. Bienvenue à Hong-Kong.

— Merci. Vous êtes donc de la police. Attendez..., fit-elle d'un air pensif. Robert Armstrong ? Le chef de la Brigade criminelle de Kowloon ?

— Vous êtes parfaitement informée, répondit le commissaire en masquant sa surprise.

Miss Tcholok eut un petit rire :

— J'ai pour habitude de me préparer quand je vais dans un nouvel endroit. Je me suis simplement procuré l'organigramme de la police.

— Nous n'avons pas publié d'organigramme.

— C'est une façon de parler. L'administration de Hong-Kong met à la disposition de quiconque possède quelques pennies un annuaire téléphonique de ses services. J'en ai acheté un et j'y ai trouvé toutes les branches de la police, les noms de leurs chefs et leur numéro de téléphone.

— Qui dirige la Special Branch ? demanda Armstrong pour la mettre à l'épreuve.

— Je ne sais pas. Je ne crois pas qu'elle figurait dans l'annuaire. Dites-moi, commissaire, vous vous déplacez pour chaque appareil privé venant à Hong-Kong ? dit la fille en plissant légèrement le front.

— Je me dérange uniquement lorsqu'ils transportent de jolies femmes bien informées.

— Plaisanterie mise à part, que se passe-t-il ?

— Rien, simple routine. Kai Tak fait partie de mon secteur, répondit Armstrong avec aisance. Puis-je voir votre passeport ?

— Bien sûr.

Casey Tcholok fronça à nouveau les sourcils, fouilla dans son sac et tendit au policier son passeport américain. Armstrong l'examina avec une rapidité provenant d'une longue expérience : née à Providence, Rhode Island, le 25 novembre 1936 ; taille : 1,70 mètre ; cheveux blonds, yeux noisette ; date d'expiration : 1965. Vingt-six ans ? Je l'aurais crue plus jeune — encore que son regard ait quelque chose d'étrange qui la vieillit si on l'examine attentivement.

Le commissaire feuilleta le passeport avec nonchalance, apparemment au hasard. Visa pour Hong-Kong en règle, remarqua-t-il ; une dizaine de cachets apposés en France, en Italie, en Amérique du Sud... et en URSS. Visite de sept jours en juillet de cette année.

— Sergent Lee !

— Commissaire !

— Faites viser le passeport de mademoiselle. Tout est en règle, dit-il en souriant à la jeune femme. Votre visa est valable pour trois mois mais si vous désirez prolonger votre séjour, adressez-vous simplement au poste de police le plus proche, nous vous le prolongerons.

— Merci beaucoup.

— Comptez-vous rester longtemps parmi nous ?

— Cela dépendra de l'accord que nous conclurons. Nous espérons qu'il sera durable, répondit-elle avec un sourire à l'adresse de John Chen.

— Oui, euh, nous l'espérons aussi, bafouilla l'Eurasien, qui ne parvenait toujours pas à se faire à l'idée que Casey Tcholok était une femme.

Sven Svensen, le steward, descendit de la passerelle avec deux sacs de voyage.

— Tenez, Casey. Vous êtes sûre que cela vous suffira pour cette nuit ?

— Certaine. Merci, Sven.

— Linc ne descend pas pour l'instant, il m'a chargé

de vous dire de ne pas l'attendre. Vous voulez que je vous aide, pour la douane ?

— Non, merci. Mr. John Chen a eu l'amabilité de venir nous accueillir. Avec le commissaire Armstrong, chef de la brigade criminelle de Kowloon.

Le steward regarda pensivement le policier avant de répondre :

— Bon. Je remonte.

— Tout va bien ? demanda Casey.

— Je crois, dit Sven. Les douaniers inspectent notre stock de gnôle et de cigarettes.

Quatre choses seulement faisaient l'objet de licences d'importation ou étaient frappées de droits de douane en entrant dans la Colonie : l'or, l'alcool, le tabac et l'essence ; deux étaient totalement interdites et ne pénétraient qu'en contrebande : la drogue et les armes de toutes espèces.

— Nous n'avons pas de riz à bord, commissaire. Linc n'en mange jamais.

— Alors il va souffrir, ici.

La jeune femme eut un petit rire puis se tourna de nouveau vers le steward :

— A demain. Merci.

— Neuf heures précises ! lui lança Sven en montant la passerelle.

— Comme vous l'avez entendu, nous n'attendons pas Linc, dit Casey à John Chen. J'espère que cela ne vous dérange pas.

— *Hein ?*

— Nous avons réservé à l'hôtel Victoria and Albert, à Kowloon. Allons-y, Linc viendra plus tard... ou demain.

Elle voulut prendre ses bagages mais un porteur surgit de nulle part et s'en empara.

— Mr. Bartlett ne vient pas ? dit l'Eurasien, l'air ahuri.

— Non. Il passera la nuit dans l'avion s'il obtient l'autorisation de le faire. Sinon, il nous suivra en taxi.

De toute façon, il nous rejoindra demain pour le déjeuner, comme convenu. Nous déjeunons toujours ensemble, je suppose ?

— Oui, mais... bredouilla John Chen, dont le cerveau avait apparemment du mal à fonctionner. Vous voulez annuler la réunion de dix heures ?

— Pas du tout, j'y assisterai. Linc n'avait pas prévu d'y participer : on y discutera surtout de questions de financement, pas de l'orientation générale de nos activités. J'espère que vous comprendrez, Mr. Chen. Linc est très fatigué, il est rentré hier d'un voyage en Europe. Commissaire, notre commandant a demandé à la tour de contrôle si Linc pouvait passer la nuit dans l'avion et les services d'immigration doivent nous rappeler pour nous donner la réponse mais je présume que c'est finalement à vous qu'il appartiendra de prendre une décision. Je vous serais très reconnaissante de satisfaire notre requête. Linc a trop jonglé avec le décalage horaire.

— J'en discuterai avec lui, s'entendit dire Armstrong.

— Merci infiniment. Désolée de ces complications, Mr. Chen. Nous y allons ?

Elle se dirigea vers la porte 16, suivie du porteur, mais l'Eurasien l'arrêta et lui montra sa Rolls.

— Par ici, Miss Tchu — euh, Casey.

La jeune femme écarquilla les yeux :

— Nous ne passons pas par la douane ?

— Pas ce soir, répondit Armstrong, sous le charme. C'est un cadeau du Gouvernement de Sa Majesté.

— J'ai l'impression d'être un monarque en visite, plaisanta le bras droit de Linc Bartlett en montant dans la voiture, où flottait une agréable odeur de cuir. Et de luxe.

Voyant le porteur poursuivre sa route avec les bagages vers la porte 16, elle demanda :

— Et mes affaires ?

— Ne vous inquiétez pas, la rassura John Chen. Ils seront dans votre suite avant vous.

— John est venu avec deux voitures, expliqua Armstrong. Une pour vous et Mr. Bartlett, l'autre pour les bagages.

— Deux voitures ?

— Bien sûr. N'oubliez pas que vous êtes à Hong-Kong, dit le commissaire avant de claquer la portière.

Il regarda la Rolls s'éloigner en se demandant pourquoi les services secrets — la Special Intelligence — s'intéressaient à K.C. Tcholok.

— Rendez-vous à l'aéroport et examinez personnellement son passeport, lui avait ordonné ce matin le directeur de la SI. Ainsi que celui de Mr. Lincoln Bartlett.

— Puis-je vous demander pourquoi, monsieur le directeur ?

— Non, Robert. Vous ne faites plus partie de nos services, vous avez une bonne planque à Kowloon — une vraie sinécure, n'est-ce pas ?

— Oui, monsieur le directeur.

— Surtout ne sabotez pas le travail, ce soir : des gens très influents sont peut-être mêlés à cette affaire.

Armstrong soupira en montant la passerelle en compagnie du sergent Lee. *Diou ne lo mo* sur tous les directeurs, en particulier celui de la SI, se dit-il. Un des douaniers qui attendaient en haut de la passerelle le salua :

— Bonsoir, commissaire. Tout est en règle. Nous avons trouvé à bord un pistolet de calibre 38 et une boîte de cartouches non entamée qui font partie de l'équipement de l'appareil, ainsi que trois fusils de chasse et un calibre 12 appartenant à Mr. Bartlett. Toutes ces armes figurent sur le manifeste et sont rangées dans une armoire dont le commandant a la clef.

— Bien.

— Vous avez encore besoin de moi, commissaire ?

— Non, merci.

Armstrong examina le manifeste que le douanier lui remit avant de partir : vin, cigarettes, bière et alcool. Dix caisses de Dom Pérignon 1959, quinze de puligny-montrachet 1953, neuf de château-haut-brion 1953.

— Pas de lafite-rothschild 1916 ? demanda-t-il au steward avec un sourire malicieux.

— Non, monsieur. 1916 est un mauvais cru mais il y a une demi-caisse de 1923 à la page suivante.

— Naturellement, toutes ces marchandises sont en « dépôt de douane » tant que vous restez ici.

— Je les ai mises sous clef et le douanier les a plombées. Il m'a autorisé à garder une dizaine de bières dans le réfrigérateur.

— Si leur propriétaire veut importer quelques bouteilles, faites-le-moi savoir. Il n'y aura pas de problème — juste une petite contribution au tiroir du bas de Sa Majesté.

— Je vous demande pardon ? fit Sven, perplexe.

— Hein ? Oh ! juste un jeu de mots anglais sur le tiroir de la commode où les dames rangent les affaires dont elles auront besoin plus tard. Votre passeport, s'il vous plaît.

Svensen était canadien.

— Puis-je vous conduire à Mr. Bartlett, suggéra le steward en remettant son passeport. Il vous attend.

L'intérieur de l'avion était élégant et simple. Immédiatement après le petit couloir, il y avait un salon meublé d'un canapé et de quelques fauteuils de cuir. Une porte le séparait de l'arrière de l'appareil. De l'autre côté, il y avait la cabine de pilotage, dont la porte était ouverte, et où le commandant et son copilote achevaient leur travail d'écriture.

— Commandant ? dit Svensen. Le commissaire Armstrong...

— Bonsoir, commissaire. Je suis le commandant Jannelli et voici Bill O'Rourke, mon copilote.

— Bonsoir, messieurs. Puis-je voir vos passeports ?

Les passeports des deux hommes étaient couverts

de visa mais ne portaient pas un seul cachet d'un pays de l'Est. Armstrong les confia au sergent Lee pour qu'il les fasse viser.

— C'est votre première visite à Hong-Kong, commandant ?

— Non. J'y ai passé quelques jours de permission pendant la guerre de Corée, et j'ai travaillé six mois pour la Far Earstern en 1956, au moment des émeutes.

— Quelles émeutes ? demanda O'Rourke.

— Kowloon tout entier avait explosé. Deux cent mille Chinois pris d'une fureur soudaine étaient descendus dans la rue. Les flics — pardon, les policiers — firent d'abord preuve de patience mais quand la foule se mit à tuer, ils installèrent quelques mitrailleuses et abattirent une demi-douzaine d'agités. Le calme revint rapidement. Ici, seuls les flics ont des armes, et c'est une excellente chose. Commissaire, vos gars ont fait du bon travail.

— Merci. D'où avez-vous décollé ?

— De LA, Los Angeles. C'est là que Linc, Mr. Bartlett, a ses bureaux.

— Vous avez fait escale à Honolulu et à Tokyo ?

— Oui.

— Combien de temps êtes-vous resté à Tokyo ?

Bill O'Rourke consulta son carnet de bord avant de répondre :

— Deux heures dix-sept minutes. Juste le temps de refaire le plein.

— Et de se dégourdir les jambes ?

— J'ai été le seul à descendre, dit Jannelli. Je vérifie toujours le train d'atterrissage lorsque nous faisons escale.

— Bonne habitude, commenta le policier poliment. Combien de temps passerez-vous à Hong-Kong ?

— Sais pas, ça dépend de Linc. Au moins une nuit puisque nous ne pouvons pas repartir avant quatorze heures. Nous avons pour instruction de nous tenir prêts à décoller à tout moment.

— Vous avez la permission de rester ici jusqu'à quatorze heures, dit Armstrong. Si vous voulez prolonger ce délai, appelez la tour de contrôle avant son expiration. Quand vous serez prêts, vous vous rendrez à la douane par la porte 16 — tout l'équipage, s'il vous plaît.

— Entendu. Dès que nous aurons fait le plein.

— Vous savez qu'il est absolument interdit d'introduire des armes à feu dans la Colonie ? Les armes nous rendent nerveux, à Hong-Kong.

— Moi aussi, commissaire. C'est pourquoi je garde la seule clef de l'armoire où on les range.

— Bien. En cas de problème, prenez contact avec mon service.

Armstrong retourna dans le salon où une hôtesse somnolait dans un fauteuil, un sac de voyage sur les genoux. De la cabine, Jannelli le regarda feuilleter le passeport de la jeune femme, une jolie fille nommée Jenny Pollard.

— Fumier, murmura le commandant. Il y a quelque chose qui cloche.

— Hein ?

— Depuis quand un ponte de la Brigade criminelle se dérange pour examiner des passeports ? Tu es sûr que nous ne transportons rien de bizarre ?

— Sûr. Je vérifie toujours tout, y compris les stocks de Sven. Naturellement, je n'ai pas inspecté les affaires de Linc ou de Casey mais ils ne commettraient pas une telle bêtise.

— Je travaille pour lui depuis quatre ans et pas une seule fois... N'empêche, il y a quelque chose de louche, dit le commandant. (Il se tortilla sur son siège, chercha une position plus confortable et soupira avec lassitude :) Bon sang, je m'offrirais bien un massage et une semaine de congé.

Dans le salon, Armstrong passait le passeport de l'hôtesse au sergent Lee.

— Merci, Miss Pollard.

— Vous avez vu tout l'équipage, dit Svensen. Si vous voulez bien me suivre, Mr. Bartlett va vous recevoir.

Le steward frappa à la porte, l'ouvrit sans attendre de réponse et annonça le moins cérémonieusement du monde :

— Linc, c'est le commissaire Armstrong.

— Salut, lança l'Américain en se levant de son bureau, la main tendue. Vous buvez quelque chose ? une bière ?

— Plutôt du café.

— Tout de suite, dit Svensen en quittant la pièce.

— Faites comme chez vous, voici mon passeport. J'en ai pour une minute, assura le milliardaire, qui se remit à taper avec deux doigts sur sa machine à écrire.

Le commissaire le détailla à loisir : cheveux blond roux, yeux bleus mouchetés de gris, visage énergique et agréable, allure sportive, jeans et chemisette. Le passeport lui apprit qu'il était né à Los Angeles le 1er octobre 1922 et qu'il avait lui aussi passé une semaine en Union soviétique. Il ne fait pas ses quarante ans, se dit Armstrong.

Le regard du policier parcourut la pièce spacieuse, qui occupait toute la largeur de la carlingue. Derrière, un couloir longeait les toilettes et deux cabines jusqu'à la porte du fond, qui devait mener aux appartements du maître. Le bureau ressemblait à un centre de communications : télex, standard téléphonique, machines à écrire vissées sur un châssis, horloge illuminée sur l'une des parois, classeurs, machine à photocopier, bureau au plateau de cuir recouvert de paperasse. Sur les rayonnages, des livres : quelques « poche », des traités de droit fiscal mais surtout des ouvrages sur la guerre, des livres écrits par des généraux : Wellington, Napoléon, Patton, Eisenhower, Sun Tzu.

— Votre café, commissaire, dit Svensen, arrachant le policier à son examen.

— Merci.

Armstrong prit sa tasse et y versa un peu de lait tandis que le steward posait une boîte de bière fraîche près de Bartlett et emportait celle qui était vide. Le milliardaire but en relisant ce qu'il venait d'écrire puis dit à Svensen :

— Demandez à Jannelli de faire envoyer ce message par la tour de contrôle.

Le domestique acquiesça et sortit.

— Désolé, reprit Bartlett en tournant sur sa chaise, mais cela ne pouvait pas attendre.

— Je vous en prie, Mr. Bartlett, vous avez l'autorisation de passer la nuit dans l'avion.

— Merci, merci beaucoup. Svensen peut rester aussi ? Je n'ai aucun talent de ménagère.

— Entendu. Combien durera votre visite ?

— Cela dépendra de notre réunion de demain. Nous espérons conclure un marché avec Struan. Une semaine, dix jours.

— Alors il vous faudra déménager demain : un autre appareil privé est attendu à seize heures. J'ai demandé au commandant Jannelli de téléphoner à la tour de contrôle avant quatorze heures.

— Merci. C'est normal que le chef de la Brigade criminelle s'occupe du transit à l'aéroport ?

— J'aime savoir ce qui se passe dans mon secteur, répondit Armstrong en souriant. Habitude fastidieuse mais bien enracinée. Vous savez, nous ne recevons pas si souvent d'avion privé, et il est rare que Mr. Chen vienne personnellement accueillir quelqu'un. Nous ne manquons pas une occasion de montrer notre hospitalité. Struan possède la majeure partie de l'aéroport et John est un ami personnel. Vous le connaissez depuis longtemps ?

— Je l'ai rencontré à New York puis à Los Angeles, et nous avons sympathisé. Commissaire, cet avion me sert de...

Un des téléphones se mit à sonner, Bartlett décrocha.

— Oui ?... Salut, Charlie, quoi de neuf à New York ?.. Bon dieu, c'est du tonnerre. Combien ?... Bon, achète le tout... oui, les deux cent mille actions... Lundi matin dès l'ouverture du marché. Tu me confirmes par télex...

L'Américain raccrocha et revint à Armstrong.

— Désolé. Oui, cet avion me sert de centre de communications, sans lui je suis perdu. Si nous restons ici une semaine, est-ce que je pourrai aller et venir de la ville à mon appareil ?

— Je crains que ce ne soit hasardeux, Mr. Bartlett.

— Cela veut dire oui ou peut-être ?

— Dans notre jargon, hasardeux signifie difficile. Navré mais nous avons des consignes de sécurité très strictes à Kai Tak.

— S'il est nécessaire de renforcer les effectifs, je suis prêt à payer les frais.

— C'est une question de sécurité, pas d'argent. D'ailleurs, nous disposons à Hong-Kong d'un réseau téléphonique de première classe, vous verrez.

Et la SI aura moins de mal à écouter vos conversation, ajouta le commissaire *in petto*.

— Je vous serais reconnaissant si vous pouviez m'accorder cette faveur, insista Bartlett.

Armstrong goûta son café avant d'orienter la conversation sur un autre sujet :

— Vous connaissez Hong-Kong ?

— Non, c'est mon premier voyage en Asie. Je n'avais jamais été plus loin à l'est que Guadalcanal, en 1943.

— Avec l'armée de terre ?

— J'étais sergent dans le Génie. Nous construisions de tout : hangars, ponts, camps, n'importe quoi. Une fameuse expérience... Vous êtes sûr que vous ne voulez pas boire autre chose ?

— Non, non. Merci pour le café.

Armstrong vida sa tasse, commença à se lever.

— Puis-je vous poser une question à mon tour ? demanda Bartlett.

— Certainement.

— Quel genre de type est Ian Dunross, le patron de la Struan ?

— Le Taï-pan ? Vous obtiendrez des réponses différentes selon la personne à qui vous poserez la question. Vous ne l'avez jamais rencontré ?

— Pas encore. Je vais faire sa connaissance demain, au déjeuner. Pourquoi l'appelle-t-on le Taï-pan ?

— Taï-pan signifie en cantonais « chef suprême », celui qui est placé au bout de la chaîne du pouvoir. Pour les Chinois, tous les patrons européens des vieilles sociétés commerciales sont des taï-pans, et le plus grand d'entre eux, c'est *le* Taï-pan. La Struan porte le surnom de « Noble Maison » ou « Noble *Hong* », *hong* signifiant « compagnie ». Cela remonte à l'essor du grand négoce avec la Chine et aux premiers jours de la Colonie. Hong-Kong a été fondée le 26 janvier 1841. Quant au fondateur de la Struan and Company, Dirk Struan, c'est un personnage légendaire : un pirate pour certains, un prince pour d'autres. Quoi qu'il en soit, il fit fortune en introduisant clandestinement en Chine de l'opium indien qu'il échangeait contre des lingots d'argent, lingots avec lesquels il achetait ensuite du thé qu'il expédiait en Angleterre par clippers. Il devint un prince marchand, un grand négociant, et conquit le titre de Taï-pan. Depuis, la Struan s'efforce d'être la meilleure dans tous les domaines.

— Elle y parvient ?

— Une ou deux compagnies la talonnent — Rothwell-Gornt, en particulier — mais on peut dire qu'elle garde la tête. Rien n'entre à Hong-Kong ou n'en sort, aucune affaire ne s'y traite sans que Struan, Rothwell-Gornt, Asian Properties, la Blacs — Bank of London and China — ou la Victoria Bank intervienne.

— Parlez-moi de Dunross.

Le policier réfléchit avant de répondre :

— Je le connais peu, nous nous rencontrons de temps en temps aux courses mais je n'ai eu officiellement affaire à lui pour le travail qu'à deux occasions. C'est un homme charmant, qui excelle dans son domaine... *Brillant* est le mot qui le résume le mieux, je crois.

— Lui et sa famille possèdent une grande partie de la compagnie Struan ?

— Je ne saurais dire, et je doute que quiconque le sache en dehors de la famille. Par contre je suis sûr que ce ne sont pas ses actions qui lui ont valu le titre de Taï-pan. D'aucuns le disent impitoyable, prêt à tuer. En tout cas, je n'aimerais pas l'avoir pour ennemi.

Bartlett eut un sourire étrange, les petites rides rayonnant au coin de ses yeux se creusèrent.

— Un ennemi est parfois plus précieux qu'un ami, dit-il.

— Parfois. J'espère que votre séjour vous sera profitable.

— Merci. Je vous raccompagne, proposa le milliardaire en se levant.

Il ouvrit la porte, laissa sortir le commissaire et le sergent puis les suivit jusqu'à la passerelle et aspira une profonde bouffée d'air. Il sentit à nouveau dans le vent quelque chose d'étrange, ni agréable ni déplaisant, ni parfum ni odeur — simplement étrange, et bizarrement excitant.

— Qu'est-ce qui flotte dans l'air, commissaire ? Casey a eu la même impression dès que Sven a ouvert la porte.

Armstrong hésita, sourit et répondit :

— C'est l'odeur même de Hong-Kong, Mr. Bartlett. L'argent.

2

23 h 48

— Les dieux soient témoins de ma poisse ! jura Wu-quatre-doigts avant de cracher sur le pont de sa jonque.

L'embarcation mouillait au sein d'une des immenses grappes de bateaux s'étirant dans le port d'Aberdeen, sur la côte sud de l'île de Hong-Kong. Par cette nuit chaude et humide, Wu jouait au mah-jong avec trois de ses amis, vieux et basanés comme lui, eux aussi capitaines d'une jonque dont ils étaient propriétaires. Pourtant ils naviguaient sous les ordres de Wu-quatre-doigts, qui s'appelait en réalité Wu Sang Fang. C'était un pêcheur illettré, court sur pattes et édenté, qui n'avait pas de pouce à la main gauche. Bien que sa jonque fût sale et délabrée, il était le chef des Wu de la mer, capitaine de leur flotte, et son pavillon frappé d'un Lotus d'argent flottait sur les quatre mers.

Quand vint son tour de jouer, il prit une autre plaque d'ivoire, la regarda rapidement et, comme elle n'améliorait pas son jeu, la rejeta bruyamment et cracha une nouvelle fois. A l'instar de ses amis, il portait un maillot en lambeaux et un pantalon noir de coolie mais il avait misé dix mille dollars sur cette seule partie.

— *Ayiiya*, se lamenta Tang-le-Grêlé, bien que la plaque qu'il venait de tirer lui donnât presque une combinaison gagnante. Forniquent toutes les mères sauf les nôtres si je perds !

Et il jeta une plaque d'un geste théâtral.

— Fornique la tienne si tu gagnes ! rétorqua un autre joueur.

— Et forniquent les diables d'étrangers de la Montagne dorée s'ils n'arrivent pas ce soir, enchaîna Poon-beau-temps.

— Ils arriveront, déclara Wu-quatre-doigts d'un ton confiant. Les diables d'étrangers sont des maniaques de l'heure. J'ai quand même envoyé Septième-Fils à l'aéroport pour s'en assurer.

Il tendit la main vers une plaque, interrompit son geste pour regarder d'un œil sévère, par-dessus son épaule, une jonque de pêche se dirigeant lentement et silencieusement vers la mer, à travers deux rives de bateaux encombrant l'accès du port. Seuls ses feux de mouillage étaient allumés, à bâbord et à tribord. Cette embarcation, qui lui appartenait, partait ostensiblement à la pêche mais allait en fait à la rencontre d'un chalutier thaïlandais chargé d'opium. Quand elle fut passée, Wu reporta son attention sur le jeu. Bien que la marée fût basse, la plupart des « îles » de bateaux flottaient en eau profonde. Une odeur fétide d'algues pourrissantes, de mollusques et d'ordures montait de la côte et des bas-fonds.

La plupart des sampans et des jonques étaient sans lumière, les multitudes qu'ils abritaient dormaient. Çà et là cependant brûlait une lampe à pétrole. Des embarcations de toutes tailles étaient précairement amarrées les unes aux autres, apparemment sans ordre, le long d'étroites ruelles marines serpentant dans les villages flottants. C'était là qu'habitaient les Tanka et les Haklo — le peuple des bateaux — qui passaient leur vie sur l'eau, y naissaient et y mouraient. Nombre de ces bateaux ne quittaient jamais leur mouillage et demeuraient amarrés les uns aux autres jusqu'à ce qu'ils coulent, qu'ils pourrissent, qu'ils disparaissent dans un typhon ou dans un de ces spectaculaires brasiers qui ravageaient fréquemment les « îles » d'embarcations, quand un pied, une main maladroite renversait une lampe ou laissait tomber une substance inflammable sur l'inévitable feu allumé à bord.

— Grand-Père ! appela la jeune vigie.

— Quoi ? grogna Quatre-doigts.

— Sur la jetée, regardez ! Septième-Fils ! cria le garçon, âgé d'à peine douze ans, en montrant la côte.

Wu et les autres tournèrent la tête vers un jeune Chinois vêtu d'un jean, d'un maillot propre et de savates, qui réglait un taxi arrêté près de la passerelle d'un des immenses restaurants flottants amarrés à des jetées modernes. Ces temples du plaisir et de l'art culinaire avaient trois, quatre ou même cinq étages et des toits à la chinoise. Étincelants de lumière et de couleurs — rouge, vert et or — ils croulaient sous les gargouilles, les dragons et les dieux.

— Tu as de bons yeux, Troisième-Petit-Fils. Va à la rencontre de Septième-Fils.

L'enfant détala ausitôt, courant, le pied sûr, sur les planches branlantes reliant les jonques entre elles. Wu regarda son septième rejeton se diriger vers une des jetées où se regroupaient les sampans assurant la traversée du port. Quand il le vit s'installer dans le canot qu'il lui avait dépêché, il se retourna et s'assit de nouveau.

— Finissons la partie, grommela-t-il. C'est la dernière pour moi, il faut que j'aille à terre, ce soir.

Les quatre hommes se remirent à tirer et à rejeter les plaques d'ivoire.

— *Ayiiya !* s'écria Tang-le-Grêlé en découvrant celle qu'il venait de prendre.

Il la retourna sur la table puis étala les treize autres plaques qu'il avait en main.

— Par tous les dieux, regardez-moi ça ! jubila-t-il.

Les autres joueurs avaient l'air consterné.

— Je pisse sur tes ancêtres ! glapit Wu. Tu as trop de chance, Grêlé.

— Une dernière partie ? A vingt mille, proposa joyeusement Tang, convaincu que ce soir, ce vieux diable de Chi Kung, le dieu des joueurs, était perché sur son épaule.

Quatre-doigts allait refuser lorsqu'un oiseau de mer survola la jonque en poussant un cri plaintif.

— Quarante, répondit-il aussitôt, interprétant le cri de l'oiseau comme un signe du ciel que la chance avait tourné. Quarante mille ou rien ! Et aux dés parce que je n'ai plus le temps, maintenant.

— Par tous les dieux, je n'ai pas quarante mille en liquide, geignit le Grêlé. Mais tu m'en dois vingt et je mettrai ma jonque en gage demain quand les banques ouvriront ; je te laisserai ma part sur les prochains chargements d'or ou d'opium jusqu'à ce que tu sois remboursé, si tu gagnes. *Heya ?*

— Vous jouez trop gros, déclara Poon-beau-temps avec aigreur. Vous perdez la boule, fornicateurs que vous êtes !

— Le plus haut point en un seul coup ? suggéra Wu.

— *Ayiiya*, vous êtes devenus fous, tous les deux, protesta Poon, bien qu'il fût aussi excité que les autres. Où sont les dés ?

Quatre-doigts les tira d'une de ses poches.

— A toi, Grêlé. Tu joues ton putain d'avenir.

Tang cracha dans ses mains, récita une prière silencieuse puis lança les trois dés en s'écriant anxieusement :

— Aïe-aïe-aïe !

Un quatre, un trois, un autre quatre.

— Onze !

Les autres retenaient aussi leur respiration. Wu ramassa les dés, cracha dessus, les injuria, les cajôla et les jeta : un six, un deux, un trois.

— Onze ! Par les dieux petits et grands ! Lance-les à nouveau !

La tension montait autour de la table. Tang-le-Grêlé jeta une seconde fois les dés.

— Quatorze !

Wu se concentra et joua à son tour.

— *Ayiiya !* rugit-il.

Et tous rugirent avec lui. Un six, un quatre et un deux. Le Grêlé riait en se tenant le ventre, les autres le félicitaient ou plaignaient le perdant. Wu, dont le cœur battait encore la chamade, haussa les épaules et marmonna :

— Maudit oiseau. Venir piailler au-dessus de ma tête à un moment pareil !

— C'est ce qui t'a fait changer d'avis ?

— J'ai cru que c'était un signe. Tu en as vu souvent, toi, des oiseaux de mer qui survolent ta jonque la nuit en criant ?

— Tu as raison. J'aurais fait pareil.

— C'est le *joss* ! conclut Quatre-doigts. Son visage s'illumina et il ajouta : mais le plaisir du jeu, c'est encore meilleur que les nuages et la pluie, *heya* ?

— Pas à mon âge !

— Quel âge as-tu, Grêlé ?

— Soixante et quelque — soixante-dix, peut-être. Presque aussi vieux que toi, mais je me sens comme si j'en avais trente.

Les Haklo ne tenaient pas de registre des naissances comme ceux qui habitaient sur terre.

— Tu sais que le marchand de remèdes du marché d'Aberdeen a reçu une nouvelle cargaison de ginseng coréen, dont une partie a plus de cent ans ! De quoi mettre le feu dans ton bâton !

— Son bâton n'a pas besoin de ça, Poon ! Sa troisième femme est encore enceinte !

Souriant de sa bouche édentée, Wu sortit de sa poche un épais rouleau de billets de cinq cents dollars et commença à compter, les doigts agiles malgré le pouce manquant à la main gauche. Il l'avait perdu des années plus tôt dans un combat contre des pirates fluviaux au cours d'une expédition de contrebande. Le vieillard s'interrompit à l'arrivée de son fils, jeune homme de vingt-six ans, grand pour un Chinois. Septième-Fils traversa le pont d'une démarche maladroite tandis qu'un avion à réaction passait en hurlant au-dessus du port.

— Ils sont arrivés ? demanda Wu.

— Oui, Père.

Quatre-doigts frappa joyeusement du poing le baril retourné sur lequel il était assis.

— Parfait ! s'exclama-t-il. Nous allons pouvoir commencer !

— Hé, Quatre-doigts, dit Tang-le-Grêlé d'un air songeur en montrant les dés. Un six, un quatre, un deux, ça fait douze, qui fait aussi trois, le chiffre magique.

— Oui, j'ai vu.

Le Grêlé, avec un sourire épanoui, tendit la main vers le nord-est, là où devait se trouver l'aéroport de Kai Tak, derrière les montagnes d'Aberdeen, de l'autre côté du port de Kowloon, à une dizaine de kilomètres.

— Peut-être que la chance a tourné pour toi, *heya* ?

LUNDI

3

5 h 16

L'aube commençait à poindre lorsqu'une jeep transportant deux mécaniciens en bleus passa devant la porte 16, à l'extrémité est de l'aéroport, et s'arrêta près de la partie centrale du train d'atterrissage de *Yankee 2*. La passerelle était encore en place et la porte de l'appareil entrouverte. Les mécaniciens, Chinois tous les deux, descendirent du véhicule et commencèrent à inspecter les roues de l'avion, l'un au centre, l'autre sous le nez. Ils vérifièrent méthodiquement les pneus, les accouplements hydrauliques des freins qu'ils éclairaient à l'aide de torches électriques. L'homme qui se trouvait sous le ventre de l'avion monta sur une roue et passa la tête et les épaules dans les entrailles de l'appareil. Quelques instants plus tard, il poussa une exclamation étouffée et murmura en cantonais :

— Lim, viens voir.

Son compagnon s'approcha d'un pas lent, releva la tête. La sueur dessinait de grandes taches sur sa combinaison.

— Elles y sont ou pas ? Je vois rien d'ici.

— Fourre-toi le machin dans la bouche et jette-toi

à l'égout. Bien sûr qu'elles y sont. On est riche, on manquera plus jamais de riz ! Mais fais moins de bruit, tu vas réveiller les diables d'étrangers pleins de fiente ! Tiens...

Le mécanicien juché sur la roue passa à Lim un long paquet enveloppé de toile que ce dernier, silencieux et preste, posa dans la jeep. Il fit de même avec un second paquet de mêmes dimensions puis avec un autre plus petit. Les deux hommes, inondés de sueur, travaillaient vite et sans bruit, entassant les paquets à l'arrière de leur véhicule. Un autre, un autre encore...

Une jeep de la police surgit sur la piste au moment même où des hommes en uniformes, dont plusieurs Européens, jaillissaient par la porte 16.

— On nous a vendus, balbutia Lim avant de se lancer dans une fuite désespérée.

La jeep le rattrapa facilement et il s'arrêta, tremblant de terreur, puis il cracha, maudit les dieux et se réfugia en lui-même.

Son complice avait aussitôt sauté de la roue et s'était glissé derrière le volant de la jeep mais les policiers l'avaient maîtrisé et lui avaient passé les menottes avant qu'il n'ait eu le temps de tourner la clef de contact.

— Eh bien, eh bien, petite bouche onctueuse, où tu crois aller ? fit le sergent Lee d'une voix suave.

— Nulle part, sergent. C'est lui, là-bas, ce bâtard de putain. Il avait juré de me couper le kiki si je l'aidais pas. Je sais rien, sur la tombe de ma mère !

— Sale menteur, t'en as jamais eu, de mère ! Tu vas te retrouver en taule pour cinquante ans si tu ne parles pas !

— Je le jure, sergent, par tous les dieux.

— Je pisse sur tes mensonges, face de merde. Qui t'a payé pour ce boulot ?

Armstrong s'avança lentement sur le tarmac, la bouche encore emplie du goût douceâtre de la capture.

— Alors, sergent, voyons un peu notre prise, dit-il en anglais.

Le visage hérissé de barbe, fatigué par la nuit blanche qu'il venait de passer, le commissaire n'était pas d'humeur à entendre les protestations d'innocence du « mécanicien » geignard. D'une voix douce, il s'adressa à lui dans un cantonais populaire parfait :

— Dis encore une seule connerie, pourvoyeur de merde de lépreux, et j'ordonne à mes hommes de t'écraser les bourses.

L'homme se figea.

— Bon. Comment t'appelles-tu ?

— Tan Sha Ta, seigneur.

— Tu mens ! Le nom de ton ami ?

— Lim Ta-cheung, mais c'est pas mon ami, seigneur, je l'avais jamais vu avant cette nuit.

— Menteur ! Qui t'a payé ?

— Je ne sais pas qui l'a payé, seigneur. Il avait juré de me trancher la...

— Mensonges ! Ta bouche est si pleine de fiente que tu dois être le dieu de la crotte en personne. Qu'y a-t-il dans ces paquets ?

— Je ne sais pas, je le jure sur la tombe de mes ancêtres...

— Menteur ! rétorqua Armstrong, qui savait que l'homme chercherait immanquablement à le tromper.

« Les Chinois ne sont pas comme nous, lui avait enseigné son premier professeur à l'école de police, un vieux fonctionnaire colonial. Je ne veux pas dire qu'ils sont plus malhonnêtes, non, mais ils ne diront jamais la vérité à un flic. On a beau les coincer, ils continuent à mentir et vous glissent entre les doigts comme un bâton merdeux. Prenez leurs noms, par exemple. Tous les Chinois reçoivent quatre noms : un à la naissance, un deuxième à la puberté, un troisième à l'âge adulte, et un quatrième qu'il se choisit lui-même. Pour un oui ou pour un non, ils passent de l'un à l'autre. Pour tout arranger, il n'y a pas une grande variété : les

Chinois s'appellent eux-mêmes *lao-tsi-sing* : les cent vieux noms. Effectivement, il n'y a qu'une centaine de noms de famille dans toute la Chine, dont vingt Yu, huit Yen, dix Wu et Dieu sait combien de Ping, de Li ou Lee, de Chen, Chin, Chong, Wong et Fu, qui se prononcent chacun de cinq façons différentes !

— Il doit être difficile d'identifier un suspect, avait commenté le futur commissaire.

— Vingt sur vingt, mon jeune ami ! Vous pouvez avoir cinquante Li, cinquante Chang et quatre cents Wong sans qu'ils soient le moins du monde parents. Cré bon sang ! Cela nous pose un foutu problème à Hong-Kong. »

Armstrong soupira. Dix-huit ans plus tard, le problème des noms chinois demeurait le même casse-tête et, par-dessus le marché, chaque Chinois semblait avoir un surnom sous lequel il était généralement connu.

— Comment t'appelles-tu ? demanda-t-il de nouveau, et sans même écouter la réponse, il poursuivit : Menteur ! Sergent, ouvrez un de ces paquets, nous allons bien voir.

Le sergent Lee dégagea de l'emballage de toile un fusil automatique M 14 de l'armée américaine, neuf et soigneusement graissé.

— Ça peut te coûter cinquante ans de placard, mauvais fils de la mamelle gauche d'une pute, grinça Armstrong.

Bouche bée, l'homme contemplait l'arme d'un air stupide. Un gémissement sourd s'échappa de ses lèvres.

— Forniquent tous les dieux, je savais pas que c'était des armes.

— Tu le sais, maintenant. Sergent, emmenez cette crotte et arrêtez-le pour contrebande d'armes.

Les policiers entraînèrent le faux mécanicien sans ménagement. Comme un jeune agent chinois s'apprêtait à défaire un autre paquet, carré et plus petit, Armstrong lui ordonna en anglais :

— N'y touchez pas ! Il peut y en avoir un de piégé. En arrière, tout le monde. Sergent, faites venir une équipe de désamorçage. Nous avons le temps, maintenant.

— A vos ordres, commissaire.

Tandis que Lee se dirigeait vers la jeep de la police pour téléphoner, Armstrong passa sous le ventre de l'avion, leva la tête, ne vit rien et monta sur une roue. « Jésus-Marie ! », dit-il à mi-voix en découvrant cinq caissons vissés aux parois. L'un était presque vide, les quatre autres contenaient encore tous leurs paquets. A en juger par leurs formes et leurs dimensions, c'étaient encore des M 14 et des caisses de munitions — ou de grenades.

— Il y a quelque chose là-haut, commissaire ? demanda l'inspecteur Thomas, jeune Anglais travaillant depuis trois ans dans la brigade.

— Venez donc jeter un coup d'œil ! Mais ne touchez à rien.

— Bon dieu ! il y a de quoi équiper deux escouades anti-émeutes !

— Je me demande à qui elles étaient destinées.

— Aux communistes ?

— Ou aux Nationalistes — ou aux truands. Ils...

— Qu'est-ce qui se passe, là en bas ?

Armstrong reconnut la voix de Linc Bartlett. Son visage se ferma, il sauta sur la piste et approcha de la passerelle, suivi par Thomas.

— C'est précisément ce que j'aimerais savoir, Mr. Bartlett, cria-t-il avec sécheresse au milliardaire, qui se trouvait en haut des marches, en compagnie de son steward.

L'Américain et son domestique, tous deux vêtus de pyjamas, avaient les cheveux en broussaille.

— Venez donc regarder ceci, dit le policier en indiquant le fusil à moitié caché dans la jeep.

Bartlett descendit aussitôt, Svensen dans son sillage.

— Regarder quoi ?

— Mr. Svensen, si vous voulez avoir l'amabilité d'attendre dans l'avion, dit Armstrong.

Le Canadien hésita, se tourna vers son patron qui acquiesça de la tête.

— Fais-nous du café, Sven, s'il te plaît.

— D'accord, Linc.

— Alors, de quoi s'agit-il, commissaire ?

— De ceci !

— C'est un M 14, murmura Bartlett en plissant les yeux. Et alors ?

— Alors il était à bord de votre avion.

— C'est impossible.

— Nous avons pris sur le fait les deux lascars venus prendre livraison de la marchandise. En voici un, dit Armstrong en désignant le Chinois en combinaison qui se tenait près de la jeep, l'air renfrogné, menottes aux poignets. L'autre est déjà dans le fourgon. Si vous voulez bien m'accompagner, je vais vous faire voir ce qu'on trouve sous le ventre de votre *Yankee 2*.

— Où ça ?

— Dans la soute de la partie centrale du train d'atterrissage. Il vous faudra monter sur une roue.

Bartlett suivit ces instructions, sous les yeux du commissaire et de l'inspecteur Thomas, qui regardèrent attentivement où il posait les mains en prévision d'un relevé d'empreintes.

— Ça alors ! s'exclama l'Américain en découvrant les caissons. Si c'est du même tonneau, c'est un véritable arsenal !

— Oui. Ne touchez à rien, surtout.

Bartlett redescendit.

— Ces caissons ont été spécialement fabriqués, fit-il observer.

— Je ne vous le fais pas dire. Voyez-vous un inconvénient à ce que nous fouillions l'avion ?

— Aucun.

— Allez-y, inspecteur. Maintenant, Mr. Bartlett, vous

aurez peut-être la bonté de me fournir des explications ?

— Je ne suis pas trafiquant d'armes, affirma l'homme d'affaires, et je ne crois personne de mon équipage assez stupide pour courir ce genre de risques.

— Et Miss Tcholok ?

— Pour l'amour du ciel !

— C'est une affaire très grave, Mr. Bartlett, répliqua Armstrong d'un ton glacial. Votre appareil est placé sous séquestre, et jusqu'à plus ample informé, ni vous ni votre équipage n'avez le droit de quitter la Colonie sans l'autorisation de la police. Je vous répète ma question : et Miss Tcholok ?

— Il est impensable que Casey puisse être mêlée de près ou de loin à une affaire de contrebande d'armes — ou de quelque contrebande que ce soit. Impensable, répéta Bartlett, qui ne montrait pas la moindre crainte. Il en va de même pour chacun d'entre nous.

Sa voix se durcit lorsqu'il ajouta :

— Vous étiez prévenu, n'est-ce pas ?

— Combien de temps êtes-vous resté à Honolulu ?

— Une heure ou deux, le temps de faire le plein, je ne me souviens pas exactement, répondit le magnat. Il réfléchit un moment et reprit : Jannelli est descendu comme il en a l'habitude. Mais on n'aurait pas pu monter ces caissons en une heure.

— Vous en êtes certain ?

— Non, mais je parie que le travail a été fait aux États-Unis, avant notre départ. Où, pour quoi et par qui ? je n'en ai pas la moindre idée, par contre. Et vous ?

— Pas encore, dit Armstrong en observant attentivement Bartlett. Si nous montions à votre bureau ? Nous y enregistrerons votre déposition.

Le « pirate » consulta sa montre, qui indiquait cinq heures quarante-trois.

— Allons-y tout de suite, décida-t-il. Je donnerai ensuite quelques coups de téléphone. Nous n'avons pas encore installé notre système — il y a un téléphone à l'intérieur ? demanda-t-il en indiquant la porte 16.

— Oui, mais nous préférerions parler au commandant Jannelli et à Mr. O'Rourke avant que vous ne le fassiez, si cela ne vous dérange pas. Où sont-ils logés ?

— Au Victoria and Albert.

— Sergent Lee !

— Commissaire ?

— Vous pouvez rentrer au QG.

Se tournant à nouveau vers l'Américain, le policier poursuivit :

— Nous aimerions aussi interroger Miss Tcholok avant vous — toujours si vous n'y voyez pas d'inconvénient.

Bartlett monta silencieusement les marches en compagnie d'Armstrong et finit par acquiescer :

— Entendu. A condition que vous vous en chargiez personnellement et que vous ne la réveilliez pas avant huit heures. Elle a fourni un gros travail ces derniers temps et la journée sera très chargée. Je ne veux pas que vous l'importuniez inutilement.

Dans le couloir, ils retrouvèrent Svensen, revêtu de son uniforme et l'air gravement préoccupé. Des policiers en tenue ou en civil fouillaient l'avion avec diligence.

— Et ce café, Sven ? réclama le chef de Par-Con Industries en se dirigeant vers son bureau.

Par la porte du fond, restée ouverte, le commissaire vit une partie des appartements du maître, notamment un lit modèle géant. L'inspecteur Thomas inventoriait le contenu d'une commode.

— Merde ! marmonna Bartlett.

— Navré mais c'est nécessaire, déclara le chef de la brigade criminelle.

— Je ne suis pas obligé de trouver ça agréable, répliqua le milliardaire. Je n'aime pas que des inconnus fourrent leur nez dans ma vie privée.

— Cela n'a rien d'agréable, je vous l'accorde. Sung !

appela Armstrong avec un geste en direction d'un des policiers en civil.

— Commissaire ?

— Venez prendre la déposition.

— Attendez, j'ai un système qui nous fera gagner du temps, dit Bartlett.

Il se tourna vers une console électronique, appuya sur deux boutons ; une platine à cassettes se mit en mouvement. Le magnat brancha le micro, le posa sur le bureau et déclara :

— L'appareil enregistrera deux bandes : une pour vous, l'autre pour moi. Quand vous aurez fait transcrire l'enregistrement par une dactylo, je vous le signerai.

— Merci.

— Bon, allons-y.

Le commissaire éprouva un embarras soudain.

— Mr. Bartlett, commença-t-il d'une voix lente, que savez-vous de la cargaison illégale trouvée dans la soute du train d'atterrissage de votre appareil ?

Après avoir déclaré une nouvelle fois qu'il en ignorait tout, l'Américain ajouta :

— Je ne puis croire qu'un membre de mon personnel soit mêlé à cette affaire. Aucun d'entre eux n'a jamais eu affaire à la police, autant que je sache — et si c'était le cas, je le saurais.

— Depuis combien de temps le commandant Jannelli est-il à votre service ?

— Quatre ans. O'Rourke deux, et Svensen, depuis que j'ai acheté *Yankee 2*, en 1958.

— Et Miss Tcholok ?

Bartlett marqua une pause avant de répondre :

— Six ans, presque sept.

— Elle exerce des fonctions de cadre supérieur dans votre compagnie ?

— Très supérieur.

— C'est peu courant, vous ne croyez pas ?

— Cela n'a rien à voir avec le problème qui nous préoccupe.

— Vous êtes propriétaire de l'avion ?

— Plus exactement, il appartient à la société Par-Con Industries.

— Vous connaissez-vous des ennemis, des gens qui souhaiteraient vous causer de gros ennuis ?

— Demandez plutôt à un chien s'il a des puces ! répliqua le milliardaire en s'esclaffant. On ne devient pas le patron d'une firme d'un demi-milliard de dollars en se faisant des amis.

— Pas d'ennemis en particulier ? insista Armstrong.

— J'espère que vous m'apporterez la réponse à cette question. Le trafic d'armes est une spécialité : ceux qui ont monté cette affaire ne peuvent qu'être des professionnels.

— Qui connaissait votre plan de vol ?

— Le voyage était prévu depuis deux mois. Mon conseil d'administration et mon secrétariat étaient au courant, répondit Bartlett en fronçant les sourcils. Je n'avais aucune raison de le garder secret... Struan aussi était au courant, depuis au moins deux semaines. Nous avions confirmé notre venue le 12 par télex, en précisant les heures exactes de départ et d'arrivée. J'aurais préféré avancer la réunion mais Dunross n'était pas libre avant le lundi 19, c'est-à-dire aujourd'hui. Vous devriez l'interroger.

— Je n'y manquerai pas, Mr. Bartlett. Merci, ce sera tout pour le moment.

— A mon tour de poser quelques questions, si vous voulez bien. Quelle est la peine encourue pour contrebande d'armes ?

— Dix ans de prison, sans possibilité de mise en liberté sur parole.

— A combien estimez-vous la valeur de la cargaison ?

— Les armes se vendent à prix d'or si l'on sait trouver le bon acheteur.

— A qui songez-vous ?

— A quiconque désire provoquer des émeutes, pratiquer l'assassinat en série, cambrioler une banque ou perpétrer un crime de quelque importance.

— Les communistes, par exemple ?

Armstrong secoua la tête en souriant :

— S'ils désiraient s'emparer de la Colonie, ils n'auraient pas besoin de nous tirer dessus ni d'introduire en fraude des M 14 américains — ils disposent de toutes les armes nécessaires.

— Les Nationalistes de Chiang Kai-shek ?

— Le gouvernement américain leur fournit tous les armements qu'ils désirent. Pourquoi s'embêteraient-ils à faire de la contrebande ?

— Alors une guerre des gangs ?

— Dieu du ciel, Mr. Bartlett, nos gangs ne passent pas leur temps à se canarder. Nos triades — comme nous les appelons — négocient leurs différends à la chinoise, en hommes raisonnables et civilisés, avec des couteaux, des haches, des barres de fer et des coups de téléphone anonymes à la police.

— Je parie que vous trouverez la solution de l'énigme au sein de la Struan.

— Peut-être, dit le commissaire. Il eut un curieux rire avant de répéter : peut-être. Si vous voulez bien m'excuser...

— Naturellement.

L'homme d'affaires arrêta le magnétophone, sortit les deux cassettes, en remit une au policier.

— Merci, Mr. Bartlett.

— La fouille va durer encore longtemps ?

— Cela dépend. Une heure peut-être. Il sera peut-être nécessaire de faire appel à des spécialistes. En tout cas, nous nous efforcerons de vous importuner le moins possible. Vous comptez quitter l'avion avant le déjeuner ?

— C'est exact.

— Si vous voulez y retourner, téléphonez à mes

services, au 88-77-33 : je vais faire garder l'appareil pendant quelque temps. Vous descendrez au Vic ?

— Oui. Je peux aller en ville, maintenant, faire ce dont j'ai envie ?

— A condition que vous ne quittiez pas la Colonie pendant l'enquête.

— Je l'avais compris, dit Bartlett avec un grand sourire.

Après le départ du commissaire, le patron de la Par-Con prit une douche, s'habilla et attendit que tous les policiers fussent partis — à l'exception des deux gardes postés en bas de la passerelle. Il retourna alors à son bureau, ferma la porte, consulta sa montre — sept heures trente-sept — s'installa devant le tableau de son centre de communication, appuya sur plusieurs boutons.

Au bout d'un moment, la voix ensommeillée de Casey se fit entendre par-dessus la « friture » :

— Oui, Linc ?

— *Geronimo,* dit-il dans le micro.

— Compris, répondit la jeune femme après un silence.

4

9 h 40

La Rolls descendit du ferry reliant Kowloon à l'île de Hong-Kong, tourna dans Connaught Road et se glissa dans la circulation particulièrement dense. Il faisait humide et chaud, le soleil brillait dans un ciel sans nuage. Casey se renversa sur la banquette arrière, regarda nerveusement sa montre.

— Nous avoir tout le temps, Missi, assura le chauffeur. Noble Maison au bout de la rue, grand bâtiment. Dix, quinze minutes, pas de problème.

— Bon.

Ça, c'est la vie, se dit-elle. Un jour j'aurai une Rolls à moi, conduite par un chauffeur chinois poli, calme et propre, et je me ficherai complètement du prix de l'essence. C'est peut-être ici que je vais enfin gagner la vraie grosse galette, celle qui permet de dire merde à tout le monde, d'envoyer n'importe qui *sur les roses*, pour reprendre l'expression de Linc. « Le fric du système *sur les roses*, c'est ce qu'il y a de plus précieux au monde... mais c'est aussi le plus dur à gagner, lui avait-il expliqué. Si tu travailles pour moi — avec moi mais pour moi — je t'aiderai à l'obtenir. Le tout est de savoir si tu es prête à payer le prix.

— C'est cher ?

— Cela varie d'une personne à l'autre mais c'est toujours plus cher que ce que l'on était prêt à payer.

— Cela a été le cas pour toi ?

— O combien !

Jusqu'à présent, le prix n'a pas été trop élevé, songea-t-elle. Je gagne cinquante-deux mille dollars par an, mon compte en banque est créditeur et mon travail développe mes capacités intellectuelles. Mais l'État se sert trop grassement au passage et il ne m'en reste pas assez pour envoyer tout le monde *sur les roses*. « La fortune, celle qui permet d'emmerder tout le monde, on ne l'obtient pas en faisant des économies, il faut réussir un coup fumant », disait Linc.

Combien me faudrait-il ?

Elle ne s'était jamais posé la question auparavant.

Cinq cent mille dollars ? A 7 p. 100 cela rapporterait trente-cinq mille dollars par an, imposables. Le gouvernement mexicain garantit un rapport de 11 p. 100, dont il retire 1 p. 100 pour sa peine — mais c'est toujours imposable. Avec des bons non imposables à 4 p. 100, on arrive à vingt mille dollars par an mais les bons présentent un risque et on ne joue pas avec l'*argent du système sur les roses.*

— Règle numéro un, Casey : ne jamais risquer ce fric, avait déclaré Linc. Jamais.

Il avait eu un de ses rires charmeurs, qui la désarmaient toujours avant de poursuivre :

— Jamais, excepté une ou deux fois soigneusement choisies.

Un million ? deux, trois ?

Ne rêve pas, pense à la réunion, s'ordonna-t-elle. Deux millions voilà ce qu'il me faut. A 5,25 p. 100 nets d'impôts, cela me rapporterait cent cinq mille dollars par an. De quoi couvrir mes dépenses, m'offrir tout ce que je veux et faire encore des économies.

Oui, mais comment trouver deux millions nets

d'impôts ? Je n'en sais rien mais j'ai la certitude que c'est ici qu'il faut chercher.

La Rolls s'arrêta brusquement devant une foule de piétons qui s'insinuait entre les files serrées de voitures, d'autobus à impériale, de taxis, de camions, de charrettes, de bicyclettes, où l'on remarquait çà et là quelques pousse-pousse. Des milliers d'hommes et de femmes surgissaient de partout, fleuves de fourmis humaines, en cette heure de pointe matinale.

Bien qu'elle eût soigneusement étudié la documentation qu'elle avait réunie sur Hong-Kong, Casey n'était pas préparée à cet incroyable flot. Je n'avais rien vu de tel, avait-elle raconté à Linc lorsqu'il était arrivé à l'hôtel, juste avant qu'elle ne parte à la réunion. Il était plus de dix heures lorsque nous sommes venus de l'aéroport mais il y avait des milliers de gens dans les rues, y compris des enfants, et toutes les boutiques étaient encore ouvertes.

— La recherche du profit, avait répondu Linc. Pourquoi sommes-nous ici, à ton avis ?

— Pour nous emparer de la Noble Maison d'Asie avec l'aide secrète du Judas Iscariote local : John Chen.

— Rectification : pour conclure un marché avec la firme Struan et flairer le vent.

— Le plan est changé ?

— Oui, d'un point de vue tactique. Mais la stratégie reste la même.

— Pourquoi ce changement, Linc ?

— Charlie m'a téléphoné hier soir. Nous avons acheté deux cent mille autres actions de Rothwell-Gornt.

— Alors notre offre en direction de Struan n'est qu'un leurre et nous visons en réalité Rothwell-Gornt ?

— Nous poursuivons toujours trois objectifs : Struan, Rothwell-Gornt et Asian Properties. Nous examinons la situation et nous attendons. Si le terrain semble propice nous attaquons ; sinon, nous pouvons nous faire cinq, huit millions cette année en faisant affaire avec Dunross. C'est du velours.

— Tu n'es pas venu pour huit millions. Dis-moi la vraie raison.

— Pour le plaisir.

La Rolls avança de quelques mètres puis s'immobilisa de nouveau. La circulation se faisait plus dense à mesure qu'ils approchaient du centre. Ah ! Linc, ton plaisir couvre une multitude d'actes de piraterie, pensa-t-elle.

— Première fois à Hong-Kong, Missi ? demanda le chauffeur, qui la tira de ses réflexions.

— Oui. Je suis arrivée hier soir.

— Très bon. Temps très mauvais ça fait rien. Toujours humide en été mais premier jour toujours très beau, *heya* ?

Cette première journée avait commencé par le bourdonnement de son émetteur-récepteur de C.B. qui l'avait arrachée au sommeil. Et par le mot « Geronimo », qui, dans leur code, signifiait danger. Elle s'était rapidement douchée et habillée sans savoir d'où viendrait ce danger, et elle avait à peine mis ses verres de contact que le téléphone sonnait.

— Commissaire Armstrong à l'appareil. Excusez-moi de vous ennuyer de si bonne heure, Miss Tcholok, mais je désirerais vous parler.

— Certainement, avait-elle répondu d'un ton hésitant. Si vous voulez bien patienter cinq minutes, je vous retrouve au restaurant.

Le policier lui avait posé des questions en lui révélant seulement qu'on avait trouvé des marchandises de contrebande à bord de l'avion.

— Depuis combien de temps travaillez-vous pour Mr. Bartlett ?

— Je travaille directement pour lui depuis six ans.

— Avez-vous déjà eu des problèmes avec la police ?

— Aucun.

— Et lui ?

— Non plus. Qu'a-t-on trouvé à bord ?

— Vous ne semblez pas particulièrement inquiète, Miss Tcholok, souligna Armstrong.

— Pourquoi le serais-je ? Ni Linc ni moi n'avons commis quoi que ce soit d'illégal. Quant aux membres de l'équipage, ce sont des professionnels triés sur le volet dont j'imagine mal qu'ils traficotent dans la drogue. Car il s'agit de drogue, non ?

— Pourquoi voulez-vous que ce soit de la drogue ?

— Il n'y a pas de trafic de drogue à Hong-Kong ?

— Nous avons trouvé une quantité importante d'armes sous le ventre de *Yankee 2*.

Armstrong lui avait posé d'autres questions, auxquelles elle avait répondu en grande partie, puis il avait pris congé. Casey avait fini son café et refusé, pour la quatrième fois, les croissants chauds à la française proposés par un garçon souriant dans son uniforme empesé. Cela lui avait rappelé le voyage qu'elle avait fait trois ans plus tôt dans le midi de la France. Nice, le cap d'Ail, le rosé de provence, et ce cher Linc, avait-elle pensé en retournant à sa chambre pour y attendre son coup de téléphone.

— Casey ? Écoute, il...

— Ah ! Linc, je suis contente que tu téléphones, l'avait-elle interrompu aussitôt. J'ai oublié de te rappeler hier soir d'appeler Martin au sujet des actions (le mot *Martin* signifiait : attention, nous sommes sûrement sur table d'écoute). Je viens d'avoir la visite du commissaire Armstrong.

— Pour Martin, j'y avais pensé moi-même. Racontemoi exactement ta conversation avec le commissaire.

Après qu'elle la lui eut résumée, Bartlett déclara :

— Je te mettrai au courant du reste en arrivant à l'hôtel. Je quitte l'aéroport dans une minute. Comment sont les chambres ?

— Extraordinaires ! Notre suite a pour nom Printemps parfumé et ma chambre, qui est contiguë à la tienne, doit normalement en faire partie. C'est à croire qu'il y a une dizaine de domestiques par suite. J'ai commandé du café et on me l'a apporté sur un plateau d'argent avant que je n'aie eu le temps de raccrocher. La salle de bain est si grande qu'on pourrait y donner une soirée avec une vingtaine d'invités.

— Très bien. J'arrive.

La jeune femme s'installa dans un des profonds fauteuils en cuir du luxueux salon et attendit, savourant le raffinement qui l'entourait : une magnifique commode laquée, un bar bien approvisionné dans une alcôve tapissée de miroirs, des bouquets de fleurs discrètement disposés çà et là, une bouteille de Scotch offerte avec les compliments de la direction et dont l'étiquette portait le nom de Lincoln Bartlett ; enfin, dans les deux chambres, qui communiquaient par une porte, les plus grands lits qu'elle eût jamais vus.

Qui a caché des armes à bord et pour quelle raison ? se demanda-t-elle. Perdue dans ses pensées, elle contempla par la grande baie courant d'un mur à l'autre l'île de Hong-Kong et le Pic, point culminant de la Colonie. La ville, baptisée Victoria en l'honneur de la vieille reine, commençait sur la côte puis s'étendait en espaliers sur les premières pentes. Bien que le tissu urbain se clairsemât à mesure que l'on montait, des immeubles se dressaient non loin de la cime, notamment à proximité du terminus du funiculaire. On doit avoir une vue splendide, de là-haut, se dit-elle distraitement.

Dans le port, aussi encombré que les rues de Kowloon, l'eau bleue miroitait joliment. Des paquebots, des cargos mouillaient le long des quais de Kowloon, entraient ou sortaient du port avec de joyeux coups de sirène. Plus loin, dans l'arsenal, un destroyer de la Royal Navy côtoyait une frégate grise de la marine des États-Unis. Des centaines de jonques de toutes tailles et de tous âges — embarcations de pêche pour la plupart — certaines à moteur, d'autres à voile, fendaient lentement les flots. Des ferries à deux ponts noirs de monde surgissaient du trafic ou s'y glissaient, vifs et agiles comme des libellules, et partout des sampans, motorisés ou mus à la rame, traversaient sans crainte les grandes avenues maritimes.

Où vivent donc tous ces gens ? se demanda Casey, sidérée. Comment assurent-ils leur subsistance ?

Un groom ouvrit la porte sans frapper avec son passe-partout et Linc Bartlett entra.

— Tu as l'air en pleine forme, Casey, dit-il en refermant la porte derrière lui.

— Toi aussi. Cette affaire d'armes, c'est grave, n'est-ce pas ?

— Tu es seule ? pas de femme de chambre ?

— Nous sommes seuls mais les domestiques entrent et sortent comme ça leur chante.

— Celui qui m'a conduit avait ouvert la porte avant que je n'y sois parvenu.

Bartlett résuma à Casey les événements survenus à l'aéroport puis ajouta en baissant la voix :

— Et John Chen ?

— Rien de spécial. Il m'a juste fait la conversation avec une certaine nervosité sans parler affaires une seule fois. Il n'en revenait pas que je sois une femme, j'ai l'impression. Il m'a déposée à l'hôtel et a promis de m'envoyer une voiture le lendemain à neuf heures quinze.

— Alors notre plan marche bien ?

— Parfaitement bien.

— Il te l'a donné ?

— Non. J'ai eu beau dire que tu m'avais autorisée à le recevoir il a fait mine d'être surpris et m'a dit qu'il t'en parlerait en privé en te reconduisant après le déjeuner. Il m'a paru fort nerveux.

— Peu importe. La voiture ne va pas tarder, je te retrouverai pour le déjeuner.

— Tu penses que je dois parler des armes ? à Dunross, par exemple ?

— Non, laisse-les plutôt venir.
— Tu crois qu'ils pourraient être dans le coup ?
— Cela ne m'étonnerait pas. Ils connaissaient notre plan de vol et ils ont un motif.
— Lequel ?
— Nous discréditer.
— Mais pourquoi ?
— Ils croient peut-être connaître notre plan de bataille.
— Dans ce cas, n'auraient-ils pas eu intérêt à n'en rien laisser voir, pour finalement nous posséder ?
— Possible. Quoi qu'il en soit, ils ont ouvert le jeu. Premier Jour : cavalier en F 3, l'attaque est lancée.
— Oui mais par qui ? et nous jouons avec les blancs ou avec les noirs ?
Le regard de Bartlett se durcit lorsqu'il répondit :
— Je m'en moque — pourvu que nous gagnions.
Sur ce, il sortit. Restée seule, Casey se dit qu'il se passait quelque chose — quelque chose de dangereux dont il ne lui avait pas parlé.
— Le secret est un élément capital, avait-il coutume de répéter au début de leurs relations. Napoléon, César, Patton — tous les grands généraux — dissimulèrent souvent leur plan *véritable* à leur propre état-major afin de ne pas le révéler aux espions ennemis. S'il m'arrive de te cacher des choses, ce n'est pas par manque de confiance. Toi, par contre, tu ne dois rien me cacher.
— Ce n'est pas juste.
— La vie n'est pas juste, la mort non plus. Les grosses affaires, c'est comme la guerre. Je fais des affaires comme si je faisais la guerre et c'est pour cela que je gagne.
— Que tu gagnes quoi ?
— Je veux que Par-Con Industries devienne plus gigantesque que General Motors et Exxon réunis.
— Pour quoi faire ?
— Pour le plaisir.

— Dis-moi la vraie raison.

— Casey, il te suffit d'écouter pour comprendre. Voilà pourquoi je t'aime.

— Je t'aime aussi, Pirate.

Ils avaient éclaté de rire tous les deux car ils savaient qu'ils ne s'aimaient pas vraiment — tout au moins pas dans le sens qu'on donne ordinairement à ce verbe. Ils avaient décidé, dès le départ, de délaisser l'ordinaire pour l'extraordinaire. Pendant sept ans.

Par la baie vitrée, la jeune femme regarda le port et les bateaux à l'ancre. Écraser, détruire et vaincre, songeait-elle. Les affaires sont le jeu de Monopoly le plus excitant du monde, et mon patron, Bartlett le Pirate, est passé maître dans ce domaine. Mais le temps s'enfuit, Linc. Cette année, cette septième et dernière année prendra fin le 25 novembre, le jour de mes vingt-sept ans...

Elle entendit un coup frappé à la porte, le bruit d'une clef glissée dans la serrure et se retourna pour dire « entrez » mais un domestique en uniforme frais repassé était déjà dans le salon.

— 'Jour, Missi, je suis Chang, boy n° 1 service de jour. Faire la chambre, s'il vous plaît ? demanda le valet avec un sourire radieux.

— Vous n'attendez jamais qu'on vous dise d'entrer, à Hong-Kong ? fit Casey avec humeur.

Chang-service-de-jour la regarda d'un air déconcerté :

— Pardon, Missi ?

— Rien, rien, marmonna-t-elle avec lassitude.

— Beau temps, *heya* ? Quelle chambre d'abord — monsieur ou mademoiselle ?

— La mienne. Mr. Bartlett n'a pas utilisé la sienne.

Chang eut un nouveau sourire édenté. *Ayiiya*, pensa-t-il, c'est dans ton lit que tu t'es roulée avec lui, Missi ? Mais un quart d'heure seulement s'était écoulé entre l'arrivée et le départ de « monsieur », qui n'avait pas quitté la chambre le feu aux joues et la mise en désordre.

Ayiiya, alors c'est vrai, finalement, que *ma* suite est occupée par un homme et une femme, non par deux hommes comme c'était prévu à l'origine. Ng, la femme de chambre du service de nuit, l'avait d'ailleurs confirmé : en fouillant les bagages de la cliente, elle avait trouvé des preuves sérieuses que c'était une vraie femme. Et Fung, la femme de chambre n° 3, en avait apporté ce matin une autre confirmation, en révélant des détails particulièrement intimes.

Des poils de pubis dorés, quelle horreur !

De plus, Pubis-doré n'était ni la première ni même la seconde femme du client et, *oh ko,* plus grave encore, elle n'avait pas cherché à sauver les apparences en se faisant passer pour telle, de façon que le règlement de l'hôtel et les convenances soient respectés.

Chang-service-de-jour gloussa en pensant au règlement de l'hôtel, qui interdisait aux femmes d'entrer dans la chambre d'un homme — à quoi sert le lit, alors ? Et voilà qu'à présent une femme vivait ouvertement en pécheresse dans *sa* suite. Ces barbares ! *Diou ne lo mo* sur chacune d'entre elles. Et celle-là, c'était sûrement un vrai dragon si elle avait traité le directeur adjoint, le directeur de nuit et même le directeur général, Grand-vent en personne, comme on le lui avait raconté.

— Non, non, non, avait gémi Grand-vent.

— Si, si, si, avait répliqué Pubis-doré, exigeant la seconde partie de la suite Printemps parfumé.

C'est alors que l'honorable Mong, portier-chef, chef de triade et donc de l'hôtel, avait résolu l'insoluble problème.

— La suite Printemps-parfumé a trois portes, *heya* ? avait-il rappelé. Une pour chaque chambre, une pour le grand salon. Qu'on la conduise à la partie B de la suite — la moins bonne chambre, de toute façon —

par la porte donnant sur le couloir, en gardant fermée la porte intérieure menant au salon — et donc à la chambre du maître. Mais on laissera traîner une clef : si cette putain à la bouche onctueuse ouvre elle-même la porte... on n'y peut rien. Et si demain ou après-demain il y a une erreur dans les réservations, notre honorable directeur général se verra contraint de demander au milliardaire et à sa catin du pays de la Montagne dorée de libérer la suite. Ce ne sont pas les clients qui manquent et nous avons notre réputation à préserver.

Ainsi fut fait. Pubis-doré fut conduite dans la partie B de la suite par la porte du couloir et qui pourra dire si elle s'est aussitôt précipitée sur la clef pour ouvrir la porte intérieure ? Que cette porte soit ouverte maintenant, ce n'est sûrement pas moi qui irai le raconter à quiconque, se jura Chang. Bouche cousue, comme toujours.

Ayiiya, les portes donnant sur le couloir peuvent bien être chastement fermées, cela n'empêche pas les portes de communication de s'ouvrir toutes grandes, lascivement. Comme sa Porte de Jade, se dit le boy n° 1, pensif. *Diou ne lo mo,* je me demande quelle impression ça fait de forcer une Porte de Jade comme la sienne.

— Faire le lit, Missi ? proposa-t-il en anglais de sa voix suave.

— Oui, allez-y.

Pouah ! Cette langue barbare a un son vraiment horrible. Chang aurait craché par terre si le règlement de l'hôtel ne l'avait interdit.

— *Heya,* Chang-service-de-jour, lança joyeusement Fung, la femme de chambre n° 3 en entrant dans la pièce, après avoir vaguement frappé à la porte.

Comme la cliente lui faisait remarquer qu'elle aurait pu attendre qu'on la prie d'entrer, Fung s'excusa en anglais puis poursuivit en cantonais à l'adresse de Chang :

— Tu n'as pas encore fini ? Tu trouves sa fiente si agréable que tu te prélasses le nez dans ses dessous ?

— Prends garde à ce que tu dis, menaça le valet. Ton vieux père pourrait bien te chatouiller les côtes.

— Les seules chatouilles dont j'ai envie, c'est pas toi qui me les feras ! Allez, laisse-moi t'aider à finir en vitesse. On commence une partie de ma-jong dans une demi-heure. L'honorable Mong m'a envoyée te chercher.

— Merci, ma sœur. *Heya*, tu as vraiment vu ses poils ?

— Je te l'ai dit ! Tu me prends pour une menteuse ? Ils sont dorés, un peu plus clairs que ses cheveux. Elle était dans son bain et je l'ai vue comme je te vois. Oh, et puis ses tétons sont roses, pas bruns.

— Aiiie !

— Comme des tétines de truie.

— C'est dégoûtant !

— Oui, alors. Tu as lu le *Commercial Daily*, aujourd'hui ?

— Non, sœurette, pas encore. Pourquoi ?

— L'astrologue du journal me prédit une bonne semaine et la rubrique financière parle du début d'un nouveau *boom*.

— *Diou ne lo mo,* ça alors !

— J'ai dit à mon agent de change ce matin de m'acheter mille autres actions de la Noble Maison, autant de Golden Ferry, quarante Second Great House et cinquante Good Luck Properties. Mes banquiers sont généreux mais il n'y a plus à Hong-Kong une seule caisse à laquelle je puisse aller emprunter !

— Tu joues gros, petite sœur. Moi aussi j'ai raclé les fonds de tiroir : la semaine dernière j'ai emprunté à la banque sur mes actions pour acheter six cents autres Noble Maison. C'était mardi, elles étaient cotées à 25,23 !

— *Ayiiya,* honorable Chang, la cote atteignait 29,14 hier à la fermeture, dit Fung, qui calcula rapidement.

tu as déjà gagné 2 348 dollars de Hong-Kong. Le bruit court que la Noble Maison va lancer une OPA sur Good Luck Properties. Si c'est vrai, ses ennemis vont en crever de rage et le Taï-pan de Second Great House en pétera de la fumée !

— Et les actions des trois compagnies grimperont en flèche ! *Diou ne lo mo*, où pourrais-je dégoter encore un peu de liquide ?

— Aux courses, Chang ! Emprunte cinq cents dollars sur tes gains actuels et joue-les sur le pari couplé de samedi. Moi mes chiffres c'est le 4 et le 5...

Les deux domestiques levèrent la tête quand Casey entra dans la chambre.

— Oui, Missi ? dit Chang en anglais.

— J'ai laissé du linge sale dans la salle de bain. Vous pouvez le faire prendre ?

— Je m'en occupe. Aujourd'hui six heures le linge est prêt, okay très bon.

Ces étrangers sont vraiment stupides, pensa le Chinois avec mépris. Pour qui me prennent-ils ? Pour un tas de merde sans cervelle ? Bien sûr que je m'occuperai du linge s'il y a du linge.

— Merci.

Le boy et la femme de chambre regardèrent, fascinés, l'Américaine vérifier son maquillage dans la glace de la chambre avant de sortir.

— Ses nichons ne tombent pas, hein ? commenta Chang. Des tétons roses ! Ça alors !

— Comme une truie, je te dis. Tes oreilles servent seulement de pot de chambre ?

— Je pisse dans les tiennes, troisième femme de chambre.

— Elle t'a déjà donné un pourboire ?

— Non. Le maître a donné trop et elle rien du tout. Dégoûtant, non ?

— Ces gens de la Montagne-dorée, ils ne sont vraiment pas civilisés, soupira Fung.

5

9 h 50

La Jaguar type E du Taï-pan dévalait Peak Road à tombeau ouvert en direction de Magazine Gap. La route sinueuse n'avait qu'une seule voie de chaque côté, ce qui n'offrait que de rares occasions de doubler, et la plupart de ses tournants longeaient le vide. Comme la chaussée était sèche et qu'il connaissait bien la route, Dunross négociait les virages sans beaucoup ralentir, en serrant le flanc de la montagne. Il rétrograda comme un pilote de course et freina pour ne pas emboutir un camion qui se traînait devant lui, attendit patiemment puis déboîta, doubla et se rabattit avant de croiser un véhicule surgissant en sens inverse.

La route serpentante étant de nouveau dégagée, il appuya sur l'accélérateur et prit avec une autorité abusive le milieu de la chaussée, coupant au plus court dans les virages. La puissance du moteur semblait envahir tout son être. Soudain un camion apparut au sortir d'un tournant et la sensation de liberté qu'il éprouvait s'évanouit. Il ralentit, serra à droite le temps de croiser l'importun puis relança de nouveau la décapotable écarlate à l'assaut des courbes traîtresses. Quand il tourna à gauche dans Magazine Gap Road, la circulation devint plus intense. Il doubla à la file un taxi et trois autres voitures puis se rabattit en apercevant deux motards de la police postés au bord de la route et laissa l'aiguille de son compteur redescendre jusqu'à la vitesse réglementaire de 50 kilomètres/heure. Au passage, il leur adressa un aimable salut qu'ils s'empressèrent de lui rendre.

— Tu devrais conduire moins vite, lui avait récemment conseillé son ami Henry Foxwell, directeur de la sécurité routière.

— Je n'ai jamais eu d'accident. Ni de contravention.

— Évidemment. Pas un flic n'oserait t'en mettre une ! Je parle dans ton intérêt. Garde ton bolide pour Monaco ou la course de côte de Macao.

— Monaco est réservé aux professionnels. Rassure-toi, je ne prends jamais de risques, et d'ailleurs je ne conduis pas si vite que ça.

— Cent dix à l'heure sur Wongniechong, ce n'est pas spécialement lent, mon vieux. D'accord, il était quatre heures du matin et la route était presque déserte mais la vitesse y est limitée à cinquante.

— Il y a des tas de Jaguar type E à Hong-Kong.

— Il y en a sept, mais je n'en connais qu'une qui soit rouge avec une capote noire, des roues et des pneus de course, et qui fonce à toute allure. Tu as eu droit à un contrôle-radar jeudi dernier alors que tu te rendais en visite chez des « amis ». Dans Sinclair Road.

Dissimulant sa colère, le Taï-pan sourit :

— Jeudi ? Ah ! oui, j'ai dîné chez John Chen, il a un appartement aux Tours Sinclair. Mais je pensais être rentré avant quatre heures.

— Alors il doit s'agir d'une erreur, ironisa Foxwell. L'agent a dû se tromper de numéro d'immatriculation et de couleur. Enfin, conduis quand même un peu moins vite, ajouta-t-il en tapotant amicalement le dos de Dunross. Cela m'embêterait que tu te tues pendant que je suis à la sécurité routière. Attends donc que je réintègre la Special Branch — ou l'école de police. Oui, il s'agit probablement d'une erreur.

Il ne s'agit pas d'une erreur, répliqua intérieurement le patron de la Struan. Nous le savons l'un et l'autre, tout comme John Chen et Wei-wei le savent probablement eux aussi. Ainsi la police connaît l'existence de Wei-wei. C'est intéressant.

— Est-ce que par hasard vous me surveilleriez ? demanda Dunross à brûle-pourpoint.

— Grand dieu non ! protesta Foxwell, l'air choqué. La SI s'intéresse à un suspect qui a un appartement aux Tours Sinclair et il se trouve qu'un de ses agents a remarqué ta présence. L'information m'est parvenue je ne sais trop comment... Tu connais le dicton : il suffit de glisser un mot à l'homme sage.

— Dans ce cas, tu ferais peut-être bien de recommander à tes amis de la SI de se montrer plus intelligents à l'avenir.

— Ils sont heureusement très discrets.

— Discrets ou non, je n'aimerais pas que mes faits et gestes fassent l'objet d'un dossier.

— Il n'en est pas question.

— Très bien. Quel est ce suspect qui habite aux Tours Sinclair ?

— C'est un de nos importants hommes d'affaires capitalistes mais nous le soupçonnons de travailler en secret pour les cocos. Ennuyeux mais il faut bien que les types de la SI gagnent leur pain quotidien.

— Je le connais ?

— Tu connais tout le monde, je crois.

— Il est shanghainais ou cantonais ?

— Qu'est-ce qui te fait croire qu'il est l'un ou l'autre ?

— Un Européen alors ?

— Juste un suspect. Désolé, Ian, mais pour le moment, cette affaire est strictement confidentielle.

— Voyons, dis-le-moi, nous sommes propriétaires de ces tours. Je te promets de garder le secret.

— Navré, mais c'est impossible. Je vais toutefois te raconter une petite histoire. Supposons qu'un homme marié très en vue ait pour maîtresse la nièce du chef adjoint de la Police secrète illégale du Kuomintang à Hong-Kong ; supposons que le Kuomintang veuille gagner cet homme à sa cause. Sans doute tenterait-il de le convaincre par l'intermédiaire de sa maîtresse, tu ne penses pas ?

— Si c'est un individu stupide, répondit Dunross, mal à l'aise.

Il savait parfaitement qui était l'oncle de Wei-wei et l'avait rencontré à plusieurs reprises à Taipei, au cours de soirées privées. Il avait de la sympathie pour lui. D'ailleurs, il n'y avait pas de problème : Wei-wei n'était ni sa maîtresse ni même son amie, toute belle, désirable et tentante fût-elle.

Le Taï-pan se sourit à lui-même en descendant Magazine Gap Road en direction du rond-point où il prendrait Garden Road et se dirigerait vers la mer.

Déjà il apercevait le grand immeuble de bureaux de la Struan, haut de vingt-deux étages et bâti face à la mer, presque devant l'embarcadère des Golden Ferry reliant Hong-Kong à Kowloon. Cette vue lui procura, comme toujours, un certain plaisir.

Il se faufila dans les embouteillages, passa presque au pas devant le Hilton et le terrain de cricket puis tourna dans Connaught Street, dont les trottoirs grouillaient de piétons, et s'arrêta devant l'entrée principale de l'immeuble.

C'est le grand jour, se dit-il. Les Américains sont arrivés. Avec un peu de *joss*, Bartlett me fournira la corde pour pendre Quillan Gornt et le liquider une fois pour toutes. Bon sang, si nous réussissons ce coup-là !

— Bonjour, monsieur, le salua le portier en uniforme.

— Bonjour, Tom.

Dunross s'extirpa de la voiture surbaissée, monta deux à deux les marches de marbre. Un second portier se chargea de conduire la Jaguar au garage souterrain ; un troisième ouvrit au Taï-pan la porte vitrée. Dunross vit dans le panneau de verre le reflet d'une Rolls qu'il connaissait et se retourna. Lorsque Casey en descendit, il poussa un sifflement admiratif involontaire. La jeune femme portait un tailleur en soie vert d'eau dont la coupe très stricte ne parvenait pas à dissimuler les courbes parfaites de sa silhouette ou à gâcher le charme de son allure dansante. La couleur du tissu faisait ressortir l'or de sa chevelure fauve.

Sentant le regard du Taï-pan posé sur elle, elle tourna la tête, devina aussitôt qui il était et l'observa tandis qu'il continuait à la détailler. Chacun prit la mesure de l'autre pendant un bref instant qui leur parut pourtant bien long. Une serviette à la main, elle se dirigea vers lui et il descendit à sa rencontre.

— Bonjour, Mr. Dunross.

— Bonjour. Nous ne nous sommes jamais rencontrés, il me semble ?

— Non, mais on vous reconnaît facilement d'après vos photos. Je ne pensais pas avoir le plaisir de faire votre connaissance avant le déjeuner. Je suis Cas...

— Je sais, interrompit Dunross en souriant. John Chen m'a prévenu hier soir par téléphone. Il avait l'air assez agité. Bienvenue à Hong-Kong, Miss Tcholok. C'est bien Miss, non ?

— Oui. J'espère que le fait que je suis une femme ne compliquera pas trop les choses.

— Oh ! cela ne manquera pas de nous troubler mais nous tâcherons de garder la tête froide. Me feriez-vous le plaisir, Mr. Bartlett et vous, de déjeuner avec moi samedi, aux courses ?

— Avec joie mais il faut que je demande à Linc s'il est libre. Pourrais-je vous donner une réponse cet après-midi ?

— Naturellement, acquiesça Dunross.

Ils s'observèrent de nouveau, immobiles devant la porte que le Chinois en livrée tenait ouverte.

— Après vous, Miss Tcholok, et que la bataille s'engage.

— Pourquoi la bataille ? Nous sommes ici pour discuter et nous entendre.

— Bien sûr. C'était juste une citation de Sam Ackroyd, je vous expliquerai une autre fois.

Le Taï-pan conduisit l'Américaine devant la rangée d'ascenseurs et les personnes qui attendaient s'écartèrent pour les laisser passer, au grand embarras de Casey.

— Merci, dit simplement Dunross, qui ne voyait là rien d'extraordinaire.

Il la fit entrer dans la cabine, appuya sur le bouton du vingtième étage en se faisant machinalement la réflexion qu'elle n'avait ni parfum ni bijoux, hormis une fine chaîne d'or autour du cou.

— Pourquoi la porte d'entrée fait-elle un angle ? demanda Miss Tcholok.

— Pardon ?

— La porte d'entrée n'est pas tout à fait droite. Pour quelle raison ?

— Vous êtes très observatrice. C'est à cause du *fung sui*. Quand nous avons fait bâtir l'immeuble, il y a quelques années, nous avons oublié, pour une raison ou pour une autre, de consulter notre expert en *fung sui*. C'est une sorte d'astrologue, un spécialiste du ciel, de la terre, des courants et des diables. Il veille à ce que les maisons soient construites sur le dos du Dragon Terre et non sur sa tête.

— Quoi ?

— En Chine, la terre est un dragon sur lequel reposent toutes les constructions. Bâtir sur son dos c'est l'idéal, sur sa tête c'est très mauvais, et sur son orbite pire encore. Lorsque nous avons fait appel — tardivement — à notre *fung-suiste*, il nous a déclaré que nous nous trouvions par bonheur sur le dos du dragon (autrement il nous aurait fallu décamper) mais que les mauvais esprits s'étaient mis dans la porte, ce qui expliquait tous nos ennuis. Sous sa gouverne, nous avons modifié l'angle de la porte, qui ne laisse plus désormais entrer les diables.

— Dites-moi la vraie raison, maintenant, réclama Casey en riant.

— *Fung sui*, répéta Dunross. Nous avons été accablés par le mauvais *joss*, la malchance, jusqu'à ce que nous changions l'angle de la porte.

— Essaieriez-vous de me convaincre que vous croyez aux diables et aux dragons ?

— Je ne crois ni aux uns ni aux autres mais, en Chine, on apprend vite à ses dépens qu'il vaut mieux respecter en partie les croyances chinoises. N'oubliez jamais que Hong-Kong, bien que britannique, fait partie de la Chine.

— Vous l'avez appris à vos dép... ?

L'ascenseur s'arrêta, la porte coulissa, découvrant un couloir lambrissé, un bureau et une réceptionniste chinoise tirée à quatre épingles qui évalua d'un coup d'œil les vêtements et la chaîne de l'Américaine.

Sale boudin, lui lança silencieusement Casey, qui ne s'était pas méprise sur le regard de la Chinoise.

— Bonjour, Taï-pan, dit la réceptionniste d'une voix douce.

— Mary, voici Miss K.C. Tcholok. Veuillez la conduire au bureau de Mr. Struan.

— Mais ils attendent un..., bredouilla Mary Li, incapable de surmonter sa surprise.

Comme elle décrochait le téléphone, Dunross l'arrêta :

— Ne l'annoncez pas, c'est inutile. Conduisez-la immédiatement.

Il se tourna vers Casey en souriant :

— Voilà, vous y êtes. A tout à l'heure.

— Merci.

— Si vous voulez bien me suivre, Miss Tchuluk, dit Mary Li en quittant son bureau.

Elle s'engagea dans le couloir, la démarche aguichante, le *chong-sam* moulant les cuisses au-dessus de longues jambes gainées de soie. Casey l'observa un moment et se demanda si c'était la coupe du vêtement qui la faisait marcher d'une manière aussi ouvertement tentatrice. Amusée par la franchise sans subtilité de cette invite sexuelle, l'Américaine se tourna vers Dunross et haussa les sourcils. En réponse, il accentua son sourire et répéta :

— A tout à l'heure, Miss Tcholok.

— Appelez-moi Casey.

— J'aurais peut-être une préférence pour Kamalian Ciranoush.

— Vous connaissez mon vrai prénom ? s'étonna-t-elle. Je doute que Linc lui-même s'en souvienne.

— On est toujours bien informé lorsqu'on a des amis haut placés.

Le Taï-pan s'approcha de l'ascenseur faisant face à celui qu'ils venaient de quitter, pressa le bouton. Les portes s'ouvrirent aussitôt, il entra dans la cabine, elles se refermèrent. Casey, toute songeuse, prit le sillage de Mary Li.

Dans l'ascenseur, Dunross sortit une clef de sa poche et la glissa dans une serrure placée au-dessus de la rangée de boutons. Trois autres personnes seulement — Claudia Chen, sa secrétaire de direction, Sandra Yi, sa secrétaire particulière et Lim Chu, son premier boy — possédaient une clef semblable permettant d'accéder aux deux derniers étages.

Au vingt et unième se trouvaient ses bureaux personnels et la salle de réunion du Conseil intérieur. Au vingt-deuxième, l'appartement terrasse du Taï-pan, relié directement au garage par un autre ascenseur dont Dunross seul avait la clef.

En lui remettant cette clef, Alastair Struan, son prédécesseur lui avait déclaré :

— Ian, votre intimité est votre bien le plus précieux. Dirk Struan avait également prévu des dispositions dans ce domaine et il fit en l'occurrence preuve d'une grande sagesse. Les ascenseurs privés, l'appartement isolé de tous ne sont pas un étalage ostentatoire de luxe mais servent uniquement à vous donner la mesure du secret dont il faudra vous entourer. Vous le comprendrez mieux lorsque vous aurez pris connaissance du contenu du coffre. Veillez jalousement sur ce coffre, il renferme de nombreux secrets — il m'arrive parfois de penser qu'il en contient trop — dont certains pas très avouables. Vous ne sauriez être trop prudent.

— J'espère que je ne faillirai pas, avait-il répondu poliment à ce cousin qu'il détestait et dont il recevait enfin ce pour quoi il avait tant peiné et pris de risques.

— J'en suis sûr, avait dit le vieillard avec raideur. Nous vous avons mis à l'épreuve et nous savons que vous désiriez depuis toujours devenir Taï-pan.

— C'est vrai. Je me suis efforcé de me préparer à cet honneur. Cependant je suis surpris que vous me le décerniez.

— Je vous confie la responsabilité suprême non à cause de votre naissance — qui vous donne seulement le droit d'être élu au Conseil intérieur — mais parce que vous êtes le plus apte à me succéder et que, depuis des années, vous tendez tous vos efforts, toute votre volonté dans ce but. Ai-je raison ?

— Struan doit changer et, puisque nous parlons franchement, la Noble Maison va à vau-l'eau. Ce n'est pas entièrement votre faute : il y a eu la guerre, la Corée, Suez. Je reconnais que le *joss* vous a été contraire. Il faudra des années pour que nous retrouvions une position stable et sûre. Si Quillan Gornt ou l'un quelconque de nos ennemis venait à savoir ne fût-ce qu'une partie de la vérité, s'il apprenait à quel point nos engagements dépassent nos possibilités financières, nous sombrerions aussitôt dans nos propres effets sans valeur.

— Nos effets ne sont pas sans valeur ! Vous exagérez — comme toujours.

— Nous n'avons pas assez de capitaux, pas assez de liquidités, nous courons un danger mortel.

— Balivernes !

— Vraiment ? avait rétorqué Dunross en haussant le ton pour la première fois. Rothwell-Gornt nous engloutirait en moins d'un mois s'il savait de combien nous disposons pour faire face à nos engagements.

Alastair était resté un moment silencieux avant d'affirmer :

— C'est une situation temporaire. Temporaire et due à la conjoncture.

— Fichaises ! Vous savez pertinemment que vous m'abandonnez votre titre parce que je suis le seul à pouvoir nous sortir du bourbier dans lequel vous nous avez fourrés, vous, mon père et votre frère.

— Oui, je vous en crois capable, c'est vrai, avait répliqué l'ancien Taï-pan en s'emportant. Oui, vous avez en vous assez de sang de Struan le Diable pour vous montrer digne de lui !

— Merci du compliment. Je ne laisserais personne se mettre en travers de ma route, je le reconnais. Et puisque c'est la soirée des vérités, je vais vous dire pourquoi vous m'avez toujours haï, pourquoi mon propre père m'a toujours haï lui aussi.

— Pourquoi ?

— Parce que j'ai survécu à la guerre alors que votre fils est mort et que votre neveu, Linbar, le dernier rejeton de la branche Struan, est un gentil garçon totalement incapable. Oui, j'ai survécu mais mes frères sont morts et mon père ne me l'a jamais pardonné. N'est-ce pas la vérité ?

— Oui, j'en ai peur, avait murmuré Alastair.

— Moi je n'ai pas peur de la vérité, je n'ai peur de rien. Grand-mère Dunross y a veillé.

— *Heya*, Taï-pan, lança joyeusement Claudia Chen quand s'ouvrit la porte de l'ascenseur.

C'était une Eurasienne joviale d'une soixantaine d'années à la chevelure grise. Assise derrière l'énorme bureau trônant dans le hall du vingt et unième étage, elle était au service de la Noble Maison depuis quarante-deux ans et avait vu se succéder vingt-cinq taï-pans.

— *Ne ho ma ?* Comment allez-vous ?

— *Ho ho*, répondit machinalement Dunross avant de passer à l'anglais. Bartlett a téléphoné ?

— Non. Nous ne l'attendons pas avant le déjeuner. Vous voulez que j'essaie de le joindre ?

— Non, non, c'est inutile. Et mon coup de téléphone à Foster, en Australie ?

— Je n'ai pas encore réussi à l'avoir. Pas plus d'ailleurs que Mr. MacStruan à Edimbourg. Quelque chose vous tracasse ? demanda la secrétaire, qui avait aussitôt pressenti les préoccupations de son patron.

— Quoi ? Non, rien.

Dunross entra dans son bureau, qui dominait le port, et s'installa dans un fauteuil, près du téléphone. Claudia Chen le suivit, ferma la porte et s'assit en face de lui, son bloc à la main.

— Je viens de me rappeler le jour J pour moi — celui où j'ai pris la succession.

— *Joss*, Taï-pan.

— Oui.

— *Joss*, répéta la vieille Eurasienne. Il y a longtemps déjà.

— Longtemps ? J'ai l'impression que cela s'est passé il y a des siècles. Pourtant trois années seulement se sont écoulées mais le monde change si vite. Que nous réservent les deux prochaines années ?

— Autant de *Joss*, Taï-pan. Il paraît que vous avez rencontré Miss Casey Tcholok à la porte.

— Qui vous a raconté ça ?

— Dieu du ciel, Taï-pan, je ne peux révéler mes

sources ! D'après ce qu'on m'a dit, elle vous a lorgné sous toutes les coutures et vous lui avez rendu la pareille. *Heya ?*

— Quelles sottises ! Qui vous a parlé d'elle ?

— Hier soir j'ai téléphoné à l'hôtel pour voir si tout était en ordre et le directeur m'a appris que c'était une femme. Vous savez que cet imbécile voulait leur raconter qu'il n'avait plus de place pour eux ? Qu'est-ce que ça peut vous faire qu'ils partagent une suite ou qu'ils dorment dans le même lit ? j'ai répliqué. Nous sommes en 1963, le monde évolue et se libère. De plus, ce sont nos invités.

Elle gloussa avant d'ajouter :

— J'ai fait un peu de chantage. *Ayiiya*, c'est beau, la puissance.

— Avez-vous averti le jeune Linbar ou les autres que K.C. est une femme ?

— Je n'ai prévenu personne. Je savais que vous étiez déjà au courant : Barbara Chen m'avait dit que Maître John vous avait téléphoné au sujet de Miss Tcholok. Comment est-elle ?

— Tout à fait baisable, répondit le Taï-pan en souriant.

— Mais encore ?

Dunross réfléchit.

— Elle est séduisante, très bien habillée mais d'une élégance sobre — encore que ce soit peut-être seulement pour l'occasion. Sûre d'elle, observatrice — elle m'a demandé pourquoi notre porte est de guingois.

Il prit un coupe-papier en ivoire avec lequel il se mit à jouer en poursuivant :

— Elle n'a pas du tout plu à John ; il la compare à ces Américaines pathétiques qui sont comme un fruit californien : une peau merveilleuse, une chair splendide à regarder mais aucun goût !

— Pauvre Maître John ! Il adore l'Amérique mais lui préfère l'Asie dans, euh, certains domaines.

Le patron de la Struan éclata de rire.

— Nous verrons si elle est habile en affaires... Je l'ai envoyée à la réunion sans prévenir les autres, dit-il, l'œil malicieux.

— Je parie cinquante dollars de Hong-Kong qu'un d'entre eux au moins sait que c'est une femme.

— Phillip Chen, évidemment, mais ce vieux renard n'aura sans doute pas averti les autres. Cent dollars que ni Linbar, ni Jacques, ni Andrew Gavallan ne sont au courant.

— Tenu, répondit joyeusement Claudia. Vous avez perdu, Taï-pan, j'ai vérifié discrètement ce matin.

— Payez-vous sur la caisse, bougonna-t-il.

— Désolée, refusa-t-elle en tendant la main. Un pari est un pari.

Il lui remit de mauvaise grâce un billet rouge de cent dollars.

— Merci. Maintenant je vous parie cent autres dollars que Miss Casey Tcholok va mettre dans sa poche Maître Linbar, Maître Jacques et Andrew Gavallan.

— Vous savez quelque chose ? fit Dunross, soupçonneux.

— Cent dollars ?

— D'accord.

— Parfait ! jubila la secrétaire, qui changea brusquement de sujet : et les dîners organisés pour Mr. Bartlett, la partie de golf et le voyage à Taipei ? Impossible d'y emmener une femme. Je les annule ?

— Non. Je parlerai à Bartlett, il comprendra. Par contre, je les ai invités tous les deux aux courses, samedi.

— Ça fait deux invités de trop. Je décommanderai les Pang, ils ne se vexeront pas. Vous les voulez ensemble, à votre table ?

— Placez-la à ma table, comme invitée d'honneur ; lui, mettez-le à côté de Pénélope.

— Très bien, je préviens Mrs. Dunross... Oh ! j'allais oublier : Barbara, la femme de Maître John voudrait vous parler, dit Claudia en lissant de la main un pli de son *chong-sam* bleu marine. Maître John n'est pas rentré de la nuit — non pas que cela sorte de l'ordinaire mais il est déjà plus de dix heures et je n'arrive pas à le joindre moi non plus. Apparemment, il n'a pas assisté à l'Office du matin.

— Oui, je sais. Comme il avait accueilli Bartlett la veille, je l'en avais dispensé.

L'Office du matin était le surnom humoristique donné à la réunion quotidienne obligatoire de tous les directeurs de filiales de la compagnie Struan avec le Taï-pan.

— Il n'a rien à faire au bureau avant le déjeuner, poursuivit Dunross. Il est probablement sur son bateau, c'est un temps magnifique pour la voile.

— Barbara est furieuse.

— Elle est toujours furieuse, la bougresse ! John est en mer ou dans le lit de Ming-li. Vous avez téléphoné chez Ming-li ?

— Bouche cousue ne gobe pas de bestioles, avait coutume de dire votre père. Enfin, je peux quand même vous confier que Ming-li n'est plus que la petite amie numéro deux depuis deux mois. La nouvelle favorite s'appelle Fleur-parfumée, elle occupe un des « appartements privés » de Maître John sur Aberdeen Main Road.

— A proximité du mouillage de son bateau. Très commode.

— Cette fille est effectivement une fleur, une fleur tombée du dancing du Dragon de la Chance, à Wanchai. Elle non plus ne sait pas où est Maître John : il avait rendez-vous avec elle à minuit mais il n'est pas venu.

— Comment avez-vous appris tout cela ? demanda le Taï-pan, admiratif.

— Le pouvoir, Taï-pan — et un réseau de relations bâti sur plus de plus de cinq générations. C'est la seule façon de survivre. Si je colportais les ragots, j'ajouterais que cette fleur n'était pas vierge, comme Maître John le croit et comme elle le prétend, avant qu'il ne la mette dans son lit.

— Vraiment ?

— Vraiment. Maître John a payé le vendeur pour une marchandise dévaluée...

L'un des téléphones sonna, Claudia décrocha et dit :

— Un moment, je vous prie... Cinq cents dollars américains, ça lui a coûté, poursuivit-elle, l'appareil plaqué contre la poitrine. Mais les larmes, les, euh, les preuves, rien que du vent ! Le pauvre ! Enfin, c'est bien fait pour lui : un homme de son âge n'a pas besoin de déflorer les vierges pour fortifier le yang — il n'a que quarante-deux ans, *heya* ?... Bureau du Taï-pan, bonjour.

Dunross la considérait avec un étonnement amusé. Il était toujours surpris par les informations qu'elle parvenait à se procurer, par le plaisir qu'elle prenait à découvrir les secrets... et à les révéler à d'autres, en choisissant toutefois avec soin ses confidents.

— Un instant... Le commissaire Armstrong voudrait vous parler ; il est en bas avec le commissaire Kwok. Il s'excuse de vous importuner sans avoir pris rendez-vous et demande si vous pouvez leur accorder quelques minutes.

— Ah ! les armes. Notre police devient plus efficace chaque jour, fit observer Dunross avec un sourire sardonique. Je ne l'attendais pas avant midi.

A sept heures, il avait reçu un rapport détaillé de Phillip Chen, lui-même averti par un des sergents ayant participé à l'arrestation et apparenté au clan des Chen.

— Mettez tous vos informateurs sur cette affaire, Phillip, avait ordonné le Taï-pan, très préoccupé.

— C'est déjà fait. Ces armes cachées dans l'avion de Bartlett, ce ne peut être une simple coïncidence.

— Il serait extrêmement embarrassant que nous

nous retrouvions mêlés à cette affaire d'une façon ou d'une autre.

— En effet.

S'apercevant que Claudia attendait patiemment une réponse, Dunross grommela :

— Dites-leur que je les recevrai dans dix minutes.

Après s'être acquittée de cette tâche, la secrétaire remarqua :

— Si le commissaire Kwok est déjà sur le coup, cela veut dire que c'est plus grave que nous le pensions, *heya ?*

— Il est normal que la Special Branch ou la SI se mettent immédiatement sur les rangs et je parie même que le FBI ou la CIA ont déjà été prévenus. Je ne suis pas surpris que Brian Kwok soit sur l'affaire : c'est un vieux copain d'Armstrong, et l'un des meilleurs limiers dont ils disposent.

— Oh ! oui, approuva chaudement Claudia. Hiii, quel bon mari il ferait !

— Pour une fille du clan Chen, je suppose ?

Il était de notoriété publique que Brian Kwok était appelé à devenir le premier directeur adjoint chinois de la police.

— Ce serait une alliance profitable pour la famille, reconnut la secrétaire.

Le téléphone sonna à nouveau.

— Oui ?... Je lui dirai, merci.

Elle raccrocha d'un geste irrité.

— C'était le secrétaire du gouverneur, maugréa-t-elle. Il m'a chargé de vous rappeler le cocktail de ce soir — comme si j'allais oublier !

Dunross décrocha un des téléphones, composa un numéro.

— *Weiiii ?* fit la voix rauque de l'*amah*, le domestique chinois.

— Chen *tai-tai*, dit le Taï-pan dans un cantonais parfait. Mrs. Chen, s'il vous plaît. De la part de Mr. Dunross... Barbara ? Bonjour.

— Bonjour, Ian. Vous avez des nouvelles de John ? Je suis désolée de vous embêter...

— Vous ne m'embêtez pas le moins du monde. Non, il n'a pas encore donné signe de vie mais je vous préviendrai dès qu'il y aura du nouveau. Il s'est peut-être rendu au champ de courses pour assister à l'entraînement de Golden Lady. Vous avez essayé le Club hippique ?

— Il n'y a pas pris son petit déjeuner et l'entraînement se termine à six heures. Quel sale égoïste ! *Ayiiya*, les hommes !

— Il est probablement sorti faire un tour en mer sur son voilier, vous le connaissez. Vous avez téléphoné au gardien de bateaux ?

— Il n'a pas le téléphone. Pas moyen de vérifier sans aller à Aberdeen et je ne peux absolument pas décommander mon rendez-vous chez le coiffeur — tout Hong-Kong sera à la réception que vous donnez ce soir.

— Envoyez un de vos chauffeurs, suggéra le Taï-pan d'un ton sec.

— Tang a pris sa journée et j'ai besoin de Wu-chat pour me conduire. Il lui faudrait bien une heure pour faire l'aller-retour et j'ai une partie de mah-jong de deux à quatre.

— Alors je demanderai à John de vous téléphoner.

— Je ne serai pas rentrée avant cinq heures mais il va m'entendre ! Enfin, merci. Excusez-moi de vous avoir dérangé. Au revoir.

— Au revoir.

Dunross raccrocha et soupira :

— Je me fais l'effet d'une bonne d'enfants.

— Vous devriez parler au père de John, Taï-pan, conseilla la vieille Eurasienne.

— Je l'ai fait une fois, cela suffit. D'ailleurs tous les torts ne sont pas du côté de John : cette femme rendrait chèvre n'importe qui. Ce coup-ci, elle est vraiment furieuse, cela va lui coûter au moins une émeraude ou un manteau de vison.

La sonnerie du téléphone retentit pour la troisième fois.

— Bureau du Taï-pan ! annonça gaiement Claudia, qui se rembrunit aussitôt. Oui, un instant... C'est Hiro Toda, de Yokohama, murmura-t-elle à son patron.

Dunross savait à quel point elle haïssait les Japonais et désapprouvait les relations que la Noble Maison avait établies avec eux. Lui non plus ne pouvait pardonner aux Nippons ce qu'ils avaient fait subir pendant la guerre à ceux qu'ils avaient vaincus, aux personnes sans défense, aux femmes, aux enfants. Il ne leur pardonnait pas les camps, les morts inutiles.

Quand les Japonais avaient occupé Hong-Kong, Claudia, qui était Eurasienne, n'avait pas été parquée à la prison Stanley avec les autres civils européens. Avec son frère et sa sœur, elle s'était efforcée d'aider les prisonniers de guerre en introduisant clandestinement dans le camp de la nourriture, des médicaments et de l'argent. La Kampeitai — police militaire japonaise — l'avait prise sur le fait : Claudia ne pouvait plus avoir d'enfant depuis la guerre.

— Je dis que vous êtes absent ? souffla-t-elle.

— Non, non.

Deux ans plus tôt, Dunross s'était lourdement endetté envers les chantiers navals Toda, de Yokohama, en leur commandant deux cargos géants pour reconstituer la flotte de la Struan, décimée par la guerre. Il avait choisi cette firme japonaise parce qu'elle offrait des conditions bien meilleures que les chantiers britanniques et parce qu'il fallait oublier.

— Allô, Hiro ? Ravi de vous entendre, dit-il à l'armateur, pour qui il éprouvait de la sympathie. Quoi de neuf au Japon ?

— Il fait chaud et humide, pour ne pas changer. Excusez-moi de vous déranger.

— Comment vont mes bateaux ?

— Tout marche comme prévu, Taï-pan. Je tenais seulement à vous informer que je passerai par Hong-Kong samedi matin avant de poursuivre ma route pour Singapour et Sydney. Vous envisagez toujours de venir à Yokohama pour le lancement des navires ?

— Certainement. A quelle heure arriverez-vous, samedi.

— A onze heures dix, par Japan Air Lines.

— J'enverrai une voiture à l'aéroport pour vous conduire directement aux courses, à la Vallée heureuse. Qu'en dites-vous ? Vous déjeuneriez avec nous et mon chauffeur vous déposerait ensuite à l'hôtel. Vous descendez au Victoria and Albert ?

— Non, cette fois j'ai réservé au Hilton. Taï-pan, je ne veux pas vous causer tous ces tracas. Ne vous dérangez pas pour moi, c'est inutile.

— J'y tiens. Je chargerai quelqu'un de la maison de venir vous accueillir — Andrew Gavallan, probablement.

— Merci infiniment, Taï-pan. Je suis impatient de vous voir et je vous prie une nouvelle fois de m'excuser pour le dérangement.

Je me demande pourquoi il a téléphoné, songea Dunross en raccrochant. Hiro Toda, directeur du complexe de construction navale le plus dynamique du Japon n'agit jamais sans une bonne raison. Le Taï-pan réfléchissait à la conclusion prochaine du marché passé avec Toda, aux trois versements de deux millions de dollars chacun prévus pour les 1er, 11 et 15 septembre ; au solde, payable quatre-vingt-dix jours plus tard — soit au total douze millions de dollars américains, dont il ne disposait pas pour le moment. Il n'avait pas non plus signé le contrat d'affrètement indispensable pour obtenir des banques les crédits nécessaires.

— Peu importe, conclut-il avec désinvolture. Tout ira bien.

— Pour eux, enchaîna Claudia. Je n'ai pas confiance en eux, vous le savez. Je ne fais confiance à aucun Japonais.

— On ne peut rien leur reprocher. Ils essaient simplement de réaliser sur le plan économique ce qu'ils n'ont pas réussi à faire sur le plan militaire.

— En cassant les prix pour évincer tous leurs concurrents des marchés mondiaux.

— Ils travaillent dur, ils gagnent de l'argent et ils nous enterreront si nous les laissons faire. Mais grattez le vernis qui recouvre un Anglais, un Écossais — vous trouverez un pirate. Si nous sommes assez stupides pour les laisser faire, nous méritons de disparaître. C'est toute l'histoire de Hong-Kong.

— Pourquoi aider l'ennemi ?

— Ils ont été nos ennemis il y a vingt ans mais les relations que nous avons avec eux remontent à un siècle. N'avons-nous pas été les premiers grands négociants de la Colonie à nous tourner vers le Japon ? Hag Struan n'a-t-elle pas acheté le premier terrain à bâtir mis en vente à Yokohama en 1860 ? Ne décida-t-elle pas de fonder nos activités sur le triangle Chine-Japon-Hong-Kong ?

— Oui, Taï-pan, mais...

— Non, Claudia. Nous traitons avec les Toda, les Kasigi, les Toranaga depuis cent ans et, aujourd'hui, le contrat avec Toda est très important pour nous.

Le téléphone les interrompit une nouvelle fois.

— Oui ?... Oui, je lui dirai... Au revoir... C'était le traiteur, au sujet de la réception que vous donnez ce soir.

— Il y a un problème ?

— Il gémit sur son sort, voilà tout. Il est vrai que ce n'est pas une mince affaire que de préparer le vingtième anniversaire du mariage du Taï-pan, auquel tout Hong-Kong assistera.

Nouvelle sonnerie.

— Oui ?... Ah ! très bien, passez-le-moi... C'est Bill Foster, de Sydney.

Dunross prit le téléphone des mains de Claudia.

— Bill... non, je vous avais mis en tête de liste. Avez-vous conclu le marché, pour les Woolara Properties ?... Pourquoi ce retard ?... Je m'en moque, déclara le Taï-pan en jetant un coup d'œil à sa montre. Il est un peu plus de midi en Australie. Appelez-les immédiatement et offrez-leur cinquante *cents* de plus par action — offre valable jusqu'à la clôture. Prenez sur-le-champ contact avec la banque de Sydney et dites-leur d'exiger le remboursement intégral de tous leurs emprunts avant la fin de la journée... Cela m'est complètement égal, ils ont déjà trente jours de retard. Je veux prendre le contrôle de cette société *maintenant*. Sans elle, notre contrat d'affrètement pour notre nouveau cargo tombe à l'eau et il faut tout reprendre à zéro. Vous prendrez le vol Qantas 543 jeudi, je tiens à ce que vous soyez ici pour une réunion.

Il raccrocha et dit à la secrétaire :

— Demandez à Linbar de monter dès la fin de la discussion avec Tcholok. Réservez-lui une place sur le vol Quantas 716 pour Sydney, vendredi matin.

— Bien. Voici vos rendez-vous de la journée, dit Claudia en lui tendant une feuille de papier.

Dunross examina la liste : quatre conseils d'administration de filiales dans la matinée : Golden Ferry à 10 h 30, Struan's Motor Imports of Hong-Kong à 11 h, Chong-Li Foods à 11 h 15 et Kowloon Investments à 11 h 30. Déjeuner avec Lincoln Bartlett et Miss Casey Tcholok de 12 h 40 à 14 h. D'autres conseils d'administration dans l'après-midi, Peter Marlowe à 16 h, Phillip Chen à 16 h 20, cocktail du gouverneur à 18 h. Début de la réception à 20 h. Rappel : téléphoner à Alastair Struan en Écosse à 11 h et à une quinzaine d'autres personnes disséminées dans toute l'Asie au cours de la journée.

— Marlowe ? demanda-t-il.

— C'est un écrivain, descendu au Vic. Souvenez-vous, il a sollicité un rendez-vous par écrit il y a une semaine. Il prépare un livre sur Hong-Kong.

— Ah ! oui — le genre ancien de la RAF.

— Je l'annule ?

— Non, vous les maintenez tous.

Il sortit un mince carnet de sa poche, en détacha une dizaine de feuillets couverts de signes de sténo.

— Voici quelques câbles et télex à envoyer d'urgence et des notes pour les divers conseils d'administration. Appelez-moi Jen, à Taipei, puis Havergill à la banque.

— Oui, Taï-pan. J'ai entendu dire que Havergill va prendre sa retraite.

— Merveilleux. Qui lui succède ?

— On ne le sait pas encore.

— Espérons que ce sera Johnjohn. Mettez vos espions au travail. Cent dollars que je l'apprends avant vous ?

— Tenu !

— Alors payez-moi, réclama Dunross d'une voix suave en tendant la main. C'est Johnjohn.

— Quoi ?

— Le conseil d'administration a pris cette décision hier soir et j'ai demandé à ses membres de n'en parler à personne avant aujourd'hui onze heures.

L'Eurasienne rendit à contrecœur les cent dollars.

— *Ayiiya*, gémit-elle. Je m'étais attachée à ce billet.

— Moi aussi, répliqua le Taï-pan en l'empochant.

On frappa à la porte.

— Oui ? fit-il.

Sandra Yi, sa secrétaire particulière, entra.

— Excusez-moi, Taï-pan, mais le marché est monté de deux points. Holdbrook veut vous parler, il est sur la deux.

Alan Holdbrook dirigeait leur société d'agents de change.

Dunross se brancha sur la ligne numéro deux et demanda à Claudia :

— Dès que j'aurai terminé, vous ferez entrer Armstrong.

Les deux femmes se retirèrent.

— Je vous écoute, Alan.

— Bonjour, Taï-pan. Premier point : le bruit court avec insistance que nous allons essayer de prendre le contrôle d'Asian Properties.

— C'est probablement une rumeur lancée par Jason Plumm pour faire grimper ses actions avant la réunion annuelle. Il est malin, ce salaud.

— Les nôtres ont du même coup monté de dix *cents.*

— Bien. Achetez-m'en immédiatement vingt mille.

— Sur acompte ?

— Naturellement.

— D'accord. Second point : on raconte que nous avons conclu un marché de plusieurs millions de dollars avec Par-Con Industries.

— Quel beau rêve ! s'exclama Dunross désinvolte, en se demandant avec colère d'où provenaient les fuites.

Seuls Phillip Chen, Alastair Struan et le vieux Sean MacStruan, à Édimbourg, connaissaient en principe l'opération lancée contre Asian Properties, et le projet de contrat avec la Par-Con n'avait été annoncé à personne des membres du Conseil intérieur.

— Troisièmement : quelqu'un achète des actions Struan en grande quantité.

— Qui ?

— Je l'ignore. En tout cas, il se prépare quelque chose de pas catholique. Le mois dernier, nos actions ont monté sans que cela puisse s'expliquer autrement que par des achats importants. Il en va de même pour Rothwell-Gornt, dont on raconte qu'un paquet de deux cent mille actions aurait été acquis par un acheteur étranger.

— Trouvez-moi qui.

— Si seulement je connaissais le moyen de l'apprendre ! se lamenta l'agent de change. Le marché est très agité, il y a des capitaux chinois qui circulent, des transactions s'opèrent un peu partout : quelques actions ici, une poignée d'autres là, mais multipliées par cent mille... Les cours pourraient s'effondrer... ou grimper en flèche.

— Auquel cas nous ferions tous un gros coup. Rappelez-moi avant la clôture. Merci, Alan.

Après avoir raccroché, Dunross marmonna entre ses dents :

— Merde, qu'est-ce qu'il se passe ?

Dans la pièce voisine, Claudia Chen parcourait certains documents avec Sandra Yi, sa nièce du côté maternel, jolie fille de vingt-sept ans, intelligente et ayant un abaque en guise de cerveau. La vieille Eurasienne consulta sa montre puis dit en cantonais :

— Le commissaire Brian Kwok est en bas, petite sœur. Va donc le chercher et ramène-le... dans six minutes.

— *Ayiiya*, j'y cours, sœur aînée !

Sandra Yi vérifia rapidement son maquillage puis sortit. Claudia sourit en pensant que sa nièce ferait une épouse idéale pour le policier puis se mit à taper les télex. Quand elle eut terminé, elle passa en revue ce dont son patron l'avait chargée. Rien oublié ? Ah ! si. Et elle composa le numéro de son domicile personnel.

— *Weiii ?* répondit Ah Sam, son *amah*.

— Dis-moi, Ah Sam, Fung, femme de chambre numéro trois au Vic, c'est bien ta cousine au troisième degré ?

— Oui, Mère, acquiesça le domestique en utilisant le titre respectueux que les valets chinois donnaient traditionnellement à leur maîtresse. C'est ma cousine, mais au quatrième degré, et elle appartient à la branche Fung-tat, non aux Fung-sam comme moi.

— Peu importe. Appelle-la et demande-lui tout ce qu'elle sait sur deux diables d'étrangers de la Montagne-dorée qui occupent la suite Printemps-parfumé.

Après avoir patiemment épelé leurs noms, Claudia Chen ajouta avec délicatesse :

— Il paraît qu'ils ont de curieuses habitudes d'oreiller.

— *Ayiiya*, si quelqu'un peut obtenir des renseignements, c'est bien ma cousine Fung. Quelles curieuses habitudes ?

— Des habitudes... étranges. Occupe-t'en, petite bouche onctueuse.

La secrétaire reposa le combiné avec un sourire radieux. La porte de l'ascenseur s'ouvrit, Sandra Yi conduisit les deux policiers auprès de la vieille Eurasienne puis se retira à contrecœur, sous le regard de Brian Kwok. Agé de trente-neuf ans, grand pour un Chinois, c'était un très bel homme aux cheveux d'un noir bleuté. Claudia bavarda poliment avec Armstrong et lui, mais dès qu'elle vit s'éteindre le voyant de la ligne deux, elle introduisit les commissaires dans le bureau du Taï-pan et referma la porte.

— Désolé de venir vous voir sans avoir pris rendez-vous, s'excusa Armstrong.

— Il n'y a pas de mal. Vous avez l'air fatigué, Robert.

— J'ai eu une nuit agitée. Le crime fait florès, à Hong-Kong. Les méchants prolifèrent et les saints sont crucifiés.

Dunross sourit puis se tourna vers Kwok :

— Comment allez-vous, Brian ?

— Très bien, merci, Ian. J'ai quelques dollars en banque, ma Porsche n'est pas encore tombée en morceaux et les femmes seront toujours les femmes.

— Dieu merci ! Vous participez à la course de côte de dimanche ?

— Si *Lulu* est prête à temps. Il me faudrait un nouvel accouplement hydraulique latéral.

— Vous avez demandé aux mécanos de notre atelier ?

— Oui. Ils n'en ont pas, malheureusement. Et vous, vous la faites ?

— Cela dépend. Je dois me rendre à Taipei dimanche après-midi. En tout cas, je me suis inscrit. Quoi de neuf à la SI ?

— Toujours pareil. Boulot boulot.

La Special Intelligence fonctionnait de façon totalement autonome au sein de la Special Branch, service semi-secret chargé de prévenir et de détecter les activités subversives dans la Colonie. La SI, qui disposait de fonds secrets et d'un pouvoir exorbitant, dépendait uniquement du gouverneur.

— Quelle est la raison de votre visite ? demanda le patron de Struan en se renversant dans son fauteuil.

— Je suis persuadé que vous la connaissez déjà, répondit Armstrong. Les armes trouvées dans l'avion de Bartlett.

— Oui, j'en ai entendu parler ce matin. En quoi puis-je vous être utile ? Savez-vous à qui elles étaient destinées ? Vous avez arrêté deux hommes, m'a-t-on dit.

— Oui, soupira le policier britannique. Deux authentiques mécaniciens ayant servi dans l'aviation nationaliste. Pas de casier, bien que soupçonnés d'être membres de sociétés secrètes. Ils sont tous deux à Hong-Kong depuis l'exode de 1949. A propos, tout ceci doit rester entre nous.

— Et vos supérieurs ?

— Je vais naturellement les informer mais je vous demande de garder pour vous notre conversation.

— Pourquoi ?

— Nous avons des raisons de croire que les armes étaient destinées à quelqu'un de votre compagnie.

— Qui ? fit le Taï-pan d'un ton sec.

— Je peux compter sur votre discrétion ?

— Oui. Qui ?

— Vous connaissez bien Lincoln Bartlett et Casey Tcholok ?

— Nous avons un dossier détaillé sur lui — pas sur elle. Je peux vous en confier une copie, à condition que vous m'assuriez vous aussi de votre discrétion.

— Naturellement. Ces renseignements nous seraient d'une grande aide.

Dunross appuya sur le bouton de l'interphone.

— Oui, monsieur ? fit la voix de Claudia dans l'appareil.

— Faites faire des photocopies du dossier Bartlett et remettez-les au commissaire Armstrong quand il sortira.

— Nous n'abuserons pas de votre temps, promit Armstrong. Vous établissez toujours un dossier sur vos clients potentiels ?

— Non, mais nous aimons savoir à qui nous avons affaire. Le contrat que nous envisageons de signer représenterait des millions pour lui comme pour nous, un millier d'emplois nouveaux à Hong-Kong : usines, entrepôts, etc. Mais les risques vont de pair. Dans le monde des affaires, il est courant de se renseigner discrètement sur la solvabilité des autres — disons que nous poussons les choses un peu plus loin. D'ailleurs je vous parie cinquante dollars contre un bouton de culotte qu'il a constitué un dossier sur moi.

— Il n'a pas de lien avec la pègre ?

— La Mafia, par exemple ? Non, absolument pas. En outre, si la Mafia cherchait à s'implanter à Hong-Kong, elle ne se contenterait pas d'envoyer une dizaine de M 14, deux mille chargeurs et une caisse de grenades.

— Vous êtes bien renseigné, intervint Brian Kwok. Trop, même. Il y a une heure à peine que nous avons déballé la marchandise. Qui vous informe ?

— Vous savez bien qu'à Hong-Kong, rien ne reste longtemps secret.

— On ne peut même plus avoir confiance dans ses propres flics, soupira le Chinois.

— La Mafia aurait envoyé vingt fois plus d'armes — des pistolets, pour rester dans le style américain. Mais elle n'aurait aucune chance de se faire une place en évinçant nos triades. Non, ce ne peut être la Mafia. De qui teniez-vous le tuyau, Brian ?

— De la police de l'aéroport de Tokyo. L'un de leurs mécaniciens avait découvert les armes lors d'un contrôle de routine — vous savez comme ils sont méticuleux — et avait prévénu son chef. Quand la police japonaise nous a avertis, nous leur avons dit de ne pas intervenir.

— Vous devriez mettre le FBI et la CIA dans le coup et leur demander de vérifier Honolulu, ou Los Angeles, suggéra Dunross. Pourquoi soupçonnez-vous quelqu'un de chez moi ?

— Les deux mécaniciens ont déclaré..., commença Armstrong. (Il s'interrompit, consulta ses notes et reprit :) A la question : « Où deviez-vous livrer les armes ? » tous deux ont répondu : « Dans l'entrepôt souterrain 15 du quai 7. »

Le policier leva les yeux vers l'homme d'affaires, qui répondit :

— Cela ne prouve rien — sinon qu'ils sont intelligents. Une telle quantité de marchandises transitent par nos entrepôts de Kai Tak qu'ils n'auraient eu aucun mal à venir chercher les armes avec un camion sans se faire remarquer. L'entrepôt 15 se trouve près de la sortie — c'est le choix idéal. Je vais mettre mes propres services de sécurité sur l'affaire.

Comme le Taï-pan allongeait le bras vers le téléphone, Armstrong intervint :

— N'en faites rien pour l'instant, s'il vous plaît.

— Pourquoi ?

— Lorsque nous leur avons ensuite demandé pour

qui ils travaillaient, ils nous ont naturellement donné des noms et des signalements fictifs. Mais quand un de mes sergents leur a un peu frotté les oreilles — c'est une image, bien sûr — l'un d'eux s'est écrié : « Laissez-moi tranquille, j'ai des amis haut placés ! » « Des amis, tu n'en as jamais eu », a répliqué le sergent. « Peut-être, mais l'honorable Tsu-yan et Chen de la Noble Maison en ont pour moi ! »

Le silence se fit dans le bureau. Saloperies d'armes, jura intérieurement Dunross, dont le visage demeura impassible.

— Nous employons plus de cent Chen, apparentés ou non. C'est un nom aussi courant que Smith, expliqua le Taï-pan, sur ses gardes.

— Et Tsu-yan ?

Le chef suprême de la Noble Maison haussa les épaules :

— Il est membre du Conseil d'administration de Struan mais aussi de celui de Blacs, de la Victoria Bank et de quarante autres compagnies. C'est l'un des hommes les plus riches de Hong-Kong, un nom que n'importe qui pourrait invoquer. Comme Chen de la Noble Maison, d'ailleurs.

— On le soupçonne d'occuper une place importante dans la hiérarchie de la société secrète du Pang Vert, précisa Brian Kwok.

— Tous les Shangainais importants sont dans le même cas, répliqua Dunross. Vous savez bien, Brian, que Chiang Kai-shek avait fait cadeau de Shanghai au Pang Vert en échange de son aide à la campagne qu'il menait dans le Nord contre les seigneurs de la guerre. Depuis, le Pang Vert est une organisation plus ou moins officiellement nationaliste.

— Savez-vous comment Tsu-yan a bâti sa fortune, à l'origine ? reprit Kwok.

— Je l'ignore. Dites-le-moi.

— Pendant la guerre de Corée, en vendant de l'essence et des médicaments — surtout de la pénicilline — aux communistes. Avant la guerre, il possédait en tout et pour tout un pagne et un vieux pousse-pousse.

— Ce ne sont que des on-dit, fit observer le Taï-pan.

— Struan aussi a gagné des millions.

— Oui, mais je ne conseille à personne de laisser entendre que nous les avons gagnés en faisant de la contrebande.

— Vous n'avez jamais fait de contrebande ?

— On raconte que notre compagnie l'a quelque peu pratiquée à ses débuts, il y a cent vingt ans environ, mais c'était alors une profession honorable qui ne violait pas les lois britanniques. Nous avons toujours respecté la loi.

Brian Kwok ne sourit pas et revint à la charge :

— On dit aussi qu'une grande partie de la pénicilline vendue par Tsu-yan n'avait plus aucune efficacité et était même dangereuse.

— Si c'est vrai, arrêtez-le donc, dit Dunross avec froideur. Personnellement, je pense qu'il s'agit de ragots colportés par des concurrents envieux. Si ces rumeurs étaient fondées, il flotterait dans les eaux de la baie avec ceux qui ont pris ce risque, ou il aurait reçu le même châtiment que Wong-mauvaise-poudre.

Le Taï-pan faisait allusion à un contrebandier de Hong-Kong qui avait vendu une grande quantité de pénicilline frelatée pendant la guerre de Corée et avait investi l'argent gagné dans l'immobilier et à la bourse. En sept ans, il édifia une immense fortune puis certaines triades de Hong-Kong reçurent l'ordre d'apurer les comptes. Chaque semaine, un membre de sa famille mourut — accident de voiture, noyade, strangulation, empoisonnement — ou disparut sans qu'on retrouvât jamais les coupables. Les exécutions durèrent dix-sept mois et trois semaines puis s'arrêtèrent quand Wong resta seul avec un petit-fils en bas âge à moitié débile. Ils vivaient encore en 1963, tapis dans le même vaste appartement, naguère luxueux, avec un seul domestique et un cuisinier, dans la terreur, protégés nuit et jour, sans jamais sortir, et sachant que ni l'argent ni les gardes n'empêcheraient de s'accomplir la sentence inexorable publiée dans un journal chinois local : Wong-mauvaise-poudre sera puni ainsi que sa famille.

— Nous l'avons interrogé, ce salaud, Robert et moi.

— Ah ! oui ?

— Il a peur. Les portes de son appartement sont bardées de serrures et de chaînes, les fenêtres sont condamnées par des planches percées seulement d'un œilleton çà et là. Il n'a pas mis le nez dehors depuis le début de la tuerie et l'endroit pue abominablement. Toute la journée, il joue aux dames avec son petit-fils ou regarde la télévision.

— Et il attend, enchaîna Armstrong. Un jour, on viendra les tuer tous les deux. Le gosse doit avoir six ou sept ans, maintenant.

— Vous apportez de l'eau à mon moulin, argua Dunross. Tsu-yan ne vit pas terrorisé et barricadé. D'ailleurs qu'aurait-il fait de quelques M 14 ? J'imagine que les Nationalistes mettraient à sa disposition, s'il le leur demandait, la moitié de leur armée soutenue par un bataillon de chars.

— A Taiwan, peut-être, mais pas à Hong-Kong, objecta le policier chinois.

— Tsu-yan a-t-il été en rapport avec Bartlett au cours de vos négociations ? interrogea Armstrong.

— Oui. Il s'est rendu à New York et à Los Angeles pour nous représenter — les deux fois en compagnie de John Chen. Ils ont signé un accord entre nos deux sociétés qui sera définitivement adopté — ou abandonné — ce mois-ci à Hong-Kong, et ils ont officiellement invité Bartlett à venir ici.

Après avoir jeté un coup d'œil à son collègue, Armstrong reprit :

— Quand était-ce ?

— Il y a quatre mois. Il a fallu du temps de part et d'autre pour régler tous les détails.

— John Chen, murmura le commissaire britannique pensivement. Cela pourrait être lui, Chen de la Noble Maison.

— Il n'est pas homme à tremper dans ce genre de combine, vous le savez. Simple coïncidence.

— Autre coïncidence curieuse : Tsu-yan et John Chen connaissent tous deux un Américain nommé Banastasio, ou du moins ont été vus en sa compagnie, dit Brian. Ce nom évoque-t-il quelque chose pour vous ?

— Non. Qui est-ce ?

— Un joueur, soupçonné de racket, qui aurait d'étroites relations avec une des familles de la Cosa Nostra. Vincenzo Banastasio.

— Ils « ont été vus en sa compagnie », disiez-vous. Par qui ?

— Le FBI.

Il y eut un nouveau silence. Armstrong chercha dans sa poche son paquet de cigarettes, Dunross poussa vers lui un coffret en argent.

— Merci, non, répondit le commissaire. C'était machinal : j'ai arrêté de fumer il y a deux semaines... Le FBI nous a refilé le tuyau parce que Tsu-yan et John Chen sont des personnalités importantes de la Colonie et nous a priés de les avoir à l'œil.

Dunross se rappela soudain la remarque de Foxwell sur le mystérieux capitaliste travaillant en secret pour les communistes et habitant les Tours Sinclair. Nom de dieu, Tsu-yan y a un appartement et John Chen aussi ! Impossible que l'un ou l'autre ait partie liée avec les communistes...

— Le trafic d'héroïne rapporte énormément d'argent, insinua le policier.

— Que voulez-vous dire ?

— Un banquier est l'homme idéal pour « blanchir » les capitaux gagnés avec la drogue. Tsu-yan et John

Chen font partie du conseil d'administration de plusieurs banques...

— Robert, vous feriez mieux de garder pour vous ce genre de réflexions, rétorqua le Taï-pan d'une voix dure. Vous tirez des conclusions dangereuses sans l'ombre d'une preuve. Je ne saurais tolérer des propos qui relèvent de la diffamation.

— Vous avez raison, je les retire. Je maintiens cependant que Hong-Kong sert de plaque tournante à la drogue, expédiée principalement aux États-Unis. Je finirai bien par trouver les responsables d'une façon ou d'une autre.

— Voilà qui vous fait honneur, et je vous aiderai dans la mesure de mes moyens. Moi aussi je hais les trafiquants de drogue.

— Oh ! je ne les hais pas. Ce sont des hommes d'affaires, eux aussi — des affaires illégales mais des affaires quand même. On m'a chargé de découvrir les taï-pans du trafic et je fais mon travail, tout simplement.

— En tout cas n'hésitez pas à faire appel à moi.

— Merci, dit Armstrong en se levant lentement. Encore une ou deux petites coïncidences que je tiens à vous livrer avant de partir : ce matin, nous sommes passés chez Tsu-yan pour bavarder avec lui mais il avait pris le premier avion pour Taipei. Curieux, non ?

— Il n'arrête pas de faire la navette, expliqua Dunross, dont l'inquiétude croissait.

Tsu-yan devait venir à sa réception, son absence serait extrêmement troublante.

— Une décision de dernière minute, apparemment, poursuivit le commissaire. Pas de réservation, pas de billet, pas de bagages, juste quelques dollars sous la table pour obtenir la place d'un autre passager. Il portait seulement une serviette. Étrange, vous ne trouvez pas ?

— Nous n'avons aucune chance de le faire extrader, ajouta Kwok.

Dunross observa un moment le policier chinois puis revint à son collègue.

— Vous parliez de deux coïncidences. Quelle est la seconde ? demanda-t-il, imperturbable.

— Nous ne parvenons pas à mettre la main sur John Chen.

— Expliquez-vous.

— Nous ne l'avons trouvé ni chez lui ni chez sa maîtresse ni dans un des endroits qu'il fréquente habituellement. Nous les surveillons de temps à autre, Tsu-yan et lui, depuis que le FBI nous a donné le tuyau.

— Vous avez essayé au mouillage de son bateau ? demanda le Taï-pan, certain de la réponse.

— Son voilier n'a pas quitté le port depuis hier et le gardien n'a pas vu John Chen.

— Et au terrain de golf ?

— Ni au golf ni aux courses, nous avons vu également l'entraîneur de ses chevaux. Il a disparu, il s'est évanoui en fumée.

6

11 h 15

Il y eut un silence stupéfait dans la salle de réunion du conseil d'administration.

— Qu'y a-t-il ? demanda Casey. Les chiffres parlent d'eux-mêmes.

Les quatre hommes assis autour de la table regardèrent la jeune femme. Il y avait là Andrew Gavallan, Linbar Struan, Jacques de Ville et Phillip Chen, tous membres du Conseil intérieur.

Grand et mince, Gavallan était âgé de quarante-sept-ans. Baissant les yeux sur les papiers posés devant lui, il pensa avec irritation : *diou ne lo mo* sur toutes les femmes qui se mêlent d'affaires.

— Peut-être conviendrait-il de les vérifier avec Mr. Bartlett, suggéra-t-il avec embarras.

— Je vous le répète : j'ai autorité en ce domaine, répondit Casey en s'efforçant à la patience. En ma qualité de vice-présidente de Par-Con Industries, je suis parfaitement habilitée à négocier avec vous. Nous vous l'avions d'ailleurs confirmé par écrit le mois dernier.

Casey gardait son calme, bien que la réunion se fût déroulée jusque-là avec une extrême lenteur. D'abord surpris de découvrir une femme, les quatre hommes avaient ensuite montré une politesse empruntée, attendant qu'elle s'assoie, qu'elle parle, puis se perdant dans des bavardages futiles pour retarder le moment où il faudrait en venir aux affaires. L'un d'eux avait même maladroitement assuré que sa femme serait ravie de la conduire dans les boutiques. D'ordinaire, Casey supportait stoïquement ce genre de réactions mais cette fois elle parvenait difficilement à s'en accommoder tant était grand son désir de vaincre. Il fallait absolument qu'elle renverse les barrières qu'ils plaçaient entre elle et eux.

— C'est simple, avait-elle expliqué afin de dissiper leur gêne. Oubliez que je suis une femme, jugez-moi uniquement sur mes capacités. Voyons, il y a trois questions à l'ordre du jour : les usines de polyuréthane, la représentation de notre crédit-bail pour ordinateurs, et la représentation générale de nos produits pétrochimiques et pharmaceutiques en Asie. Prenons d'abord les usines de polyuréthane, les produits chimiques nécessaires à la fabrication et le calendrier de financement.

En s'appuyant sur la documentation qu'elle avait préparée, la vice-présidente leur avait exposé les données du problème — chiffres, pourcentages, frais bancaires et intérêts — avec une telle clarté que l'esprit le plus lent aurait fini par comprendre. A présent, les quatre membres du Conseil intérieur la considéraient en silence.

— Très... très impressionnant, se décida à dire enfin Andrew Gavallan.

— Et tellement inattendu de la part d'une femme aussi charmante, renchérit Jacques de Ville.

— Merci, monsieur, répondit Casey en français mais laissez donc mon charme de côté pour l'instant. Il vaut mieux nous concentrer sur notre projet d'association, vous ne croyez pas ?

Nouveau silence, rompu cette fois par Linbar Struan :

— Voulez-vous du café ?

— Non, merci, Mr. Struan, déclina K.C. (Attentive à se conformer aux pratiques en usage à Hong-Kong, elle n'en était pas encore à les appeler par leurs prénoms.) Prenons-nous cette proposition comme base de discussion ? C'est celle que nous vous avons soumise le mois dernier... J'ai tenté de traiter aussi bien de vos problèmes que des nôtres.

Agé de trente-quatre ans, Linbar Struan était un très bel homme aux cheveux blonds et aux yeux bleus, à l'expression un rien casse-cou.

— Vous êtes sûre que vous ne voulez pas de café ? insista-t-il. Du thé, peut-être ?

— Non merci. Alors vous acceptez notre proposition telle quelle ?

Phillip Chen toussota et répondit :

— En principe, nous avons décidé de nous associer avec Par-Con dans plusieurs branches, comme l'indiquent les différents chapitres de l'accord. En ce qui concerne les usines de polyuréthane...

Casey écouta patiemment les remarques générales du compradore puis tenta de revenir aux détails, raison d'être de la réunion. Mais la discussion n'avançait pas et les quatre hommes donnaient l'impression d'être au supplice. C'est pire que jamais, pensa-t-elle. Peut-être parce qu'ils sont Anglais — je n'ai jamais eu affaire à des Anglais.

— Souhaitez-vous des éclaircissements sur un point quelconque ? proposa-t-elle. S'il y a quelque chose que vous ne comprenez pas...

— Nous comprenons parfaitement, répondit Gavallan. Vous nous présentez des chiffres bancals : nous finançons la construction des usines et vous fournissez les machines mais vous voulez les amortir en trois ans, ce qui torpillerait n'importe quel *cash flow* et signifierait une absence de profits pendant cinq ans au moins.

— A ce qu'on m'a dit, il est de pratique courante,

à Hong-Kong, d'amortir en trois ans le coût total d'une construction, rétorqua Casey, contente de trouver enfin un adversaire. Nous proposons simplement de suivre cette pratique. Si vous souhaitez un amortissement sur cinq ou dix ans — parfait, mais cela s'appliquera également aux bâtiments.

— Vous n'achetez pas les machines, vous les prenez en *leasing* et les charges mensuelles de l'entreprise que nous voulons lancer ensemble seront lourdes.

— Quel est le taux d'escompte préférentiel de votre banque, Mr. Gavallan ?

L'homme d'affaires consulta ses collègues avant de répondre à la jeune femme, qui manipula brièvement sa règle à calculer.

— A ce taux-là, vous gagneriez dix-sept mille dollars de Hong-Kong par semaine et par machine en acceptant notre offre qui, sur la période dont nous parlons... (elle se livra rapidement à d'autres calculs) porterait vos bénéfices à 32 p. 100 au-dessus de ce que vous pourriez espérer dans le meilleur des cas — et il s'agit de millions de dollars.

Les membres du Conseil intérieur de Struan fixèrent la jeune femme sans mot dire. Finalement, Andrew Gavallan tenta de la prendre en défaut sur les chiffres mais n'y parvint pas. Cet échec ne fit qu'augmenter l'antipathie que les quatre hommes ressentaient pour elle.

Que dire d'autre pour les convaincre ? se demanda nerveusement Casey, certaine de les avoir entortillés avec ses chiffres. Ils se feront un paquet de fric s'ils se décident à bouger ; nous, nous gagnerons une fortune et moi j'aurai enfin assez d'argent pour envoyer tout le monde *sur les roses*. A elle seule, la partie du contrat portant sur la mousse de polyuréthane rapportera à la société Par-Con près de quatre-vingt mille dollars nets par mois sur les dix prochaines années, et Linc m'a promis ma part du pactole.

— Combien veux-tu ? lui avait-il demandé avant leur départ des États-Unis.

— 51 p. 100, avait-elle répondu en riant. Cela t'apprendra à me poser ce genre de questions.

— 3 p. 100.

— Allons, Linc. Ce n'est pas comme cela que j'accéderai un jour à la grosse galette.

— Si tu décroches le contrat, je t'offre une option prioritaire sur cent mille actions de Par-Con à quatre dollars en dessous du cours.

— D'accord, mais je veux aussi la fabrique de mousse, avait-elle réclamé, le cœur battant. 51 p. 100.

— En échange de quoi ?

— De Struan.

— Entendu.

K.C. attendit avec un calme apparent puis, jugeant le moment venu, elle demanda négligemment :

— Alors nous sommes d'accord pour maintenir telle quelle notre proposition ? Une association à part égale — que rêver de mieux ?

— A ceci près que vous ne fournissez pas 50 p. 100 du financement, objecta Andrew Gavallan d'un ton sec. Avec le système de *leasing* que vous adopterez pour les machines et autre matériel, vous courrez des risques moins importants que les nôtres.

— Ce système permettra de diminuer les impôts et les débours en liquide. Nous finançons sur le *cash flow*, messieurs, et nous parvenons aux mêmes chiffres. Le fait que nous obtenions une indemnité de dépréciation et diverses remises n'intervient pas. Nous finançons aux États-Unis, notre domaine ; vous financez à Hong-Kong, où vous êtes les maîtres.

Quillan Gornt abandonna la fenêtre de son bureau en déclarant :

— Je vous le répète, Mr. Bartlett. Nous vous

offrirons toujours des conditions meilleures que Struan, quelles que soient les propositions qu'on vous fera.

— Sur tous les points ?

— Tous.

Le Britannique revint à pas lents derrière sa table de travail, que n'encombrait aucun papier, et se tourna de nouveau vers Bartlett. Les deux hommes se trouvaient au dernier étage de l'immeuble de la société Rothwell-Gornt, qui lui aussi faisait face aux quais. Gornt était un barbu corpulent aux traits durs dont la crinière noire grisonnait. Il avait des yeux marron sous des sourcils broussailleux, poivre et sel eux aussi.

— Nous pouvons aisément surenchérir, je vous l'assure, continua-t-il, et il ne nous faudrait qu'une semaine pour réunir notre part du financement. Notre association serait mutuellement avantageuse. Je vous propose d'établir ensemble une société selon la législation de la Colonie — ici, les impôts sont très raisonnables : 15 p. 100 sur toutes les possessions à Hong-Kong et pas du tout d'impôt dans le reste du monde. C'est mieux qu'en Amérique.

— Beaucoup mieux, approuva Bartlett du profond fauteuil en cuir dans lequel il était assis.

— N'est-ce pas précisément la raison pour laquelle vous êtes venus ici ?

— Une des raisons.

— Quelles sont les autres ?

— Hong-Kong ne compte pas encore de firme américaine aussi importante que la mienne. C'est une lacune qu'il faut combler. Nous vivons l'âge du Pacifique. La Colonie a elle aussi intérêt à nous accueillir car nous avons une expérience que vous ne possédez pas et une influence décisive sur le marché américain. En revanche, Rothwell-Gornt — ou Struan — possèdent l'expérience qui nous manque et sont bien implantés sur le marché asiatique.

— Comment pourrions-nous nous associer ?

— Je dois d'abord savoir ce que veut Struan,

répondit Bartlett. C'est avec eux que j'ai commencé à négocier et je n'aime pas changer d'avion en plein océan.

— Je peux vous le dire maintenant, ce qu'ils veulent : des profits pour eux, du vent pour les autres.

— Le projet de contrat dont nous avons discuté m'a paru très correct.

— Ils sont passés maîtres dans l'art d'avancer des propositions qui semblent correctes mais ensuite ils réalisent leurs actions quand bon leur semble pour écrémer les profits tout en gardant le contrôle de l'affaire.

— Pas de ça avec nous.

— Cela fait près de cent cinquante ans qu'ils pratiquent cette méthode. Ils ont appris à s'en servir.

— Vous aussi, je suppose ?

— Bien sûr, mais nous sommes très différents de Struan. Nous sommes propriétaires de biens et de sociétés, eux ne détiennent en règle générale qu'un peu plus de 5 p. 100 des actions de la plupart de leurs filiales, sur lesquelles ils exercent cependant un contrôle absolu parce qu'ils possèdent des actions spéciales donnant droit à un nombre de voix plus important lors des votes, ou parce qu'ils ont fait inclure dans les statuts un article selon lequel leur Taï-pan est aussi Taï-pan de la filiale, avec vote prépondérant.

— Ça a l'air habile.

— Ça l'est. Et ils le sont. Mais nous le sommes plus encore, et de manière plus franche. Nos contacts, notre influence en Chine et sur le pourtour du Pacifique — exception faite des États-Unis et du Canada — sont meilleurs que les leurs et ne cessent de s'améliorer.

— Pourquoi ?

— Parce que notre compagnie a pris un essor à Shanghai, la plus grande ville d'Asie, où nous occupions une position dominante, alors que Struan s'est toujours concentré sur Hong-Kong, qui, jusqu'à ces dernières années, n'était qu'une sorte de bled provincial.

— Shanghai est morte depuis que les communistes ont fermé la Chine continentale, en 1949, objecta l'Américain. Aujourd'hui tout le commerce avec l'étranger se fait par Canton.

— Oui, mais ce sont les Shanghainais émigrés qui, avec leur argent, leurs idées et leurs tripes, ont fait de Hong-Kong ce qu'il est aujourd'hui et ce qu'il sera demain : la métropole présente et future de tout le Pacifique.

— Avant Singapour ?

— Certainement.

— Manille ?

— Absolument.

— Tokyo ?

— Tokyo n'est une grande ville que pour les Japonais, répondit Gornt, les yeux brillants, le visage creusé de rides. Hong-Kong est la plus grande cité d'Asie, Mr. Bartlett ; qui la contrôle contrôle tout le continent... Naturellement, je parle du commerce et des affaires.

— Et la Chine rouge ?

— A notre avis, Hong-Kong profite à la République populaire de Chine, pour qui nous sommes une sorte de « porte ouverte ». Hong-Kong et Rothwell-Gornt représentent l'avenir.

— Pourquoi ?

— Parce que Shanghai a été le centre industriel et commercial de la Chine, et que les Chinois qui en sont originaires sont restés les *moteurs* de la région. Les meilleurs d'entre eux se trouvent aujourd'hui parmi nous. Vous ne tarderez pas à saisir la différence entre Cantonais et Shanghainais. Les seconds sont entreprenants, tournés vers l'étranger : pas un industriel, un magnat du textile ou de la construction navale qui ne soit originaire de Shanghai. Les Cantonais, eux, sont des solitaires et dirigent des entreprises familiales, alors que les Shanghainais ont le sens de l'association et surtout de la banque, de la finance.

Gornt alluma une cigarette avant de poursuivre :

— Voilà l'explication de notre force, voilà pourquoi nous sommes meilleurs que Struan et pourquoi nous finirons par occuper la première place.

Linc Bartlett étudia l'homme qui se trouvait en face de lui. D'après le dossier préparé par Casey, Gornt était né à Shanghai de parents britanniques quarante-huit ans plus tôt. Veuf, père de deux enfants déjà adultes, il avait été capitaine dans l'infanterie australienne de 1942 à 1945, dans le Pacifique. Il avait remplacé son père à la tête de la Rothwell-Gornt, qu'il dirigeait avec succès depuis huit ans comme si la firme était son fief personnel.

Le milliardaire américain changea de position sur son fauteuil en cuir.

— Si vous êtes tellement certain que vous finirez par triompher de Struan, pourquoi attendre ? demanda-t-il. Pourquoi ne pas les attaquer immédiatement ?

Le Britannique l'observait, impassible.

— Rien au monde ne me ferait plus plaisir, répondit-il. Pour l'instant, c'est impossible. J'ai failli réussir il y a trois ans, quand ils avaient trop présumé de leurs forces et que le Taï-pan précédent avait épuisé son *joss*.

— Son *joss* ?

— C'est un mot chinois qui signifie chance, destin, et autre chose encore, expliqua Gornt d'un ton pensif. Nous sommes très superstitieux, ici, et le *joss* compte beaucoup, comme le choix du moment. Le *joss* avait tourné pour Alastair Struan, qui avait connu une année désastreuse et avait dû, en désespoir de cause, céder le pouvoir à Ian Dunross. Struan faillit bien sombrer ; tout le monde se défaisait de leurs actions et je me jetai dans la mêlée mais Dunross réussit à stabiliser le marché.

— Comment ?

— Disons qu'il fit un usage abusif de son influence dans certains milieux bancaires.

Gornt se rappelait avec une colère froide la manière dont Hagervill, rompant leurs accords secrets, ne s'était pas opposé à la demande de crédits, énorme, formulée par Struan et qui avait donné à Dunross le temps de se rétablir. Il se souvenait de la rage avec laquelle il avait fustigé le banquier.

— Pourquoi avez-vous fait ça ? Leur accorder un crédit exceptionnel de cent millions ! Nous les tenions et vous les avez sauvés, bon dieu ! Pourquoi ?

Hagervill avait expliqué que Dunross avait réussi à obtenir suffisamment de voix pour au Conseil d'administration et avait exercé sur lui de fortes pressions.

— Je n'ai rien pu faire, avait avoué le banquier.

Oui, j'ai perdu cette fois-là, songea Gornt, les yeux fixés sur l'Américain, mais tu m'apportes la bombe qui me permettra d'anéantir Struan et de les chasser à jamais d'Asie.

— Dunross dut commettre certaines extrémités pour se tirer d'affaire et il se fit plusieurs ennemis implacables, poursuivit le patron de la Rothwell. A présent, nous sommes de force égale, la situation est bloquée : ils ne peuvent pas nous couler et nous ne pouvons pas non plus les avoir.

— A moins qu'ils ne commettent une erreur.

— Ou que nous n'en commettions une, ajouta l'aîné des deux hommes. Il souffla un rond de fumée, l'examina puis revint à Bartlett. Nous finirons par gagner. Le temps, en Asie, n'a pas la même valeur qu'aux États-Unis.

— C'est ce qu'on m'a dit.

— Vous ne le croyez pas ?

— Les mêmes règles de survie s'appliquent ici, là-bas ou n'importe où. Seul le degré diffère.

Gornt regarda la fumée de sa cigarette monter en serpentant vers le plafond de son vaste bureau où flottait une odeur de cuir et de bons cigares. Le fauteuil de chêne sculpté tendu de peluche rouge dans lequel il était assis donnait une impression de robustesse et de solidité — comme l'homme lui-même, pensa Linc Bartlett.

— Le temps travaille pour nous, affirma le Taï-pan de la Rothwell. Ici, là-bas et n'importe où.

L'Américain s'esclaffa, Gornt se permit un sourire mais Bartlett remarqua que ses yeux demeuraient froids.

— Regardez autour de vous, Mr. Bartlett, posez des questions sur eux et sur nous. Ensuite vous prendrez votre décision.

— C'est exactement ce que je compte faire.

— J'ai entendu dire que la police avait saisi votre avion.

— Oui, les flics de l'aéroport ont trouvé des armes à bord.

— Curieux. Si vous avez besoin d'aide pour faire lever la saisie, je pourrai peut-être vous être utile.

— Vous le seriez en me disant qui a caché ces armes et pourquoi.

— Je n'en ai pas la moindre idée... mais je gage qu'il y a quelqu'un chez Struan qui connaît la réponse.

— Qu'est-ce qui vous fait penser cela ?

— Ils connaissaient votre itinéraire exact.

— Vous de même.

— Je peux vous assurer que nous n'y sommes pour rien.

— Qui était au courant de notre rencontre ?

— Vous et moi, comme convenu. Il n'y a pas eu de fuites de mon côté, Mr. Bartlett. Après notre réunion de New York, l'année passée, tous nos entretiens ont été téléphoniques — il n'y a pas même eu un télex de confirmation. Je souscris à votre point de vue sur la nécessité de la prudence et du secret, mais dites-moi, qui, chez vous, était au courant de nos... de nos contacts ?

— Personne d'autre que moi.

— Pas même votre vice-présidente ? s'étonna Gornt sans chercher à masquer sa surprise.

— Non. Quand avez-vous appris que Casey est une femme ?

— A New York. Vous vous doutez bien que nous n'aurions pas envisagé une association sans prendre quelques renseignements sur vous et vos principaux cadres.

— Excellente pratique. Elle nous fera gagner du temps.

— N'est-ce pas un peu étrange de confier un poste clef à une femme ?

— Casey est mon bras droit et mon bras gauche, le meilleur cadre que j'ai jamais eu.

— Dans ce cas pourquoi lui avoir caché notre réunion d'aujourd'hui ?

— Une des premières règles de survie est de garder ouvertes toutes les possibilités de choix.

— Ce qui veut dire ?

— Que je ne dirige pas mes affaires en comité. En outre, j'aime improviser, tenir certaines opérations secrètes, expliqua Bartlett. Il réfléchit puis ajouta : Ce n'est pas une question de méfiance à son égard — en fait, je lui facilite les choses. Si quelqu'un de chez Struan venait à découvrir nos contacts et à lui en demander la raison, la surprise de Casey serait sincère.

— Il est rare de trouver quelqu'un qui soit totalement digne de confiance, remarqua le magnat britannique. Très rare.

— Dites-moi plutôt pourquoi on a caché des fusils M 14 et des grenades à bord de mon appareil.

— Je tâcherai de le savoir, promit Gornt en écrasant sa cigarette dans un cendrier en porcelaine de la dynastie Sung. Connaissez-vous Tsu-yan ?

— Je l'ai rencontré une ou deux fois. Pourquoi ?

— C'est un excellent homme — bien qu'il soit membre du conseil d'administration de Struan.

— C'est un Shanghainais ?

— L'un des plus remarquables, répondit le chef de la Rothwell en levant vers son vis-à-vis un regard dur. Traiter avec nous pourrait vous apporter quelques avantages supplémentaires, Mr. Bartlett. J'ai entendu dire que Dunross est fortement endetté : il mise beaucoup sur sa flotte, en particulier sur les deux cargos géants qu'il a commandés au Japon et sur lesquels il devra verser un acompte important cette semaine. On raconte en outre qu'il va lancer une OPA sur Asian Properties. Vous avez entendu parler de cette firme ?

— C'est une grande société immobilière.

— La plus grande de Hong-Kong — plus grande encore que la KI de Struan.

— Kowloon Investments fait partie de Struan ? Je la croyais indépendante.

— Elle l'est, apparemment, mais Dunross en est le Taï-pan. Les deux compagnies ont toujours le même Taï-pan.

— Toujours ?

— C'est inscrit dans leurs accords. Ian va trop loin, il est sérieusement à court de liquidités pour l'instant, et la Noble Maison pourrait bientôt perdre sa noblesse.

L'Américain réfléchit puis demanda :

— Pourquoi ne pas vous unir à d'autres compagnies — Asian Properties, par exemple — pour triompher de Struan. C'est ce que je ferais, aux États-Unis, si je me trouvais face à une firme à laquelle je ne pourrais m'attaquer seul.

— C'est ce que vous voulez faire ici ? dit Gornt, en feignant la surprise. Vous en prendre à Struan ?

— C'est faisable ?

Le Britannique étudia le plafond avant de répondre :

— Oui, mais il vous faudrait un associé. Asian Properties, peut-être ? Non, j'en doute. Jason Plumm, son Taï-pan, n'en aurait pas le courage. En somme, vous devriez faire appel à nous car nous seuls aurions l'habileté, l'expérience et la volonté nécessaires. Néanmoins, il vous faudrait être prêt à risquer une grosse somme. En liquide.

— Combien ?

Gornt éclata de rire.

— C'est une question à considérer mais d'abord je voudrais être fixé sur le sérieux de vos intentions.

— Vous seriez partant ? demanda Bartlett en regardant le Britannique droit dans les yeux.

— Il me faudrait au préalable une certitude absolue quant à vos objectifs, répondit Gornt en soutenant le regard de Bartlett. Nul n'ignore que je déteste Struan en général et Dunross en particulier, que je souhaite les écraser l'un et l'autre : vous connaissez ma position, vous ne m'avez pas encore exposé la vôtre.

— Liquider Struan — cela en vaudrait la peine ?

— Oh ! assurément, acquiesça Gornt d'un ton jovial... mais vous ne m'avez toujours pas éclairé sur vos intentions.

— Je vous donnerai une réponse après avoir vu Dunross.

— Allez-vous lui faire la même proposition : vous unir pour avaler ensemble Rothwell-Gornt ?

— Mon seul objectif est de faire de Par-Con une société internationale. Je suis disposé à investir jusqu'à trente millions de dollars dans diverses branches : négoce, usines, entrepôts, etc. Il n'y a pas si longtemps, je n'avais jamais entendu parler de Struan ou de Rothwell-Gornt.

— Très bien, Mr. Bartlett, restons-en là pour le moment. Quoi que vous décidiez, la situation sera intéressante. Nous verrons si vous savez tenir un couteau.

L'Américain fixa le Britannique sans comprendre.

— C'est une vieille expression chinoise utilisée en cuisine. Vous faites la cuisine, Mr. Bartlett ?

— Non, pas du tout.

— C'est un de mes passe-temps. Les Chinois affirment qu'on ne peut se servir correctement d'un couteau si on n'apprend pas d'abord à bien le tenir. Sinon, on risque de se couper.

— Comme c'est intéressant, dit le patron de Par-Con Industries avec un grand sourire. Je m'en souviendrai... Non, je ne fais pas la cuisine — Casey non plus, d'ailleurs.

— Les Chinois prétendent qu'il est trois arts pour lesquels aucune civilisation ne se compare à la leur : la littérature, la peinture et la cuisine. J'incline à leur donner raison. Aimez-vous la bonne chère ?

— Je n'ai jamais aussi bien mangé que dans un restaurant de la via Flaminia, à la sortie de Rome : le Casale.

— Dans ce cas nous avons au moins un point commun : le Casale est aussi un de mes restaurants préférés.

— Casey m'y a fait goûter les *spaghetti alla matriciana al dente* et les *buscetti* avec de la bière glacée. Un régal.

— Nous aurons peut-être l'occasion de dîner ensemble pendant votre séjour et je vous ferai connaître des *spaghetti alla matriciana* presque aussi bons — en fait la recette est exactement la même.

— Volontiers.

— Avec une bouteille de Valpolicella ou un grand vin toscan.

— Personnellement, je préfère la bière avec les pâtes. Une bière américaine glacée à même la boîte.

— Combien de temps comptez-vous rester à Hong-Kong ?

— Le temps nécessaire, répondit Bartlett sans hésiter.

— Alors je vous invite un soir de la semaine prochaine. Mardi, ou mercredi ?

— Disons mardi. Avec Casey ?

— Naturellement. D'ici là, vous aurez sans doute réfléchi à ce que vous voulez faire.

— Et vous saurez si je sais tenir un couteau, répliqua Bartlett en souriant.

— Peut-être. Rappelez-vous une chose, en tout cas : si nous décidons de nous unir contre Struan, une fois la bataille engagée, il sera quasiment impossible de se retirer sans laisser de plumes. C'est pourquoi il me faut une certitude absolue. Vous, vous pourrez toujours aller soigner vos blessures en Amérique en attendant une autre occasion. Nous, nous restons ici : les risques sont inégaux.

— Les avantages aussi. Vous retireriez de la disparition de Struan quelque chose d'inestimable pour vous mais qui pour moi ne représenterait rien. Vous deviendriez la Noble Maison.

— Oui, reconnut Gornt en fermant les yeux à demi.

Il se pencha pour prendre une cigarette et, derrière le bureau, son pied gauche pressa un bouton dissimulé dans le parquet.

— Nous en reparlerons mard...

Une voix s'éleva dans l'interphone :

— Excusez-moi, Mr. Gornt, faut-il reporter la réunion du conseil d'administration ?

— Dites-leur d'attendre.

— Bien, monsieur. Miss Ramos est là, elle demande si vous pouvez la recevoir.

L'homme d'affaires feignit la surprise.

— Un instant... Avons-nous terminé ? demanda-t-il à Bartlett.

— Oui, répondit l'Américain en se levant. A mardi. Restons-en là pour le moment.

Il s'apprêtait à quitter le bureau mais Gornt le retint :

— Attendez, Mr. Bartlett... Faites entrer Miss Ramos, ajouta-t-il à l'intention de sa secrétaire.

Puis il appuya sur l'interrupteur de l'interphone et se leva en déclarant :

— J'ai été ravi de cette réunion.

La porte s'ouvrit sur une jeune Eurasienne aux

cheveux courts vêtue à l'américaine d'un jean collant délavé et d'une chemise.

— Bonjour, Quillan, dit-elle avec un sourire qui réchauffa la pièce, dans un anglais teinté d'un léger accent américain. Désolée de te déranger mais je reviens de Bangkok et je suis passée prendre de tes nouvelles.

— Tu as bien fait, assura Gornt. Je te présente Linc Bartlett, des États-Unis. Orlanda Ramos.

— Salut, dit Bartlett.

— Salut, répondit la fille... Linc Bartlett, le millionnaire trafiquant d'armes ? pouffa-t-elle.

— Quoi ?

— Ne prenez pas cet air choqué, Mr. Bartlett. Tout le monde est au courant — Hong-Kong est un village.

— Sérieusement, comment l'avez-vous appris ?

— En lisant le journal.

— C'est impossible ! La police a découvert les armes à cinq heures du matin.

— Pourtant c'était dans le *Fai Pao* — L'Express — en Dernière Minute dans son édition de neuf heures. C'est un journal chinois et les Chinois n'ignorent rien de ce qui se passe ici. Ne vous tracassez pas, les journaux anglais ne publieront pas la nouvelle avant cet après-midi mais attendez-vous à la visite des journalistes.

— Merci de me prévenir.

Avoir la presse sur les reins, c'est bien la dernière chose que je pouvais souhaiter, songea Bartlett avec irritation.

— Rassurez-vous, je ne vous demanderai pas d'interview, reprit Orlanda Ramos. Bien que je travaille à la pige pour la presse chinoise, je sais faire preuve de discrétion. N'est-ce pas, Quillan ?

— Absolument, je m'en porte garant. Vous pouvez faire confiance à Orlanda, Mr. Bartlett.

— Maintenant, si vous me *proposez* une interview,

j'accepte, dit la journaliste en souriant. Demain, par exemple ?

— J'y songerai.

— Je promets de vous montrer sous un jour merveilleux.

— Les Chinois savent vraiment tout ce qui se passe ?

— Bien sûr mais les *quai lo* — les étrangers — ne prennent pas la peine de lire la presse chinoise, à l'exception de quelques vieux routiers de la Chine, comme Quillan.

— Sans oublier la SI, la Special Branch et la police en général, ajouta Gornt.

— Et Ian Dunross, acheva Miss Ramos, le bout de la langue sur les incisives.

— Il est fort à ce point ? demanda l'Américain.

— Certes oui. Le sang de Struan le Diable coule en lui.

— Je ne comprends pas.

— Vous comprendrez si vous demeurez assez longtemps ici.

Bartlett réfléchit puis reprit en fronçant les sourcils :

— Alors, vous étiez au courant, vous aussi ?

— Je savais seulement que la police avait trouvé des armes de contrebande à bord « du jet privé du millionnaire américain arrivé hier soir », pour citer mon journal, le *Sing Pao*, qui publie aussi la nouvelle ce matin. C'est une sorte de *Times* rédigé en cantonais, précisa Gornt avec un sourire sardonique. A la différence d'Orlanda, je m'étonne que vous n'ayez pas déjà eu affaire à la presse anglaise. Les journalistes britanniques de Hong-Kong sont plus rapides qu'elle ne voudrait nous le faire croire.

L'Américain ramena la conversation là où il le voulait :

— Je ne comprends pas que vous ne m'en ayez pas parlé.

— Pourquoi l'aurais-je fait ? Ces armes n'ont rien à

voir avec notre éventuelle association, gloussa le Britannique. Si les choses tournaient mal, nous vous rendrions visite en prison, Orlanda et moi.

— C'est promis, dit la jeune femme en riant.

Bartlett respira une bouffée de son parfum et abandonna les armes pour se concentrer sur sa personne.

— Ramos, c'est espagnol ?

— Portugais. De Macao. Mon père travaillait pour Rothwell-Gornt à Shanghai et ma mère est Shanghaienne. J'ai été élevée en Chine jusqu'en 1949 puis j'ai fait mes études aux États-Unis, à San Francisco.

— Vraiment ? Moi je suis de LA, j'ai fait mes études dans la Vallée.

— J'adore la Californie, déclara Orlanda. Comment trouvez-vous Hong-Kong ?

— Je viens à peine d'arriver. J'ai fait une entrée remarquée, dirait-on.

La journaliste découvrit en riant de jolies dents blanches.

— Hong-Kong est une ville agréable — à condition de partir ailleurs tous les mois. Vous devriez passer quelques jours à Macao. C'est un endroit fin-de-siècle, très beau, très différent de Hong-Kong. Vous prenez le ferry, ce n'est qu'à une soixantaine de kilomètres... Quillan, excuse-moi encore de t'avoir dérangé, j'étais juste venue te saluer.

— Nous avions terminé, je partais, intervint Bartlett. Merci, Mr. Gornt, à mardi... J'espère vous revoir, Miss Ramos.

— J'en serais ravie. Voici ma carte : si vous m'accordez une interview, je vous garantis une bonne presse.

Il sentit la chaleur de sa main en prenant le morceau de carton puis sortit. Gornt, qui l'avait accompagné jusqu'à la porte, la ferma derrière lui, revint à son bureau et prit une cigarette. La jeune Eurasienne la lui alluma, souffla la flamme et se laissa tomber dans le fauteuil qu'avait occupé Bartlett.

— Joli garçon, murmura-t-elle.

— Mais bien naïf. Ce petit coq aurait grand besoin qu'on lui rabatte le caquet.

— Tu veux que je m'en charge ?

— Peut-être. Tu as lu son dossier ?

— Oui. C'est intéressant, dit Orlanda en souriant.

— Il n'est pas question que tu le tapes, répartit Gornt d'une voix dure.

— *Ayiiya,* Quillan, tu me crois complètement idiote ? fulmina-t-elle, les yeux brillants.

— Bon.

— Pourquoi passerait-il des armes en contrebande à Hong-Kong ?

— Pourquoi, en effet. Quelqu'un s'est peut-être servi de lui.

— Sans doute. Si j'avais autant d'argent, je ne m'amuserais pas à commettre une telle bêtise.

— Tu as raison.

— Cela t'a plu, mon histoire de journaliste pigiste ? J'ai été plutôt bonne, je crois.

— Ne le sous-estime pas, ce n'est pas un crétin. En fait, il est très malin.

Gornt raconta que l'Américain avait glissé le nom de Casale dans la conversation et conclut :

— Il ne peut s'agir d'une coïncidence : lui aussi possède un dossier sur moi — et détaillé. Peu de gens connaissent ma prédilection pour ce restaurant.

— Mon nom y figure peut-être, supputa Orlanda.

— C'est possible. En tout cas, ne te coupe pas : souviens-toi que tu es journaliste *free-lance.*

— Voyons, Quillan, qui, à part toi et Dunross, lit les journaux chinois ? J'ai déjà écrit un article ou deux signé de « notre correspondant spécial », et s'il m'accorde une interview, je saurai me débrouiller, rassure-toi. Jusqu'ici, tout s'est bien passé, non ?

— A merveille. Tu devrais être comédienne, tu gâches ton talent.

— Pourquoi ne parles-tu pas de moi à ton ami

Charlie Wang, le plus gros producteur de la Colonie ? Il te doit bien ça. Tout ce que je demande, c'est qu'on me donne ma chance. Quillan chéri, s'il-te-plaît !

— Pourquoi pas, après tout ? grogna Gornt. Mais je ne crois pas que tu sois son type.

— Je peux m'adapter. Tu as vu, avec Bartlett : j'ai fait exactement ce que tu m'avais dit. J'ai l'allure assez américaine pour lui plaire, non ?

— Tout à fait, répondit Gornt, et il ajouta en baissant le ton : tu lui conviendrais parfaitement. Je me demande même si tu ne devrais pas envisager quelque chose de plus durable...

— Comment ? dit-elle soudain tendue.

— Vous feriez un couple bien assorti. Tu es jeune, belle, intelligente, cultivée, merveilleuse au lit, et tu as assez de patine américaine pour le mettre à l'aise.

Le Taï-pan de Rothwell exhala un rond de fumée puis reprit :

— De toutes les femmes que je connais, c'est toi qui saurais le mieux dépenser son argent. Oui, un couple parfaitement assorti, tu ne penses pas ?

— Si, mais tu oublies la femme qui partage sa suite au Vic. Elle est superbe, paraît-il.

— Selon mes informateurs, ils ne couchent pas ensemble, bien qu'ils soient plus que des amis l'un pour l'autre.

— Il est pédé ? fit-elle, soudain dégrisée.

Gornt partit d'un profond rire.

— Je ne t'aurais pas joué ce tour, Orlanda. Non, il ne l'est pas mais cette fille et lui ont adopté un modus vivandi plutôt curieux.

— A savoir ?

L'homme d'affaires haussa les épaules.

— Qu'est-ce que j'en fais, de cette femme ? demanda Orlanda après un silence.

— Si elle te gêne, débarrasse-toi d'elle. Tu sais te défendre, tu as des griffes.

— Tu es..., commença la fausse journaliste. Parfois, tu ne me plais pas du tout.

— Toi et moi sommes des gens réalistes, non ? dit Gornt sans élever la voix.

Sentant la menace sous le calme apparent, Orlanda se leva et déposa sur ses lèvres un baiser léger.

— Tu es un démon, murmura-t-elle pour l'apaiser. (Elle l'embrassa de nouveau et dit :) En souvenir du bon vieux temps.

Il laissa sa main s'égarer sur sa poitrine et soupira :

— *Ayiiya,* Orlanda, nous avons connu de bons moments, n'est-ce pas ?

A l'âge de dix-sept ans, elle était devenue sa maîtresse et l'était restée pendant cinq ans. Leur liaison aurait duré davantage s'il n'avait appris une aventure qu'elle avait eue à Macao en profitant d'une de ses absences. Gornt avait rompu, immédiatement, bien qu'ils eussent une fille âgée alors d'un an. Quand elle avait imploré son pardon, il lui avait répondu :

— Je n'ai rien à te pardonner. La jeunesse cherche la jeunesse, je te l'ai répété cent fois. Sèche tes larmes, épouse ce type — je te donnerai une dot et ma bénédiction.

En dépit de ses supplications, il n'avait pas cédé.

— Nous resterons amis, avait-il promis. Je te viendrai en aide si tu es dans le besoin.

Le lendemain, Gornt avait tourné la colère qu'il avait su dissimuler contre le « type », un jeune Anglais occupant un poste subalterne chez Asian Properties, et l'avait brisé en moins d'un mois.

— Question de prestige, avait-il expliqué à Orlanda.

— Je comprends... mais qu'est-ce que je vais devenir maintenant ? Il part demain pour l'Angleterre, il m'a demandé de l'épouser mais il n'a ni argent ni avenir.

— Sèche tes larmes et va faire des emplettes.

— Quoi ?

— Tiens, un cadeau pour toi, avait dit Gornt en lui

remettant un billet aller retour pour Londres en première classe, par le même vol que le jeune « type » (qui voyageait lui en classe touriste) et mille livres en billets neufs et craquants. Achète-toi des toilettes, va au théâtre. Ta chambre est réservée au Connaught pour onze jours, tu n'auras qu'à signer la note. Prends du bon temps, reviens en forme et sans problèmes !

— Merci, Quillan chéri, merci. Alors tu me pardonnes ?

— Je n'ai rien à te pardonner. Mais si tu lui parles à nouveau, si tu le revois en cachette... je ne ferai jamais plus rien pour toi ou ta famille.

Orlanda l'avait remercié avec effusion à travers ses larmes tout en maudissant la stupidité dont elle avait fait preuve et en conjurant le ciel de frapper de sa colère celui qui l'avait dénoncée. Le lendemain, l'amant d'un jour avait tenté de la convaincre, à l'aéroport et pendant le voyage, de rester avec lui mais elle avait refusé de l'écouter : elle savait à présent où se trouvait son bol de riz. Le jour où Orlanda avait quitté Londres, le jeune homme s'était suicidé.

Quand Gornt l'avait appris, il avait allumé un bon cigare et avait emmené Orlanda dîner au sommet du Victoria and Albert : repas aux chandelles, nappe de drap fin, couverts en argent. Après qu'il eut bu une fine champagne et qu'elle eut savouré une crème de menthe, il l'avait renvoyée seule dans l'appartement dont il payait encore le loyer. Puis il avait dégusté une autre fine en contemplant les lumières du port et le pic, plein du plaisir d'avoir recouvré la face et assouvi sa vengeance.

— Oui, nous avons connu de bons moments, répéta Gornt, en sentant monter son désir pour cette femme avec qui il n'avait pas fait l'amour depuis son incartade.

— Quillan, commença-t-elle, troublée elle aussi par la chaleur de sa main.

— Non.

— S'il te plaît, murmura-t-elle en coulant un regard vers la porte du fond. Depuis trois ans, personne...

— Non, dit-il à nouveau en l'écartant de lui avec douceur. Nous avons déjà connu le meilleur, je n'aime que la perfection.

Orlanda s'assit sur le bord du bureau et l'observa d'un air boudeur.

— Il faut toujours que tu gagnes, n'est-ce pas ?

— Le jour où tu deviendras la maîtresse de Bartlett, je te ferai un présent, promit-il. S'il t'emmène à Macao pour trois jours, je t'offrirai une nouvelle Jag. S'il te demande en mariage, tu garderas l'appartement et tout ce qu'il contient, et je te donnerai une maison en Californie comme cadeau de mariage.

Elle le regarda avec stupeur puis eut un sourire épanoui.

— Un XKE noire, Quillan ! Oh ! ce serait formidable !... Mais pourquoi Bartlett a-t-il tant d'importance pour toi ?

L'ancien amant d'Orlanda se contenta de la fixer en silence.

— Pardonne-moi, je n'aurais pas dû te poser la question, marmonna-t-elle.

Elle alluma pensivement une cigarette et la lui offrit.

— Merci, dit-il en caressant des yeux la courbe de ses seins. Un dernier détail : je n'aimerais pas que Bartlett soit au courant de notre arrangement.

— Je n'y tiens pas non plus.

Orlanda soupira, se leva et haussa les épaules avec un sourire triste.

— *Ayiiya,* cela n'aurait pas duré entre nous de toute façon, murmura-t-elle. Macao ou non. Tu aurais changé, tu te serais lassé de moi — les hommes se lassent toujours les premiers.

Elle s'examina dans la glace, envoya à Gornt un baiser et quitta la pièce. Il demeura un moment les yeux fixés sur la porte puis sourit et écrasa la cigarette qu'elle lui avait donnée et qu'il n'avait pas portée à ses lèvres de crainte d'y retrouver le goût de sa bouche.

Excellent, se dit-il en sifflotant. Nous allons voir comment vous tenez votre couteau, M. le Petit Coq. De la bière avec des pâtes, franchement !

Une bouffée du parfum d'Orlanda lui rappela l'époque où il couchait avec elle. Quand elle était jeune, pensa-t-il. Dieu merci, ce ne sont pas les jeunes beautés qui manquent à Hong-Kong — il suffit de donner un coup de téléphone, un billet de cent dollars.

Gornt décrocha, composa un numéro non répertorié. Quand la sonnerie s'arrêta, il entendit la voix cassante de Paul Havergill.

— Oui ?

— Paul, c'est Quillan. Quoi de neuf?

— Bonjour, Quillan. Tu sais naturellement que Johnjohn va prendre la direction de la banque en novembre ?

— Oui, malheureusement.

— On m'a joué un tour pendable. Je pensais être réélu mais le conseil d'administration a choisi officiellement Johnjohn hier soir. C'est encore un coup de Dunross et sa clique. Et de votre côté ?

— Notre Américain a mordu à l'appât comme je vous l'avais prédit, répondit le chef de la Rothwell en tâchant de masquer son excitation. Que diriez-vous d'un peu de sport avant de prendre votre retraite ?

— Qu'avez-vous en tête ?

— Vous quitterez la banque en novembre ?

— Après vingt-trois ans. A certains égards, je ne le regretterai pas.

Moi non plus, songea Gornt avec mépris. Tu es une vieille barbe, une momie, sans autre qualité que ta haine pour Dunross.

— Dans quatre mois donc. Cela nous laisse amplement le temps d'agir. Vous, moi et notre ami américain.

— A quoi songez-vous ?

— Vous vous rappelez l'un de mes plans hypothétiques, celui que j'avais appelé « Concurrence » ?

Havergill fouilla dans sa mémoire avant de répondre :

— Comment absorber ou éliminer une banque concurrente, c'est cela ?

— Quelqu'un l'a sorti des tiroirs, lui a apporté quelques modifications et l'a mis en branle... il y a deux jours. Quelqu'un qui savait que Dunross et consorts vous évinceraient. Le plan « Concurrence » nous conviendrait parfaitement.

— Je ne vois pas en quoi. Quel intérêt aurions-nous à nous en prendre à Blacs ?

La Banque de Londres, de Canton et de Shanghai était la principale rivale de la Victoria.

— Ah ! mais, il faudrait changer d'objectif, Paul.

— En prenant qui pour cible ?

— Je viendrai vous l'expliquer à trois heures.

— Qui ? insista le banquier.

— Richard.

Richard Kwang contrôlait la Ho-Pak — l'une des plus puissantes des nombreuses banques chinoises de la Colonie.

— Dieu du ciel ! s'exclama Havergill. Mais c'est... Quillan, avez-vous réellement commencé à mettre « Concurrence » en application ?

— Oui. Personne ne le sait encore, exceptés vous et moi.

— Mais comment s'en servir contre Dunross ?

— Je vous expliquerai plus tard. Ian pourra-t-il faire face aux engagements qu'il a pris pour ses navires ?

— Oui, répondit Havergill après un silence dont Gornt remarqua la longueur.

— Oui mais quoi ?

— Il se tirera d'affaire, j'en suis sûr.

— Il a d'autres problèmes ?

— Excusez-moi mais je ne peux en parler ? Ce serait contraire à l'éthique de notre profession.

— Naturellement. Présentons les choses d'une autre manière. Supposons qu'on chahute un peu sa barque... une petite vague arrivant au bon moment pourrait la faire couler.

— Tout le monde peut couler, vous y compris.

— Mais pas la Victoria Bank.

— Oh ! non.

— Parfait. Rendez-vous à trois heures.

Gornt raccrocha, de plus en plus excité, effectua un rapide calcul mental en allumant une cigarette puis appela un autre numéro.

— Charles ? Ici Quillan. Vous êtes occupé ?

— Que puis-je faire pour vous ?

— Je veux que vous me fassiez un bilan.

Le mot « bilan » était le signal que l'avocat devait téléphoner à huit hommes de paille chargés d'acheter ou de vendre des actions sans qu'on puisse remonter jusqu'à Gornt. Seul l'avocat interviendrait dans l'opération, si bien que ni les intermédiaires ni les agents de change ne sauraient pour le compte de qui la transaction serait faite.

— Un bilan, oui. De quelle nature ?

— Je veux vendre à découvert.

Ce qui signifiait vendre des actions qu'il ne possédait pas en prévision d'une baisse. Au moment où il les rachèterait — il bénéficiait d'un délai maximum de deux semaines — il empocherait la différence si leur valeur avait effectivement diminué. Bien entendu, il y serait de sa poche si ses prévisions étaient erronées et si les actions grimpaient.

— Quels titres et quelles quantités ?

— Cent mille Ho-Pak...

— Nom de Dieu...

— ... La même chose demain à l'ouverture et deux cent mille autres dans la journée. Je vous donnerai ensuite d'autres instructions.

— Vous avez bien dit Ho-Pak ?

— Oui.

— Cela prendra du temps pour les réunir. Quatre cent mille, Quillan !

— Disons un demi-million pour arrondir.

— Mais Ho-Pak est une valeur de premier ordre. Elle n'a pas perdu un point depuis des années.

— Je sais.

— Vous avez entendu quelque chose ?

— Des rumeurs, répondit Gornt d'un ton grave en se souriant à lui-même. Si nous déjeunions ensemble au club ?

— J'y serai.

Le Taï-pan de la Rothwell coupa la communication, forma un autre numéro non inscrit dans l'annuaire.

— Oui ?

— C'est moi, dit-il. Vous êtes seul ?

— Oui, je vous écoute.

— Le Yankee a proposé un raid.

— *Ayiiya !* Et puis ?

— Paul est dans le coup, répondit Gornt, malmenant la vérité. Secret absolu, évidemment. Je viens de lui parler.

— Alors je marche, moi aussi. En échange des navires de Struan, de sa société immobilière de Hong-Kong et de 40 p. 100 des terrains qu'elle possède en Thaïlande et à Singapour.

— Vous plaisantez !

— Ce n'est pas trop cher payer pour les liquider, mon vieux.

Le ton moqueur et bien élevé de Jason Plumm mit Gornt en fureur.

— Vous haïssez Dunross autant que moi, argua-t-il.

— Vous avez besoin de moi et de mes amis. Même si Paul est dans le coup ou reste neutre, vous ne pouvez pas réussir sans moi.

— Pourquoi croyez-vous que je fais appel à vous ?

— Écoutez, je ne réclame même pas une miette du gâteau américain.

— Qu'est-ce que l'Américain vient faire là-dedans ? répliqua Gornt en s'efforçant de rester calme.

— Je vous connais, mon vieux.

— Ah oui ?

— Éliminer notre « ami » ne vous suffira pas, il vous faudra tout le gâteau.

— Que voulez-vous dire ?

— Voilà longtemps que vous cherchez à vous implanter sur le marché américain.

— Et vous-même ?

— Non. Nous savons de quel côté notre tartine est beurrée, nous nous contentons de traîner derrière, en Asie. Nous ne voulons pas devenir la Noble Maison.

— Vraiment ?

— Vraiment. Alors nous sommes d'accord ?

— Non.

— Je laisserai complètement tomber le commerce maritime, je reprendrai Kowloon Investments et les actions de l'aéroport, ainsi que 40 p. 100 des terrains en Thaïlande et à Singapour, avec en prime 25 p. 100 de la Par-Con et trois sièges au conseil d'administration.

— Allez vous faire foutre !

— Offre valable jusqu'à lundi.

— Quel lundi ?

— Lundi prochain.

— *Diou ne lo mo* sur tous vos lundis !

— Et sur les vôtres ! Je vous fais une dernière proposition : Kowloon Investments et l'aéroport, 35 p. 100 des terrains, et 10 p. 100 du gâteau yankee avec trois sièges au conseil.

— C'est tout ?

— Oui, et l'offre reste valable jusqu'à lundi. Surtout ne vous imaginez pas que vous allez nous engloutir du même coup.

— Vous êtes devenu fou ?

— Je vous connais. Alors, d'accord ?

— Non.

Gornt entendit de nouveau le doux rire moqueur de Jason Plumm.

— Je vous laisse jusqu'à lundi pour réfléchir.

— Je vous verrai ce soir à la réception de Dunross ? demanda le patron de Rothwell.

— C'est vous qui devenez fou ! Je n'irai pas pour tout l'... Quillan, vous y allez vraiment ?

— Je n'en avais pas l'intention mais j'ai changé d'avis. Je ne voudrais pas manquer la dernière grande réception du dernier Taï-pan de Struan...

7

12 h 01

Casey Tcholok continuait à passer un mauvais moment dans la salle du conseil d'administration de Struan, où quatre hommes refusaient toujours de mordre aux appâts qu'elle leur offrait. Son inquiétude avait crû au fil des minutes et une peur incontrôlable s'emparait d'elle à présent.

Phillip Chen griffonnait, Linbar feuilletait ses papiers, Jacques de Ville la regardait pensivement. Andrew Gavallan cessa de calculer d'après les derniers pourcentages qu'elle avait indiqués, soupira et releva la tête en disant :

— De toute évidence, l'opération doit être financée conjointement. Combien Par-Con serait-il disposé à investir au total ?

La jeune femme réprima avec peine un cri de triomphe et répondit aussitôt :

— Dix-huit millions de dollars américains cette année devraient suffire.

Elle remarqua avec satisfaction que ses quatre adversaires essayaient de cacher leur stupeur. L'année dernière, Struan avait avancé le chiffre de vingt-huit millions comme valeur nette et Bartlett avait estimé le montant de son offre sur cette base.

— Propose-leur d'abord vingt millions, avait-il recommandé à Casey. Vingt-cinq, ce serait trop. Nous sommes d'accord pour un cofinancement mais laisse-les en parler les premiers.

— Regarde leur bilan, Linc, avait-elle objecté. On ne peut en déduire avec certitude leur valeur nette : il y a peut-être dix millions de décalage, dans un sens ou dans un autre. Nous ne savons pas quelle est leur force — ou leur faiblesse — véritables. Prends ce chiffre, par exemple : quatorze millions maintenus dans les filiales. Quelles filiales, où et dans quel but ? Et ici : sept millions transférés à...

— Quelle importance si c'est trente millions au lieu de vingt-cinq ? Nos déductions restent valables.

— Ils ont une façon de présenter leur comptabilité ! Si nous nous permettions le centième de ce qu'ils osent, nous aurions le fisc américain sur les reins aussi sec et nous finirions en taule pour cinquante ans.

— Chez eux, c'est permis, ce qui constitue une bonne raison de nous implanter à Hong-Kong.

— Vingt, c'est trop pour une première offre, insista Casey.

— Je te donne carte blanche. Rappelle-toi simplement qu'à Hong-Kong nous jouons selon les règles de Hong-Kong. Je veux entrer dans le jeu qui se pratique là-bas.

— Pourquoi ? Et ne me réponds pas « pour le plaisir ».

— Contente-toi de décrocher le contrat, avait répondu Bartlett en souriant.

Il faisait de plus en plus humide dans la salle et Casey aurait bien voulu s'éponger le front mais elle demeurait immobile, feignant un calme total. Gavallan se décida à rompre le silence :

— Quand Mr. Bartlett confirmerait-il l'offre de dix-huit millions... au cas où nous accepterions ?

— Elle n'a pas besoin de confirmation, répondit la vice-présidente d'une voix douce sans paraître remarquer l'affront qu'on venait de lui faire. Je suis autorisée à m'engager jusqu'à vingt millions sans consulter Linc ou son conseil d'administration, ajouta-t-elle, de manière à leur donner délibérément une marge de manœuvre. Alors, nous sommes d'accord ? Bien. Maintenant, nous pourrions...

— Un instant, coupa Gavallan à la hâte. Je, euh, dix-huit millions, c'est... En tout cas, nous devons soumettre la décision au Taï-pan.

Casey joua la surprise :

— Je croyais que nous négociions d'égal à égal et que vous aviez vous aussi carte blanche. Je ferais peut-être mieux de m'adresser directement à Mr. Dunross, à l'avenir.

Andrew Gavallan s'empourpra.

— La décision finale revient au Taï-pan, maugréa-t-il. En toutes choses.

— Je suis ravie de l'apprendre. Moi je décide seulement en dessous de vingt millions de dollars... Bon, transmettez mon offre à votre patron. Quel délai fixons-nous pour la réponse ?

Le silence s'installa de nouveau.

— Que suggérez-vous ? s'enquit Gavallan, qui se sentait pris au piège.

— Le plus court possible. J'ignore si vous aimez travailler rapidement.

— Si nous fixions ce délai après le déjeuner ? proposa Phillip Chen.

— Bonne idée, approuva Gavallan.

— Cela me va, acquiesça Casey.

Mission accomplie, pensa-t-elle. J'ai conclu à vingt millions alors qu'ils auraient pu en demander trente. Ce sont des hommes, des spécialistes, et ils me prennent pour un pigeon. Mon Dieu, si ça marche, je l'aurai, enfin, la grosse galette, je serai libre à tout jamais !

Libre de faire quoi ? Peu importe, je verrai bien plus tard.

— A présent nous pourrions aborder la façon dont nous répartirions ces dix-huit millions et...

— Dix-huit, c'est trop peu, interrompit Phillip Chen. Il y a des frais supplémentaires de toutes sortes...

Casey marchanda, se laissa acculer et feignit de capituler à contrecœur :

— Entendu, vingt millions. Vous êtes terriblement durs en affaires, messieurs.

Elle eut peine à ne pas éclater de rire en les voyant réprimer des sourires de satisfaction.

— Bien, dit Gavallan, ravi.

K.C. Tcholok poursuivit sur sa lancée :

— Comment voyez-vous les structures de la société que nous allons créer ensemble ? Bien entendu, toute décision sera soumise à l'approbation finale de votre Taï-pan, ajouta-t-elle avec une ombre de sourire.

Si seulement j'avais affaire à un homme, pensait Gavallan, agacé. Je lui répondrais « va te faire foutre » et nous éclaterions de rire ensemble parce qu'il saurait aussi bien que moi qu'il faut toujours obtenir le feu vert du patron — que ce soit Dunross, Bartlett, le conseil d'administration ou son épouse. Si tu étais un homme, il n'y aurait pas dans cette salle une telle atmosphère de sexe, pour commencer. Bon dieu, si au moins tu étais un vieux boudin, ce serait plus facile. Qu'est-ce qu'elles ont ces Américaines ? Pourquoi ne restent-elles pas à leur place ? C'est stupide ! Stupide aussi d'avoir accepté si vite un cofinancement, et plus stupide encore de nous avoir donné une marge supplémentaire de deux millions alors que nous aurions probablement accepté le chiffre total de dix. Si tu avais été un peu plus patiente, tu aurais obtenu un bien meilleur accord. Ces Américains ! aucune finesse, aucun style, aucune science de la négociation ! Et toi, ma petite, tu es trop pressée de faire tes preuves. Je sais comment te prendre maintenant.

Il se tourna vers Linbar Struan, qui observait Casey à la dérobée, et lui demanda du regard s'il voulait prendre la relève. Lorsque je serai Taï-pan, je te briserai, mon petit Linbar, pensa Gavallan. Je te briserai ou je te façonnerai. Il faudra t'habituer à sortir sans ta nounou, à réfléchir seul, à compter sur toi-même, pas sur le nom et les biens que tu as hérités. Oui, il faudra te mettre au boulot, cela calmera l'ardeur de ton *yang*.

Le regard de Gavallan passa à Jacques de Ville, qui lui sourit. C'est toi mon principal adversaire, pensa Gavallan sans rancœur. Tu parles peu, tu observes tout, tu réfléchis, tu sais te montrer dur, impitoyable au besoin. Quel est ton avis sur cette proposition ? Quelque chose m'a échappé ? Que prévoit ton cerveau retors de juriste parisien ? Elle t'a coupé tes moyens en balayant d'un revers de main ton compliment sur son charme, hein ?

Moi aussi je la baiserais bien, se dit-il machinalement, sachant que Linbar et Jacques avaient déjà eu la même idée. Et toi, Phillip Chen ? Non, tu les aimes beaucoup plus jeunes, et capables des raffinements les plus curieux, si l'on en croit les ragots.

Gavallan reporta son attention sur Casey, dont il devinait l'impatience. Est-ce que tu serais gouine ? se demanda-t-il. Serait-ce ton autre point faible ? Ce serait vraiment du gâchis !

— Nous l'établirons selon la législation de la Colonie, répondit-il.

— Cela va de soi. Il y a...

— Sims, Dawson et Dick nous conseilleront. Je vais leur demander un rendez-vous pour demain ou après-demain.

— C'est inutile, Mr. Gavallan. Je les ai déjà consultés et ils m'ont fait part de leurs suggestions, à titre confidentiel, bien entendu, au cas où nous tomberions d'accord.

Ahuris, ils examinèrent la copie de formulaire légal de contrat qu'elle remit à chacun d'eux.

— J'ai découvert qu'ils étaient vos avocats, je me suis informée sur eux et les renseignements étant excellents, je les ai chargés de rédiger un projet tenant compte de vos intérêts et des nôtres. Vous n'y voyez pas d'inconvénient, j'espère ?

— Pas du tout, mentit Gavallan, furieux de ne pas avoir été prévenu par le cabinet Sims, Dawson et Dick.

Diou ne lo mo sur cette Casey machin-chose, rageait intérieurement Phillip Chen. Que ta fente dorée se dessèche et se racornisse pour te punir de ton insolence et de tes grossièretés masculines !

Dieu nous garde des Américaines ! *Ayiiya*, il en coûtera quelques sous à Bartlett de nous avoir imposé cette créature, se promit-il.

Le compradore ne perdait cependant pas de vue l'intérêt considérable du marché qu'on leur proposait. Il y a au moins cent millions de dollars américains à gagner dans les années qui viennent, calcula-t-il, pris de vertige. Cela donnerait à la Noble Maison la stabilité dont elle a besoin.

Jour béni, jubila-t-il. Ces imbéciles acceptent un cofinancement à part égale ! Quelle idiotie d'accepter si rapidement sans même obtenir une petite concession en échange ! Mais qu'attendre d'autre d'une femme ? *Ayiiya*, nous allons inonder le pourtour du Pacifique de produits en mousse de polyuréthane : emballage, isolants, matériaux de construction. Une usine ici, une à Taïwan, une à Singapour, une à Kuala Lumpur et une à Djakarta, pour commencer. Nous allons gagner des dizaines de millions. Quant à l'agence de leasing d'ordinateurs, avec le prix que ces crétins nous offrent — 10 p. 100 de moins qu'IBM, moins notre commission de 7,5 p. 100 (nous aurions été ravis de nous contenter de 5 p. 100) — je peux en placer trois à Singapour cette semaine, un autre ici, un cinquième à

Kuala Lumpur, un autre encore à cet Indonésien, requin du commerce maritime, et gagner soixante-sept mille cinq cents dollars sur chaque — quatre cent cinq mille au total pour six coups de téléphone.

Sans parler de la Chine...

O dieux grands et petits, faites que le contrat soit signé et je vous offrirai un nouveau temple, une cathédrale à Tai-ping Shang, promit Phillip Chen avec ferveur. Si la Chine lève quelques barrières ou les entrouvre simplement, nous fertiliserons les rizières de la province du Kuang-Tung puis tout le pays. Dans dix ans, nous ramasserons des dizaines, des centaines de millions de dollars !

Cette perspective de profits fabuleux adoucit la colère du compradore, qui acheva la lecture du projet et suggéra :

— Nous pourrions le prendre pour base de discussion. Qu'en pensez-vous, Andrew ?

— Oui, acquiesça Gavallan en reposant le document. Je leur téléphonerai après le déjeuner. Quand pourrions-nous reprendre la discussion avec Mr. Bartlett... et vous-même, naturellement ?

— Cet après-midi — le plus tôt sera le mieux. Mais Linc ne viendra pas, c'est moi qui règle les détails, je suis payée pour cela, dit Casey avec froideur. Il définit la ligne générale et signe officiellement les documents finals quand j'ai terminé leur mise au point. C'est le rôle d'un commandant en chef, n'est-ce pas ?

— Je prendrai rendez-vous et laisserai un message à votre hôtel, proposa Gavallan.

— Pourquoi ne pas le fixer maintenant ?

Gavallan jeta à sa montre un coup d'œil irrité. Bientôt la pause, Dieu merci !

— Jacques, vous êtes libre, demain ?

— Le matin, de préférence.

— Même chose pour John, signala Phillip Chen.

Gavallan décrocha le téléphone.

— Mary ? Prenez rendez-vous avec Dawson pour

Mr. de Ville, John Chen et Miss Tcholok. Onze heures demain matin. A leurs bureaux.

Après avoir raccroché, il poursuivit :

— Jacques et John s'occupent de toutes les questions entreprise. John est notre spécialiste des États-Unis. J'enverrai une voiture vous prendre à dix heures trente.

— Merci mais ne vous donnez pas cette peine.

— Comme vous voudrez, dit-il d'un ton poli. A présent nous pourrions peut-être nous arrêter pour déjeuner ?

— Il nous reste un quart d'heure, fit observer Casey. Si nous commencions à discuter des modalités de financement ? Nous pouvons même nous faire monter des sandwiches et ne pas nous interrompre, si vous le préférez.

Les quatre hommes lui lancèrent des regards horrifiés.

— Travailler pendant le repas ?

— Pourquoi pas ? Nous en avons l'habitude en Amérique.

— Dieu merci, nous n'avons pas cette habitude à Hong-Kong, dit Gavallan.

— Dieu merci, répéta Phillip Chen en écho.

La jeune femme se sentit écrasée par le poids de leur réprobation. Ne te laisse pas avoir par ces fils de putes, se recommanda-t-elle. Après tout, tu les emmerdes.

— Si vous voulez vous arrêter, je n'y vois aucune objection, fit-elle d'une voix suave.

— Bien, conclut aussitôt Gavallan (et les autres poussèrent un soupir de soulagement). Nous déjeunons à douze heures quarante. Vous désirez probablement vous remettre un peu de poudre sur le nez ?

— Oui, merci, répondit Casey, consciente que les quatre hommes voulaient être seuls pour échanger leurs impressions sur elle et sur le contrat — dans l'ordre.

Elle les imaginait sans peine en train de parier à celui qui décrocherait la timbale. Aucun de vous n'a la moindre chance, songea-t-elle. Vous êtes comme tous les autres, vous ne voulez pas d'amour, juste une partie de jambes en l'air.

Tous les autres excepté Linc.

Ne pense pas à Linc, à ton amour pour lui, aux années merveilleuses et insupportables que vous avez passées ensemble. Merveilleuses et insupportables. Rappelle-toi ta promesse : pas avant ton anniversaire, dans quatre-vingt-dix-huit jours. Ce sera la fin des sept ans d'attente, j'aurai mon argent, je serai son égale et, si Dieu le veut, nous aurons conquis la Noble Maison. Quel cadeau de mariage lui ferai-je ?

De mariage ou d'adieu.

— Où se trouvent les toilettes ? demanda-t-elle en se levant.

Les quatre hommes se dressèrent aussitôt et Gavallan lui indiqua le chemin. Linbar lui ouvrit la porte, la referma derrière elle et murmura aussitôt :

— Mille dollars que tu ne l'auras pas, Jacques.

— Dix que vous ne l'aurez pas non plus, Linbar, dit Gavallan.

— Tenu. A condition qu'elle reste ici un mois.

— Vous emballez moins vite qu'avant, mon vieux. Et vous, Jacques ?

— Mon cher André, je vous parie vingt dollars que vous ne coucherez jamais avec une aussi belle dame, railla le Français. Quant à toi, mon petit Linbar, tu n'as pas plus de chance que ton cheval n'en a de gagner la course.

— Noble Star est une excellente pouliche, protesta Linbar. La meilleure bête de notre écurie.

— Cinquante dollars qu'elle perd.

— Tenu à cent dollars.

— Je n'aime pas assez les chevaux pour miser aussi gros. Qu'en dites-vous, Phillip ?

— Je dis que je vais rentrer chez moi et vous laisser

à vos pur-sang et à vos rêves. C'est curieux, quand même : vous pariez tous qu'aucun autre ne réussira mais vous ne misez pas sur vos propres chances.

Les quatre hommes éclatèrent de rire, et Gavallan changea de sujet :

— Quelle bêtise de nous révéler son dernier chiffre, non ?

— Une affaire fantastique ! s'extasia Linbar Struan. N'est-ce pas, oncle Phillip ?

— Fantastique, comme son postérieur ! apprécia de Ville en connaisseur. Hein, Phillip ?

Phillip Chen hocha la tête d'un air bon enfant puis sortit. Pff, je leur laisse volontiers ce grand machin, pensait-il.

Dans les toilettes, Casey regardait autour d'elle avec consternation. L'endroit, bien que propre, sentait l'eau croupie. Dans un coin, on avait empilé des seaux au milieu d'une flaque. J'avais entendu dire que les Anglais n'ont pas beaucoup d'hygiène mais je ne m'attendais pas à ça dans la Noble Maison, se dit-elle avec dégoût.

Elle pénétra dans un des cabinets au carrelage humide et glissant, tira la chasse d'eau : rien. Irritée, elle déverrouilla la porte, alla au lavabo, tourna les robinets : pas d'eau.

Qu'est-ce que ça veut dire ? Je parie que ces salauds m'ont envoyée exprès ici ! explosa-t-elle, furieuse.

Elle recouvra une partie de son calme en retrouvant le tapis de soie du couloir, les tableaux représentant d'anciens clippers et des paysages chinois. En s'approchant de la porte de la salle du conseil d'administration, elle entendit des voix, des rires étouffés, et sut que cette bonne humeur ferait place à un silence gêné dès qu'elle apparaîtrait.

Elle entra, les quatre hommes se levèrent.

— Vous avez des problèmes de plomberie ? demanda-t-elle en tâchant de maîtriser sa colère.

— Pas que je sache, répondit Gavallan, interloqué.

— En tout cas, il n'y a pas d'eau.

— Bien sûr qu'il n'y — Oh ! personne ne vous a parlé de la pénurie d'eau ? Évidemment comme vous êtes au V & A...

Tous commencèrent à lui fournir des explications en même temps mais la voix de Gavallan domina celle des autres :

— Le V & A a son propre système d'alimentation, de même que deux ou trois autres hôtels, mais le reste de l'île n'a droit qu'à quatre heures d'eau tous les quatre jours. Je n'ai pas songé à vous prévenir, excusez-moi.

— *Tous les quatre jours ?* Comment vous débrouillez-vous ?

— Nous avons de l'eau de six à huit heures le matin et de cinq à sept heures le soir. Cela nous oblige à stocker l'eau dont nous avons besoin : dans des seaux, dans la baignoire, etc. Dans cet immeuble, le stock touche à sa fin car c'est demain notre jour avec. Mon Dieu, j'espère qu'il restait de l'eau pour vous ?

— L'eau est coupée pendant trois jours partout ailleurs qu'à l'hôtel Victoria and Albert ? dit Casey, incrédule.

— C'est cela même, répondit Gavallan d'un ton patient. Nous n'avons d'eau que quatre heures tous les quatre jours. Votre hôtel, qui se trouve sur le front de mer, se fait ravitailler quotidiennement par des gabares citernes — en payant, bien sûr.

— Vous ne pouvez ni vous doucher ni prendre un bain ?

— Nous sommes tous plutôt crasseux après trois jours dans cette étuve mais tout le monde est dans le même cas, dit Linbar.

— Nos réservoirs sont vides, expliqua Gavallan. Nous n'avons presque pas eu de pluie cette année et l'année précédente a été très sèche également. C'est très embêtant mais on n'y peut rien. Question de *joss.*

— D'où vient l'eau, alors ?

— De Chine, bien sûr. Par pipe-lines jusqu'aux Nouveaux Territoires, ou par bateau-citerne depuis la Rivière des Perles. Le gouvernement a affrété dix tankers qui, avec l'accord de Pékin, remontent la rivière et ramènent environ quarante millions de litres d'eau par jour. Cela nous coûtera près de vingt-cinq millions de dollars, cette année. D'après les journaux, notre consommation journalière est descendue à moins de cent vingt millions de litres pour une population de trois millions et demi d'habitants — y compris les besoins industriels. Cela fait en moyenne cinq cents à six cents litres par personne.

— Tout le monde est logé à la même enseigne ? Quatre heures tous les quatre jours ? voulut savoir Casey.

— Même chez le gouverneur on a recours aux seaux, répondit Gavallan en haussant les épaules. Le Taï-pan a une propriété avec un puits, nous y faisons un brin de toilette lorsqu'il nous y invite.

— Il me reste beaucoup à apprendre, marmonna la vice-présidente de Par-Con.

Ça tu peux le dire, pensèrent les quatre hommes à l'unisson.

— Taï-pan ?

— Oui, Claudia ? répondit Dunross dans l'interphone.

— La réunion vient de se terminer. Maître Andrew est sur la quatre et Maître Linbar monte vous voir.

— Reportez son rendez-vous à cet après-midi. Vous avez réussi à joindre Tsu-yan ?

— Non. Son avion a atterri à huit heures quarante mais il n'est ni à son bureau ni à son appartement de Taipei. Je continue d'essayer, bien sûr. Autre chose : je viens de recevoir un coup de fil intéressant. Mr. Bartlett se serait rendu au siège de la Rothwell ce matin et y aurait rencontré Gornt.

— Vous en êtes sûre ? demanda Dunross, l'estomac soudain contracté.

— Certaine.

Le salaud, pensa-t-il. Est-ce qu'il s'est arrangé pour que je sois au courant ? Il résolut de laisser la question de côté pour l'instant.

— Merci. Vous avez mille dollars sur le cheval de votre choix, samedi, promit-il.

— Oh ! merci, Taï-pan.

— Au travail, Claudia, dit Dunross avant d'appuyer sur le bouton numéro quatre. Oui, Andrew ? Où en sommes-nous ?

Gavallan lui résuma la discussion.

— Vingt millions ? répéta le « chef suprême », incrédule.

— En beaux dollars américains, et lorsque j'ai voulu savoir quand Bartlett confirmerait, la fille a eu le toupet de me répondre : pas besoin de confirmation, je peux prendre des engagements jusqu'à vingt millions sans consulter personne. C'est vrai, à votre avis ?

— Je n'en sais rien, répondit Dunross, dont la tête tournait un peu. Bartlett va arriver d'un moment à l'autre, je lui poserai la question.

— Si nous réussissons ce coup...

Mais le Taï-pan n'écouta pas les commentaires enthousiastes de Gavallan. C'est incroyable, se disait-il ; c'est trop beau. Où est le piège ?

Depuis qu'il était devenu Taï-pan, il avait dû sans cesse manœuver, mentir, flatter et même menacer — Havergill le banquier, par exemple — pour éviter les embûches et sortir de la situation désastreuse dont il avait hérité. Même en transformant la compagnie en société par actions, il n'avait pas obtenu les capitaux et le temps nécessaires car un effondrement mondial des cours avait ruiné le marché. L'année dernière, le typhon Wanda avait fait des centaines de morts, des centaines de milliers de sans-abri, détruit mille bateaux de pêche, vingt cargos, coulé un de ses navires de gros tonnage, endommagé l'entrepôt géant en cours de construction et retardé de six mois l'ensemble de son programme. En automne, la crise cubaine avait éclaté, provoquant une nouvelle baisse, et au printemps, de Gaulle s'était opposé à l'entrée de la Grande-Bretagne dans le Marché commun, ce qui avait entraîné un troisième effondrement des cours. Les querelles entre la Chine et la Russie ne contribuaient pas non plus à faire remonter le marché...

Me voilà d'un seul coup à la tête de vingt millions de dollars, pensa-t-il. Mais je me retrouve plus ou moins mêlé à une affaire de contrebande d'armes, Tsu-yan est en cavale et John Chen a disparu !

— Nom de dieu de bon dieu ! jura-t-il avec colère.

Gavallan s'interrompit au milieu de ses explications :

— Quoi ? qu'est-ce que vous dites ?

— Rien — je pensais à autre chose. Parlez-moi un peu d'elle, Andrew. Comment est-elle ?

— Experte en chiffres, rapide et sûre d'elle, mais impatiente. Et c'est la plus jolie nana que j'aie vue depuis quelques années. Cette chute de reins ! Nous avons fait les pronostics et je crois que Linbar a la meilleure chance.

— Dommage pour lui : je l'envoie à Sydney pour six mois afin de remettre de l'ordre. Quant à Foster, je le vire.

— Bonne idée, s'esclaffa Gavallan. Linbar arrêtera peut-être de faire le con, là-bas — encore que les dames des antipodes passent pour accueillantes.

— Vous croyez que l'affaire est conclue ?

— Je le pense. Phillip plane littéralement. Mais ce que c'est emmerdant de discuter avec une femme ! On ne pourrait pas traiter directement avec Bartlett ?

— Non. Au cours des contacts que nous avons pris antérieurement, il a précisé qu'il tenait à ce que K.C. Tcholok soit son négociateur en chef.

— Alors en avant toute ! Que ne ferait-on pas pour la Noble Maison !

— Avez-vous découvert son point faible ?

— L'impatience. Elle veut sa place au soleil. Son talon d'Achille, c'est qu'elle cherche désespérément à se faire accepter dans un monde d'hommes.

— Autant chercher cela que le Saint Graal. La réunion avec Dawson est fixée à demain onze heures ?

— Oui.

— Dites à Dawson de l'annuler mais pas avant demain matin neuf heures. Il s'excusera et la reportera à mercredi midi.

— Juste histoire de la rendre un peu nerveuse, n'est-ce pas ?

— Prévenez Jacques que j'asssisterai en personne à la réunion.

— Bien. Et John Chen ? Vous souhaitez sa participation ?

Après un instant de réflexion, le Taï-pan répondit par l'affirmative et demanda :

— Il a fait sa réapparition ?

— Toujours pas. Vous voulez que je me mette à sa recherche ?

— Non. Où est Phillip ?

— Chez lui. Il revient à quatorze heures trente.

— Écoutez. (L'interphone bourdonna.) Un instant, Andrew... Oui, Claudia ?

— Excusez-moi de vous interrompre mais vous avez Mr. Jen, de Taipei, sur la deux, et Mr. Bartlett vient d'arriver.

— Faites-le entrer dès que j'aurai terminé avec Jen... Andrew, je vous rejoins dans quelques minutes avec Bartlett. Jouez les maîtres de maison en m'attendant.

— Entendu.

Dunross enfonça le bouton numéro deux.

— *Tso-an*, comment allez-vous ? demanda-t-il en dialecte mandarin.

— *Shei-shei*, répondit le général Jen Tang-wa, l'oncle de Wei-wei, le chef adjoint de la police secrète illégale du Kuomintang pour Hong-Kong. Quelles nouvelles, Taï-pan ? poursuivit-il en anglais.

— J'allais vous poser la question, dit Dunross, qui résuma l'affaire des armes, l'intervention de la police mais ne parla pas de Tsu-yan ou de John Chen.

— *Ayiiya !* C'est effectivement très curieux. Vous êtes sûr que Bartlett est innocent ?

— Oui. Pourquoi aurait-il utilisé son propre avion pour faire de la contrebande d'armes ? Ce n'est pas un imbécile. Dites-moi, qui, à Hong-Kong, voudrait s'équiper de ce genre d'armes ?

Le général marqua une pause avant de répondre :

— Des éléments criminels.

— Sociétés secrètes ?

— Elles ne sont pas toutes criminelles.

— Non, reconnut Dunross.

— Je vais voir si je peux dénicher quelque chose mais je suis sûr que nous ne sommes pour rien dans cette affaire. Vous venez toujours dimanche ?

— Oui.

— Bien. Je vous attends à dix-huit heures pour prendre un verre.

— Plutôt vingt heures. Avez-vous vu Tsu-yan ?

— Je pensais qu'il ne devait pas venir avant la fin de la semaine pour faire le quatrième avec l'Américain.

— J'ai appris qu'il avait pris l'avion ce matin, dit le Taï-pan d'un ton détaché.

— Alors il me passera un coup de fil. Je lui demande de vous appeler ?

— Oui, s'il vous plaît. Je dois lui parler d'un détail. A dimanche, huit heures.

— Entendu, et merci pour les informations. Je vous préviens dès que j'apprends quelque chose.

Dunross reposa le combiné. Bien qu'il eût écouté

attentivement la voix de Jen, il n'y avait découvert rien de particulier. Où diable était passé Tsu-yan ?

On frappa à la porte.

— Entrez, dit-il en se levant pour aller accueillir Bartlett. Bonjour, je suis Ian Dunross.

— Linc Bartlett. Je suis en avance ?

Les deux hommes échangèrent une ferme poignée de main.

— Exactement à l'heure — vous devez savoir que j'aime la ponctualité. La réunion s'est bien passée, m'a-t-on dit.

— En effet, répondit Bartlett en se demandant si Dunross ne faisait pas allusion à la réunion avec Gornt. Casey sait parler chiffres.

— Elle a beaucoup impressionné mes collaborateurs. Est-il exact qu'elle peut prendre des décisions de son propre chef ?

— Elle a autorité pour négocier et conclure jusqu'à vingt millions. Pourquoi ?

— Simplement pour savoir comment vous travaillez. Asseyez-vous, je vous prie, nous avons quelques minutes devant nous, le déjeuner est prévu à douze heures quarante. Nous allons, semble-t-il, nous lancer à deux dans une entreprise profitable.

— Je l'espère. Je vous propose de nous revoir dès que je me serai entretenu avec Casey.

— Demain dix heures ? suggéra le Taï-pan après avoir consulté son agenda. Ici-même ?

— Entendu.

— Vous fumez ?

— Non, merci. J'ai arrêté il y a quelques années.

— Moi aussi mais l'envie ne m'en est pas encore passée, soupira le patron de la Struan en se renversant dans son fauteuil. Je voudrais aborder quelques points mineurs avec vous avant le déjeuner. Je pars pour Taipei dimanche après-midi, je rentre mardi soir pour le dîner et je vous propose de m'accompagner. J'aimerais vous présenter à une ou deux personnes et vous montrer des emplacements possibles pour nos usines. En outre, nous aurions le temps de bavarder et de faire une partie de golf. Une précision : nous ne pouvons pas emmener Miss Tcholok.

L'Américain fronça les sourcils en se demandant si le choix de mardi n'était qu'une coïncidence.

— Selon le commissaire Armstrong, je n'ai pas le droit de quitter Hong-Kong, fit-il valoir.

— Cela peut s'arranger.

— Alors vous aussi vous êtes au courant ? lâcha Bartlett, qui se rendit aussitôt compte de sa gaffe.

— Quelqu'un d'autre a fait allusion à cette affaire ? demanda innocemment Dunross en le fixant.

— La police a même interrogé Casey ! Mon jet est sous séquestre, nous sommes tous suspects, et je ne sais rien de ces armes !

— Ne vous inquiétez pas, Mr. Bartlett. Nous avons une police efficace.

— Je ne suis pas inquiet mais simplement excédé.

— Je le comprends, compatit le Taï-pan.

Tu risques de l'être plus encore si John Chen et Tsu-yan sont dans le coup, pensa-t-il. Nous perdrions l'affaire et tu te jetterais dans les bras de Gornt...

— Qui vous a informé ?

— Notre bureau à l'aéroport.

— C'est la première fois que cela se produit ?

— Oui, mais il n'y a pas de mal à faire un peu de contrebande d'armes, répondit Dunross avec désinvolture. C'est en fait une activité parfaitement honorable — nous veillons toutefois à l'exercer ailleurs ?

— Où, par exemple ?

— Partout où le gouvernement de Sa Majesté le souhaite. Nous sommes tous des pirates, ici, Mr. Bartlett — du moins, aux yeux des autres... A supposer que je m'arrange avec la police, vous venez à Taipei ?

— Casey sait tenir sa langue.

— Je n'ai jamais prétendu qu'on ne pouvait lui faire confiance.

— Simplement elle n'est pas invitée ?

— Nos coutumes diffèrent un peu des vôtres. En règle générale, nous nous réjouirions de sa présence mais disons que, dans certaines situations, elle pourrait être gênante. Désolé d'être aussi brutal mais je crois que c'est plus sage, en définitive.

— Et si je ne me conforme pas à vos usages ?

— Vous manquerez sans doute une occasion unique, ce qui serait dommage — surtout si vous envisagez de vous implanter durablement en Asie.

— Je réfléchirai.

— Navré mais il faut une réponse maintenant.

— Vraiment ?

— J'insiste.

— Allez vous faire foutre !

— Je n'y tiens pas, dit Dunross en souriant. Alors, oui ou non ?

Bartlett éclata de rire.

— D'accord pour Taipei.

— Parfait. Naturellement, ma femme prendra soin de Miss Tcholok pendant notre escapade. Elle ne perdra pas la face.

— Merci, mais ne vous en faites pas pour elle. Comment réglerez-vous les choses avec Armstrong ?

— Je ne m'adresserai pas à lui, je proposerai au directeur adjoint de la police que je sois responsable de vous pendant le voyage.

— Vous vous portez garant de ma personne, en quelque sorte ?

— Exactement.

— Qui vous dit que je ne vous fausserai pas compagnie ? Je suis peut-être un vrai trafiquant d'armes.

— Peut-être, mais vous n'iriez pas loin. Hong-Kong et Taipei font partie de mon fief, je vous retrouverais et je vous ramènerais — mort ou vif, comme on dit dans les films.

— Mort ou vif ?

— Ce n'est qu'une hypothèse, bien sûr.

— Combien d'hommes avez-vous tués dans votre vie ?

Le climat changea dans la pièce et les deux hommes le ressentirent profondément. Entre toi et moi, le jeu n'est pas encore dangereux, pensa Dunross. Pas encore.

— Douze, répondit-il, sur ses gardes, bien que la question l'eût surpris. Douze dont je suis sûr. J'ai piloté des Spitfire pendant la guerre. J'ai descendu deux chasseurs, un Stuka et deux bombardiers : des Dornier 17, avec un équipage de quatre personnes. Tous les appareils ont brûlé en dégringolant. Oui, douze dont je suis sûr. Naturellement, nous avons aussi attaqué des trains, des convois de troupes. Pourquoi m'avez-vous posé cette question ?

— J'avais entendu dire que vous aviez été pilote. Moi, à ma connaissance, je n'ai tué personne. Je construisais des bases, des camps dans le Pacifique. Je n'ai pas tiré un coup de feu.

— Mais vous aimez la chasse.

— Beaucoup. En 1959, au cours d'un safari au Kenya, j'ai abattu un éléphant et un grand koudou.

Après un silence, Dunross reprit :

— Je crois que je préfère m'en prendre aux trains, aux avions ou aux navires. Dans la guerre, les hommes n'ont qu'une importance secondaire, vous ne pensez pas ?

— Certainement. Une fois que les chefs politiques ont désigné le général...

— Avez-vous lu *L'Art de la guerre* de Sun Tzu ?

— C'est le meilleur ouvrage sur la guerre que j'aie jamais lu, assura Bartlett avec chaleur. Meilleur encore que ceux de Clausewitz ou Liddell Hart, bien qu'il ait été écrit cinq cents ans avant notre ère.

— N'êtes-vous pas un peu partial ? repartit le Taï-pan, heureux de ne plus parler de morts auxquels il n'avait pas pensé depuis des années.

— Savez-vous que le livre de Sun Tzu ne fut publié

en France qu'en 1782 ? Selon moi, Napoléon dut en avoir un exemplaire.

— En tout cas, les Russes le connaissent bien, et Mao en a fait son livre de chevet.

— Vous l'avez lu ?

— Mon père tint absolument à ce que je le lise. Je devais étudier l'original, en chinois, et il me posait ensuite des questions.

Une mouche se mit à cogner contre une des vitres du bureau avec un bruit irritant.

— Votre père voulait faire de vous un soldat ?

— Non, pas du tout. Sun Tzu, comme Machiavel, parle plus de la vie que de la mort, plus de la survie que de la guerre...

Dunross se tourna vers la fenêtre, s'en approcha et écrasa la mouche avec une violence contrôlée que Bartlett remarqua.

— Mon père voulait que j'apprenne à survivre et à commander, reprit le chef de la Struan en regagnant son bureau. Il voulait que je devienne un jour Taï-pan — encore qu'il n'ait jamais eu une grande confiance en mes capacités.

— Il était Taï-pan, lui aussi ?

— Oui. Et ce fut un excellent chef. Au début, du moins.

— Qu'arriva-t-il ?

— Il est un peu tôt pour sortir les squelettes du placard, Mr. Bartlett, dit Dunross avec un sourire sardonique. Disons que nous avons eu une divergence d'opinion, longue et pénible. Finalement, il choisit pour lui succéder Alastair Struan, mon prédécesseur.

— Il vit encore ?

— Oui.

— Lorsque vous parlez de divergences d'opinion — bel euphémisme ! — faut-il traduire par guerre ?

— Sun Tzu déconseille clairement de faire la guerre à moins d'y être contraint. « L'art suprême pour un général consiste à briser la résistance de l'ennemi sans combattre », écrit-il.

— Vous avez brisé celle de votre père ?

— Il s'est retiré du champ de bataille, en sage qu'il était.

L'Américain remarqua que le visage de son hôte s'était durci. Les deux hommes avaient conscience de dresser malgré eux des plans de bataille.

— Je suis content d'être ici et de vous rencontrer, assura le patron de Par-Con.

— Vous le regretterez peut-être un jour.

— Peut-être, fit Bartlett en haussant les épaules. En attendant, nous pouvons conclure un accord mutuellement avantageux.

— Me ferez-vous l'honneur d'être mes invités ce soir, Casey et vous ? Je donne une petite soirée à partir de huit heures.

— Habillée ?

— Le smoking suffira.

— Casey m'avait prévenu de votre goût pour la cravate noire.

Bartlett remarqua alors un tableau, accroché au mur, représentant une jolie Chinoise portant dans ses bras un garçonnet aux cheveux blonds.

— C'est un Quance ? Un Aristotle Quance ?

— Oui, répondit Dunross sans cacher sa surprise.

L'Américain se leva pour examiner la toile de près.

— C'est l'original ?

— Oui. Vous êtes amateur d'art ?

— Non, mais Casey m'a parlé de Quance pendant le voyage. D'après elle, son œuvre est une sorte de témoignage, aussi précis qu'une série de photographies.

— C'est exact.

— Si je me souviens bien, ce portrait représente May-may T'Chung et l'enfant qu'elle eut avec Dirk Struan.

Les yeux fixés sur le dos de l'Américain, Dunross garda le silence.

— Difficile de voir les yeux, commenta Bartlett en s'approchant encore. Alors cet enfant est le futur Sir Gordon Chen ?

Il se retourna pour faire face à Dunross.

— Nous n'en sommes pas sûrs. C'est seulement ce qu'on raconte.

Les deux magnats se mesurèrent du regard. Le Britannique était un peu plus grand mais l'Américain avait les épaules plus larges.

— Cela vous plaît d'être le Taï-pan de la Noble Maison ?

— Beaucoup.

— Je ne connais pas l'étendue de vos pouvoirs mais, à la Par-Con, je peux embaucher ou congédier qui je veux et fermer boutique si je le désire.

— Alors vous êtes Taï-pan.

— Et cela me plaît beaucoup, à moi aussi... Je veux m'implanter en Asie et vous voulez un morceau du marché américain. A nous deux, nous pouvons faire du Pacifique notre territoire privé.

Ou un tombeau pour l'un de nous, pensa Dunross, qui ne pouvait s'empêcher d'éprouver de la sympathie pour l'Américain, bien qu'il le sût dangereux.

— Je possède ce dont vous avez besoin, vous possédez ce dont j'ai besoin, conclut Bartlett.

— Pour l'instant, nous avons tous deux besoin de nous restaurer.

Ils se dirigèrent vers la porte, devant laquelle l'Américain arriva le premier. Au lieu de l'ouvrir, il se tourna vers Dunross :

— Je sais que ce n'est pas dans vos habitudes mais puisque nous allons ensemble à Taipei, appelez-moi Linc, je vous appellerai Ian. Combien voulez-vous parier sur cette partie de golf ?

— En règle générale, nous ne jouons pas pour de l'argent mais pour des balles. Une demi-douzaine, environ.

— Jouer pour de l'argent est une vilaine habitude ?

— Pas du tout. Disons cinq cents ?
— Américains ou de Hong-Kong ?
— De Hong-Kong — nous sommes entre amis. Enfin, pour commencer.

Le déjeuner était servi dans la salle à manger du conseil d'administration, au dix-neuvième étage, une pièce en forme de L, haute de plafond et tendue de draperies bleues. Par les larges fenêtres, on découvrait Kowloon, l'aéroport de Kai Tak, à l'ouest l'île de Tsing Yi et plus loin une partie des Nouveaux Territoires. Sur la grande table en chêne pouvant accueillir aisément vingt convives, on avait disposé des couverts en argent, des verres du cristal le plus pur. Quatre laquais silencieux en culottes noires et habit brodé à l'effigie de Struan veillaient à ce que tout fût en ordre.

On avait commencé à boire avant l'arrivée de Bartlett et Dunross : vermouth-vodka pour Casey et tous les autres, à l'exception de Gavallan, qui préférait le gin. Sans le consulter, un des serveurs présenta à Bartlett sur un plateau d'argent une boîte de bière glacée.

— Comment le savez-vous ? dit l'Américain, ravi.

— Avec les compliments de Struan et Compagnie, répondit Dunross. Nous connaissons vos goûts.

Il présenta son invité à ses collaborateurs, commanda un verre de chablis puis adressa un sourire à Casey :

— Comment allez-vous depuis ce matin ?

— Très bien, merci.

— Excusez-moi, intervint Bartlett mais j'ai un message à transmettre à ma vice-présidente avant que je ne l'oublie. Casey, il faudrait téléphoner demain à Johnston, à Washington, pour lui demander avec qui nous pourrions entrer en contact au consulat.

— Certainement. Si je n'arrive pas à le joindre, j'essaierai avec Tim Diller.

Selon le code qu'ils avaient établi, Johnston signifiait : comment vont les choses ? Diller voulait dire bien, Tim Diller très bien, Jones mal, George Jones très mal.

— Bonne idée... Vous avez là une pièce superbe, Ian.

— Elle convient à nos besoins.

L'implication fit sourire Casey, qui se tourna vers Dunross :

— Notre réunion s'est très bien passée. Nous avons une proposition à vous soumettre.

Décidément, ces Américains n'ont aucun tact, songea le Taï-pan. Elle devrait savoir qu'on n'aborde pas les questions d'affaires avant la fin du repas. Oui, Andrew m'en a exposé les grandes lignes. Un autre verre ?

— Non merci. Aimeriez-vous avoir des éclaircissements sur certains points ?

— Nous en parlerons en temps utile. Je serai à votre disposition dès que j'aurai examiné le projet... Une autre bière pour Mr. Bartlett, lança Dunross à l'un des garçons. Rien de nouveau, Jacques ?

— Pas encore, répondit de Ville, dont la fille, en vacances en France avec son mari, venait d'avoir un accident de voiture dont il ignorait encore la gravité.

— Il n'y a probablement aucune raison de s'inquiéter, ajouta Ian.

Cousin de Dunross au premier degré, Jacques était entré à la compagnie en 1945, après avoir traversé des heures difficiles pendant la guerre. En 1940, il avait envoyé sa femme et ses deux enfants en bas âge à Londres et était entré dans la Résistance. Fait prisonnier, il s'était évadé et avait rejoint les maquisards. A présent âgé de cinquante-quatre ans, c'était un homme puissant et taciturne, violent quand on le provoquait. Large de poitrine, il avait des mains fortes et des cicatrices sur tout le corps.

Casey revint à la charge :

— Dans l'ensemble, notre offre vous paraît acceptable ?

Dunross se résigna à lui donner satisfaction :

— Je proposerai sans doute des changements sur quelques points secondaires mais disons qu'elle nous agrée globalement.

— Excellent ! fit Casey d'un ton joyeux.

— Parfait, ajouta Bartlett en portant un toast avec sa boîte de bière. Je bois aux profits futurs — pour vous et pour nous.

Tous les autres levèrent leur verre.

— Combien de temps faudra-t-il pour transformer le projet en texte définitif ? poursuivit l'Américain.

— Ce sera rapide. Je ne pense pas que nos avocats se heurteront à des difficultés insurmontables.

— Nous les rencontrerons demain à onze heures, précisa Casey. Mr. de Ville, John Chen et moi.

— Dawson est très fort — en particulier sur la législation fiscale américaine.

— Casey, tu ne crois pas que nous pourrions faire venir notre expert de New York sur ces questions ?

— Dès que nous serons prêts, je lui demanderai de venir. Avec Forrester — c'est le directeur de notre département mousse de polyuréthane, précisa-t-elle à l'attention de Dunross.

— Assez parlé affaires, décida le Taï-pan. Règle d'or de la maison, Miss Casey : ne pas mêler le travail et la table, c'est très mauvais pour la digestion... Lim, nous n'attendrons pas Maître John.

Aussitôt les serveurs apparurent, présentèrent les chaises aux convives et apportèrent le premier plat. Le menu prévoyait du cherry avec le consommé, du chablis avec le poisson, du bordeaux avec le rôti de bœuf et le fromage, et un retour au cherry pour le dessert.

— Combien de temps comptez-vous rester à Hong-Kong, Mr. Bartlett ? demanda Gavallan.

— Le temps qu'il faudra. Puisque nous allons travailler ensemble pendant une longue période, je propose que nous laissions tomber les Mr. et les Miss.

Gavallan aurait voulu répondre : Mr. Bartlett, nous tenons à ces petites coutumes, c'est une des façons de distinguer les amis des simples connaissances. Chez nous, les prénoms appartiennent à la vie privée. Mais comme, à son étonnement, le Taï-pan ne s'était pas formalisé quand l'Américain l'avait appelé Ian à deux reprises, Gavallan répondit :

— Pourquoi pas, Mr. Bartlett ? Nul besoin d'être cérémonieux.

De Ville, Struan et Dunross apprécièrent le « Mr. Bartlett », façon dont Gavallan avait opposé à la requête une fin de non-recevoir qu'aucun des deux Américains ne percevait.

— Merci, Andrew, dit Bartlett. Ian, si je peux me permettre avant le déjeuner une dernière entorse à vos principes : serez-vous en mesure de me donner une réponse définitive, dans un sens ou dans un autre, d'ici mardi ?

Le climat bascula dans la salle à manger, les domestiques se figèrent, tous les regards se tournèrent vers Dunross et le patron de la Par-Con se demanda s'il n'avait pas été trop loin. Casey, elle, en était sûre : le visage du Taï-pan était demeuré impassible mais ses yeux avaient changé d'expression. Nul, dans la pièce, ne s'était mépris sur l'ultimatum que Bartlett avait adressé à Dunross à la manière d'un joueur de poker lançant à son adversaire : tu « vois » ou tu te « couches ». Réponse avant mardi.

Le chef suprême de la Noble Maison rompit le silence d'une voix calme :

— Je vous le ferai savoir demain.

La tension baissa, les serveurs reprirent leur travail, chacun se détendit — à l'exception de Linbar, qui avait les mains moites de peur. Il connaissait l'étrange propension à la violence que Dirk Struan avait léguée à ses descendants, cette brutalité primitive qui avait failli éclater sous ses yeux et dont l'imminence l'avait terrorisé.

Lui-même descendait de Rob Struan, le demi-frère de Dirk, et n'avait dans les veines pas une goutte de sang du fondateur de la Noble Maison. Il le regrettait amèrement et haïssait son cousin Dunross, qui le rendait malade d'envie.

Hag Struan revit en toi, Ian, elle revivra en tes descendants, songea Linbar, que le souvenir de la terrible ancêtre fit tressaillir.

— Qu'y a-t-il, Linbar ? lui demanda Dunross.

— Rien, bredouilla Linbar en sursautant. Je pensais à quelque chose.

— A quoi ?

— A Hag Struan.

— Cela va t'empêcher de digérer, prends garde.

— Qui est Hag Struan ? voulut savoir Bartlett.

— Un des squelettes que la famille cache dans ses placards. Nous en avons un bon nombre, répondit le Taï-pan.

— Comme toutes les familles, commenta Casey.

— Hag Struan, pour nous, c'est un peu le Père Fouettard.

— Plus maintenant, objecta Gavallan. Voilà près de cinquante ans qu'elle est morte.

— Je n'en suis pas si sûr. Peut-être va-t-elle sortir cette nuit de son cercueil pour nous manger tout cru, plaisanta Dunross en fixant Linbar.

— Je n'aime pas qu'on parle d'elle, même pour plaisanter, murmura le descendant de Rob Struan.

— « Le diable t'emporte ! », s'exclama Dunross. Voilà ce que je lui jetterais à la face si elle vivait encore.

— Je vous en crois bien capable, dit Gavallan avec un rire bref. C'est une scène que j'aimerais voir.

— Moi de même, reprit Dunross.

Et il se mit à rire lui aussi. Voyant l'expression de Casey, il ajouta :

— Ce n'est qu'une bravade. A en croire la légende, c'était un vrai monstre. Elle avait épousé Culum, le fils de Dirk Struan, notre fondateur, mais s'appelait Tess Brock de son nom de jeune fille et avait pour père Tyler Brock, l'ennemi juré de Dirk. On raconte que Culum l'enleva en 1841, alors qu'elle avait seize ans et était d'une beauté saisissante. C'est un peu l'histoire de Roméo et Juliette, à ceci près qu'ils ne moururent pas et que leur union, au lieu de mettre fin à la lutte sanglante des Struan et des Brock, ne fit que l'attiser. Née Tess Brock en 1825, elle mourut Hag Struan en 1917, à l'âge de quatre-vingt-douze ans, édentée, chauve, abrutie par l'opium, méchante et terrible jusqu'à son dernier jour. La vie est étrange, *heya* ?

— Elle est parfois incroyable, répondit Casey d'un ton songeur. Pourquoi les gens changent-ils autant en vieillissant, pourquoi deviennent-ils si amers, en particulier les femmes ?

Parce que l'âge frappe inégalement les hommes et les femmes, aurait pu répondre Dunross. C'est injuste mais c'est ainsi, depuis toujours. L'épouse dont le visage se creuse de rides, dont la chair perd de sa fermeté, dont la peau se fane a peur de se faire prendre un mari encore séduisant par de jeunes beautés. Elle finit d'ailleurs invariablement par le perdre parce qu'il se lasse de ses remontrances, de ses jérémiades et qu'un élan irrépressible le pousse vers la jeunesse...

« *Ayiiya*, il n'est meilleur aphrodisiaque que la jeunesse, avait coutume de répéter le vieux Chen-Chen, père de Phillip et mentor de Ian. Le yang a besoin pour se fortifier de la jeune substance du yin. Souviens-toi : plus ton Bâton-Viril vieillit, plus il lui faut de jeunesse, de changement, pour accomplir son office avec ardeur. Mais rappelle-toi que le nid caché entre leurs cuisses, aussi beau, incomparable, délectable et délicieux soit-il, est aussi un piège, une chambre de torture. Ce doux nid, c'est ton cercueil ! »

Le vieillard achevait ses recommandations secoué de rire, le ventre tressautant, les larmes aux yeux. « Les dieux sont merveilleux, poursuivait-il. Ils nous accordent le paradis sur terre mais c'est l'enfer lorsque ton moine borgne ne parvient pas à dresser la tête pour entrer au havre de bonheur. Notre lot est de courir à la Fente-avide jusqu'à ce qu'elle nous dévore... »

Qu'il doit être dur pour les femmes — en particulier les Américaines — ce trauma d'un vieillissement inéluctable commençant si tôt, pensait Dunross. Mais pourquoi te dire une vérité que tu connais déjà dans ta chair ? pourquoi te répéter qu'on exige une jeunesse éternelle que ni dieu ni diable ni chirurgien ne peuvent te donner ? C'est injuste, je le sais, mais c'est ainsi.

Merci à tous les dieux, petits et grands, de m'avoir fait homme et non femme, songea-t-il avec ferveur. Je te plains, jolie Américaine.

— Parce que la vie n'est pas un lit de roses, répondit simplement le Taï-pan. Parce qu'on nous inculque des valeurs fausses en nous bourrant d'un galimatias de bêtises, alors que les Chinois, contrairement à nous, font preuve d'un extraordinaire bon sens. C'est sans doute la partie Brock qu'elle avait en elle qui lui valut cette terrible vieillesse. Le sort ne l'épargna pas non plus : sur les sept enfants qu'elle eut de Culum — quatre fils et trois filles — tous les mâles moururent ; deux périrent de la peste, ici, à Hong-Kong, un troisième fut poignardé à Shanghai, et le dernier se noya au large de Ayr, en Écosse, où se trouvent les terres de notre famille. Il y avait de quoi rendre amère n'importe quelle femme. Ajoutez à cela la haine et l'envie dont Culum et Hag furent entourés durant toute leur vie, l'obligation de remettre la Noble Maison aux fils de parents moins durement frappés... On comprend son évolution.

Le Taï-pan marqua une pause avant de continuer :

— Selon la légende, elle imposa sa volonté à Culum et à la Noble Maison jusqu'à son dernier souffle ; elle tyrannisa tous les taï-pans, les belles-filles, les gendres et les enfants. Même après sa mort, elle continua à faire peur. Je me souviens d'une nurse anglaise — qu'elle brûle à jamais en enfer ! — qui me disait : « Soyez sage, Maître Ian, sinon j'appelle Hag Struan ! » Je ne devais pas avoir plus de cinq ou six ans.

— C'est terrible, soupira Casey.

— C'est la façon dont les nurses parlent aux enfants, dit Dunross en haussant les épaules.

— Pas toutes, Dieu merci, intervint Gavallan.

— Mes nurses ont toutes été détestables, mes *gan sun*, par contre, furent irréprochables.

— Qu'est-ce qu'une *gan sun* ? demanda la jeune femme.

— En chinois, ces mots signifient « corps proche ». Dans la Chine d'avant 1949, les enfants des familles chinoises fortunées et de presque toutes les familles européennes ou eurasiennes installées de longue date étaient confiés à un « corps proche », une *gan sun* que souvent ils gardaient près d'eux toute leur vie. La plupart des *gan sun* font vœu de célibat et on les reconnaît à la longue natte qu'elles portent dans le dos. La mienne s'appelle *A Tat*, elle vit encore chez nous. C'est une femme extraordinaire, assura Dunross.

— La mienne fut plus maternelle pour moi que ma vraie mère, dit Gavallan.

— Alors Hag Struan est votre arrière-grand-mère ? demanda Casey à Linbar.

— Grand dieu non ! Je n'appartiens pas à la lignée de Dirk Struan. Je descends de son demi-frère Robb.

— Vous êtes tous parents ? continua la jeune Américaine, qui sentait dans la pièce de curieuses tensions.

Linbar hésita, lança un coup d'œil à Dunross, qui répondit :

— Plus ou moins. Andrew a épousé ma sœur Kathy, Jacques est un cousin et Linbar... Linbar porte notre nom. Il y a encore à Hong-Kong de nombreuses personnes qui se souviennent de la Hag, vous savez.

Elle portait invariablement une longue robe noire à tournure, un drôle de chapeau avec une immense plume mangée aux mites, et jouait avec une badine noire à poignée d'argent. Elle se déplaçait le plus souvent dans une sorte de palanquin porté par quatre hommes. Bien qu'elle ne mesurât guère plus d'un mètre cinquante, elle était solide et dure comme un pied de coolie. Les Chinois, qu'elle terrorisait aussi, l'avaient surnommée l'« Honorable vieille Mère étrangère à l'œil mauvais et aux dents de Dragon ».

— C'est exact, enchaîna Gavallan. Mon père et ma grand-mère la connaissaient. Ils avaient eu une compagnie à eux à Shanghai mais la guerre de 14-18 les avait plus ou moins ruinés et ils s'étaient associés à Struan en 1919. Mon père me raconta que, dans son enfance, il suivait la Hag dans les rues avec ses petits copains. Quand elle se mettait vraiment en colère, elle défaisait son dentier et donnait de grands coups de dents dans leur direction. (Des rires parcoururent la table.) Des dents énormes, qui faisaient clac-clac-clac, d'après lui.

— Ma *gan sun*, la vieille A Fu, connaissait bien Hag Struan, dit Linbar. Chaque fois qu'on prononçait son nom, elle levait les yeux au ciel en priant les dieux de la protéger du mauvais œil et des dents magiques. Mon frère Kyle et moi...

Il s'interrompit et reprit sur un autre ton :

— ... nous taquinions souvent A Fu avec la vieille Hag.

— Il y a un portrait d'elle dans la Grande Maison — deux en fait. Si cela vous intéresse, je vous les montrerai, proposa Dunross à Casey.

— Volontiers. Avez-vous également un portrait de Dirk Struan ?

— Plusieurs, ainsi que de Robb, son demi-frère.

— J'aimerais les voir.

— Moi aussi, enchaîna Bartlett. Je n'ai même pas une photo de mes grands-parents, alors vous pensez si les portraits d'arrière-arrière-grand-père m'impressionnent. Je ne sais rien de mes ancêtres, excepté que mon grand-père dirigeait une compagnie d'affrètement dans l'Ouest, dans un bled appelé Jerrico.

Depuis le début du repas, l'Américain écoutait, tâchait d'accumuler des éléments qui l'aideraient le moment venu à choisir entre Dunross et Gornt. Si c'est Dunross, il faudra éliminer Andrew Gavallan, c'est un ennemi, se dit-il. Le jeune Struan déteste visiblement le Taï-pan, le Français est un mystère et Dunross lui-même est aussi dangereux que la nitroglycérine.

— Votre Dirk Struan était un sacré bonhomme, on dirait, conclut l'Américain.

— Voilà l'euphémisme de l'année ! s'écria Jacques de Ville, dont les yeux noirs pétillaient. Ce fut le plus grand pirate de l'Asie. Notre Taï-pan est son portrait craché, il a hérité de ce qu'il y avait de pire en lui.

— Va te faire voir, Jacques, répliqua Dunross d'un ton aimable. Ne l'écoutez pas, Casey. Je ne ressemble pas du tout à Dirk.

— Mais vous descendez de lui.

— Oui. Mon arrière-grand-mère Winifred, sa seule fille légitime, épousa Lechie Struan Dunross, membre du clan. Ils eurent un fils — mon grand-père — qui succéda à Culum aux fonctions de Taï-pan. Autant que nous sachions, ma famille, les Dunross, sont les seuls descendants directs de Dirk Struan.

— Légitime, disiez-vous ?

— Dirk eut d'autres enfants, notamment un fils appelé Gordon avec une dame nommée Chen. Outre la branche Chen, il y a la branche T'Chung, issue de Duncan et Kate T'Chung, le fils et la fille qu'il eut avec la célèbre May-may T'Chung. En tout cas, c'est ce que dit la légende et personne n'est capable de la démentir ou de la confirmer.

Le Taï-pan s'interrompit, plissa les yeux en souriant.

— A Hong-Kong et Shanghai, les dames chinoises

étaient aussi jolies jadis qu'aujourd'hui, et nos aïeux se montraient... entreprenants. Mais ils les épousaient rarement et comme la pilule est une invention récente, on ne sait pas toujours exactement de qui on est parent. Nous, euh... nous ne discutons pas de ces choses en public : en vrais Britanniques, nous nous comportons comme si elles n'existaient pas. Les familles eurasiennes de Hong-Kong prenaient le nom de la mère, celles de Shanghai celui du père. Dans un cas comme dans l'autre, nous avons réglé le problème.

— Tout se passe à l'amiable, déclara Gavallan.

— Le plus souvent, précisa Dunross.

— Alors vous êtes apparenté à John Chen ? conclut Casey.

— Si vous remontez au jardin d'Eden, je suis parent avec tout le monde, répondit le maître de maison, les yeux fixés sur la chaise vide que l'Eurasien aurait dû occuper.

Cela ne lui ressemble pas de s'enfuir, songeait-il, préoccupé. Ni de se mêler de contrebande d'armes... Tsu-yan ? C'est un Shanghainais, il s'effraie facilement. Si John avait pris l'avion ce matin, quelqu'un l'aurait vu — tout le monde le connaît. S'il s'est enfui, il a pris le bateau. Pour où ? Macao ? Non, c'est un cul-de-sac. Alors ? Chaque jour, des navires quittent la Colonie pour une quarantaine de destinations différentes dans le monde entier. En moins d'une heure, il aurait pu arranger son embarquement. Quelques dollars par-ci par-là et on fait sortir clandestinement de Hong-Kong n'importe quelle cargaison : hommes, femmes, enfants, drogue.

En se servant de poisson du plat d'argent qu'un domestique lui tendait, Dunross remarqua que l'Américaine avait les yeux braqués sur lui.

— Oui, Casey ?

— Je me demandais comment vous avez appris mon prénom. Le Taï-pan m'a surprise, Linc. Avant même que nous ne soyons présentés l'un à l'autre, il m'a appelée Kamalian Ciranoush.

— C'est un nom persan ? tenta de deviner Gavallan.

— Arménien. Comment l'avez-vous su, Taï-pan ?

Elle préférait l'appeler par son titre plutôt que par son prénom. *Ian*, c'était prématuré.

— J'ai posé la question à votre avocat, répondit Dunross.

— Comment cela ?

— John Chen m'avait téléphoné vers minuit. Vous ne lui aviez pas dit ce que signifiaient les initiales K.C. et je voulais le savoir. Comme il était trop tôt pour téléphoner à vos bureaux de Los Angeles, j'ai appelé votre avocat à New York. Mon père disait toujours : quand tu ne sais pas, demande.

— Vous avez réussi à joindre Seymour Steigler III un samedi ? fit Bartlett, étonné.

— Oui. Chez lui, à White Plains.

— Mais ce numéro ne figure pas dans l'annuaire.

— J'ai prié un de mes amis chinois des Nations Unies de l'obtenir pour moi et j'ai raconté à Mr. Steigler que j'avais besoin du prénom pour rédiger les invitations — ce qui est exact, d'ailleurs. Il faut être précis, n'est-ce pas ?

— Certainement, marmonna Casey, admirative.

— Vous saviez depuis hier soir que Casey Tcholok est... est une femme ? demanda Gavallan.

— Cela je le savais depuis des mois. J'ignorais simplement la signification des initiales K.C. Pourquoi ?

— Pour rien, Taï-pan. Casey, votre famille a émigré aux États-Unis après la guerre.

— Après la Première Guerre mondiale, en 1918, répondit la jeune femme. Mes grands-parents s'appelaient Tcholokian mais ils ont supprimé le *ian* en arrivant à New York pour que les Américains puissent prononcer leur nom plus facilement. Cela n'a pas empêché mes parents de m'appeler Kamalian Ciranoush. Comme vous le savez, l'Arménie est la partie sud du Caucase — au nord de l'Iran et de la Turquie, au sud de la Géorgie. Autrefois nation souveraine, elle est à présent divisée entre l'Union soviétique et la Turquie. Ma grand-mère était géorgienne — les intermariages étaient nombreux à l'époque. Il y avait près de deux millions d'Arméniens disséminés dans tout l'empire ottoman mais après les massacres de 1915 et 1916... (Casey frissonna.) Ce fut un véritable génocide. Aujourd'hui, nous sommes à pcine cinq cents mille éparpillés de par le monde : négociants, artistes, peintres, joailliers, écrivains. Les Arméniens étaient aussi des guerriers et l'armée turque en comptait cinquante mille avant de les chasser de ses rangs et de les fusiller, officiers et hommes de troupe. Pendant des siècles, les Arméniens avaient constitué une élite.

— Est-ce la raison pour laquelle les Turcs les haïssaient ? demanda de Ville.

— C'étaient de très bons hommes d'affaires, aimant le travail et attachés au clan. Nous avons le commerce dans le sang, disait mon grand-père. Cependant je crois que c'était surtout parce qu'ils étaient chrétiens. Les Arméniens constituèrent le premier État chrétien à l'époque de l'empire romain, et les Turcs, eux, sont musulmans, bien sûr. Après la conquête de l'Arménie par la Turquie, au XVIe siècle, il y eut d'incessantes guerres de frontière entre la Russie tsariste chrétienne et les Turcs païens. Jusqu'en 1917, la Russie fut notre protecteur... Les Ottomans ont toujours été un peuple étrange et cruel...

— Votre famille émigra avant les troubles ?

— Non. Mes grands-parents étaient très riches et pensaient, comme beaucoup d'autres, que rien ne pouvait leur arriver. Ils s'enfuirent par la porte de derrière, avec deux fils, une fille, et ce qu'ils purent emporter, juste avant l'irruption des soldats dans la maison. Le reste de ma famille ne réussit pas à échapper aux Turcs. Mon grand-père et ma grand-mère réussirent à quitter Istamboul en payant un pêcheur pour qu'il les conduise à Chypre dans son bateau. Là, ils obtinrent un visa pour les États-Unis. Ils avaient un peu d'argent, quelques bijoux — et la bosse du commerce. Grand-mère vit encore... elle en remontrerait à plus d'un en matière de marchandage.

— Ainsi votre grand-père était négociant. Est-ce la raison pour laquelle vous vous êtes intéressée aux affaires ? demanda Dunross.

— Les Arméniens poussent effectivement leurs enfants dans cette voie dès qu'ils sont en âge de choisir un métier. Mon grand-père fonda à Providence une entreprise fabriquant des lentilles, des microscopes, et une société d'import-export travaillant surtout dans les tapis, les parfums et un peu dans les pierres précieuses. Mon père dessinait et fabriquait des bijoux, il avait une petite boutique à Providence. Son frère, mon oncle Bghos, dirige la société d'import-export depuis la mort de grand-père. L'affaire est petite mais stable. Ma sœur et moi avons grandi au sein d'une famille où l'on ne parlait que de marchandages et de profits.

— Où... oh ! encore un peu, Casey ?

— Non merci.

— Où avez-vous acquis votre formation commerciale ?

— Un peu partout. Après le collège, j'ai fait deux ans d'école commerciale à Providence : sténo, dactylo, comptabilité, classement et quelques rudiments de commerce. Mais depuis que je savais compter, j'aidais grand-père dans ses affaires pendant les vacances. Il m'apprit à réfléchir, à dresser un plan, à le mettre en application. On peut dire que j'ai surtout été formée sur le tas, même si j'ai suivi des cours du soir spécialisés depuis ma sortie du collège. L'année dernière, je me suis même inscrite à Harvard, ce qui a fait l'effet d'une bombe à certains bonzes de l'université. Les études commerciales supérieures s'ouvrent bien lentement aux femmes.

— Et comment êtes-vous devenue l'homme — la femme de confiance du patron de Par-Con Industries ? demanda le Taï-pan.

— Grâce à ma perspicacité, répondit Casey en riant, et tous l'imitèrent.

— Casey a une capacité de travail extraordinaire, expliqua Bartlett. Elle lit deux fois plus vite qu'un cadre normal, elle flaire le danger, elle n'a pas peur de prendre une décision, elle sait conclure un marché et elle ne rougit pas pour un rien.

— C'est mon point fort, approuva l'Américaine. Merci, Linc.

— Mais ne vous faut-il pas renoncer à une partie de votre féminité, dans ce travail ? dit Gavallan. Ce ne doit pas être facile, pour vous, de faire un métier d'homme.

— Je ne fais pas un métier d'homme, répliqua Casey du tac au tac. Les femmes ont la même intelligence et les mêmes capacités que les hommes.

Comme Linbar et Gavallan lançaient des commentaires moqueurs, Dunross haussa la voix pour déclarer :

— Nous en discuterons une autre fois. Sérieusement, Casey, comment avez-vous gravi les échelons ?

Te raconterai-je l'histoire véritable, Ian si semblable à Dirk, le plus grand pirate d'Asie, ou celle qui est devenue légende ? se demandait la jeune femme.

Elle entendit Bartlett entamer un récit qu'elle avait entendu cent fois et qui mêlait le vrai, le faux, et ce qu'il voulait croire authentique. Quelle part de vérité renferment *tes* légendes — Hag et Dirk Struan, la Noble Maison, la façon dont tu es devenu Taï-pan ? Elle but une gorgée de porto et laissa son esprit vagabonder.

Il y a quelque chose qui cloche, se dit-elle au bout

d'un moment. Je le sens. Il y a quelque chose qui cloche avec Dunross.

— J'ai rencontré Casey à Los Angeles il y a sept ans, racontait Bartlett. J'avais reçu une lettre d'un certain Casey Tcholok, président de la firme Hed-Opticals de Providence, qui voulait discuter d'une éventuelle fusion. A l'époque, j'étais dans la construction et j'avais édifié des bâtiments de toutes sortes dans la région : appartements, supermarchés, immeubles de bureaux, locaux industriels, centres commerciaux, etc. Nous avions un chiffre d'affaires de 3,2 millions de dollars, nous venions de nous transformer en société anonyme par actions, mais nous étions encore loin d'accéder au Big Board. Je...

— Vous voulez dire la Bourse de New York ?

— Oui. Arrive Casey, brillante comme un sou neuf. Elle me propose de fusionner avec Hed-Opticals — qui avait réalisé, d'après elle, 277 600 dollars de bénéfices bruts l'année précédente — et de nous attaquer ensemble à Randolf Opticals, le roi du secteur : cinquante-trois millions de ventes, coté au Big Board, part énorme du marché des lentilles et grosses réserves bancaires. Je lui réponds qu'elle est folle mais je lui demande quand même pourquoi elle a jeté son dévolu sur Randolf. D'abord, me dit-elle, parce qu'elle est actionnaire de Bartlett Constructions — elle avait acheté dix actions à un dollar des cinq cent mille que j'avais mises en vente au pair —, deuxièmement, parce que « ce fils de pute » de George Toffer, le patron de Randolf Optical, est un menteur, un voleur, un escroc qui veut la couler.

Bartlett s'interrompit pour reprendre sa respiration et le Taï-pan en profita pour glisser :

— C'est vrai, Casey ?

La vice-présidente de Par-Con refit aisément surface :

— Oh ! oui, Toffer est tout cela, et il essayait bel et bien de me ruiner.

— Pourquoi ?

— Parce que je l'avais envoyé... sur les roses.

— Pour quelle raison ?

— Je venais de reprendre Hed-Opticals. A la mort de grand-père, j'avais joué la firme à pile ou face avec l'oncle Bghos, et j'avais gagné. Un an plus tôt Randolf nous avait fait une offre que nous avions refusée : nous avions une bonne petite affaire, d'excellents techniciens — dont un bon nombre d'Arméniens — et une part intéressante du marché. Nous manquions de capitaux mais la qualité de nos produits était notre meilleure arme. Peu de temps après que j'eus repris la direction de l'affaire, George Toffer « passa me voir ». Mon dieu, quelle suffisance ! Il se glorifiait de sa conduite héroïque pendant la guerre — inventée de toutes pièces, comme je le découvris par la suite. Vous voyez le personnage. Quoi qu'il en soit, il me fit une seconde offre tout aussi ridicule que la première pour me « débarrasser » de Hed-Opticals, moi, la pauvre petite, qui serait bien plus tranquille dans sa cuisine. Pour couronner le tout, il m'invita à dîner dans sa suite et à prendre un peu de bon temps avec lui puisqu'il était dans le coin pour quelques jours. Il eut l'air étonné de mon refus — stupéfait même — et me proposa alors de sous-traiter certains de ses contrats. Cette fois, l'offre était intéressante et nous tombâmes d'accord après quelque marchandage. Le mois suivant, nous sous-traitâmes une affaire en fournissant un travail meilleur et moins cher que tout ce qu'il aurait pu proposer et il réalisa un énorme bénéfice. Il revint alors sur une clause verbale et retint sur notre part 20 378 dollars — en fait il me les vola purement et simplement. Le lendemain, cinq de mes meilleurs clients me quittèrent pour Randolf, et la semaine suivante sept autres les imitèrent : Toffer leur avait proposé des contrats inférieurs aux prix de revient. Après m'avoir laissée mijoter une quinzaine de jours, il me téléphona : « Bonjour, chère petite, me dit-il, heureux comme un crapaud dans un baquet de vase, je passe le week-end seul à Martha's Vineyard (c'est une petite île au large de la côte Est), venez donc me rejoindre, nous nous amuserons et nous parlerons de l'avenir. » Comme je lui réclamais mon argent, il me rit au nez et me conseilla d'accepter son offre d'achat avant que Hed-Opticals ne disparaisse.

Casey s'interrompit pour boire une gorgée de porto puis reprit :

— Je l'ai traité de tous les noms — j'ai du vocabulaire quand je me mets en colère — je lui ai expliqué en trois langues ce qu'il pouvait se faire faire. Quatre semaines plus tard, je n'avais plus un seul client ; au bout d'un mois, mes employés durent chercher du travail ailleurs. Je décidai alors de quitter l'Est pour tenter ma chance en Californie et je m'accordai deux semaines pour réfléchir et tâter le terrain. Un jour que je visitais sans but précis une foire commerciale à Sacramento, je rencontrai Linc, qui avait un stand où il vendait des actions de Bartlett Constructions et je...

— Quoi ? s'exclama Dunross.

— Mais oui. J'ai vendu plus de vingt mille actions de cette façon, dit Bartlett. Continue, Casey.

— Je lus le prospectus, j'observai Linc et le trouvai très dynamique. Comme il faisait état d'un taux d'expansion exceptionnel, je me dis qu'il avait sans doute de l'avenir. Je lui achetai dix actions, je lui écrivis et j'obtins un rendez-vous. Fin de l'histoire.

— Sûrement pas ! protesta Gavallan.

— Alors à toi la suite, Linc.

— Bon, d'accord. Casey vint donc...

— Un peu de porto, Mr. Bart... — pardon, Linc ?

— Merci, Andrew. Plutôt une bière... Casey vint donc me voir et me raconta son histoire, à peu près comme elle vient de le faire. Je lui demandai alors ce que Hed-Opticals réaliserait cette année-là comme bénéfice, après les trois cent mille dollars de l'année précédente.

« Rien du tout, me répondit-elle avec le sourire. Hed-Opticals, c'est moi, il n'y a personne d'autre derrière.

— Quel intérêt aurai-je à fusionner avec vous, dans ces conditions. J'ai déjà bien assez de mes problèmes.

— Je sais comment ratiboiser Randolf Opticals.

— Expliquez-moi.

— Randolf est la propriété de trois hommes, qui tous méprisent Toffer, le directeur. Vingt-deux pour cent des actions suffiraient à vous assurer le contrôle de l'affaire. Je sais comment vous pourriez prendre contact avec leurs représentants et, surtout, je connais le point faible de Toffer.

— Qui est ?

— La stupidité — bien plus encore que la vanité.

— On ne peut diriger une telle boîte en étant stupide.

— Il ne l'a peut-être pas toujours été mais il l'est devenu. Le moment est venu de le plumer.

— Et que voulez-vous en échange ?

— La tête de Toffer. Je veux être chargée de le mettre à la porte.

— Quoi d'autre ?

— Si je réussis à vous montrer le moyen de procéder... si nous parvenons à absorber Randolf, disons en six mois, j'aimerais travailler avec vous pendant un an en qualité de vice-présidente chargée des acquisitions, avec un salaire que vous fixeriez en tenant compte de mes capacités. Si je fais mes preuves, nous prolongerons le contrat de six années.

Bartlett avala une lampée de bière et continua :

— J'acceptai en me disant que je n'avais rien à perdre. C'était la première fois que je traitais une affaire avec une femme, et je ne l'ai jamais regretté depuis.

— Merci, Linc, murmura Casey avec une douceur qui rendit tous les autres jaloux.

Et après, quand Toffer fut viré, que s'est-il passé entre vous, songeait Dunross.

— Vous vous êtes facilement emparé de Randolf? demanda-t-il à son invité.

— Ce ne fut pas sans mal, nous y avons laissé des plumes mais l'expérience que nous en avons tirée nous fut extrêmement profitable par la suite. En cinq mois, Casey et moi parvînmes à conquérir une compagnie cinquante fois plus puissante que nous. Une heure avant la victoire, j'avais un découvert de quatre millions de dollars et un pied en prison mais, soixante minutes plus tard, je pris le contrôle de Randolf Opticals. Quelle bagarre, bon dieu ! Aujourd'hui, après réorganisation, la branche Randolf de la Par-Con rapporte environ quinze millions par an et les actions continuent de grimper. Ce coup classique du *blitzkrieg* a en quelque sorte tracé la voie que Par-Con Industries a suivie par la suite.

— Et ce George Toffer, comment l'avez-vous congédié, Casey ?

Elle détourna ses yeux de Linc, les posa sur Dunross, qui se dit à lui-même : comme je voudrais te posséder !

— Dans l'heure qui suivit notre prise de contrôle..., commença la vice-présidente.

La sonnerie du téléphone l'interrompit, la tension monta soudain dans la pièce. Hormis Bartlett, tout le monde, y compris les serveurs, tourna la tête vers l'appareil. Gavallan et de Ville étaient livides.

— Que se passe-t-il ? fit Casey.

— Autre règle de la maison : pas de coups de téléphone à l'heure des repas sauf en cas d'urgence, expliqua Dunross. Une urgence de nature personnelle et concernant l'un d'entre nous.

Tous regardèrent Lim, le domestique, poser le plateau du café, traverser la salle à manger d'une démarche qui leur parut infiniment lente, et décrocher. Tous avaient des femmes, des enfants et se demandaient quelle catastrophe, quelle mort on allait annoncer. Pourvu que ce soit pour quelqu'un d'autre, se disait chacun. Deux jours plus tôt, le téléphone avait sonné pour Jacques, dont la fille avait eu un accident ; un mois auparavant, Gavallan avait appris que sa mère était mourante...

Andrew était sûr que les mauvaises nouvelles le concernaient une fois de plus. Sa femme Kathren, la sœur de Dunross, souffrante depuis des semaines sans raison apparente, était entrée à l'hôpital pour une série d'examens.

— *Weiiii ?* glapit Lim.

Il écouta un moment puis tendit le téléphone... à Dunross.

Les autres poussèrent un soupir.

— Allô ? Oh ! bonj... Quoi ?... Non... Non, j'y serai... Non, ne faites rien, j'arrive.

Il raccrocha, l'air bouleversé.

— Andrew, dit-il au bout d'un moment, demandez à Claudia de reporter mes rendez-vous de cet après-midi. Jacques et vous reprendrez la discussion avec Casey. C'était Phillip : ce pauvre John a été enlevé.

8

14 h 35

Dunross descendit de voiture et se dirigea d'un pas pressé vers la grande maison chinoise perchée sur la crête montagneuse qu'on appelait le Repaire de Struan. Il passa devant un serviteur immobile qui referma la porte derrière lui, pénétra dans la salle de séjour au mobilier victorien de mauvais goût.

— Bonjour, Phillip. Ce pauvre John, quel malheur ! Où est la lettre ?

— La voici, dit le compradore en saisissant la feuille de papier posée sur le sofa à côté de lui. Mais regardez d'abord ceci, ajouta-t-il en montrant une boîte à chaussures.

En traversant la pièce, le Taï-pan remarqua la présence de Dianne, la femme de Phillip, assise dans un coin sur une chaise à haut dossier.

— Oh ! bonjour Dianne. Quelle malheur, répéta-t-il.

— C'est le *joss*, grommela-t-elle avec un haussement d'épaules.

Eurasienne, âgée de cinquante-deux ans, c'était la seconde épouse de Phillip. Encore séduisante, elle portait un *chong-sam* brun, un collier de perles d'une valeur inestimable et un diamant de quatre carats perdu parmi de nombreuses autres bagues.

— Le *joss*, dit-elle une deuxième fois.

Dunross la trouva plus antipathique encore qu'à l'accoutumée. Il plongea le regard dans la boîte à chaussures et, sans y toucher, en inventoria le contenu. Parmi les coupures de journaux froissées, il reconnut un stylo appartenant à John Chen, remarqua un permis de conduire, un trousseau de clefs, une enveloppe adressée à Mr. John Chen, 14 A Tours Sinclair, un sachet en plastique d'où dépassait un morceau d'étoffe. A l'aide d'un stylo qu'il sortit de sa poche, il ouvrit le permis de conduire, c'était celui de John.

— Regardez dans le sachet, suggéra Phillip.

— Non, je risque de brouiller les empreintes qui s'y trouvent, répondit Dunross.

Et il jugea aussitôt sa remarque stupide.

— J'avais oublié les empreintes ! se lamenta le compradore. J'ai dû laisser les miennes partout en l'ouvrant.

— Qu'y a-t-il dans le sachet ?

— Regardez.

Avant que le Taï-pan ait pu l'en empêcher, le vieux Chen avait tiré sur le morceau d'étoffe, révélant une oreille humaine coupée proprement, intacte.

Dunross jura entre ses dents.

— Comment la boîte est-elle arrivée ici ?

— On l'a apportée, répondit Phillip Chen en enveloppant de nouveau l'oreille d'une main tremblante. J'ai... j'ai ouvert le paquet, comme l'aurait fait n'importe qui.

— Qui l'a apporté, et quand ?

— Un jeune type en scooter, il y a une demi-heure. La servante ne le connaissait pas et elle n'a pas relevé le numéro du scooter, bien sûr. Il nous arrive souvent de recevoir des colis, cela n'a rien d'inhabituel. Ce qui l'était davantage, c'était l'étiquette : « Mr. Phillip Chen, affaire personnelle et importante. » Le jeune type avait simplement dit : « Un paquet pour Mr. Chen » avant de remonter sur son scooter.

— Vous avez prévenu la police ?

— Non, Taï-pan. Vous m'aviez recommandé de ne rien faire.

— Avez-vous averti la femme de John ? demanda Dunross en s'approchant du téléphone.

— Pourquoi serait-ce à Phillip de lui apprendre la mauvaise nouvelle ? protesta Dianne. Elle va faire une scène à décrocher les tuiles du toit ! Téléphoner à Barbara ? Oh ! non. Pas avant d'avoir prévenu la police. Les flics n'ont qu'à s'en charger, ils ont l'habitude.

Le dégoût du Taï-pan s'accrut.

— Vous feriez mieux de la faire venir ici rapidement, grogna-t-il.

Il composa le numéro du quartier-général de la police, demanda Armstrong. Comme on lui répondit que le commissaire était absent, il laissa son nom et se rabattit sur Brian Kwok.

— Oui, Taï-pan ?

— Brian, pouvez-vous venir immédiatement ? Je suis au Repaire de Struan, chez Phillip Chen. John a été kidnappé.

Après que Dunross lui eut exposé ce qu'il savait, le policier annonça :

— J'arrive. Ne touchez à rien et empêchez-le de téléphoner à qui que ce soit.

— Entendu.

Le Taï-pan raccrocha, demanda la lettre à son compradore et l'examina en la tenant par un coin. Les idéogrammes chinois étaient clairement tracés mais sans doute pas par une personne cultivée. Il les déchiffra lentement :

« Mr. Phillip Chen, je vous prie de savoir que j'ai grand besoin de cinq cent mille monnaie de Hong-Kong et je vous consulte à ce sujet par la présente. Vous êtes si riche que, pour vous, c'est comme arracher un poil à neuf bœufs. Ayant peur que vous refusiez, je n'ai pas d'autre alternative que de garder votre fils en otage. En faisant cela, je n'ai pas à craindre un refus. J'espère que vous réfléchirez bien et que vous prendrez l'affaire sérieusement en considération. A vous de décider ou non d'avertir la police. Ci-joint quelques objets que votre fils utilise tous les jours, afin de vous prouver la situation dans laquelle il est. Ci-joint également son oreille, pour vous faire comprendre que je suis cruel et impitoyable. Si vous payez sans faire d'histoires, votre fils sera en sécurité. Signé : le Loup-garou. »

— Excusez-moi de vous poser cette question, commença Dunross mais reconnaissez-vous... ?

Phillip Chen eut un rire nerveux.

— Et vous, Ian ? Vous connaissez John depuis toujours, mais avez-vous jamais prêté attention à ses oreilles ?

— Qui d'autre est au courant ?

— Personne, à part les domestiques, Shitee T'Chung et quelques amis qui déjeunaient avec nous. Ils... ils étaient ici quand le colis a été livré. Ils, oui, ils étaient ici. Ils sont partis juste avant votre arrivée.

Dianne Chen s'agita sur sa chaise et dit à voix haute ce que Dunross était en train de penser :

— Et tout Hong-Kong sera au courant avant ce soir !

— Cela fera les gros titres des journaux demain matin, renchérit le chef de la Noble Maison. L'oreille, le Loup-garou : la presse va en faire ses choux gras.

— Oui, c'est inévitable, chuchota le vieux Chen, qui se rappelait ce que Shitee T'Chung lui avait conseillé après avoir lu la lettre :

« Attends une semaine au moins avant de payer la rançon, mon vieux, et tu seras célèbre dans le monde entier ! *Ayiiya,* une oreille et un loup-garou ! tu deviendras une vedette ! »

— Ce n'est peut-être pas son oreille, poursuivit-il, plein d'espoir.

— Peut-être.

Mais si c'est bien la sienne, si les ravisseurs l'ont envoyée dès le premier jour avant toute négociation, cela signifie sans doute que le pauvre bougre est déjà mort, conclut le Taï-pan intérieurement.

— Il était inutile de le mutiler de cette façon : vous paierez, naturellement.

— Naturellement. Une chance que nous ne soyons pas à Singapour.

A Singapour, lorsqu'une personne était enlevée, les comptes en banque de sa famille étaient aussitôt légalement bloqués de manière à empêcher le paiement de la rançon. Le kidnapping y était devenu une maladie endémique et on n'arrêtait presque jamais les ravisseurs car les Chinois préféraient payer rapidement et discrètement sans prévenir la police.

— Voulez-vous boire quelque chose — une tasse de thé ? proposa le compradore.

— Non merci. J'attends l'arrivée de Brian Kwok et je m'en vais.

Dunross observa le trousseau de clefs, qu'il avait vu de nombreuses fois, et remarqua qu'il en manquait une :

— On a enlevé la clef du coffre.

— Comment ? s'exclama Dianne.

— John portait toujours sur lui une clef du coffre.

— Elle n'y est plus ?

— Non.

— Vous vous trompez peut-être — je veux dire, il ne la gardait peut-être pas toujours avec ses autres clefs.

Dunross regarda longuement la vieille Eurasienne puis son mari. Si les ravisseurs ne l'ont pas prise, c'est Phillip ou Dianne qui l'a subtilisée, pensa-t-il. A leur place, j'aurais fait la même chose : Dieu sait ce que ce coffre peut contenir !

— Oui, je me trompe peut-être, convint-il d'un ton neutre.

— Une tasse de thé, Taï-pan ? offrit Dianne, une ombre de lueur malicieuse dans le regard.

— Oui, finalement, répondit-il, certain à présent que les Chen avaient récupéré la clef.

Mrs. Chen quitta sa chaise, réclama bruyamment du thé puis retourna s'asseoir.

— Cette police ! soupira-t-elle. Ils pourraient se presser un peu !

Phillip regardait par la fenêtre le jardin desséché.

— S'il pouvait pleuvoir, murmura-t-il.

— Je me demande combien cela va nous coûter, grommela son épouse.

— Cela a de l'importance ? dit le Taï-pan.

— Bien sûr. Vraiment, Taï-pan !

— Oh ! oui, cela en a, approuva Phillip. *Ayiiya,* cinq cent mille dollars, c'est une fortune. Maudits brigands ! Enfin, s'ils en demandent cinq cent mille, je m'en tirerai peut-être avec cent cinquante mille en marchandant. Heureusement qu'ils n'ont pas exigé un million ! *Diou ne lo mo* sur tous les kidnappeurs ! il faudrait leur couper la tête à tous.

— Ces bandits ! siffla Dianne. Si la police était moins bête, nous serions mieux protégés.

— Vous êtes injuste, objecta Dunross. Voilà des années qu'il n'y a pas eu d'affaire retentissante d'enlèvement à Hong-Kong alors qu'il y en a une par mois à Singapour ! Nous avons une criminalité très faible, notre police fait un travail remarquable.

— Hum, fit Dianne avec mépris. Ils sont tous corrompus. Pourquoi entrer dans la police si ce n'est pour devenir riche ? Je ne fais confiance à aucun policier... Je les connais, oh ! oui. Quant aux enlèvements, le dernier remonte à six ans. C'était celui de Fu San Sung, mon cousin au troisième degré, et sa famille a dû verser six cent mille dollars de rançon... Ils ont frôlé la ruine.

— Bah ! s'exclama Phillip, incrédule. Ruiner Sung l'Oiseau-mouche ? Impossible !

Sung l'Oiseau-mouche était un armateur shanghainais d'une cinquantaine d'années possédant une grande fortune et un nez pointu — du moins, plutôt long pour un Chinois. On l'avait surnommé ainsi parce qu'il courait de boîte de nuit en boîte de nuit, de fleur en fleur, à Singapour, Taipei ou Hong-Kong, et fourrait son Bâton-viril dans le pot-à-miel d'une myriade de dames. D'aucuns prétendaient d'ailleurs qu'il se servait davantage de sa langue...

— Si je me souviens bien, la police retrouva une grande partie de l'argent et expédia les ravisseurs en prison pour vingt ans.

— C'est vrai, Taï-pan, mais l'affaire dura des mois et des mois. Et je suis prête à parier qu'il se trouvait bien un ou deux policiers qui en savaient plus long qu'ils ne le prétendaient.

— C'est ridicule ! Rien ne vous autorise à avoir de tels soupçons !

— Rien du tout ! renchérit Phillip Chen. La police a capturé tous les ravisseurs.

Sous le regard que lui lança sa femme, il changea de ton :

— Certains policiers sont peut-être corrompus, mais nous avons de la chance, à Hong-Kong. Cette affaire ne m'inquiéterait pas tant s'il n'y avait pas... ça, dit-il, en montrant la boîte à chaussures d'un air dégoûté. Quelle horreur ! quelle barbarie !

Dunross se demanda à qui appartenait l'oreille si ce n'était pas celle de John. Où se procure-t-on une oreille ? Le caractère farfelu de la question faillit le faire éclater de rire. L'idée le traversa que l'enlèvement pouvait avoir un rapport avec les armes, Tsu-Yan et Bartlett. Mutiler si rapidement la victime d'un kidnapping, ce n'était guère dans les habitudes des Chinois ; l'enlèvement était pour eux un art ancien dont les règles avaient toujours été claires : payez, gardez le silence, il n'y aura pas de problèmes.

Par la fenêtre, il contempla les jardins, le panorama de la ville et, plus bas, le paysage marin. Navires, jonques et sampans tachetaient une mer d'azur. Le ciel clair n'offrait aucune promesse de pluie, la mousson d'été soufflait régulièrement du sud-ouest. Il songea distraitement aux clippers qui filaient avec le vent ou le remontaient du temps de ses ancêtres. Dirk Struan avait toujours eu un repaire secret sur la montagne, un poste d'observation d'où l'on découvrait tous les points de l'horizon et surtout, la passe de Sheung Sz Mun, seul accès pour les navires venant du pays, de l'Angleterre. Du Repaire de Struan, on voyait arriver le navire apportant le courrier. Le Taï-pan dépêchait aussitôt un cotre rapide à sa rencontre afin de recevoir les lettres plus tôt et de prendre sur ses rivaux quelques heures d'avance qui décideraient peut-être de sa fortune ou de sa ruine. Le pays était alors bien lointain, Dirk Struan devait attendre près de deux ans la réponse à ses lettres. Quel homme extraordinaire il fallait être ! songea Dunross.

Je dois réussir à obtenir les vingt millions de Bartlett, se dit-il.

— Leur proposition semble excellente, remarqua Phillip Chen, comme s'il avait lu dans les pensées du Taï-pan.

— En effet.

— S'ils fournissent vraiment les fonds promis, nous gagnerons une fortune, ce sera une fameuse *h'eung yau* pour la Noble Maison.

Dunross eut un sourire sardonique. *H'eung yau*, qui signifiait « graisse odorante », désignait en général l'argent, le tribut versé par les restaurants, les commerces, les tripots, les boîtes et les dames de petite vertu aux triades chinoises, dans le monde entier.

— Je trouve renversant qu'un Chinois doive payer la *h'eung yau* dès qu'il monte une affaire.

— Voyons, Taï-pan, fit Dianne comme si elle s'adressait à un enfant. Il n'y a pas de commerce sans protection, il faut payer. Tout le monde verse la *h'eung yau* sous une forme ou sous une autre...

Elle fit cliqueter les perles de son collier en changeant de position sur sa chaise. La blancheur de sa peau faisait avec ses yeux noirs un contraste hautement prisé par les Chinois.

— Mais le contrat avec Bartlett, continua-t-elle, vous croyez que nous allons le signer ?

Dianne, se dit Dunross en la dévisageant, tu en sais aussi long que ton mari sur ses affaires et les miennes, tu connais des choses qu'il ne sait pas que tu sais et il en pleurerait de rage s'il l'apprenait. Tu n'ignores certainement pas que Struan aura de gros ennuis si Bartlett refuse mais que, dans le cas contraire, nos actions grimperont comme une fusée et que nous serons riches à nouveau. Toi aussi, tu le seras si tu entres à temps dans le jeu, si tu achètes à temps.

Je connais les Chinoises de Hong-Kong mieux que Phillip ne les connaîtra jamais car je n'ai en moi aucune goutte de sang chinois. Je sais qu'en matière d'argent, vous êtes les femmes les plus coriaces au monde — les plus pratiques aussi, peut-être. Je sais qu'en ce moment, tu jubiles, malgré les airs que tu prends. Car John Chen n'est pas ton enfant. S'il disparaît, tes deux fils pourront prétendre à la fortune de Phillip et Kevin, l'aîné, deviendra l'héritier présomptif. C'est pourquoi tu vas prier avec une ferveur plus grande que jamais pour que John ne revienne pas. Tu es ravie. John a été enlevé, assassiné, sans doute, et tu te préoccupes de l'association avec Bartlett.

— Les femmes ont vraiment l'esprit pratique, maugréa Dunross.

— Que voulez-vous dire, Taï-pan ? demanda Dianne, les yeux plissés.

— Elles ne perdent rien de vue.

— Parfois, je ne vous comprends absolument pas, répliqua la vieille Eurasienne avec une certaine froideur. Que pouvons-nous faire d'autre pour John ? Rien. Quand les instructions pour le versement de la rançon arriveront, nous négocierons, nous paierons et tout sera comme avant. L'affaire Bartlett est très importante, quoi qu'il arrive, *heya* ? *Mo ching, mo meng*. Pas d'argent, pas de vie.

— Très importante, approuva Phillip (il lorgna du côté de la boîte et frissonna). Étant donné les circonstances, je vous prie de nous excuser pour ce soir. Je ne cr...

— Non, Phillip, interrompit son épouse d'une voix ferme. Il faut aller à la réception. La Maison de Chen ne doit pas perdre la face. Nous irons, comme prévu, aussi pénible que ce soit pour nous.

— Tu crois vraiment ?

— Absolument.

Dianne imaginait déjà l'entrée spectaculaire qu'ils feraient chez le Taï-pan. Nous irons et tout Hong-Kong parlera de nous. Nous emmènerons Kevin, bien sûr — il est peut-être devenu l'héritier de la Maison. *Ayiiya !* A qui vais-je le marier ? Je dois penser dès maintenant à son avenir. Vingt-deux ans, c'est le bon âge. Je ferais bien de lui choisir sans attendre une fille convenable avant que quelque jeune pouliche ayant une mère cupide et le feu au derrière ne le fasse pour moi. *Ayiiya,* les dieux nous préservent d'un pareil malheur !

— Oui, continua-t-elle en se tamponnant les yeux de son mouchoir comme si elle avait pleuré, tout ce que nous pouvons faire pour John, c'est attendre, et continuer à œuvrer pour le bien de la Noble Maison... Une association avec Bartlett réglerait tous les problèmes, n'est-ce pas ? demanda-t-elle à Dunross, les yeux brillants.

— Oui, répondit-il.

Et tu as raison, ajouta-t-il *in petto*. Il n'y a rien

d'autre à faire pour le moment, les Chinois sont des gens sages et pratiques.

Concentre-toi sur les choses importantes, s'exhorta-t-il. Réfléchis : quel meilleur moment, quel meilleur endroit pourrais-tu trouver pour lancer le plan que tu caresses depuis que tu as fait la connaissance de Bartlett ?

Il s'approcha de la porte menant aux quartiers des domestiques pour s'assurer qu'il était seul avec Dianne et Phillip.

— Écoutez, chuchota-t-il d'un ton de conspirateur en revenant auprès des Chen. J'ai rencontré Bartlett ce matin et nous nous sommes mis d'accord. Il faudra apporter au contrat quelques modifications mineures mais il sera officiellement signé mardi prochain. La Par-Con nous garantit un apport de vingt millions cette année, et vingt millions supplémentaires l'année suivante.

— Félicitations, s'écria Phillip avec un grand sourire.

— Pas si fort, le rabroua son épouse. Les esclaves à bouche de tortue de la cuisine entendent tout ce qui se passe jusqu'à Java. Quelle nouvelle sensationnelle, Taï-pan !

— Nous la réserverons aux membres de la famille, reprit Dunross à voix basse. Cet après-midi, je donne pour instruction à nos agents de change d'acheter secrètement des actions de Struan — jusqu'à notre dernier sou. Faites de même de votre côté, par petites quantités à la fois, et transmettez l'ordre à différents agents et intermédiaires — la procédure habituelle.

— Oui, oui.

— Moi-même j'en ai acheté quarante mille ce matin.

— De combien vont-elles monter ? demanda Dianne.

— Elles vont doubler !

— En combien de temps ?

— Dans le mois.

— Hiii, gloussa-t-elle. Tu te rends compte !

— Prévenez uniquement vos parents proches, qui sont déjà nombreux, et qui préviendront à leur tour leurs proches, qui sont plus nombreux encore. Vous achèterez tous un maximum d'actions parce que ce tuyau vaut de l'or, qu'il est sûr, et qu'il contribuera à alimenter la flambée. Naturellement, on finira par savoir que toute la famille achète, ce qui amènera de nouveaux acheteurs, puis l'annonce de l'accord avec Par-Con attisera les flammes et lorsque, la semaine suivante, je lancerai ouvertement notre OPA sur Asian Properties, tout Hong-Kong se mettra à acheter. Nos actions atteindront le ciel. Alors, le moment venu, je laisserai tomber Asian Properties et je m'attaquerai à mon objectif véritable.

— Combien d'actions faut-il acheter ? interrogea Phillip Chen, dont l'esprit se perdait en calculs de profits possibles.

— Le maximum, mais seule la famille doit être dans le coup. La montée de nos titres marquera le début du boom.

— Il y aura un boom ? bredouilla Dianne.

— Oui, et nous en serons à l'origine. Le moment est venu, tout le monde est prêt, à Hong-Kong. Nous dirigerons la manœuvre, et orientant judicieusement le courant ici ou là, nous provoquerons la ruée.

Dans le silence qui suivit, Dunross observa les deux visages où se lisait une cupidité sans fard. Dianne jouait avec les perles de son collier ; Phillip, les yeux dans le vague, pensait sans doute aux effets qu'il avait contresignés pour Struan et qui viendraient à échéance dans un délai de treize à trente jours : douze millions de dollars américains aux chantiers navals Toda de Yokohama pour l'achat de deux super-cargos, six millions huit à la Orlin International Merchant Bank, et sept cent cinquante mille à Tsu-yan, qui avait réglé pour eux un autre problème. Mais Phillip songeait probablement avant tout aux vingt millions de Bartlett et à la hausse phénoménale promise par le Taï-pan.

Les actions pouvaient-elles doubler ?

Non, c'était absolument exclu...

A moins d'un boom. Oui, à moins d'un boom ! se dit Dunross, dont le pouls accéléra.

— S'il y a un boom... Bon sang, Phillip, nous pouvons réussir !

— Oui, oui, Hong-Kong est prêt, je suis d'accord, déclara le compradore, les yeux brillants. Combien de titres, Taï-pan ?

— Tout ce que...

Dianne interrompit Dunross d'une voix excitée :

— La semaine dernière, mon astrologue m'a prédit que le mois serait très important pour nous. Il voulait parler d'un boom !

— C'est vrai, confirma son mari. Tu me l'as raconté, je m'en souviens. Combien d'actions, Taï-pan ?

— Tout ce que vous pourrez, jusqu'à votre dernier sou ! Mais la famille seulement jusqu'à vendredi. Après la fermeture du marché, je provoquerai des fuites sur l'accord avec Bartlett.

— Hiii, glapit Dianne.

— Pendant le week-end, je me contenterai de répondre que je n'ai pas de commentaires à faire sur les rumeurs — vous, Phillip, arrangez-vous pour être indisponible — et, lundi matin, tout le monde mordra à l'appât. Je continuerai à répéter : pas de commentaires, mais nous achèterons ouvertement. Le soir, après la clôture, je confirmerai l'accord, et mardi...

— Le boom !

— Exactement.

— Jour béni ! croassa Dianne, en extase. Tous les *amah*, les serveurs, les coolies, les hommes d'affaires croiront en leur *joss* et sortiront leurs économies. L'argent se portera sur toutes les valeurs, tous les titres grimperont. Dommage qu'il n'y ait pas d'éditorial demain... ou mieux, un horoscope dans un des journaux... par Fong-Cent-ans, par exemple... ou bien (elle en louchait presque tant elle était excitée) le roi des astrologues. Qu'en penses-tu, Phillip ?

— Le vieux Tung-l'Aveugle ? fit l'Eurasien, étonné.

— Pourquoi pas ? Un peu d'*h'eung yau* dans la patte, ou quelques actions d'une valeur de son choix. *Heya ?*

— Eh bien...

— Laisse-moi m'en occuper. Le vieux Tung me doit bien cette faveur, je lui ai envoyé assez de clients ! D'ailleurs, il ne mentira guère en parlant de signes du ciel annonçant le plus grand boom de l'histoire de Hong-Kong, non ?

9

17 h 25

Le Dr Meng, médecin légiste, mit au point son microscope pour examiner la lamelle de chair qu'il avait découpée dans l'oreille. Brian Kwok observait avec impatience ce petit Cantonais pédant dont les lunettes à verres épais étaient relevées sur le front. Finalement, le médecin se redressa et les lunettes retombèrent à bon escient sur son nez.

— Il est possible que l'oreille ait été coupée sur une personne vivante et non sur un cadavre, diagnostiqua le Dr Meng... Il y a huit ou dix heures, peut-être. Cet hématome, ici, derrière, est pour moi la preuve que l'individu était vivant au moment de la mutilation.

— Pourquoi cet hématome, docteur ? demanda Brian.

— Il pourrait avoir pour cause la pression exercée sur l'oreille pour la maintenir pendant l'opération.

— Avec quoi a-t-on « opéré » ? couteau, rasoir, hachoir, couperet ?

— Avec un instrument effilé, répondit prudemment le médecin légiste.

Brian Kwok poussa un soupir.

— Le choc de la mutilation suffirait à tuer quelqu'un — quelqu'un comme John Chen ?

Le Dr Meng joignit l'extrémité de ses doigts.

— Ce n'est pas impossible. Présentait-il une déficience cardiaque ?

— Non, d'après son père — je n'ai pas encore pu vérifier auprès de son médecin, qui est en vacances. En tout cas, il donnait l'impression d'être en parfaite santé.

— Cette mutilation ne tuerait probablement pas un homme en bonne santé mais lui causerait de sérieux désagréments pendant une semaine ou deux. Oui, des désagréments très sérieux.

— Misère ! se lamenta le policier. C'est tout ce que vous pouvez me dire pour m'aider ?

— Je suis médecin légiste, pas devin.

— Pouvez-vous me dire si l'oreille appartenait à un Eurasien ou à un Chinois de race pure ?

— C'est quasiment impossible. Ce qui est sûr, c'est qu'elle ne provient pas d'un Anglo-Saxon, d'un Indien ou d'un Noir.

Le Dr Meng ôta ses lunettes et leva son regard de myope vers le commissaire qui le dominait d'une bonne tête.

— Cela va causer des remous dans la Maison de Chen, *heya* ?

— Ainsi que dans la Noble Maison... A votre avis, le Loup-garou, ce maniaque, il est Chinois ?

— L'écriture semble d'une personne civilisée, effectivement, mais il n'est pas impossible que la lettre ait été écrite par un *quai loh* désirant se faire passer pour un Chinois. Par ailleurs l'auteur de la lettre n'est pas nécessairement celui de l'enlèvement.

— Je le sais. Vous pensez que John Chen est mort ?

— A cause de la mutilation ?

— Plutôt parce que le, ou probablement les Loups-garous ont envoyé l'oreille avant même d'entamer les négociations.

Le petit docteur sourit et dit d'un ton pincé :

— Vous faites allusion au principe de Sun Tzu : en

tuer un pour en terroriser mille ? Je ne sais pas. Je ne spécule pas sur les impondérables, je n'estime les probabilités qu'aux courses ou à la Bourse. Quelles sont les chances de Golden Lady, le cheval de John Chen, samedi ?

— Excellentes. Il faudra aussi compter avec Noble Star, de Struan, Pilot Fish, de Gornt, et surtout Butterscotch Lass, de Richard Kwang, qui sera favorite, à mon avis. Mais Golden Lady est une battante et le terrain sec l'avantagera. Sur terrain lourd, elle ne vaut pas un clou.

— Ah ! pas de pluie au programme ?

— On dit qu'un orage se prépare. Une petite ondée suffirait à tout changer.

— Pourvu qu'il ne pleuve pas d'ici dimanche, *heya* ?

— Il ne pleuvra pas ce mois-ci, nous n'aurons pas cette chance.

— Pluie ou pas, peu importe, l'hiver arrive, il va nous débarrasser de cette saleté d'humidité.

Le Dr Meng leva les yeux vers la pendule murale, qui indiquait dix-sept heures trente, et proposa :

— On prend un verre avant de rentrer ?

— Non, merci. J'ai encore des choses à régler. Une salle affaire, cet enlèvement.

— Demain, je verrai ce que je peux tirer du morceau de tissu ou du papier d'emballage. Des empreintes vous aideraient peut-être.

— Je n'y compte pas trop. Cette affaire sent vraiment mauvais.

Le médecin approuva d'un hochement de tête :

— Tout ce qui concerne la Noble Maison et la Maison de Chen sent mauvais, vous ne croyez pas ?

Kwok se mit à parler en *sei yap*, l'un des principaux dialectes de la province de Kuang-tung.

— Hé, frère, tu veux dire que tous les chiens courants capitalistes puent, que la Maison de Chen et la Noble Maison, ces tas de fiente, mènent la meute ?

— Ah ! frère, ne sais-tu pas encore, dans ta tête, que le vent du changement balaie le monde ? que la Chine, sous la conduite de l'immortel président Mao, et de la Pensée Mao-Tse-Tung, a pris la...

— Gardez pour vous votre propagande, coupa sèchement le policier en revenant à l'anglais. Mao a emprunté la plupart de ses pensées à Sun Tzu, Confucius, Marx, Lao Tseu et d'autres. C'est un grand poète mais il a asservi la Chine. Il n'y a plus là-bas aucune liberté.

— La liberté ? rétorqua le petit homme d'un ton de défi. Qu'est-ce que la liberté d'une génération quand, sous la conduite du président Mao, la Chine est redevenue la Chine et a repris dans le monde la place qui lui revient ? Aujourd'hui la Chine est redoutée par tous les répugnants capitalistes ! Et même par les révisionnistes russes.

— C'est vrai et j'en remercie Mao. En attendant, si vous ne vous plaisez pas ici, retournez à Canton, vous verrez comme on a la vie belle dans votre paradis communiste. *Diou ne lo mo* sur tous les communistes — et leurs compagnons de route !

— Vous devriez aller voir vous-même. Prétendre que le communisme nuit à la Chine, c'est de la propagande. Vous ne lisez donc pas les journaux ? La famine a disparu.

— Et les vingt millions de personnes assassinées après la prise du pouvoir ? et les lavages de cerveau ?

— Propagande ! Les études que vous avez faites dans des écoles anglaises ou canadiennes ne vous ont pas transformé en un sale capitaliste, même si vous en avez le langage. Rappelez-vous votre héritage.

— Je m'en souviens parfaitement.

— Votre père a commis une erreur en vous envoyant à l'étranger !

Chacun savait que Brian Kwok, né à Canton, avait été envoyé à Hong-Kong à l'âge de six ans et s'était révélé si bon élève qu'il avait obtenu une bourse dans une *public school* renommée. Il partit donc pour l'Angleterre en 1937, à l'âge de douze ans, et y resta jusqu'à la guerre. En 1939, il fut évacué au Canada avec toute l'école et, en 1942, sorti major de sa promotion, il s'engagea dans la Police montée canadienne et devint inspecteur en civil dans l'immense quartier chinois de Vancouver. En 1945, il demanda son transfert dans la Police royale de Hong-Kong, et ses supérieurs, qui tenaient à le garder, acceptèrent à contrecœur de le laisser partir.

— Vous gâchez vos talents en travaillant pour eux, continua Meng. Vous devriez servir les masses et le Parti !

— Le Parti a assassiné mon père, ma mère et presque toute ma famille en 1943 !

— On ne l'a jamais prouvé ! Ce sont de simples rumeurs. C'est peut-être le Kuomintang qui a commis ces crimes. C'était le chaos, à Canton — je le sais, j'y étais. C'est peut-être ces porcs de Japonais, ou des bandits, qui sait ? Comment pouvez-vous être certain que c'est le Parti ?

— J'en suis sûr.

— Y eut-il des témoins ? Non, aucun ! vous me l'avez confié vous-même. *Ayiiya,* vous êtes chinois, mettez votre éducation au service de la Chine et des masses, pas à celui du maître capitaliste.

— Allez vous faire voir, grommela Brian.

Le petit docteur rit et ses lunettes glissèrent au bout de son nez.

— Un jour vos yeux s'ouvriront, commissaire Karshun Kwok. Un jour vous comprendrez.

— En attendant, filez-moi des réponses, bon dieu ! bougonna le policier en sortant à grands pas du laboratoire.

Il remonta le couloir jusqu'à l'ascenseur, la chemise collée à la peau. S'il pouvait pleuvoir, gémit-il intérieurement.

Il pénétra dans la cabine de l'ascenseur, où se

trouvaient d'autres policiers qui le saluèrent. Au troisième étage, il sortit, regagna son bureau et y découvrit Armstrong lisant distraitement un journal chinois.

— Salut, Robert, dit-il, content de voir le Britannique. Quoi de neuf ?

— Rien. Et toi ?

Kwok rapporta à son collègue les propos du Dr Meng.

— Ce petit con avec ses « peut-être » ! Il n'y a que les cadavres qui le rendent catégorique — et encore, il lui faut d'abord vérifier une ou deux fois.

— Les cadavres ou le président Mao.

— Ah ! il t'a resservi sa rengaine ?

— Oui, répondit Kwok en souriant. Je lui ai dit de retourner en Chine.

— Il ne quittera jamais Hong-Kong.

— Je le sais bien.

Le policier chinois considéra la pile de papiers accumulés dans sa corbeille et soupira.

— Cela ne ressemble pas beaucoup à nos truands locaux de couper les oreilles, remarqua-t-il.

— Non, pas si c'est un vrai enlèvement.

— Hein ?

— Il pourrait s'agir d'un règlement de compte déguisé en kidnapping, dit Armstrong, dont le visage ridé se durcit. Je suis d'accord avec toi et Dunross : on l'a tué.

— Mais pourquoi ?

— Peut-être a-t-il tenté de s'échapper. Dans leur affolement, ils lui ont filé un coup de couteau ou de barre de fer.

Le Britannique soupira et s'étira pour soulager la douleur de ses épaules.

— En tout cas, le Grand Chef blanc veut que cette affaire soit résolue rapidement, poursuivit-il. Il m'a fait l'honneur de me téléphoner pour m'informer des préoccupations que le gouverneur en personne lui a exprimées.

— Les mauvaises nouvelles vont vite, marmonna Kwok. Toujours rien dans les journaux ?

— Non, mais le bruit de l'enlèvement court dans toute la Colonie et on commencera dès demain à nous chercher des poux. M. le Baron du Loup-garou, assisté par la presse aux noirs desseins, va nous causer bien du souci, je le crains, jusqu'à ce que nous l'arrêtions.

— On l'arrêtera, c'est sûr.

— M'ouais. Si on se tapait une bière — ou mieux, un grand gin-tonic ? J'ai besoin d'un verre.

— Bonne idée. Encore ton estomac qui te tracasse ?

— Oui. D'après Mary, c'est à cause de toutes les pensées heureuses que j'accumule en moi.

Les deux hommes se dirigèrent en riant vers la porte et s'apprêtaient à sortir quand la sonnerie du téléphone retentit.

— Laisse-le sonner, ce sale machin, grogna Armstrong. C'est encore des ennuis.

Brian décrocha et se figea. C'était Roger Crosse, le directeur de la Special Intelligence.

— Brian, pourriez-vous passer me voir immédiatement ?

— Oui, monsieur.

— Amstrong est avec vous ?

— Oui, monsieur.

— Demandez-lui de venir aussi.

Le directeur avait déjà raccroché lorsque Kwok répéta pour la troisième fois « oui, monsieur ». Le dos inondé de sueur, il reposa le combiné sur son socle.

— Dieu le Père nous réclame, au trot.

Le cœur de Robert Armstrong battit plus vite.

— Pourquoi moi ? s'étonna-t-il en rattrapant Brian, qui se hâtait déjà vers l'ascenseur. Que me veut-il ? Je ne fais plus partie de la SI.

— Nous n'avons pas à nous poser des questions mais simplement à chier dans notre froc sitôt qu'il murmure, dit Kwok en appuyant sur le bouton. Je me demande ce qu'il se passe.

— Ça doit être important. La Chine continentale, peut-être ?

— Chou-en-lai a viré Mao, les modérés ont pris le pouvoir ?

— Ne rêve pas ! Mao mourra dans son fauteuil présidentiel — en divinité adorée par la Chine.

— La seule chose qu'on peut dire en sa faveur, c'est qu'il est d'abord chinois, ensuite communiste.

— Il y a peut-être eu un nouvel incident de frontière avec les Russes.

— C'est possible, convint Kwok. La guerre se prépare. Entre la Chine et la Russie, le conflit est inéluctable, Mao a raison sur ce point aussi.

— Les Soviétiques ne sont pas si stupides, objecta le policier britannique.

— N'en sois donc pas si sûr, mon vieux. Je l'ai dit et je le répète : les Soviétiques sont l'ennemi du monde entier. Il y aura la guerre.

— Le massacre serait terrible.

— Il aura lieu, Mao a raison. Il sera terrible mais pas catastrophique.

Brian appuya de nouveau sur le bouton d'un geste agacé et releva soudain la tête.

— Et si Taïwan avait enfin lancé son débarquement ?

— Cette vieille chimère ? Ce rêve creux ? Voyons, Brian ! Chiang-Kai-shek ne quittera jamais Taïwan.

— S'il ne bouge pas, le monde entier est foutu. S'il laisse trente ans à Mao pour se renforcer... Bon dieu, tu te rends compte, un milliard d'automates ? Chiang a eu raison de vouloir liquider ces salauds de communistes : ils sont la plaie de la Chine. Il ne faut pas leur laisser le temps d'appliquer aux enfants les découvertes de Pavlov.

— On croirait entendre un chien courant de nationaliste, dit Armstrong avec douceur. Calme-toi, mon gars. Rien ne tourne rond dans ce monde... mais le chien de capitaliste que tu es peut aller aux courses samedi, participer à l'épreuve de côte dimanche et draguer les filles le reste du temps.

— Désolé, murmura Kwok en pénétrant dans la cabine. Ce petit crétin de Meng m'a énervé.

— *Ta mère te console, frère,* déclama Armstrong en cantonais.

— *La tienne s'est faite engrosser sur un tas de fumier de cochon par un moine mendiant qui n'avait qu'un testicule.*

— Pas mal, apprécia Armstrong avec le sourire. Pas mal du tout.

L'ascenseur s'immobilisa, les deux hommes suivirent un couloir aux murs ternes, s'arrêtèrent devant une porte. Kwok frappa doucement.

— Entrez.

Agé d'une cinquantaine d'années, Roger Crosse était un grand maigre aux yeux bleu pâle et aux cheveux blonds clairsemés. Sa mise était soignée, son bureau méticuleusement rangé — spartiate. D'une main aux doigts effilés, il invita les deux visiteurs à s'asseoir et continua à lire un dossier. Au bout de quelques instants, il le referma avec soin et le plaça devant lui.

— Un millionnaire américain débarque avec des armes de contrebande ; un ancien colporteur de drogue shangainais devenu millionnaire lui aussi s'enfuit à Taïwan ; et maintenant, une personnalité est enlevée par — Dieu nous préserve ! — par un Loup-garou, qui envoie son oreille à son père. Le tout en dix-neuf heures environ. Où est le lien ?

— Faut-il qu'il y en ait un ? dit Armstrong.

— Pourquoi n'y en aurait-il pas ?

— Je n'en sais rien. Pour le moment.

— C'est embêtant, Robert. Très embêtant.

— Oui, monsieur.

— En fait, c'est extrêmement ennuyeux car les instances supérieures ont déjà commencé à me souffler leur haleine dans le cou. Ce n'est bon signe pour personne, insinua le directeur avec un sourire qui fit froid dans le dos à ses deux interlocuteurs. Robert, je vous avais pourtant prévenu hier que des personnalités importantes pourraient être mêlées à cette affaire.

— Oui, monsieur.

— Vous, Brian, vous êtes appelé à remplir de hautes fonctions. Ne pensez-vous pas que vous pourriez délaisser un peu les chevaux, les voitures et tout ce qui porte jupon pour appliquer vos indéniables talents à la solution de cette petite énigme ?

— Oui, monsieur.

— Faites-le promptement. Je vous adjoins à Robert pour quelques jours parce que vos compétences pourraient être requises dans cette affaire. Je vous prie de trouver rapidement la solution car nous avons par ailleurs un léger problème. Un de nos amis du consulat américain m'a donné hier soir un coup de téléphone. Confidentiel. En voici le résultat, dit le directeur de la SI en montrant le dossier posé devant lui. Grâce à ses informations, nous avons intercepté au petit matin l'original du document dont ceci n'est bien sûr qu'une copie. L'original a été restitué et le..., comment dire ? le courrier — un amateur, par parenthèse — est reparti sans être inquiété. Ce document est un rapport, une sorte de lettre d'information comportant différentes têtes de chapitre. Toutes sont intéressantes, par exemple celle qui s'intitule « le KGB en Asie ». Selon ce document, les Russes disposeraient d'un réseau d'espions haut placés au sein de gouvernements, de polices, de grandes firmes, dans toute l'Asie du Sud-Est, *en particulier à Hong-Kong*. Tout tournerait autour d'un réseau ayant pour nom de code « Sevrin » et dont nous n'avons jamais entendu parler.

Brian Kwok laissa échapper un sifflement.

— Je ne vous le fais pas dire, fit Crosse. Si c'est exact.

— Vous pensez que c'est vrai ? demanda Armstrong.

— Vraiment, Robert, vous devriez envisager une

retraite anticipée pour raisons médicales : ramollissement du cerveau. Si ce document ne m'avait pas ébranlé, je n'aurais pas — douloureuse épreuve — sollicité l'assistance de la brigade criminelle de Kowloon.

— Bien sûr, monsieur. Excusez-moi.

Crosse tourna le dossier pour que les deux policiers puissent le lire et l'ouvrit à la page titre : *Confidentiel. Ian Dunross seulement. A remettre en mains propres. Rapport 3/1963. Une seule copie.*

— C'est la première fois que nous avons la preuve que Struan possède son propre service de renseignement, reprit le chef de la SI. J'aimerais savoir comment un homme d'affaires se trouve en possession d'informations confidentielles que nous devrions connaître des siècles avant lui.

— Oui, monsieur, bredouilla Kwok.

— Manifestement, ce rapport fait partie d'une série. Il a été signé, au nom du Comité de Recherche 16 de Struan, par un certain A.M. Grant, à Londres, il y a trois jours.

Les deux policiers n'en finissaient plus d'être sidérés.

— Grant ? répéta Kwok. Alan Medford Grant, membre de l'Institut d'Études stratégiques de Londres ?

— Bravo, Brian, dix sur dix. Oui, Mr. A.M.G. en personne, le conseiller du gouvernement de Sa Majesté sur les questions confidentielles, l'homme qui connaît le dessous des cartes. Vous avez entendu parler de lui, Brian ?

— Je l'ai rencontré à deux reprises l'année dernière, lorsque je suivais le cours des officiers supérieurs, à l'école de Guerre, en Angleterre. Il nous fit un exposé sur les considérations stratégiques avancées en Extrême-Orient. Tout à fait brillant.

— Par bonheur il est anglais et dans notre camp... J'espère que cette fois, il se trompe, sinon nous nous trouvons dans un bourbier plus profond encore que je ne l'imaginais. Il semblerait qu'un nombre restreint seulement de nos secrets restent secrets. C'est assommant. Quant à ceci, ajouta Crosse en tapotant du doigt le dossier, c'est proprement consternant.

— L'original a été livré ? demanda Armstrong.

— A Dunross personnellement, cet après-midi à seize heures dix-huit.

Le directeur prit un ton plus mielleux encore pour poursuivre :

— Dieu merci, j'entretiens d'excellentes relations avec nos cousins d'outre-Pacifique. Comme vous, Robert. Ce n'est pas votre cas, Brian, il me semble. Vous n'avez jamais aimé l'Amérique, n'est-ce pas ?

— Non, monsieur.

— Pourquoi, si je puis me permettre ?

— Les Américains parlent trop, on ne peut leur confier un secret. Ils sont bavards et stupides.

— Ce n'est pas une raison pour ne pas être en bons termes avec eux, répliqua Crosse avec un sourire froid. C'est peut-être vous qui êtes stupide.

— Oui, monsieur.

— Détrompez-vous, ils ne sont pas tous idiots, grand dieu non !

Le directeur referma le dossier mais le laissa devant les deux hommes, qui le fixaient avec des yeux fascinés.

— Nos amis vous ont-ils révélé comment ils ont eu vent de ce dossier ? dit Armstrong sans réfléchir.

— Robert, je crois vraiment que la sinécure de Kowloon vous a atrophié le cerveau. Dois-je proposer votre mise à la retraite pour raison de santé ?

— Non, merci, monsieur.

— Est-ce que nous, nous révélerions nos sources à nos amis ?

— Non, monsieur.

— Nous auraient-ils répondu si j'avais eu la stupidité de leur poser la question ?

— Non, monsieur.

— Cette affaire est décidément fort ennuyeuse, vous ne trouvez pas, Robert ?

— Si, monsieur.

— Bon, c'est déjà ça, grommela Crosse en se renversant dans son fauteuil.

Il dévisagea successivement ses deux subalternes, qui s'interrogeaient sur l'identité de l'indicateur. Ce n'est pas la CIA, songeait Brian Kwok. Ils auraient intercepté le document eux-mêmes, ils n'ont pas besoin de la SI pour faire le sale boulot à leur place. Ces salauds feraient n'importe quoi, ils écraseraient les doigts de pied de n'importe qui, se dit-il avec dégoût. Mais si ce n'est pas eux, qui est-ce ?

Quelqu'un qui travaille dans le renseignement mais qui ne pouvait ou ne voulait pas procéder à l'interception ; quelqu'un qui est en bons termes avec Crosse. Un membre du consulat ? Possible. Johnny Mishauer, des services de renseignement de la Navy ? Pas dans ses cordes... Ah ! le type du FBI, le protégé de Crosse ! Ed Langan. Mais comment Langan aurait-il été informé de l'existence du dossier ? Par Londres ? Le FBI n'y a pas de bureau. Si le tuyau était venu d'Angleterre, le MI 5 en aurait bénéficié avant tout le monde, il se serait arrangé pour se procurer le document à la source et nous l'aurait envoyé par télex en nous reprochant de ne pas même savoir ce qui se passe dans notre secteur. L'avion du « courrier » s'est-il posé au Liban ? Le FBI a un agent là-bas, si je me souviens bien. Si ce n'est ni à Londres ni au Liban, l'information a été captée dans l'avion même. Un membre de l'équipage ? *Ayiiya !* C'était un appareil de la TWA ou de la Pan Am ? Le FBI a des « contacts » dans tous les milieux — et il a raison, ô combien ! Y a-t-il un vol le dimanche ? Oui, le Pan Am ETA 2030. Il arrive trop tard pour que la livraison se fasse immédiatement. Parfait.

— Curieux que le « courrier » ait pris un vol Pan Am et non BOAC — les conditions sont bien meilleures, remarqua-t-il, satisfait du cheminement de ses réflexions.

— Je me disais la même chose, reprit Crosse. Cette conduite est bien peu britannique. Il faut reconnaître que la Pan Am arrive toujours à l'heure tandis qu'avec cette pauvre vieille BOAC... Dix sur dix une fois de plus, Brian. Venez vous asseoir au premier rang de la classe.

— Merci, monsieur.

— Quelles sont vos autres déductions ?

Après avoir réfléchi, le policier chinois répondit :

— En échange du tuyau, vous avez promis à Langan une copie du dossier.

— Et ?

— Vous regrettez d'avoir tenu votre promesse.

— Pourquoi ? fit Crosse dans un soupir.

— Je ne pourrai répondre qu'après avoir lu le dossier.

— Brian, vous vous surpassez, cet après-midi.

Le directeur feuilleta distraitement le dossier. Les deux policiers se rendaient compte qu'il mettait délibérément leur patience à l'épreuve mais se demandaient pourquoi.

— Il y a une ou deux coïncidences très troublantes dans d'autres parties de ce document. Des noms comme celui de Vincenzo Banastasio... des lieux de rendez-vous comme les Tours Sinclair... Nelson Trading, cela vous dit quelque chose ?

Armstrong et Kwok secouèrent la tête.

— Très troublantes, vraiment, poursuivit Crosse. Des communistes à droite, des communistes à gauche... Nous avons même une brebis galeuse dans nos rangs, semble-t-il. A un niveau élevé.

— Impossible ! laissa échapper Armstrong.

— Combien d'années avez-vous passées à la SI, mon vieux ?

— Presque cinq, monsieur.

— Sorge était *impossible*, Kim Philby aussi. Ce cher Philby !

La soudaine défection, en janvier, de celui qui avait dirigé le contre-espionnage britannique, avait provoqué dans tout le camp occidental des ondes de choc qui se faisaient encore sentir, et cela d'autant plus que Philby avait été premier secrétaire de l'ambassade britannique à Washington, responsable de la liaison avec le secrétariat d'État, le ministère de la Défense et la CIA pour les questions de sécurité.

— Comment aurait-il pu travailler aussi longtemps pour les Soviétiques sans se faire prendre ? Impossible, n'est-ce pas, Robert, railla le directeur.

— Oui, monsieur.

— Et pourtant, il travaillait pour eux. Philby a eu accès à nos secrets les mieux gardés pendant des années — en tout cas de 1942 à 1958. Quand a-t-il commencé à trahir ? Dieu nous préserve, à Cambridge, en 1931. Il avait été recruté au Parti par Burgess, cette autre grande figure de traître, et son ami Maclean — puissent-ils tous deux rôtir en enfer pour l'éternité !

Quelques années auparavant, ces deux importants diplomates du Foreign Office — qui avaient travaillé dans le renseignement pendant la guerre — s'étaient enfuis en Union soviétique quelques secondes avant que le contre-espionnage britannique ne les perce à jour. Le scandale provoqué par cette double défection avait ébranlé la Grande-Bretagne et tout l'OTAN.

— Qui d'autre ont-ils recruté ? marmonna Crosse.

— Des gens qui occupent aujourd'hui des fonctions importantes au gouvernement, au Foreign Office, dans l'éducation, la presse, etc. ; des *taupes* bien cachées, comme Philby, répondit Armstrong.

— Avec les gens, rien n'est impossible, soupira Crosse... C'est un privilège que de faire partie de la SI, n'est-ce pas, Robert ?

— Oui, monsieur.

— On ne se porte pas volontaire, on doit attendre qu'on vous propose d'y entrer, non ?

— Oui, monsieur.

— Je ne vous ai jamais demandé pourquoi vous nous avez quittés, il me semble.

— C'est exact.

— Eh bien ?

Armstrong prit une profonde inspiration avant de répondre :

— Parce que je préfère être flic qu'espion. J'aime mon travail à la criminelle : être plus intelligent que les *méchants*, les pourchasser, les arrêter, prouver leur culpabilité au tribunal — tout cela en respectant la loi.

— Ce qui laisserait entendre que la SI se moque des lois et des tribunaux, que seuls les résultats l'intéressent ?

— La SI et la SB ont des principes différents, répondit prudemment le policier mais sans elles la Colonie connaîtrait le chaos.

— Oui, approuva Crosse. Les gens sont effrayants, les fanatiques prolifèrent comme des asticots sur un cadavre. Vous faisiez pourtant un bon espion. Voici le moment venu de rembourser les mois de formation dont vous avez bénéficié aux frais de Sa Majesté.

Le cœur d'Armstrong se mit à battre plus vite mais le policier demeura silencieux, retenant sa respiration, remerciant le ciel que Crosse ne pût l'affecter de nouveau à la SI sans son consentement. Comme il avait haï la Special Intelligence ! Au début, le travail lui avait paru excitant et il s'était senti honoré de la confiance qu'on lui avait montrée en le choisissant, mais la SI avait rapidement perdu de son éclat quand il avait découvert la face cachée de ses activités : les arrestations sans mandat, les interrogatoires à huis clos, les jugements portés en l'absence de preuves, les ordres de déportation secrète signés par le gouverneur, les suspects reconduits à la frontière et expulsés, sans appel.

— Ce n'est pas une conduite britannique, Brian, se plaignit-il alors à son ami. Je suis partisan de procès loyaux et publics.

— Sois réaliste, Robert. Ils sont tous coupables, ce sont nos ennemis. Ce sont des agents communistes qui détournent nos lois pour rester ici, détruire notre société, avec l'aide de quelques avocats véreux prêts à n'importe quoi pour trente pièces d'argent, ou même moins. Au Canada, c'était la même chose. Crénom, les juristes et les politiciens menaient la vie dure à la Police montée. L'important, c'est de se débarrasser des parasites, le reste...

— Le reste aussi a de l'importance. De plus, il n'y a pas que les agents communistes, à Hong-Kong. La Colonie grouille de nationalistes qui veulent...

— Les nationalistes veulent chasser les cocos de Hong-Kong, c'est tout.

— Foutaises ! Chiang Kai-shek a tenté de s'emparer de la Colonie après la guerre. Les Américains avaient cédé et il a fallu l'intervention de la marine britannique pour l'en empêcher. Il veut toujours nous imposer sa loi — en ce sens, il ne diffère pas de Mao !

— Si la SI n'utilise pas les mêmes méthodes que l'ennemi, comment peut-elle s'en sortir ?

— Brian, mon gars, j'ai simplement dit que la SI n'est pas faite pour *moi*. Toi, elle te convient parfaitement. Je suis un flic, pas un *James Bond* !

Oui, juste un flic de la criminelle, songeait Armstrong. Vivement la retraite et le retour dans cette bonne vieille Angleterre ! J'ai déjà assez de soucis avec ces satanés Loups-garous.

— D'après ce dossier, la situation est plus catastrophique que je ne l'imaginais, reprit Crosse. C'est extrêmement ennuyeux... Dans ce document, on fait référence aux autres rapports déjà envoyés à Dunross.

J'aimerais les avoir le plus tôt possible. Rapidement et discrètement.

— Claudia Chen ? suggéra Armstrong en jetant un coup d'œil à Kwok.

— Non, aucune chance.

— Alors que proposez-vous, Brian ? demanda le directeur. Je suppose que mon ami américain demandera la même chose que moi, et s'il a la malencontreuse idée de transmettre une copie du dossier au chef local de la CIA... Je serais fort contrarié de les voir arriver une fois de plus avant moi.

— Nous pourrions envoyer une équipe de spécialistes dans les bureaux et l'appartement du Taï-pan, dit Brian Kwok. Ce serait un peu risqué, il faudrait opérer de nuit sans savoir où chercher. Les autres rapports — s'ils existent — peuvent se trouver dans un coffre à la Grande Maison, à sa résidence de Shek-O, ou même à son appartement des Tours Sinclair — sans parler d'endroits que nous ne connaissons pas.

— Lacune regrettable, commenta Crosse. Nos services font preuve d'une incompétence consternante dans leur propre secteur. Si nous étions chinois, nous serions au courant de tout, n'est-ce pas, Brian ?

— Ce n'est pas ce que j'ai voulu dire, monsieur.

— Si vous ne savez pas où chercher, posez donc la question.

— Je vous demande pardon ?

— Posez la question. Dunross s'est toujours montré coopératif et c'est votre ami. Demandez-lui les rapports.

— S'il refuse, ou s'il répond qu'ils ont été détruits ?

— Faites donc fonctionner votre brillante cervelle. Cajolez-le, flattez-lui le poil. Et marchandez.

— Qu'avons-nous à lui proposer en échange ?

— Nelson Trading.

— Comment ?

— L'explication se trouve dans le rapport, ainsi que

quelques autres petites informations que je me ferai un plaisir de vous communiquer plus tard.

— Merci, monsieur.

— Robert, qu'avez-vous fait pour trouver John Chen et le ou les Loups-garous ?

— Toute la brigade criminelle est en alerte. Nous avons diffusé le numéro de sa voiture et interrogé sa femme, Mrs. Barbara Chen. Elle nage en pleine crise de nerfs mais elle garde toute sa lucidité.

— Vraiment ?

— Elle, euh, enfin, vous me comprenez.

— Parfaitement.

— D'après elle, son mari a l'habitude de rentrer tard ou même de se rendre directement au champ de courses ou au port. J'ai l'impression qu'elle est au courant de ses frasques. Nous avons facilement reconstitué l'emploi du temps de John Chen hier soir. Il a déposé Casey Tcholok au Vic vers vingt-deux heures trente...

— A-t-il vu Bartlett ?

— Non. L'Américain n'a pas quitté son avion.

— John Chen lui a parlé ?

— Non. A moins que l'appareil ne soit équipé d'un système permettant de se brancher sur notre réseau téléphonique. Nous surveillons l'avion depuis la fouille de ce matin.

— Continuez.

— Après avoir conduit Miss Tcholok à l'hôtel — dans la Rolls de son père, soit dit en passant — il a pris le bac pour traverser le port et se rendre dans un club privé chinois situé dans la partie Hong-Kong de la Colonie, près de Queen's Road. Là il a renvoyé voiture et chauffeur (Armstrong s'interrompit pour consulter ses notes)... Le Tong Lau Club. Il y a rencontré un collègue et ami, Wo Sang Chi, avec lequel il s'est mis à jouer au mah-jong. La partie s'est terminée vers minuit, après quoi il a pris un taxi avec Wo Sang Chi et les deux autres joueurs, ses amis également : Ta Pan Fat, un journaliste, et Po Cha Sik, un agent de change.

Robert Armstrong s'écoutait réciter la litanie coutumière des rapports de police. L'énumération des faits lui plaisait et détournait son esprit de ses problèmes d'argent, particulièrement pressants.

— Ta Pan Fat est descendu le premier du taxi pour rentrer chez lui, dans Queen's Road, continua le commissaire. Puis ce fut le tour de Wo Sang Chi peu de temps après. John Chen et Po Cha Sik — que nous soupçonnons d'avoir des relations avec les sociétés secrètes — se sont ensuite rendus au Ting Ma Garage, dans Sunning Road, pour récupérer la voiture de Chen, une Jaguar 1960.

Armstrong se reporta de nouveau à son carnet dans un souci de précision. Après toutes les années passées à Hong-Kong, les noms chinois lui posaient encore autant de problèmes.

— Un apprenti mécanicien nommé Tong Ta Wey nous l'a confirmé. John Chen a ensuite reconduit son ami Po Cha Sik chez lui, 17 Village Street, dans la Vallée Heureuse. Pendant ce temps, Wo Sang Chi, le collègue de John Chen, l'homme qui dirige l'entreprise de transports, filiale de Struan, ayant le monopole du camionnage à l'aéroport de Kai Tak, s'était rendu au restaurant Sap Wah, dans Fleming Road. Selon lui, John Chen le rejoignit une demi-heure plus tard et ils quittèrent le restaurant dans la voiture de Chen avec l'intention de ramasser des filles dans la rue pour les emmener souper...

— Il n'a pas les moyens d'aller dans un dancing et d'acheter le droit de les sortir ? s'étonna Crosse. Quel est le tarif actuel, Brian ?

— Soixante dollars, à cette heure de la nuit.

— On dit Phillip Chen plutôt pingre — son fils aussi ?

— A cette heure-là, les filles commencent à quitter les clubs si elles n'ont pas encore trouvé un client. La plupart des boîtes ferment vers une heure parce que le dimanche n'est pas jour de paye. Il n'est pas rare de ramasser des filles dans la rue : pourquoi gaspiller soixante dollars ? ou plutôt deux ou trois fois cette somme, parce que les filles convenables se baladent par deux ou trois et qu'on invite généralement tout le groupe à souper. Pour commencer. Inutile de jeter l'argent par les fenêtres.

— Vous ramassez les filles dans la rue, Brian ?

— Non, monsieur. Je n'en ai pas besoin.

Avec un soupir, le directeur de la SI revint à Armstrong.

— Continuez, Robert.

— Faute de ramasser des filles, ils se rendirent au Copacabana Night Club, à l'hôtel Sap Chuk de Gloucester Road, vers une heure. Ils en ressortirent trois quarts d'heure plus tard après avoir soupé. Wo Sang Chi nous a dit qu'il avait vu John Chen monter dans sa voiture mais qu'il n'avait pas attendu pour le regarder démarrer. Lui-même est rentré à pied, il habite dans le coin. Selon Wo Sang Chi, Chen n'était ni soûl ni mal luné, il était au contraire de bonne humeur — encore qu'il se soit énervé pendant la partie de mah-jong et qu'il l'ait abrégée. Voilà, les témoignages s'arrêtent là.

— A-t-il dit à Wo Sang Chi où il allait ?

— Non. Chi nous a d'abord répondu que Chen rentrait sans doute chez lui mais il a ensuite ajouté qu'il passerait peut-être auparavant chez sa petite amie. Nous lui avons demandé qui est cette fille, il a prétendu l'ignorer puis, sur notre insistance, il s'est souvenu d'un nom : Fleur-parfumée, sans adresse ni numéro de téléphone.

— Fleur-parfumée ? Des quantités de belles de nuit pourraient porter ce nom.

— Oui, monsieur.

Crosse s'absorba un instant dans ses pensées.

— Pourquoi Dunross voudrait-il éliminer John Chen ? dit-il finalement.

Les deux policiers regardèrent leur supérieur avec effarement.

— Soumettez donc cette question à votre cerveau génial, Brian, poursuivit le directeur.

— Je ne vois aucune réponse. John Chen ne saurait constituer une menace pour Dunross — même s'il devenait compradore. Dans la Noble Maison, c'est le Taï-pan qui détient tout le pouvoir.

— Ah oui ?

— Par définition. En tout cas, les choses se passent ainsi dans la Noble Maison.

— Votre avis, Robert ?

— Moi non plus je ne vois pas de réponse à la question. Pour le moment.

— Réfléchissez-y, lui conseilla Crosse avant d'allumer une cigarette.

Armstrong se sentit envahi par l'envie de fumer. Je ne tiendrai jamais le coup, se dit-il. Salaud de Crosse, qu'est-ce que tu mijotes ? Le directeur lui offrit une Senior Service, sa marque préférée.

— Non, merci, répondit le commissaire, l'estomac noué.

— Vous ne fumez pas, Robert ?

— Non, monsieur, j'ai arrêté... Enfin, j'essaie.

— Admirable ! Pourquoi Bartlett voudrait-il éliminer John Chen ?

Les deux policiers lancèrent de nouveau à leur chef un regard stupéfait.

— Vous savez pourquoi ? bredouilla Armstrong.

— Si je connaissais la réponse, je ne vous poserais pas la question. A vous de trouver le rapport entre les deux affaires. Il y a trop de coïncidences, cela sent l'intervention du KGB, et je dois confesser que je deviens irritable lorsque les Russes font des incursions dans mon domaine.

— Oui, monsieur.

— Placez Mrs. Phillip Chen sous surveillance, elle pourrait être impliquée — il y a suffisamment gros à gagner pour elle. Prenez aussi Phillip Chen en filature pendant un jour ou deux.

— C'est déjà fait pour l'un comme pour l'autre. Je ne soupçonne pas Phillip Chen mais je suppose qu'il réagira comme le font généralement les parents : pas de coopération avec la police, négociations secrètes et paiement discret de la rançon.

— Tout à fait, approuva Crosse. Je me demande pourquoi les gens — même les plus cultivés — se croient plus intelligents que nous et refusent de nous aider à faire le travail pour lequel nous sommes payés.

Sous les yeux d'acier qui le fixaient, Kwok sentit la sueur couler le long de son dos. Contrôle-toi, se raisonna-t-il. Ce n'est qu'un salopard d'étranger, un barbare bouffeur de fiente et couvert de fumier, un fils de singe.

— C'est une vieille tradition chinoise que de ne faire confiance ni à la police ni au gouvernement, expliqua-t-il poliment. Ils ont quatre mille ans d'expérience.

— Ils devraient faire exception pour les Britanniques : nous avons prouvé de manière irréfutable que nous sommes dignes de confiance, capables de gouverner et, d'une manière générale, incorruptibles.

— Oui, monsieur.

Le directeur observa un moment le policier chinois en tirant sur sa cigarette puis il se tourna vers Armstrong :

— Robert, savez-vous de quoi John Chen et Miss Tcholok ont parlé ?

— Non, monsieur. Nous n'avons pas encore pu l'interroger, elle a passé la journée entière au siège de Struan. Vous pensez que cela peut être important ?

— Assisterez-vous à la réception de Dunross, ce soir ?

— Non, monsieur.

— Et vous, Brian ?

— Oui, monsieur.

— Bien. Robert, je suis sûr que Dunross ne verra aucun inconvénient à ce que vous m'accompagniez. Passez me prendre à huit heures. Le gratin de Hong-Kong sera présent, ouvrez les yeux et les oreilles : Je vous laisse quelques instants pour vous permettre de lire le rapport, dit Crosse en se levant. Brian, n'oubliez pas la soirée, ce serait vraiment trop fâcheux.

Après le départ du directeur, Kwok s'essuya le front en grommelant :

— Ce salaud me pétrifie.

— Il m'a toujours fait cet effet, rassure-toi.

— Tu le crois capable d'envoyer une équipe à la Struan, dans le sanctuaire de la Noble Maison ?

— Bien sûr. Il serait même capable d'y aller lui-même pour diriger l'opération. Tu ne le connais pas encore aussi bien que moi. Ce saligaud conduirait une équipe de tueurs en enfer s'il le jugeait utile. Je te parie que c'est lui qui a subtilisé le dossier. A ma connaissance, il a franchi la frontière au moins deux fois pour bavarder avec un de nos agents. Et il y est allé seul !

— Le gouverneur le sait ?

— Je ne crois pas. Il en aurait une attaque, et si le MI 6 l'apprenait, Crosse finirait ses jours à la tour de Londres. Il connaît trop de secrets pour qu'on le laisse prendre de tels risques.

— Qui était le type qu'il a rencontré ?

— Notre agent à Canton.

— Wu Fong Fong ?

— Non, un nouveau — nouveau de mon temps, du moins. Un officier de l'armée.

— Le capitaine Ta Quo Sa ?

— J'ai oublié, répondit Armstrong en haussant les épaules.

— Tu as raison, fit Kwok en souriant.

— Crosse ne connaît pas d'autre loi que la sienne.

— On t'interdit d'aller à Macao parce que tu faisais partie de la SI il y a deux ans et lui, il passe tranquillement la frontière ! Il doit être cinglé.

Armstrong acquiesça d'un hochement de tête puis imita la voix de Crosse pour demander :

— Comment se fait-il qu'un négociant puisse entrer avant nous en possession de certaines informations ?

Il reprit une voix normale pour répondre à sa propre question :

— C'est bougrement simple : il y met le prix. Il n'hésite pas à dépenser une fortune alors que nous faisons des économies de bouts de chandelle. Crosse le sait aussi bien que moi, tout le monde le sait. Comment travaillent le FBI, la CIA ou le KGB ? Avec de l'argent ! Ce n'est pas difficile de s'assurer les services d'Alan Medford Grant : il suffit de l'engager. Dix mille livres sterling d'honoraires, ça vaut quelques rapports — et Dunross a peut-être payé moins. Nous, nous recevons deux mille livres par an pour trois cent soixante-six jours de travail, vingt-cinq heures sur vingt-quatre, et un flic du bas de l'échelle en touche quatre cents. Pour obtenir un fonds secret de dix mille livres afin d'acheter des informations, il faut remplir des tonnes de paperasses. Où en seraient le FBI, la CIA et cette saleté de KGB s'ils ne disposaient pas de crédits illimités ? Il nous faudrait six mois pour obtenir le fric alors que Dunross et cinquante autres le prendraient sur leur argent de poche.

Armstrong était assis sur sa chaise, le dos voûté, les bras ballants, les yeux rouges et cernés d'ombres bleues, les pommettes soulignées par la lumière tombant d'en haut. Il jeta un coup d'œil au dossier mais n'y toucha pas et se demanda combien de mauvaises nouvelles il contenait.

— C'est facile, pour les Dunross, conclut-il.

Brian Kwok hocha la tête, s'essuya les mains et rangea son mouchoir.

— On dit que le Taï-pan dispose d'un fonds secret,

constitué à l'origine par Dirk Struan en personne avec le fruit du pillage de Foochow. Cet argent, auquel seul le Taï-pan a accès, sert uniquement à ce genre de choses : *h'eung yau*, pots-de-vin, etc., ou même un petit meurtre, à l'occasion. Il s'agit de millions, paraît-il.

— Oui, je l'ai entendu dire moi aussi, soupira Armstrong. (Il tendit la main vers le dossier, hésita puis se leva et décrocha le téléphone.) Commençons par le commencement, décida-t-il en souriant à son ami chinois. D'abord, occupons-nous de certaines personnes.

Il composa le numéro du central de la police de Kowloon.

— Ici, Armstrong, passez-moi le sergent Tang-po, s'il vous plaît.

— Bonsoir, commissaire, répondit au bout d'un moment la voix cordiale du sergent.

— Bonsoir, sergent. J'ai besoin d'informations : sur le destinataire des armes, sur les ravisseurs de John Chen. Je veux qu'on me retrouve Chen — ou son cadavre — dans les trois jours. Et je veux qu'on mette rapidement au frais le ou les Loups-garous.

— Oui, commissaire, dit Tang-po après un court silence.

— Faites passer le mot : le grand chef blanc est dans une rogne terrible, et lorsqu'il est seulement un peu contrarié, c'est mauvais pour les commissaires, les inspecteurs... et les sergents, qui risquent de se retrouver simples flics. Certains risquent même d'être virés de la police, expulsés de Hong-Kong ou foutus en taule.

— Oui, commissaire, murmura le sergent après un plus long silence.

— Et quand il est dans une rogne terrible, les petits malins se mettent à l'abri avant que la brigade de lutte contre la corruption ne s'abatte sur les coupables — voire sur les innocents...

— Oui, commissaire, je fais passer le mot tout de suite. Tout de suite.

— Merci, sergent... Ah ! oui : demandez donc à vos collègues de vous aider. Je suis sûr qu'ils comprendront également que mon petit problème est aussi le leur... *Quand les dragons éructent, tout Hong-Kong défèque. Heya ?* ajouta Armstrong en cantonais.

— Je m'en occupe, commissaire, promit Tang-po.

— Merci.

Armstrong raccrocha.

— Il va y avoir du relâchement dans les sphincters, prédit Kwok avec le sourire.

L'Anglais retourna s'asseoir sans que son visage perdît de sa dureté.

— Je n'aime pas tirer trop souvent sur cette ficelle, dit-il. En fait, c'est la deuxième fois seulement que je l'utilise, mais je n'ai pas le choix. Fais la même chose de ton côté.

— Bien sûr. Quand les dragons éructent... C'était une plaisanterie sur les Cinq Dragons légendaires ?

— Oui.

Le beau visage de Brian Kwok se figea — yeux noirs sur la peau dorée, menton carré presque imberbe.

— Tang-po en fait partie ?

— Je n'en suis pas sûr. Je l'ai toujours pensé, quoique rien ne vienne à l'appui de cette supposition. Il en fait partie, à ton avis ?

— Je n'en sais rien.

— Peu importe, finalement. L'essentiel, c'est que l'un d'eux soit prévenu. Personnellement, je crois à l'existence des Cinq Dragons, de ces cinq sergents de police chinois qui ont la haute main sur le jeu clandestin de Hong-Kong, certains rackets à la protection, quelques boîtes et filles. Cinq sergents sur les onze que comptent nos services...

— Moi aussi j'y crois. Ils sont peut-être plus, peut-être moins, mais il est certain que la police contrôle tout le jeu clandestin.

— Disons que c'est *probable*, mon gars, corrigea Armstrong. Nous n'avons aucune preuve, bien que nous chassions ce dahut depuis des années. Je me demande si nous réussirons à le prouver un jour — peut-être quand tu seras devenu directeur-adjoint.

— Laisse tomber, bon sang !

— Tu n'as que trente-neuf ans, tu as suivi les cours de l'École supérieure de Guerre, tu es déjà une vedette. Dix contre un que tu finiras à ce poste.

— Tenu.

— J'aurais dû parier mille contre cent, maugréa le Britannique en feignant la contrariété. Tu n'aurais pas relevé.

— Essaie donc.

— Sûrement pas. Je ne peux pas me permettre de perdre aussi gros. Tu peux te faire tuer, ou donner ta démission avant, mais si tu tiens la distance, tu décrocheras le coquetier.

— Toi aussi.

— Oh ! non, je suis trop Anglais pour cela. Ce sera un grand jour ! s'exclama Armstrong en tapant joyeusement son collègue dans le dos. Mais tu ne te débarrasseras pas des Dragons, même si tu parviens à réunir des preuves contre eux — ce dont je doute.

— Je n'y parviendrai pas ?

— Non. D'ailleurs, je me fiche totalement du jeu clandestin. Les Chinois veulent tous jouer et si quelques sergents leur offrent la possibilité de le faire, cela garantit au moins une certaine régularité. Si les Dragons ne contrôlaient pas le jeu, les truands s'en mêleraient et les petites bandes de salopards que nous veillons à maintenir divisées s'uniraient en une seule *tong*. Alors là, nous aurions de gros problèmes. Tu me connais, je n'aime pas faire de raffut, et c'est pourquoi je ne deviendrai jamais directeur-adjoint. Je préfère maintenir le *statu quo* : les Dragons contrôlent le jeu, ce qui nous permet d'empêcher les triades de s'unir. Tant que les policiers se serreront les coudes et formeront la plus puissante triade de Hong-Kong, l'ordre régnera dans les rues, la population sera calme et le taux de criminalité violente restera faible.

— Tu crois vraiment à ce que tu dis, hein ? fit Brian Kwok en fixant Armstrong.

— Oui. D'une certaine façon, les Dragons sont l'un de nos plus puissants auxiliaires. Regardons les choses en face : seuls des Chinois peuvent gouverner des Chinois. Les Dragons ont eux aussi intérêt au *statu quo* et ils accordent parfois aux diables d'étrangers que nous sommes une aide que nous n'obtiendrions pas autrement. Je n'approuve ni la corruption ni le viol de la loi — absolument pas ; je n'aime ni les pots-de-vin ni les indicateurs mais aucune force de police au monde ne peut opérer sans se salir les mains de temps à autre et sans faire appel à de sales petits mouchards. Les Dragons sont un mal nécessaire. Hong-Kong, c'est la Chine, et la Chine, c'est un cas spécial. Tant qu'il ne s'agit que de jeu illégal, je m'en moque. S'il ne tenait qu'à moi, le jeu deviendrait autorisé dans les vingt-quatre heures. Par contre, je m'en prendrais à toutes les formes d'extorsion, à la « protection » des filles et des boîtes. Je ne peux pas sentir les macs. Le jeu, c'est différent. D'ailleurs, il est impossible d'empêcher les Chinois de jouer. Légalisons le jeu et tout le monde sera content. Depuis des années, la police de Hong-Kong nous donne ce conseil, que nous nous obstinons à ne pas suivre. Et pourquoi ? A cause de Macao ! Ces bons vieux Portugais de Macao vivent du jeu et de la contrebande de l'or, le Royaume-Uni ne peut décemment pas enlever à son vieil allié cette planche de salut !

— Robert Armstrong au pouvoir !

— Va te faire voir ! Il n'empêche que j'ai raison. Le prélèvement que nous opérons sur le jeu clandestin nous sert à payer nos indics. Où trouverions-nous l'argent nécessaire sans cette caisse noire ? Auprès de notre gouvernement reconnaissant ? Ne me fais pas rire ! En augmentant les impôts de ceux que nous protégeons ? Pff !

— Ce système risque d'avoir un jour des retombées, objecta Kwok. Les pots-de-vin, l'argent qui se trouve « par hasard » dans le tiroir d'un poste de police...

— Pas pour moi, en tout cas, parce que je n'y touche pas, et la grande majorité des autres flics non plus. Britanniques ou *Chinois*. En attendant, avec trois cent vingt-sept pauvres officiers de police étrangers, il faut contrôler un millier de flics locaux et trois millions et demi de petits Chinois qui ne peuvent pas nous encadrer.

Brian Kwok partit d'un rire contagieux et bientôt son collègue l'imita.

— Bon. Tu veux le lire d'abord ? proposa le policier chinois.

Armstrong feuilleta le dossier, qui contenait une douzaine de pages dactylographiées tapées à un seul intervalle. Le sommaire indiquait : Première partie : prévisions politiques et économiques pour le Royaume-Uni ; Deuxième partie : le KGB en Asie ; Troisième partie : l'or ; Quatrième partie : activités récentes de la CIA.

Le vieux commissaire posa ses pieds sur le bureau, chercha une position plus confortable sur sa chaise, commença à lire puis changea d'avis.

— Tiens, dit-il en tendant le dossier à Brian. Tu lis plus vite que moi et j'en ai ma claque des mauvaises nouvelles.

Le Chinois ouvrit la chemise d'un geste impatient et, le cœur battant, entama la lecture de la première partie. Armstrong le vit devenir blême, ce qui l'inquiéta car Kwok ne s'émouvait pas facilement. Brian lut le document jusqu'au bout sans faire de commentaires, revint en arrière pour vérifier un paragraphe ici ou là puis referma lentement le dossier.

— C'est si mauvais ? demanda Arsmtrong.

— Pire. Si je ne connaissais pas A. Medford Grant,

je dirais que ce dossier est l'œuvre d'un cinglé. Il prétend que la CIA a des contacts avec la Mafia, qu'ensemble elles cherchent à assassiner Castro, que les Américains agissent en force au Vietnam, qu'ils utilisent la drogue et que sais-je encore ! Tiens, lis toi-même.

— Et la taupe ?

— Nous en avons bien une, répondit Brian, qui feuilleta le document à la recherche du passage concerné. Ah ! voilà... Écoute : « Il ne fait aucun doute qu'un agent communiste de haut niveau est infiltré au sein de la police de Hong-Kong. Selon des informations ultra-secrètes que le général Hans Richter — chef adjoint des services de sécurité de la RDA — nous a révélées en mars dernier, lorsqu'il est passé à l'Ouest, cet agent a pour nom de code "notre ami", il est en place depuis dix ans au moins, peut-être quinze. Il a sans doute pour officier traitant un membre du KGB ayant pour couverture des fonctions de journaliste ou d'homme d'affaires, de banquier ou de marin à bord d'un des cargos soviétiques qui font régulièrement escale à Hong-Kong. A notre connaissance, "notre ami" a déjà livré à l'ennemi les informations suivantes : communications radio secrètes, numéros de téléphone secrets du gouverneur, du chef de la police et des principaux hauts fonctionnaires de Hong-Kong, ainsi que des dossiers sur la plupart d'entre eux...

— Des dossiers ? interrompit Armstrong. Ils y sont ?

— Non.

— Merde ! continue.

— ... plans d'urgence de la police en cas d'insurrection fomentée par les communistes ou d'émeutes semblables à celles de Kowloon ; copies des dossiers de tous les officiers de police au-dessus du grade d'inspecteur ; noms des six principaux agents nationalistes du Kuomintang opérant secrètement dans la Colonie, sous le commandement du général Jen Tang-wa (voir annexe A) ; liste des agents de la SI opérant dans le Kuang-tung sous les ordres de Wu Fong Fong (voir annexe B).

— Nom de Dieu ! s'écria Armstrong. Nous ferions mieux de rappeler en vitesse le vieux Fong Fong et ses gars.

— M'ouais.

— Wu Tat-sing est sur la liste ?

Kwok se reporta à l'annexe B.

— Oui. Écoute, voici la fin de cette partie : « La commission estime que la sécurité intérieure de l'île sera compromise tant que le traître ne sera pas éliminé. Pourquoi cette information n'a-t-elle pas encore été transmise à la police ? Nous l'ignorons. Nous supposons néanmoins qu'il faut y voir une conséquence de l'infiltration soviétique à tous les niveaux de l'administration britannique. Cette situation permet l'existence d'agents comme Philby et explique que certaines informations sont enterrées ou déformées. Nous suggérons que ce rapport soit intégralement ou en partie transmis au gouverneur ou au directeur de la police de Hong-Kong, si vous les jugez dignes de confiance. »

Brian releva la tête.

— Ce n'est pas tout, dit-il, l'air effondré. Lis donc la partie sur la situation politique au Royaume-Uni, ou celle qui concerne *Sevrin*... Si c'est vrai, nous sommes dans la merde jusqu'au cou.

Armstrong jura à voix basse.

— Qui est-ce ? murmura-t-il. Quelqu'un de haut placé mais qui ?

Après un long silence, Kwok répondit :

— Le seul... le seul ayant accès à toutes ces informations, c'est Crosse.

— Oh ! pour l'amour du ciel !

— Réfléchis, Robert. Il connaissait Philby, il a fait lui aussi ses études à Cambridge. Tous deux proviennent de milieux semblables, appartiennent à la même génération et ont travaillé dans le renseignement pendant la guerre — comme Burgess et Maclean. Si

Philby a réussi à tromper tout le monde aussi longtemps, pourquoi Crosse n'en serait-il pas capable ?

— Impossible !

— Alors qui d'autre ? Crosse a fait toute sa carrière dans le MI 6 ; il a été affecté quelque temps à Hong-Kong dans les années cinquante puis est revenu il y a cinq ans pour faire de la SI une branche indépendante de la SB, dont il est depuis le directeur.

— Cela ne prouve rien.

— Ah oui ?

Armstrong scruta le visage de son ami.

— Tu sais quelque chose ? demanda-t-il d'un ton hésitant.

— Et si Crosse était homosexuel ?

— Tu es complètement dingue ? explosa Armstrong. Il est marié et... et...

— Il n'a pas d'enfant, sa femme est presque toujours en Angleterre et lorsqu'elle vient ici, ils font chambre à part.

— Qu'en sais-tu ?

— Son *amah* aurait pu me le dire si j'avais voulu le savoir.

— Ce n'est pas une preuve. Des tas de gens font chambre à part.

— Et si je t'en donnais une, de preuve ?

— Laquelle ?

— Crosse passe toujours une partie de ses vacances en Malaisie, dans les Cameron Highlands. Supposons qu'il y retrouve un jeune Malais, inverti notoire...

— Il me faudrait des photos pour y croire, et des photos, ça se trafique. Il me faudrait des enregistrements, et cela se trafique aussi. Le jeune Malais lui-même ? C'est un vieux truc que de produire de faux témoignages et de faux témoins... Et même s'il était pédé, cela ne prouverait rien — tous les invertis ne sont pas des traîtres.

— Tous les invertis prêtent le flanc au chantage. Si

Crosse l'est, il devient hautement suspect. Tu es d'accord ?

Armstrong regarda autour de lui avec embarras.

— Je n'aime pas parler de ça ici. Nous sommes peut-être enregistrés.

— Et alors ?

— Alors il peut nous virer.

— Si c'est lui, le traître, il saura que nous sommes au courant ; dans le cas contraire, il se foutra de nous et je pourrai dire adieu à la SI. En tout cas, il ne pourra pas virer tous les Chinois de la police.

— Que veux-tu dire ? demanda Arsmtrong en écarquillant les yeux.

— Supposons qu'il existe un dossier sur Crosse, que tous les policiers chinois au-dessus du grade de caporal l'aient lu...

— Quoi ?

— Robert, tu sais bien que les Chinois se serrent toujours les coudes.

— Vous êtes organisés en confrérie au sein de la police ? Vous formez une triade ?

— J'ai dit « supposons ». Tout cela n'est que pure hypothèse, Robert.

— Qui est le Grand Dragon ? toi ?

— Je n'ai jamais dit qu'une telle organisation existait. J'ai dit « supposons ».

— Il y a d'autres dossiers ? sur moi, par exemple ?

— Peut-être.

— Et ?

— S'il y avait un dossier sur toi, on y apprendrait que tu es un bon flic, incorruptible que tu as joué gros à la bourse et perdu, qu'il te faut d'urgence vingt mille dollars pour éponger tes dettes — et quelques autres détails.

— Lesquels ?

— Nous sommes en Chine, mon vieux. Nous savons presque tout sur les *quai loh*. Nous y sommes bien obligés, pour survivre.

Armstrong jeta à son ami un regard perplexe.

— Pourquoi ne me l'as-tu pas dit avant ?

— Mais je ne t'ai rien dit maintenant. Rien du tout, sinon « peut-être » et « supposons ».

Kwok essuya la sueur de sa lèvre supérieure et passa le dossier à Armstrong.

— Tiens, lis toi-même. Si tout cela est vrai, nous sommes dans le pétrin et il faudra réagir très vite. Écoute, Robert, je te parie mille dollars... mille contre un, que la taupe c'est Crosse.

10

19 h 43

Dunross acheva la lecture du dossier pour la troisième fois. Il en avait pris connaissance dès qu'il l'avait reçu — comme à l'accoutumée — puis l'avait relu en se rendant au palais du gouverneur. Il referma la chemise, la posa sur ses genoux et s'abîma dans ses réflexions. Il se trouvait dans son bureau, au deuxième étage de la Grande Maison perchée au sommet d'un tertre, sur les hauteurs du Pic. Des fenêtres veinées de plomb, on découvrait les jardins inondés de lumière et, au-delà, la ville et l'immensité du port.

Une horloge ancienne sonna huit heures moins le quart.

Dans quinze minutes, les invités arriveront, la soirée commencera et nous jouerons tous une nouvelle pantomime, songea-t-il. Ou peut-être continuerons-nous la même.

La pièce, haute de plafond, avait des boiseries de chêne, des tentures de velours vert sombre et des tapis chinois en soie. C'était un endroit confortable, masculin, un peu vieillot, pour lequel le propriétaire des lieux avait une prédilection. Il entendit les voix étouffées des domestiques, le bruit d'une voiture grimpant la colline et s'éloignant.

Le téléphone sonna.

— Oui ? Bonsoir, Claudia.

— Je n'ai pas encore réussi à joindre Tsu-yan, Taï-pan. Il vous a appelé ?

— Toujours pas. Essayez à nouveau.

— Entendu. A tout à l'heure.

Assis dans un profond fauteuil, Dunross regardait distraitement par la fenêtre une vue qui l'enchantait toujours. Ce soir, cependant, les révélations du dossier sur « Sevrin » et la taupe gâchaient son plaisir.

Que faire ?

— Rire, répondit-il à voix haute. Et lutter.

Il se leva et s'approcha de sa démarche souple du portrait de Dirk Struan accroché au-dessus de la cheminée. Il fit pivoter le lourd cadre doré sur ses charnières, ouvrit le coffre que le tableau dissimulait. La cachette contenait de nombreux papiers — certains fort anciens, d'autres récents — plusieurs coffrets, des lettres entourées d'un ruban rouge, un Mauser chargé soigneusement graissé, une boîte de munitions, une vieille Bible à la couverture de cuir frappée des armes de Struan, et sept chemises bleues semblables à celle qu'il avait à la main.

Il la rangea avec les autres, considéra pensivement la pile puis commença à refermer le coffre mais interrompit son geste lorsque son regard se posa sur la vieille Bible. Il la caressa du bout des doigts, la sortit du coffre et l'ouvrit. Deux moitiés de pièces de monnaie chinoise en bronze, grossièrement cassées en deux, étaient fixées à l'épaisse page de garde par la cire de sceaux anciens. Manifestement, il y avait eu autrefois quatre demi-pièces car on voyait la trace de celles qui avaient disparu et des fragments de cire rouge restés collés au papier parcheminé. D'une belle écriture moulée, on avait inscrit en haut de la page :

« Je jure devant Dieu, notre Seigneur, d'accorder à quiconque présentera l'autre moitié de ces pièces ce qu'il demandera. » Le texte était suivi d'une date — 10 juin 1841 — de la signature de Dirk Struan et de celles de tous les taï-pans qui lui avaient succédé, Ian Dunross terminant la série.

Sous la première place vide, on avait écrit : « Wu Fang Choi, payé partiellement le 16 août de l'an de grâce 1841 », avec à nouveau la signature de Dirk Struan, et plus bas celle de son fils Culum avec l'inscription : « payé totalement, 18 juin 1845 ». Sous la seconde, on lisait : « Sun Chen-yat, payé totalement le 10 octobre 1911 », et, dessous, le paraphe énergique de Hag Struan.

Quelle arrogance, quelle confiance en soi devait-elle avoir pour signer non pas Tess Struan mais de ce Hag qu'elle jette comme un défi aux générations futures ! se dit Dunross, admiratif.

Combien de générations encore ? Combien d'autres taï-pans devront-ils signer et jurer de respecter aveuglément les engagements pris par un homme mort depuis près d'un siècle et demi ?

Dunross promena pensivement le doigt sur la cassure irrégulière des deux demi-pièces restantes puis il referma la Bible d'un geste décidé, la remit en place et referma le coffre. Il rabattit le tableau contre le mur et, les mains dans les poches de son smoking, il contempla le portrait de Dirk Struan.

C'était sa toile préférée et lorsqu'il était devenu Taï-pan, il l'avait enlevée de la longue galerie de la Grande Maison pour la mettre à la place d'honneur occupée jusque-là par le portrait de Hag Struan, dans le bureau du Taï-pan, au-dessus de la cheminée. Aristotle Quance, auteur des deux tableaux, avait représenté Dirk Struan devant une tenture écarlate, arrogant et carrant ses larges épaules, vêtu d'une jaquette noire, d'un gilet et d'une chemise blanche à jabot, le sourcil épais, le nez fort, les joues rasées de près, les cheveux et les favoris roussâtres, la lèvre sensuelle. Ses yeux, dont la couleur verte ressortait sur le fond écarlate, semblaient plonger au plus profond de votre être.

Dunross eut un demi-sourire sous ce regard qui ne l'effrayait pas, qui ne le rendait pas envieux mais qui lui procurait une sorte de plénitude sereine. Il se savait possédé de ce diable d'ancêtre — en partie tout au moins. D'un geste à moitié moqueur, il leva son verre de champagne vers le tableau et lui porta un toast, comme il l'avait souvent fait.

— A ta santé !

Les yeux verts semblaient lui renvoyer son regard.

Que ferais-tu, à ma place, Dirk — Dirk le feu follet ?

— Tu donnerais sans doute l'ordre de trouver les traîtres et de les tuer, répondit le Taï-pan à voix haute. Et tu aurais probablement raison.

Le problème de la taupe infiltrée dans la police de Hong-Kong le préoccupait moins que le réseau d'espions « Sevrin », ses ramifications aux États-Unis et les progrès stupéfiants réalisés en secret par les communistes au Royaume-Uni. D'où Grant tire-t-il ses informations ? se demanda-t-il pour la centième fois.

Il se souvint du jour où il avait fait la connaissance de ce petit homme chauve ressemblant à un elfe, avec ses gros yeux et ses grandes dents, son costume à rayures fraîchement repassé et son chapeau melon. Alan Medford Grant lui avait plu immédiatement.

— Ne vous inquiétez pas, Mr. Dunross, avait assuré Grant en 1960, lorsque Dunross, devenu Taï-pan, avait fait appel à ses services. Il n'y aura pas de conflit d'intérêt avec le gouvernement de Sa Majesté si je dirige votre comité de recherche sur la base que nous avons définie ensemble. En fait, j'ai déjà éclairci cette question avec ses membres : je vous livrerai uniquement — et pour votre usage personnel, sans possibilité de les faire publier — des informations secrètes ne compromettant pas la sécurité nationale. Après tout, nous avons les mêmes intérêts en ce domaine, n'est-ce pas ?

— Je le crois.

— Puis-je vous demander comment vous avez entendu parler de moi ?

— Vous avez des amis haut placés, Mr. Grant, et votre nom est très connu dans certains milieux. Vous auriez même pu m'être recommandé par un ministre des Affaires étrangères.

— Vraiment ?

— Alors notre arrangement vous paraît satisfaisant ?

— Oui : un an d'essai, porté à cinq si tout va bien. Ensuite ?

— Cinq autres années. Si j'obtiens les résultats recherchés, je doublerai vos honoraires.

— C'est très généreux de votre part. A ce propos, pourquoi montrer une telle générosité — une telle extravagance, dirais-je même — envers ma personne et ce comité ?

— Sun Tzu a écrit : « Savoir à l'avance permet au souverain avisé, au bon général de frapper, de conquérir et de réaliser des choses hors de portée des hommes ordinaires. Seul l'espionnage permet de savoir à l'avance et rien n'est plus important pour l'État que la qualité de ses espions. Il revient dix mille fois moins cher de payer grassement les meilleurs espions que d'entretenir chichement une petite armée. »

Alan Medford Grant avait eu un sourire rayonnant.

— Très juste, Mr. Dunross. Grassement est le mot puisque mes honoraires se montent à huit mille cinq cents livres par an.

— Il ne saurait y avoir de meilleur investissement.

— A condition que je vous donne satisfaction. J'espère que vous en aurez pour votre argent : trente mille livres par an pour les honoraires des membres du comité, un fonds de cent mille livres pour payer les... les informateurs — c'est une somme.

— Si vous êtes bien le meilleur dans votre domaine, je la récupérerai au centuple.

— Je ferai de mon mieux. Dites-moi quelle sorte d'informations vous intéresse particulièrement ?

— Toutes les informations économiques ou politiques qui aideraient Struan à prévoir l'avenir et dresser ses plans, plus spécialement en ce qui concerne le Pacifique, la Russie, les États-Unis et le Japon. S'agissant de la Chine, nous sommes probablement mieux informés que vous. En fait, tout renseignement pourrait m'être utile car je veux sortir Struan de l'ornière chinoise, en faire une compagnie internationale et diversifier ses activités pour la rendre moins dépendante du négoce chinois traditionnel.

— Bien. Première remarque : je n'aimerais pas beaucoup confier nos rapports à la poste.

— J'organiserai un courrier spécial.

— Parfait. Deuxièmement : je voudrais pouvoir à ma guise choisir, désigner ou renvoyer les autres membres du comité, et utiliser les fonds comme je l'entends.

— Accordé.

— Cinq membres devraient suffire.

— Combien les paierez-vous ?

— Pour cinq mille livres par an, j'obtiendrai d'excellents collaborateurs. Au besoin, je ferai appel à des membres associés pour certaines études spéciales. Comme la plupart de nos, euh, contacts, seront pris à l'étranger — surtout en Suisse — il conviendrait de mettre l'argent à ma disposition dans ce pays.

— Je déposerai chaque trimestre, sur un compte numéroté, la somme convenue. Vous opérerez des retraits selon vos besoins et vous me ferez un rapport sur leur utilisation à la fin du trimestre. Vous et moi serons les seuls à pouvoir tirer de l'argent sur ce compte.

— Comme je ne pourrai nommer personne, il me

sera impossible de vous révéler à qui j'aurai versé de l'argent, objecta Grant.

Dunross réfléchit avant de répondre :

— D'accord.

— Merci. Nous nous comprenons, je crois. Donnez-moi un exemple de ce que vous voulez.

— Par exemple, je ne veux pas me retrouver pris au piège comme mon prédécesseur après les événements de Suez.

— Ceux de 1956, lorsque Eisenhower nous a de nouveau trahis en provoquant l'échec de l'attaque israélo-franco-britannique lancée en représailles de la nationalisation du Canal ?

— Exactement. Nous y avons laissé une fortune, nos intérêts au Moyen-Orient se sont effondrés et nous avons frôlé la ruine. Si mon prédécesseur avait été informé de l'éventualité d'une fermeture du Canal, il aurait au contraire gagné des millions en augmentant à temps notre flotte. Si, tout au moins, nous avions eu une idée de la position américaine, si nous avions su qu'Eisenhower ferait bloc contre nous avec les Russes, nous aurions grandement limité les dégats.

— Je me souviens. Il avait menacé de geler les avoirs britanniques, israéliens et français aux États-Unis si nous ne nous retirions pas immédiatement d'Égypte — alors que nous aurions remporté la victoire quelques heures plus tard. A mon avis, tous les problèmes que nous connaissons actuellement au Moyen-Orient découlent de cette décision américaine. Les États-Unis ont approuvé à la légère un acte de piraterie internationale qui a créé un précédent et ouvert la voie à d'autres exactions de ce genre. Nationalisation — quelle plaisanterie ! Il serait plus exact de parler de *vol*, de brigandage. Oui, Eisenhower fut bien mal inspiré en l'occurrence... Tout comme il fut mal inspiré de respecter les accords de Yalta, signés par un Roosevelt malade, un Attlee incompétent, et qui permirent à Staline de faire main basse sur la moitié de l'Europe alors que le politicien le plus stupide, le général le plus borné auraient dû comprendre que céder était contraire à nos intérêts nationaux fondamentaux et à ceux des États-Unis ! Je crois que Roosevelt nous haïssait, nous et l'Empire britannique.

Le petit homme avait marqué une pause avant de poursuivre :

— Il faut que je mette carte sur table, Mr. Dunross : je suis patriote, anti-communiste, et farouche adversaire du KGB, principal instrument de la politique étrangère soviétique, qui a toujours ouvertement visé à nous détruire. Vous pourrez donc, si vous le jugez bon, ne pas tenir compte de certaines de mes estimations, qui vous sembleront peut-être excessives. Je suis totalement hostile à un parti travailliste dominé par son aile gauche et je ne perds jamais une occasion de rappeler que l'hymne travailliste s'intitule « Le drapeau rouge ».

Alan Medford Grant avait eu un de ses sourires de lutin avant de poursuivre :

— Il vaut mieux vous avertir dès le départ : je suis royaliste, loyaliste, et je crois au système parlementaire britannique. Je ne vous fournirai jamais d'informations fallacieuses, bien qu'il puisse arriver à mes estimations d'être orientées. Puis-je à mon tour connaître vos opinions politiques ?

— Nous n'en avons pas, à Hong-Kong, Mr. Grant. Nous ne votons pas, il n'y a pas d'élections — nous sommes une colonie, plus particulièrement une colonie de port franc, pas une démocratie. Sa Majesté nous gouverne, ou plutôt son représentant, le gouverneur, exerce sur nous une autorité de despote. Le conseil législatif n'est qu'une chambre d'enregistrement et la politique officielle suivie depuis toujours est celle du laissez-faire. Le gouverneur se garde d'intervenir. Il écoute les hommes d'affaires, procède à des changements sociaux avec une grande prudence et laisse chacun gagner de l'argent ou en perdre, bâtir, s'étendre ou aller à la ruine, s'installer ou partir, rêver ou rester éveillé, vivre ou mourir. L'impôt ne peut dépasser 15 p. 100 et ne frappe que l'argent gagné à Hong-Kong. Ici, nous ne faisons pas de politique et nous ne voulons pas en faire. La Chine, qui est elle aussi pour le *statu quo*, se satisfait de cette situation. Mon opinion personnelle ? Je suis royaliste, partisan de la liberté et de la flibuste. Je suis Écossais, je défends les intérêts de Struan ; je suis pour le laissez-faire à Hong-Kong et pour la liberté dans le monde.

— Je crois que nous nous comprenons. Bien. Je n'ai jamais travaillé pour une personne privée — toujours pour le gouvernement. L'expérience sera nulle pour moi et j'espère vous donner satisfaction.

Le petit homme s'était interrompu pour réfléchir.

— Comme Suez en 1956 ? avait-il murmuré, le front plissé. Eh bien, préparez-vous à ce que les États-Unis perdent le canal de Panama.

— C'est ridicule !

— C'est tout à fait possible, Mr. Dunross. Laissons nos ennemis poursuivre pendant dix ou quinze ans leur travail de sape, laissons les libéraux américains faire de grands discours, avec la bénédiction des âmes charitables qui croient à la bonté de la nature humaine ; ajoutons une dose savamment calculée d'agitation à Panama — de préférence parmi les étudiants — organisée par des professionnels patients, hautement qualifiés, et financés par le KGB — le canal finira par tomber entre les mains des ennemis des États-Unis.

— Ils n'oseront jamais le revendiquer.

— Oui, mais ils s'y infiltreront secrètement. En cas de conflit ou simplement de crise, quelle meilleure arme pourraient-ils utiliser contre leur ennemi capitaliste que le blocage du canal ? Il suffirait de couler un navire au bon endroit, de détruire une écluse pour le rendre inutilisable pendant des années.

Le Taï-pan se rappela qu'il avait rempli à nouveau leurs verres avant de demander :

— Vous nous conseillez sérieusement de dresser des plans d'urgence dans cette éventualité ?

— Je prends mon travail très au sérieux, Mr. Dunross. Mon métier, celui que je me suis choisi, consiste à percer à jour les intentions de l'ennemi. Je n'ai rien contre les Russes, les Chinois ou les Allemands de l'Est, j'essaie au contraire de les aider. Je suis convaincu que nous sommes en guerre, que l'ennemi de tous les peuples, c'est le membre du parti communiste, que ce soit en Grande-Bretagne, en Irlande, en Chine, en Union soviétique, en Hongrie, aux États-Unis... ou sur Mars. Les communistes de tous les pays forment une immense toile d'araignée au centre de laquelle se trouve le KGB... Excellent whisky, Mr. Dunross.

— C'est du Loch Vey. Il est fabriqué dans une distillerie proche de notre berceau natal, Ayr, et appartenant à Struan.

— Délicieux, vraiment.

Le Taï-pan avait mentalement pris note d'en envoyer une caisse à Grant pour Noël si les premiers rapports se révélaient intéressants.

— Je ne suis ni un fanatique ni un démagogue, avait poursuivi le petit homme. Je fais des rapports, je dresse des estimations, c'est tout. Certains font collection de timbres, moi je collectionne les secrets...

Les phares d'une voiture s'engageant dans le tournant à demi caché de la route serpentant en bas du tertre le tirèrent momentanément de ses pensées. Il s'approcha lentement de la fenêtre, suivit des yeux le véhicule jusqu'à ce qu'il disparût, puis retourna s'asseoir dans le profond fauteuil et laissa de nouveau son esprit partir à la dérive. Oui, Mr. Grant, vous collectionnez les secrets, et votre collection est d'une richesse étonnante.

Avez-vous encore raison, cette fois, pour *Sevrin* ? Jusqu'à quel point dois-je vous croire ?

Dans ses précédents rapports, Grant avait émis deux hypothèses qui s'étaient vérifiées : il avait prédit avec un an d'avance que de Gaulle opposerait son veto à l'entrée de la Grande-Bretagne dans le Marché commun, que le Général prendrait une position de plus en plus antibritannique, antiaméricaine et prosoviétique ; que, sous l'influence de pressions étrangères et d'un de ses conseillers les plus proches — une taupe ultrasecrète du KGB — il lancerait une attaque à long terme contre l'économie américaine en spéculant sur l'or. A l'époque, Dunross avait jugé cette histoire trop tirée par les cheveux pour être crédible et avait ainsi manqué l'occasion de gagner une fortune.

Plus récemment, Grant avait annoncé la crise des missiles de Cuba six mois avant qu'elle n'éclate, la réaction énergique de Kennedy, le blocus de l'île et la capitulation de Khrouchtchev. Misant cette fois sur la justesse des prévisions de Grant — bien qu'une crise de cette nature parût alors hautement improbable — Dunross avait fait gagner à Struan un demi-million de livres en achetant du sucre hawaïen sur la récolte à venir — six cent mille actions pour la compagnie, six cent mille pour le fonds secret du Taï-pan — et avait dressé un plan d'investissements à long terme dans les plantations d'Hawaï qu'il mettrait en application dès qu'il en aurait les moyens financiers. Ces moyens, tu les as, maintenant, se dit-il en pensant à Par-Con.

— Tu les as presque, rectifia-t-il.

Dois-je faire confiance à ce rapport ? Malgré quelques divagations, le comité d'A.M.G. s'était révélé jusqu'à présent un investissement utile mais quelques prévisions exactes ne garantissaient pas qu'elles le seraient toutes. Dunross se sentait un peu comme un monarque consultant son astrologue personnel. Hitler et Jules César avaient eu le leur, se rappela-t-il. Sois prudent.

Il faut pourtant agir : c'est maintenant ou jamais.

Sevrin. Alan Medford Grant écrivait dans son rapport : « Des documents portés à notre connaissance et certifiés authentiques par l'espionne française Marie d'Orléans indiquent que le Département V du KGB (désinformation, Extrême-Orient) possède dans cette région un réseau d'espionnage inconnu jusqu'ici et portant le nom de code de Sevrin. Les buts poursuivis par ce réseau sont clairement définis dans le document central dérobé à notre intention :

« Objectif : paralyser la Chine révisionniste, formellement reconnue comme l'ennemi principal — exception faite des États-Unis capitalistes — par le Comité central de l'URSS.

« Moyen : en finir une fois pour toutes avec Hong-Kong, bastion du capitalisme en Extrême-Orient, principale source de devises, d'aide technique et de produits manufacturés pour la Chine.

« Méthode : infiltration à long terme de la presse et des médias, du gouvernement, de la police, de l'enseignement et des milieux d'affaires par des étrangers contrôlés par notre centre, conformément aux procédures spéciales utilisées en Asie.

« Date d'application : immédiatement.

« Durée de l'opération : provisoirement fixée à trente ans.

« Classification : ultra-secrète.

« Financement : maximum.

« Approbation : L.B., le 14 mars 1950. »

« Il convient de remarquer, poursuivait Grant, que ce document a été approuvé par un certain L.B. — sans doute Lavrenti Beria — en 1950, alors que l'Union soviétique était officiellement alliée à la Chine communiste. Il faut en conclure que dès cette époque, l'URSS considérait secrètement la Chine comme son ennemi n° 2 (voir notre précédent rapport 3/1962 : la Russie contre la Chine).

« L'histoire montre que la Russie, poursuivant des buts impérialistes et dominateurs, a toujours cherché à s'emparer de la Chine et qu'il en sera toujours ainsi. Posséder la Chine ou la balkaniser constitue le fondement constant de la politique étrangère soviétique. Les Russes estiment cependant qu'il leur faudra auparavant s'occuper de l'Europe occidentale et qu'ensuite ils ne feront qu'une bouchée de leurs voisins chinois.

« Les documents détournés indiquent que la cellule du réseau Sevrin à Hong-Kong se compose d'un officier traitant résidant sur place, et de six agents. Nous ne savons rien de cet officier traitant si ce n'est qu'il porte le nom de code d'Arthur et qu'il travaille pour les Russes depuis que le KGB l'a recruté, en Angleterre, dans les années trente. Il doit donc avoir une quarantaine ou une cinquantaine d'années. Par contre, nous ignorons s'il est né en Angleterre ou si ses parents sont Anglais.

« D'autres documents datés du 6 avril 1959 et subtilisés à la STB tchécoslovaque (Sûreté de l'État) viennent à l'appui des premiers : « ... De 1946 à 1959, six agents ont été recrutés sur les indications fournies par Arthur : au ministère des Colonies (nom de code Charles), au Trésor (nom de code Mason), à la base navale (John), à la Banque de Londres et de la Chine (Vincent), à la Compagnie des Téléphones de Hong-Kong (William), et à la Struan (Frederick). Conformément aux procédures normales, seul Arthur connaît l'identité véritable des six agents. Sept *planques* ont été établies, notamment aux Tours Sinclair, dans l'île de Hong-Kong, et à l'hôtel des Neuf Dragons, à Kowloon. Le contact du réseau à New York a pour nom de code Guillio. Il a pour nous une grande valeur du fait de ses liens avec la Mafia et la CIA. »

« Nous soupçonnons Guillio d'être Vincenzo Banastasio, racketteur notoire et parrain de la famille Sallapione, continuait le rapport de Grant. Nos sources américaines procèdent actuellement à des vérifications. Nous ne savons pas si la taupe infiltrée dans la police de Hong-Kong (question traitée en détail dans une autre partie) fait partie du réseau Sevrin mais nous le supposons.

« A notre avis, la Chine contrainte de multiplier les échanges commerciaux avec l'Occident afin de contrebalancer la poussée impérialiste soviétique et de remédier au chaos provoqué par le retrait brutal de tous les techniciens russes en 1960. L'armée chinoise a grandement besoin de se moderniser. Les dernières récoltes ont été mauvaises. Autrement dit, la Chine offrira dans les années à venir un marché important pour le matériel militaire de toute sorte et les denrées alimentaires. Nous recommandons donc d'investir dans le riz américain.

« Je vous prie d'agréer, l'expression de mes sentiments respectueux. A.M.G., Londres, le 15 août 1963. »

Avions à réaction, chars, vis et écrous, roquettes, moteurs, camions, pétrole, pneus, ordinateurs et vivres, songeait Dunross, lâchant la bride à ses pensées. Un éventail illimité de produits commerciaux, faciles à obtenir, faciles à transporter. Rien de tel qu'une bonne guerre pour faire des profits lorsqu'on a le sens des affaires. Mais pour l'instant la Chine n'achète rien, quoi qu'en dise Grant.

Qui est Arthur ? Qui est son agent au sein de Struan ? Bon dieu ! d'abord Chen, Tsu-yan, les armes, et maintenant un homme du KGB dans la Compagnie !

Des coups discrets résonnèrent à la porte.

— Entre, dit Dunross, reconnaissant la façon de frapper de sa femme.

— Ian, il est presque huit heures, annonça Penelope Dunross. Tu descends ?

— J'arrive. Tu veux une coupe de champagne ?

— Oui, merci.

Il lui servit un verre et remplit le sien.

— A propos, Penn, j'ai invité quelqu'un dont j'ai fait la connaissance cet après-midi. Un gars sympathique, le genre ancien de la RAF. Il s'appelle Peter Marlowe.

— Il était dans la chasse ?

— Oui, mais les Hurricane, pas les Spit. C'est une nouvelle robe ? Elle te va bien.

— Le compliment me va droit au cœur mais je me sens terriblement vieille, ce soir, soupira Penelope en s'asseyant dans l'autre fauteuil. Peter Marlowe, tu dis ?

— Oui. Il a été fait prisonnier à Java en 1942, le pauvre, et il a passé trois ans et demi dans un camp.

— Son avion avait été abattu ?

— Non, les Japonais avaient bombardé l'aérodrome avant qu'il puisse décoller. Dans un sens, il a eu de la chance parce que les Zéros ont descendu les appareils qui avaient réussi à prendre l'air : les pilotes ont grillé dans leur engin. Son escadrille de Hurricane constituait la dernière unité alliée pour tout l'Extrême-Orient. Quelle connerie !

— Terrible.

— Dieu merci, notre guerre à nous se déroulait en Europe, reprit Dunross en observant son épouse. Marlowe m'a raconté qu'il a passé un an à Java et que les Japonais l'ont envoyé ensuite à Singapour, dans un camp de travail.

— A Changi ? fit-elle d'une voix changée.

— Oui.

— Oh !

— Il y est resté deux ans et demi.

Changi — en malais « vigne grimpante » — était le nom de la prison de Singapour dans laquelle les Japonais avaient installé un de leurs infâmes camps de prisonniers pendant la Seconde Guerre mondiale.

Penn Dunross eut un rire nerveux :

— Il y a connu Robin ?

Elle parlait de Robin Grey, son frère, seul survivant de la famille avec elle : ses parents avaient été tués dans un bombardement à Londres en 1943, juste avant qu'elle n'épouse Dunross.

— Il se souvient de lui mais comme visiblement il ne tenait pas à parler de cette époque, je n'ai pas insisté.

— Je comprends parfaitement. Tu lui as dit que Robin était mon frère ?

— Non.
— Quand Robin doit-il rentrer ?
— Je ne sais pas au juste — dans quelques jours. Cet après-midi, j'ai appris par le gouverneur que la délégation se trouve actuellement à Pékin.

Il s'agissait d'une délégation parlementaire britannique composée de députés des trois partis — conservateur, libéral et travailliste — et invitée en Chine pour discuter de questions commerciales. Arrivés à Hong-Kong deux semaines plus tôt, les députés s'étaient immédiatement rendus à Canton, où se déroulaient toutes les négociations commerciales. De là, ils iraient à Pékin — privilège rarement accordé à quiconque, et plus encore à une délégation parlementaire. Robin Grey, qui en était membre, représentait le parti travailliste.

— Penn, ma chérie, tu ne crois pas que nous pourrions donner une réception en l'honneur de Robin ? Nous ne l'avons pas vu depuis des années et c'est la première fois qu'il visite l'Asie. Tu ne crois pas le moment venu d'enterrer la hache de guerre ?
— Je ne le recevrai pas chez moi.
— Oublie donc le passé, plaida Dunross.
— Pas question. Je le connais, pas toi. Il a sa vie, nous avons la nôtre — nous avons passé cet accord il y a des années. Je n'ai aucune envie de le revoir. C'est un être grossier, dangereux, et par surcroît mortellement ennuyeux.
— J'avoue qu'il est antipathique et que je suis opposé à ses vues politiques mais cette délégation est importante. Je dois recevoir ses membres d'une façon ou d'une autre.
— Je t'en prie, mais pas ici, de préférence. Ou alors préviens-moi à temps pour que je puisse avoir mes vapeurs et que les enfants soient enrhumés. C'est une question de principe, je ne veux pas perdre la face.

Penelope secoua la tête comme pour chasser les contrariétés qui menaçaient de changer son humeur.

— Ne gâchons pas la soirée en parlant de lui ! décida-t-elle. Dis-moi plutôt ce que ce Marlowe fait à Hong-Kong.

— Il est écrivain, il prépare un livre sur la Colonie. Il vit à présent aux États-Unis et sa femme l'accompagne. A propos, j'ai aussi invité les Américains, Linc Bartlett et Casey Tcholok.

— Quatre ou quarante de plus, cela ne changera rien, s'esclaffa Penn. De toute façon, je ne connais pas la plupart des invités ; c'est Claudia qui a tout organisé avec son efficacité habituelle. Un trafiquant d'armes chez les pirates ! dit-elle en haussant les sourcils. Cela ne devrait choquer personne.

— Tu crois qu'il l'est ?

— Tout le monde le prétend. As-tu lu l'article du *Mirror* de cet après-midi ? Ah Tat est convaincue que l'Américain apporte le mauvais *joss* ; elle en a informé le personnel, les enfants et moi, ce qui rend la chose officielle. Elle a raconté à Adryon que son astrologue lui a instamment recommandé de te mettre en garde contre les mauvaises influences venues de l'Est. Autrement dit les Yankees, Ah Tat en est persuadée. Elle ne t'a rien glissé dans le creux de l'oreille ?

— Pas encore.

— Ce que j'aimerais parler couramment cantonais comme toi et les enfants ! Je dirais à cette vieille harpie de garder pour elle ses idées superstitieuses. Elle exerce une mauvaise influence sur les enfants.

— Elle donnerait sa vie pour eux.

— Elle a été ta *gan sun*, je le sais ; elle t'a quasiment élevé et elle s'imagine être un don de Dieu pour le clan Dunross. Quant à moi, je la considère comme une vieille garce acariâtre et repoussante, déclara Penelope avec un sourire suave. L'Américaine est jolie, il paraît ?

— Séduisante, plutôt. Elle a fait passer un sale moment à Andrew.

— Je m'en doute. Une femme d'affaires ! Où va notre pauvre monde ! Elle y connaît quelque chose ?

— C'est trop tôt pour juger. En tout cas, elle est très futée et elle ne nous facilitera pas les choses.

— Tu as vu Adryon, ce soir ?

— Non — qu'y a-t-il ? demanda Ian aussitôt, alerté par le ton de la question.

— Elle a encore pillé ma garde-robe : la moitié de mes bas nylon a disparu, le reste traîne un peu partout, mes foulards sont en désordre, ma nouvelle blouse est introuvable. Elle m'a même chipé mon plus beau sac de chez Hermès ! Cette enfant est impossible !

— A dix-neuf ans, on n'est plus une enfant, dit Dunross avec lassitude.

— Elle est impossible ! Je lui ai dit je ne sais combien de fois de ne pas fouiller dans mes affaires !

— Je lui parlerai.

— Cela n'y changera rien.

— Je sais.

Tous deux s'esclaffèrent.

— Quelle chipie, marmonna Penn.

— Tiens, fit Ian en lui tendant un boîte plate. Joyeux anniversaire !

— Oh ! merci. Le tien est en bas. Tu...

Elle s'interrompit en découvrant dans l'écrin un bracelet de jade sculpté et d'argent, en filigrane, un splendide bijou ancien, une pièce de collection.

— Oh ! merci, Ian, c'est très joli.

Le ton de la voix de Penelope n'exprimait ni déception ni réel plaisir.

— Très joli, répéta-t-elle en l'accrochant à son poignet par-dessus la fine chaîne d'or qu'elle portait déjà. Merci, chéri. Où l'as-tu trouvé ? à Taïwan ?

Elle se pencha vers lui, pressa brièvement sa joue contre ses lèvres.

— Non, ici, dans Cat Street. Chez Wong Chun Kit. Il a...

La porte s'ouvrit brusquement sur une jeune fille

grande, mince et blonde qui fit irruption dans la pièce et déclara d'un seul jet :

— J'espère que cela ne vous fait rien j'ai invité un de mes copains ce soir il vient de m'appeler il vient mais il sera en retard c'est un type épatant. Formid.

— Pour l'amour du ciel, Adryon, combien de fois t'ai-je déjà demandé de ne pas te ruer ici sans frapper ? reprocha Dunross à sa fille avec douceur. Et qu'est-ce que ça veut dire, formid ?

— Sensass, bath, quoi. Père, tu es vraiment vieux jeu, ce sont des expressions dans le vent, même à Hong-Kong. A tout à l'heure, il faut que je me dépêche, je sors après la soirée. Je rentrerai tard, ne m'attend...

— Une minute, l'interrompit Dunross.

— C'est ma blouse, ma nouvelle blouse ! fulmina Penelope. Adryon, enlève-moi ça tout de suite !

— Oh ! tu n'en as pas besoin, répliqua la jeune fille à sa mère. Je peux bien te l'emprunter pour un soir... S'il te plaît ? Oh ! s'il te plaît ! Père, dis-lui (elle passa au cantonais) Honorable père, aidez votre fille numéro un à obtenir l'inaccessible, sinon elle pleurera toute la soirée *oh ko* (revint à l'anglais sans transition). Maman, je ferai très attention, je te le promets. S'il te plaît ?

— Non.

— Je ne l'abîmerai pas, c'est juré.

— Non.

— Maman !

— Bon, si tu prom...

— Oh ! merci, s'écria Adryon avant de s'élancer hors du bureau et de claquer la porte derrière elle.

— Misère ! grogna Ian. Pourquoi faut-il toujours que les portes claquent quand elle quitte une pièce ?

— Cette fois, du moins, elle ne l'a pas fait exprès. Je ne crois pas que je serais de force à l'élever une nouvelle fois.

— Moi non plus. Dieu merci, Glenna est plus raisonnable.

— Ce n'est que temporaire. Glenna ressemble à son père, comme Adryon.

— Je n'ai pas un sale caractère, protesta Dunross. Et puisqu'on parle d'elle, j'espère qu'elle a invité un garçon bien au lieu de la nullité habituelle. Qui est-ce ?

— Je ne sais pas. C'est la première fois que j'en entends parler.

— Ils sont toujours épouvantables ! Dans ce domaine, elle a un manque de goût consternant... Tu te souviens de ce demeuré, avec une tête comme un melon et des bras de singe, dont elle était « follement amoureuse » ? Elle avait à peine quinze ans !

— Seize, rectifia Penelope.

— Comment s'appelait-il ? Ah ! oui. Byron, Byron, je te demande un peu !

— Ce n'était pas une raison pour menacer de lui briser les os. Ce n'était qu'une amourette d'adolescente.

— Une amourette ? avec ce gorille ! Et l'autre, avant lui, tu te rappelles ? Le psychiatre...

— Victor. Victor Hopper. Tu penses si je me le rappelle : il m'avait demandé si je ne voyais pas d'inconvénient à ce qu'il couche avec Adryon.

— *Il avait quoi ?*

— Tu as bien entendu, répondit Penn avec un sourire innocent. A l'époque, j'avais préféré ne pas t'en parler.

— *Quoi ?* rugit de nouveau Dunross.

— Inutile de te mettre dans cet état, c'était il y a quatre ans. Je lui ai dit non, Adryon n'a pas quinze ans, attendez qu'elle en ait vingt et un. Encore un que le vent a emporté !

— Nom de Dieu ! Il t'a demandé si...

— C'était déjà bien de sa part de me poser la question, fit observer Penelope avec désinvolture. (Elle se leva, remplit le verre de Ian et versa un peu de champagne dans le sien.) Tu n'as plus que dix années de purgatoire à passer, ensuite ce sera le tour des petits-enfants. Heureux anniversaire !

Elle eut un léger rire, leva son verre et but en regardant Dunross.

— Tu as raison, dit-il avec un sourire.

Il sentit monter en lui une vague de tendresse. Nous avons passé ensemble tant de bonnes années, songea-t-il. J'ai eu de la chance. Il se rappela ce jour d'été ensoleillé, en août 1940, pendant la bataille d'Angleterre. Il se trouvait à la base de la RAF de Biggin Hill et Penelope venait d'y être affectée en qualité d'auxiliaire féminine de l'armée. Pour lui, c'était le huitième jour de guerre, la troisième sortie, le premier avion abattu. Il était rentré avec un Spitfire criblé de balles, une aile presque arrachée. Selon toutes les règles du *joss*, il aurait dû y rester mais c'était au contraire le pilote du Messerschmitt qui était mort. Lui était rentré sain et sauf, fou de rage, submergé par la peur, la honte et le soulagement de s'en être tiré et d'avoir vu le jeune pilote ennemi crier dans son cockpit en flammes.

Penelope Grey l'avait accueilli à son retour, lui avait offert une tasse de thé très chaud et l'avait regardé en silence, bien qu'elle eût normalement pour tâche d'assurer son « debriefing » — elle était dans les transmissions. Elle s'était contentée de lui sourire, lui laissant le temps de quitter un ciel de mort et de revenir à la vie. Quand il fut enfin capable de parler, il avait annoncé d'une voix tremblante :

— J'ai eu un Messerschmitt. Un 109.

Il ne se souvenait pas d'avoir défait son harnachement, d'être descendu de son cockpit et d'avoir grimpé dans le camion avec les autres survivants.

— Le capitaine Miller nous l'a confirmé, avait dit Penelope. Il vous demande de vous préparer à décoller de nouveau dans quelques minutes. Vous prendrez Poppa Mike Kilo, cette fois. Bravo pour le Messerschmitt abattu — cela fait un monstre en moins.

Ce ne sont pas des monstres, avait-il pensé. Le pilote allemand, c'était un jeune, lui aussi, du même âge que lui, peut-être. Il était mort en criant, dans un avion en feu tombant du ciel comme une feuille morte enflammée. Demain, tout à l'heure, ce serait son tour...

— Tommy est rentré ? Tom Lane ?

— Non, avait murmuré la WAAF Penelope Grey. Le lieutenant Lane a été abattu au-dessus de Douvres.

— J'ai peur de tomber, de griller.

— Ils ne vous auront pas. Pas vous, je le *sais*. Ils ne vous auront jamais.

Il avait regardé cette jeune fille aux yeux bleu clair, aux cheveux blonds et au joli visage, qui n'avait pas encore dix-huit ans mais montrait une force et une confiance peu communes. Il l'avait crue, et la confiance de Penn l'avait soutenu pendant quatre mois, au cours desquels il avait parfois effectué cinq sorties par jour. Elle s'était pourtant trompée puisqu'il avait fini par être abattu lui aussi mais il s'en était tiré avec des brûlures relativement légères. Quand il était sorti de l'hôpital, il l'avait épousée.

— Vingt ans déjà, murmura-t-il, en cachant son bonheur.

— Plus deux avant, ajouta-t-elle, cachant son bonheur elle aussi.

La porte s'ouvrit et Penelope soupira quand Ah Tat entra dans la pièce d'un pas majestueux.

— *Ayiiya*, mon fils, tu n'es pas encore prêt ? dit la servante en cantonais. Nos honorables invités vont arriver d'un moment à l'autre et tu n'as pas encore mis ta cravate ! Et cet étranger sans mère du Kuantung du Nord, pourquoi l'a-t-on fait venir aux cuisines ? On n'a pas besoin de ce rejeton puant de catin à un dollar qui se prétend cuisinier... Ah ! Il vient d'une province où l'on trouve les meilleurs voleurs et les pires putains ! Il souille notre cuisine, il sème le désordre.

La minuscule vieille chinoise continua ses jérémiades sans reprendre haleine tout en nouant le nœud papillon de son maître :

— Pour couronner le tout, la fille numéro deux refuse de mettre la robe que l'honorable Première Femme a choisie pour elle. Hiii, cette famille !... Tiens, mon fils, dit Ah Tat en remettant un télex à Dunross. Encore un message envoyé par un barbare pour te féliciter en cette heureuse journée, que ta pauvre mère a passée à courir sur ses pauvres jambes parce que les autres domestiques sont des bons à rien, des paresseux...

Ian profita que sa *gan sun* reprenait sa respiration pour glisser poliment :

— Merci, Mère.

— Du temps de ton honorable Père, les servantes travaillaient et savaient ce qu'elles avaient à faire. Ta pauvre mère ne devait pas subir la présence de sales étrangers dans la Grande Maison.

Elle sortit en marmonnant quelques malédictions supplémentaires à l'adresse du cuisinier et ajouta :

— Ne sois pas en retard, mon fils, sinon...

Elle parlait encore lorsqu'elle referma la porte.

— Qu'est-ce qu'elle a encore ? soupira Penelope.

— Elle se plaint des traiteurs, elle n'aime pas les inconnus — tu sais comment elle est, répondit Dunross en ouvrant l'enveloppe contenant le télex.

— Qu'a-t-elle dit au sujet de Glenna ? demanda son épouse qui, malgré la pauvreté de son cantonais, avait reconnu les mots *yi-chat*, seconde fille.

— Qu'elle ne veut pas porter la robe que tu lui as achetée.

— Qu'est-ce qu'elle a, cette robe ?

— Elle ne l'a pas dit. Écoute, je crois que le mieux serait de mettre Glenna au lit. A cette heure-ci, elle devrait être couchée, de toute façon, et...

— Tu te fais des illusions si tu crois qu'elle va renoncer à la soirée. Hag Struan en personne ne parviendrait pas à lui faire changer d'avis ! D'ailleurs, c'est toi qui lui as promis qu'elle y assisterait ! pas moi, toi !

— Oui, mais tu ne penses pas que...

— Oh ! elle est bien assez âgée, à treize ans. Bon, je vais m'occuper des humeurs de cette demoiselle.

Elle s'apprêtait à sortir lorsqu'elle remarqua que son mari avait changé d'expression en prenant connaissance du télex.

— Que se passe-t-il ?

— L'un de nos collaborateurs a été tué à Londres. Grant. Alan Medford Grant.

— Je le connaissais ?

— Tu as dû le rencontrer une fois à Ayr, lors de nos dernières vacances : une sorte de petit farfadet.

Penelope fronça les sourcils :

— Aucun souvenir.

Elle prit le télex des mains de Dunross et lut : « Ai le regret vous informer de la mort de A.M. Grant, tué ce matin dans un accident circulation. Détails suivent. Salutations, Kiernan. »

— Qui est Kiernan ?

— Son adjoint.

— Grant était de tes amis ?

— D'une certaine façon.

— Il avait de l'importance pour toi ?

— Oui.

— Je suis navrée.

Dunross se força à hausser les épaules et à répondre d'une voix calme :

— C'est le *joss*.

Pourtant il n'échappa pas à sa femme qu'il était profondément troublé, bien qu'il cherchât à le cacher. Elle aurait voulu savoir pourquoi la mort de cet inconnu préoccupait tant son mari mais elle refréna sa curiosité.

Être là, calme et silencieuse — c'est mon rôle, se rappela-t-elle. Pour recoller les morceaux mais seulement quand on m'y invite.

— Tu descends ? demanda-t-elle.
— Dans un instant.
— Ne tarde pas trop, Ian.
— Non, non.
— Merci encore pour le bracelet.
— De rien.
Penn devina qu'il ne l'avait pas vraiment entendue. Dunross avait déjà décroché le téléphone lorsqu'elle sortit et referma la porte en silence. Elle resta un moment immobile, perdue, le cœur battant, dans le long couloir menant aux ailes est et ouest. Maudits soient les télex, les téléphones et les inconnus ! Maudits soit Struan et toute la colonie ! explosa-t-elle silencieusement. Si nous pouvions partir à jamais, oublier Hong-Kong, la Noble Maison, les affaires, la bourse, le pourtour du Pacifique et...
— Maman !
La voix de Glenna, qui retentit au bout de l'aile est, exprimait non pas la peur mais la rage et la frustration. Aussi Penn ne se pressa-t-elle pas de rejoindre sa fille et lui répondit-elle simplement d'une voix calme :
— Voilà, j'arrive... Qu'y a-t-il, Glenna.
— Où es-*tuuuu* ?
— Voilà, voilà.
Glenna sera très jolie dans cette robe, se dit-elle. J'ai trouvé : je lui prêterai mon petit collier de perles. Heureuse, Penelope accéléra le pas.
De l'autre côté du port, à Kowloon, Tang-po, sergent de la brigade criminelle et Grand Dragon, monta un escalier branlant et entra dans une pièce où étaient déjà réunis plusieurs membres de la société secrète.
— Mettez-vous ça dans la boîte que vous avez entre les oreilles, dit-il. Les Dragons veulent qu'on retrouve Chen de la Noble Maison et qu'on expédie en taule ces Loups-garous vérolés, mangeurs de fange, avant que les dieux n'aient le temps de cligner de l'œil !
— Oui, Seigneur, firent en chœur les sous-fifres de la triade, impressionnés par le ton de sa voix.

La « planque » de Tang-po, où avait lieu la réunion, était un petit appartement sordide situé au cinquième étage d'un immeuble lugubre dont le rez-de-chaussée était occupé par de modestes boutiques, dans une ruelle malpropre, à quelques centaines de mètres du poste de police de Tsim Sha Tsui, quartier faisant face au port et à la montagne, à l'extrémité de la péninsule de Kowloon. Ils étaient neuf : un sergent, deux caporaux, sept flics — tous inspecteurs en civil de la brigade criminelle, tous Cantonais, choisis avec soin et liés par leur serment. Ils formaient la *tong*, la confrérie de Tang-po, qui « protégeait » tout le jeu dans le quartier de Tsim Sha Tsui.

— Regardez partout, parlez à tout le monde, continua Tang-po. Nous n'avons que trois jours.

C'était un quinquagénaire solidement bâti, aux cheveux légèrement grisonnants et aux sourcils broussailleux. Il s'était hissé au rang le plus élevé auquel un policier pouvait accéder sans devenir officier.

— C'est l'ordre de mes frères les Dragons et du Grand Dragon lui-même. Gros-tas-de-fiente a promis de nous virer de la police ou de nous rétrograder si nous échouons et c'est la première fois qu'il profère une telle menace. Que les dieux pissent de très haut sur tous les diables d'étrangers, en particulier sur les fornicateurs sans mère qui refusent de payer leur écot et de se comporter en personnes civilisées !

— Amen ! approuva avec ferveur le sergent Lee, qui avait fréquenté dans sa jeunesse une école catholique.

— Gros-tas-de-fiente a été très clair cet après-midi : si on ne lui donne pas de résultats, il nous mute sur la frontière, là où y a pas un pot pour pisser dedans et pas un tripot à protéger à des kilomètres. *Ayiiya*, les dieux nous préservent de l'échec !

Le caporal Ho griffonna une note sur son cahier. C'était un homme au visage en lame de couteau qui suivait des cours du soir pour devenir comptable et jouait le rôle de secrétaire de la confrérie, tenant les comptes à jour et rédigeant les minutes des réunions.

— Frère aîné, commença respectueusement le sergent Lee, y a-t-il une récompense que nous puissions offrir à nos informateurs ? Un minimum et un maximum ?

— Oui, répondit Tang-po. Le Grand Dragon a promis cent mille dollars de Hong-Kong si l'affaire est réglée dans les trois jours : la moitié pour retrouver Chen de la Noble Maison, l'autre pour les ravisseurs. Et une prime de dix mille dollars au frère dont l'informateur fournira le tuyau.

— Dix mille pour Chen et dix mille pour les kidnappeurs ? voulut savoir le caporal. C'est ça, frère aîné ?

Ô dieux, faites que j'ai la prime ! pria-t-il, comme tous les autres.

— *Diou ne lo mo*, c'est ce que j'ai dit, rétorqua sèchement Tang-po. Tu as les oreilles bouchées de pus ?

— Pardon, honorable seigneur.

La prime obnubilait tous les esprits. Hiii, si j'empoche la prime avant trois jours, j'aurai de quoi pour aller aux courses, songeait le sergent Lee. Ô dieux, grands et petits, accordez-moi votre faveur, maintenant pour la prime et samedi pour les courses.

— Passons aux autres questions, décida Tang-po. Grâce à la collaboration de Chang-service-de-jour et de l'honorable Song, la confrérie pourra utiliser leurs douches au V & A tous les jours de huit à neuf et non de sept à huit comme auparavant — femmes et concubines à tour de rôle. Caporal Ho, tu t'occupes d'établir le roulement.

— Hé, honoré seigneur, tu as entendu parler de Pubis-doré ? gloussa un des jeunes inspecteurs.

— Hein ?

Le policier rapporta les propos que Chang-service-de-jour lui avait tenus dans la matinée, quand il avait pris son petit déjeuner dans les cuisines de l'hôtel. Tous les participants à la réunion partirent d'un gros rire.

— *Ayiiya*, tu te rends compte ! Comme de l'or, *heya* ?

— As-tu déjà couché avec une étrangère, honorable seigneur ?

— Jamais. Rien que l'idée... Pouah !

— Moi j'aimerais bien essayer, pouffa Lee. Juste pour voir...

— Une Porte-en-jade est une Porte-en-jade, déclara l'un des policiers, goguenard, mais j'ai entendu dire que certaines étrangères l'ont de travers !

— Elles ont la fente en biais, paraît !

— Honoré seigneur, Chang m'a dit autre chose, reprit le jeune inspecteur lorsque les rires furent retombés. Pubis-doré a un émetteur-récepteur miniature — le meilleur que j'aie jamais vu, meilleur encore que ceux de la Special Branch.

— Curieux, s'étonna Tang-po. Pourquoi une étrangère se promènerait-elle avec un engin pareil ?

— Ça a peut-être un rapport avec les armes ? supputa Lee.

— Je ne sais pas, petit frère. En tout cas, le poste ne se trouvait pas dans ses valises lorsque des gens à nous les ont fouillées, hier soir. Elle le porte sans doute dans son sac à main. Bon travail, caporal Ho. Après la réunion, passe donc donner une récompense à Chang-service-de-jour : un ou deux « rouges ».

Un « rouge » était un billet de cent dollars de Hong-Kong.

— J'aimerais savoir à qui étaient destinées les armes, poursuivit Tang-po d'un air songeur. Dis à tous nos informateurs que cette question m'intéresse aussi.

— Chen de la Noble Maison serait mêlé à l'affaire des armes avec les deux diables d'étrangers ? demanda Lee.

— Je le crois, frère cadet. Autre fait bizarre : on n'envoie pas si vite l'oreille d'un kidnappé. Ce n'est pas civilisé.

— Tu penses que les Loups-garous sont des étrangers ? des demi-personnes, ou des Portugais ?

— Je ne sais pas mais nous devons le découvrir si nous ne voulons pas perdre la face : l'affaire s'est passée dans notre secteur. Gros-tas-de-fiente fulmine, on dirait qu'il s'est mis la tête dans une essoreuse.

— Hiii, gloussa Lee, ce fornicateur a un foutu caractère.

— Espérons que le renseignement sur le poste émetteur-récepteur le calmera un peu. Je demanderai aux frères de surveiller Pubis-doré et son ami le trafiquant d'armes, à tout hasard. Bon, voyons la suite... (Tang-po consulta une nouvelle fois ses notes) Ah ! oui. Pourquoi la contribution du Happy Hostess Night Club est-elle tombée à 30 p. 100 ?

— La boîte vient de changer de propriétaire, répondit le sergent Lee, qui avait le dancing dans son secteur. Pok-n'a-qu'un-œil l'a vendue à un fornicateur shanghainais nommé Wang, Wang-le-bienheureux. Le nouveau patron prétend que les affaires marchent mal, très mal, et qu'on lui réclame trop de graisse odorante.

— *Diou ne lo mo* sur tous les Shanghainais ! Il dit la vérité !

— La recette a baissé mais pas tellement.

— C'est vrai, honoré seigneur, approuva le caporal Ho. Quand je suis passé prendre l'avance de la semaine, cette saleté de boîte puante était à moitié pleine.

— Il y avait des étrangers ?

— Deux ou trois, honoré seigneur. Personne d'important.

— Transmets à Wang-le-bienheureux ce message de ma part : il a trois semaines pour relancer les affaires. Ensuite nous verrons. Caporal Ho, demande à quelques filles du Great New Oriental de recommander le Happy Hostess pendant un mois environ — ils ont un tas de clients étrangers... et préviens Wang que le *Corregidor,* un porte-avions atomique américain, arrive après-demain à Hong-Kong. Je demanderai à mon frère le Dragon de Wanchai et des docks si Wang-le-bienheureux peut envoyer là-bas des cartes de visite. Un millier de barbares du Pays-doré en permission, ça devrait faire marcher le commerce ! L'escale durera huit jours.

— Honoré seigneur, je m'en occupe dès ce soir, promit le caporal Ho.

— Mon ami de la police militaire de la marine m'a révélé que de nombreux bâtiments de guerre américains feront prochainement escale ici : la VIIe Flotte se renforce. Sur le continent, on dit que les États-Unis vont envoyer des troupes en masse au Vietnam. Pour l'instant, ils y dirigent une ligne aérienne — du moins, par l'intermédiaire de leur triade, la CIA.

— Hiii, c'est bon pour les affaires ! jubila Ho. Nous réparerons les navires et nous distrairons les hommes. C'est très bon pour nous.

— Et très stupide de leur part. Cela fait des mois que l'honorable Chou-en-lai les avertit poliment que la Chine ne veut pas d'eux au Vietnam. Pourquoi ne l'écoutent-ils pas ? Le Vietnam est une des marches barbares de nos frontières. Quelle idée d'aller se battre dans cette jungle puante ! Comment pourraient-ils venir à bout d'hommes que la Chine n'a pas réussi à réduire ?

Tang-po eut un ricanement méprisant et alluma une autre cigarette.

— Pour où est parti Pok-n'a-qu'un-œil ? reprit-il.

— Comme son visa expirait, ce vieux renard a pris le premier avion pour San Francisco — avec sa femme et ses huit gosses.

Le Dragon se tourna vers son comptable.

— Il nous devait de l'argent ?

— Non, honoré seigneur. Il était à jour. Le sergent Lee y avait veillé.

— Son visa lui a coûté combien, à ce vieux fornicateur ?

— Un don de trois mille dollars de Hong-Kong au caporal Sek Pun So, des services de l'immigration, sur notre recommandation, a facilité les choses — nous avons touché notre pourcentage. Nous l'avons également aidé à trouver le diamantaire adéquat pour convertir sa fortune en blanc-bleu. Notre commission se monte à... (le comptable consulta ses livres) 8 960 dollars de Hong-Kong.

— Ce bon vieux N'a-qu'un-œil ! dit Tang-po d'un ton satisfait. Il s'est bien débrouillé. De quelles compétences particulières a-t-il pu se prévaloir pour obtenir le visa ?

— Il a raconté qu'il serait cuisinier dans un restaurant de Chinatown. *Oh ko.* J'ai goûté la cuisine du vieux N'a-qu'un-œil : c'est infect.

— Il paiera quelqu'un pour prendre sa place et s'achètera une agence immobilière, un tripot ou une boîte de nuit, expliqua un membre de la confrérie. Quel *joss* !

— Et pour le visa américain, combien a-t-il dû casquer ?

— La clef du Paradis ! soupira Ho. A ce qu'on m'a raconté, il a payé cinq mille dollars pour se retrouver en tête de liste.

— *Ayiiya,* les prix ont grimpé ! Comment ça se fait ?

— On lui a aussi promis un passeport américain dès la fin du séjour obligatoire de cinq ans. Et puis il a également fallu faire oublier qu'il ne parle pas un mot d'anglais...

— Ces fornicateurs du Pays-doré ! fit Tang-po avec mépris. Aucun style, aucune organisation ! Un ou deux visas par-ci par-là, alors qu'ici tout le monde sait qu'on peut s'en procurer un en graissant la bonne patte au bon moment. Pourquoi n'opèrent-ils pas de façon civilisée : vingt visas par semaine, quarante, même. Ils sont fous, ces étrangers !

— *Diou ne lo mo*, mais tu as raison, dit le sergent Lee, dont l'imagination s'enfiévrait à la pensée des pots-de-vin qu'il toucherait s'il était vice-consul américain au service des visas.

— Si nous pouvions mettre une personne civilisée au consulat, nous deviendrions puissants comme des Mandarins, nous ferions la police à San Francisco ! fit Tang-po avec chaleur. Les Américains pourraient au moins mettre un homme à ce poste — pas quelqu'un qui aime avoir un Bâton Fumant dans sa ravine ! ajouta le sergent d'un ton dégoûté.

Des rires fusèrent.

— Il paraît qu'il a pour partenaire Panse-de-porc, le jeune étranger des Travaux publics, celui qui vend des permis de construire qui ne devraient pas être accordés, précisa un policier.

— C'est de l'histoire ancienne, Chan, dit Tang-po. Aux dernières nouvelles, le chéri de notre vice-consul est en cheville avec un jeunot... le fils d'un éminent comptable qui est aussi un éminent communiste.

— Hiii, c'est mauvais, grommela le sergent Lee, qui avait aussitôt compris de qui il s'agissait.

— Très mauvais, renchérit Tang-po. D'autant que le jeunot a une garçonnière dans le coin, je l'ai appris hier. Dans mon secteur ! Celui où il y a le moins de crimes.

— C'est vrai, approuvèrent avec fierté plusieurs frères.

— Faut-il lui parler ? demanda le sergent Lee.

— Non, mettons-le simplement sous surveillance. Je veux être informé de leurs moindres gestes.

Après avoir communiqué l'adresse de la garçonnière au sergent, Tang-po annonça :

— Puisque vous êtes tous là, inutile d'attendre demain pour la paye.

Il ouvrit un grand sac contenant des billets et distribua à chacun l'équivalent de son salaire de policier plus les indemnités autorisées.

Trois cents dollars de Hong-Kong par mois — salaire normal d'un policier — ne suffisaient pas pour nourrir une famille, fût-elle petite, louer un appartement de deux pièces sans sanitaire et envoyer un enfant à l'école. D'autant qu'il fallait souvent se débrouiller en plus pour envoyer quelque argent au village natal du Kuang-tung afin de venir en aide aux pères, grands-pères, mères, oncles, grand-mères qui, des années plus tôt, avaient sacrifié les économies de toute une vie pour permettre à un jeune de la famille de prendre le chemin de Hong-Kong.

Tang-po avait fait le voyage à l'âge de six ans, seul, et avait survécu. Il avait retrouvé des parents éloignés et, à l'âge de dix-huit ans, il était entré dans la police — il y avait trente-six ans de cela. Il avait bien servi la Reine, la police mieux encore, et les Japonais pas du tout pendant l'Occupation. Riche et respecté à présent, il dirigeait un des secteurs les plus importants de la Colonie. L'un de ses fils faisait des études à San Francisco, un autre possédait un restaurant à Vancouver, au Canada, et la famille restée au Kuang-tung recevait de lui un soutien matériel. Enfin, et surtout, c'était dans son secteur de Tsim Sha Tsui qu'on comptait le moins de vols, de crimes impunis, de batailles entre triades. En quatre ans, on n'y avait commis que trois meurtres, dont tous les coupables avaient été retrouvés et condamnés, comme par exemple ce marin étranger qui avait tué un autre matelot lors d'une rixe pour une fille de dancing. On n'y enregistrait presque pas de menus larcins et les touristes n'avaient à y redouter ni les mendiants envahissants ni les pickpockets, bien que cette zone accueillît un grand nombre de visiteurs étrangers et abritât aussi plus de trois cent mille personnes civilisées qu'il fallait protéger des malfaiteurs... et d'eux-mêmes.

Ayiiya, sans nous, ces fornicateurs de paysans au crâne épais passeraient leur temps à s'égorger, à piller et à tuer, songeait Tang-po. L'inévitable « Mort aux diables d'étrangers ! » monterait de la foule et ce serait de nouveau l'émeute. Que tous les fauteurs de troubles se fassent aimer de façon dégoûtante !

— Nous nous retrouvons dans trois jours, dit-il d'un ton affable. J'ai commandé un festin de dix plats chez Chang. D'ici là, que chacun colle son œil à l'orifice des dieux de manière à me fournir des réponses. Il faut trouver John Chen et les Loups-garous. Sergent Lee, ne pars pas tout de suite. Caporal Ho, rédige le procès-verbal de la réunion et présente-moi le livre de comptes demain à cinq heures.

— Oui, honoré seigneur.

Après le départ des autres, Tang-po et Lee allumèrent une cigarette. Le Dragon se mit à tousser.

— Tu devrais arrêter de fumer, grand frère.

— Et toi ? rétorqua Tang-po en haussant les épaules. Si je dois mourir, je mourrai, c'est le *joss*. Pour avoir la paix chez moi, j'ai quand même dit à ma Première Femme que j'ai arrêté. Elle ne cesse de me faire des remontrances.

— Montre-m'en une qui n'en fait pas : ce sera un homme.

Les deux policiers s'esclaffèrent.

— C'est vrai. *Heya*, la semaine dernière elle m'a forcé à voir un docteur et tu sais ce qu'a dit ce fornicateur sans mère ? Vous feriez mieux d'arrêter de fumer, mon vieux, si vous ne voulez pas finir dans une jarre funéraire avant vingt lunes. Et je vous garantis que votre Première Femme dilapidera votre argent avec de jeunes débauchés et que votre concubine goûtera à d'autres fruits !

— Oh ! le pourceau !

— Il m'a flanqué une de ces peurs ! Comme si ses mots me descendaient droit dans les bourses ! N'empêche qu'il a peut-être raison.

Tang-po prit son mouchoir, se moucha, reprit haleine, la respiration sifflante, se gratta la gorge et envoya ses expectorations dans un crachoir.

— Écoute, petit frère, notre Grand Dragon juge le moment venu d'organiser Yuen-la-contrebande, Lee-poudre-blanche et son cousin Wu-quatre-doigts.

Le sergent regarda son collègue avec stupeur car ces trois hommes passaient pour être les Tigres du trafic d'opium de Hong-Kong. Ils importaient la drogue pour la consommation locale mais aussi, d'après les rumeurs, pour en exporter une grande partie vers le Pays-doré, là où coulait le pactole. L'opium introduit clandestinement était transformé en morphine puis en héroïne.

— Mauvais, très mauvais, grogna Lee. Nous n'avons jamais touché à ce trafic.

— C'est vrai, admit Tang-po avec souplesse.

— Ce serait très dangereux. La brigade des stupéfiants ne plaisante pas et Gros-tas-de-fiente lui-même aimerait drôlement mettre le grappin sur ces trois types. Drôlement.

Tang-po contempla le plafond avant de répondre :

— Le Grand Dragon m'a donné les explications suivantes : une tonne d'opium du Triangle d'Or coûte soixante-sept mille dollars américains. Transformée en fornication de morphine puis en fornication d'héroïne, diluée à cinq pour cent et vendue dans les rues du Pays-doré, elle rapporte presque 680 millions. Ceci pour une tonne.

Le policier toussa et alluma une autre cigarette. La sueur commença à couler dans le dos de Lee, qui demanda :

— Combien de tonnes peuvent bien passer dans les mains de ces fornicateurs ?

— Nous n'en savons rien, mais, d'après le Grand Dragon, 380 tonnes d'opium sont exportées chaque année de l'ensemble du Triangle d'Or : Yunnan, Birmanie, Laos et Thaïlande. Disons qu'ils en reçoivent au moins cinquante tonnes.

— *Oh ko !*

— Oui, dit Tang-po, qui suait lui aussi. Le Grand Dragon est d'avis qu'il faut investir maintenant dans un trafic appelé à se développer. Il a un plan pour mettre la marine dans le coup avec nous...

— *Diou ne lo mo,* on ne peut pas leur faire confiance, à ces salauds de marins.

— C'est aussi ce que j'ai dit mais il m'a répondu que nous avons besoin de ces salauds de marins. Nous en choisirons avec soin quelques-uns à qui nous pouvons nous fier. Il n'y a personne d'autre pour intercepter 20 ou même 50 p. 100 de la marchandise afin de calmer Gros-tas-de-fiente à intervalles réguliers quand la pression se fera trop forte. Si nous pouvons mettre dans le coup la marine, la brigade des stupéfiants et la Bande des Trois, notre *h'eung yau* actuelle ressemblera à un pipi de nourrisson dans les eaux du port.

Tang-po cracha de nouveau avec adresse ; Lee garda un moment le silence puis finit par objecter :

— Il faudrait recruter de nouveaux membres, et c'est toujours dangereux.

— Oui, convint Tang-po.

Dans la pièce enfumée, l'atmosphère devenait irrespirable. Inondé de sueur, le sergent Lee se servit une tasse de thé au jasmin.

— Qu'en penses-tu, frère cadet ? lui demanda Tangpo.

Les deux hommes n'étaient pas parents mais utilisaient entre eux ces formules de politesse chinoise parce qu'ils se faisaient confiance depuis plus de quinze ans. Lee avait sauvé la vie de son supérieur pendant les émeutes de 1956 et fait preuve d'un héroïsme qui lui avait valu une médaille de la police. Agé de trente-six ans, il était marié et père de trois enfants. Ses seize ans d'ancienneté lui valaient de toucher un salaire de

843 dollars de Hong-Kong par mois, ce qui ne l'empêchait pas de venir au travail en tramway. Sans les rentrées supplémentaires que lui assurait la confrérie, il aurait dû s'y rendre à pied ou à bicyclette la plupart du temps.

— Je trouve l'idée mauvaise, dit-il. La drogue — n'importe quelle drogue — c'est très dangereux. L'opium, c'est mauvais — encore que ça ne fasse pas de mal aux vieux — la poudre blanche, la cocaïne, c'est mauvais, mais il n'y a rien de pire que les seringues de mort. Trafiquer dans les seringues de mort, ce serait tenter le *joss*.

— Je lui ai dit la même chose.

— Tu vas quand même lui obéir ?

— Ce qui vaut pour un frère doit valoir pour tous, déclara Tang-po d'un air profond, ce qui lui évita de répondre.

Lee attendit de nouveau en silence. Il ne savait comment on élisait les Dragons, ni combien ils étaient ni qui était le Grand Dragon. Il savait seulement que Tang-po, son Dragon, se conduisait en homme avisé et prudent, ayant leurs intérêts à cœur.

— Il m'a dit aussi qu'un ou deux de nos supérieurs étrangers commencent à faire des histoires au sujet de leur part du gâteau, reprit-il.

Lee cracha avec dégoût.

— Qu'est-ce qu'ils ont à faire, ces fornicateurs ? Rien. Ils se contentent de fermer leurs saloperies d'yeux, exception faite pour le Serpent.

C'était le surnom de l'inspecteur principal Donald C.C. Smyth, qui organisait ouvertement son secteur d'East Aberdeen et vendait sa protection à tous les niveaux, au vu et au su de ses subalternes chinois.

— Ah ! celui-là. Il faudrait le balancer à l'égout. Bientôt ceux qu'il paie pour fermer les yeux ne parviendront plus à cacher à quel point il pue. Et la puanteur nous contaminera tous.

— Il doit prendre sa retraite dans deux ans, dit Lee

d'un air sombre. Peut-être continuera-t-il à agiter son arrière-train sous le nez des pontes jusqu'à son départ sans qu'ils puissent rien contre lui. Il a des amis haut placés, à ce qu'on dit.

— Et d'ici là ?

— Frère aîné, je suis d'avis d'être prudent. Ne t'engage pas dans cette affaire si tu peux l'éviter. Si tu ne peux pas..., soupira le sergent Lee avec un haussement d'épaules. C'est le *joss*. Tu as pris une décision ?

— Non, pas encore. La question nous a simplement été soumise lors de notre réunion hebdomadaire.

— Avez-vous pris contact avec la Bande des Trois ?

— Je crois savoir que c'est Lee-poudre-blanche qui a fait le premier pas, petit frère. Les trois vont s'unir, semble-t-il.

— Par le sang ? bredouilla Lee.

— On dirait.

— Ces démons vont travailler ensemble ?

— Ils l'affirment. Je parie que le vieux Quatre-doigts deviendra leur Grand Tigre.

— *Ayiiya !* on dit qu'il a tué une cinquantaine d'hommes de ses mains, marmonna le sergent Lee d'un ton lugubre. A eux trois, ils peuvent aligner trois cents hommes. Il vaudrait mieux pour nous qu'ils soient morts — ou sous les verrous.

— Lee-poudre-blanche nous garantit des profits énormes en échange d'un peu de coopération, murmura Tang-po, qui s'essuya le front et alluma une cigarette. Il m'a même juré qu'on leur avait offert une grosse somme d'argent, de l'argent américain — liquide et dépôt en banque — ainsi qu'une très importante affaire de vente au détail de la marchandise, là-bas à Manhattan.

Lee sentit de la sueur perler à son front.

— La vente au détail en Amérique... *Ayiiya*, cela signifie des millions. Garanti, il a dit ?

— Oui. Nous n'aurons pas grand-chose à faire à part fermer les yeux et assurer que la marine et les stupéfiants interceptent seulement les cargaisons désignées à l'avance et laissent passer les autres. N'est-il pas écrit dans les Vieux Livres : si tu ne pressures pas les autres, la foudre s'abattra sur toi ?

Après un silence, Lee demanda d'un ton hésitant :

— Quand... quand la décision doit-elle être prise ?

— La semaine prochaine. Si c'est oui, il faudra des mois, une année, peut-être, pour organiser le trafic, dit Tang-po (il jeta un coup d'œil à la pendule, se leva). C'est l'heure de la douche. Song-service-de-nuit nous servira ensuite à dîner.

— Parfait, approuva Lee en éteignant l'unique ampoule brûlant au plafond. Et si c'est non ?

Tang-po écrasa sa cigarette en toussant.

— Si c'est non... répéta-t-il en haussant les épaules. On ne vit qu'une fois, quoi que décident les dieux, et nous avons le devoir de penser à nos familles. L'un de mes parents est capitaine pour Wu-quatre-doigts...

11

20 h 30

— Salut, Brian. Soyez le bienvenu.

— Bonsoir, Taï-pan. Quelle nuit idéale pour une réception ! fit observer le policier. Merci de votre invitation.

Un serveur surgit de nulle part pour lui présenter un plateau de coupes de champagne.

— Je vous en prie, répondit le maître des lieux, qui se tenait à l'entrée de la salle de bal de la Grande Maison.

Quelques mètres plus loin, Penelope accueillait d'autres invités. Les fenêtres de la salle à moitié pleine donnaient sur des terrasses et des jardins où se pressait une foule de femmes en robes chatoyantes, d'hommes en tenue de soirée. Une brise fraîche s'était levée à la tombée de la nuit.

— Penelope, ma chérie, tu te souviens du commissaire Brian Kwok ?

— Naturellement, mentit l'épouse de Dunross en s'approchant des deux hommes avec un sourire radieux. Comment allez-vous ?

— Très bien, merci. Félicitations !

— Merci. Le dîner sera servi à neuf heures quinze. Claudia vous montrera votre place si vous avez perdu votre invitation. Veuillez m'excuser...

Elle s'éloigna pour souhaiter la bienvenue à d'autres invités et, tout en parlant, inspecta la salle afin de voir si tout était en ordre, s'il n'y avait pas d'esseulés qu'il faudrait intégrer à un groupe.

— Vous êtes un homme heureux, Ian. Votre femme rajeunit chaque année.

— C'est vrai.

— Je vous souhaite vingt autres années de bonheur, dit Kwok en levant son verre.

Les deux hommes trinquèrent. Ils étaient amis depuis qu'ils s'étaient rencontrés à la première course de côte, au début des années cinquante. Membres fondateurs du Hong-Kong Sports Car and Rally Club, ils s'affrontaient régulièrement sur les routes en rivaux amicaux.

— Et vous, Brian, rien de neuf côté cœur ? Vous êtes venu seul ?

— Je me fournirai sur place, répondit Kwok en baissant la voix. En fait, j'envisage de rester célibataire.

— Ne rêvez pas ! Cette année, toutes les mères de Hong-Kong vont chercher à vous mettre le grappin dessus. Même Claudia vous a en point de mire : vous êtes cuit, mon vieux.

— Misère ! geignit le policier.

Quittant le badinage, il prit un ton plus sérieux pour demander :

— Dites, je pourrais vous parler quelques instants en privé, ce soir ?

— Au sujet de John Chen ?

— Non. Tous nos hommes sont sur le coup mais il n'y a encore rien de nouveau. Il s'agit d'une autre question.

— Affaires ?

— Oui.

— Confidentiel ?

— Très confidentiel.

— Bon, je vous retrouverai après le dîner. Quel...

Un éclat de rire les fit tourner la tête en direction

de Casey, qui se tenait au centre d'un groupe d'hommes admiratifs, près d'une des hautes portes-fenêtres donnant sur la terrasse.

— Hééée, murmura le Chinois.

— Comme vous dites, approuva le Taï-pan.

La jeune femme portait une longue robe en soie émeraude, aussi moulante et transparente que le permettaient les convenances.

— A votre avis, elle l'est ou pas ?

— Quoi ?

— Nue sous sa robe ?

— Cherche et tu trouveras.

— Cela ne me déplairait pas. Elle est sensationnelle.

— C'est aussi mon opinion, mais je parie que nos autres invités ne la partagent pas, dit Dunross.

— Elle a des seins parfaits, cela se voit.

— En fait, cela ne se voit pas. C'est votre imagination qui travaille.

— Vous ne trouverez pas plus belle poitrine dans tout Hong-Kong.

— Je vous parie que si — à condition d'inclure les Eurasiennes.

— Comment vérifier ?

— Impossible, reconnut Dunross. D'ailleurs, je m'intéresse plutôt aux chevilles des femmes.

— Aux chevilles ?

— Le vieil oncle Chen-Chen avait coutume de me recommander : « Regarde d'abord leurs chevilles, mon fils, elles te renseigneront sur leurs manières, sur la façon dont elles se conduiront, à table ou au lit. »

Brian Kwok sourit et adressa un signal amical à un couple se tenant de l'autre côté de la salle. L'homme était de haute taille ; sa compagne, grande elle aussi, blonde, les yeux gris, était d'une beauté saisissante.

— Voilà une beauté anglaise dans tout son éclat ! apprécia Dunross.

— Fleur Marlowe ? Elle est splendide, en effet. J'ignorais que vous connaissiez les Marlowe, Taï-pan.

— J'ai fait la connaissance de Peter Marlowe cet après-midi. Et vous ?

— Je l'ai rencontré pour la première fois il y a deux mois environ. Il nous a été chaudement recommandé.

— Vraiment ?

— Nous lui montrons les ficelles.

— Pour quelle raison ?

— Il y a quelques mois, il a écrit à notre directeur qu'il se rendrait prochainement à Hong-Kong afin d'y réunir des matériaux pour un nouveau roman et a sollicité son aide. Le Vieux avait lu son premier livre et vu quelques-uns de ses films. Bien entendu, nous avons quand même fait une petite enquête : apparemment, c'est un type régulier. Comme le Vieux cherche à améliorer notre image de marque, il nous a chargés de piloter Peter dans la Colonie. Nous autres, pauvres flics, ne devons pas chercher à savoir pourquoi !

— Comment s'appelle ce premier livre ?

— *Changi*. C'est l'histoire d'un camp de prisonniers de guerre. Le frère du Vieux y est mort, ce qui explique sans doute son intérêt pour le bouquin.

— Vous l'avez lu ?

— Oh ! non. Je passe trop de temps sur les routes de montagne. Je l'ai quand même feuilleté. Peter prétend que c'est un roman mais je n'en crois rien... Pour un écrivain, c'est un sacré buveur de bière. Robert l'a invité à une « Cent-pintes » et il a tenu le coup jusqu'au bout.

Une « Cent-pintes » était une soirée de policiers pour laquelle les officiers offraient en contribution un tonneau de cent pintes de bière. Quand il n'y avait plus de bière, la soirée était terminée.

Les yeux de Kwok ne quittaient pas Casey et Dunross se demanda pour la millième fois pourquoi les Asiatiques étaient si sensibles au charme des Anglo-Saxons — et réciproquement.

— Pourquoi ce sourire, Taï-pan ?

— Pour rien. Pas mal du tout, Casey, n'est-ce pas ?

— Cinquante dollars qu'elle est *bat jam gai*.

Dunross prit le temps de réfléchir. *Bat jam gai* — littéralement « chair de poulet blanche » — était une expression cantonaise qualifiant les femmes qui se rasaient le pubis.

— Tenu ! Et vous avez perdu, Brian : elle est *si yau gai*, « poulet au soya ». Plus précisément roux, tendre et agréablement épicé. Je le tiens des plus hautes autorités !

Brian rit avant de demander :

— Présentez-moi.

— Faites-le vous-même. Vous êtes majeur.

— Je vous laisserai gagner la course de dimanche.

— Ne vous bercez pas d'illusions ! Vous n'avez aucune chance.

— On parie ?

— Vous plaisantez, je présume ?

— Crénom, j'aimerais me la faire. Où est l'heureux Mr. Bartlett ?

— Dans le jardin, je crois. J'ai chargé Adryon de s'occuper de lui. Excusez-moi...

Dunross s'éloigna pour accueillir quelqu'un que Kwok ne connaissait pas. Près de cent cinquante invités étaient déjà arrivés sur les deux cent dix-sept qui prendraient bientôt place autour de tables rondes disposées sur les pelouses et éclairées par des chandelles. Chacun serait placé selon l'usage et le prestige dont il jouissait. Dans la salle, des serveurs en livrée faisaient circuler des plateaux d'argent chargés de coupes de champagne, de toasts au saumon fumé ou au caviar.

Un petit orchestre jouait sur une estrade. Parmi les smokings, Kwok remarqua quelques uniformes, américains et britanniques, armée, marine et aviation. Il ne fut pas surpris de ne découvrir qu'un petit nombre d'Eurasiens ou de Chinois puisque la réception regroupait essentiellement les hommes qui tenaient les leviers de commande de la Colonie et leurs amis anglo-saxons. Le policier connaissait la plupart des invités : Paul Havergill, de la Victoria Bank ; le vieux Samuel Samuels, multimillionnaire, taï-pan d'une vingtaine de sociétés — immobilier, banque, transports, etc. ; Christian Toxe, rédacteur en chef du *China Guardian*, conversant avec Richard Kwang, président de la banque Ho-Pak ; V.K. Lam, l'armateur, en compagnie de Phillip. Diane et Kevin Chen ; l'Américain Zeb Cooper, héritier de la plus ancienne firme commerciale américaine de Chine, qui prêtait l'oreille à Sir Dunstan Barre, taï-pan de Hong-Kong and Lan Tao Farms. Kwok s'étonna de la présence d'Ed Lagan, du FBI, et de Stanley Rosemont, directeur adjoint de la station locale de la CIA ; il ignorait que ces deux hommes faisaient partie des amis de Dunross. Le Chinois laissa son regard errer de groupe en groupe, s'attardant sur les femmes qui, pour la plupart, bavardaient entre elles, à l'écart de leurs maris.

Ils sont tous là, constata-t-il, tous les taï-pans à l'exception de Gornt et de Plumm, tous les pirates venus rendre hommage à celui pour qui ils nourrissent une haine incestueuse.

Qui est l'espion, le traître, le chef du réseau Sevrin ? Qui est Arthur ?

C'est un Européen, forcément, se dit Kwok. Je parie qu'il est là ce soir. Je l'aurai. Oui, je l'aurai, maintenant que je sais qu'il existe. Nous les aurons tous, nous les prendrons la main dans le sac, ces voleurs, nous mettrons fin à leurs pirateries pour le bien de tous.

— Champagne, honoré seigneur ? proposa un serveur en cantonais avec un sourire découvrant ses dents.

— Merci, dit Brian en prenant une coupe.

Le domestique se pencha en avant et murmura rapidement :

— Le Taï-pan avait un dossier à couverture bleue parmi ses papiers quand il est rentré.

— Il y a un coffre, une cachette secrète dans cette maison ? chuchota Kwok.

— Dans son bureau, au premier étage, d'après les domestiques.

Le serveur, qui répondait au nom de Feng, faisait partie des agents secrets de la SI et travaillait pour le traiteur s'occupant des réceptions les plus huppées de Hong-Kong — couverture particulièrement utile.

— Derrière le tableau, à ce qu'il paraît. J'ai...

Il s'interrompit soudain et revint à un anglais de cuisine.

— Champagneu, madame ? dit-il à la vieille Eurasienne toute menue qui se dirigeait vers eux. Tlès tlès bon.

— Je vais t'apprendre à m'appeler madame, jeune impertinent ! lui lança-t-elle d'un ton sec en cantonais.

— Pardon, honorée grand-tante, bredouilla Feng-le-serveur-de-vin avant de battre en retraite.

— Alors, Brian, mon jeune ami ? reprit la vieille en levant les yeux vers le policier.

C'était Sarah Chen, la tante de Phillip, une sorte d'oiseau minuscule à la peau blanche dont les yeux décochaient des regards en tous sens. Bien qu'elle eût quatre-vingt-huit ans et parût fragile, elle se tenait droit sur ses ergots et son esprit n'avait rien perdu de sa vivacité.

— Contente de te voir. Où est John Chen ? Où est mon pauvre petit-neveu ?

— Je ne sais pas, respectée tante, répondit poliment Kwok.

— Quand me rendras-tu mon petit-neveu numéro un ?

— Bientôt. Nous faisons tout notre possible.

— Bon. Et ne vous mêlez pas des affaires de Phillip s'il décide de payer discrètement la rançon de John. Veilles-y.

— Je ferai ce que je peux. La femme de John est ici ce soir ?

— Hein ? Qui ça ? Parle plus fort, mon garçon !

— Barbara Chen — elle est ici ?

— Non, elle est déjà partie. Quand elle a vu arriver cette créature, elle a attrapé la migraine et s'est sauvée. Hum, je ne la blâme pas !

Les vieux yeux chassieux fixaient Dianne Chen à travers la pièce.

— Cette femme ! Tu l'as vue faire son entrée ?

— Non, vénérable tante.

— On aurait dit la Nellie Melba en personne. Elle s'est avancée en se rengorgeant, un mouchoir à la main, Kevin, son fils aîné, dans son sillage — je n'aime pas ce garçon — et Phillip, mon pauvre neveu, à la traîne comme un marmiton de troisième classe. La seule fois de sa vie où elle a pleuré, c'est pour le krach de 1956, quand ses actions se sont effondrées et qu'elle a perdu une fortune. Ha ! regarde-la se pavaner maintenant ! Elle joue la comédie du chagrin alors qu'elle se voit déjà dans le rôle de l'impératrice douairière ! C'est dégoûtant ! J'ai envie de lui donner une bonne paire de gifles !

Sarah Chen se retourna vers Brian :

— Retrouve mon petit-neveu. Je ne veux pas de cette femme ou de son rejeton comme *lo-pan* de notre maison.

— Comme *taï-pan*, alors ? plaisanta Kwok.

La vieille et le policier rirent ensemble. Très peu d'Européens savaient qu'à l'origine, le mot *taï-pan* désignait dans le langage familier le gardien d'une maison close ou de toilettes publiques. Aussi aucun Chinois ne se donnait à lui-même le titre de *taï-pan* et préférait celui de *lo-pan*, qui signifiait aussi grand chef, dirigeant. Chinois et Eurasiens s'amusaient beaucoup de cette bévue linguistique des *quai loh*.

— Retrouve mon petit-neveu, Brian Kwok, répéta la vieille.

— Nous le retrouverons.

— Bien. Maintenant, dis-moi un peu ce que tu penses des chances de Golden Lady, samedi.

— Elles sont bonnes si les chevaux courent sur terrain sec. Attention à Noble Star — elle peut gagner, elle aussi.

— Viens me voir après le dîner. J'aurai à te parler.

— Entendu, grand-tante.

Il sourit en la regardant s'éloigner. Encore une qui veut caser une de ses petites-nièces, se dit-il. Il va falloir que je me décide.

Ses yeux revinrent à Casey, qu'il détailla à loisir. L'Américaine était la cible des regards désapprobateurs de toutes les autres femmes mais les hommes qui les accompagnaient dissimulaient mal leur admiration. Elle releva la tête, croisa les yeux du policier et l'examina brièvement avec la même curiosité franche. *Diou ne lo mo*, jura intérieurement Brian, qui se sentait nu sous ce regard. Ce que j'aimerais te posséder ! Apercevant Roger Crosse et Armstrong, il se ressaisit et se dirigea vers eux.

— Bonsoir, monsieur.

— Bonsoir, Brian. Vous avez l'air très distingué.

— Merci, monsieur, répondit simplement le Chinois, sachant qu'il valait mieux éviter tout compliment en retour. Je vois le Taï-pan après le dîner.

— Bien. Vous me rejoindrez tout de suite après.

— Oui, monsieur.

— Alors, vous trouvez l'Américaine sensationnelle ?

— Oui, monsieur.

Brian avait oublié que Crosse était capable de lire sur les lèvres de quelqu'un parlant anglais, français ou même arabe — il ne connaissait par contre aucun dialecte chinois — et qu'il avait une vue exceptionnelle.

— Elle est d'une beauté un peu tapageuse, estima le directeur de la SI.

— Oui, monsieur.

Kwok remarqua que Crosse fixait la jeune femme et devina qu'il était en train de lire sur ses lèvres. Il lui envia ce talent et se reprocha de ne pas l'avoir cultivé.

— Apparemment, elle se passionne pour les ordinateurs, reprit le patron de la Special Intelligence en reportant son attention sur ses collaborateurs. Curieux, non ?

— Oui, monsieur.

— Que vous a dit Feng-le-serveur-de-vin ?

Brian le lui répéta.

— Bien. Je lui ferai avoir une prime. Je ne m'attendais pas à voir Langan et Rosemont ici.

— C'est peut-être une coïncidence, suggéra Kwok. Ils aiment tous deux les courses, le Taï-pan les a déjà invités dans sa loge.

— Je ne crois pas aux coïncidences, répliqua Crosse. En ce qui concerne Langan, vous ne savez rien, bien entendu.

— Oui, monsieur.

— Bon, vous feriez peut-être mieux de vous mettre au travail, tous les deux.

Armstrong et Kwok s'apprêtèrent à quitter le directeur mais se figèrent quand le silence se fit dans la salle. Tous les yeux se tournèrent vers la porte, où se tenait Quillan Gornt — barbe noire, sourcils noirs, conscient de l'effet que son entrée avait produit. Les invités reprirent les conversations interrompues et détournèrent le regard de la porte mais tendirent l'oreille.

Crosse siffla entre ses dents.

— Que vient-il faire ici ?

— Cinquante dollars qu'il mijote un sale coup, murmura Kwok, stupéfait lui aussi.

Ils virent Gornt s'avancer dans la salle de bal et tendre la main à Dunross. Claudia Chen, qui se trouvait à côté de son patron, se demandait, affolée, comment réorganiser la table du Taï-pan, car bien sûr il faudrait y placer le nouveau venu.

— J'ai changé d'avis au dernier moment, déclara le patron de Rothwell-Gornt en souriant. J'espère que cela ne vous dérange pas.

— Pas le moins du monde, répondit Dunross en souriant lui aussi.

— Bonsoir, Penelope. J'ai tenu à venir vous présenter moi-même mes félicitations.

— Merci, répondit l'épouse du Taï-pan, dont le cœur se mit à battre très vite. Je, j'ai appris avec tristesse la mort de votre femme.

Emelda Gornt, clouée par l'arthrite dans un fauteuil à roulettes depuis des années, avait contracté une pneumonie en janvier et était morte peu de temps après.

— Elle n'avait jamais eu de chance, dit Gornt. Quel malheur aussi, ce pauvre John. Vous avez lu la *Gazette* de ce soir, je suppose ? demanda-t-il en se tournant vers son hôte.

Dunross acquiesça d'un signe de tête et Penelope déclara :

— Une histoire à vous glacer les sangs...

Tous les journaux du soir s'étaient longuement étendus sur l'oreille coupée et les Loups-garous.

— Les enfants vont bien ? enchaîna Penn pour meubler le silence qui suivit.

— Oui. Annagrey entre à l'université de Californie en septembre, Michael est revenu pour les vacances. Ils sont tous deux en pleine forme, je m'en réjouis. Et les vôtres ?

— Ils vont très bien. Je voudrais qu'Adryon poursuive ses études mais elle n'a pas l'air décidé. Les enfants sont bien difficiles, de nos jours, vous ne trouvez pas ?

— Ils l'ont toujours été, dit Gornt avec un léger sourire. Mon père se plaignait lui aussi de ce que j'étais difficile.

— Comment va-t-il ? s'enquit Dunross.

— Il a bon pied bon œil et m'écrit que le climat anglais lui réussit. Il sera ici pour Noël.

Gornt accepta la coupe offerte par un serveur et la leva en souhaitant au couple de nombreuses autres années de bonheur. Le Taï-pan inclina la tête, encore étonné de la venue de son rival. Ce n'était que pour la forme qu'il avait envoyé officiellement une invitation à Gornt et à d'autres ennemis, dont il n'attendait rien de plus qu'un refus poli. D'ailleurs, Gornt avait déjà répondu qu'il n'assisterait pas à la réception.

Pourquoi est-il venu ? se demanda Ian.

Pour nous narguer, probablement. Il aime se repaître du malheur des autres, comme son salaud de père. Quel mauvais tour nous a-t-il joué ? Bartlett ? Il s'est servi de Bartlett ?

— Jolie pièce, proportions harmonieuses, apprécia Gornt. Je vous ai toujours envié cette maison.

Je le sais, ordure ! fulmina intérieurement Dunross en se rappelant la dernière visite des Gornt à la Grande Maison. C'était dix ans plus tôt, en 1953, à l'époque où Colin Dunross, le père de Ian, occupait encore le poste de Taï-pan. Quillan Gornt et son père William, alors taï-pan de Rothwell-Gornt, s'étaient présentés chez les Dunross, à l'improviste là encore, le soir où Struan donnait sa réception de Noël, traditionnellement la plus grande fête de la saison. Après le dîner, les deux chefs suprêmes avaient eu une violente algarade publique dans la salle de billard où une douzaine d'hommes s'étaient rassemblés pour jouer. A l'époque, les Gornt et leurs amis shanghaiens venaient d'empêcher Struan de s'emparer de la South Orient Airways, bonne à prendre depuis que les communistes avaient conquis la Chine continentale. Cette ligne d'apport avait le monopole du trafic entre Shanghai d'une part, Hong-Kong, Singapour, Taipei, Tokyo et Bangkok de l'autre. En l'absorbant, Air Struan se retrouverait quasiment en situation de monopole pour tout le trafic desservant l'Extrême-

Orient depuis Hong-Kong. Les deux hommes s'étaient mutuellement accusés de pratiques tortueuses secrètes — ce qui était exact dans l'un et l'autre cas.

Oui, ils étaient allés jusqu'au bout, cette fois-là. Après les énormes pertes de Shanghai, William Gornt avait tenté à tout prix de s'installer à Hong-Kong, et quand Colin Dunross avait compris que Struan n'aurait pas le dessus, il avait arraché la South Orient à William Gornt en appuyant de tout son poids un solide groupe cantonais.

— Vous êtes tombé dans le piège, Colin Dunross, vous ne pourrez jamais plus nous arrêter, avait triomphé William Gornt. Nous sommes ici et nous y resterons. Nous vous chasserons d'Asie, vous et votre satanée Noble Maison. La South Orient n'est qu'un début. Nous avons gagné !

— Sûrement pas ! Nous sommes liés au groupe Yan-Wong-Sun, nous avons un contrat.

— Il est annulé par ce document, avait répliqué William Gornt en faisant signe à son fils aîné et héritier présomptif.

Quillan avait sorti de sa poche la copie d'un accord.

— Le groupe Yang-Wong-Sun, représentant le groupe Tso-Wa-Feng, qui lui-même représente le groupe Ta-Weng-Sap, a vendu à Rothwell-Gornt le contrôle de la South Orient pour un dollar de plus que le prix d'achat originel ! La South Orient nous appartient !

— Je ne vous crois pas !

— Vous avez tort. Joyeux Noël.

William Gornt avait éclaté d'un grand rire méprisant puis était sorti. Quillan avait remis sa queue de billard au ratelier et avait suivi son père. En passant devant Ian Dunross, qui se tenait devant la porte, il avait murmuré :

— Un jour, cette maison sera à moi.

Puis il s'était retourné pour lancer aux autres joueurs :

— Venez me voir lorsque vous serez au chômage,

je vous donnerai du travail. Votre Noble Maison ne sera plus noble bien longtemps.

Il y avait là Andrew Gavallan, Jacques de Ville, Alastair Struan, Lechie et David MacStruan, Phillip Chen et même son fils John.

Dunross se souvenait que, cette nuit-là, son père n'avait pas décoléré, accusant le sort et la traîtrise des intermédiaires, alors qu'il n'avait tenu aucun compte des nombreuses mises en garde de son fils Ian. Bon dieu, quelle gifle ! se rappelait le Taï-pan. Nous avons été la risée de la Colonie. Gornt et ses magouilleurs shanghaiens avaient pissé de haut sur la Noble Maison.

Ce fut ce soir-là que je pris ma décision : il fallait chasser Colin Dunross avant que la Noble Maison ne soit à jamais perdue. Je me suis servi d'Alastair Struan, je l'ai aidé à écarter mon père et à devenir Taï-pan. Jusqu'à ce que je sois assez fort pour l'écarter à mon tour.

Tout en écoutant les plaisanteries de Gornt et en y répondant avec autant d'humour, Dunross se remémorait le passé. Je n'ai pas oublié la South Orient, pensait-il, ni que nous avons été contraints de fusionner notre ligne à la tienne pour un prix dérisoire et que nous avons perdu le contrôle de la nouvelle compagnie, rebaptisée All Asia Airways. Je n'ai rien oublié. Nous avons perdu cette fois-là mais maintenant nous allons gagner. Totalement.

Casey observait les deux hommes, fascinée. Elle avait aussitôt reconnu Quillan Gornt d'après les photos du dossier et avait été sensible, malgré la distance qui le séparait d'elle, à l'impression de puissance et de virilité qu'il dégageait. Il faisait naître en elle un sentiment mêlé de malaise et d'excitation. Entre les deux hommes, qui se défiaient comme deux taureaux avant la charge, la tension était presque palpable.

Feignant l'ignorance, K.C. Tcholok avait demandé à Gavallan qui était le nouveau venu et pourquoi son arrivée suscitait autant d'émotion. Linbar Struan, de

Ville et Gavallan lui avaient raconté la scène de la salle de billard, le « Joyeux Noël » de William Gornt et le « Un jour cette maison sera à moi » de son fils Quillan.

— Comment le Taï-pan — comment Ian réagit-il ?

— Il se contenta de fixer Gornt. On sentait que s'il avait eu une arme, revolver, couteau ou gourdin, il s'en serait servi ; on sentait que, d'une seconde à l'autre, il allait se servir de ses mains, de ses dents... Gornt recula d'un pas, pour se mettre hors de portée — littéralement. Mais c'est un type qui en a. Il se ressaisit, soutint un moment le regard de Ian puis, sans dire un mot, il le contourna lentement, prudemment, sans le quitter des yeux, et franchit la porte.

— Qu'est-ce que ce salaud est venu faire ici ? marmonna Linbar.

— Il faut que ce soit pour une affaire importante, dit Gavallan.

— Oui mais laquelle ?

Casey, qui regardait Linbar, aperçut du coin de l'œil le signe de mise en garde que de Ville adressa à ses deux collègues. Aussitôt Gavallan et Struan se composèrent un nouveau masque.

— Vous n'en avez aucune idée ? demanda-t-elle néanmoins.

— Pas la moindre, répondit Gavallan.

Elle le crut et reprit :

— Ils ne s'étaient pas revus depuis Noël 1953 ?

— Oh ! si, de nombreuses fois. En société, naturellement. Par ailleurs, ils siègent ensemble dans divers conseils d'administration. Je crois qu'ils attendent, l'un et l'autre.

Voyant les trois hommes porter de nouveau leur regard sur les deux ennemis, elle les imita. Penelope quitta son mari pour parler à Claudia Chen ; Ian Dunross jeta un coup d'œil en direction de Gavallan, sans doute pour lui donner un signal quelconque, puis posa les yeux sur Casey. Gornt fit de même et l'Américaine sentit sur elle le regard des deux ennemis. Leur magnétisme lui fit tourner la tête et quelque diable la poussa à s'avancer vers eux. Elle se félicitait maintenant d'avoir revêtu, après quelque hésitation, une toilette aussi provocante.

Elle sentit en marchant la caresse de la soie sur sa peau et les pointes de ses seins s'érigèrent. Les regards des deux hommes la déshabillaient mais elle n'en éprouvait aucune gêne. Son allure se fit imperceptiblement plus féline quand elle s'approcha d'eux.

— Bonsoir, Taï-pan, dit-elle avec une innocence feinte. Vous désiriez me parler ?

— Oui, répliqua Dunross aussitôt. Vous vous connaissez, je crois ?

Inconsciente du piège, Casey secoua la tête en répondant :

— Non, je n'ai jamais rencontré Mr. Gornt, mais je sais qui il est, naturellement. Andrew vient de me l'apprendre.

— Dans ce cas, permettez-moi de faire les présentations officiellement. Mr. Quillan Gornt, taï-pan de Rothwell-Gornt. Miss Tcholok — Ciranoush Tcholok — des États-Unis.

Casey tendit la main en songeant au danger qu'elle courrait en se mettant entre les deux hommes.

— J'ai beaucoup entendu parler de vous, Mr. Gornt, déclara-t-elle en serrant une main plus dure et moins puissante que celle de Dunross. La rivalité entre vos deux firmes remonte à plusieurs générations, je crois ?

— Trois seulement. C'est mon grand-père qui fut le premier à éprouver les effets de la bienveillance des Struan, répondit Gornt avec aisance. Un jour je vous conterai notre version de la légende.

— Vous devriez peut-être fumer le calumet de la paix. L'Asie est bien assez grande pour vous deux.

— Le monde entier ne l'est pas, glissa Dunross d'un ton affable.

— En effet, approuva Gornt aimablement.

Si Casey n'avait pas connu toute l'histoire, elle aurait pu croire qu'ils n'étaient que deux rivaux s'affrontant amicalement.

— Aux États-Unis, il y a de nombreuses grandes sociétés, qui cohabitent pacifiquement. En se faisant concurrence.

— Nous ne sommes pas en Amérique, fit observer Gornt d'une voix calme. Combien de temps passerez-vous ici, Miss Tcholok ?

— Cela dépend de Linc — Linc Bartlett. Je travaille pour Par-Con Industries.

— Oui, je sais. Vous a-t-il prévenue que nous dînons ensemble mardi ?

Des signaux de danger s'agitèrent dans la tête de la jeune femme.

— Mardi ?

— Oui, nous en sommes convenus ce matin. A notre réunion. Il ne vous en a pas parlé ?

— Non, répondit Casey, interloquée.

Sous le regard inquisiteur des deux hommes, elle lutta pour se ressaisir et recouvrer son calme malgré les doutes qui l'envahissaient.

— Non, répéta-t-elle. Linc ne m'a parlé d'aucune réunion. Qu'avez-vous décidé ?

Après un coup d'œil à Dunross, qui demeurait impassible, Gornt répondit :

— Simplement de dîner ensemble mardi prochain. Mr. Bartlett et vous-même — si vous êtes libre.

— Avec plaisir, merci.

— Où est Mr. Bartlett, en ce moment ?

— Dans — dans le jardin je crois.

— La dernière fois que je l'ai aperçu, il bavardait avec Adryon sur la terrasse, dit Dunross. Pourquoi ?

Gornt sortit de sa poche un étui à cigarettes en or qu'il présenta à Casey.

— Non, merci, je ne fume pas.

— La fumée vous dérange-t-elle ?

Elle secoua la tête. Gornt alluma une cigarette et se tourna vers Dunross.

— Je voudrais juste le saluer avant de prendre congé, fit-il d'un ton badin. J'espère que vous m'excuserez si je ne reste pas pour dîner. Je dois régler des affaires pressantes... vous me comprenez.

— Naturellement. Désolé que vous ne puissiez rester.

Seuls les yeux des deux ennemis trahissaient la haine qu'ils nourrissaient l'un pour l'autre. Une haine dont la violence atterra l'Américaine.

— Demandez à Ian Dunross de vous faire les honneurs de la Longue Galerie, reprit Gornt. J'ai entendu dire qu'on peut y voir quelques beaux portraits. Personnellement je n'y suis jamais allé, je ne connais que la salle de billard.

La jeune femme, dont le cerveau avait recommencé à fonctionner normalement, jugea préférable de vider l'abcès immédiatement en présence de Dunross :

— Cette réunion de ce matin, quand l'aviez-vous fixée ?

— Il y a trois semaines environ. Je croyais que vous étiez le bras droit de Bartlett. Je suis surpris qu'il ne vous en ait pas avisée.

— Linc est notre Taï-pan, Mr. Gornt. Je travaille pour lui, il ne me confie pas tout. Vous pensez qu'il aurait dû me mettre au courant ? Était-ce une question si importante ?

— Elle pourrait le devenir. En tout cas, je lui ai officiellement confirmé que nous sommes en mesure de surenchérir sur n'importe quelle offre de Struan. Quelle qu'elle soit.

Gornt durcit le ton pour ajouter :

— Ian, je tenais à vous avertir personnellement que nous courons le même lièvre.

— C'est la raison de votre visite ?

— Entre autres.

— Pour quelles raisons êtes-vous venu ?

— Pour le plaisir.

— Vous connaissez Mr. Bartlett depuis longtemps ?

— Six mois. Pourquoi ?

Dunross haussa les épaules puis tourna vers Casey un regard dans lequel elle ne déchiffra rien d'autre que de la cordialité.

— Vous ignoriez tout de ces contacts ? lui demanda-t-il.

— Oui, fit-elle avec sincérité. Êtes-vous en négociations avec Par-Con, Mr. Gornt ?

— J'en ai l'impression.

— Nous verrons qui fera les meilleures propositions, conclut Dunross. Merci de m'avoir prévenu — encore que ce fût inutile : je savais que vous seriez intéressé, vous aussi.

— Ni Mr. Bartlett ni cette demoiselle ne peuvent se rendre compte de l'importance vitale qu'a pour vous l'accord avec Par-Con, dit Gornt à son rival d'une voix dure. J'ai jugé bon de les en aviser ce soir. Tout en vous présentant bien sûr mes félicitations.

— Pourquoi vitale, Mr. Gornt ? voulut savoir Casey.

— Sans cet accord et le *cash flow* qu'il fera surgir, Struan pourrait bien boire la tasse dans quelques mois.

Le Taï-pan éclata de rire et les quelques invités qui écoutaient la conversation sans en avoir l'air se posèrent anxieusement des questions : quel accord ? la Par-Con ? Faut-il vendre ou acheter, jouer Struan ou Rothwell-Gornt ?

— Aucune chance, rétorqua Dunross.

— Nous verrons — comme vous dites.

— En attendant..., commença le maître de maison.

Il s'interrompit en voyant Claudia Chen s'approcher d'un pas hésitant.

— Excusez-moi, Taï-pan, vous avez Londres en ligne.

— Merci.

Dunross fit signe à son épouse, qui le rejoignit aussitôt.

— Penn, tu veux t'occuper un moment de Mr. Gornt et de Miss Tcholok ? j'ai un coup de téléphone à donner. Quillan ne reste pas dîner, il a des affaires urgentes à régler.

Ian s'éloigna avec un petit signe de la main et Casey remarqua la grâce animale de sa démarche.

— Vous nous quittez déjà ? dit Penelope à Gornt sans parvenir à masquer totalement son soulagement.

— Oui, je ne peux malheureusement pas rester. Pardonnez-moi encore d'être venu à l'improviste après avoir décliné votre aimable invitation.

— Si vous voulez bien m'excuser, sollicita Penn, je reviens dans un instant.

— Ne vous inquiétez pas pour nous, répondit le chef de Rothwell-Gornt avec douceur. Nous nous débrouillons parfaitement... Penelope, vous êtes ravissante, vous ne changez pas.

Après avoir remercié Gornt, la maîtresse de maison alla rejoindre Claudia Chen, qui attendait à proximité.

— Vous êtes un homme curieux, remarqua Casey. Vous passez sans transition de la guerre au charme.

— Nous autres Anglais avons des règles, dans la paix comme dans la guerre. Ce n'est pas parce qu'on hait quelqu'un qu'il faut lui cracher à la figure ou injurier sa femme. Si nous allions voir votre Mr. Bartlett ? Ensuite je devrai vraiment partir.

— Pourquoi avez-vous lancé publiquement un défi au Taï-pan ? Vous teniez absolument à lui jeter votre gant au visage, c'est cela ?

— La vie est un jeu et nous le jouons avec des règles différentes de celles que vous pratiquez aux États-Unis... Ciranoush, quel nom charmant ! Puis-je vous appeler ainsi ?

— Oui, répondit la jeune femme après un temps d'hésitation. Mais pourquoi avoir lancé ce défi *maintenant* ?

— Le moment était venu. Je n'ai pas exagéré en

parlant de l'importance vitale de Par-Con pour Struan. Nous rejoignons votre Mr. Bartlett ?

Casey nota que Gornt avait utilisé à deux reprises l'expression *votre* Mr. Bartlett. Était-ce pour la taquiner ou pour tâter le terrain ?

— Pourquoi pas ?

Consciente des regards que les autres invités posaient sur elle — ouvertement ou non — elle se dirigea vers le jardin.

— Vos entrées sont toujours aussi théâtrales ?

— Non, répondit Gornt en riant. Pardonnez-moi si je vous ai causé une désagréable surprise, Ciranoush.

— En parlant de votre entretien avec Linc ? Pas du tout. C'était très intelligent de sa part de prendre contact avec la concurrence sans m'en avertir. Prévenue, j'aurais eu moins de liberté d'action à la réunion de ce matin.

— Alors vous n'êtes pas fâchée qu'il n'ait pas eu assez confiance en vous pour vous mettre au courant ?

— Ce n'est pas une question de confiance. Il m'arrive souvent de ne pas communiquer immédiatement à Linc certaines informations, pour le protéger. Manifestement, il a voulu faire la même chose pour moi. Linc et moi nous comprenons parfaitement — du moins, je crois que je le comprends.

— Dans ce cas, dites-moi comment faire pour conclure le marché.

— Il me faut d'abord savoir ce que vous cherchez. A part la tête de Dunross.

— Je ne veux ni sa tête ni sa mort — juste la disparition prochaine de la Noble Maison. Une fois Struan liquidé, nous prendrons sa place, et les fantômes pourront dormir en paix.

— Parlez-moi de ces fantômes.

— Le moment est mal choisi, il y a trop d'oreilles hostiles.

Ne trouvant pas Linc Bartlett sur la première terrasse, ils descendirent les larges marches de pierre conduisant à la suivante, puis vers les allées faufilant les pelouses. La brise apportait une exquise fraîcheur, le ciel était parsemé d'étoiles. Un invité les arrêta :

— Bonsoir, Quillan. Quelle bonne surprise !

— Bonsoir, Paul. Miss Tcholok, puis-je vous présenter Paul Havergill, le directeur de la Victoria Bank ?

— Plus pour très longtemps, j'en ai peur, et uniquement parce que notre directeur général est en congé pour raison de santé. Je prends ma retraite dans quelques mois.

— A notre grand regret, dit Gornt.

Il présenta ensuite l'Américaine au reste du groupe : Lady Joanna Temple-Smith, une grande femme au visage fatigué âgée d'une cinquantaine d'années, Richard Kwang et sa femme Mai-ling.

— Richard est président de la Ho-Pak, une de nos meilleures banques chinoises, précisa Gornt.

— Dans la finance, nous nous faisons tous une amicale concurrence, Miss, euh, Miss — exception faite de Blacs, naturellement, dit Havergill.

— De qui donc ?

— Blacs : c'est le surnom de la Bank of London, Canton and Shanghai. Elle est peut-être un peu plus riche, un peu plus ancienne — un mois ou deux — mais nous sommes la meilleure banque de Hong-Kong, Miss, euh...

— Blacs est ma banque, elle me convient parfaitement, déclara le Taï-pan de Rothwell. Ce sont des financiers de premier ordre.

— De deuxième classe, Quillan.

— On dit à Hong-Kong que les gens de Blacs sont des gentlemen qui essaient d'être des banquiers, et ceux de la Victoria des banquiers qui s'efforcent d'être des gentlemen, expliqua Gornt à Casey.

L'Américaine se mit à rire, les autres sourirent poliment.

— Concurrence amicale, disiez-vous, Mr. Kwang ?

— Oh ! oui. Nous n'oserions pas nous mesurer à Blacs ou à la Victoria, répondit le Chinois.

C'était un petit homme trapu dans la force de l'âge, aux cheveux noirs striés de gris et au sourire facile. Il parlait un anglais parfait.

— J'ai entendu dire que Par-Con va investir à Hong-Kong, Miss Tchelek.

— Nous sommes ici pour étudier les possibilités, Mr. Kwang. Aucune décision n'a encore été prise, dit Casey, sans prendre la peine de corriger la prononciation de son nom.

— Entre nous, chuchota Gornt, j'ai formellement promis à Mr. Bartlett et à Miss Tcholok de leur offrir de meilleures conditions que Struan, quelles que soient leurs propositions. Blacs me soutient à cent pour cent et je dispose d'autres appuis financiers. J'espère que Par-Con considérera toutes les possibilités avant de s'engager.

— Ce serait sage, en effet, approuva Havergill. Évidemment, Struan est le mieux placé à la corde.

— Blacs et une grande partie de la Colonie ne partagent pas votre avis, répliqua Gornt.

— J'espère qu'il n'y aura pas affrontement. Struan est notre principal client.

— Dans un cas comme dans l'autre, l'implantation d'une grande firme américaine telle que la vôtre serait une excellente chose, Miss Tchelek, assura Richard Kwang. Pour vous et pour nous. Espérons qu'on puisse trouver un accord convenant à votre société. Si je puis vous être d'une aide quelconque...

Le banquier tendit sa carte ; Casey la prit, ouvrit son sac en soie et présenta la sienne avec une égale dextérité. Elle s'était préparée à cet échange immédiat de cartes qui est de rigueur en Asie. Voyant le banquier chinois froncer les sourcils en examinant le rectangle de carton, elle s'excusa :

— Je ne l'ai pas encore fait traduire dans votre langue. Aux États-Unis, nous avons comme banques la First Central New York et la California Merchant Bank and Trust Company.

Elle avait lancé fièrement les noms de ces deux géants de la finance dont les avoirs devaient ensemble dépasser les six milliards de dollars. Surprise par l'effet produit, elle demanda :

— J'ai dit quelque chose qui vous a choqués ?

— Oui et non, répondit Gornt. Simplement, la First Central New York n'est pas très populaire, ici.

— Pour quelle raison ?

— Ce sont de drôles de zigotos, comme on dit chez nous, maugréa Havergill. Voyez-vous, Miss, euh, Miss..., la First Central New York Bank a fait quelques affaires ici avant la guerre puis a fortement développé ses activités vers la fin des années quarante, alors que la Victoria et les autres banques britanniques se redressaient péniblement. En 1949, quand le président Mao chassa Chiang Kai-shek du continent, des troupes communistes se massèrent sur notre frontière, à quelques kilomètres au nord des Nouveaux Territoires. Il s'en fallut d'un cheveu que les hordes maoïstes ne déferlent sur la Colonie. Beaucoup d'habitants s'enfuirent — pas nous, naturellement, mais les Chinois qui en avaient les moyens. Sans le moindre avertissement, la First Central New York fit rentrer les fonds qu'elle avait prêtés, remboursa ses déposants, ferma boutique et décampa — le tout en moins d'une semaine.

— Je l'ignorais, murmura Casey, interdite.

— C'était une belle bande de salauds, ma chère — pardonnez-moi l'expression, s'indigna Lady Joanna. Bien entendu, ils furent les seuls à déguerpir, les autres banques restèrent.

— Peut-être y eut-il des circonstances atténuantes, plaida l'Américaine, furieuse que le vice-président chargé de s'occuper de leur compte ne l'eût pas prévenue. Les sommes prêtées étaient-elles importantes ?

— Très importantes, j'en ai bien peur, répondit

Havergill. La First Central causa la ruine d'un grand nombre de firmes et de gens, elle fut à l'origine de maintes tragédies. Je dois néanmoins ajouter que son départ nous fut à tous profitable. Il y a deux ans, elle a eu le front de solliciter du secrétaire aux Finances un nouveau privilège !

— Privilège qui ne sera jamais renouvelé, enchaîna Kwang d'un ton jovial. Voyez-vous, Miss Tchelek, à Hong-Kong, toutes les banques étrangères doivent faire renouveler chaque année le privilège qui leur a été accordé. Nous pouvons aisément nous passer de la First Central New York, et même de toute autre banque américaine. Je suis persuadé que la Blacs, la Victoria ou la Ho-Pak — ou les trois réunies — donneraient pleinement satisfaction à votre firme. Si vous-même et Mr. Bartlett désirez en discuter...

— Je vous rendrai volontiers visite, Mr. Kwang. Disons demain ? Je m'occupe généralement des questions bancaires dans un premier temps. Demain matin ?

— Certainement. Vous nous trouverez très compétitifs, affirma le banquier, imperturbable. Dix heures ?

— Entendu. Nous sommes descendus au V & A, à Kowloon. Prévenez-moi s'il y a contretemps. J'ai été ravie de faire votre connaissance, Mr. Havergill. Nous avons toujours rendez-vous demain ?

— Naturellement. A seize heures, n'est-ce pas ? Je suis impatient de m'entretenir avec Mr. Bartlett... et avec vous, bien entendu.

Casey s'efforça de chasser l'antipathie qu'elle avait aussitôt éprouvée pour ce grand maigre, dont le regard s'attarda sur son corps avant de remonter jusqu'à son visage. Je pourrais avoir besoin de lui, pensa-t-elle. Et de sa banque.

— Merci, dit-elle avec ce qu'il fallait de déférence. Lady Joanna, quelle jolie robe ! ajouta-t-elle en pensant exactement le contraire.

— Merci, ma chère, ronronna la vieille femme en

portant la main à la rangée de perles entourant son cou décharné. La vôtre doit aussi venir de Paris ?

— Elle est de chez Balmain mais je l'ai trouvée à New York.

K.C. sourit à l'adresse de la femme de Richard Kwang, une solide Cantonaise bien conservée avec une coiffure compliquée, une peau très pâle et de petits yeux. Elle portait un énorme pendentif en jade impérial et une bague ornée d'un diamant de sept carats.

— Enchantée, Mrs. Kwang, dit l'Américaine, impressionnée par la fortune que représentaient ces bijoux. Nous cherchons Linc Bartlett. L'avez-vous vu ?

— Je crois qu'il est allé au bar, dans l'aile est, intervint Havergill. Il était en compagnie d'Adryon, la fille de Dunross.

— Adryon est devenue ravissante ! s'extasia Lady Joanna. Ils font un couple charmant. Dites-moi, ma chère, Mr. Bartlett n'est pas marié, n'est-ce pas ?

— Non, Linc n'est pas marié, répondit Casey sur le même ton plaisant en inscrivant Lady Joanna Temple-Smith sur la liste des gens qu'elle détestait.

— Il ne tardera plus à l'être, vous pouvez me croire. Adryon avait l'air sous le charme, vraiment. Venez donc prendre le thé jeudi, ma chère, c'est le jour des Plus-de-trente-ans.

— Je ne rentre pas dans cette catégorie — mais je viendrai un autre jour avec plaisir, mentit Casey.

— Oh ! je suis terriblement désolée ! Je vous enverrai ma carte... Quillan, restez-vous pour le dîner ?

— Impossible. Le travail m'attend.

— Dommage, soupira Lady Joanna.

Et elle sourit, découvrant des dents gâtées.

— Si vous voulez bien nous excuser, reprit Gornt. Je voudrais dire un mot à Bartlett avant de partir. A samedi.

Il prit Casey par le bras et l'entraîna loin du groupe, sous le regard de Lady Joanna.

— Elle est assez séduisante, dans le genre vulgaire, n'est-ce pas ? persifla la vieille dame. Chuluk, c'est un nom d'Europe centrale, non ?

— C'est possible mais cela fait aussi penser au Moyen-Orient, à la Turquie, aux Balkans, peut-être, répondit Havergill... Oh ! je vois ce que vous voulez dire. Non, je ne crois pas qu'elle soit juive.

— Difficile à dire, de nos jours : elle s'est peut-être fait refaire le nez. La chirurgie esthétique permet des miracles, aujourd'hui.

— Je ne me suis jamais intéressé à la question. Vous croyez vraiment ?

Richard Kwang passa la carte de Casey à sa femme, qui la lut instantanément, sans avoir à déchiffrer les caractères anglais.

— Trésorière et vice-présidente du holding. Impressionnant. Par-Con est une grosse compagnie.

— Vous savez, en Amérique..., grommela Paul Havergill. C'est probablement juste un titre.

— Pour dorer le blason de sa maîtresse ? demanda Lady Joanna.

12

21 heures

La queue de billard frappa la boule blanche, qui fila sur le drap vert, expédia la rouge dans le trou le plus éloigné et s'arrêta juste derrière une autre boule.

— Formidable, Linc ! s'exclama joyeusement Adryon. Je croyais que vous bluffiez. Refaites-le !

— Pour un dollar, la rouge en trois bandes dans le trou et la blanche ici, dit Bartlett en marquant le tapis d'une croix à la craie.

— Tenu !

Il se pencha au-dessus du billard, donna un coup de queue. La blanche s'arrêta à un millimètre de la marque, la rouge disparut après trois bandes.

— *Ayiiya !* Je n'ai pas un dollar sur moi. Vous me faites crédit ?

— Une femme, aussi jolie soit-elle, doit régler sur-le-champ ses dettes de jeu.

— Mon père dit la même chose. Vous pouvez attendre jusqu'à demain ?

Le millionnaire était ravi de la compagnie de la jeune fille, ravi que son adresse l'impressionnât tant. Elle portait une jupe noire s'arrêtant aux genoux et la jolie blouse de soie empruntée à sa mère. Elle avait de très longues jambes parfaites.

— Pas question, marmonna-t-il en feignant la contrariété.

Ils rirent ensemble dans la grande salle où trônait un billard violemment éclairé par une lampe basse qui rejetait le reste de la pièce dans une pénombre intime.

— Vous jouez incroyablement bien ! s'émerveilla Adryon.

— Ne le répétez à personne mais j'ai gagné ma vie à l'armée en jouant au billard.

— En Europe ?

— Non, dans le Pacifique.

— Mon père était dans l'aviation. Il a abattu six appareils ennemis avant de se faire descendre à son tour.

— Alors c'est un as.

— Vous avez participé à ces épouvantables débarquements contre les Japonais ?

— Non, j'étais dans le Génie. Nous arrivions après la bagarre pour construire des bases, des pistes d'atterrissage. A la différence de votre père, je n'ai pas connu de sales moments, pendant la guerre.

En s'approchant du râtelier, Bartlett regretta pour la première fois de sa vie de ne pas avoir été dans les Marines.

— Nous devrions nous mettre à la recherche de votre petit ami. Il doit être arrivé, maintenant.

— Aucune importance. Ce n'est pas vraiment mon petit ami, je l'ai rencontré il y a une semaine chez des amis. Martin est journaliste au *China Guardian* et n'a pas du tout le genre d'un séducteur. Ce n'est pas un amant extraordinaire.

— Toutes les jeunes Anglaises parlent aussi librement de leur soupirant ?

— C'est la pilule. Elle nous a affranchies à tout

jamais de la servitude à l'égard du mâle. A présent la femme est l'égale de l'homme.

— Vous l'êtes vraiment ?

— Je le suis.

— Alors vous avez de la chance.

— Je le sais. Quel âge avez-vous, Linc ? lui demanda-t-elle en l'examinant attentivement.

— Je suis vieux, répondit-il.

Pour la première fois de sa vie, il n'avait pas voulu avouer son âge. Qu'est-ce que j'ai ? se dit-il, bizarrement troublé. Rien. Ou alors...

— Moi, j'ai dix-neuf ans, déclarait Adryon.

— Quelle est votre date de naissance ?

— Le 27 octobre — je suis Scorpion. Et vous.

— Le 1er octobre.

— Ce n'est pas vrai ! Répondez sans mentir.

— Je le jure ! croix de bois croix de fer...

— Oh ! c'est merveilleux ! s'écria-t-elle en claquant des mains. Père est né le 10. C'est bon signe.

— Signe de quoi ?

— Vous verrez.

Elle sortit de son sac un paquet de cigarettes écrasé et un vieux briquet en or. Il le lui prit des mains, essaya de l'allumer — une, deux, trois fois — sans y parvenir.

— Saleté d'engin, marmonna-t-elle. Il n'a jamais bien marché mais c'est un cadeau de Père. Je n'en veux pas d'autre. Naturellement, je l'ai fait tomber une ou deux fois.

Bartlett examina le briquet, le secoua, souffla sur la mèche.

— De toute façon, vous ne devriez pas fumer.

— C'est ce que Père dit toujours.

— Il a raison.

— Oui, mais j'aime ça. Quel âge avez-vous, Linc ?

— Quarante ans.

— Oh ! Le même âge que Père ! Enfin, presque — il en a quarante et un.

Ce qui signifie que je suis assez vieux pour être ton père, pensa l'Américain.

— C'est drôle, reprit Adryon en plissant le front, vous ne donnez pas l'impression d'avoir le même âge. Dans deux ans, j'en aurai vingt et un, ajouta-t-elle aussitôt. Je commencerai à dévaler la pente. Je ne peux pas m'imaginer que j'aurai un jour vingt-cinq, trente ans — sans parler de quarante. J'aimerais mieux manger les pissenlits par la racine.

— Vingt et un ans, c'est drôlement vieux, ma p'tite dame, plaisanta Linc.

Voilà longtemps que tu n'avais passé autant de temps en compagnie d'une jeunesse, songea-t-il. Attention, c'est de la dynamite cette fille. Il fit rouler une quatrième fois la molette du briquet, qui s'alluma.

— Ça alors !

La jeune fille approcha sa cigarette de la flamme.

— Merci, dit-elle en soufflant de la fumée. Vous n'êtes pas fumeur ?

— Je l'étais mais Casey m'envoya des brochures illustrées sur le cancer et le tabac jusqu'à ce que je comprenne. Je n'eus aucune difficulté à m'arrêter après en avoir pris la décision. Du coup, j'ai amélioré mes performances au golf, au tennis et... dans toutes les formes de sport.

— Casey est superbe. C'est vraiment la vice-présidente de la firme ?

— Mais oui.

— Elle... Ce sera très difficile pour elle, ici. Cela ne plaira pas aux hommes de l'avoir comme interlocutrice.

— C'est la même chose aux États-Unis, encore qu'ils commencent à s'habituer. Nous avons bâti Par-Con en six ans et Casey peut rivaliser avec les meilleurs hommes d'affaires. C'est une battante.

— Vous êtes son amant ?

— Les jeunes Anglaises sont toujours aussi directes ?

— Non, pouffa-t-elle. Je suis trop curieuse. Tout le monde dit... tout le monde suppose que vous l'êtes.

— Vraiment ?

— Tout Hong-Kong ne parle que de vous. Vous avez fait une entrée remarquée avec votre avion à réaction personnel, les armes trouvées à bord, etc. En outre, Casey aurait été la dernière Anglo-Saxonne à avoir vu John Chen avant son enlèvement, d'après les journaux. Votre interview m'a plu.

— Hé, ces sal... les journalistes m'attendaient à la sortie, cet après-midi. Je m'en suis tenu à des déclarations brèves et catégoriques.

— Par-Con vaut réellement un demi-milliard de dollars ?

— Non. Environ trois cents millions, mais elle atteindra bientôt le demi-milliard. Bientôt.

Elle le fixait de ses yeux gris-vert pleins de franchise, au regard d'adulte et pourtant si jeune.

— Vous êtes un homme très intéressant, Mr. Linc Bartlett. J'aime bavarder avec vous, vous me plaisez. Pourtant j'avais hurlé quand Père m'avait chargée de vous servir de guide et de vous présenter à tout le monde. Je n'ai pas été à la hauteur de la tâche, n'est-ce pas ?

— Vous avez été sensationnelle.

— Je vous ai monopolisé.

— Pas du tout. Vous m'avez présenté à Christian Toxe, le rédacteur en chef, à Richard Kwang, et à ces deux Américains du consulat — Lannan, non ?

— Langan, Edward Langan. Il est sympa. L'autre, je n'ai pas compris son nom. En fait je ne les connais pas vraiment, je les ai juste vus aux courses. Christian est très gentil, et sa femme est formidable. Comme elle est chinoise, elle n'est pas venue ce soir.

— Parce qu'elle est chinoise ?

— Oh ! nous l'avions invitée, mais elle n'a pas voulu venir, pour ne pas nuire à son mari. Les aristos désapprouvent les mariages entre races différentes.

— Défendu d'épouser les indigènes ?

— C'est un peu ça, dit Adryon avec un haussement d'épaules. Vous verrez. Je ferais mieux de vous présenter à d'autres invités si je ne veux pas me faire tirer les oreilles.

— Havergill, le banquier, par exemple. Parlez-moi de lui.

— Père trouve que c'est un crétin.

— Un crétin de vingt-deux carats, alors !

Ils éclatèrent de rire ensemble.

— Linc ?

Bartlett et la fille de Dunross se tournèrent vers les deux silhouettes encadrées par le rectangle de lumière de la porte. Linc avait aussitôt reconnu la voix et les formes de sa vice-présidente mais il ne pouvait discerner à contre-jour les traits de celui qui l'accompagnait.

— Salut, Casey !

Il prit Adryon par le bras et l'entraîna nonchalamment vers les nouveaux venus.

— J'apprends à cette demoiselle quelques petits points de billard.

— Linc est trop modeste, c'est un vrai champion, dit la jeune fille. N'est-ce pas, Casey ?

— Oui. Linc, Quillan Gornt voudrait te saluer avant de partir.

Adryon s'immobilisa soudain, livide. Le millionnaire s'arrêta, intrigué.

— Qu'y a-t-il ?

— Bonsoir, Mr. Bartlett, dit Gornt en s'avançant. Bonsoir, Adryon.

— Que faites-vous ici ? demanda-t-elle d'une petite voix.

— Je ne fais que passer.

— Avez-vous vu Père ?

— Oui.

— Alors fichez le camp. Sortez de cette maison.

— Qu'est-ce qu'il y a ? fit Bartlett.

— C'est une longue histoire, elle peut attendre jusqu'à demain... ou à la semaine prochaine. Je voulais simplement confirmer pour mardi et vous inviter à passer une journée sur mon yacht si vous êtes libre pendant le week-end. Dimanche, par exemple, s'il fait beau.

— Merci, mais pouvez-vous attendre demain pour la réponse ?

— Adryon, reprit Gornt, Annagrey part la semaine prochaine, elle m'a prié de vous demander de lui téléphoner.

Comme la fille du Taï-pan demeurait silencieuse, Gornt ajouta à l'intention des deux Américains :

— Annagrey est ma fille, c'est une amie d'Adryon. Elles ont fréquenté les mêmes écoles. Annagrey va faire ses études en Californie.

— Si nous pouvons lui être utile..., proposa Casey.

— C'est très aimable à vous. Vous la verrez mardi et nous en parle...

La porte située à l'autre bout de la salle de billard s'ouvrit sur Dunross. Gornt sourit et reporta son attention, un instant détournée, sur les deux Américains.

— Bonsoir, Mr. Bartlett — Ciranoush. A mardi. Bonne nuit, Adryon.

Il s'inclina, traversa la pièce et s'arrêta.

— Bonne nuit, Ian, dit-il d'un ton poli. Merci de votre hospitalité.

— Bonne nuit, répondit le Taï-pan tout aussi aimablement.

Un vague sourire aux lèvres, il s'effaça pour laisser passer son rival, le suivit un moment des yeux puis s'avança vers ses hôtes.

— C'est bientôt l'heure de dîner, annonça-t-il d'une voix calme. Vous devez mourir de faim — moi, c'est mon cas.

— Que... que voulait-il ? balbutia Adryon.

Son père la prit par les épaules en souriant.

— Rien d'important, ma chérie. Quillan ramollit en vieillissant.

— Tu en es sûr ?

— Certain, affirma Dunross en serrant sa fille contre lui. Inutile de plisser ton joli front.

— Il est parti ?

— Mais oui.

Bartlett s'apprêtait à émettre un commentaire mais s'en abstint en captant le regard que le Taï-pan lui lança à l'insu d'Adryon.

— Tout va bien, ma chérie, assura Dunross. Il n'y a aucune raison de s'inquiéter.

Bartlett remarqua que la jeune fille s'abandonnait contre son père.

— Linc me montrait un point quand Gornt a fait son entrée. C'était comme une apparition, murmura la jeune fille.

— J'ai failli tomber à la renverse moi aussi quand il a surgi comme la Fée Carabosse, avoua Ian en riant. Quillan adore faire son petit effet. Mr. Bartlett, nous discuterons après le dîner.

L'Américain nota que les yeux de Dunross ne souriaient pas.

— Entendu, acquiesça-t-il.

Un coup de gong annonça le dîner.

— Ah ! enfin, s'exclama le maître de maison. Venez, nous allons manger. Casey, vous êtes à ma table.

Le bras toujours passé autour des épaules de sa fille, il entraîna ses invités hors de la pièce.

Gornt s'installa au volant de la Rolls Silver Cloud noire qu'il avait garée devant la Grande Maison. Il faisait bon, bien que l'humidité eût de nouveau augmenté. Maintenant, à Jason Plumm, se dit-il, satisfait de lui-même. Quand ce couillon marchera, Ian Dunross sera foutu. A moi la maison, la compagnie et tout le tremblement !

Les choses n'auraient pu mieux se passer : d'abord Casey et Ian, qui avaient eu droit au grand déballage, puis Havergill et Kwang, enfin Bartlett, et de nouveau Ian.

Parfait !

Dommage pour Adryon, mais les enfants héritent les querelles de leurs pères, c'est la vie. Dommage qu'elle ne quitte pas Hong-Kong, comme Annagrey — au moins jusqu'à ce que Ian et moi ayons réglé nos différends une fois pour toutes. Il vaudrait mieux qu'elle ne soit pas là lorsque je l'écraserai. Par contre, je tiens à ce qu'il soit présent quand je m'approprierai sa loge aux courses, ses sièges permanents à tous les conseils d'administration. Bientôt ils seront à moi et toute l'Asie me contemplera avec envie.

Et tous les fantômes — maudits soient-ils ! dormiront enfin en paix.

Gornt tourna la clef de contact, mit le moteur en marche, embraya et descendit l'allée, passa devant le parking où se trouvaient les autres voitures puis franchit les grandes grilles en fer forgé portant entrelacées les armes de Struan. Il s'arrêta pour laisser passer la circulation, savoura l'odeur de cuir neuf et de bois précieux flottant dans le véhicule. Dans son rétroviseur, il aperçut la Grande Maison, vaste, élancée, accueillante, les fenêtres illuminées.

Bientôt tu m'appartiendras, se promit-il. Je donnerai des soirées qui étonneront l'Asie et dont la splendeur ne sera jamais égalée. Il me faudra une maîtresse de maison.

L'Américaine ? Gornt gloussa avant de s'exclamer, comme il l'avait fait chez Dunross :

— Ciranoush, quel nom charmant !

C'est une femme facile, se dit-il avec confiance. Quelques compliments, un grand vin, un repas fin, un peu de patience et d'expérience, la distinction des mâles de l'aristocratie anglaise — elle succombera quand tu voudras, où tu voudras, sans que tu aies à lui jurer un amour éternel. Puis, le moment venu, tu sauras te montrer brutal et grossier à bon escient, tu libéreras en elle des passions qu'aucun homme n'a jamais suscitées.

Cette fille me fait l'effet d'une mal-baisée : soit Bartlett n'est pas à la hauteur, soit ils ne sont pas amants, comme le suggérait le rapport confidentiel. Intéressant.

Mais as-tu envie d'elle ? Comme d'un jouet, peut-être ; pour en faire ton instrument, sans doute ; mais certainement pas pour tenir ta maison. Non, elle plastronne beaucoup trop.

Quand la voie fut dégagée, Gornt redémarra et prit la direction de Peak Road puis celle de Magazine Gap, où Plumm avait un appartement terrasse. Après le dîner et la réunion, il se rendrait à Wanchai, dans l'une de ses garçonnières, où l'attendait Mona Leung. Son pouls s'accéléra à la pensée de l'étreinte accueillante de la jeune Chinoise, de sa façon violente de faire l'amour, de la haine à peine cachée qu'elle éprouvait pour lui et tous les *quai lohs*. Mona Leung était partagée entre cette haine et son goût du luxe, son attachement à l'appartement qu'il louait pour elle et à la modeste somme d'argent qu'il lui versait chaque mois.

« Ne leur donne jamais assez d'argent, lui avait conseillé son père. Vêtements, bijoux, vacances — bon, mais pas trop d'argent. Tiens-les en laisse avec tes dollars et ne t'imagine jamais qu'elles t'aiment pour tes beaux yeux. C'est ton argent qu'elles aiment, toi, elles te méprisent. Cela se comprend, si on y réfléchit : elles sont chinoises, nous pas.

— Il n'y a jamais eu d'exception ?

— Je ne crois pas. Pas pour un *quai loh*, mon fils. Oh ! elles te donneront leur corps, leurs enfants et même leur vie mais elles te mépriseront toujours. C'est obligatoire : elles sont chinoises, nous sommes des étrangers !

Ayiiya, ces conseils se sont maintes fois révélés fondés, se rappela Gornt. Et ils m'ont épargné bien des peines. Ce sera une joie de revoir le Vieux. Cette année, je lui ferai un beau cadeau de Noël : Struan.

Il conduisait prudemment sur la partie gauche de la route sinueuse longeant le flanc de la montagne. D'ordinaire, il laissait le volant à son chauffeur mais ce soir, il ne voulait aucun témoin ; sa rencontre avec Plumm devait rester secrète.

Pas de témoin non plus quand je rencontrerai Wu-quatre-doigts, se dit-il. Que me veut ce pirate ? Rien de bon, sans doute mais, pendant la guerre de Corée, il m'a rendu un grand service et le moment est peut-être venu de rembourser. Tôt ou tard, il faut s'acquitter de ses dettes, c'est la loi, en Chine. Si l'on vous fait un cadeau, il faut offrir en échange un présent un peu plus précieux. Si l'on vous rend service...

En 1950, quand les armées chinoises communistes venues du Yalou se frayèrent un chemin vers le sud au prix de pertes énormes, elles manquaient de matériel stratégique et étaient disposées à payer grassement ceux qui forceraient le blocus pour leur fournir ce dont elles avaient besoin. A cette époque, Rothwell-Gornt se trouvait dans une situation désespérée après avoir perdu toutes ses possessions de Shanghai l'année précédente du fait de la victoire de Mao. En décembre 1950, Quillan et son père avaient emprunté de grosses sommes afin d'acheter en secret aux Philippines une énorme quantité de pénicilline, de morphine, de sulfamides et autres médicaments sans avoir la licence d'exportation obligatoire. Ils firent charger la cargaison sur une jonque qu'ils avaient louée avec un équipage d'hommes sûrs et l'expédièrent à Wampoa, une île désolée de la Rivière des Perles, près de Canton. La marchandise devait être payée en or, à la livraison mais, dans l'estuaire aux nombreux bras secrets, la jonque fut abordée par des pirates partisans de Chiang Kai-shek, qui exigèrent une rançon. Gornt n'avait pas de quoi la payer et si les nationalistes découvraient que sa compagnie commerçait avec les communistes, il n'aurait plus aucun avenir en Asie.

Par l'intermédiaire de son compradore, il avait alors rencontré à Aberdeen Wu-quatre-doigts, l'un des plus grands contrebandiers de l'estuaire de la Rivière de Perles, selon les rumeurs.

— Où est bateau maintenant ? avait demandé Quatre-doigts dans son affreux pidgin.

Gornt lui avait répondu en pidgin lui aussi puisqu'il ne connaissait pas le haklo, le dialecte parlé par Wu.

— Peut-être, peut-être pas ! avait dit le pirate en souriant. Moi téléphoner dans trois jours. Mot de passe *Ni choh wah*. Trois jours, *heya* ?

Le troisième jour, il avait téléphoné.

— Bon, mauvais, pas savoir. Rendez-vous dans deux jours à Aberdeen. Heure du Singe.

Ce qui signifiait dix heures du soir. Les Chinois divisaient la journée en douze fragments de deux heures portant chacun un nom : à quatre heures, c'était le Coq, à six heures le Chien, puis le Verrat, le Rat, le Bœuf, le Tigre, le Lapin, le Dragon, le Serpent, le Singe, le Cheval et le Mouton.

A l'heure du Singe, deux jours plus tard, à bord de la jonque de Wu, dans le port d'Aberdeen, Gornt avait touché le prix intégral de sa cargaison en or *plus un bonus de 40 p. 100*. Il avait quintuplé sa mise de fonds.

— Moi mieux marchander que *quai loh*, ça-fait-rien. Vingt-huit mille taels d'or, avait expliqué Wu avec un grand sourire. Prochaine fois moi livrer. Oui ?

— Oui.

— Toi acheter, moi livrer et vendre. Quarante pour cent prix de vente pour moi.

Gornt, reconnaissant, avait proposé de lui accorder un pourcentage plus élevé pour cette opération mais le contrebandier avait refusé obstinément :

— Quarante pour cent seulement prix de vente.

Et le Britannique avait compris qu'il avait désormais une dette envers le Chinois.

L'or était en lingots de cinq taels — un tael pesait un peu plus d'une once — soit environ cent quatre-vingts dollars américains au cours officiel, mais il valait deux ou trois fois plus au marché noir si on le faisait passer clandestinement en Inde, en Indonésie, ou de nouveau en Chine. En recourant à l'aide de Wu, Gornt avait finalement gagné un million et demi de dollars américains sur cette seule cargaison et avait lancé sa compagnie sur la voie du redressement.

Le Chinois et le Britannique avaient réalisé ensemble trois autres opérations tout aussi fructueuses puis avaient mis fin à leur coopération à la fin de la guerre. Gornt n'avait plus entendu parler de Wu jusqu'au coup de téléphone de cet après-midi.

— Vieil ami, rencontrer ce soir ? avait dit Quatre-doigts. Possible ? N'importe quelle heure. Moi attendre. Même endroit. Oui ?

Le moment était venu de rembourser la dette.

Il appuya sur le bouton de la radio : Chopin. Il conduisait machinalement, l'esprit absorbé par des supputations sur les réunions qui l'attendaient. Il ralentit pour croiser un camion puis déboîta et accéléra sur une courte ligne droite afin de doubler un taxi se traînant sur la route. La Rolls roulait à vive allure lorsque Gornt freina à l'approche du virage en épingle à cheveux. Il eut l'impression que quelque chose se brisait dans les entrailles du véhicule, son pied enfonça la pédale de frein jusqu'au plancher sans rencontrer de résistance. L'estomac chaviré, il donna un coup de volant et s'engagea à trop grande vitesse dans le tournant.

Pris de panique, il appuya de nouveau sur le frein mais la voiture ne ralentit pas. Gornt sortit du virage en zigzagant et fut déporté sur le mauvais côté de la chaussée où, par bonheur, il n'y avait personne. Il corrigea sa trajectoire d'un coup de volant trop brusque qui l'expédia vers la paroi rocheuse et braqua précipitamment dans l'autre sens. La pente s'accélérait, la Rolls fonçait vers le prochain virage. Gornt le prit en catastrophe, émergea sur une courte portion de ligne droite qui lui laissa le temps de tirer sur le frein à main. La voiture perdit un peu de vitesse mais déjà surgissait le virage suivant. Il parvint à le négocier tant bien que mal et se retrouva à nouveau du mauvais côté de la route, aveuglé par les phares d'un véhicule venant en sens inverse.

C'était un taxi, qui se rabattit sur le bas-côté dans un mugissement de klaxon et faillit basculer dans le vide. La Rolls le frôla au passage et continua à dévaler la pente. Dans la ligne droite, Gornt réussit à rétrograder et le soudain ralentissement l'aurait projeté contre le pare-brise s'il n'avait été maintenu sur son siège par sa ceinture de sécurité.

Au sortir du tournant, il évita de justesse un autre véhicule venant à sa rencontre et eut à peine le temps de se rabattre avant le prochain virage en épingle à cheveux. Il roulait encore trop vite quand il s'y engagea et fut déporté sur le côté de la route où un camion lourdement chargé gravissait lentement la pente.

Affolé, Gornt donna un brusque coup de volant à gauche et passa à quelques millimètres du camion. Il essaya d'enclencher la marche arrière mais les pignons refusèrent en gémissant. Il découvrit, terrifié, que la route était cette fois encombrée dans les deux sens et, pris de panique, il braqua vers le flanc de la montagne.

Le métal hurla, une vitre arrière vola en éclats et la Rolls rebondit vers le milieu de la route. Le véhicule venant en sens inverse s'écarta de sa trajectoire pour se réfugier sur le bas-côté. Gornt ferma les yeux et se raidit en prévision du choc... qui ne se produisit pas. A nouveau il réussit à passer et braqua vers la montagne, qui lui arracha cette fois l'aile avant gauche. La Rolls s'enfonça dans les broussailles, heurta une saillie rocheuse et se souleva, projetant Gornt sur le côté. En retombant, la voiture prit une de ses roues dans une rigole, ralentit et s'arrêta, à un mètre d'une Mini immobilisée devant elle.

Gornt se redressa lentement, inondé de sueur, le cœur battant. Il avait peine à respirer, à réfléchir. La circulation était interrompue dans les deux sens et des klaxons protestaient au loin.

Il entendit des pas précipités puis une voix inconnue lui demander :

— Ça va, mon vieux ?

— Oui, je crois, murmura-t-il en levant les yeux.

Il essuya la sueur perlant à son front, s'efforça de remettre son cerveau en marche.

— Mes freins ont lâché...

Il se tâta la poitrine, bougea les pieds sans ressentir de douleur.

— Je... les freins ont lâché... je prenais un virage et... et tout...

— Les freins ? C'est rare, pour une Rolls. Si j'étais vous, j'arrêterais le moteur.

— Quoi ?

Gornt s'aperçut que la voiture continuait à ronronner doucement et que la radio marchait encore. Il coupa le contact et enleva les clefs.

— Belle bagnole, fit l'inconnu, mais elle est dans un triste état maintenant. Il m'a toujours plu, ce modèle. C'est une 62, non ?

— Oui.

— Vous voulez que j'appelle la police ?

Gornt fit un effort pour se concentrer et réfléchir, le cœur encore battant dans ses oreilles. D'une main tremblante, il défit sa ceinture de sécurité.

— Non. Il y a un poste de police, là-haut. Si vous voulez bien m'y conduire...

— Avec plaisir, mon vieux.

L'inconnu, petit et grassouillet, se tourna vers les voitures, taxis et camions immobilisés dans les deux sens. Chauffeurs et passagers chinois observaient la scène d'un air ahuri, sans bouger de leur siège.

— Ceux-là ! grommela-t-il. Vous pouvez bien mourir dans la rue, vous aurez de la chance s'ils ne vous marchent pas dessus.

Il ouvrit la portière et aida Gornt à sortir de la Rolls.

— Merci, dit l'accidenté, dont les jambes se dérobèrent sous lui et qui dut s'appuyer à la voiture.

— Ça va, vous êtes sûr ?

— Oh ! oui. C'est... c'est la frousse que j'aie eue.

Gornt fit le tour de la Rolls pour estimer les dégâts et soupira :

— Elle est drôlement esquintée.

— Vous n'êtes pas rentré dans de la guimauve ! Vous avez eu de la chance d'être dans une voiture solide, vous savez.

Le petit gros poussa la portière, qui se referma avec un déclic étouffé.

— Ça, c'est de la carrosserie ! Bon, vous pouvez la laisser ici, personne ne vous la volera.

L'inconnu se dirigea en riant vers sa propre voiture.

— Montez, dit-il à Gornt. Nous y serons en moins de deux.

Ce fut alors que Gornt se rappela le demi-sourire moqueur de Dunross, qu'il avait pris pour une simple bravade en quittant la Grande Maison. Ses pensées s'éclaircissaient. Dunross aurait-il eu le temps de trafiquer la Rolls ? Il s'y connaissait en mécanique... Il aurait osé... ?

— Le salaud, murmura-t-il, consterné.

— Ne vous en faites pas, mon vieux, le réconforta l'inconnu. La police s'occupera de tout.

13

22 h 25

— Merveilleux dîner, Ian. Mieux réussi encore que l'année dernière, affirma Sir Dunstan Barre avec effusion.

— Merci, lui répondit Dunross par-dessus la table.

Il leva son verre poliment et but une gorgée de vieux cognac. Plus cramoisi que jamais, Barre avala son porto d'un trait et remplit à nouveau son verre.

— Encore trop mangé, comme d'habitude, sacrebleu ! Hein, Phillip ? Phillip !

— Oui ?... Oh ! beaucoup plus réussi, marmonna le compradore.

— Ça va, mon vieux ?

— Oui, oui... c'est juste... oui.

Dunross suivait la conversation d'une oreille distraite en laissant son regard errer sur les autres tables disséminées sur les terrasses et les pelouses. Les hommes fumaient des cigares et sirotaient un alcool, les femmes avaient regagné l'intérieur de la maison. Il découvrit Bartlett près du buffet qui, une heure plus tôt, offrait aux invités gigots d'agneau, salades, tranches de rosbif saignant, pâtés en croûte, pommes de terre sautées, légumes variés, pâtisseries et sculptures en crème glacée. Une petite armée de domestiques emportait les reliefs tandis que l'Américain bavardait avec Roger Crosse, le directeur de la SI, et Ed Langan. Dans un moment, je vais m'occuper de lui, se dit le Taï-pan, mais commençons par Brian Kwok. Il regarda autour de lui, n'aperçut nulle part le commissaire, ni à la table qu'Adryon avait présidée ni à une autre. Il se renversa sur sa chaise, but une goutte de cognac et s'absorba dans ses pensées.

Les dossiers secrets, le MI 6, la Special Intelligence, Bartlett, Casey, Gornt, Tsu-yan disparu et Alan Medford Grant mort. La conversation téléphonique qu'il avait eue avant le repas avec Kiernan, adjoint d'A.M.G. à Londres, l'avait quelque peu ébranlé.

— C'est arrivé ce matin, Mr. Dunross, avait raconté Kiernan. Il pleuvait, la chaussée était glissante, Alan se rendait dans le centre en moto, comme d'habitude. Autant que nous sachions, il n'y eut pas de témoins. Le type qui l'a trouvé a simplement déclaré qu'il conduisait sous la pluie et qu'il avait vu une moto couchée sur la route, un corps roulé en boule sur le bas-côté. D'après lui, A.M.G. était déjà mort quand il s'est arrêté pour lui porter secours. Il a prévenu la police, qui a entamé une enquête mais... Que vous dire ? C'est une grande perte pour nous tous.

— Il avait de la famille ?

— Pas à ma connaissance. Naturellement, j'ai aussitôt averti le MI 6.

— Pourquoi ?

Il y avait de la friture sur la ligne.

— Alan m'avait laissé des instructions : au cas où il lui arriverait quelque chose, je devais donner immédiatement deux coups de téléphone et vous envoyer un télégramme — ce que j'ai fait. Je ne connaissais aucun des deux numéros. Le premier se révéla être celui d'une huile du MI 6, qui arriva dans la demi-heure avec une petite équipe et fouilla dans les tiroirs d'A.M.G. Il emporta en partant la plupart des papiers. Quand il découvrit la copie du dernier rapport — celui que je venais de vous adresser — il frôla l'apoplexie et réclama les autres. Conformément aux instructions d'A.M.G., je lui répondis que je détruisais toujours la copie conservée au bureau dès que vous aviez accusé réception de l'original. Il faillit s'étrangler de rage. Apparemment, Alan n'avait pas vraiment reçu du gouvernement de Sa Majesté l'autorisation de travailler pour vous.

— Il m'a toutefois signé un document affirmant le contraire.

— Certainement. Vous êtes couvert, vous n'avez rien commis d'illégal, mais le ponte du MI 6 était fou de rage.

— Comment s'appelle-t-il ?

— On m'a recommandé — *expressément* — de ne prononcer aucun nom. Il se donnait de grands airs et invoquait la loi sur les secrets d'État.

— Deux coups de téléphone, disiez-vous ?

— Oui. Le deuxième en Suisse. C'est une femme qui a répondu. Quand je lui ai appris la nouvelle, elle a simplement dit « quel malheur » et a raccroché. Elle avait un accent étranger. A.M.G. avait spécifié, dans ses instructions, que je ne devais parler à aucun de mes interlocuteurs de l'existence de l'autre, mais le haut fonctionnaire du MI 6 était tellement furieux que je lui donnai le numéro suisse en pâture, pour le calmer. Il l'appela aussitôt mais la ligne était occupée. Elle le resta un bon moment puis le central répondit qu'elle avait été débranchée. Le type du MI 6 ne décolérait pas.

— Pouvez-vous poursuivre la tâche d'A.M.G. ?

— Non. Je ne faisais que mettre en forme les informations qu'il recueillait. Je rédigeais les rapports à sa place, je répondais au téléphone en son absence, je réglais les factures. Il passait une grande partie de son temps sur le continent mais ne révélait jamais où il était allé — d'ailleurs, il ne disait jamais rien. C'était... c'était un de ces joueurs qui tiennent leurs cartes collées contre leur nez. Je ne sais rien de ceux qui lui communiquaient des informations — je ne connaissais pas même son numéro de téléphone à Whitehall. C'était un homme très secret...

Dunross soupira et but une gorgée d'alcool. Quelle poisse ! se dit-il. Accident ou meurtre ? Le MI 6 ne devrait pas tarder à me tomber sur le rable mais avoir un compte numéroté en Suisse n'a rien d'illégal non plus.

Il faut trouver un remplaçant à A.M.G.

Meurtre ou accident ?

— Plaît-il ? demanda-t-il à Barre, dont il n'avait pas compris la dernière phrase.

— Je disais : c'était sacrément drôle quand vous avez obligé Casey à nous laisser. Vous avez du culot, mon vieux.

A la fin du repas, juste avant qu'on apporte les alcools et les cigares, Penelope s'était levée de la table où Bartlett était en grande conversation avec Havergill. Adryon l'avait imitée et l'une après l'autre toutes les autres femmes avaient suivi. Lady Joanna, qui siégeait à la droite de Dunross, avait déclaré :

— Mesdames, l'heure est venue d'aller nous repoudrer le nez.

Les autres invitées de la table du Taï-pan avaient obtempéré et les hommes avaient courtoisement caché leur soulagement de les voir partir.

— Venez, ma chère, avait dit Joanna à Casey, restée assise.

— Je suis très bien ici, merci.

— Je n'en doute pas mais venez quand même.

Casey s'était alors aperçue que tout le monde l'observait.

— Qu'y a-t-il ?

— Rien. Simplement il est d'usage que les dames laissent les messieurs seuls un moment à la fin du repas. Venez donc.

L'Américaine avait paru déconcertée.

— Vous voulez dire qu'ils se débarrassent de nous pour discuter de politique et du prix du thé en Chine ?

— Question de bonnes manières, ma chère. A Rome, fais comme les Romains.

La vieille aristocrate avait souri à la jeune femme avec condescendance.

— Vous plaisantez, sans doute, avait répliqué Casey. Vos « bonnes manières » ont disparu avec la guerre de Sécession.

— Aux États-Unis. Ici, c'est différent, c'est aussi l'Angleterre. Venez.

— Je viendrai — plus tard, avait répondu K.C. d'une voix douce.

Joanna avait haussé les épaules, lancé un regard interrogateur à Ian puis s'était éloignée, entraînant les autres invitées dans son sillage. Un silence embarrassé se fit autour de la table.

— Taï-pan, ma présence ne vous dérange pas, j'espère ? avait demandé Casey en souriant.

— Si. Navré d'avoir à vous le dire, avait répondu Dunross avec douceur. C'est juste une coutume sans importance. En fait, elle permet aux dames d'aller aux toilettes les premières et d'avoir priorité sur l'eau des baquets.

Le sourire de la vice-présidente avait disparu.

— Et si je préfère rester ?

— C'est la coutume ici, Ciranoush. En Amérique, c'est la coutume d'appeler par son prénom quelqu'un qu'on vient de rencontrer...

Dunross avait posé sur la jeune femme un regard calme mais inflexible.

— Vous n'en perdrez pas la face pour autant, avait-il ajouté.

— Je crois que si.

— Non, je vous assure.

Les autres invités les avaient observés, captivés par l'affrontement. Seul Ed Langan avait tenté de tourner l'affaire en plaisanterie :

— On ne peut pas lutter contre City Hall.

— C'est ce que j'ai fait toute ma vie, avait-elle reparti sèchement, visiblement furieuse.

Elle avait tambouriné des doigts sur la nappe puis s'était soudain levée en souriant.

— Messieurs, si vous voulez bien m'excuser, avait-elle susurré avant de s'éloigner, la démarche majestueuse, sous le regard des convives silencieux et ahuris.

— Je ne l'ai pas vraiment obligée à partir, rectifia Dunross.

— En tout cas, c'était drôle. Je me demande ce qui l'a fait changer d'avis. Qu'en pensez-vous, Phillip ?

— Comment ? bredouilla le compradore.

— J'ai cru un moment qu'elle allait gifler ce pauvre Ian, reprit Barre.

— Elle est susceptible comme une nichée de scorpions.

— Oui, mais quelle paire de nichons !

Dunross et Barre éclatèrent de rire, Phillip demeura plongé dans ses pensées. Le Taï-pan s'inquiétait pour son compradore. Pendant toute la soirée, il avait tenté de le distraire. En vain : Chen n'avait répondu à ses questions que par des monosyllabes, des grognements maussades.

Barre se leva en rotant.

— Je vais aller lansquiner tant que la place est libre.

— Ne pissez pas sur les camélias, lui lança distraitement Dunross.

Demeuré seul avec Phillip, il aborda le sujet qui préoccupait l'Eurasien :

— Ne vous inquiétez pas, ils retrouveront John.

— Oui, oui, j'en suis sûr, répondit le compradore d'un ton lugubre.

En fait, il n'était pas tant abattu par l'enlèvement que consterné par ce qu'il avait découvert quelques heures plus tôt dans le coffre de son fils, qu'il avait ouvert avec la clef trouvée dans la boîte à chaussures.

— Ne sois pas idiot, prends-la, lui avait soufflé Dianne. Le Taï-pan le fera si tu ne le fais pas avant lui.

Les dieux soient loués, j'ai écouté son conseil, songeait-il, encore sous le coup du choc qu'il avait éprouvé en inventoriant le contenu du coffre : des enveloppes bulle de diverses dimensions portant pour la plupart une inscription, un carnet d'adresses et un agenda. Dans l'enveloppe marquée « dettes », des tickets de paris pris auprès de book-makers illégaux de Hong-Kong ; un billet dans lequel il reconnaissait devoir à Mr. Sing, usurier notoire, trente mille dollars à 3 % par mois d'intérêt ; une traite à vue de vingt mille dollars sur la Ho-Pak venue à échéance depuis longtemps ; une lettre, datée de la semaine précédente, dans laquelle Richard Kwang menaçait John de parler à son père s'il ne prenait pas rapidement des dispositions.

Il y avait aussi d'autres lettres d'un joueur américain nommé Vincenzo Banastasio assurant John que ses dettes n'avaient rien d'urgent : « ... prends ton temps, John, ton crédit n'est pas entamé, tu rembourseras quand tu pourras... », et la photocopie d'un billet à ordre parfaitement légal engageant John, ses héritiers ou ses syndics, à payer sur demande à Banastasio 485 000 dollars américains plus les intérêts.

Quel imbécile ! s'était dit Phillip avec rage, conscient qu'il devrait finalement payer ces dettes puisque son fils ne possédait pas le cinquième de cette somme.

Une épaisse enveloppe portant l'inscription Par-Con avait ensuite attiré son attention. Il y avait trouvé un contrat signé trois mois plus tôt par K.C. Tcholok engageant John Chen en qualité de conseiller de la firme pour « ... cent mille dollars (dont cinquante mille déjà versés) et, après conclusion d'un accord satisfaisant entre Par-Con et Struan, Rothwell-Gornt, ou toute autre société de Hong-Kong choisie par la firme, un million de dollars dont le paiement serait étalé sur une période de cinq ans. En outre, dans le mois qui suivra la signature du dit contrat, une dette de 485 000 dollars à Mr. Vincenzo Banastasio, 85 Orchard Road, Las Vegas, Nevada, sera remboursée... »

En échange de quoi ? s'était demandé Phillip, interdit, dans la salle souterraine de la banque.

Mais le contrat ne donnait aucune autre précision, sinon que John Chen remplirait les fonctions de « conseiller privé pour l'Asie ».

Phillip avait de nouveau regardé dans l'enveloppe pour voir si elle ne contenait pas une note, une pièce jointe explicative mais n'avait rien trouvé. Il feuilleta à nouveau les autres papiers et découvrit une enveloppe « par avion » marquée « Par-Con II » qui lui avait échappé la première fois, sans doute parce qu'elle était collée contre la précédente. Elle renfermait des photocopies de notes manuscrites de son fils à Linc Bartlett.

Dans la première, vieille de six mois, John Chen confirmait qu'il fournirait à l'Américain des renseignements secrets sur les rouages et le fonctionnement du complexe de sociétés qui constituaient Struan. « ... les bilans de Struan de 1954 à 1961 (date à laquelle elle s'est transformée en société par actions) que vous trouverez ci-joints vous montreront que mes recommandations sont parfaitement réalisables. Si vous étudiez l'organigramme de la société ainsi que la liste de ses principaux actionnaires et de leurs parts — y compris mon père — vous conclurez avec moi que Par-Con pourrait lancer une OPA sur Struan avec succès. Ajoutez à ces photocopies l'autre chose dont je vous ai parlé — et qui existe, je le jure devant Dieu — vous verrez que la réussite de l'opération est assurée. Si vous pouviez m'avancer immédiatement la moitié des cent mille dollars, je vous remettrais la chose en question à votre arrivée, si vous promettez de me la rendre une fois le marché conclu, ou de l'utiliser contre Struan. De mon côté, je m'engage à en faire usage contre le Taï-pan. En fin de compte, Dunross devra en passer par où vous voulez. Veuillez adresser votre réponse à la boîte postale habituelle et détruire cette lettre comme convenu. »

— Quelle chose ? avait murmuré Phillip Chen, saisi d'angoisse.

Les doigts tremblants, il avait approché de ses yeux la seconde lettre, qui datait de trois semaines.

« Cher Mr. Bartlett, tout sera prêt pour votre arrivée à la date prévue. Je suis impatient de vous revoir et de faire la connaissance de Mr. K.C. Tcholok. Merci pour les cinquante mille dollars. A l'avenir, vous verserez les autres sommes convenues sur un compte numéroté d'une banque de Zurich dont je vous donnerai les références à votre arrivée. Merci également d'avoir accepté de me céder 3 p. 100 des actions de la nouvelle Compagnie commerciale Par-Con-Asie en échange des services que je pourrai vous rendre.

« Vous trouverez ci-joint quelques autres informations intéressantes : vous remarquerez d'abord les dates d'échéance des traites signées par Struan (et contresignées par mon père) aux chantiers navals Toda pour les nouveaux navires porte-conteneurs : 1er, 11 et 15 septembre. Dunross n'a pas assez de liquidités pour y faire face.

« Deuxièmement, en réponse à la question de Mr. Tcholok sur l'attitude que suivrait mon père : il est possible de le neutraliser. Les photocopies ci-jointes prouvent que, depuis les années cinquante, il entretient d'étroites relations avec Lee-poudre-blanche et son cousin Wu Sang Fang, connu aussi sous le nom de Wu-quatre-doigts, et qu'ils possèdent ensemble une société immobilière, deux compagnies de navigation, et des intérêts commerciaux à Bangkok. Bien que ces deux individus fassent aujourd'hui figure d'hommes d'affaires respectables, il est de notoriété publique qu'ils se sont livrés pendant des années à la piraterie et à la contrebande. De plus, le bruit court dans les milieux chinois qu'ils sont les Grands Dragons du trafic d'opium. Si les liens qui les unissent à mon père venaient à être connus, il serait à jamais discrédité, Struan et toutes les autres *hong* rompraient avec lui et, surtout, il perdrait toute chance d'obtenir un jour le titre de chevalier auquel il tient tant. Il suffirait donc de le menacer de divulguer ces faits pour le neutraliser — voire en faire un allié. Je me rends naturellement compte que ces documents demanderaient à être étayés par d'autres pour qu'un tribunal les juge recevables, et je dispose d'ores et déjà, dans un endroit sûr, des éléments nécessaires... »

Phillip Chen se rappelait avec quelle fébrilité il avait cherché ces autres documents en se demandant comment son fils avait pu accéder à des informations aussi secrètes : les bilans de Struan avant 1961, les liens avec Quatre-doigts. Il en sait presque autant que moi ! s'était-il lamenté. Même Dianne n'en connaît pas la moitié ! Qu'a-t-il encore révélé d'autre à cet Américain ?

Rongé par l'inquiétude, il avait examiné à nouveau chaque enveloppe — sans résultats.

— Il doit y avoir un autre coffre ailleurs, avait-il marmonné à voix basse.

D'un geste rageur, il avait vidé le coffre dans sa serviette en se disant qu'une étude plus attentive de son contenu répondrait à ses questions. Il allait remettre en place la boîte métallique quand une idée lui était venue. Il avait retourné le coffret : deux clefs étaient collées contre le fond par du sparadrap. L'une était une clef de coffre dont on avait limé le numéro ; l'autre... Il la fixa de ses yeux écarquillés : c'était celle de son propre coffre. Pourtant il aurait parié sa tête qu'il n'existait qu'une seule clef de ce coffre : celle qu'il portait toujours autour du cou et dont il ne s'était jamais séparé depuis que son père la lui avait remise, seize ans plus tôt, sur son lit de mort.

— *Oh ko,* grommela-t-il, à nouveau envahi par la rage.

— Ça va ? lui demanda Dunross. Voulez-vous un cognac ?

— Non, non, merci, bredouilla le compradore, ramené au présent.

Il tourna les yeux vers le Taï-pan et songea qu'il devrait tout lui raconter. Pourtant il n'osait pas. Outre les nombreuses transactions sur lesquelles les autorités pourraient se méprendre, et celles, hautement embarrassantes, qui conduiraient sans doute à une série de procès, sinon en correctionnelle du moins devant un tribunal civil — stupide législation anglaise, pensa-t-il, qui est la même pour tous, les riches et les pauvres ! A quoi bon s'échiner à faire fortune ? — outre tout cela, il lui faudrait encore avouer à Dunross que depuis des années, il rassemblait sur Struan, comme son père l'avait fait avant lui, une documentation secrète : bilans, répartition des actions, pots-de-vin, fraudes et secrets de famille. Il ne servirait à rien, il le savait, d'arguer qu'il avait agi dans le seul but de protéger la Maison car le Taï-pan répondrait : la Maison de Chen, pas la Noble Maison ; il tournerait sa colère contre son compradore et sa famille. Dans un tel combat, les Chen ne pouvaient que perdre — Dirk Struan y avait veillé dans son testament — et l'édifice qu'ils avaient mis près d'un siècle et demi à bâtir s'effondrerait.

Les dieux soient loués, tout n'était pas dans le coffre, pensa-t-il. Les autres secrets sont enterrés ailleurs.

Un extrait d'une des lettres de son fils à Bartlett lui revint soudain en mémoire : « Ajoutez à ces photocopies l'*autre chose* dont je vous ai parlé... »

Son visage perdit toute couleur.

— Si vous voulez bien m'excuser, Taï-pan, dit-il en se levant. Je, euh, je vais prendre congé. Je vais chercher Dianne et... je... merci, bonne nuit.

Et il se dirigea à pas pressés vers la maison. Perplexe, Dunross le suivit des yeux.

— Casey, je vous présente Kathren Gavallan, la sœur de Ian, dit Penelope.

L'Américaine sourit à la femme d'Andrew Gavallan, qu'elle trouva aussitôt sympathique. En compagnie d'autres invitées, elle attendait dans une des antichambres du rez-de-chaussée que son tour soit venu de passer aux toilettes. La pièce était grande, confortable, pourvue de nombreux miroirs.

— Vous avez les mêmes yeux que votre frère, remarqua-t-elle. C'est un sacré bonhomme, n'est-ce pas ?

— Je suis bien de votre avis, acquiesça Kathren avec un sourire qui lui vint aussitôt aux lèvres.

Agée de trente-huit ans, séduisante, elle portait une longue robe en soie imprimée.

— Cette pénurie d'eau est un problème, ajouta-t-elle avec son accent écossais agréable à entendre.

— Surtout pour les enfants, je suppose.

— Oh ! non, les enfants sont ravis, intervint Susanne de Ville. Pas question de les contraindre à prendre leur bain chaque soir.

C'était une Française fort élégante, approchant de la cinquantaine.

— Les deux miens se passent volontiers de douche, eux aussi, reprit Kathren. Ce sont les parents que cela gêne, pas eux.

— Nous avons eu un été épouvantable ! dit Penelope, qui examinait son maquillage dans une glace. Ce soir, il fait plus frais, nous avons de la chance. Normalement, nous devrions ruisseler de sueur ! Vivement le mois prochain ! Kathren, je t'ai dit que nous prenons deux semaines de vacances ? Enfin, moi, du moins. Ian a promis de m'accompagner mais on ne sait jamais, avec lui.

— Il a grand besoin de se reposer, approuva Kathren. Vous irez à Ayr ?

Casey remarqua les ombres qui cernaient les yeux de la sœur de Dunross sous le maquillage.

— Oui, et une semaine à Londres.

— Veinarde ! Combien de temps passerez-vous à Hong-Kong, Casey ?

— Je ne sais pas. Cela dépendra de la décision de Par-Con.

— Andrew m'a dit que vous aviez discuté avec eux toute la journée.

— Oui. Je ne crois pas qu'ils aiment beaucoup parler affaires avec une femme.

— C'est le moins qu'on puisse dire, gloussa Susanne de Ville en rajustant sa blouse. Jacques, lui, est à moitié Français, il comprend le rôle que jouent les femmes dans les affaires. Mais les Anglais...

— Le Taï-pan n'a pas paru choqué, fit observer Casey. A vrai dire, je n'ai pas encore réellement discuté avec lui.

— Ce que vous avez fait avec Quillan Gornt, enchaîna Kathren.

L'Américaine, qui demeurait sur ses gardes même en compagnie des femmes, ne manqua pas l'allusion.

— Non, répondit-elle. Je ne lui avais pas adressé la parole avant ce soir. Par contre, mon patron l'avait déjà rencontré.

Avant de passer à table, elle avait eu le temps de raconter à Linc l'affrontement qui avait opposé Colin Dunross et le père de Gornt le soir de Noël.

— Et dans la salle de billard, en plus ! s'était-il exclamé. Pas étonnant qu'Adryon ait fait une telle tête !

Après avoir réfléchi un instant, il avait ajouté en haussant les épaules :

— Mais cela signifie simplement des pressions supplémentaires sur Dunross.

— Peut-être. Cependant leur rivalité a des racines

trop profondes à mon goût. Elle pourrait avoir des effets en retour.

— Je ne vois pas comment — pour le moment. Gornt a juste essayé d'enfoncer le flanc de l'ennemi, comme doit le faire tout bon général. Si nous n'avions pas été déjà prévenus par John Chen, ses révélations auraient eu pour nous une grande importance. Gornt ne pouvait pas savoir que nous étions déjà au courant, il a cherché à accélérer le mouvement. Nous n'avons pas encore sorti la grosse artillerie qu'ils nous font déjà les yeux doux, tous les deux.

— As-tu choisi le cheval sur lequel tu vas miser ?

— Pas encore. A ton avis ?

— Je n'en ai pas pour l'instant. Ils sont redoutables l'un et l'autre. Tu crois que John Chen a été enlevé parce qu'il nous fournissait des renseignements ?

— Je ne sais. Pourquoi ?

— Avant l'arrivée de Gornt, le commissaire Armstrong m'a posé des questions sur ce que John Chen m'avait dit la veille, sur nos sujets de conversation. Je lui ai rapporté tout ce dont je me souvenais — sans parler bien entendu de cette « chose » dont je devais prendre livraison. D'ailleurs j'aurais été bien en peine de le faire puisque je ne sais toujours pas ce que c'est.

— Rien d'illégal, Casey.

— Je n'aime pas rester dans l'ignorance — maintenant moins que jamais. Il s'est passé trop de choses : les armes, l'enlèvement, la curiosité de la police...

— Cela n'a rien d'illégal, je te le répète. Armstrong t'a dit qu'il y avait un rapport entre les deux affaires ?

— Il ne m'a rien dit du tout. C'est le type même du flic anglais comme on en voit au cinéma : fort, laconique, intelligent et plein d'expérience. Il croit que je lui cache quelque chose, j'en ai la conviction.

Casey avait hésité une fraction de seconde avant de poursuivre :

— Linc, quelle est cette chose si importante que John Chen devait nous donner ?

Elle se rappelait la façon dont il l'avait dévisagée de ses yeux bleus moqueurs.

— Une pièce de monnaie.

— Quoi ?

— En fait, une demi-pièce.

— Je ne vois pas ce...

— Je ne t'en dirai pas plus pour le moment.

La jeune femme avait de nouveau marqué un temps puis avait demandé à Bartlett :

— Tu as passé un accord — un accord quelconque — avec Gornt ?

— Non, rien de ferme. Il veut que nous l'aidions à écraser Struan. J'ai accepté d'en discuter mardi, pendant le repas.

— Que vas-tu répondre au Taï-pan après le dîner ?

— Cela dépendra de ses questions. Il sait sans doute qu'il est de bonne guerre d'éprouver les défenses de l'adversaire.

Casey s'était demandé qui était l'adversaire et, même à présent, elle se sentait comme une intruse parmi ces femmes qui ne lui avaient montré que de l'hostilité — à l'exception de Penelope, Kathren, et d'une invitée dont elle avait fait la connaissance en quittant la terrasse.

— Bonsoir, lui avait dit l'inconnue. Vous êtes étrangère, vous aussi, je crois ?

— O combien ! s'était exclamée K.C., frappée par la beauté de cette femme.

— Je m'appelle Fleur. Mon mari, Peter Marlowe, est écrivain. Je vous trouve ravissante.

— Merci. Vous êtes sensationnelle, vous aussi. Vous venez d'arriver à Hong-Kong ?

— Non, nous y sommes depuis trois mois et deux jours mais c'est la première soirée anglaise à laquelle nous sommes invités. D'habitude, nous fréquentons des Chinois ou nous sortons seuls. Nous avons loué un appartement dans l'annexe du V & A. Bon sang, si elles pouvaient se presser un peu ! avait-elle murmuré en regardant la file de dames devant la porte des toilettes. J'ai les molaires déjà immergées.

— Nous sommes également descendus au V & A.

— Je sais : vous êtes fort célèbres.

— Tristement célèbres. J'ignorais qu'on y louait aussi des appartements.

— Oh ! ce n'est pas vraiment un appartement : juste deux chambres à coucher minuscules et un salon. La cuisine est grande comme un placard mais il y a une baignoire, l'eau courante et une chasse d'eau qui fonctionne.

Fleur Marlowe avait de grands yeux gris et de longs cheveux blonds. Casey se demandait quel âge elle pouvait avoir.

— Votre mari écrit, disiez-vous ?

— Il a écrit un livre mais ce sont surtout les scénarios qu'il pond pour Hollywood qui font bouillir la marmite.

— Pourquoi fréquentez-vous uniquement des Chinois ?

— Peter s'intéresse à eux.

La femme de l'écrivain avait murmuré d'un ton de conspirateur, en coulant un regard vers les autres femmes :

— Elles en remettent un peu, vous ne trouvez pas ? La vieille Angleterre et toutes ces conneries !

— Mais n'êtes-vous pas anglaise, vous aussi ?

— Oui et non. Je suis anglaise mais originaire de Vancouver. Peter, les enfants et moi vivons aux États-Unis, dans ce bon vieux Hollywood. A vrai dire, je ne sais plus trop ce que je suis.

— Nous habitons également LA, Linc et moi.

— Je le trouve formidable. Vous avez de la chance.

— Quel âge ont vos enfants ?

— Quatre et huit ans. Dieu merci, on ne nous rationne pas encore l'eau.

— Vous aimez Hong-Kong ?

— C'est un endroit fascinant. Peter y prépare son

prochain livre, il y trouve une matière abondante. Si la moitié des légendes sont vraies... Les Struan, les Dunross, et votre Quillan Gornt !

— Ce n'est pas mon Quillan Gornt. J'ai fait sa connaissance ce soir.

— Vous avez provoqué un mini-tremblement de terre en traversant la salle en sa compagnie. Si vous restez quelque temps, demandez donc à Peter de vous mettre au courant des scandales de toutes sortes qui pimentent la vie de la Colonie.

Fleur avait salué de la tête Dianne Chen, qui se remettait de la poudre devant un miroir.

— C'est la belle-mère de John, la femme de Phillip Chen, avait-elle expliqué. Sa seconde femme — la première est morte. Elle est Eurasienne et tout le monde la déteste mais c'est une des personnes les plus gentilles que je connaisse.

— Pourquoi la déteste-t-on ?

— On l'envie. Après tout, c'est l'épouse du compradore de la Noble Maison. Nous avons fait sa connaissance peu après notre arrivée et elle m'a beaucoup aidée. Hong-Kong est une ville difficile pour une femme, en particulier une étrangère. Je ne sais pas trop pourquoi elle m'a adoptée mais elle a été formidable avec moi.

— Elle est Eurasienne ? Elle a plutôt l'air chinois.

— C'est parfois difficile à dire. Son nom de jeune fille est T'Chung, et celui de sa mère Sung. D'après Peter, les T'Chung descendent des maîtresses de Dirk Struan, et les Sung sont également une branche illégitime issue du célèbre peintre Aristotle Quance. Vous avez entendu parler de lui ?

— Oh ! oui.

— Le vieil Aristotle est à l'origine de quatre lignées, qui ont donné à Hong-Kong plusieurs de ses meilleures familles...

La porte des toilettes s'était ouverte, une femme en était sortie et Fleur avait soupiré :

— Enfin !

Casey s'était alors intéressée à la conversation des autres invitées, qui tournait autour de quelques sujets, toujours les mêmes : les vêtements, la chaleur, la pénurie d'eau, les domestiques, la cherté de la vie, les enfants et l'école. Penelope Dunross s'était approchée d'elle :

— Je viens d'apprendre votre prise de bec avec Joanna. Ne faites pas attention à elle, c'est une peste.

— Tout est ma faute : je ne suis pas encore habituée à vos usages.

— Ils sont stupides mais, au bout du compte, c'est plus facile de donner satisfaction aux hommes. Personnellement, je suis contente de les laisser seuls : je trouve leur conversation assommante, la plupart du temps.

— Elle l'est parfois mais c'est une question de principe. Nous devrions être traitées sur un pied d'égalité.

— Il n'y aura jamais d'égalité ici. Hong-Kong est une colonie de la Couronne.

— C'est ce qu'on ne cesse de me répéter. Dans combien de temps sommes-nous censées revenir ?

— Une demi-heure environ. C'est variable... Ainsi vous connaissez Quillan Gornt ?

— Je l'ai rencontré ce soir pour la première fois.

— Il... il n'est pas le bienvenu dans cette maison.

— Je sais, on m'a raconté la soirée de Noël.

— Que vous a-t-on dit ?

Casey avait répété les confidences qu'on lui avait faites et, après un silence, Penn avait déclaré :

— Les étrangers ne devraient pas se mêler des querelles de famille.

— C'est vrai, et toutes les familles ont leurs querelles. Linc et moi sommes des intrus ici, nous le sentons bien. Tout ce que nous voulons, c'est passer un accord avec l'une des grandes compagnies de la Colonie, trouver un associé.

— Vous finirez bien par vous décider. Soyez patiente, et prudente. Tu n'es pas d'accord, Kathren ?

L'épouse de Gavallan avait posé sur Casey le même regard calme que Ian Dunross en disant :

— J'espère que vous choisirez bien. Ici, tout le monde est rancunier.

— Vraiment ?

— Cela tient, entre autres raisons, à ce que nous vivons en vase clos, que tout le monde connaît tout le monde — et presque tous les secrets. Ajoutez à cela que nos haines remontent à plusieurs générations et se sont renforcées au fil des années. Autre raison : nous vivons dans une société de pirates, où les garde-fous sont peu nombreux. Enfin, les enjeux sont très élevés, ici. Si vous possédez un magot en or, vous avez le droit de le conserver, aux yeux de la loi, même si vous l'avez introduit illégalement. Hong-Kong est un lieu de transit, personne n'y vient pour s'y installer définitivement — pas même les Chinois. On y fait fortune et on s'en va.

— Les Struan, les Dunross et les Gornt y sont implantés depuis plusieurs générations, objecta la vice-présidente.

— Ils y sont venus pour une seule raison : l'argent. C'est notre dieu, ici. Et dès qu'on en a assez gagné, on déguerpit, qu'on soit Européen, Américain ou Chinois.

— Tu exagères, Kathy, dit Penelope.

— Oui, mais c'est quand même vrai. A Hong-Kong, nous vivons en permanence au bord de la catastrophe : incendie, inondation, épidémie, glissement de terrain, émeute. La moitié de la population, qui est communiste, hait l'autre moitié, qui est nationaliste. En plus il y a la Chine, qui peut nous avaler d'une seconde à l'autre. Alors nous vivons dans le présent et au diable le reste ! Profite de ce que tu peux prendre aujourd'hui car demain, qui sait ? Les gens sont plus durs ici qu'ailleurs parce que tout y est précaire, rien n'y dure.

— Excepté le Pic, corrigea Penelope. Et les Chinois.

— Même les Chinois cherchent à s'enrichir rapidement pour décamper au plus vite. Vous verrez, Casey : Hong-Kong vous prendra au piège de son charme — ou de ses maléfices. Pour les affaires, c'est l'endroit le plus excitant au monde et vous vous sentirez bientôt au centre de la terre. Excitant et passionnant pour un homme, s'entend ; pour une femme, c'est l'enfer. Toutes les épouses de la Colonie haïssent Hong-Kong de toute leur âme, quoi qu'elles en disent.

— Voyons, Kathren, tu exagères, là encore.

— Pas du tout. Ici, chacune de nous est menacée, tu le sais bien, Penny. Les femmes de Hong-Kong mènent une bataille perdue d'avance...

La sœur de Ian s'interrompit, sourit d'un air las.

— Excusez-moi, je me suis emballée. Penn, je vais demander à Andrew s'il veut rester. Moi je me sauve, si tu n'y vois pas d'inconvénients.

— Tu te sens bien, Kathy ?

— Oui, juste un peu de fatigue. Notre dernier nous pose des problèmes mais il entrera en pension l'année prochaine.

— Qu'est-ce que cela a donné, ton bilan de santé ?

— Tout va bien. Casey, téléphonez-moi un de ces jours, mon numéro est dans l'annuaire... Ne choisissez pas Gornt, cela vous serait fatal. Penelope, ma chérie, au revoir.

— C'est un amour, dit Penn après le départ de sa belle-sœur. Mais elle se fait trop de mauvais sang.

— Vous ne vous sentez pas menacée ?

— Je suis très heureuse entre mon mari et mes enfants.

— Elle vous a demandé si vous vous sentez menacée, fit observer Susanne de Ville sans cesser de scruter son reflet dans un des miroirs.

— Non, je suis parfois... débordée, mais je ne me sens pas plus menacée que vous.

— Ma chérie, une Parisienne ne craint aucune menace. Vous connaissez Paris, Miss Tcholok ?

— Oui. C'est une belle ville.

— La plus belle au monde, assura Susanne avec une modestie bien française. Beuh ! J'ai l'air d'avoir au moins trente-six ans, ce soir.

— Mais non, dit Penelope en consultant sa montre. Je crois que nous pouvons aller retrouver les hommes. Excusez-moi un instant...

Susanne de Ville la regarda s'éloigner puis reporta son attention sur l'Américaine.

— Jacques et moi sommes venus à Hong-Kong en 1946.

— Vous êtes de la famille, vous aussi ?

— Le père de Jacques a épousé une Dunross — une tante du Taï-pan — pendant la Première Guerre mondiale, expliqua Susanne. (Elle approcha son visage de la glace, fit tomber de sa joue un peu de poudre.) Chez Struan, c'est important d'être de la famille.

Casey remarqua que les yeux rusés de la Française l'observaient dans le miroir.

— Je suis bien de votre avis, continua Mrs. de Ville, c'est idiot cette coutume de laisser les hommes seuls à la fin du repas. Une table sans femmes, il n'y a rien de plus glacial, non ?

— Je le pense aussi, répondit Casey en souriant. Pourquoi Kathren a-t-elle parlé de menaces ? Par quoi êtes-vous menacées ?

— Par les jeunes, bien sûr ! Hong-Kong regorge de charmantes jeunes Chinoises, élégantes et sensées, avec de longs cheveux noirs, une peau dorée et un postérieur aguichant. Ces filles comprennent parfaitement les hommes qui traitent le sexe pour ce qu'il est : un moyen de subsistance, et souvent une marchandise de troc. Le puritanisme a déformé l'esprit de ces pauvres Anglaises. Dieu merci, je suis Française de naissance ! Pauvre Kathy !

Casey comprit aussitôt :

— Oh ! je vois : elle a découvert que son mari a une maîtresse ?

Susanne sourit à son image sans répondre. Au bout d'un moment, elle finit par rompre le silence :

— Mon Jacques aussi a des maîtresses, comme tous les hommes. Et les femmes intelligentes prennent des amants de leur côté. Pour les Français, cela n'empêche pas un couple de bien marcher. Il faut ramener ces choses à leurs justes proportions.

— Cela doit quand même être dur pour une femme, de se savoir trompée, dit Casey.

— Tout est dur pour une femme, ma chère. Les hommes sont de tels crétins !

Susanne de Ville lissa le devant de sa robe puis se mit du parfum derrière les oreilles et entre les seins.

— Vous perdrez si vous tentez de jouer selon la règle du jeu des hommes et non celle des *femmes*, poursuivit-elle. Par contre, vous aurez de grandes chances de réussir à Hong-Kong si vous savez être assez féminine. Rappelez-vous, les Gornt sont tous vénéneux. Et surveillez Linc : j'en connais déjà qui vous le voleraient bien.

14

22 h 42

Au premier étage, un homme se glissa prudemment hors de l'ombre du balcon et pénétra, par la fenêtre ouverte, dans le bureau de Dunross. Il s'arrêta, tendit l'oreille. Ses vêtements noirs le rendaient presque invisible dans la pénombre. Le bruit étouffé de la réception brisait par moments le silence régnant dans la pièce.

Il alluma une lampe électrique, en braqua le faisceau sur le portrait accroché au-dessus de la cheminée, s'approcha. Dirk Struan semblait le regarder avec un sourire sarcastique. L'homme promena le pinceau de lumière le long du cadre, cherchant les charnières, puis tira la toile vers lui. Le portrait s'écarta silencieusement du mur.

La silhouette noire poussa un soupir, examina la serrure du coffre, y introduisit une des clefs à crochet de son trousseau. Sans succès. Deuxième clef, deuxième échec. La troisième tourna avec un déclic mais la serrure ne s'ouvrit pas. L'homme essaya les autres clefs du trousseau : en vain.

Agacé, il revint à la troisième, la tourna dans un sens, dans un autre mais ne réussit toujours pas à ouvrir. Après avoir hésité sur la conduite à tenir, il rabattit le portrait contre le mur, alla jusqu'au bureau, décrocha un des deux téléphones — celui qui n'était relié à aucun autre poste dans la maison — et composa un numéro. La sonnerie bourdonna plusieurs fois et s'arrêta.

— Oui ? fit une voix masculine en anglais.

— Mr. Lop-sing, je vous prie, dit l'homme en noir.

— Il n'y a pas de Lop-*ting* ici. Vous devez faire erreur.

Ayant obtenu la réponse attendue, le visiteur du bureau de Dunross poursuivit :

— Je voudrais laisser un message.

— Désolé, vous faites erreur. Consultez l'annuaire.

Là encore c'était la bonne réponse.

— Ici, Lim, chuchota-t-il, usant de son nom de code. Passez-moi Arthur, c'est urgent.

Quelques instants plus tard, il entendit une toux sèche qu'il reconnut aussitôt puis la voix d'Arthur :

— Oui, Lim ? Vous avez trouvé le coffre ?

— Derrière le portrait, au-dessus de la cheminée, mais aucune de mes clefs ne marche. Il me faudrait un équipement spé...

Il se tut en entendant des voix dans le couloir, raccrocha sans bruit, vérifia précipitamment que tout était à sa place, éteignit sa lampe et bondit vers le balcon courant tout le long de la façade nord. Le clair de lune tira brièvement son visage de l'ombre : c'était celui de Feng-le-serveur-de-vin.

La porte du bureau s'ouvrit, Dunross entra, suivi par Brian Kwok. Le Taï-pan alluma la lumière et déclara :

— Ici, nous ne serons pas dérangés. Asseyez-vous.

— Merci, dit le policier, dont c'était la première visite à l'étage supérieur.

Leur verre de cognac à la main, les deux hommes s'approchèrent des fenêtres dont la brise agitait doucement les rideaux arachnéens et s'installèrent dans les profonds fauteuils se faisant face. Brian Kwok contempla le tableau.

— Saisissant, fit-il.

Dunross regarda lui aussi et se figea : on avait touché au portrait.

— Qu'y a-t-il, Ian ?

— Rien. De quoi vouliez-vous me parler ?

— De deux choses. D'abord de votre cargo *Eastern Cloud*.

C'était un des « tramps » de Struan faisant la navette entre les grands ports d'Asie — Bangkok, Singapour, Calcutta, Madras, Bombay, et parfois Rangoon — et la Colonie, transportant à l'aller toutes sortes de produits manufacturés et ramenant au retour des matières premières, de la soie, des pierres précieuses, du jute, du teck, des denrées. Six mois plus tôt, les autorités indiennes de Calcutta l'avaient placé sous séquestre après avoir découvert, au cours d'une fouille surprise des services de la douane, trente-six mille taels d'or cachés dans une des soutes. Un peu plus d'une tonne.

— L'or, c'est une chose — et nous n'avons rien à y voir — mais de là à saisir notre navire ! avait protesté le Taï-pan auprès du consul général indien à Hong-Kong.

— Navré, Mr. Dunross, *sah*. La loi est la loi. Introduire de l'or en Inde clandestinement constitue un grave délit, *sah* : tout bâtiment à bord duquel sera trouvé de l'or de contrebande pourra être saisi et mis en vente.

— *Pourra*, je ne vous le fais pas dire. Excellence, je vous conjure d'intervenir auprès des autorités...

Mais les autorités avaient ignoré l'intervention du consul et toutes les démarches faites auprès de personnalités haut placées, tant en Inde qu'à Londres, avaient été vaines. Et bien que les enquêtes menées par les polices de Hong-Kong et de Calcutta n'aient permis d'incriminer aucun des membres de l'équipage, l'*Eastern Cloud* était toujours bloqué dans le port indien.

— Vous avez du nouveau ? demanda Ian au policier.

— Nous croyons être en mesure de persuader les autorités indiennes de vous le restituer.

— En échange de quoi ? questionna le Taï-pan, méfiant.

Kwok se mit à rire.

— De rien. Nous ne savons pas qui est le contrebandier mais nous connaissons celui qui a refilé le tuyau à la douane indienne.

— Qui est-ce ?

— Il y a sept mois environ, vous avez changé votre politique d'embauche. Jusque-là, Struan n'employait que des matelots cantonais et, pour une raison quelconque, vous avez commencé à recruter des Shanghaiens. Exact ?

— Exact.

Dunross se souvint que cette décision avait été prise à l'instigation de Tsu-yan, originaire lui aussi de Shanghai, selon qui Struan avait tout à gagner en aidant ainsi les réfugiés venus du Nord. « Ils sont également bons marins et peu exigeants en matière de salaire », avait fait valoir Tsu-yan.

— Struan engagea donc un équipage shanghaien pour *Eastern Cloud* — le premier, je crois — ce qui ne fit pas plaisir aux Cantonais. Ils se plaignirent au Bâton Rouge de leur triade et...

— Ah ! je vous en prie. Nos équipages ne sont pas des triades !

— Bon, si vous préférez, ils allèrent trouver leur délégué syndical — mais vous me direz qu'ils ne sont pas syndiqués — et ce type leur répondit approximativement : *oh ko*, ces lourdaux du Nord nous ont fait perdre la face, je vais m'occuper d'eux. Et il refila le tuyau à un indicateur indien qui, sur la promesse d'obtenir une partie de la récompense, mit le consulat au courant.

— Quoi ?

— Eh oui, dit Brian avec un grand sourire. Vingt pour cent au mouchard indien, quatre-vingts pour cent aux Cantonais qui auraient dû faire partie de l'équipage de l'*Eastern Cloud.* Ainsi les Cantonais recouvraient la face et la lie shanghaienne honnie faisait connaissance avec les geôles indiennes.

— Nom de dieu ! Vous avez des preuves ?

— Évidemment ! Mais comme notre ami indien doit continuer à nous aider en échange de, euh, services rendus, nous préférerions ne pas le nommer. Le délégué syndical ? Il s'appelait entre autres Tuk-le-braillard et avait été chauffeur à bord de l'*Eastern Cloud* pendant trois ans. Je dis « s'appelait » parce que, malheureusement, nous ne le reverrons plus. Nous l'avons surpris la semaine dernière en grande tenue de Bâton Rouge des 14K grâce à l'obligeance d'un informateur shanghaien, le frère d'un des matelots qui croupissent dans les geôles indiennes.

— Il a été expulsé ?

— Sur l'heure. Nous n'aimons pas les triades, elles sont devenues des bandes criminelles qui se livrent à toutes sortes d'activités répréhensibles. Nous l'avons expédié à Taiwan, où il ne sera pas très bien accueilli si j'en juge par la guerre que se livrent encore la triade shanghaienne du Pang Vert et la société secrète cantonaise des 14K pour le contrôle de Hong-Kong. Tuk-le-braillard avait rang de 426.

— Qu'est-ce que c'est, un 426 ?

— Je pensais que vous le saviez. Tous les dirigeants d'une triade sont identifiés par un nombre et un titre symbolique. Ce nombre est toujours divisible par le chiffre sacré 3. Le chef a pour nombre 489, dont les chiffres additionnés font 21, puis 3. Vingt et un, c'est aussi 3 fois 7 ; 3, la création, 7, la mort, autrement dit la deuxième naissance. Il y a ensuite l'Éventail Blanc, 438, le Bâton Rouge, 426, et ainsi de suite jusqu'au 49.

— Qui n'est pas divisible par 3 !

— Oui, mais 4 fois 9 font 36, nombre des serments secrets scellés par le sang. Les Chinois sont des dingues des nombres et de la numérologie. En tout cas, nous l'avons pris sur le fait, ce qui prouve bien que les triades existent — ou du moins qu'il en existait une à bord d'un de vos navires.

— Apparemment, convint Dunross.

Il se reprocha intérieurement de ne pas avoir prévu que la rivalité entre Shanghaiens et Cantonais créerait des problèmes. Problèmes qui n'étaient pas résolus puisque sept autres bâtiments de sa flotte d'une soixantaine de navires avaient un équipage shanghaien.

— Bon dieu, je ne peux pas débarquer les marins shanghaiens que je viens d'embaucher et, si je ne le fais pas, j'aurai les mêmes histoires. Quelle est la solution ?

— Réservez certaines routes maritimes aux Shanghaiens mais seulement après avoir consulté leurs Bâtons Rouges 426... pardon, leurs délégués syndicaux, et bien entendu leurs homologues cantonais. Arrangez-vous pour pouvoir leur dire qu'un devin célèbre vous a conseillé cette décision, porteuse d'un *joss* extraordinaire pour les deux parties. Tung-l'aveugle, par exemple.

— Génial ! s'exclama le Taï-pan. Un service en vaut un autre, Brian. Vous me promettez de garder pour vous ce que je vais vous confier ?

— D'accord.

— Sûr ?

— Promis.

— Achetez des Struan dès l'ouverture demain matin.

— Combien ?

— Autant que vous pourrez.

— Et je les garde combien de temps ?

— Vous les avez bien accrochées ?

Kwok émit un petit sifflement.

— Merci, dit-il. Pour en revenir à *Eastern Cloud*, 36 000 taels d'or valent 1 514 520 dollars américains au cours légal mais fondue en lingots de contrebande de 5 taels et débarquée clandestinement à Calcutta, cette cargaison vaudrait deux ou trois fois plus, c'est-à-dire 4 millions et demi. D'accord ?

— Je ne sais pas exactement.

— Moi je sais. Dans cette affaire le manque à gagner s'élève à trois millions, les investissements perdus à un et demi.

— Et alors ?

— Alors les Shanghaiens ont l'esprit de clan très développé, comme les Cantonais et tous les Chinois. Si l'équipage de l'*Eastern Cloud* était dans le coup — et j'en suis convaincu, bien que je ne puisse le prouver — vous pouvez parier votre dernier dollar que ce sont d'autres Shanghaiens qui avaient introduit l'or en contrebande à Hong-Kong, que la cargaison avait été achetée à l'origine à Macao avec de l'argent shanghaien, et donc en partie avec des fonds provenant du Pang Vert.

— Pas obligatoirement.

— Avez-vous des nouvelles de Tsu-yan ?

— Non. Et vous ?

— Pas encore mais nous enquêtons. Je pars de l'idée que le Pang Vert s'est fait ratisser et que les criminels détestent perdre l'argent qu'ils ont durement gagné. Struan peut s'attendre à des ennuis si vous n'adoptez pas la solution que je vous ai conseillée.

— Tous les membres du Pang Vert ne sont pas des criminels.

— Question de point de vue. Deuxièmement — et, à mon tour, je vous demande de garder cela pour vous — nous sommes sûrs que Tsu-yan fait le trafic de l'or. Troisième et dernier point, pour éviter la saisie de ses navires, une compagnie que je connais devrait réduire ses exportations d'or à destination de Macao.

— Je vous demande pardon ?

Dunross se félicita d'être parvenu à garder un ton calme. Le policier soupira et continua d'abattre les cartes que Roger Crosse lui avait fournies :

— Nelson Trading.

Le Taï-pan demeura impassible au prix d'un gros effort.

— Nelson Trading ?

— Nelson Trading, société anonyme, Londres. Comme vous le savez, le gouvernement de la Colonie a accordé à cette firme le monopole de l'achat de lingots d'or sur le marché international pour les joailliers de Hong-Kong et, surtout, celui du transit *en douane* par la Colonie des lingots destinés à Macao — monopole qu'elle partage avec une autre société de moindre envergure, la Saul Feinheimer Bullion Company, également de Londres. Nelson Trading et Fenheimer ont quelques points communs : mêmes avoués, par exemple, et plusieurs personnes siégeant aux deux conseils d'administration.

— Ah ?

— Vous en faites partie, je crois.

— Je fais partie du conseil d'administration de près de soixante-dix compagnies, argua Dunross.

— Exact, et elles ne sont pas toutes à Struan. Naturellement, certaines d'entre elles pourraient lui appartenir secrètement par l'intermédiaire d'hommes de paille.

— Naturellement.

— Une chance qu'à Hong-Kong on ne soit pas obligé de publier la liste des membres d'un conseil d'administration, ou la composition d'un holding.

— Où voulez-vous en venir, Brian ?

— Autre coïncidence : Nelson Trading a son siège dans le même immeuble que votre filiale britannique, Struan London SA.

— C'est un des plus grands immeubles de la City, une centaine de firmes y ont leur siège.

— Bien davantage si on y ajoute celles qui y ont leurs avoués — les sociétés de holding qui possèdent d'autres compagnies dont les conseils d'administration bidon cachent toutes sortes de squelettes dans leurs placards.

— Eh bien ?

Dunross se demandait où Kwok voulait en venir et d'où il tenait ses informations. Depuis qu'elle avait été constituée en 1953 pour s'occuper du commerce de l'or avec Macao — seul endroit d'Asie où l'importation d'or était légale — Nelson Trading était une filiale secrète de Struan.

— A propos, Ian, connaissez-vous le génie portugais de Macao, Signor Lando Mata ?

— Oui. C'est un homme charmant.

— Et pourvu de bonnes relations. On raconte qu'il y a une quinzaine d'années, il a persuadé les autorités de Macao d'instituer un monopole de l'importation d'or et de le lui céder, à lui et à deux ou trois de ses amis, contre une modeste taxe annuelle d'environ un dollar américain l'once. C'est lui aussi qui a convaincu ces mêmes autorités de légaliser le jeu et d'en confier le monopole à ces mêmes amis. Un bon filon, non ?

Dunross ne répondit pas.

— Tout se passa bien pendant plusieurs années, poursuivit le policier. En 1954, date à laquelle les lois concernant l'or furent modifiées à Hong-Kong, certains hommes d'affaires de la Colonie proposèrent à Lando une amélioration, désormais légale, du système : leur compagnie achète des lingots sur le marché mondial pour le consortium de Macao au cours légal de trente-cinq dollars l'once et les fait venir ouvertement à Hong-Kong par avion ou bateau. A l'arrivée de la cargaison, les douaniers de la Colonie supervisent le transbordement des lingots dans le ferry de Macao ou l'hydravion Catalina. A Macao, l'or, en lingots égaux de quatre cents onces, est déchargé sous la surveillance de la douane portugaise et transporté en voiture — en taxi, en fait — à la banque. C'est un petit bâtiment hideux qui n'ouvre jamais ses portes, excepté pour recevoir de l'or, et qui n'a pas d'autres clients que le consortium. Devinez qui en est propriétaire ? Mr. Mata et ses amis. Une fois à l'intérieur de la banque, l'or disparaît !

Le commissaire sourit comme un prestidigitateur venant de réussir le clou de son numéro.

— Cinquante-trois tonnes cette année jusqu'à présent. Quarante-huit tonnes l'année dernière ! Autant l'année d'avant.

— Cela fait beaucoup d'or, commenta le Taï-pan.

— Beaucoup. Curieusement, ni les autorités de Macao ni celles de Hong-Kong ne semblent se soucier de cet or qui entre dans une banque et n'en ressort jamais. Vous me suivez toujours ?

— Oui, oui.

— Voici ce qui se passe en réalité : une fois à l'intérieur de la banque, les lingots de quatre cents onces sont fondus en barres de cinq taels, plus faciles à transporter, et à passer en fraude. Venons-en maintenant au seul aspect illégal de cette merveilleuse combine : l'introduction de l'or à Hong-Kong en contrebande. Vous savez aussi bien que moi qu'il est relativement facile d'importer clandestinement une marchandise quelconque dans la Colonie. Et ce qui fait la beauté de la chose, c'est qu'il est parfaitement légal à Hong-Kong de posséder de l'or, *quelle que soit sa provenance.* Ce n'est pas le cas aux États-Unis, ou en Grande-Bretagne, par exemple, où nul citoyen n'a le droit de posséder des lingots d'or à titre privé. Ici on ne pose pas de questions, et cet or qu'on a le droit de posséder, on a aussi celui de l'exporter.

— Où tout cela nous mène-t-il, Brian ?

Kwok fit tourner le vieil alcool dans son verre avant de répondre :

— Nous voudrions de l'aide.

— La Special Intelligence ? s'étonna le Taï-pan.

— Oui.

— Qui à la SI ? Vous ?

Le policier hésita.

— Mr. Crosse en personne.

— Quel genre d'aide ?

— Il voudrait lire tous les dossiers que vous a envoyés Alan Medford Grant.

— Vous voulez répéter ? dit Dunross pour se donner le temps de réfléchir.

Le commissaire lui tendit les photocopies de la première et de la dernière page du rapport intercepté.

— Voici un échantillon de celui que vous venez de recevoir. Nous aimerions jeter un coup d'œil aux autres.

— Je ne comprends pas.

— Je n'ai pas apporté tout le dossier mais je peux le faire, si vous y tenez, dit Kwok en fixant Dunross sans ciller. Nous apprécierions vraiment beaucoup votre collaboration.

L'énormité des implications de la requête sidéra le Taï-pan.

— Ce rapport — et les autres, s'ils existent — sont secrets, s'entendit-il dire d'un ton prudent. Les informations qu'ils contiennent sont destinées exclusivement à moi-même et au gouvernement. Par ailleurs, vous avez sans doute les moyens de les obtenir par vos propres réseaux.

— Sûrement, mais en attendant, le directeur vous serait reconnaissant de le laisser y jeter un coup d'œil.

Dunross porta lentement son verre de cognac à ses lèvres. Il aurait pu nier l'existence des autres dossiers, les détruire, les cacher ou les laisser là où ils étaient, mais il ne souhaitait pas rejeter la requête de la Special Intelligence. Il avait au contraire le devoir de l'aider. La SI jouait un rôle primordial dans la sécurité de la Colonie et constituait un élément indispensable de la position de Hong-Kong en Asie. Sans elle, les jours de la Colonie étaient comptés si les rapports d'A.M.G. contenaient une part de vérité, aussi mince fût-elle.

Dans de mauvaises mains...

— Je vais réfléchir, dit-il enfin. Je vous donnerai une réponse demain.

— Désolé, Ian, j'ai reçu l'ordre d'in..., de souligner l'urgence du problème.

— Vous alliez dire *insister* ?

— Oui. Je vous demande officiellement de nous aider.

— En échange d'*Eastern Cloud* et de Nelson Trading ?

— *Eastern Cloud*, c'est un cadeau, les informations aussi. Nelson Trading ne nous intéresse pas vraiment. A ma connaissance, nous n'avons pas de dossier sur cette compagnie.

Dunross étudia le visage de son ami, les pommettes hautes et saillantes, les yeux aux paupières lourdes, le regard droit, les épais sourcils noirs.

— Avez-vous lu ce rapport, Brian ?

— Oui.

— Alors vous comprenez mon dilemme.

— Vous voulez parler de la taupe infiltrée dans la police ?

— Mais encore ?

— Vous avez raison d'être prudent. Je précise : une taupe qui pourrait occuper des fonctions importantes — celles de commissaire, par exemple ?

— Oui. Vous l'avez identifiée ?

— Pas encore.

— Vous soupçonnez quelqu'un ?

— Oui, et il est sous surveillance. Ne vous inquiétez pas, seuls Crosse et moi prendrons connaissance des dossiers.

— Une minute : je n'ai pas dit qu'ils existent, répliqua le Taï-pan en feignant l'irritation.

Kwok demeura impassible, mais une lueur de colère ou de déception s'alluma dans son regard.

— Mettez-vous à ma place, reprit Dunross. Pour un simple citoyen, ce serait de la folie que de garder des informations aussi explosives. Il vaudrait mieux les détruire — après avoir fait usage des éléments utiles. Vous ne croyez pas ?

— Possible.

— Restons-en là pour ce soir. Nous reprendrons la discussion demain, à dix heures, par exemple.

Le visage du policier se rembrunit.

— Il ne s'agit pas d'un petit jeu de salon, de quelques tonnes d'or, de combines boursières ou d'accords juteux avec la RPC. Il s'agit d'un jeu mortel, qui engage le sort de millions de gens et des générations futures. Sevrin, c'est sérieux, la menace communiste, c'est sérieux, le KGB aussi ! Et nos amis de la CIA pourraient s'énerver eux aussi. Vous feriez bien de les garder soigneusement, vos dossiers.

Le Taï-pan ne se départit pas de son calme.

— Alors selon vous, ce rapport est exact ?

— Crosse pense qu'il pourrait l'être. Il vaudrait mieux que nous laissions un homme ici, pour parer à toute éventualité.

— Comme vous voudrez.

— Faut-il également faire garder votre propriété de Shek-O ?

— Comme vous voudrez.

— Vous n'êtes pas très coopératif.

— Détrompez-vous, mon vieux. Je prends vos arguments très au sérieux. Quand et comment vous êtes-vous procuré une copie du rapport ?

Le Chinois hésita avant de répondre :

— Je l'ignore, et je ne suis pas sûr que je vous le dirais si je le savais.

— Bon, allons voir Crosse, soupira le Taï-pan en se levant.

— Pourquoi les Gornt et les Rothwell ont-ils une

haine aussi forte pour les Struan et les Dunross, Peter ? demanda Casey.

Elle se promenait dans le jardin, dans la fraîcheur du soir, en compagnie de Bartlett, de Peter Marlowe et de sa femme.

— Je n'en connais pas encore toutes les raisons, répondit le Britannique.

Grand, âgé de trente-neuf ans, il avait un accent distingué, des cheveux blonds et des yeux gris-bleu derrière lesquels on devinait une étrange tension de l'esprit.

— On dit qu'elle remonterait aux Brock, avec lesquels les Gornt auraient des liens de parenté. Peut-être même au vieux Tyler Brock lui-même. Vous avez entendu parler de lui ?

— Bien sûr, dit Bartlett. Comment la querelle a-t-elle commencé ?

— Dans son enfance, Dirk Struan fut mousse à bord d'un des navires marchands de Tyler Brock. A l'époque, la vie était rude un peu partout et plus particulièrement en mer. Quoi qu'il en soit, Tyler Brock fit fouetter le jeune Struan pour une faute imaginaire et le laissa pour mort quelque part sur la côte chinoise. Dirk, qui avait alors quatorze ans, jura devant Dieu et le diable que, lorsqu'il serait devenu un homme, il écraserait la maison Brock and Sons et ferait tâter à Tyler du chat-à-neuf-queues. Autant que je sache, il n'y parvint pas mais on raconte qu'il battit à mort le fils aîné de Tyler avec un fer de combat.

— Qu'est-ce que c'est ? demanda Casey.

— Une espèce de masse d'armes chinoise : une boule hérissée de piquants reliée à un manche par une courte chaîne.

— Il le tua pour se venger de son père ? fit l'Américaine, choquée.

— Ça non plus je ne le sais pas, mais je parie qu'il avait de bonnes raisons. Dirk Struan, le vieux Tyler, tous ces hommes qui ont fait l'Empire britannique, conquis les Indes, ouvert la Chine, c'étaient des géants ! Tyler était borgne — je vous l'ai dit ? Une drisse fouettée par le vent lui avait arraché un œil vers 1830, quand son trois-mâts *White Witch*, chargé d'opium, poursuivait le clipper de Struan dans la tempête. Struan, à bord de *China Cloud*, avait un jour d'avance dans la course menant des champs de pavot de l'Inde aux marchés de la Chine. On dit que Tyler se contenta de verser de l'eau-de-vie dans l'orbite vide et donna l'ordre aux matelots juchés dans la mâture d'augmenter les voiles.

L'écrivain marqua un temps d'arrêt puis ajouta :

— Dirk fut tué par un typhon en 1841, dans la Vallée Heureuse, et Tyler mourut sans le sou après avoir fait faillite en 1863.

— Sans le sou ? répéta Casey.

— La légende veut que Tess, sa fille aînée — la future Hag Struan — ait travaillé à sa perte pendant des années. Vous savez qu'elle avait épousé Culum, le fils unique de Dirk ? Hag Struan manœuvra en secret avec la Victoria Bank, que Tyler avait fondée vers 1840, et avec Cooper-Tillman, les associés de Brock aux États-Unis. Ensemble, ils lui tendirent un piège et ruinèrent la maison Brock and Sons dans un krach gigantesque. Tyler perdit tout : sa compagnie maritime, ses rafiots à opium, ses propriétés, ses entrepôts, ses stocks — tout. Il se retrouva sur le sable.

— Que devint-il ?

— Personne ne sait au juste mais on raconte que la nuit de la faillite, le 31 octobre 1863, le vieux Tyler se rendit à Aberdeen, un port situé de l'autre côté de Hong-Kong, s'empara d'un lorcha — bateau dont la coque est chinoise et le gréement européen — avec son petit-fils Tom et six matelots, et prit la mer. Fou de rage, il hissa le pavillon des Brock en haut du mât après avoir tué quatre marins pour se rendre maître du bâtiment. A la sortie du port, il expédia une bordée au cotre qui tentait de lui barrer le passage — à cette époque, la plupart des navires étaient armés de canons pour se défendre des pirates. Le vieux Tyler mit le cap vers le large, poussé par un vent d'est, sans se soucier de la tempête qui menaçait. En quittant Aberdeen, il maudit sans doute ceux qui l'avaient trahi : Hag Struan, la Victoria Bank, les Cooper de Cooper-Tillman, et surtout le Taï-pan mort depuis plus de vingt ans. Le vieux Tyler Brock jura de se venger et cria, dit-on, qu'il partait vers le nord pour de nouvelles rapines et un nouveau départ. Il rebâtirait sa Maison et... « Et je reviendrai, par Dieu... je me vengerai, je deviendrai la Noble Maison... Oui, je reviendrai... »

Un frisson parcourut le dos de Casey.

— Tyler mit cap au nord et l'on n'entendit plus jamais parler de lui, poursuivit Peter Marlowe. On ne retrouva trace ni de son lorcha ni de son équipage. Pourtant, ici, on sent encore sa présence — comme celle de Dirk Struan. N'oubliez jamais que, dans toute transaction avec la Noble Maison, c'est aussi à ces deux hommes, ou à leurs fantômes, que vous avez affaire. La nuit même où Dunross devint Taï-pan, Struan perdit son plus beau cargo, *Lasting Cloud*, dans un typhon. Ce fut une catastrophe financière pour la compagnie. Le navire coula corps et biens au large de Formose. Seul rescapé : un jeune matelot anglais qui se trouvait sur le pont au moment du naufrage. Il jura que des feux trompeurs les avaient attirés vers les récifs et qu'il avait entendu un rire dément quand le bateau avait commencé à sombrer.

Casey frissonna de nouveau et Bartlett lui passa un bras autour des épaules.

— Les gens d'ici parlent de personnes mortes depuis un siècle comme si elles se trouvaient dans la pièce voisine, fit-il remarquer.

— Vieille habitude chinoise, expliqua Peter. Les Chinois croient que le passé commande l'avenir et éclaire le présent. Hong-Kong a été fondée il y a cent vingt ans, c'est-à-dire hier pour un homme de quatre-vingts ans. Prenez l'exemple de Phillip Chen, l'actuel compradore. Il est âgé de soixante-cinq ans et son grand-père était le célèbre Sir Gordon Chen, fils naturel de Dirk Struan qui mourut en 1907 à l'âge de quatre-vingt-six ans. Phillip Chen avait alors neuf ans. A cet âge, un enfant à l'esprit éveillé enregistre les histoires que lui raconte un grand-père vénéré. En l'occurrence, le vieux Gordon dut lui parler du Taï-pan, son père, et de May-may, sa fameuse maîtresse. On dit que Sir Gordon fut un personnage étonnant, l'archétype de l'ancêtre. Il eut deux femmes légitimes, huit concubines d'âges divers et laissa à la nombreuse famille Chen une fortune considérable. Demandez à Dunross de vous montrer ses portraits — j'en ai vu des reproductions, c'était un fort bel homme. Des dizaines de personnes qui ont connu ce grand fondateur vivent encore aujourd'hui. Hag Struan elle-même est morte il y a quarante-six ans seulement. Regardez...

L'écrivain désigna d'un mouvement de tête un petit vieillard mince et droit comme un bambou qui parlait avec volubilité à une jeune femme.

— C'est Vincent McGore, Taï-pan de la cinquième grande *hong*, International Asian Trading. Il a travaillé pendant des années pour Sir Gordon puis pour la Noble Maison. Selon les ragots, il devint l'amant de Hag Struan quand il débarqua, à dix-huit ans, d'un rafiot à bestiaux en provenance du Moyen-Orient : en fait, il n'est pas du tout écossais.

— Peter, tu viens juste d'inventer cette histoire ! accusa Fleur Marlowe.

— Tu permets ? riposta-t-il en souriant. Elle n'avait que soixante-quinze ans à l'époque.

Ils éclatèrent de rire tous les quatre.

— Est-ce vrai ? interrogea Casey.

— Qui peut distinguer la vérité de la fiction ? En tout cas, c'est ce qu'on m'a raconté.

— Ne le croyez pas, murmura Fleur avec une mine

de conspiratrice. Il fabrique ces histoires de toutes pièces.

— Où les trouvez-vous, Peter ? demanda Bartlett.

— En partie dans mes lectures. Il y a à la bibliothèque du Tribunal des collections de journaux qui remontent à 1870. J'ai lu aussi l'*Histoire des Tribunaux de Hong-Kong*, un gros livre qui révèle le dessous de bien des aspects de l'histoire de la Colonie et met en scène des personnages très intéressants : juges et secrétaires coloniaux, gouverneurs et policiers, taï-pans, gratin et lie de la société. Tout y est : pots-de-vin, meurtres, corruption, adultère, piraterie, etc. J'ai aussi posé des questions à d'anciens employés et marins qui aiment évoquer le bon vieux temps et constituent une mine de renseignements sur l'Asie et sur Shanghai. J'ai écouté les envieux, ceux qui sont toujours prêts à salir la réputation des autres. Bien entendu, il faut ensuite faire le tri, séparer le vrai du faux, et c'est une tâche ardue, voire impossible.

Casey parut un moment perdue dans ses pensées puis demanda :

— Dites-moi, Peter, comment était-ce à Changi ?

Le regard de l'écrivain changea d'expression, bien que son visage demeurât impassible.

— Changi, c'était la genèse, l'endroit du recommencement, dit-il d'un ton qui glaça l'Américaine.

Elle vit Fleur prendre la main de son mari, qui réussit à s'arracher à ses souvenirs.

— Ça va, murmura-t-il. C'est fini.

Silencieux, mal à l'aise, ils quittèrent l'allée du jardin pour la terrasse inférieure. Casey avait conscience de s'être montrée indiscrète.

— Si nous buvions un verre ? Qu'en pensez-vous, Casey ? proposa Peter Marlowe avec un sourire qui détendit l'atmosphère.

— Volontiers, Peter.

— La violence se transmet d'une génération à

l'autre chez ces boucaniers, reprit le romancier. Car ce sont des boucaniers. Hong-Kong est un endroit spécial, qui engendre des êtres spéciaux.

Après une pause, il ajouta d'un ton pensif :

— A votre place, je serais très prudent.

15

23 h 05

Entraînant Brian Kwok dans son sillage, Dunross se dirigeait vers Robert Crosse, le chef de la Special Intelligence, qui bavardait sur la terrasse avec Armstrong et trois Américains : Ed Langan, John Mishauer, commandant de la marine revêtu de son uniforme, et Stanley Rosemont, quinquagénaire de haute stature. Le Taï-pan ignorait que Langan appartenait au FBI et Mishauer aux services de renseignement de l'US Navy mais il savait que Rosemont était membre de la CIA. Les femmes continuaient à regagner les tables ou déambulaient sur les terrasses et dans le jardin. Les hommes dégustaient leur cognac, il faisait bon. Quelques couples dansaient dans la grande salle au son d'une musique lente et douce.

Le Taï-pan remarqua Casey et Bartlett en grande conversation avec Peter et Fleur Marlowe. Il aurait donné cher pour entendre ce qu'ils disaient. Ce Marlowe pourrait devenir gênant, pensa-t-il. Il connaît déjà trop de secrets et s'il venait à lire notre livre... Pas question. Comment Alastair a-t-il pu être aussi stupide ?

Quelques années plus tôt, Alastair Struan avait

chargé un romancier célèbre d'écrire l'histoire des Struan et lui avait confié des coffres entiers de vieux documents sans les trier au préalable. L'écrivain avait brossé en utilisant ce matériau brut une fresque incendiaire mettant en lumière des événements et des transactions qu'on croyait enterrés à jamais. Pris de panique, Alastair avait hâtivement remercié le romancier, l'avait grassement payé pour sa peine et lui avait arraché les deux exemplaires du manuscrit, qu'il avait aussitôt enfermés dans le coffre du Taï-pan.

Dunross avait un moment envisagé de le détruire mais avait fini par changer d'avis. Tant que nous serons les seuls à le lire..., s'était-il dit.

— Bonsoir, Roger. Nous pouvons nous joindre à vous ?

— Bien sûr, Taï-pan, faites comme chez vous.

Les Américains saluèrent la plaisanterie d'un sourire poli. La conversation roula sur des sujets anodins puis Langan, Mishauer et Rosemont, sentant que les autres aimeraient avoir une discussion en privé, s'excusèrent et s'éloignèrent. Kwok résuma alors à son chef son entretien avec Dunross.

— Votre aide serait la bienvenue, Ian, dit le directeur de la SI en dévisageant le Taï-pan de ses yeux pâles. Brian a raison : la situation est très risquée — à supposer, naturellement, qu'il existe d'autres rapports. Mais même s'il n'y en a pas, certains vilains méchants pourraient chercher à en savoir plus.

— Comment le dernier est-il tombé entre vos mains ?

— Pourquoi cette question ?

— L'avez-vous obtenu par vos propres moyens ou grâce à un tiers ?

— Pour quelle raison voulez-vous le savoir ?

— Parce que c'est important, répondit Dunross en durcissant le ton.

— Pourquoi ?

Le Taï-pan fixa Crosse dans les yeux mais le

directeur, qui était aussi un homme de caractère, soutint son regard.

— Ian, si je réponds en partie à votre question, répondrez-vous à la mienne ?

— Oui.

— Nous sommes entrés ce matin en possession d'une copie du rapport. Un agent d'un service de renseignement — travaillant probablement en Angleterre — a prévenu quelqu'un d'ici — un non-professionnel — qu'un courrier vous apportait un document pouvant nous intéresser. Cet amateur nous a demandé si nous aimerions y jeter un coup d'œil — moyennant finance, bien entendu.

Crosse parlait avec une conviction qui impressionnait ses deux collègues, qui connaissaient la version authentique de l'histoire.

— Un Chinois que je n'avais jamais vu a livré la marchandise chez moi ce matin, continua le directeur.

— A quelle heure ?

— Six heures quatre, pour être précis. Pourquoi ?

— Parce que Alan Medford Gr...

— Père, excuse-moi de t'interrompre, dit Adryon, mais cette musique ! il faut faire quelque chose.

Elle traînait en remorque un homme jeune, grand et séduisant dont le smoking froissé, la cravate de travers et les chaussures poussiéreuses dénotaient au milieu de tant d'élégance. Dunross connaissait Martin Haply et sa réputation. Agé de vingt-cinq ans, ce journaliste canadien formé en Angleterre travaillait à Hong-Kong depuis deux ans et était devenu la bête noire des milieux d'affaires, irrités par ses sarcasmes mordants, sa mise en cause de personnalités ou de pratiques commerciales légales dans la Colonie mais condamnées partout ailleurs.

— La musique est épouvantable ! poursuivit Adryon. Je peux demander à l'orchestre de jouer autre chose ?

— D'accord mais ne transforme pas ma réception en « happening ». Bonsoir, Mr. Haply.

— Bonsoir, Taï-pan, répondit le jeune homme avec un sourire plein d'assurance. Adryon m'a invité.

— Je n'y vois aucun inconvénient, répliqua sèchement Dunross. Amusez-vous. Vous comptez de nombreux amis, ici.

— J'ai manqué le dîner parce que j'étais sur la piste d'une belle petite histoire.

— Vraiment ?

— Il semble que certains milieux liés à une certaine banque ont répandu des rumeurs inquiétantes sur la solvabilité d'un certain banquier chinois.

— Vous parlez de la Ho-Pak ?

— Il ne s'agit que de rumeurs. Je parie qu'il se prépare un nouveau coup en Bourse.

Le Taï-pan avait lui aussi entendu dire toute la journée que Richard Kwang avait pris de gros risques.

— Vous en êtes sûr ? demanda-t-il.

— J'ai écrit un article là-dessus pour le *Guardian* de demain. A propos de la Ho-Pak, vous savez qu'une centaine de personnes ont retiré tout leur argent de la succursale d'Aberdeen, cet après-midi ? C'est peut-être l'amorce d'une ruée et...

— Pardon, Père... Viens, Martin, tu ne vois pas que Père est occupé ?

Adryon se dressa sur la pointe des pieds pour embrasser Dunross, qui la serra machinalement contre lui.

— Amuse-toi, ma chérie, lui dit-il.

Sale petit con prétentieux, pensa-t-il en les regardant s'éloigner. Il n'en était pas moins impatient de lire l'article du lendemain car il savait Haply bon journaliste, consciencieux et incorruptible. Se pouvait-il que Richard fût vraiment menacé ? Il fut tiré de ses réflexions par une voix lui demandant :

— Vous disiez, Ian ? Alan Medford Grant... ?

— A.M.G. est mort, annonça tranquillement le Taï-pan en s'asseyant à la table des policiers.

— Quoi ? fit Kwok, interdit.

— J'ai reçu un télégramme m'apprenant la nouvelle à 19 h 59 et j'ai parlé à son adjoint à 21 h 11. Je voulais savoir quand vous êtes entré en possession du dossier afin de vérifier si votre taupe — si elle existe — aurait eu le temps de prévenir Londres et de faire assassiner ce pauvre Alan. Manifestement, la réponse est oui.

— A quelle heure est-il mort ? questionna Crosse.

Dunross lui rapporta sa conversation avec Kiernan sans mentionner le coup de téléphone en Suisse qu'une vague intuition lui conseillait de garder pour lui.

— Accident, coïncidence ou meurtre ? conclut-il.

— Je n'en sais rien mais je ne crois pas aux coïncidences, déclara le directeur de la SI.

— Moi non plus.

— Si A.M.G. n'avait pas reçu le feu vert d'en haut, Dieu seul sait ce qu'il y a dans ces rapports, grommela Armstrong. Dieu et vous, Ian. Si vous détenez les seules copies qui existent, vous êtes assis sur de la dynamite.

— Si tant est qu'elles existent, fit observer Dunross.

— Je vous pose la question.

— Et je vous répondrai demain, à dix heures, dit le Taï-pan en se levant. Veuillez m'excuser, je dois m'occuper des autres invités. Oh ! un dernier point : que va devenir *Eastern Cloud* ?

— La saisie sera levée demain, promit Crosse.

— Quoi qu'il arrive ?

— Voyons, Taï-pan ! s'exclama le chef de la SI d'un air choqué. Il ne s'agissait pas de marchander ! Brian, vous n'aviez pas précisé que nous cherchions simplement à venir en aide à la Noble Maison ?

— Si, monsieur.

— Il faut s'entraider, entre amis, non ?

— Absolument, approuva Dunross. Merci.

Après son départ, Brian Kwok murmura :

— Ils existent ou pas ?

— Les dossiers ? demanda Armstrong. Je crois que oui.

— Évidemment, intervint Crosse d'un ton irrité. Le tout est de savoir où ils se trouvent. Brian, pendant que vous étiez avec Ian, Feng-le-serveur-de-vin est venu me prévenir qu'aucune de ses clefs n'ouvrait le coffre.

— Mauvais, commenta le Chinois.

— Sans clef, ce sera coton.

— Nous pourrions peut-être essayer à Shek-O, à tout hasard, suggéra Armstrong.

— Vous y garderiez de tels documents ?

— Je ne sais pas, monsieur. Dunross a des réactions imprévisibles. A mon avis, ils sont dans l'appartement-terrasse situé en haut du siège de Struan, c'est l'endroit le plus sûr.

— Vous y êtes allé ?

— Non, monsieur.

— Et vous, Brian ?

— Non, monsieur.

— Moi non plus, dit Crosse en secouant la tête. Diablement ennuyeux !

— On ne pourrait y envoyer une équipe que la nuit, fit valoir Kwok. Il y a un ascenseur qui conduit à cet étage mais il faut une clef spéciale pour le manœuvrer. Il paraît qu'il y en a un autre qui mène directement du garage à l'appartement.

— Ils ont fait une énorme gaffe, à Londres. Je ne comprends pas pourquoi ces crétins n'étaient pas dans le coup. Ni pourquoi A.M.G. n'avait pas demandé le feu vert.

— Il ne tenait peut-être pas à ce que les gens du métier sachent qu'il travaillait pour quelqu'un de l'extérieur.

— D'autant qu'ils se seraient demandé s'il n'y en avait pas d'autres, soupira Crosse.

Perdu dans ses pensées, il alluma une cigarette dont l'odeur réveilla l'envie de fumer d'Armstrong. Le commissaire but une gorgée de cognac, qui ne changea rien à son état de manque.

— Langan a fait suivre son exemplaire ? demanda Brian.

— Il l'a envoyé au siège du FBI, à Washington, par la valise diplomatique, et l'a également communiqué à Rosemont.

— Bon dieu ! jura le Chinois. On en parlera dans toute la Colonie, demain.

— Rosemont m'a promis que non. Cependant, il vaut mieux nous préparer à cette éventualité.

— Et si Foxwell parlait à Dunross ? proposa Armstrong. Ce sont de vieux amis.

— Si Brian n'a pas réussi à le convaincre, personne n'y parviendra.

— Même le gouverneur ?

Crosse secoua la tête :

— Ne le mêlons pas à cette histoire. Brian, vous vous occupez de Shek-O.

— Trouver le coffre et l'ouvrir ?

— Non. Simplement mettre une équipe en place pour empêcher quiconque de s'introduire dans la maison. Robert, rentrez au QG, appelez Londres. Demandez Pensely au MI 5 et Sinders au MI 6. Vérifiez l'heure de la mort d'A.M.G. et l'histoire du Taï-pan. Vérifiez tout — il existe peut-être d'autres copies des rapports. Ensuite, envoyez trois hommes ici pour surveiller l'endroit, et en particulier Dunross. Sans qu'il s'en doute, évidemment. Mettez une autre équipe sur l'immeuble Struan, avec un homme dans le garage, on ne sait jamais. Vous me laissez votre voiture et je vous retrouve à mon bureau dans une heure et demie. Bon, allez-y.

Les deux commissaires cherchèrent le maître de maison pour le remercier et prendre congé puis partirent avec la voiture de Brian Kwok. Dans la vieille Porsche qui descendait Peak Road, Armstrong dit à voix haute ce que tous deux pensaient :

— Si Crosse est la taupe, il aura eu tout le temps nécessaire pour prévenir Londres, ou Sevrin, ou le KGB.

— M'ouais.

— Nous avons quitté son bureau à six heures dix — onze heures de Londres — nous n'aurions pas eu le temps, nous... Merde, ce que j'ai envie de fumer !

— Il y a un paquet dans la boîte à gants.

— Demain. Je tiendrai le coup jusqu'à demain. C'est ce que répètent les Alcooliques Anonymes et les drogués !

Armstrong rit sans conviction et se tourna vers son ami :

— Tu devrais chercher à savoir qui, à part Crosse, a lu le dossier d'A.M.G.

— C'est ce que je me disais.

— S'il est le seul à en avoir pris connaissance...

— Il a précisé quand il a remis la copie à Langan ?

— Oui. A midi. Ils ont déjeuné ensemble.

— La fuite pourrait venir du consulat américain : cet endroit est une vraie passoire, marmonna Kwok.

— Possible, mais quelque chose me dit que non. Rosemont et Langan connaissent leur boulot.

— Je n'ai pas confiance en eux.

— Tu n'as confiance en personne. Ils ont tous les deux demandé à leur organisation d'enquêter sur les visas soviétiques apposés sur les passeports de Bart et de Casey.

— De mon côté, j'enverrai un télex à un ami d'Ottawa : les Canadiens ont peut-être quelque chose sur eux. Cette Américaine, quel morceau ! A ton avis, elle portait un truc sous sa robe ?

— Dix dollars que tu n'en sauras jamais rien.

— Tenu.

Brian engagea la voiture dans un virage et Armstrong baissa les yeux vers la ville, le croiseur américain illuminé mouillant dans le port.

— Dans le temps, Hong-Kong accueillait fréquemment jusqu'à une demi-douzaine de bâtiments de guerre anglais, soupira tristement le commissaire britannique. Cette bonne vieille Royal Navy !

Lieutenant dans la marine pendant la guerre, il avait été coulé deux fois : la première à Dunkerque, la seconde au large de Cherbourg, trois jours après le débarquement.

— Les temps changent, fit observer Brian.

— Pas en bien. L'Empire est foutu ! Saloperie de guerre ! Salauds d'Allemands, salauds de Japonais...

— A propos de marine, tu as parlé à Mishauer ?

— Le type des SR de l'US Navy ? On a discuté boutique et il a soufflé au Vieux que les États-Unis vont doubler le nombre de bâtiments de la VIIe Flotte. Les Américains prévoient d'intensifier les opérations terrestres au Vietnam.

— Les cons ! Ils se feront baiser comme les Français. A défaut des rapports de leurs services de renseignement, ils pourraient au moins lire les journaux.

— Mishauer nous a aussi glissé dans le creux de l'oreille que leur porte-avions atomique arrive après-demain pour une escale de huit jours — information confidentielle. Il nous a demandé de doubler les mesures de sécurité et de jouer les nourrices pour les matelots en virée.

— Encore des emmerdements, grogna Kwok.

— D'autant que, d'après le Vieux, un cargo soviétique est entré ce soir au port pour faire réparer ses avaries.

— Misère ! se lamenta le policier chinois.

— Je ne te le fais pas dire. En apprenant la nouvelle, Mishauer a failli avoir une attaque et Rosemont a juré pendant deux minutes d'affilée. Crosse leur a promis qu'aucun marin soviétique ne débarquerait sans autorisation spéciale, comme d'habitude, et que nous prendrions en filature tous ceux qui descendraient à terre, comme d'habitude. N'empêche qu'un ou deux matelots russes ayant reçu l'autorisation de quitter le bord pour voir un docteur, par exemple, pourraient nous filer entre les doigts...

— Il faut rapidement mettre la main sur les dossiers d'A.M.G., Robert. Ce réseau Sevrin est un couteau planté dans les tripes de la Chine.

16

23 h 25

Le cargo *Sovetsky Ivanov* était amarré dans le vaste chantier naval de Wampoa, construit sur un terrain gagné sur la mer, dans la partie est de Kowloon. C'était un navire de vingt mille tonneaux sillonnant les routes commerciales asiatiques à partir de Vladivostok. La lumière de puissants projecteurs baignait le pont au-dessus duquel se dressaient plusieurs antennes et le pavillon d'un équipement de radar perfectionné. Des marins soviétiques étaient postés au pied des passerelles avant et arrière, gardées par deux jeunes policiers chinois portant la tenue réglementaire : chemisette et short kaki, hautes chaussettes, ceinture et souliers noirs. Un matelot russe descendit à terre, présenta ses papiers à ses compatriotes puis à l'un des agents chinois et se dirigea vers les grilles du chantier. Aussitôt deux Chinois en civil sortirent de l'ombre et le prirent en filature — sans se cacher.

Un autre matelot descendit la passerelle avant, montra patte blanche et quitta le chantier avec dans son sillage une escorte policière.

Une barque masquée par le navire se détacha silencieusement de l'arrière de la coque, s'enfonça dans la pénombre du wharf et glissa sans bruit le long du quai, vers les marches humides d'un escalier de pierre. Les deux hommes qui s'y trouvaient cessèrent de ramer, tendirent l'oreille.

Un troisième marin descendit en titubant la passerelle arrière, s'arrêta devant ses compatriotes, qui lui refusèrent l'autorisation de passer. L'homme, manifestement ivre, se mit à brailler et à menacer du poing les autres marins soviétiques. Tandis que les deux policiers chinois observaient la scène, une silhouette trapue quittait la barque, escaladait les marches, traversait le quai inondé de lumière et les voies ferrées puis disparaissait dans les allées du chantier. La barque regagna le flanc du cargo cependant que les matelots russes reconduisaient l'ivrogne à bord sans trop le rudoyer.

La silhouette trapue se faufilait dans les ruelles du chantier, se retournant de temps à autre pour s'assurer qu'elle n'était pas suivie. L'homme qui avait déjoué la surveillance des policiers chinois portait des vêtements sombres, des chaussures à semelles de caoutchouc. D'après ses papiers, il s'appelait Igor Voranski et était matelot de première classe de la marine marchande soviétique.

Évitant les grilles et les policiers qui les gardaient, il longea le mur du chantier jusqu'à une porte latérale donnant sur une venelle du Taïwan Shan, labyrinthe de cabanes en tôle rouillée, en contreplaqué et en carton, où l'on accueillait les réfugiés. Il pressa le pas, sortit du bidonville, emprunta des rues bien éclairées qui le conduisirent à Chatham Road, où il héla un taxi.

— Mong Kok, le plus vite possible, dit-il en anglais. Yaumati Ferry.

— Eh ? fit le chauffeur en le toisant d'un regard insolent.

— *Ayiiya !* tu es sourd ? repartit Voranski dans un cantonais parfait. Mong Kok ! Tu as trop reniflé de poudre blanche ? Tu me prends pour un diable d'étranger de la Montagne-dorée, moi qui ai passé vingt ans à Hong-Kong ! Yaumati Ferry, c'est de l'autre côté de Kowloon — il faut t'indiquer la route ? Ma parole, tu viens de Mongolie Extérieure !

Le chauffeur baissa son drapeau d'un air renfrogné et prit la direction du sud puis de l'est. Sur la banquette arrière, son passager surveillait la rue : bien que, apparemment, il ne soit pas suivi, il demeurait sur ses gardes.

Ils sont malins, ici, pensait-il. Méfie-toi.

A la station du Yaumati Ferry, il régla le taxi, octroya au chauffeur un maigre pourboire et se perdit dans la foule avant de faire signe à une autre voiture.

— Golden Ferry, ordonna-t-il.

Le chauffeur hocha la tête d'un air endormi, bâilla et prit une rue menant vers le sud.

Au terminus du ferry, Voranski paya le taxi avant même qu'il ne soit arrêté, descendit précipitamment et se mêla aux Chinois qui se pressaient vers les tourniquets de la gare. Mais lorsqu'il les eut franchis, au lieu de se diriger vers le ferry, il pénétra dans les toilettes, en ressortit et entra dans une cabine téléphonique. Certain à présent qu'il n'était pas suivi, il se détendit quelque peu, glissa une pièce dans la fente de l'appareil et composa un numéro.

— Oui ? répondit une voix d'homme en anglais.

— Mr. Lop-sing, s'il vous plaît.

— Je ne connais pas ce nom. Il n'y a pas de Mr. Lop-*ting* ici. Vous devez faire erreur.

— Je voudrais laisser un message.

— Désolé, c'est une erreur. Consultez l'annuaire !

Voranski se détendit tout à fait.

— Je veux parler à Arthur, fit-il dans un anglais sans accent.

— Il n'est pas encore arrivé.

— On lui avait dit d'attendre mon coup de téléphone, répliqua sèchement le Soviétique. Pourquoi ce changement ?

— Qui est à l'appareil ?

— Brown, répondit Voranski d'un ton irrité.

— Ah ! Mr. Brown, soyez le bienvenu à Hong-Kong, reprit la voix sur un ton déférent qui apaisa le faux matelot. Arthur m'a prévenu de votre coup de téléphone. Il m'a chargé de vous dire que tout est prêt pour la réunion de demain.

— Quand doit-il arriver ?

— D'un instant à l'autre.

Voranski jura silencieusement : il devait téléphoner au navire dans l'heure pour faire son rapport et n'aimait pas modifier les plans établis.

— Bon, vous lui direz de m'appeler au 32.

C'était le nom de code de leur planque aux Tours Sinclair.

— L'Américain est arrivé ? poursuivit-il.

— Oui.

— Bien. Accompagné ?

— Oui.

— Bien. Et ?

— Arthur ne m'en a pas dit davantage.

— Vous avez vu la fille ?

— Pas encore.

— Et Arthur ?

— Je ne sais pas.

— Avons-nous pris contact avec l'un ou l'autre ?

— Désolé, je l'ignore.

— Et pour le Taï-pan ?

— Tout est prêt.

— Excellent. Combien de temps vous faudrait-il pour venir au 32 en cas de besoin ?

— Une dizaine de minutes. Vous voulez que nous vous y retrouvions ?

— Je verrai.

— Arthur a pensé que vous aimeriez avoir un peu

de compagnie après votre voyage. Elle s'appelle Koh, Maureen Koh.

— C'est très aimable à lui.

— Vous trouverez son numéro au 32, près du téléphone. Appelez-la, elle viendra dans la demi-heure. Arthur aurait voulu savoir si votre supérieur vous accompagne et s'il faut prévoir aussi quelqu'un pour lui.

— Non, il nous rejoindra seulement demain soir, comme prévu. Vous aurez alors l'occasion de témoigner de votre sens de l'hospitalité. Bonsoir, dit abruptement Voranski, avec l'arrogance que lui conférait sa position dans la hiérarchie du KGB.

Comme il raccrochait, un Chinois ouvrit soudain la porte de la cabine, un autre se rua à l'intérieur.

— Qu'est-ce...

Les mots moururent en même temps que Voranski, quand le stylet s'enfonça dans son cœur. Le Chinois retira la longue lame effilée, laissa tomber le corps du Soviétique et le contempla un instant avant de rengainer l'arme dans le fourreau attaché à son avant-bras. Puis il sourit à son complice, qui bloquait toujours la porte, inséra une pièce dans la fente et composa un numéro.

A la troisième sonnerie, une voix annonça d'un ton courtois :

— Poste de police de Tsim Sha Tsui. Bonsoir.

— Vous parlez shanghaien ?

Il y eut un temps mort, un déclic, et une deuxième voix enchaîna dans cette langue :

— Sergent Tang-po à l'appareil. C'est à quel sujet ?

— Un salaud de Soviétique s'est glissé entre les mailles de votre saleté de filet aussi facilement qu'un bouvillon chie une bouse. Heureusement nous l'avons envoyé rejoindre ses ancêtres. Vous vous imaginez que les 14K vont continuer longtemps à faire votre travail ?

— Quel Soviét...

— Tais-toi, écoute ! Son cadavre plein de fiente de tortue se trouve dans une cabine téléphonique de la gare du Golden Ferry, à Kowloon. Dis à tes fornicateurs de supérieurs de surveiller les ennemis de la Chine au lieu d'avoir l'œil collé à leurs trous puants !

Le Chinois raccrocha aussitôt, sortit de la cabine, cracha sur le corps de Voranski et se fondit dans la foule avec son compagnon.

Ni l'un ni l'autre ne remarquèrent l'homme qui les filait : un petit Américain pansu vêtu comme un touriste, l'inévitable appareil photo autour du cou. Il monta à bord du ferry à la suite des Chinois, s'accouda au bastingage et prit plusieurs photos tandis que le bateau s'ébranlait en direction de l'île de Hong-Kong. Rien ne le distinguait des autres touristes mais la pellicule et l'appareil qu'il utilisait étaient très particuliers.

— Salut, lui lança un autre Américain en s'approchant de lui avec un grand sourire. Magnifique, hein ?

— Splendide.

— Ça vaut largement Minneapolis, non ? fit le nouveau venu.

Le premier touriste se tourna vers lui sans perdre complètement de vue les deux Chinois.

— Nous avons un problème, murmura-t-il.

— On l'a perdu ? Il n'est pas ressorti, Tom, j'en suis sûr : je couvrais les deux portes. Je croyais que tu l'avais retapissé dans la cabine.

— Ça, pour être retapissé, il l'est. Regarde derrière toi, dans la rangée centrale, le Chinois à la chemise blanche et celui qui se trouve à côté : ces deux enfants de salauds l'ont refroidi.

— Merde ! lâcha entre ses dents Marty Povitz, l'un des agents de la CIA chargé de surveiller le *Sovetsky Ivanov*. Nationalistes ou cocos ?

— J'en sais rien. Ils ont laissé le macchabée dans la cabine. Où est Rosemont ?

— Il est...

Povitz s'interrompit à l'approche d'autres passagers et reprit son numéro de touriste :

— Regardez-moi ça ! s'écria-t-il en montrant la crête du Pic.

De hauts immeubles brillamment éclairés s'étageaient sur la pente de la montagne et le plus grand d'entre eux scintillait comme un bijou.

— On doit avoir l'impression de dominer le monde, de là-haut.

— C'est sûrement la propriété d'un Taï-pan, supputa Tom Connochie, le plus âgé des deux agents.

Il alluma pensivement une cigarette, jeta dans l'eau noire l'allumette dont il s'était servi puis prit le gratte-ciel en photo et finit le film en mitraillant le paysage. Il ôta la pellicule de l'appareil, la passa discrètement à son collègue en chuchotant sans presque remuer les lèvres :

— Appelle Rosemont dès que nous aurons débarqué. Dis-lui qu'on a un pépin, et occupe-toi ensuite de faire développer le film. Je te téléphonerai quand ces deux lascards se seront mis au plumard.

— Tu es cinglé, ou quoi ? protesta Povitz. Pas question que tu les files seul.

— Bien obligé. La pellicule est peut-être très importante, on ne doit pas prendre de risques.

— Je ne suis pas d'accord.

— Bon sang, Marty, c'est moi le Taï-pan, pour cette opération.

— D'après les ordres...

— Les ordres, je m'en fous ! Appelle Rosemont et ne bousille pas le film, un point c'est tout.

Il braqua son appareil sur le sommet de la montagne et s'exclama :

— Quand on vit là-haut, on peut dire qu'on a réussi.

Dunross et Bartlett se faisaient face dans la Longue Galerie, au pied de l'escalier. Ils étaient seuls.

— Avez-vous conclu un accord avec Gornt? demanda le Taï-pan.

— Non, pas encore.

— Mais vous en avez envisagé la possibilité ?

— Je fais des affaires pour gagner de l'argent — comme vous.

— Les affaires ont leur aspect moral.

— Même à Hong-Kong ?

— Puis-je vous demander quand vous avez pris contact avec Gornt ?

— Il y a six mois environ. Êtes-vous d'accord avec la proposition que nous vous avons faite ce matin ?

Dunross s'efforça de chasser sa lassitude. Il se serait bien passé de sonder l'Américain pendant la réception mais c'était nécessaire. Il sentait sur lui les regards de tous les portraits accrochés aux murs.

— Je vous donnerai une réponse mardi, comme convenu.

— D'ici là, j'ai donc le droit de conclure avec Gornt ou n'importe qui d'autre. Si vous acceptez notre offre maintenant, nous nous engageons de façon ferme et définitive. Je préfère traiter avec la Noble Maison, puisqu'on la dit la meilleure — à condition que vous m'assuriez toutes les garanties nécessaires. J'ai des liquidités que vous n'avez pas ; vous bénéficiez d'une implantation en Asie qui me manque : nous sommes faits pour nous entendre.

Bartlett était ravi que son entretien de ce matin avec Gornt eût conduit si rapidement à la confrontation avec un adversaire aux abois. Car tu es mon adversaire jusqu'à ce que nous tombions d'accord, pensa-t-il. *Si* nous tombons d'accord...

Faut-il déclencher maintenant la guerre éclair ?

L'Américain avait observé le Taï-pan toute la soirée. Cet homme le fascinait — comme le fascinait cet endroit qui ne ressemblait à rien de ce qu'il connaissait. Nouvelle jungle, nouvelles règles, nouveaux dangers. Dunross et Gornt sont aussi dangereux qu'un marais grouillant de crotales, pensa-t-il. Je dois me montrer prudent.

Jusqu'où puis-je te pousser, Taï-pan ? Quels risques puis-je prendre ? Les profits potentiels sont énormes mais, si je commets une seule erreur, tu nous avales, Casey et moi. J'aime les hommes de ta trempe, même si tu es un adversaire, même si des fantômes te gouvernent.

Bartlett plongea le regard dans les yeux bleus qui l'examinaient. Que ferais-je si j'étais à ta place, avec ton héritage ? se demanda-t-il. Je ne sais pas. Amène ton adversaire à combattre sur le terrain et au moment de ton choix, recommande Sun Tzu. Eh bien, j'ai choisi, c'est ici et maintenant.

— Dites-moi, Ian, comment allez-vous faire face à vos trois échéances de septembre ?

— Je vous demande pardon ? fit Dunross d'un air interloqué.

— Vous n'avez pas encore trouvé d'affréteur et votre banque ne paiera pas si vous n'en dénichez pas un.

— Il n'y a pas de problème avec la banque.

— Vous avez déjà dépassé de 20 p. 100 la limite de crédit qu'elle vous accorde. Auriez-vous d'autres soutiens financiers en réserve ?

— J'en trouverai au besoin, répliqua Dunross d'un ton glacial.

L'Américain comprit qu'il avait réussi à tourner sa garde.

— Douze millions à Toda, cela fait beaucoup d'argent — surtout si on y ajoute vos autres dettes, reprit-il.

— Quelles autres dettes ?

— Le 8 septembre, il vous faudra régler 6,8 millions de dollars sur votre emprunt non garanti de 30 millions auprès de Orlin International Banking. Cette année, le bilan consolidé de votre compagnie indique déjà une perte de 4,2 millions alors que vous annonciez 7,5 millions de bénéfices l'année précédente. En outre, la saisie d'*Eastern Cloud* et des moteurs qu'il transportait vous coûte encore une douzaine de millions.

Le Taï-pan blêmit.

— Vous semblez particulièrement bien informé.

— Sun Tzu dit qu'il faut bien connaître ses alliés.

— Ses ennemis, corrigea Dunross.

— Les alliés peuvent devenir des ennemis.

Une petite veine palpitait sur le front du chef suprême de la Noble Maison.

— Sun Tzu accordait aussi beaucoup d'importance aux espions, murmura-t-il. Le vôtre fait obligatoirement partie d'un groupe de sept hommes.

— Pourquoi aurais-je un espion ? On peut obtenir ces renseignements auprès des banques — il suffit de creuser un peu. Toda a pour banque la Yokohama National of Japan, qui est associée à Orlin dans toute une série d'opérations. Nous aussi.

— Votre espion — quel qu'il soit — se trompe. Orlin paiera, comme elle l'a toujours fait.

— N'en soyez pas si sûr. Je les connais, ces salauds : s'ils flairent le gros paquet, ils vous tomberont dessus si rapidement que vous n'aurez pas le temps de vous en rendre compte.

— Liquider Struan ? Ni Orlin ni aucune autre banque ne peut nous couler. D'ailleurs, pourquoi le voudrait-elle ?

— Elle a peut-être passé un marché avec Gornt.

— Nom de dieu..., jura Dunross à mi-voix en s'efforçant de garder son calme. Gornt prépare quelque chose de ce côté ?

— Posez-lui la question.

— Je n'y manquerai pas. En attendant, répondez-moi !

— Vous avez des ennemis partout.

— Vous aussi.

— Est-ce que cela doit nous inciter à unir nos forces ?

Bartlett fixa un moment le Taï-pan puis leva les yeux vers un tableau accroché au bout de la galerie : campé devant un trois-mâts, Dunross ou son sosie le toisait de son mur.

— Ce ne peut être que Dirk Struan, dit-il.

Ian se tourna vers le portrait.

— C'est lui.

L'Américain s'approcha de la toile. De plus près, la ressemblance était moins frappante mais indéniable.

— Jacques avait raison, fit-il. Les yeux, le dessin de la mâchoire... Et ce regard méprisant qui proclame : « Je peux vous écraser quand je le voudrai. »

— J'ai ce regard maintenant ? demanda Dunross en souriant.

— Oui.

— La question d'un soutien financier ne nous pose pas de problème, assura le Taï-pan.

— Je crois que si.

— La Victoria est notre banque, nous en détenons un important paquet d'actions.

— Qu'appelez-vous important ?

— Au besoin, nous pourrions faire appel à d'autres sources de crédit mais la Vic nous accordera tout le soutien nécessaire. Elle aussi a des liquidités.

— Richard Kwang ne partage pas cet avis.

— Pourquoi ?

— Il ne l'a pas dit. En fait, il n'a rien dit du tout mais Casey connaît les banquiers, elle sait deviner leurs pensées.

— Qu'a-t-elle deviné d'autre ?

— Que nous devrions peut-être nous associer à Gornt.

— A votre aise.

— Je ne l'exclus pas. Et Taipei ?

— Quoi, Taipei ?

— Je suis toujours invité ?

— Naturellement. Cela me rappelle que le directeur-adjoint de la police vous a confié à ma garde. Armstrong en sera avisé demain. Il vous suffira de signer un papier par lequel vous vous engagerez à rentrer en même temps que moi.

— Merci d'avoir arrangé l'affaire. Casey n'est toujours pas du voyage ?

— Je croyais que nous avions réglé ce problème ce matin.

— Simple question. Et mon avion ?

Surpris, le Taï-pan fronça les sourcils en répondant :

— Toujours sous séquestre, je suppose. Vous voudriez l'utiliser pour aller à Taipei ?

— Ce serait plus pratique, non ?

— Je verrai ce que je peux faire... Votre offre reste valable jusqu'à mardi ?

— Comme Casey vous l'a dit. Mardi, heure de clôture de la Bourse.

— Plutôt minuit, suggéra Dunross.

— Il faut toujours que vous marchandiez ?

— Vous pas ?

— D'accord, mardi minuit. Passé ce délai, nous ne nous considérerons plus comme engagés.

Bartlett cherchait à arracher dès maintenant au Taï-pan une contre-proposition dont il pourrait faire usage dans ses négociations avec Gornt.

— Le président de Blacs — comment s'appelle-t-il, déjà ?...

— Compton Southerby, répondit Ian.

— Southerby, c'est cela. Je lui ai parlé après le dîner : il soutient Gornt à fond. Il a également laissé entendre que Gornt n'avait qu'à lever le petit doigt pour voir affluer vers lui les Eurodollars... Et je ne sais toujours pas comment vous allez faire pour payer Toda.

Dunross ne répondit pas immédiatement et se demanda à nouveau d'où l'Américain tenait ses informations. Gavallan, de Ville, Linbar Struan, Phillip

Chen, Alastair Struan, David MacStruan, ou Colin Dunross, son père — il n'y avait pas d'autres sources possibles. Bartlett aurait pu se procurer certains renseignements auprès des banques mais sûrement pas le montant précis des pertes de Struan pour l'année en cours. Le Taï-pan fixa l'Américain en songeant qu'il connaissait peut-être d'autres secrets. Il sentait le piège se refermer sur lui, lui ôtant toute possibilité de manœuvrer. Pourtant s'il cédait trop de terrain, il risquait de tout perdre.

Que faire ?

Il jeta un regard au portrait de Dirk Struan, qui parut lui répondre, avec son sourire en coin : fonce, mon gars. Tu en as ou pas ?

Très bien.

— Ne vous inquiétez pas pour nous, dit-il enfin. Si vous vous décidez pour nous, nous passerons un contrat de deux ans, avec vingt millions l'année prochaine également. J'aimerais que vous nous en versiez sept à la signature de l'accord.

Bartlett dissimula sa satisfaction.

— Pas de problème pour un contrat de deux ans. En ce qui concerne notre apport financier, Casey a proposé deux millions immédiatement et un million et demi le premier de chaque mois. Gavallan a jugé l'offre acceptable.

— Moi pas. Sept millions à la signature, le reste par mensualités.

— Dans ce cas, je veux en garantie pour cette année les navires que vous avez achetés à Toda.

— Pourquoi voulez-vous une garantie ? L'intérêt de cet accord, c'est qu'il fait de nous des associés — des associés qui vont se partager un énorme gâteau.

— Nos sept millions vous permettraient de faire face à vos échéances de septembre avec Toda et de vous libérer de l'hameçon qui vous accroche à Orlin, mais nous n'obtenons rien en échange.

— Pourquoi vous ferais-je des concessions ? répliqua Dunross. Je pourrais escompter votre contrat et obtenir sans problème une avance de dix-huit millions sur les vingt que vous vous engagez à fournir.

Sans problème — une fois le contrat signé, pensa Bartlett. Avant la signature, personne ne te prêtera quoi que ce soit.

— Je suis prêt à augmenter le versement initial, consentit le patron de Par-Con, mais que m'offrez-vous en échange ?

Il posa brièvement les yeux sur le portrait accroché en face de lui mais ne le vit pas vraiment tant sa joute avec Dunross accaparait son attention. On en venait aux choses sérieuses, il le savait. Obtenir en garantie les navires de Toda mettrait Par-Con à l'abri de tout risque, quoi que fît Dunross.

— N'oubliez pas que vos 21 p. 100 de la Victoria Bank sont déjà hypothéqués puisque vous les avez offerts en garantie de ce que vous lui devez, poursuivit-il. Si vous ne payez pas Toda, ou Orlin, votre vieux copain Havergill vous tirera la carpette de dessous les pieds. A sa place, c'est ce que je ferais.

Dunross sut qu'il était battu. Si Bartlett connaissait le nombre exact de ses actions et de celles de Chen, que lui restait-il à apprendre ?

— Bon, je vous donne mes navires en garantie pour trois mois, capitula le Taï-pan. En retour, vous me promettez que cet arrangement restera entre nous, que le contrat sera signé dans un délai d'une semaine à dater d'aujourd'hui, que le montant du premier versement sera de sept millions ; enfin, que vous ne soufflerez mot de notre accord avant que je ne l'annonce publiquement.

— Quand comptez-vous le faire ?

— Entre vendredi et lundi.

— Je veux être prévenu à l'avance, réclama Bartlett.

— Je vous avertirai vingt-quatre heures avant.

— Je veux les navires en garantie pour six mois et un délai de dix jours pour la signature du contrat.

— Non.

— Dans ce cas, je ne marche pas.

— Très bien, dit aussitôt Dunross. Allons retrouver les autres.

Il se retourna et se dirigea tranquillement vers l'escalier. Stupéfait par cette rupture soudaine, l'Américain le rappela :

— Attendez.

Le Taï-pan s'arrêta, une main sur la rampe, et lui fit face. Bartlett sonda son regard, y découvrit une détermination sans faille.

— Les navires en garantie jusqu'au 1er janvier, proposa le patron de la Par-Con. Cela fait environ quatre mois. Signature du contrat mardi en huit — ce qui me laissera le temps de faire venir mes experts en matière fiscale — et premier versement de sept millions, selon votre proposition. Quand devons-nous nous rencontrer, demain ?

— A dix heures. Nous pouvons reporter à onze heures ?

— Entendu. Alors, nous sommes d'accord et nous donnons confirmation demain à onze heures ?

— Non. Vous me dites oui ou non tout de suite.

Bartlett hésita. Son instinct lui soufflait de conclure sur-le-champ, mais il y avait Casey.

— C'est Casey qui a mené l'affaire jusqu'à présent ; cela vous dérangerait de conclure avec elle ?

— Un Taï-pan traite avec un Taï-pan, c'est une vieille coutume chinoise. Qui est Taï-pan de la Par-Con ?

— C'est moi, répondit Bartlett d'une voix neutre.

Dunross s'approcha de lui, la main tendue.

— Alors, marché conclu ?

L'Américain regarda la main offerte puis les yeux froids.

— Marché conclu... mais je tiens à ce que vous vous mettiez d'accord avec Casey.

— Qui est Taï-pan de la Par-Con ? répéta Dunross en laissant retomber son bras.

— C'est important pour elle, Ian, plaida Bartlett. Je lui ai donné carte blanche jusqu'à vingt millions. Une promesse est une promesse.

Voyant que Dunross retournait vers l'escalier, il ajouta d'un ton ferme :

— Ian, s'il me faut choisir entre le contrat et Casey, la promesse que je lui ai faite, je n'hésiterai pas. Je vous demande comme une faveur de...

Il s'interrompit en entendant un léger bruit au bout de la galerie, là où quelques fauteuils faisaient face à un canapé. Dunross tourna les talons et s'avança silencieusement vers la source du bruit, prêt à bondir. Réagissant presque aussi vite que lui, Bartlett le suivit.

Parvenu devant le canapé tendu de velours vert, le Taï-pan soupira en y découvrant sa fille Glenna, endormie dans sa robe du soir chiffonnée, le collier de perles de sa mère autour du cou.

Le cœur de Bartlett reprit un rythme normal.

— Un moment j'ai cru... Hé, elle est adorable !

— Vous avez des enfants ?

— Un garçon et deux filles. Brett a seize ans, Jenny quatorze et Mary treize. Malheureusement, je ne les vois pas souvent. Ils vivent sur la côte Est, maintenant, leur mère est remariée. Nous avons divorcé il y a sept ans...

L'Américain haussa les épaules, regarda de nouveau l'enfant.

— Comme elle est mignonne ! Vous avez de la chance.

Dunross se pencha et souleva sa fille, qui remua à peine dans son sommeil et se nicha contre lui. Il posa sur l'Américain un regard pensif puis déclara :

— C'est entendu, revenez avec Casey dans dix minutes. J'accepte uniquement pour vous permettre de tenir votre promesse.

Sur ce il s'éloigna, la démarche sûre, et disparut dans l'aile est où se trouvait la chambre de Glenna.

Bartlett demeura un instant sans bouger puis leva la tête vers le portrait de Dirk Struan, qui lui souriait d'un air moqueur. « Va te faire foutre », marmonna-t-il, persuadé que Dunross était finalement sorti vainqueur de la confrontation. Son visage s'éclaira soudain et il ajouta : « Dirk, mon vieux, ton rejeton se débrouille drôlement bien ! »

En se dirigeant vers l'escalier, il remarqua un tableau caché dans une alcôve sans lumière et s'arrêta. C'était le portrait d'un vieux capitaine à barbe grise, borgne, le visage arrogant et couturé de cicatrices, debout près d'une table où était posé un sabre d'abordage.

Le patron de Par-Con ouvrit la bouche toute grande en découvrant qu'on avait lacéré la toile et qu'un poignard planté dans le cœur du personnage la clouait au mur.

Casey fixait le poignard en tâchant de cacher son émotion. Seule dans la galerie, elle attendait, en proie à une nervosité croissante. Des échos de musique de danse lui parvenaient par moments de la salle de bal. Un coup de vent agita les rideaux et fit jouer une mèche de ses cheveux ; un moustique bourdonna à son oreille.

— C'est Tyler Brock.

La jeune femme sursauta et se retourna.

— Je ne vous avais pas entendu venir, dit-elle à Dunross.

— Désolé, je ne voulais pas vous faire peur.

— Peter Marlowe nous a parlé de lui, reprit-elle en désignant le portrait.

— Il connaît bien Hong-Kong mais il ne sait pas tout, et ses informations sont parfois inexactes, voire totalement fausses.

— C'est... c'est un peu mélodramatique, non, ce poignard fiché dans la toile ?

— C'est Hag Struan qui l'y planta et qui donna l'ordre qu'on l'y laisse.

— Pourquoi ?

— Parce que tel était son bon plaisir.

— Sérieusement, pourquoi ?

— Je suis sérieux. Elle haïssait son père et voulait nous rappeler notre héritage.

Casey montra du doigt un tableau accroché sur le mur opposé.

— C'est elle, n'est-ce pas ?

— Oui, juste après son mariage.

La toile représentait une jeune fille de dix-sept ans environ, les yeux bleu clair, les cheveux blonds. Sa longue robe du soir emprisonnait une taille mince, une poitrine juvénile. Sur la petite plaque de cuivre située en bas du cadre doré, il n'y avait pas de nom, simplement deux dates : 1825-1917.

— Son visage est quelconque, commenta Casey. Joli mais ordinaire, excepté les lèvres : minces, serrées, dures. Le peintre a su y capturer toute la force du personnage. C'est un Quance ?

— Non, nous ignorons qui l'a peint. C'était son portrait favori. Quance a fait un autre tableau d'elle à peu près à la même époque. Il se trouve dans l'appartement terrasse de notre siège. C'est un portrait à la fois très semblable et très différent.

— Vous en avez d'autres qui la montrent vers la fin de sa vie ?

— Non. Elle détruisit les trois autres portraits qu'elle avait fait faire dès que le peintre les eut achevés.

— Des photos ?

— Pas à ma connaissance. Elle avait horreur des appareils photos et ne supportait pas d'en voir un dans la maison.

Dunross sourit et Casey remarqua sa fatigue.

— Un jour, poursuivit-il, juste avant la guerre 1914-

1918, un reporter du *China Guardian* eut l'audace de la prendre en photo. Dans l'heure qui suivit, elle envoya dans les bureaux du journal un groupe de matelots armés qui menacèrent de mettre le feu à l'immeuble si on ne leur donnait pas le négatif et toutes les photos, et si le rédacteur en chef ne promettait pas de « cesser de la harceler ». Il s'exécuta.

— On ne peut se livrer impunément à ce genre de plaisanterie, je suppose ?

— A moins d'être le Taï-pan de la Noble Maison. En outre, tout le monde savait que Hag Struan ne voulait pas être prise en photo et ce jeune crétin prétentieux avait enfreint la règle. Comme les Chinois, elle croyait perdre une partie de son âme à chaque photo qu'on prenait d'elle.

Casey porta son attention sur le collier entourant le cou de la fille de Tyler Brock.

— C'est du jade ?

— Des émeraudes.

— Il doit valoir une fortune.

— Dirk Struan le lui avait légué dans son testament en précisant qu'il devrait ensuite être transmis à l'épouse de chaque Taï-pan de la Noble Maison...

Avec un sourire mi-figue mi-raisin, Dunross ajouta :

— Hag Struan garda le collier toute sa vie et ordonna, à sa mort, qu'on le brûle avec elle.

— Et on lui obéit ?

— Oui.

— Quel gâchis !

— Non, dit Ian, les yeux sur le portrait. Elle maintint Struan au rang de Noble Maison d'Asie pendant près de soixante-quinze ans. C'est elle qui fut le vrai Taï-pan, même si d'autres portaient ce titre. Hag Struan écarta ennemis et catastrophes du chemin de la compagnie ; elle préserva l'héritage de Dirk, écrasa les Brock et sut faire ce qui était nécessaire en toute circonstance. Que vaut, en comparaison, une jolie babiole, qui ne nous avait d'ailleurs probablement rien coûté ? Nous l'avions sans doute trouvée en pillant le trésor d'un mandarin qui l'avait lui-même volée à quelqu'un d'autre, dont les paysans avaient payé ce bijou de leur sueur.

Le regard du Taï-pan semblait plonger au-delà du tableau, dans une autre dimension.

— J'espère seulement faire aussi bien, murmura-t-il.

Et Casey eut l'impression qu'il s'adressait à la jeune fille en robe du soir. Elle promena les yeux sur les dix portraits — neuf hommes et une femme — accrochés dans la galerie parmi des paysages de Hong-Kong ou Shanghai, d'élégants clippers, des navires marchands ventrus. Sous chaque portrait, une plaque de cuivre indiquait le nom du Taï-pan, les dates de sa naissance et de sa mort : « Dirk Dunross, 4e Taï-pan, 1852-1894, perdu en mer avec le *Sunset Cloud* »... « Sir Lochlin Struan, 3e Taï-pan, 1841-1915... » « Alastair Struan, 9e Taï-pan, 1900-... » « Dirk Struan, 1798-1841... » « Ross Lechie Struan, 7e Taï-pan, 1887-1915, capitaine au Royal Scots Regiment, mort au champ d'honneur à Ypres... »

— Vous êtes donc le 10e Taï-pan. Avez-vous fait faire votre portrait ?

— Non.

— Vous devrez le faire, non ?

— En temps utile. Rien ne presse.

— Comment devient-on Taï-pan ?

— En étant choisi par son prédécesseur.

— Avez-vous déjà désigné qui vous succédera ?

— Non.

Casey eut cependant le sentiment qu'il avait pris une décision concernant sa succession mais qu'il ne voulait pas la lui confier. Pourquoi me le dirait-il ? songea-t-elle. Et pourquoi suis-je en train de lui poser toutes ces questions ?

Son attention fut attirée par un petit tableau représentant une sorte de nain difforme aux yeux étranges et au sourire sardonique.

— Qui est-ce ? demanda-t-elle. Un Taï-pan ?

— Non. C'est Stride Orlov, le principal capitaine de Dirk. Quand Culum succéda à son père, mort dans un typhon, Orlov prit le commandement de notre flotte de clippers. Il passait pour un grand marin.

— Il me donne la chair de poule.

— Il faisait cet effet à tout le monde, sauf à Dirk et à Hag Struan. Même Culum le haïssait, paraît-il.

— Et *elle*, pourquoi ne le trouvait-elle pas effrayant ?

— On dit qu'après le typhon, alors que tout le monde à Hong-Kong, y compris Culum, était occupé à relever les ruines, Tyler le Diable s'empara de la Noble Maison. Il s'assura le contrôle de la compagnie, donna des ordres, traita Culum et Tess comme des enfants. Il contraignit sa fille à monter à bord de la *White Witch*, son navire, et fit savoir à Culum qu'il devait l'y rejoindre avant le coucher du soleil, sinon... Pour Tyler, la Noble Maison, c'était désormais Brock-Struan et il en était le Taï-pan. Culum n'avait alors pas vingt ans — et Tess à peine seize — mais il eut l'audace d'ordonner à Orlov de se rendre sur la *White Witch* et de ramener sa femme. Tyler se trouvait alors à terre. Orlov monta seul à bord du bateau et en redescendit avec Tess, laissant derrière lui un cadavre et une demi-douzaine d'estropiés.

Casey reconnut sur les lèvres de Ian le sourire mi-moqueur mi-diabolique de Dirk Struan.

— A dater de ce jour, Tess — la future Hag Struan — se prit d'affection pour Orlov malgré sa laideur. C'était un homme remarquable, un capitaine émérite et il dirigea notre flotte avec compétence jusqu'à sa disparition.

— Il disparut ? dans un naufrage ?

— Non. D'après Hag Struan, il débarqua un jour à Singapour et ne revint jamais. Il menaçait toujours de quitter Hong-Kong pour retourner en Norvège. Peut-être rentra-t-il chez lui ; peut-être fut-il poignardé dans une ruelle de Singapour. Qui sait ? l'Asie est un continent de violence. Hag affirmait qu'il avait été victime d'une femme car aucun homme n'aurait pu tuer Stride Orlov. Pourtant, il n'est pas impossible que Tyler lui ait tendu une embuscade.

Les yeux de Casey revinrent au portrait poignardé, qui la fascinait.

— Pourquoi a-t-elle lacéré l'image de son père ?

— Je vous le dirai un jour mais pas ce soir. Sachez seulement qu'elle enfonça le poignard dans le mur avec la batte de cricket de mon grand-père et maudit par avance quiconque oserait l'en défaire.

Le Taï-pan eut un sourire qui révéla sa lassitude et qui rassura Casey : fatiguée elle aussi, elle craignait de commettre une erreur qu'il ne manquerait pas d'exploiter.

— Nous avons un marché à conclure, dit Dunross en tendant la main.

La jeune femme fut contente d'aborder enfin le domaine des affaires.

— Désolée, mais je ne peux pas accepter, répondit-elle calmement.

Le sourire de Ian disparut.

— Quoi ?

— Linc m'a exposé les modifications que vous proposez. Comme il s'agit d'un contrat de deux ans, cela fait grimper notre mise initiale et je ne peux donner mon accord.

— Pourquoi ?

— Parce que, passé vingt millions, je n'ai plus carte blanche, expliqua-t-elle d'un ton plaisant. C'est avec Linc que vous devez conclure — il vous attend au bar.

Le visage du Taï-pan exprima brièvement un sentiment de soulagement puis redevint impénétrable.

— Alors, nous ne pouvons pas toper là, vous et

moi ? dit Dunross d'une voix douce en regardant Casey dans les yeux.

Elle sentit une vague de chaleur la parcourir et dut faire un effort pour soutenir son regard.

— Un Taï-pan traite avec un Taï-pan, bredouilla-t-elle.

— C'est la règle, même en Amérique ?

— Oui.

— L'idée vient de vous ou de lui ?

— C'est important ?

— Très important.

— Si je vous réponds qu'elle vient de Linc, il perd la face, et si je vous dis qu'elle est de moi, il perd aussi la face, quoique d'une manière différente.

Ian hocha la tête en souriant et la chaleur intérieure de Casey s'accrut encore. Bien qu'elle conservât toute sa maîtrise, la jeune femme sentait son corps répondre au charme puissant et viril qui émanait de Dunross.

— Garder la face — nous y sommes tous contraints, d'une manière ou d'une autre, n'est-ce pas ? dit le Taï-pan.

Casey demeura silencieuse et détourna son regard, qui se posa sur le portrait de Hag Struan. Comment une si jolie fille a-t-elle fini par être surnommée *Hag** ? s'étonna-t-elle. Cela doit être horrible de voir son corps et son visage vieillir alors qu'on se sent le cœur jeune. C'est injuste pour une femme. Est-ce qu'on m'appellera un jour « Hag Tcholok », ou « cette vieille peau de Tcholok » si je reste seule, sans mari, dans le monde des affaires, dans ce monde d'hommes, visant les mêmes objectifs qu'eux — la puissance, l'argent, l'accomplissement de soi — et haïe parce que je m'y montre aussi bonne ou meilleure qu'eux ? Je m'en moque, du moment que nous gagnons, Linc et moi. Joue le rôle que tu t'es choisi ce soir et sois reconnaissante à la Française de son conseil. « Mon enfant, les

* En anglais, vieille sorcière. *(N.d.T.)*

bons conseils viennent de personnes inattendues, à un moment inattendu », avait coutume de répéter son père. Sans les recommandations de Susanne sur la conduite qu'une femme doit adopter dans ce monde d'hommes, je n'aurais peut-être pas accepté de jouer cette comédie, se dit Casey. Mais ne t'y trompe pas, Ian Struan Dunross : dans cette affaire, c'est moi le Taï-pan de Par-Con.

Elle sentit le rouge lui monter aux joues tandis qu'une autre vague de chaleur l'inondait. Jamais auparavant elle n'avait défini aussi clairement pour son seul bénéfice la position qu'elle occupait dans la firme. Oui, songea-t-elle avec satisfaction, le Taï-pan.

Reportant son attention sur le portrait, elle s'aperçut alors qu'elle s'était trompée, que le visage de cette jeune fille n'avait rien d'ordinaire et qu'on y devinait déjà le Taï-pan qu'elle serait.

Dunross la tira de ses pensées en disant :

— Vous êtes très généreuse.

— Pas du tout, répliqua-t-elle aussitôt en se retournant vers lui.

Si tu veux savoir la vérité, Taï-pan, je ne suis pas généreuse, lui répondit-elle *in petto*. Je joue à la fille douce, modeste et gentille uniquement pour te mettre à l'aise.

— C'est vous qui êtes généreux, murmura-t-elle en baissant les yeux.

Ian lui prit la main et la baisa avec une galanterie désuète. Casey s'efforça de masquer sa surprise — c'était la première fois qu'on lui baisait la main — et le trouble que la caresse de ces lèvres avait fait naître en elle.

— Ah ! Ciranoush ! s'exclama Dunross avec une gravité feinte. Faites appel à moi lorsque vous aurez besoin d'un chevalier servant.

Il sourit brusquement et ajouta :

— Je m'en tirerai probablement très mal mais peu importe.

Elle éclata de rire, complètement détendue à présent.

— C'est entendu, promit-elle.

Il lui prit nonchalamment la taille et la dirigea vers l'escalier. Casey sentit avec plaisir la pression du bras de Ian sur son corps. Attention, se dit-elle, ce n'est pas un enfant. Sois prudente.

17

23 h 58

La Rolls de Phillip Chen s'arrêta dans un crissement de freins devant la porte de la maison et le compradore en descendit, rouge de colère. Dianne suivit presque aussitôt, l'air préoccupé. Il faisait nuit noire, les lumières de la ville et les feux des bateaux brillaient au pied de la colline.

— Ferme les grilles et entre, toi aussi, lança l'Eurasien avec brusquerie à son chauffeur. Presse-toi, Dianne, ajouta-t-il en glissant sa clef dans la serrure d'un geste irrité.

— Qu'est-ce que tu as, Phillip ? Tu peux me dire pourquoi tu...

— Ferme-la ! ordonna-t-il à sa femme, qui se figea, interdite. Ferme-la et fais ce que je te dis !

Il ouvrit la porte, la poussa d'un coup de pied.

— Demande aux domestiques de venir !

— Mais Phil...

— Ah Sun ! Ah Tak !

Deux *amahs* aux cheveux en broussailles et au visage bouffi de sommeil apparurent, effrayés par ce ton rageur.

— Oui, Mère, oui, Père, bredouillèrent-ils ensemble en cantonais. Au nom de tous les dieux, que se...

— Tenez votre langue ! rugit Phillip Chen, dont la nuque vira au cramoisi. Entrez dans cette pièce et restez-y jusqu'à ce que je vous dise d'en sortir !

Il montra du doigt la salle à manger, dont les fenêtres donnaient au nord, sur la route.

— N'en bougez pas ! continua-t-il, et si l'un de vous regarde par la fenêtre avant mon retour, je le ferai jeter dans le port un boulet aux pieds !

Les deux domestiques se mirent à gémir et entrèrent dans la salle à manger, suivis de Dianne et du chauffeur. Phillip referma la porte.

— Arrêtez, tous les deux ! cria Dianne aux *amahs.*

Elle s'approcha de la vieille servante, lui pinça la joue, ce qui eut pour effet de faire cesser les vagissements.

— Mère, que se passe-t-il ? se lamenta la vieille en roulant des yeux effrayés. Pourquoi Père est-il si furieux ? Aïe ! aïe !...

— Tais-toi !

L'épouse du compradore agita son éventail d'un geste nerveux. Qu'est-ce qu'il lui prend ? se demanda-t-elle, furieuse, elle aussi. Il ne me fait plus confiance ? Moi, sa seule épouse légitime, l'amour de sa vie ! Et me faire quitter la réception au pas de charge alors que tout allait si bien ! On ne parlait que de nous et tout le monde admirait Kevin, le nouvel héritier de la Maison de Chen, probablement, car chacun s'accorde à penser que John a dû mourir de peur quand on lui a tranché l'oreille. Moi j'en suis sûre, en tout cas.

Elle frissonna en repensant au cauchemar qu'elle avait fait cet après-midi et dont elle s'était éveillée couverte d'une sueur froide. Elle avait rêvé qu'on l'enlevait à son tour et qu'on lui coupait l'oreille.

— *Ayiiya*, il est devenu fou, marmotta-t-elle à personne en particulier.

— Oui, Mère, chuchota le chauffeur. C'est l'enlèvement qui l'a rendu fou. Je n'ai jamais vu Père dans cet...

— Je t'ai demandé quelque chose ? D'ailleurs, tout est ta faute ! Si tu avais ramené mon pauvre John à la maison au lieu de le laisser avec ses putains à la bouche fardée, rien ne serait arrivé !

Comme les deux *amahs* s'étaient remis à geindre, elle tourna de nouveau sa colère contre eux :

— Quant à vous deux, votre service a de quoi flanquer la colique ! Vous n'avez même pas pensé à me demander si je voulais un remède, de l'aspirine, du thé ou une serviette froide.

— Mère, je peux faire du thé mais voulez-vous un cognac ? proposa la vieille d'un ton plein d'espoir en montrant un buffet laqué.

— Hein ? Oui, bonne idée, Ah Tak.

Aussitôt la servante trottina jusqu'au buffet, l'ouvrit et en sortit une bouteille dont elle savait sa maîtresse friande.

— Pauvre Mère, dit-elle en remplissant un verre. Père est d'une colère ! Quelle mouche l'a piqué et pourquoi nous a-t-il interdit de regarder par la fenêtre ?

Parce qu'il ne veut pas que vous le voyiez déterrer son coffre dans le jardin, voleurs que vous êtes, pensa Dianne. Même à moi, sa femme, il n'a jamais révélé l'emplacement de cette cachette. Elle but une gorgée de cognac et sourit à la pensée qu'elle n'en connaissait pas moins l'endroit où il avait enterré la boîte métallique. Elle avait bien fait de le surveiller discrètement : à présent, elle ne risquait rien même si Phillip quittait soudain ce monde avant d'avoir pu lui dire où se trouvait la cachette. Elle avait bien fait de ne pas tenir sa promesse de ne pas le regarder, cette nuit de l'Occupation japonaise où il avait enfoui prudemment leurs biens les plus précieux.

Dianne ignorait ce qu'il y avait à présent dans le coffre et n'en avait cure. L'essentiel, c'était de savoir où il était enterré.

— Cesse de pleurnicher, Ah Sun ! ordonna-t-elle à l'autre domestique.

Elle s'approcha de la fenêtre pour tirer les doubles rideaux. Dehors, il faisait un noir d'encre et l'on ne voyait rien du jardin.

— Encore un peu de cognac, Mère ? proposa la vieille *amah.*

— Merci, petite bouche onctueuse, répondit Dianne d'un ton affectueux. Ensuite, tu me masseras le cou, j'ai la migraine. Asseyez-vous tous et ne faites pas de bruit jusqu'à ce que Père revienne.

Phillip Chen descendait d'un pas pressé l'allée du jardin, une lampe électrique d'une main, une pelle de l'autre. Il s'arrêta, tourna la tête pour se repérer et trouva l'endroit qu'il cherchait. Bien qu'on ne pût le voir de la maison, il se retourna pour regarder derrière lui et, rassuré, alluma sa torche électrique. Le cercle lumineux glissa sur les broussailles, s'arrêta au pied d'un arbre : apparemment, on n'avait touché à rien. Mais lorsqu'il eut écarté la litière de feuilles recouvrant le sol, le compradore s'aperçut qu'on avait creusé la terre à cet endroit.

— Oh ! le porc, s'exclama-t-il. Mon propre fils !

Se ressaisissant, il enfonça sa pelle dans la terre meuble. Depuis qu'il avait quitté la réception, il tentait de se rappeler quand il avait déterré le coffre pour la dernière fois. C'était au printemps, il en était sûr maintenant, lorsqu'il avait eu besoin des titres de propriété d'une rangée de taudis de Wanchai qu'il avait vendue quarante fois son prix d'achat à Donald McBride.

— Où était John, ce jour-là ? marmonna-t-il. Dans la maison ?

Il ne parvint pas à s'en souvenir. Jamais il ne serait allé à la cachette un jour où des étrangers risquaient de le surprendre mais il n'avait aucune raison de se méfier de son fils. John... je ne l'aurais jamais cru, se dit-il. Il a dû me suivre dans le jardin.

La pelle heurta la boîte avec un bruit métallique. Phillip Chen enleva avec soin la terre, ôta la toile protectrice, ouvrit le gros cadenas, souleva le couvercle. Les gonds, bien graissés, ne grincèrent pas. D'une main tremblante, le chef de la Maison de Chen dirigea le faisceau de sa lampe vers l'intérieur du coffre. Papiers, titres et documents semblaient en ordre mais il savait qu'on avait dû les sortir de la boîte pour les lire — les recopier ou les mémoriser — puisque certaines des informations contenues dans le coffre de son fils ne pouvaient avoir d'autre origine.

Les écrins à bijoux, grands et petits, étaient là aussi. Il en chercha un avec nervosité, l'ouvrit : la demi-pièce de monnaie et le document expliquant sa signification avaient disparu.

Des larmes de rage coulèrent le long de ses joues et il sentit qu'il aurait avec joie étranglé John de ses propres mains s'il s'était trouvé là.

— Mon fils, mon fils... que tous les dieux te maudissent !

Les jambes tremblantes, il s'assit sur un rocher et s'efforça de recouvrer son calme. Les conseils que son père lui avaient donnés sur son lit de mort lui revinrent en mémoire : « Ne perds jamais cette pièce, mon fils. Elle garantit notre survie par le pouvoir qu'elle nous confère sur la Noble Maison. »

C'était en 1937, l'année où il avait accédé aux secrets les plus intimes de la Maison de Chen : celui qui devenait compradore prenait du même coup la direction à Hong-Kong de la Hung Mun, grande triade chinoise qui, sous Sun Yat-sen, avait pris le nom des 14 K, et qui s'était constituée à l'origine pour diriger la lutte contre les suzerains mandchous honnis par la Chine. Le compradore était le lien légitime entre la hiérarchie chinoise de l'île et les héritiers des 14 K sur le continent. Enfin, de par la volonté de Chen-tse Jin

Arn, dit Jin-qua, légendaire prince marchand, chef de la *hong* à laquelle l'Empereur avait confié le monopole du commerce avec l'étranger, la Maison de Chen était à jamais liée à la Noble Maison, par les titres de propriété et par le sang.

« Écoute bien, mon fils, avait murmuré le vieillard agonisant. Le Taï-pan Dirk Struan et la Noble Maison furent l'œuvre de Jin-qua. C'est lui qui créa et forma aussi bien la compagnie que l'homme. Le Taï-pan eut deux concubines : Kai-sung (fille de Jin-qua et de sa cinquième femme) avec laquelle il eut un fils : Gordon Chen, mon père, ton grand-père ; et T'chung Jin May-may, qui fut sa maîtresse pendant six ans et qu'il épousa secrètement juste avant le grand typhon qui les tua tous deux. Elle avait alors vingt-trois ans. A dix-sept ans, cette petite-fille de Jin-qua avait été vendue au Taï-pan afin de lui enseigner à son insu les manières civilisées. Dirk et May-may eurent pour enfants Duncan et Kate, qui prirent le nom de T'chung et furent élevés dans la maison de mon père. Kate épousa un négociant nommé Peter Gavallan — ce qui fait qu'Andrew est aussi notre cousin, bien qu'il n'en sache rien.

« J'ai tant à te raconter et si peu de temps à vivre... Peu importe, tu trouveras les arbres généalogiques dans le coffre. Toutes les vieilles familles sont apparentées : les Wu, Kwang, Sung, Kau, Kwok et Ng. Tiens, voici la clef. Utilise ces connaissances avec prudence.

« Un dernier secret, Phillip, mon fils : notre lignée est issue de la seconde épouse de mon père, fille de John Yuan, lui-même fils naturel du grand négociant américain Jeff Cooper et d'une Eurasienne nommée Isobel Yau. Isobel était la fille secrète de Robb Struan, demi-frère du Taï-pan et cofondateur de la Noble Maison, si bien que nous sommes doublement apparentés aux Struan. Alastair Struan et Colin Dunross sont nos cousins ; les MacStruan, par contre, ne nous sont pas liés — tu liras leur histoire dans le journal de Grand-Père. Mon fils, les barbares anglais et écossais venus en Chine n'épousèrent jamais les femmes qu'ils adorèrent et qu'ils abandonnèrent la plupart du temps avant de retourner dans leur île de brume et de pluie. Mon Dieu, je hais le climat anglais autant que le passé !

« Oui, Phillip, nous sommes Eurasiens, nous n'appartenons ni à une race ni à l'autre. C'est la croix que nous devons porter, mais il nous incombe de transformer cette malédiction en bénédiction. Je te transmets une Maison riche et puissante, comme Jin-qua l'avait voulu. Lègue-la à ton fils dans le même état et veille à ce qu'il en fasse de même avec le sien. Jin-qua nous a en quelque sorte engendrés, il nous a donné fortune et pouvoir... et il nous a légué une des pièces. Tiens, lis. »

Le vieux Chen avait remis à son fils un rouleau de parchemin couvert d'une écriture calligraphiée avec art.

« Au huitième jour du sixième mois de l'année 1841 selon le calendrier barbare, moi, Chen-tse Jin Arn de Canton, ai prêté au Diable aux yeux verts, Taï-pan de la Noble Maison, chef pirate de tous les diables d'étrangers qui ont fait la guerre à l'Empire Céleste et nous ont volé l'île de Hong-Kong, quarante lacks d'argent... un million de livres sterling... et l'ai ainsi sauvé de N'a-qu'un-œil, son ennemi juré. En retour, le Taï-pan nous accorde des conditions commerciales spéciales pour les vingt années à venir, s'engage à choisir à jamais son compradore parmi les membres de la Maison de Chen, et jure que lui-même ou ses descendants honoreront la dette des pièces. Ces pièces, qui sont au nombre de quatre, ont été brisées en deux et j'en ai remis les quatre moitiés au Taï-pan. Lui ou son descendant seront tenus d'accorder à quiconque présentera la moitié manquante la faveur qu'il demandera, quelle qu'elle soit, qu'elle entre ou non dans le cadre de nos lois ou des siennes.

« Je garde une pièce pour moi, j'en remets une à mon cousin Wu Fang Choi, le seigneur de la guerre, une autre à mon petit-fils Gordon Chen, et la dernière à une personne dont je tais le nom. Que celui qui lira ce parchemin se souvienne qu'il ne doit pas utiliser sa pièce à la légère car le Taï-pan de la Noble Maison ne devra accéder qu'*une seule fois* à la demande. Qu'il se souvienne aussi que le Diable aux yeux verts et ses descendants n'en restent pas moins des barbares enragés, devenus, grâce à *notre* enseignement, aussi rusés qu'un sale Mandchou et aussi dangereux qu'un nid de vipères. »

Phillip Chen frissonna en songeant à la violence qu'on sentait toujours prête à exploser chez Ian Dunross. C'est bien un descendant du Diable aux yeux verts, se dit-il.

Maudit John ! quelle manœuvre diabolique a-t-il préparée avec Linc Bartlett ? L'Américain est-il en possession de la pièce ou John l'a-t-il gardée ? Dans ce dernier cas, elle est peut-être tombée dans les mains des ravisseurs.

Tandis que son esprit fatigué examinait toutes les possibilités, ses mains vérifiaient le contenu des écrins. Jusqu'à présent, rien ne manquait. La gorge serrée, il ouvrit le dernier et poussa un soupir de soulagement : le collier n'avait pas disparu. L'éclat des émeraudes sous la lampe électrique lui procura un vif plaisir et diminua quelque peu son angoisse. Quelle idée stupide Hag Struan avait eu d'ordonner qu'on brûle ce joyau en même temps que son cadavre ! se dit-il. Quel horrible gâchis cela aurait été ! Père a sagement agi en l'enlevant du cercueil avant qu'on ne le livre aux flammes.

Il remit le collier en place à regret et rabattit le couvercle du coffre. Que faire, pour la pièce ? se demanda-t-il. J'ai bien failli l'utiliser quand le Taï-pan nous a enlevé nos actions de la Victoria Bank — et presque tout notre pouvoir. J'ai préféré lui laisser le temps de faire ses preuves mais trois ans se sont écoulés depuis et il n'a toujours rien prouvé. Le contrat avec l'Américain paraît fabuleux mais il n'est pas encore signé. Et la pièce a disparu, maintenant.

Phillip Chen poussa un grognement de détresse. La ville brillait à ses pieds, les feux des bateaux scintillaient dans le port. Un avion à réaction décolla de Kai Tak, un autre appareil vira sur l'aile avant d'atterrir.

Qui a la pièce ? se demanda-t-il, épuisé par la tension nerveuse. Bartlett, John ou les Loups-garous ?

MARDI

18

12 h 36

— Bien sûr que Dunross aurait pu trafiquer mes freins ! s'exclama Gornt.

— Voyons ! sois sérieux, dit Jason Plumm. Ian n'est pas stupide au point de se glisser sous ta voiture avec deux cents invités dans les parages.

Bien que l'humidité eût encore augmenté, il faisait frais dans l'appartement terrasse de Jason Plumm, situé dans la Vallée Heureuse. Le Taï-pan d'Asian Properties, la troisième *hong* de la Colonie, était vêtu d'un smoking à la veste rouge. Plus grand que Gornt, le visage racé et mince, il approchait de la soixantaine. Il jeta son mégot dans un cendrier, prit un autre cigare et l'alluma.

— Ce salaud n'est pas si bête, ajouta-t-il.

— Tu te trompes. Malgré toute sa ruse d'Écossais, c'est un homme aux réactions animales et soudaines, qui agit souvent sous le coup de l'émotion. C'est le défaut de sa cuirasse.

Plumm joignit les extrémités de ses doigts et les considéra pensivement.

— Que dit la police ?

— J'ai seulement raconté que mes freins avaient

lâché. Inutile de mettre ces petits fouineurs dans le coup — du moins pour le moment. Mais des freins de Rolls, ça ne lâche pas comme ça, bon dieu ! Demain, je demanderai à Tom Nikklin d'examiner la voiture et de me donner une réponse, une réponse précise. Il sera bien temps alors de faire intervenir la police.

— Je suis de ton avis, approuva Plumm avec un léger sourire. Nous n'avons pas besoin des flics pour laver notre linge — aussi sale soit-il.

Les deux hommes éclatèrent de rire puis Jason reprit :

— Tu as eu une sacrée veine : des freins qui lâchent sur la route du Pic...

— Une fois passé l'effet de stupeur, j'ai plutôt bien réagi, déclara Gornt en prenant quelque liberté avec la vérité.

Après le repas raffiné qu'ils avaient pris en tête à tête sur la terrasse (la femme de Plumm prenait des vacances en Angleterre et leurs enfants, adultes à présent, ne vivaient plus à Hong-Kong), les deux magnats étaient passés dans le bureau de Jason, pièce tapissée de livres et meublée luxueusement, avec un goût très sûr, comme le reste de l'appartement.

— Tom saura me dire si on a saboté ma Rolls, continua le patron de Rothwell-Gornt.

Plumm porta son verre d'eau gazeuse à ses lèvres avant de demander :

— Tu vas encore flanquer la frousse au jeune Nikklin avec cette histoire de Macao ?

— Moi ? Tu plaisantes !

— Pas le moins du monde, dit Plumm, avec son petit rire moqueur d'homme bien élevé. Dunross a bien failli se tuer, il y a trois ans, pendant la course, suite à une défaillance mécanique ?

— Les bolides ont souvent des défaillances mécaniques.

— Souvent, mais il est plus rare que ce soit un adversaire qui les provoque, insinua Plumm.

— Ce qui veut dire ?

— Rien, juste une rumeur, répondit le président d'Asian Properties en versant un autre whisky à son hôte. On prétend qu'un mécanicien chinois aurait, comme on dit, jeté du sable dans les rouages, en échange d'une modeste rétribution.

— Je doute que cette histoire soit vraie.

— Je doute qu'on puisse l'éclaircir. Dans un sens ou dans un autre. Certaines personnes sont prêtes à n'importe quoi pour une poignée de billets. C'est écœurant.

— Heureusement, nous travaillons, nous, dans la haute finance.

— C'est précisément le sens de ma remarque. Quelle opération me proposes-tu ?

— C'est très simple : si Bartlett ne passe pas d'accord avec Struan dans les dix jours qui viennent, nous pouvons plumer la Noble Maison comme dinde avant Noël.

— Beaucoup ont déjà fait ce rêve et Struan est toujours la Noble Maison.

— Oui, mais Dunross est vulnérable en ce moment.

— Pour quelle raison ?

— A cause des traites sur l'achat de ses navires à Toda et du remboursement de l'emprunt contracté auprès de Orlin.

— C'est inexact, le crédit de Struan est excellent. Oh ! certes, Dunross est endetté, mais pas plus qu'un autre. Ses bailleurs de fonds lui accorderont une rallonge, sinon il s'adressera à Richard Kwang ou à Blacs.

— Supposons que Blacs lui refuse son aide et que Richard Kwang soit mis hors circuit. Il ne lui resterait plus que la Victoria.

— Alors il demandera à la banque de nouveaux crédits et nous serons contraints de les lui accorder.

Paul Havergill soumettra la décision au conseil d'administration et comme il est impossible de battre le bloc Struan, nous voterons les crédits pour sauver la face en assurant que nous sommes ravis de lui rendre ce service, comme d'habitude.

— Cette fois Richard Kwang votera contre Struan, le conseil d'administration ne pourra pas prendre de décision et la demande de crédits sera renvoyée à plus tard. Dunross ne sera pas en mesure de faire face à ses engagements : il plongera.

— Pour l'amour de Dieu ! Richard Kwang ne fait même pas partie du conseil d'administration ! Tu deviens cinglé ?

Gornt tira une bouffée de son cigare.

— Tu oublies mon plan Concurrence. Je l'ai lancé il y a deux jours.

— Contre Richard ?

— Oui.

— Ce pauvre vieux Richard !

— Son vote sera décisif et Dunross ne s'attendra jamais à une attaque de ce côté.

— Richard et Ian sont de grands amis, objecta Plumm.

— Richard a des ennuis, la ruée sur la Ho-Pak a commencé. Il fera n'importe quoi pour sauver sa peau.

— Je vois. Combien d'actions de la Ho-Pak as-tu vendues à découvert ?

— Un gros paquet.

— Es-tu certain que Richard n'a pas les moyens d'enrayer la ruée, de trouver d'autres soutiens ?

— S'il y parvient, nous aurons toujours la ressource d'annuler l'opération toi et moi.

— Oui, c'est une possibilité, murmura Jason pensivement en regardant monter la fumée de son cigare. Mais même à supposer que Dunross ne puisse faire face à ses engagements, il ne sera pas lessivé pour autant.

— Exact, mais après la « catastrophe » de la Ho-

Pak, l'annonce de la non-solvabilité de Struan fera dégringoler sa cote. Le marché sera agité, tout indiquera qu'il se prépare un krach et nous pousserons à la roue en vendant à découvert. En principe, le conseil d'administration ne devrait pas se réunir avant deux semaines à moins que Paul Havergill ne convoque une réunion spéciale. Et il ne le fera pas. Paul donnerait n'importe quoi pour récupérer les parts de Struan. Il promettra donc à Richard de le sauver du naufrage s'il vote dans le même sens que lui. Le conseil d'administration laissera Ian mijoter quelques jours puis lui proposera d'étendre son crédit et de rétablir la confiance... en échange des parts que Struan détient dans la banque.

— Dunross n'acceptera jamais — pas plus que Phillip Chen ou Tsu-yan.

— Il accepte ou il coule. Une fois qu'il aura perdu ses actions, vous contrôlerez le conseil d'administration, et donc la Victoria Bank. Ce sera fini pour lui.

— Mais supposons qu'il obtienne de nouveaux crédits ?

— Il sera de toute façon très affaibli, peut-être de façon permanente, et nous gagnerons un gros paquet dans un cas comme dans l'autre.

— Et Bartlett ?

— Bartlett et la Par-Con sont de mon côté, affirma Gornt. L'Américain ne montera pas à bord d'un navire en perdition, j'y veillerai.

Après un instant de réflexion, Plumm déclara :

— C'est possible. Oui, c'est possible.

— Alors tu marches ?

— Après avoir coulé Struan, comment feras-tu pour avaler Par-Con ?

— Seul je n'y parviendrais pas mais à nous deux..., dit Gornt en écrasant son mégot de cigare. Par-Con demande un effort à long terme et pose une série de problèmes complètement différents. D'abord Struan, d'accord ?

— Si j'obtiens la société immobilière de Struan à Hong-Kong, 35 p. 100 de ses terrains en Thaïlande et à Singapour, plus 50 p. 100 de Kai Tak.

— D'accord, sauf pour Kai Tak : il me faut la totalité des actions pour arrondir le domaine de All Asia Airways. Tu auras un siège au conseil d'administration de la nouvelle compagnie, 10 p. 100 des actions au pair, plusieurs sièges au conseil de Struan, bien sûr, et de toutes ses filiales.

— Quinze pour cent. Et nous partageons la présidence de Struan à tour de rôle chaque année.

— Entendu mais je commence.

L'année d'après, Struan sera démantelé et ta présidence ne vaudra plus un kopeck, Jason, pensa Gornt en allumant une cigarette.

— Alors nous sommes d'accord ? demanda-t-il. Si tu veux, nous pouvons mettre les conditions par écrit dans une note.

— A Dieu ne plaise ! Pas besoin de note. J'accepte ! dit Plumm en tendant la main.

Les deux hommes échangèrent une poignée de main énergique.

— A bas la Noble Maison ! s'exclama Gornt.

Ils éclatèrent de rire, satisfaits l'un et l'autre du marché qu'ils venaient de passer. L'appropriation des terrains de Struan ferait d'Asian Properties la première société immobilière de Hong-Kong tandis que Gornt s'assurerait un quasi-monopole du transport aérien ou maritime et du courtage des marchandises.

Bien, pensa-t-il. A présent, à Wu-quatre-doigts.

— Si tu veux bien m'appeler un taxi...

— Mon chauffeur va te reconduire, proposa Plumm.

— Non, merci, Jason, je préfère prendre un taxi.

Plumm téléphona donc au gardien de son immeuble de vingt-deux étages, propriété de la firme Asian Properties, qui en assurait aussi la gestion. En attendant le taxi, les deux hommes d'affaires burent à l'anéantissement de Struan et aux profits qu'ils en retireraient. La sonnerie du téléphone retentit dans la pièce voisine.

— Excuse-moi, mon vieux, dit Plumm en se dirigeant vers la porte de la chambre dans laquelle il dormait parfois lorsqu'il travaillait tard.

C'était une petite pièce soigneusement rangée et aménagée comme une cabine de navire avec une couchette fixée au mur, des haut-parleurs diffusant de la musique, un réfrigérateur et une plaque électrique. Du matériel de radio amateur — la passion de Jason Plumm depuis son enfance — occupait tout un mur.

Il ferma la porte à demi, décrocha.

— Oui ?

— Mr. Lop-sing, s'il vous plaît ? fit une voix de femme.

— Il n'y a pas de Mr. Lop-*ting* ici, répondit Plumm avec aisance. Vous faites erreur.

— Je voudrais laisser un message.

— Vous avez fait un faux numéro. Consultez l'annuaire.

— Message urgent pour Arthur : le Centre nous a informés par radio que la réunion est reportée à après-demain. Vous recevrez d'autres instructions à six heures.

La femme raccrocha et Plumm fit de même en fronçant les sourcils.

Appuyé contre la lisse de plat-bord de sa jonque, Wu-quatre-doigts regardait avec Poon-beau-temps le sampan dans lequel Gornt venait de monter.

— Il n'a pas beaucoup changé, dit-il distraitement.

— Pour moi, tous les diables d'étrangers se ressemblent, ça fait rien, répondit Poon en se grattant la tête. C'était il y a combien ? dix ans ?

— Bientôt douze, rectifia Wu. Ah ! c'était le bon temps ! On gagnait gros, et quand on remontait vers Canton en évitant les diables d'étrangers et leurs laquais, les partisans de Mao nous accueillaient à bras ouverts. Notre peuple avait pris le pouvoir et chassé tous les étrangers ; plus un seul fonctionnaire gras comme un pourceau ne réclamait la graisse odorante ; on pouvait sans problème rendre visite aux parents et aux amis. C'est pas comme maintenant, *heya* ?

— Les Rouges deviennent coriaces et intelligents — pires que les Mandarins.

Wu se retourna quand son septième fils monta sur le pont, vêtu d'une chemise blanche propre, d'un pantalon gris, et chaussé de souliers.

— Tu te rappelles ce que tu dois faire ? lui lança le vieillard avec brusquerie.

— Oui, père.

— Bon, grogna Quatre-doigts, en cachant la fierté qu'il éprouvait à la vue de son fils. Je ne veux pas d'erreur.

Il regarda le jeune homme se diriger maladroitement vers la passerelle de planches reliant la jonque à sa voisine, elle-même unie de même manière à la suivante. On passait ainsi par huit embarcations pour gagner un débarcadère de fortune.

— Septième-fils est au courant ? demanda Poon à voix basse.

— Pas encore. Ces crétins se sont fait prendre avec les fusils ! Nous aurons travaillé pour rien si nous n'avons pas d'armes.

— Bonsoir, Mr. Gornt, je m'appelle Paul Choy. Mon oncle Wu m'a chargé de vous montrer le chemin, dit le jeune Chinois dans un anglais parfait, répétant un mensonge qui était presque devenu vrai pour lui.

Gornt s'immobilisa, surpris, puis continua à monter les marches branlantes avec plus de sûreté que son guide.

— Bonsoir. Vous êtes Américain ou vous avez fait vos études aux États-Unis, Mr. Choy ?

— Les deux, répondit Paul en souriant. Faites attention, les planches sont glissantes.

Il s'appelait de son vrai nom Wu Fang Choi et était le septième rejeton que Quatre-doigts avait eu avec sa troisième épouse. A sa naissance, son père l'avait déclaré aux autorités de Hong-Kong — acte inhabituel pour un Haklo — lui avait donné le nom de jeune fille de sa mère et avait demandé à un de ses cousins de se faire passer pour son père.

— Mon fils, lui avait expliqué Wu dès qu'il avait été en âge de comprendre, lorsque nous parlons haklo, à bord de mon navire, tu peux m'appeler Père, mais jamais en présence d'un diable d'étranger. Pour eux, je suis ton oncle.

— Pour quelle raison, Père ? Ai-je fait quelque chose de mal ? Je suis désolé si je vous ai offensé.

— Tu n'as rien fait de mal. Tu es un bon garçon, tu travailles dur. Je t'ai simplement donné un autre nom dans l'intérêt de la famille.

— Mais pourquoi, Père ?

— Je te le dirai le moment venu.

Quand Paul eut douze ans et qu'il eut prouvé ses mérites, son père l'envoya aux États-Unis en lui expliquant :

— Tu vas maintenant apprendre les manières des diables d'étrangers. Tu dois commencer à parler comme eux, dormir comme eux, montrer tes sentiments comme eux, mais n'oublie jamais qui tu es, qui est ton peuple. Tous les étrangers sont des êtres inférieurs, à peine humains, et pas du tout civilisés.

Paul se sourit à lui-même. Si les Américains savaient ! Les Américains, les Britanniques, les Iraniens, les Allemands, les Russes, les étrangers de toute race et de toute couleur, du Taï-pan au dernier sous-fifre — s'ils savaient ce que pense d'eux le plus misérable des coolies ! se dit-il pour la millième fois. Les Chinois ne les méprisent pas, ils les jugent indignes de leur considération. Bien sûr, nous avons tort, les étrangers sont des êtres humains, certains d'entre eux sont même civilisés — à leur manière — et très en avance sur nous dans le domaine technique. Seulement, nous sommes *meilleurs*...

— Pourquoi ce sourire ? questionna Gornt en évitant les détritus jonchant le pont d'une jonque.

— Je pensais à la vie, aux chemins insensés qu'elle nous fait parfois prendre. Le mois dernier, je faisais du surf à Malibu Colony, en Californie. Aberdeen, c'est autre chose !

— Vous voulez parler de l'odeur ?

— Bien sûr.

— Je dois reconnaître...

— Ce n'est guère mieux à marée haute mais personne ici ne semble s'apercevoir de cette puanteur.

— A quand remonte votre dernier séjour à Hong-Kong ?

— J'y ai passé dix jours il y a deux ans, après avoir obtenu ma licence de sciences économiques, mais je n'arriverai jamais à m'y faire ! Rien à voir avec la Nouvelle Angleterre !

— Où avez-vous fait vos études ?

— D'abord à Seattle, lycée et faculté. J'ai ensuite préparé un diplôme à l'École supérieure de Commerce de Harvard.

Gornt s'arrêta.

— Harvard ?

— Oui, j'ai eu droit à une bourse.

— Bravo. Quand en êtes-vous sorti ?

— L'année dernière, en juin. J'ai eu l'impression de quitter une prison ! Bon dieu, on vous en fait baver pendant deux ans ! Je me suis ensuite rendu en Californie avec un copain pour faire du surf et oublier l'École, en gagnant de quoi vivre avec des petits boulots à droite et à gauche. Et puis... et puis, il y a deux mois, l'oncle Wu m'a rappelé à son bon souvenir et m'a dit qu'il était temps de rentrer pour me mettre au travail. C'est lui qui a payé mes études, mes parents sont morts depuis longtemps.

— Vous étiez bien classé dans votre promotion, à Harvard ?

— Troisième.

— C'est très bien.

— Je vous remercie. Ce n'est plus très loin, maintenant, notre jonque est la dernière.

Les Haklos posaient sur Gornt un regard soupçonneux tandis qu'il passait d'une maison flottante à une autre. A bord des bateaux, les Chinois sommeillaient, mangeaient ou faisaient la cuisine, pêchaient, jouaient au mah-jong ou réparaient leurs filets.

— Prenez garde, cet endroit est glissant, Mr. Gornt, dit Paul Choy en sautant sur le pont mal entretenu. Nous y voilà ! Quel bonheur de se retrouver dans la douceur du foyer !

Il ébouriffa les cheveux du jeune garçon à l'air endormi qui était de garde et lui dit en haklo :

— Ouvre l'œil, petit-frère, sinon les diables nous emporteront.

— Compte sur moi, répondit l'enfant d'une voix fluette en regardant Gornt avec méfiance.

Paul fit descendre l'étranger dans le ventre de la vieille jonque qui sentait le goudron et le teck, le sel marin et le poisson pourri. Sous le pont, un couloir conduisait à une cabine qui occupait toute la largeur de la coque. Un feu de charbon de bois brûlant dans une cheminée de briques faisait chanter une bouilloire culottée de suie. La fumée qui montait en spirales du foyer s'échappait à l'extérieur par une simple ouverture ménagée dans le pont. Quelques vieilles chaises et tables en rotin voisinaient avec les couchettes rudimentaires fixées à la paroi.

Wu-quatre-doigts, qui était seul, indiqua un des sièges à son invité.

— Grand plaisir te voir, dit-il dans un anglais haché, à peine compréhensible. Whisky ?

— Merci. Moi aussi je suis content de te voir.

Paul Choy versa un Scotch de première qualité dans deux verres d'une propreté douteuse.

— De l'eau, Mr. Gornt ?

— Non, pur, s'il vous plaît. Pas trop, je vous prie.

— Oui, oui.

Wu prit son verre et le leva en regardant Gornt.

— Grand plaisir, répéta-t-il.

— Oui. A ta santé !

Les deux Chinois attendirent que le Britannique ait bu son whisky.

— Excellent scotch, apprécia l'homme d'affaires.

Quatre-doigts eut un sourire radieux et fit un geste en direction de Paul :

— Lui fils de sœur à moi.

— Oui.

— Bonne école, Pays-doré.

— Oui, il me l'a raconté. Tu dois être fier de lui.

— Eh ?

Paul traduisit pour le vieillard.

— Ah ! merci, merci. Lui bien parler, *heya* ?

— Très bien, renchérit Gornt en souriant.

— Ah ! bien, ça-fait-rien. Cigarette ?

Wu et son fils regardèrent leur hôte prendre une cigarette dans le paquet posé sur la table puis le vieux contrebandier se servit à son tour et Paul donna du feu aux deux hommes. Il y eut un silence.

— Tout va bien pour vieil ami ?

— Ça va. Et toi ?

— Bien... Lui fils de sœur, répéta Wu, qui prenait plaisir à faire attendre Gornt.

Le Britannique hocha la tête en silence, résigné à en passer par les préliminaires imposés par l'étiquette chinoise. On dirait que certains de ces diables roses ont fini par apprendre à se conduire en êtres civilisés, se dit Wu. Trop bien, même, dans le cas du Taï-pan, cet étranger qui parle un peu le haklo et vous regarde de ses yeux froids de poisson mort. Il faut dire qu'il a toute une lignée d'ancêtres derrière lui, en particulier le fondateur, le diable aux yeux verts qui conclut un pacte avec mon ancêtre, le grand capitaine Wu Fang Choi et son fils Wu Kwok, pacte qu'il respecta et fit respecter à ses fils ainsi qu'à leurs descendants. C'est pourquoi nous devons considérer le Taï-pan actuel comme un vieil ami, même s'il est le plus dangereux de la lignée.

Le vieillard se gratta la gorge et cracha pour chasser de son gosier le dieu maléfique caché derrière la glotte de tout homme, puis il examina son hôte. Quelle horreur ce visage rose et poilu comme une face de singe ! se dit-il. Pouah !

Il se contraignit à sourire pour masquer son dégoût et tenta de déchiffrer le hideux visage. En vain. Peu importe, pensa-t-il joyeusement, le moment est venu de mettre à profit le temps et l'argent consacrés à préparer Septième-fils.

— Peux demander faveur ? fit-il d'un ton hésitant.

La jonque se balança en faisant craquer sa coque.

— Oui. Quelle faveur, vieil ami ?

— Fils de sœur doit gagner sa vie. Donner travail ?

Wu vit sans plaisir une expression de surprise se peindre sur le visage de Gornt.

— 'xplique, dit-il en anglais, avant d'ajouter à l'adresse de Paul Choy dans un haklo guttural : Explique ce que je veux à ce mangeur de merde de tortue. Répète-lui ce que je t'ai dit.

— Mon oncle s'excuse de ne pouvoir s'adresser directement à vous en anglais, Mr. Gornt. Il voudrait savoir si vous pourriez me confier un emploi — en qualité de stagiaire — dans votre branche transports aériens et maritimes.

— Pourquoi ce secteur, Mr. Choy ?

— Mon oncle y a des intérêts importants, comme vous le savez, et il désire que je modernise sa compagnie. Je puis vous fournir mon curriculum vitae, si vous le souhaitez : au cours de ma seconde année à

Harvard, je me suis particulièrement intéressé aux transports en tous genres. Le département international de la Bank of Ohio m'avait offert un poste avant que mon oncle ne me retombe des..., ne me rappelle.

— Quels dialectes parlez-vous en plus du haklo ?

— Le mandarin.

— Combien d'idéogrammes pouvez-vous écrire ?

— Quatre mille environ.

— Connaissez-vous la sténo ?

— Seulement une méthode d'écriture rapide. Je tape à la machine : quatre-vingts mots à la minute mais avec des fautes de frappe.

— Eh ? intervint Quatre-doigts.

Gornt examina le jeune homme pendant qu'il traduisait la conversation à son oncle et tenta de se faire de lui une idée plus précise.

— Qu'entendez-vous au juste par stagiaire ?

— Oncle Wu désire que je me forme dans le commerce maritime, la gestion de lignes aériennes, le courtage et l'affrètement — tout en vous étant utile, naturellement. Mes connaissances théoriques et les années que j'ai passées aux États-Unis pourraient vous intéresser. J'ai vingt-six ans, je suis licencié, diplômé de Harvard, et j'ai également des notions approfondies d'informatique.

— Mais si vous ne faites pas l'affaire, ou si surgit entre nous un, comment dire ? un conflit de personnalités ?

— Il n'y en aura pas, Mr. Gornt, assura Paul d'un ton ferme. Du moins, je ferai tout pour l'éviter.

— Qu'est-ce qu'il a dit ? demanda Quatre-doigts en haklo. Répète-le-moi exactement.

Son fils obtempéra.

— Bien, approuva le vieillard de sa voix rauque. Dis-lui que si tu ne lui donnes pas satisfaction, tu seras banni de la famille et que ma colère te poursuivra éternellement.

Paul hésita. Tout ce qu'il y avait d'américain en lui

le poussait à rétorquer à son père d'aller se faire foutre, qu'il était diplômé de Harvard, qu'il devait à son seul mérite le passeport américain qu'il avait réussi à obtenir. Mais il détourna les yeux et étouffa la colère qui avait explosé en lui.

Ne sois pas ingrat, s'ordonna-t-il. Tu n'es pas vraiment américain, tu es chinois, et le chef de ta famille a sur toi tous les droits. Sans lui, tu serais le patron d'un bordel flottant, ici à Aberdeen.

Paul Choy se savait mieux loti que ses onze frères, dont quatre étaient capitaines de jonque à Hong-Kong. Deux d'entre eux avaient péri en mer et les autres vivaient à Bangkok, bateliers sur le Mékong, ou à Singapour, exploitant une compagnie de ferry-boats, en Indonésie, dans l'import-export — Paul avait même un frère en Angleterre dont il ne connaissait pas l'occupation. Enfin, son frère aîné avait la haute main sur une douzaine de restaurants flottants du port d'Aberdeen, ainsi que sur trois bateaux de plaisir et huit belles de nuit.

Lorsque Gornt lui demanda de traduire, le jeune homme hésita puis répéta fidèlement les propos de son père.

— Merci d'avoir été franc avec moi, Mr. Choy. Vous avez sagement agi. Vous me faites une excellente impression.

Se tournant vers Wu pour la première fois depuis que le vieillard avait posé sa question en mauvais anglais, il répondit :

— Je serai heureux de donner du travail à ton neveu.

Un sourire épanoui éclaira le visage de Wu tandis que Paul s'efforçait de cacher son soulagement.

— Je ne vous décevrai pas, Mr. Gornt.

— J'en suis persuadé.

— Whisky ? offrit Wu en montrant la bouteille.

— Non, merci.

— Quand commencer travail ?

— Quand aimeriez-vous commencer ? demanda Gornt à Paul Choy.

— Demain ? Quand vous voudrez.

— Demain, mercredi.

— Huit heures ?

— Neuf pour le premier jour mais huit heures ensuite. Semaine de six jours, bien sûr. Nous travaillons beaucoup et je ne vous ménagerai pas. A vous de savoir si vous voulez vous former rapidement et prendre des responsabilités.

— Merci, Mr. Gornt.

Paul traduisit d'un ton joyeux pour son père, qui prit le temps de finir son verre avant de demander :

— Combien argent ?

Gornt hésita, conscient qu'il fallait proposer une somme juste, ni trop dérisoire ni trop élevée, pour satisfaire le neveu et l'oncle.

— Mille dollars de Hong-Kong les trois premiers mois, ensuite nous verrons.

Paul masqua sa déception et traduisit.

— Peut-être deux mille ? suggéra Wu, cachant, lui, sa satisfaction.

Mille dollars lui convenaient parfaitement, il marchandait pour le principe.

— Certains de nos cadres prendront sur leur temps de travail pour lui apprendre ses fonctions. Former quelqu'un, cela coûte de l'argent, fit observer Gornt.

— Beaucoup argent Montagne-dorée, rétorqua Wu d'un ton ferme. Deux mille ?

— Mille le premier mois, mille deux cent cinquante les deux suivants.

— Mille cinq cents troisième mois ?

— Bon, d'accord. Mille cinq cents pour le troisième et le quatrième mois, salaire révisé ensuite. En outre, ton neveu s'engage à travailler chez nous au moins deux ans.

— Eh ?

Paul Choy traduisit. Merde, pensait-il, comment je

vais me payer des vacances aux États-Unis avec cinquante ou soixante balles par semaine ? Merde ! Et je vais vivre où ? Sur une saloperie de sampan ? Il s'arracha à ses réflexions en entendant Gornt lui parler.

— Pardon ?

— Je disais que pour vous récompenser de votre franchise, vous serez logé gratuitement dans une des maisons de notre compagnie : Les Pignons. C'est là que nous accueillons nos stagiaires venus d'Angleterre. Si vous devez faire partie d'une *hong* de diables d'étrangers, autant que vous fréquentiez tout de suite ses futurs dirigeants.

— Oui, monsieur, merci, monsieur ! fit Paul avec effusion.

Wu posa une question en haklo.

— Mon oncle voudrait savoir où se trouve la maison.

— Sur le Pic. L'endroit est vraiment charmant. Vous serez plus que satisfait, j'en suis sûr.

— J'te crois ! Je veux dire, oui, monsieur.

— Soyez prêt à vous y installer demain soir.

— Oui, monsieur.

Après traduction, le vieux Wu approuva d'un hochement de la tête.

— Tout d'accord. Deux ans au moins. Plus, peut-être, *heya* ?

— Peut-être.

— Merci à vieil ami, dit Quatre-doigts, qui ajouta en haklo : Maintenant, demande-lui ce que tu voulais savoir... au sujet de la banque.

Gornt se levait quand Paul Choy se tourna vers lui :

— Mon oncle aimerait vous poser une dernière question, si nous n'abusons pas de votre temps.

— Pas le moins du monde, assura l'homme d'affaires en se rasseyant.

Paul remarqua qu'il avait l'air sur ses gardes à présent.

— Mon oncle voudrait connaître votre opinion au

sujet de la ruée dont la succursale d'Aberdeen de la Ho-Pak a fait l'objet aujourd'hui.

Gornt posa sur le jeune homme un regard tranquille.

— Que veut-il savoir, au juste ?

— Toutes sortes de rumeurs circulent et mon oncle, ainsi que la plupart de ses amis, a déposé de grosses sommes dans cette banque.

— Je crois qu'il ferait bien de retirer son argent, répondit Gornt, ravi de cette occasion inattendue de jeter de l'huile sur le feu.

— Bon dieu, murmura Paul Choy, atterré.

Il avait remarqué la lueur de satisfaction qui s'était allumée dans le regard de son nouveau patron. Après avoir hésité un instant, il décida de changer de tactique :

— Il aimerait savoir si vous vendez à découvert.

— Lui ou vous, Mr. Choy ? répliqua sèchement le Britannique.

— Tous les deux. Mon oncle détient un important portefeuille d'actions dont il me confiera plus tard la gestion, expliqua le faux neveu sans trop s'encombrer des faits réels. Je lui ai expliqué le fonctionnement de la Bourse, les différences entre Hong-Kong et les États-Unis : il a très vite compris.

Autre entorse à la vérité : Paul Choy n'était pas parvenu à triompher des préjugés de son père.

— Est-ce qu'il doit vendre, lui aussi ?

— Il ferait bien, conseilla Gornt. On raconte que Ho-Pak a pris des engagements qui excèdent ses moyens financiers, qu'elle emprunte à court terme et à faible taux, qu'elle prête à long terme et à taux élevé, principalement sur biens immobiliers, ce qui est le meilleur moyen pour une banque de se retrouver face à de graves difficultés. Pour éviter tout risque, votre oncle devrait retirer son argent de la Ho-Pak et vendre ses actions.

— Est-ce que Blacs ou la Victoria n'essaieront pas de la renflouer ?

Gornt parvint à demeurer impassible. La vieille jonque se balança doucement au passage d'une autre embarcation.

— Pourquoi le feraient-elles ?

Je suis pris au piège, pensait-il. Si je leur révèle la vérité, Dieu sait à qui ils la répéteront, mais en même temps je ne peux pas leur opposer un refus. Ce vieux salaud réclame le paiement de la dette que j'ai envers lui et je dois l'acquitter.

Paul Choy se pencha en avant, l'air excité.

— Personnellement, je pense qu'en cas de ruée sur la Ho-Pak, les autres banques ne la laisseront pas couler, dit-il. La faillite de l'East India and Canton Bank, l'année dernière, a eu des répercussions néfastes sur l'ensemble du marché. Tout le monde attend un boom et je parie que les gros actionnaires ne laisseront pas une faillite renverser la tendance. Comme Blacs et la Victoria sont les plus importantes banques de la Colonie, on peut supposer qu'elles se chargeraient de renflouer la Ho-Pak.

— Où voulez-vous en venir, Mr. Choy ?

— Si quelqu'un savait à l'avance quand Ho-Pak touchera le fond et quand les deux banques lanceront leur opération de renflouement, il gagnerait une fortune.

Gornt tardait à prendre une décision : il se sentait las, engourdi. L'accident doit m'avoir éprouvé plus que je ne le pensais, se dit-il. Est-ce Dunross qui a saboté ma voiture ? Ce salaud a-t-il voulu se venger de l'affront de la réception de Noël, de l'affaire du Pacific Orient — ou même de la vieille histoire de Macao ?

Il repensa à l'excitation avec laquelle il avait suivi la course, sachant que le moteur de la voiture du Taï-pan « casserait » d'un moment à l'autre, regardant les bolides passer en trombe, tour après tour, jusqu'à ce que Dunross disparaisse de la tête de la meute. Il avait alors attendu, plein d'espoir, et on avait annoncé que le Taï-pan était « sorti » à l'épingle à cheveux Melco. L'estomac serré, il avait continué à attendre. Lorsqu'il avait appris que la voiture avait pris feu mais que Dunross était parvenu à s'extirper indemne du brasier, Gornt avait été à la fois déçu et soulagé.

Il ne souhaitait pas la mort de Dunross : il voulait le briser mais le garder en vie pour qu'il pût se rendre compte de sa chute.

D'ailleurs, ce n'est pas moi qui avais mis cette affaire en branle, se dit-il. Bien sûr, j'ai aiguillonné quelque peu le jeune Donald Nikklin, j'ai suggéré qu'en mettant un peu de *h'eung yau* dans la bonne main...

Constatant que le vieux pirate et son neveu attendaient une réponse, il chassa de son esprit les pensées vagabondes qui l'avaient envahi et se concentra.

— Votre raisonnement est juste, Mr. Choy, mais vous partez de prémisses erronées. Naturellement, tout ceci n'est que pure hypothèse : la Ho-Pak n'a pas encore fait faillite et elle n'en viendra peut-être pas là. Je ne vois aucune raison pour qu'une banque quelconque vole au secours d'une autre, comme vous le suggérez. Cela ne s'est jamais produit. Chaque banque coule ou surnage selon qu'elle joue bien ou mal — c'est ce qui fait tout l'intérêt de notre système de libre entreprise. Les manœuvres que votre imagination invente créeraient un dangereux précédent, et il ne serait certainement pas possible de venir en aide à tous les banquiers ayant commis des erreurs de gestion. Ni Blacs ni la Victoria n'ont besoin de s'approprier la Ho-Pak. Mr. Choy ; elles ont l'une et l'autre déjà bien assez de déposants et n'ont jamais cherché à se développer en absorbant d'autres sociétés bancaires.

Foutaises ! pensait Paul. Une banque doit croître comme n'importe quelle autre affaire et les deux que j'ai nommées sont les plus rapaces du lot — mis à part Struan et Rothwell-Gornt.

— Vous avez raison, Mr. Gornt, je n'en doute pas,

mais mon oncle vous serait reconnaissant de bien vouloir le prévenir si vous appreniez quelque chose, dans un sens ou dans l'autre.

Se tournant vers son père, Septième-fils ajouta en haklo :

— J'ai fini, honorable oncle Wu. D'après ce barbare, il est possible que la banque ait des ennuis.

Quatre-doigts blêmit.

— Des ennuis graves ?

— Je serai le premier à faire la queue demain devant le guichet. Il faut retirer rapidement tout votre argent de la Ho-Pak.

— *Ayiiya !* Par tous les dieux ! J'égorgerai moi-même Kwang-le-banquier — il a beau être mon neveu — si je perds un seul sou dans cette affaire !

— Votre neveu ? s'étonna Paul Choy.

Ignorant la question, le vieux contrebandier continua à s'égosiller :

— Quelle fornication que ces banques ! Juste une invention des diables d'étrangers pour dépouiller les honnêtes gens ! Il me rendra mon argent jusqu'au dernier centime sinon je l'éventre ! Répète-moi ce qu'il a dit exactement au sujet de la banque.

— Soyez patient, oncle vénéré. Selon les usages barbares, nous ne devons pas le faire attendre.

Wu mit un frein à sa fureur et demanda dans son exécrable pidgin :

— Banque mauvais, *heya* ? Merci dire la vérité. Banque mauvaise habitude, *heya* ?

— Parfois, répondit prudemment Gornt.

Quatre-doigts cessa de tordre ses mains noueuses et se contraignit au calme.

— Merci pour faveur... oui... d'accord aussi comme fils de sœur a dit ?

— Désolé, je ne comprends pas. Pouvez-vous me traduire, Mr. Choy ?

Après avoir échangé quelques mots avec son père

pour préserver les apparences, le jeune homme expliqua.

— Mon oncle vous serait infiniment reconnaissant si vous l'avertissiez secrètement de toute OPA ou tentative de renflouement. Bien entendu, il garderait pour lui ces informations.

— Oui, reconnaissant, répéta Wu de sa voix rauque. Il tendit la main et serra celle de Gornt, bien qu'il trouvât cette coutume barbare et dégoûtante, contraire aux manières civilisées héritées de temps immémoriaux. Mais il tenait à ce que son fils fasse ses armes dans la deuxième firme de Hong-Kong et il avait besoin des informations de Gornt. Quatre-doigts savait à quel point il importe d'être bien renseigné. Sans les amis que j'ai dans la police maritime, ma flotte ne me servirait à rien, songea-t-il.

— Accompagne-le à terre, Neveu. Mets-le dans un taxi et attends-moi. Fais venir Tok-deux-hachettes et attends-moi à la station de taxi.

Wu remercia à nouveau son visiteur, monta avec lui sur le pont et le regarda s'éloigner dans le sampan qui le ramenait à terre avec Septième-fils. La nuit était belle. Il flaira le vent et y sentit quelque humidité. De la pluie ? Il scruta le ciel, fit appel à sa longue expérience de marin. La pluie ne viendrait qu'avec la tempête, et la tempête pouvait amener un typhon. Il arrivait que les pluies d'été viennent tardivement, soudaines et fortes. Quant aux typhons, il pouvait encore y en avoir en novembre et certains se produisaient précocement, dès le mois de mai : les dieux les provoquaient à leur guise en toute saison.

La pluie serait la bienvenue mais pas le typhon. Nous sommes presque entrés dans le Neuvième Mois, pensa-t-il avec un frisson.

Le Neuvième Mois évoquait pour lui de mauvais souvenirs. Au fil de son existence, il avait été pris dix-neuf fois dans un typhon au cours de ce mois-là — sept fois depuis la mort de son père, en 1937, et son accession à la tête de la Maison des Wu de la Mer, en qualité de Capitaine de toutes les Flottes.

Cette année-là, des vents de cent quinze nœuds déferlant du nord-nord-ouest avaient coulé une flotte d'une centaine de jonques dans l'estuaire de la Rivière des Perles. Plus de mille marins avaient péri dans le naufrage, dont son fils aîné et toute sa famille. En 1949, lorsqu'il avait ordonné à l'armada de la Rivière des Perles de fuir la Chine communiste pour s'installer dans les eaux de Hong-Kong, son navire, pris dans la tempête, avait coulé en compagnie de quatre-vingt-dix autres jonques et de trois cents sampans. Lui-même et ses enfants avaient survécu mais il avait perdu huit cents des siens dans le naufrage. Les vents étaient venus cette fois de l'est, comme ceux qui envoyèrent par le fond soixante de ses jonques douze ans plus tard. En 1956, le typhon Susan, dont les vents soufflaient du nord-est à quatre-vingts nœuds, avait décimé sa flotte de Taiwan, causé la mort de cinq cents matelots dans l'île nationaliste, et deux cents à Singapour, dont un autre de ses fils. En 1957, le typhon Gloria avait une nouvelle fois ravagé sa flotte et, l'année dernière, Wanda s'était abattu sur Aberdeen et la plupart des villages marins haklos des Nouveaux Territoires.

Wu se rappelait parfaitement les dates de ces catastrophes toutes survenues le Neuvième Mois : le deux, le huit, le deux à nouveau, le dix-huit, le vingt-deux, le dix, et le premier pour le typhon Wanda. Si on additionnait ces chiffres, on obtenait soixante-trois, nombre qui, divisé par le chiffre sacré trois, donnait vingt et un : soit encore trois. Le typhon frapperait-il cette année le troisième jour du Neuvième Mois ? Cela n'était jamais arrivé de mémoire de Haklo. Soixante-trois, cela faisait aussi neuf, et la tempête pourrait venir au neuvième jour.

Wu huma de nouveau le vent, qui avait fraîchi et

soufflait à présent du nord-nord-est. Oui, il allait pleuvoir.

Le vieux marin se gratta la gorge et cracha. *Joss* ! Que ce soit le neuf, le trois ou le deux, c'est toujours affaire de *joss*. Ce qui est sûr, c'est que le typhon viendra au Neuvième Mois.

Il reporta son attention sur le sampan où se trouvait son fils et se demanda jusqu'à quel point il pouvait lui faire confiance. Le petit est malin, il connaît bien les usages des diables d'étrangers, pensa-t-il avec orgueil, mais n'a-t-il pas été contaminé par eux ? Je le découvrirai bientôt. Une fois intégré au circuit, il obéira — ou il mourra. La Maison de Wu a toujours fait le trafic de l'opium, avec ou pour la Noble Maison, et parfois sans elle. Jadis, le trafic d'opium était un négoce honorable.

Il l'est resté pour certains : moi, d'abord, Lee-poudre-blanche et Mo-le-contrebandier, ensuite. Que faire avec ces deux-là ? Former une confrérie ?

La Poudre-blanche, est-ce une drogue tellement différente ? C'est plus fort que l'opium, tout simplement, comme l'alcool est plus fort que la bière.

Faire le trafic du sel ou celui de la Poudre-blanche — quelle différence ? Aucune. Sauf qu'une stupide loi étrangère dit aujourd'hui que l'un est autorisé et l'autre illégal ! *Ayiiya*, il y a une vingtaine d'années, c'était le gouvernement lui-même qui monopolisait le trafic !

Le commerce de Hong-Kong avec la Chine ne reposait-il pas sur l'opium provenant des champs de pavot des Indes ?

A présent qu'ils ont détruit leurs propres champs, les barbares font comme s'ils n'avaient jamais fait le trafic de l'opium et déclarent que c'est un crime épouvantable, passible de vingt ans de prison !

Ayiiya ! comment une personne civilisée pourrait-elle comprendre un barbare ? se demanda le vieillard avec une moue de dégoût en quittant le pont.

La journée a été difficile. D'abord John Chen qui

disparaît, ensuite ces deux fornicateurs de Cantonais qui se font pincer à l'aéroport, et ma cargaison d'armes saisie par cette fornication de police. Et cet après-midi, la lettre du Taï-pan : « Salut, honorable vieil ami. A la réflexion, je te suggère de placer plutôt Septième-fils chez l'ennemi — c'est préférable pour lui et pour nous. Demande à Barbe-noire un rendez-vous pour ce soir et tiens-moi au courant par téléphone. » La lettre portait le *chop* du Taï-pan et la signature d'un « Vieil Ami ».

Un « Vieil Ami », pour un Chinois, c'est une personne qui vous a accordé une faveur insigne, quelqu'un qui, en affaires, s'est montré digne de confiance pendant des années.

Oui, le Taï-pan est un vieil ami, se dit Wu-quatre-doigts. C'est lui qui m'a conseillé de donner à Septième-fils un autre nom et un autre père, qui m'a recommandé de l'envoyer au Pays-doré ; lui encore qui a facilité son entrée à la grande université et qui l'a surveillé à son insu pendant ses études. Ce subterfuge avait permis à Wu d'assurer à l'un de ses fils une éducation américaine dont n'aurait sans doute pas bénéficié l'enfant d'un Chinois soupçonné de faire le trafic de l'opium.

Ces barbares, quels imbéciles ! Le Taï-pan, lui, n'est pas stupide, et c'est un authentique vieil ami.

Quatre-doigts se rappela les profits que lui et sa famille avaient réalisés en secret au fil des ans, avec ou sans l'aide de la Noble Maison, en temps de paix comme en temps de guerre, en faisant du commerce là où les navires des barbares ne pouvaient aller : marchandises de contrebande, or, essence, opium, caoutchouc, machines, médicaments, tout ce qu'on avait des difficultés à se procurer, et même des hommes, qu'il avait aidés à quitter la Chine continentale ou à y pénétrer, au prix fort, naturellement. Avec ou sans la Noble Maison, mais la plupart du temps avec son aide, celle de l'actuel Taï-pan et, avant lui, de Nez-crochu, son vieux cousin, et, avant lui, de Chien-enragé, son père, et avant lui du cousin de son père, le clan Wu avait prospéré.

A présent Wu-quatre-doigts possédait 6 p. 100 de la Noble Maison, achetés au fil des ans et gardés secrets grâce à tout un labyrinthe d'hommes de paille. C'était lui le principal actionnaire de leur affaire d'importation d'or et il avait également investi de grosses sommes dans l'immobilier, le commerce maritime et la finance, tant dans la Colonie qu'à Macao, à Singapour et en Indonésie.

La finance, pensa-t-il avec amertume. Je trancherai la gorge de mon neveu après lui avoir fait avaler ses bourses si je perds un seul centime !

Le vieillard descendit dans la cabine crasseuse et jonchée de détritus où il dormait avec son épouse. Étendue sur une couchette recouverte de paille, elle se retourna dans son demi-sommeil et lui demanda :

— Tu as fini ? Viens te coucher.

— Pas maintenant, j'ai encore du travail, lui répondit-il avec douceur. Rendors-toi.

C'était sa *tai-tai*, sa principale épouse, avec qui il vivait depuis quarante-sept ans.

Wu se déshabilla, mit une chemise blanche, des chaussettes propres, un pantalon au pli bien repassé et des chaussures. Puis il sortit, ferma doucement la porte de la cabine derrière lui et monta sur le pont d'une démarche gauche, mal à l'aise dans ses vêtements.

— Je rentrerai avant l'aube. Quatrième-petit-fils.

— Oui, Grand-père.

— Ne t'endors pas, surtout !

Wu tapota la joue de l'enfant, emprunta le chemin de planches et s'arrêta à la troisième jonque.

— Poon-beau-temps ? appela-t-il.

— M'oui ? grommela une voix ensommeillée.

— Rassemble tous les capitaines. Je serai de retour dans deux heures.

Poon se dressa du tas de vieux sacs où il était étendu.

— Nous mettons à la voile ? fit-il.

— Non. Obéis, c'est tout.

Quatre-doigts poursuivit sa route et monta à bord de son sampan personnel, où on l'accueillit avec force courbettes. Se tournant vers la côte, il vit son fils debout près de la grande Rolls noire dont la plaque d'immatriculation portait simplement le chiffre 8, porte-bonheur, et qu'il avait achetée cent cinquante mille dollars de Hong-Kong au gouvernement dans une vente aux enchères. Paul Choy attendait son père en compagnie de Tok-deux-hachettes, chauffeur et garde du corps du vieux Wu. Comme à l'accoutumée, Quatre-doigts éprouva du plaisir à contempler la grosse voiture et il en oublia momentanément ses soucis. Certes, il n'était pas le seul Haklo à posséder une Rolls mais il s'arrangeait toujours pour avoir la plus imposante et la plus récente. Le chiffre 8, *baat*, portait chance parce qu'il rimait avec *faat*, prospérité croissante.

Il sentit le vent tourner et son inquiétude se réveilla. La journée avait été mauvaise, demain serait pire encore.

Ce tas de viande pour chien de John Chen s'est-il enfui au Pays-doré ou a-t-il vraiment été enlevé ? se demanda-t-il. Sans ce monceau d'excréments, je reste le chien courant du Taï-pan et je suis fatigué de courir. Les cent mille dollars de récompense pour John Chen, c'est un bon investissement — je paierais volontiers douze fois cette somme pour retrouver ce fornicateur et sa demi-pièce. Les dieux soient loués de m'avoir soufflé l'idée de placer des espions dans la maisonnée de Chen !

— Dépêche-toi, grogna-t-il au matelot du sampan. J'ai beaucoup à faire avant l'aube.

19

14 h 23

Il faisait une chaleur étouffante et les nuages commençaient à obscurcir le ciel d'une menace d'orage. Depuis l'ouverture de la petite agence d'Aberdeen de la Ho-Pak, une foule de Chinois bruyants et en sueur se pressaient aux guichets.

— Honorable Sung, je n'ai plus de quoi payer, murmura la caissière effrayée au directeur.

— Combien vous faut-il ? demanda nerveusement le directeur.

— 7 457 dollars pour Mr. Tok-sing, et il y a encore une cinquantaine de personnes qui attendent.

— Retournez à votre guichet. Gagnez du temps, faites semblant de vérifier une nouvelle fois l'état du compte. Le siège central m'a assuré que d'autres fonds sont partis de là-bas il y a une heure... les embouteillages, peut-être.... Retournez à votre caisse, Miss Pang.

Le directeur referma la porte de son bureau derrière la caisse et décrocha le téléphone.

— Passez-moi l'honorable Richard Kwang. C'est urgent...

Depuis que la banque avait ouvert ses portes, ce matin à dix heures, quatre ou cinq cents personnes avaient fait la queue pour retirer leur argent, compte courant ou économies, puis étaient ressorties de l'agence en jouant des coudes et en bénissant le *joss*.

Ceux qui avaient un coffre étaient descendus un par un dans la chambre forte en compagnie d'un employé. Puis, une fois seuls, ils avaient fourré leurs titres, leurs lingots ou leurs bijoux dans une serviette, un sac en papier, ou dans leurs poches déjà bourrées de billets. Après avoir remercié le ciel de faire partie des heureux élus arrivés à temps, ils avaient soudain pris peur en remontant vers la sortie, effrayés d'avoir sur eux toute leur fortune.

La queue avait commencé à se former bien avant l'aube et les hommes de Wu-quatre-doigts avaient pris les trente premières places. La nouvelle ayant aussitôt fait le tour du port, d'autres étaient accourus puis tous ceux qui avaient un compte à la Ho-Pak étaient venus grossir la foule. A dix heures, une multitude inquiète et nerveuse se pressait aux portes de l'agence et redoutant une émeute, la police d'East Aberdeen avait dépêché quelques agents. A mesure que la matinée s'avançait, leur nombre avait augmenté et, vers midi, deux fourgons noirs de la police stationnaient à proximité, soutenus par une brigade spéciale anti-émeute et plusieurs officiers britanniques.

La plupart de ceux qui faisaient la queue étaient de simples pêcheurs, Haklos ou Cantonais, dont un sur dix seulement était né à Hong-Kong. Les autres étaient des réfugiés venus récemment de la République populaire de Chine, de l'Empire du Milieu, comme ils appelaient leur pays. Fuyant les communistes ou les nationalistes, ou simplement la famine et la pauvreté, comme leurs ancêtres depuis plus d'un siècle, ils avaient trouvé refuge à Hong-Kong. La population de la Colonie était chinoise à 98 p. 100 depuis sa fondation.

Ceux qui sortaient de la banque avaient beau répondre, quand on les interrogeait, que la banque les avait intégralement remboursés, ceux qui attendaient encore étaient malades d'appréhension. Ils se rappelaient le krach de l'année dernière ou d'autres affaires semblables — faillites, escroqueries — et songeaient qu'on peut facilement voir les économies de toute une vie s'évanouir, quels que soient les tenants du régime : communistes, nationalistes, ou seigneurs de la guerre. Depuis quatre mille ans, il en était ainsi.

Et tous maudissaient les banques, dont ils ne pouvaient cependant se passer puisqu'il fallait bien mettre son argent à l'abri et que les voleurs proliféraient comme des puces. *Diou ne lo mo* sur toutes les banques ! pensaient-ils. C'est une invention du diable — des diables d'étrangers. Avant l'arrivée des barbares dans l'Empire du Milieu, il n'y avait pas de papier-monnaie, on ne connaissait que le métal, or, argent et cuivre — surtout argent et cuivre — que l'on pouvait toucher et cacher, qui ne risquait pas de partir en fumée. Ce n'était pas comme cette saleté de papier, que les rats pouvaient grignoter. Oui, une invention des diables d'étrangers, qui avaient apporté le malheur à l'Empire du Milieu. *Diou ne lo mo* sur tous les diables d'étrangers !

A huit heures, ce matin-là, le directeur de l'agence, inquiet, avait téléphoné à Richard Kwang.

— Mais, vénéré seigneur, il doit bien y avoir cinq cents personnes, la queue s'étire tout le long du quai !

— Peu importe, honorable Sung. Remboursez ceux qui réclament leur argent et ne vous inquiétez pas. Parlez-leur, ce sont juste des pêcheurs superstitieux. Dissuadez-les de liquider leur compte mais s'il y en a qui insistent, payez-les. La Ho-Pak est aussi forte que Blacs ou Victoria ! C'est un mensonge éhonté que de prétendre que nous sommes en difficulté ! Payez ! Vérifiez soigneusement les livrets d'épargne, prenez votre temps avec chaque client. Soyez méthodique.

Le directeur et les employés avaient donc tenté de persuader les déposants qu'il n'y avait rien à craindre, que des gens malintentionnés avaient répandu des rumeurs fallacieuses.

— Bien sûr, vous pouvez retirer votre argent, mais ne pensez-vous pas que...

— *Ayiiya*, donnez-lui son argent, avait explosé le client suivant, exaspéré. Elle veut son argent, je veux le mien, le frère de ma femme, qui est derrière moi, veut le sien, et ma tante fait aussi la queue dehors. Je n'ai pas toute la journée à perdre ! Il faut que j'aille en mer. Avec ce vent, il y aura une tempête dans quelques jours, je dois sortir aujourd'hui...

Et l'agence avait commencé à rembourser ses déposants. Intégralement.

Comme toutes les banques, Ho-Pak utilisait les fonds déposés chez elle pour accorder toutes sortes d'emprunts. A Hong-Kong, la législation était fort souple en ce domaine, et certains banquiers prêtaient jusqu'à 80 p. 100 de leurs liquidités parce qu'ils étaient certains que leurs clients ne retireraient jamais tout leur argent en même temps.

C'était pourtant ce qui se produisait ce jour-là à Aberdeen. Par chance, il ne s'agissait que d'une des dix-huit agences disséminées dans la Colonie, et la Ho-Pak n'était pas encore menacée.

Le directeur avait téléphoné à trois reprises au siège central pour réclamer des fonds, et deux fois pour demander conseil.

A dix heures une, Wu-quatre-doigts, escorté de Paul Choy et de Tok-deux-hachettes, avait exposé le motif de sa visite à l'honorable Sung.

— Vous voulez fermer tous vos comptes ? avait bredouillé le directeur.

— Oui. Immédiatement.

— Mais nous n'avons pas...

— Je veux mon argent tout de suite ! liquide ou lingots. Vous comprenez ?

Mr. Sung avait appelé Richard Kwang, à qui il avait rapidement exposé la situation.

— Oui, oui, seigneur... L'honorable Kwang voudrait vous parler, honorable Wu, avait dit le directeur en tendant le téléphone au vieillard.

Kwang ne s'était pas montré plus persuasif.

— Non. *Maintenant*, avait répliqué Quatre-doigts. Mon argent, celui des miens, et aussi celui des comptes spéciaux.

— Mais il n'y a pas assez de liquide à l'agence, honorable oncle, avait plaidé le banquier. Nous pouvons vous faire un chèque de banque, si vous voulez...

— Je ne veux pas de chèque, je veux de l'argent ! Vous comprenez ? De l'argent !

Comme, manifestement, le vieillard ne savait pas ce qu'était un chèque de banque, Mr. Sung s'était mis en devoir de le lui expliquer. Le visage de Paul Choy s'était éclairé.

— C'est très bien, vénéré oncle..., avait-il commencé.

— Comment est-ce qu'un bout de papier pourrait être la même chose que de l'argent liquide ? avait rugi le vieux marin. Je veux mon argent tout de suite !

— Laissez-moi parler à l'honorable Kwang, avait proposé Paul d'un ton apaisant. Il y a peut-être moyen de s'arranger.

— Parle-lui tant que tu veux mais fais-moi récupérer mon argent.

Après s'être présenté, Paul Choy avait ajouté :

— Cela serait peut-être plus facile en anglais.

Au bout de quelques minutes de conversation, il avait hoché la tête, satisfait.

— Un moment, je vous prie, Mr. Kwang... Grand oncle, avait-il poursuivi en haklo, l'honorable Kwang vous paiera au siège central en vous remettant des titres d'État, de l'or ou de l'argent, et un morceau de papier que vous présenterez à Blacs ou à la Victoria pour obtenir le reste. Mais si je puis me permettre un conseil, comme vous n'avez pas de coffre où mettre tous ces lingots, il vaudrait mieux accepter le chèque de banque de l'honorable Kwang, avec lequel je peux ouvrir un compte pour vous à l'une ou l'autre banque. Immédiatement.

— *Les banques!* Les banques sont des casiers à langoustes posés par les diables d'étrangers pour prendre au piège les langoustes civilisées !

Au bout d'une demi-heure, Paul Choy était parvenu à convaincre son père et à l'emmener au siège central de la Ho-Pak, mais le vieux Wu avait laissé son chauffeur en faction dans le bureau de Mr. Sung, qui tremblait de tous ses membres.

— Tu restes ici, Tock, avait ordonné Quatre-doigts. Si je n'obtiens pas mon argent là-bas, tu le prendras ici !

— Oui, seigneur.

A midi, Wu avait de nouveaux comptes en banque, moitié chez Blacs, moitié à la Victoria. Le nombre de comptes séparés qu'il avait fallu fermer et ouvrir de nouveau avait sidéré Paul Choy : il y en avait au total pour une vingtaine de millions de dollars de Hong-Kong...

En dépit des explications du jeune homme, le contrebandier avait refusé de réaliser un coup de bourse en vendant des actions Ho-Pak à découvert, un jeu qu'il laissait à ces voleurs de *quai lohs*. Paul lui avait faussé compagnie pour tenter d'effectuer l'opération pour son propre compte, mais tous les agents de change avec lesquels il avait pris contact lui avaient répondu :

— Mais mon cher ami, vous n'avez aucun crédit. Ah ! si vous me donniez en garantie le *chop* de votre oncle, ou un document écrit de sa main, évidemment...

Il avait découvert à cette occasion que la quasi-totalité des compagnies d'agents de change étaient européennes — britanniques pour la plupart — et qu'aucune n'était chinoise. La Bourse était entièrement contrôlée par des Européens.

— Cela ne me paraît pas juste, Mr. Smith, avait fait remarquer Paul à l'un des courtiers qu'il avait rencontrés.

— Voyez-vous, Mr..., Mr..., Mr. Chee, n'est-ce pas ?

— Choy. Paul Choy.

— Voyez-vous, Mr. Choy, je crains que les gens du cru ne s'intéressent pas vraiment aux opérations modernes complexes comme le courtage et la Bourse. Vous savez naturellement que les habitants de Hong-Kong viennent tous d'ailleurs : lorsque nous nous sommes installés ici, l'île n'était qu'un rocher nu.

— Moi je m'y intéresse, Mr. Smith. Aux États-Unis, un agent...

— Ah ! en Amérique, évidemment ! C'est différent, en Amérique, je n'en doute pas. Si vous voulez bien m'excuser, Mr. Chee... Bon après-midi.

Paul avait eu beau courir les agents de change, partout on lui avait opposé la même réponse : impossible sans l'aval de son père. Assis sur un banc de Memorial Square, près du Tribunal et des immeubles de Struan et de Rothwell-Gornt, il contemplait à présent le port en réfléchissant. Une idée lui vint et il se rendit à la Bibliothèque du Palais.

— Je travaille pour Sims, Dawson and Dick, déclara-t-il avec désinvolture à l'employé aux manières pédantes qui l'accueillit. Je suis nouveau chez eux, je viens des États-Unis. Il me faudrait rapidement des informations sur la Bourse.

— La législation gouvernementale, par exemple ? suggéra le vieil Eurasien, manifestement désireux de se rendre utile.

— Oui.

— Il n'y en a pas.

— Comment ?

— Enfin, quasiment pas.

L'employé s'approcha des rayonnages, sortit un énorme volume, l'ouvrit et montra au visiteur les quelques paragraphes relatifs à sa requête.

— C'est tout ?

— Oui, monsieur.

Paul en eut le vertige.

— Mais alors le marché est grand ouvert !

Le bibliothécaire parut amusé.

— Comparé à Londres ou à New York, certainement. Ici, n'importe qui peut devenir agent de change à condition de trouver des gens prêts à lui donner une commission sur l'achat ou la vente d'actions. L'ennui, c'est que les firmes déjà en place ont le monopole du marché.

— Comment pourrait-on le briser, ce monopole ?

— Oh ! ce n'est pas souhaitable. Ici, à Hong-Kong, nous sommes pour le maintien du *statu quo.*

— Alors comment se fait-on une place ?

— Je doute que vous puissiez y parvenir. Les Britanniques ont les choses bien en main.

— C'est injuste.

Le vieil homme hocha la tête avec un sourire indulgent. Ce jeune Chinois lui plaisait, il lui enviait sa naïveté — et son éducation américaine.

— Je suppose que vous voulez jouer à la Bourse pour votre propre compte ? murmura-t-il en joignant l'extrémité de ses doigts.

— M'ouais...

Se rendant aussitôt compte de sa gaffe, Paul Choy ajouta en bredouillant :

— C'est-à-dire que Dawson...

— Allons, Mr. Choy, vous ne travaillez pas pour Sims, Dawson and Dick, fit l'employé d'un ton poliment réprobateur. S'ils avaient engagé un Américain — ce qui serait en rupture totale avec leurs habitudes — je l'aurais su bien avant votre arrivée ici. Vous devez être Mr. Paul Choy, neveu du grand Wu Sang Fang, qui vient de rentrer des États-Unis après avoir fait ses études à Harvard.

Le jeune homme le regarda, bouche bée.

— Comment le savez-vous ?

— Hong-Kong est tout petit, Mr. Choy, et il faut se tenir au courant si l'on veut survivre. Vous désirez vraiment jouer à la Bourse ?

— Oui. Mr... ?

— Manuel Perriera. Je suis de Macao.

Le bibliothécaire prit un stylo-plume et, avec l'application d'un écolier, écrivit en lettres bien moulées quelques mots de recommandation au dos d'une de ses cartes de visite.

— Tenez, reprit-il. Ishwar Soorjani est un vieil ami, il a un bureau derrière Nathan Road, à Kowloon. C'est un Parsi qui fait dans l'import-export et achète et vend des actions à l'occasion. Il pourra peut-être vous aider, mais attention : s'il vous prête de l'argent, il prendra cher, vous n'avez pas intérêt à vous tromper.

— Merci, Mr. Perriera, dit Paul en tendant la main.

L'employé parut surpris mais la prit néanmoins. Le jeune homme le remercia de nouveau avec effusion, s'apprêta à partir puis s'arrêta :

— Dites, Mr. Perriera, il n'est vraiment pas possible de se faire une place sur le marché des valeurs ?

Manuel Perriera passa ses doigts effilés dans ses longs cheveux gris argent et considéra le jeune Chinois qui se trouvait devant lui.

— Rien ne vous empêche de fonder une compagnie afin d'établir votre propre marché des valeurs — un marché chinois. C'est conforme à la législation — ou plutôt à l'absence de législation — de Hong-Kong...

Les yeux brillants, il ajouta :

— Tout ce qu'il vous faut, c'est de l'argent, des relations, des informations et quelques téléphones...

— Mon argent, s'il vous plaît, fit la vieille *amah* d'une voix rauque et basse. Voici mon livret d'épargne.

Il était près de quinze heures et elle attendait depuis l'aube. La chaleur qui régnait dans l'agence d'Aberdeen de la Ho-Pak lui colorait le visage ; des traînées de transpiration maculaient sa vieille blouse blanche et son vieux pantalon noir.

— Poussez pas, grogna-t-elle à ceux qui se trouvaient derrière elle, et le mouvement agacé de son buste agita la longue natte grise en queue de rat qui lui pendait dans le dos. Ce sera bientôt votre tour !

La jeune caissière prit le livret d'un geste las et regarda une nouvelle fois la pendule. *Ayiiya*, les dieux soient loués, nous fermons à trois heures, pensa-t-elle, et elle se demanda comment réagiraient les clients se pressant devant les grilles quand on leur claquerait la porte au nez.

La vieille servante avait sur son livret 323,42 dollars de Hong-Kong. Conformément aux instructions de Mr. Sung recommandant de prendre son temps et de procéder à des vérifications minutieuses, la caissière alla consulter le fichier et fit la sourde oreille aux obscénités marmonnées depuis le matin par la foule impatiente. Malgré le mal de tête qui lui vrillait les tempes, elle vérifia que le montant était exact, regarda de nouveau la pendule en reprenant place sur son haut tabouret, ouvrit sa caisse. Comme il n'y avait plus assez d'argent pour rembourser la cliente, elle la referma aussitôt et repartit vers le bureau du directeur. Un murmure de colère parcourut la file d'attente, où les regards allaient alternativement de la caissière courtaude à la pendule.

Elle frappa, entra, referma la porte derrière elle et annonça d'un ton désespéré :

— Je ne peux pas rembourser la vieille Ah Tam, je n'ai plus que cent dollars. J'ai gagné autant de temps que j'ai pu...

Mr. Sung essuya la sueur de sa lèvre supérieure.

— Il est presque trois heures, arrangez-vous pour qu'elle soit la dernière, Miss Cho.

Par une porte latérale, il emmena la caissière à la chambre forte, dont les casiers étaient vides. Miss Cho ouvrit la bouche toute grande : d'ordinaire, à cette heure-là, ils étaient pleins de liasses empilées et de rouleaux de pièces. Compter l'argent après la fermeture, c'était ce qui lui plaisait le plus — davantage encore que de palper les liasses de billets neufs et craquants.

— Oh ! c'est terrible, honorable Sung, gémit-elle, au bord des larmes, les cheveux en désordre et les lunettes embuées.

— Ce n'est que temporaire, Miss Cho, la réconforta le directeur. Rappelez-vous ce qu'écrit l'honorable Haply dans le *Guardian* d'aujourd'hui.

Vidant ses dernières réserves, il donna à son employé quinze mille dollars et en prit quinze autres pour chacune des deux autres caissières. A présent, il n'y avait plus un centime dans la chambre forte.

Quand il apparut derrière les guichets, les liasses à la main, un murmure parcourut la queue comme une onde électrique. Il remit l'argent aux deux caissières puis se réfugia de nouveau dans son bureau.

Miss Cho rangea les billets dans sa caisse, laissa une liasse de mille devant elle, rompit la bande qui l'entourait, en sortit trois billets de cent, ajouta l'appoint et recompta. Tous les regards étaient braqués sur elle. La caissière fit glisser les 320 dollars vers la vieille Chinoise, qui les fourra dans un sac en papier. Le client suivant s'avança et poussa son livret d'un geste impatient vers Miss Cho.

— Je veux mes sept mil...

La pendule sonna trois heures, Mr. Sung apparut aussitôt et déclara d'une voix forte :

— C'est l'heure de fermer. Je demande à toutes les caissières de baisser leur...

Un rugissement de colère couvrit le reste de sa phrase.

— Par tous les dieux, j'attends depuis le lever du soleil...

— *Diou ne lo mo*, voilà huit heures que je fais le poireau...

— *Ayiiya*, payez-moi, il vous reste juste assez...

— S'il vous plaît...

En temps normal, la banque aurait simplement fermé ses portes et les employés auraient servi les clients se trouvant à l'intérieur, mais, cette fois, les caissières effrayées placèrent l'écriteau « fermé » devant leur guichet.

La foule massée dans la banque se transforma soudain en meute.

Une jeune femme écrasée contre le comptoir se mit à hurler, des mains agrippèrent les grilles des guichets, plus décoratives que réellement protectrices ; un vieux marin dont ç'aurait dû être le tour tenta de passer le bras au travers ; bousculée en tous sens, la vieille *amah* serrait son argent contre elle de ses mains décharnées et tâchait de gagner la sortie. Une femme perdit l'équilibre et tomba, tenta de se relever mais fut piétinée. En désespoir de cause, elle mordit une jambe, ce qui lui ménagea une ouverture qu'elle mit à profit pour se redresser, le *chong-sam* déchiré, les bas filés, en proie à une crise d'hystérie qui se communiqua à la foule.

— Tuons-le, ce fils de putain sans mère ! hurla quelqu'un.

— A mort ! reprirent d'autres en écho.

Les plus excités foncèrent vers le comptoir.

— *Stop !*

Le mot retentit comme une bombe, en anglais d'abord puis en haklo et en cantonais. Le silence se fit.

Un inspecteur de police en uniforme se tenait devant eux, calme et sans arme, un magnétophone à la main. Il était entré dans la banque par la porte de derrière et avait traversé les bureaux pour rejoindre la grande salle et se camper devant la meute.

— Il est trois heures, poursuivit-il en haklo, l'heure légale de fermeture. Cette banque est maintenant fermée. Veuillez rentrer chez vous ! Calmement !

Après quelques secondes d'un silence lourd de colère, un homme marmonna d'un ton bourru :

— Et mon argent, alors ?

D'autres clients s'apprêtèrent à protester eux aussi mais l'officier de police passa de l'autre côté du comptoir et, sans crainte apparente, fendit la foule pour se planter devant le contestataire.

— Demain, dit-il sans hausser le ton à l'homme qu'il dominait de la tête. Tu auras ton argent demain.

Le Chinois baissa les yeux, incapable de soutenir le regard froid et la proximité même d'un diable d'étranger. La mine renfrognée, il recula d'un pas. L'inspecteur examina la foule.

— Toi, là-bas au fond, retourne-toi et dégage le passage pour les autres, ordonna-t-il avec la même assurance tranquille.

L'homme obtempéra et la meute redevint une foule. Les clients hésitèrent un instant puis se dirigèrent lentement vers la porte.

— Pressons, fit le policier, je n'ai pas de temps à perdre.

Tandis que les clients sortaient en ronchonnant, l'inspecteur s'approcha de la vieille *amah*, dont la bouche saignait.

— Vous vous sentez bien, Vieille Dame ? lui demanda-t-il en haklo.

Comme elle le regardait fixement sans comprendre, il répéta sa question en cantonais.

— Ah ! oui... oui, répondit-elle de sa voix rauque, le sac en papier plaqué contre sa poitrine. Merci, honoré seigneur.

Elle s'éloigna en trottinant et disparut dans la foule. L'agence se vidait lentement. Le policier anglais sortit derrière le dernier client et regarda les Chinois se disperser en traînant les pieds.

— Sergent !

— Inspecteur ?

— Vous pouvez rappeler les hommes. Vous enverrez une escouade ici demain à neuf heures ; vous mettrez des barrières en place et vous laisserez les gens entrer dans la banque trois par trois. Vous-même et quatre hommes, cela devrait suffire.

Le sergent salua, l'inspecteur retourna dans la banque, ferma les portes et sourit au directeur.

— Il fait plutôt humide, cet après-midi, n'est-ce pas ? fit-il en anglais, sachant que tous les Chinois de Hong-Kong s'enorgueillissaient de parler cette langue.

— Oui, plutôt. Merci, inspecteur.

— Allons dans votre bureau, je vais prendre votre déclaration.

— Certainement, dit le directeur.

Redressant la tête, il retrouva un ton autoritaire pour ordonner à son personnel :

— Faites les comptes et rangez.

Puis il conduisit le policier dans son bureau, s'assit et proposa avec un grand sourire :

— Du thé, inspecteur ?

— Non, merci.

L'inspecteur principal Donald C.C. Smyth mesurait plus d'un mètre quatre-vingts. De stature robuste, il avait un visage énergique et hâlé, des yeux bleus et des cheveux blonds.

— Voici les comptes de mes hommes, dit-il en posant des papiers devant le directeur. Vous les rembourserez demain à neuf heures, ils passeront par la porte de derrière.

— Naturellement, avec plaisir. Mais je regrette de perdre des clients aussi précieux. La banque est aussi solide aujourd'hui qu'elle l'était hier, inspecteur.

— Bien sûr. Quoi qu'il en soit, payez-les demain à neuf heures. En liquide. Et faites-moi un chèque de banque pour ces comptes-ci, fit le Britannique en tendant au Chinois une autre liasse de papiers. Immédiatement.

— Mais, inspecteur, ce qui s'est passé aujourd'hui

est tout à fait inhabituel. La banque Ho-Pak n'a aucun problème. Vous pourriez...

— Immédiatement, répéta Smyth d'une voix suave. J'ai préparé les bordereaux de retrait.

Sung lut sur les documents les noms de Chinois dont il savait qu'ils étaient des hommes de paille de celui qui se trouvait devant lui et qu'on surnommait Le Serpent. Les comptes s'élevaient au total à huit cent cinquante mille dollars, et il y en avait sans doute d'autres à la Victoria et à Blacs.

— Très bien, soupira Mr. Sung, résigné. Mais je suis navré que d'aussi bons clients nous quittent.

— Ho-Pak n'est pas encore complètement à sec ?

— Certainement pas ! Notre capital déclaré se monte à un milliard de dollars de Hong-Kong et nous avons des dizaines de millions de liquidités en réserve. Ces pauvres gens se sont affolés sans raison, ce n'est que temporaire. Avez-vous lu l'article de Mr. Haply dans le *Guardian* ?

— Oui.

— Selon lui, des taï-pans jaloux et d'autres banques ont colporté des rumeurs malveillantes. Et si Haply l'écrit, c'est que c'est vrai.

— Naturellement. En attendant, je suis un peu pressé, cet après-midi...

— Oui, oui, je vous fais vos chèques tout de suite. Je, euh, j'ai lu dans le journal que vous aviez arrêté un des Loups-garous.

— Nous détenons seulement un suspect.

— Maudits gredins ! fit Mr. Sung avec un frisson. Envoyer une oreille ! Je suis sûr que ce sont des étrangers... Tenez, inspecteur, voici vos chèques.

On frappa à la porte, un caporal entra et salua.

— Excusez-moi, inspecteur, il y a dehors un camion de la banque. Le chauffeur dit qu'il vient du siège central de Ho-Pak.

— *Ayiiya !* s'exclama Sung, soulagé. Il est bien

temps — ils avaient promis que l'argent serait là à deux heures.

— Combien apportent-ils ? voulut savoir Smyth.

— Un demi-million, répondit le caporal en tendant le manifeste à son supérieur.

— Eh bien, Mr. Sung, voilà une bouffée d'oxygène qui vous permettra de mieux respirer, n'est-ce pas ? fit Smyth.

— Oui, oui, bien sûr...

Voyant que les deux policiers le regardaient avec insistance, le directeur ajouta avec chaleur :

— Sans vous et vos hommes... Avec votre permission, j'aimerais consulter Mr. Kwang mais il estime sans doute, comme moi, qu'il convient de verser une modeste contribution à vos fonds de bienfaisance pour vous exprimer notre reconnaissance.

— C'est très aimable à vous, mais ce n'est pas nécessaire.

— Inspecteur, vous me désobligeriez en n'acceptant pas.

— Non, vraiment, c'est inutile, répondit Smyth, qui prit les chèques et partit.

Mr. Sung se rabattit sur le caporal, qui le renvoya à son supérieur direct, le sergent Mok, mais ce dernier déclina lui aussi l'offre du directeur. Mr. Sung se permit cependant d'insister et, après avoir demandé l'avis de Richard Kwang, remit au policier vingt mille dollars en argent liquide, avec les remerciements de la banque.

— Merci, honorable Sung, dit le sergent en songeant que le Serpent avait précisément estimé à vingt mille dollars le travail de cet après-midi. J'espère que votre grande banque restera solvable et que vous traverserez cet orage avec votre habileté habituelle. A demain : nous serons ici à neuf heures pour nous faire rembourser...

Assise sur un banc en face du port, la vieille *amah* reprenait sa respiration et attendait que ses côtes lui fissent moins mal. Elle commençait à se lever péniblement quand un jeune Chinois se précipita vers elle en disant :

— Assieds-toi, vieille femme, je veux te parler.

Petit, trapu, il avait le visage grêlé par la petite vérole.

— Il y a quoi, dans ce sac ?

— Hein ? quel sac ? fit Ah Tam.

— Le sac en papier que tu serres contre tes nippes puantes.

— Ah ! ça, ce n'est rien, honoré seigneur. Juste quelques courses que je viens...

Le jeune homme s'installa sur le banc et se pencha vers la vieille en murmurant :

— Ferme-la, sorcière ! Je t'ai vue sortir de cette fornication de banque. Y a combien, là-dedans ?

Ah Tam agrippait son sac désespérément, les yeux emplis de terreur.

— Toutes mes économies, hono...

Il lui arracha le sac, l'ouvrit, compta les billets.

— 323 dollars ? soupira-t-il, écœuré. Tu es servante chez un mendiant ? Tu n'as pas été bien maligne pour économiser si peu.

— Tu as raison, seigneur.

— Je prends 20 p. 100 de *h'eung yau*, déclara-t-il en se servant.

— Honoré seigneur, c'est trop, gémit Ah Tam. Je te serais reconnaissante de bien vouloir accepter 5 p. 100, avec les remerciements d'une vieille femme.

— Quinze.

— Six.

— Dix pour cent, c'est mon dernier mot. Je n'ai pas de temps à perdre.

— Tu es jeune et fort, tu es sans doute un 489. Les forts doivent protéger les faibles et les vieux.

— C'est juste. Bon, 7 p. 100.

— Tu es généreux, seigneur. Merci, merci.

Le jeune Chinois garda 22 dollars, rendit le reste et sortit de la poche de son jean 61 *cents* qu'il donna aussi à la vieille en disant :

— Tiens, ta monnaie.

Elle le remercia avec effusion, ravie du marché qu'elle avait conclu. Par tous les dieux, je croyais bien ne pas m'en tirer à moins de 15 p. 100, pensait-elle.

— As-tu aussi un compte à la Ho-Pak, seigneur ?

— Naturellement, mentit le jeune homme en prenant des airs importants. Notre confrérie y place son argent depuis des années. Nous avons... (à la réflexion, il doubla le chiffre qu'il venait d'inventer) vingt-cinq mille dollars rien que dans cette agence.

— Hiiii, glapit la vieille, admirative. Quelle fortune ! J'ai tout de suite compris que tu étais des 14 K et que tu avais au moins le rang de 489.

— Mieux que ça ! s'exclama le truand avec fierté. Je suis...

Se rappelant les exhortations de son chef à la prudence, il s'interrompit et garda pour lui qu'il s'appelait Kin Sop-ming, Kin-le-grêlé, et qu'il faisait partie des célèbres Loups-garous.

— Sauve-toi, la vieille, j'ai plus important à faire que de parler avec toi.

Ah Tam se leva, s'inclina devant le bandit et vit en se redressant que l'homme qui s'était trouvé devant elle dans la queue se dirigeait vers eux. Elle le connaissait de vue : c'était un Cantonais, comme elle, qui vendait de la volaille sur les marchés grouillants de monde d'Aberdeen.

— Si tu cherches un autre client, j'en vois un facile à plumer, souffla-t-elle. Il était devant moi à la banque, il a retiré plus de huit mille dollars.

— Ah ! oui ? Où est-il ?

— Tu me donnes une commission de 15 p. 100 ?

— Sept, pas plus. Inutile de discuter !

— D'accord. Regarde, là-bas, cet homme gras comme

un mandarin, avec une chemise blanche — celui qui sue comme s'il venait de faire les Nuages et la Pluie.

— Je le vois.

Le jeune bandit se leva et courut vers le volailler, qu'il intercepta au coin de la rue. Après marchandage, le commerçant accepta de verser un tribut de 16 p. 100 et s'éloigna à pas pressés en se félicitant de l'habileté avec laquelle il avait négocié. Le Loup-garou revint à la vieille.

— Ce fornicateur avait retiré 8 162 dollars, 16 p. 100. Ça fait...

— 1 305,92, et mes 7 p. 100 font 91,41 dollars, fit aussitôt Ah Tam.

Elle empocha sa commission et convint de le retrouver le lendemain pour lui servir à nouveau de rabatteur.

— Comment t'appelles-tu ? lui demanda-t-il.

— Ah Su, mentit-elle. Et toi, seigneur ?

— Mo Wu-fang, répondit-il, en donnant le nom d'un ami.

— A demain, promit la vieille d'un ton joyeux avant de s'éloigner de sa démarche de canard, ravie des gains de la journée.

Pour le Loup-garou aussi la journée avait été profitable puisqu'il avait en poche trois mille dollars alors que ce matin il n'avait même pas de quoi prendre le bus. Il ne s'attendait d'ailleurs pas à cette aubaine car il était venu de Glessing Point à Aberdeen dans le seul but de poster une seconde demande de rançon adressée à Chen de la Noble Maison.

— C'est plus sûr, avait dit son père, le chef des Loups-garous. Le cachet de la poste mettra la police sur une fausse piste.

— C'est pas ça qui nous rapportera de l'argent, avait-il rétorqué. Comment tirer un sou d'un cadavre ? La famille ne paiera pas si nous ne fournissons pas la preuve que le fils est encore en vie. Quelle idée de lui filer des coups de pelle !

— Il essayait de se débiner, avait plaidé le frère de Kin-le-grêlé.

— Le premier coup l'avait seulement estourbi. Tu aurais dû en rester là.

— Les mauvais esprits s'étaient glissés en moi. D'ailleurs, je n'ai frappé que quatre fois mais ces types de la haute ont le crâne en carton.

— Inutile de se lamenter, c'est fait maintenant, avait grogné le père.

Il était de petite taille, avait de nombreuses dents en or et s'appelait Kin Min-ta : Kin-le-chauve.

— C'est sa faute, avait-il ajouté, il aurait pas dû essayer de s'échapper. Vous avez lu la première édition du *Times* ?

— Pas encore, Père, avait répondu le Grêlé.

— Je vais vous lire l'article : « Le directeur de la police a déclaré aujourd'hui que ses hommes ont arrêté un repris de justice qu'ils soupçonnent d'être l'un des Loups-garous, cette bande de dangereux criminels qui ont enlevé John Chen. Selon les autorités, l'affaire trouverait rapidement une conclusion. »

Les quatre Loups-garous avaient éclaté de rire : le Grêlé, son frère, son père et son ami Chen Pun Po, Chen-oreilles-de-chien, car ils savaient que ces déclarations n'étaient qu'un tissu de mensonges. D'abord ils ne faisaient partie d'aucune bande, ensuite ils n'avaient jamais eu affaire à la police, même si Kin-le-chauve s'occupait parfois de jeu illégal à North Point. C'était lui qui avait eu l'idée du kidnapping, lui aussi qui, après la mort de John Chen, avait proposé de lui trancher l'oreille et de l'envoyer à la famille.

— Débrouillons-nous pour que cet "accident" nous soit profitable, avait-il argué. L'histoire de l'oreille va terrifier Hong-Kong, nous serons bientôt célèbres et riches !

Oui, songea Kin-le-grêlé, assis au soleil à Aberdeen. Mais la fortune vient moins vite que la célébrité.

D'ailleurs, le matin même, il avait fait remarquer à son père :

— Je veux bien aller poster la lettre à Aberdeen : c'est un bon truc, c'est ce qu'aurait fait Humphrey Bogart. Mais, à mon avis, ce n'est pas ça qui nous aidera à toucher la rançon.

— Écoute-moi. J'ai un plan digne d'Al Capone : nous attendons quelques jours, nous téléphonons à Chen de la Noble Maison, et s'il ne crache pas, c'est lui que nous enlevons ! Oui, ce vieux grigou de Chen en personne !

Les trois autres Loups-garous avaient regardé Kin-le-chauve avec consternation.

— Ouais, et si l'histoire de l'oreille ne le décide pas à payer, nous déterrerons le cadavre de son fils pour le lui montrer ! Chen, nous aurons encore besoin de tes tuyaux.

Cousin éloigné de John Chen, Chen-oreilles-de-chien était directeur d'une des nombreuses compagnies de la famille du compradore.

— Tes informations sur le fils étaient parfaitement exactes, avait poursuivi le chauve. Peut-être pourras-tu nous renseigner aussi sur le père.

— Certainement. C'est un homme d'habitudes, facile à effrayer. Sa *tai-tai* aussi, et elle paiera très vite pour le récupérer. Cette putain à la bouche onctueuse sait dans quelle partie du lit elle couche ! Oui, je suis sûr que le compradore se montrera coopératif mais il faudra exiger au départ le double de ce que nous espérons toucher car il s'y connaît en marchandage. J'ai travaillé assez longtemps chez ce fornicateur pour savoir à quel point il est rapiat.

— Bon. Maintenant, voyons quand et comment nous enlèverions Chen de la Noble Maison.

20

16 h 01

Sir Dunstan Barre fut introduit dans le bureau de Richard Kwang avec la déférence qui lui était due. Comme la plupart des bureaux des firmes chinoises, c'était une petite pièce, triste et encombrée de meubles, destinée au travail et non à l'apparat. L'immeuble de la Ho-Pak, situé à proximité d'Ice House Street, était d'ailleurs également petit et sans prétention. La plupart des cadres y partageaient à deux ou trois un bureau, un téléphone, une secrétaire.

Richard Kwang, lui, ne partageait pas car il savait que cette promiscuité déplaisait à ses clients *quai lohs*, peu nombreux mais importants pour le renom de la banque et les avantages secondaires qu'ils pouvaient apporter : l'élection au Club hippique, par exemple, au club de golf, de cricket, ou à l'un quelconque des endroits très fermés, réservés presque exclusivement aux taï-pans britanniques des grandes *hongs*, et où se traitaient toutes les grosses affaires.

— Bonjour, Dunstan, dit le banquier chinois. Comment allez-vous ?

— Bien, et vous ?

— Très bien. Mon cheval a fait un excellent galop d'entraînement ce matin.

— Oui, j'étais moi aussi à l'hippodrome.

— Vraiment ? Je ne vous ai pas vu.

— Je ne suis resté que quelques minutes. Mon hongre a de la température, il ne courra pas samedi, mais, ce matin, Butterscotch Lass avait des ailes.

— Elle a presque battu le record de la piste. Elle aura de grandes chances de gagner, samedi.

— Je compte sur vous pour me donner des tuyaux sur sa forme juste avant la course.

Les deux hommes continuèrent à bavarder quelques instants avant que Barre n'en vînt à l'objet de sa visite. Richard Kwang s'efforça de dissimuler sa surprise :

— Vous voulez fermer les comptes de toutes vos compagnies ?

— Oui, mon vieux. Aujourd'hui même. Navré mais mon conseil d'administration estime que c'est plus sage, en attendant que vous parveniez à...

— Vous ne croyez quand même pas que nous avons vraiment des difficultés ? Avez-vous lu l'article de Haply dans le *Guardian* ? Il parle de rumeurs malveillantes répandues par certains taï-pans et par une certaine banque...

— Oui, j'ai vu. Haply nous gratifie de ses fadaises habituelles. C'est ridicule ! Qui aurait intérêt à faire circuler de tels bruits ? J'ai discuté avec Paul Havergill et Southerby ce matin, ils m'ont dit qu'ils feraient un procès à Haply s'il osait écrire qu'ils sont à l'origine de ces rumeurs. Ce foutu blanc-bec mérite une leçon... Quoi qu'il en soit, j'aimerais que vous me fassiez immédiatement un chèque de banque. Vous connaissez les conseils d'administration...

Richard Kwang parvint à sourire, bien qu'il éprouvât une haine plus forte encore qu'à l'accoutumée pour son visiteur ventripotent au teint fleuri. Le

Chinois savait que Barre dictait en fait ses volontés à son conseil d'administration.

— Nous n'avons aucun problème, argua le banquier. Notre capital est d'un milliard de dollars. Quant à l'agence d'Aberdeen, simple réaction irraisonnée de pêcheurs superstitieux.

— Oui, je sais. J'ai entendu dire qu'il y avait eu la même réaction à vos agences de Mong Kok, de Tsim Sha Tsui, de Sha Tin, dans les Nouveaux Territoires, et même, Dieu nous préserve ! à Lan Tao.

Située à une vingtaine de kilomètres à l'est de Hong-Kong, Lan Tao était la plus grande des trois cents îles composant la Colonie mais comptait très peu d'habitants parce qu'elle était totalement dépourvue de sources.

— Quelques clients qui retirent leurs économies, expliqua Kwang. Il n'y a pas de problème.

Il mentait. Cela avait commencé avec la succursale d'Aberdeen, puis d'autres directeurs lui avaient fait part de leurs inquiétudes. Sur les dix-huit agences disséminées dans la Colonie, quatre avaient dû faire face à des retraits importants et fâcheux. A Mong Kok, quartier grouillant de monde de cette fourmilière qu'était Kowloon, une queue s'était formée devant la banque en début d'après-midi. Sans prendre les proportions du mouvement de panique d'Aberdeen, cette réaction indiquait clairement que Ho-Pak n'inspirait plus la même confiance. Richard Kwang comprenait que les villages marins, apprenant les retraits de Wu-quatre-doigts, aient précipitamment suivi le mouvement, mais comment expliquer les clôtures de comptes à Mong Kok, à Lan Tao, à Tsim Sha Tsui, l'agence la plus prospère, située près de la gare du Golden Ferry où passaient chaque jour cent cinquante mille personnes ?

Il ne pouvait s'agir que d'un complot.

Qui tire les ficelles ? se demandait Kwang. Ching-beau-sourire, mon rival de toujours, ou les fornicateurs de Blacs et de Victoria ?

Est-ce Havergill, ce Mince-tube-de-fiente, qui dirige l'attaque, ou Compton Southerby, pour Blacs ? Ils m'ont toujours détesté, ces sales *quai lohs* ! mais pourquoi s'en prendre à moi ? Bien sûr, je suis meilleur banquier qu'eux et ils sont jaloux de ma réussite mais je travaille avec des personnes civilisées, sans empiéter sur leur domaine. Pourquoi ? Auraient-ils appris qu'en dépit de mes objections mes associés m'ont contraint à pratiquer une politique — emprunter à court terme et à taux peu élevé, prêter à long terme et à taux élevé — qui nous rend momentanément vulnérables et incapables de faire face à une ruée ?

Richard Kwang avait envie de crier, de hurler en s'arrachant les cheveux. Les associés secrets qui lui avaient imposé cette ligne stupide étaient Lando Mata et Tung-l'avare, principaux actionnaires du Syndicat du jeu et du trafic de l'or, avec Mo-le-contrebandier, qui l'avait aidé à fonder et à financer la Ho-Pak dix ans plus tôt.

— Avez-vous lu les prédictions de Tung-l'aveugle ? demanda le banquier chinois.

— Non. Que dit-il ?

Kwang tendit le journal à Barre et répondit :

— Qu'un boom se prépare, tous les signes l'indiquent. Le chiffre 8 est partout dans le ciel et nous sommes au huitième mois de l'année. J'ajoute que je suis né le huitième jour du huitième mois...

Le Britannique parcourut des yeux l'horoscope. Bien qu'il ne crût pas aux devins, il avait vécu trop longtemps en Asie pour les ignorer totalement et son pouls s'accéléra quelque peu. Tung-l'aveugle jouissait d'une solide réputation à Hong-Kong.

— A l'en croire, nous allons connaître le plus formidable boom de l'histoire du monde, commenta Barre.

— Il se montre d'ordinaire plus circonspect. Ce serait une bonne chose, *heya* ?

— Une excellente chose. En attendant, mon vieux Richard, si nous revenions à nos affaires ?

— Certainement. Ces rumeurs sont un typhon dans une écaille d'huître. Nous sommes plus solides que jamais : notre cote a à peine baissé d'un point.

A l'ouverture de la Bourse, il y avait eu quantité de petites offres de vente qui auraient provoqué une chute des actions de la Ho-Pak si Kwang n'avait aussitôt ordonné à ses agents de change d'acheter. Pour maintenir la cote, il avait fallu acheter près de cinq millions de titres, chiffre record de transactions en une seule journée. Aucun des experts de Kwang n'était parvenu à savoir qui avait lancé sur le marché une telle quantité d'actions et, apparemment, la méfiance à l'égard de la banque n'avait pas d'autre source que les retraits de Wu-quatre-doigts. Que tous les dieux maudissent ce vieux démon et son fornicateur de neveu !

— Pourquoi ne pas..., commença Kwang.

Le téléphone sonna. Le banquier décrocha et lança d'un ton sec à sa secrétaire :

— Je t'avais dit que je ne voulais pas être dérangé !

— C'est Mr. Haply, du *Guardian*. Il prétend que c'est important, répondit Mary Yok, la nièce de Kwang. La secrétaire du Taï-pan a appelé également : la réunion du conseil d'administration de Nelson Trading est avancée à cet après-midi dix-sept heures. Mr. Mata vous fait savoir qu'il y participera aussi.

Pourquoi ce changement ? se demanda Kwang avec inquiétude. Il écarta momentanément cette question pour s'occuper de Haply et décida qu'il serait trop dangereux de laisser Barre écouter leur conversation.

— Dis à Haply que je le rappellerai dans quelques minutes... Où en étions-nous, Dustan ? Oui, il n'y a aucun problème, vous devriez attendre un jour ou deux.

— Impossible, mon vieux. Il y avait réunion extraordinaire, il a fallu prendre une décision immédiatement.

— Nous nous sommes montrés généreux à votre égard par le passé. Nous vous avons prêté quarante millions sans garantie et nous envisageons d'investir encore soixante-dix millions dans votre nouveau programme de construction.

— C'est exact, et vous en tirerez d'importants bénéfices. Mais il s'agit d'une autre affaire, négociée il y a plusieurs mois et qui ne posera aucun problème : nous avons toujours tenu nos engagements, avec Ho-Pak comme avec n'importe quelle autre banque.

Le promoteur tendit au banquier des documents signés portant l'en-tête de sa firme.

— Les comptes sont groupés, signala-t-il. Un seul chèque suffira.

Le total s'élevait à un peu plus de neuf millions et demi.

Richard Kwang établit le chèque, raccompagna son visiteur avec le sourire puis, après son départ, lâcha une bordée de jurons, s'en prit à tous ceux qui se trouvaient dans les parages et retourna dans son bureau. Il claqua la porte derrière lui, donna un coup de pied dans un classeur, décrocha le téléphone et demanda à sa nièce de rappeler Haply.

— *Diou ne lo mo* sur tous ces sales *quai lohs* ! vociféra-t-il à l'adresse du plafond.

Ce tas de viande pour chien ! pensa-t-il, quelque peu soulagé. Je me demande si le Serpent ne pourrait pas empêcher les queues de se former devant les agences, demain. En suggérant à ses hommes de casser quelques bras ici ou là...

Le banquier passa en revue les événements d'une journée qui avait été mauvaise dès le matin, à l'hippodrome. Il était persuadé que son entraîneur — ou son jockey — dopait la pouliche pour la faire courir plus vite à l'entraînement et faire baisser sa cote — elle serait favorite — qu'il interromprait le traitement samedi, miserait sur un outsider et raflerait un gros paquet sans le mettre dans la combine. Vermine ! menteurs ! tous, jusqu'au dernier ! Ils s'imaginent que j'ai acheté un cheval pour perdre de l'argent ?

Kwang lança un jet de salive qui atterrit dans le crachoir.

Ce salaud de Barre avec sa bouche de magot et ce chien d'Oncle Wu ! Leurs retraits vont me mettre à sec. Peu importe : avec Lando Mata, Mo-le-contrebandier, Tung-l'avare et le Taï-pan, je n'ai rien à craindre. Oh ! il faudra que je pousse des cris et des gémissements mais je ne risque rien, pas plus que la Ho-Pak. Je suis trop important pour eux.

Oui, une journée vraiment mauvaise, seulement éclairée par la visite de Casey Tcholok. Il avait pris plaisir à la contempler, cette Américaine à l'odeur fraîche et propre qui faisait penser à la vie au grand air. Ils avaient cordialement rompu quelques lances sur des questions de financement et Kwang ne doutait pas d'empocher là aussi une part du gâteau, voire la totalité. Cette fille était d'une naïveté incroyable. Elle montrait des connaissances impressionnantes en matière économique mais s'agissant de l'Asie : nulle ! Les dieux soient loués de nous avoir donné les Américains.

— J'adore l'Amérique, Miss Casey, avait-il assuré. Je m'y rends deux fois par an pour manger de bons steaks, jouer à Las Vegas — et faire des affaires, naturellement.

Les putains du Pays-doré sont les meilleures *quai lohs* du monde, les plus faciles à obtenir, pensa-t-il joyeusement. Et pas chères comparées aux filles de Hong-Kong. Quel plaisir de coucher avec des femmes aux gros seins, aux longues cuisses et aux aisselles fleurant le déodorant ! C'est à Vegas qu'on trouve les plus excitantes. Ah ! cette blonde qui me dépassait d'une bonne tête ! Quand elle s'allongeait...

Le téléphone de sa ligne personnelle directe se mit à sonner et il regretta une fois de plus de l'avoir fait installer. Enfin, il n'avait pas eu le choix : quand son ancienne secrétaire l'avait quitté pour se marier, sa femme lui avait imposé de prendre sa nièce comme remplaçante — pour l'espionner, bien sûr. Alors il avait bien dû trouver une solution...

— Oui ? grommela-t-il avec irritation en se demandant ce que son épouse voulait encore.

— Tu ne m'as pas appelé de la journée... Voilà des heures que j'attends !

La voix inattendue lui fit battre le cœur plus vite.

— Écoute, Petit Trésor, ton pauvre Père a été très occupé toute la journée, plaida-t-il. J'ai...

— Tu ne veux plus de ta Fille. Je vais devoir retourner au port chercher quelqu'un d'autre qui me donnera sa tendresse...

— Je te verrai ce soir à dix heures, petite bouche onctueuse. Nous ferons d'abord un festin de roi à Wanchai, dans mon restaurant préf...

— Dix heures, c'est trop tard et je ne veux pas de festin. Je veux un steak, je veux boire du champagne sur la terrasse du V & A.

Kwang était partagé entre la crainte des ragots, qui risquaient de parvenir aux oreilles de sa *tai-tai*, et le désir de montrer à toute la ville sa nouvelle maîtresse, Vénus Poon, étoile montante au firmament de la télévision.

— A dix heures, je...

— Dix heures, c'est trop tard. Neuf heures.

— Petit Trésor, j'ai encore trois réunions.

— Tu ne m'aimes plus, gémit la fille. Je n'ai plus qu'à me trancher les veines... ou à répondre aux propositions d'autres hommes, moins honorables que mon vénéré Père, mais tout aussi riches...

— D'accord, Petit Trésor. Neuf heures.

— Alors tu m'aimes toujours ? minauda la starlette. Dis-le-moi, dis-moi que tu m'aimes !

Le banquier céda au caprice de sa maîtresse avant de raccrocher. Petite putain à la bouche sucrée ! pensa-t-il, agacé. Enfin, à dix-neuf ans, on a le droit d'être exigeante et d'avoir des humeurs quand on donne l'impression à un homme de soixante ans qu'il n'en a que vingt. Je n'ai jamais connu de fille plus experte. Elle me coûte cher mais elle sait faire jouer les muscles de sa Fente-dorée avec un art dont seul le légendaire empereur Kung a parlé !

En attendant, il faut penser à demain. Comment éviter le pire ? Téléphone à ton ami le Grand Dragon Tang-po, sergent à Tsim Sha Tsui, afin qu'il veille à la protection de l'agence de son secteur et des autres quartiers de Kowloon. Demande à Blacs, au cousin Tung, de la banque Tung Po, au cousin Ching-beau-sourire et à Havergill de t'avancer de l'argent liquide sur les titres et les actions de la Ho-Pak. Appelle ton bon ami Joe Jacobson, vice-président de la Chicago Federal and International Merchant Bank, dont le capital s'élève à quatre milliards et qui est ton obligé. Il ne manque pas de gens qui ont une dette envers toi, aussi bien parmi les *quai lohs* que chez les personnes civilisées. Fais appel à leur aide !

Le téléphone tira le banquier de ses réflexions.

— Mr. Haply est en ligne, oncle Richard.

— Bonjour, Mr. Haply, ravi de vous entendre. Excusez-moi de vous avoir fait attendre.

— Ce n'est rien. Je voudrais simplement vérifier quelques faits avec vous. D'abord l'émeute d'Aberdeen. La police...

— On ne peut guère parler d'émeute, Mr. Haply. Un peu d'énervement de la part de quelques personnes manquant de patience, voilà tout.

— J'ai sous les yeux les photos publiées dans le *Times* de cet après-midi : cela ressemble fort à une émeute.

— Peut-être, je n'étais pas sur place... Je vais demander à Mr. Sung sa version des faits.

— J'ai eu la même idée que vous et je l'ai rencontré cet après midi à quinze heures trente. D'après lui, sans l'intervention de la police, la foule aurait mis l'agence à sac... Je comprends que vous cherchiez à minimiser l'incident et je suis même disposé à vous aider mais, pour cela, j'ai besoin de connaître exactement la situation. Combien de clients ont demandé la fermeture de leur compte à Lan Tao ?

— Dix-huit, répondit Kwang, réduisant de moitié le nombre réel.

— Notre reporter parle de trente-six, et de quatre-vingt-deux à Sha Tin. Combien à Mong Kok ?

— Une poignée.

— On m'a communiqué le chiffre de quarante-huit, plus une bonne centaine qui attendait encore au moment de la fermeture. Et à Tsim Sha Tsui ?

— Je n'ai pas d'informations précises pour l'instant, mentit Kwang, exaspéré par cette cascade de questions.

— Tous les journaux du soir parlent des événements. Certains emploient même le terme de ruée.

— *Oh ko...*

— Vous pouvez vous attendre à une rude journée, demain. Vos ennemis sont très bien organisés.

— Croyez bien que j'apprécie l'intérêt que vous nous montrez, dit Kwang d'un ton aimable. Si je puis faire quelque chose pour vous...

— Vous pourriez me dire si vous avez perdu de gros déposants.

Comme le banquier hésitait, Haply ajouta :

— Naturellement, je suis déjà au courant pour Wu-quatre-doigts. Je pensais aux grandes *hongs* britanniques.

— Non, Mr. Haply. Pas encore.

— Le bruit court que la société Hong-Kong and Lan Tao Farms va changer de banque.

— Espérons qu'il n'est pas fondé. Dites-moi, qui sont ces taï-pans et cette banque auxquels vous faites allusion dans votre article ? Victoria ou Blacs ?

— Pourquoi pas une banque chinoise ? Désolé, je

ne peux pas vous répondre sans divulguer mes sources. Je vous conseille cependant de vous préparer à de fortes attaques : tout indique que les *gros* veulent vous couler.

21

16 h 25

— Ils ne couchent pas ensemble, Taï-pan, affirma Claudia Chen.

— Mmmm ? fit Dunross en levant les yeux du document qu'il lisait.

— En tout cas, ils n'ont pas couché ensemble la nuit dernière.

— Qui ça ? demanda-t-il distraitement.

— Bartlett et la Ciranoushi.

Cette fois, l'intérêt du Taï-pan s'éveilla.

— Ils font lit à part, chambre à part, et prennent le petit déjeuner ensemble dans la grande pièce après avoir pudiquement enfilé un peignoir, continua la secrétaire.

— Tiens ! murmura Ian en souriant.

C'était le premier vrai sourire de la journée. Depuis son arrivée au bureau, ce matin à huit heures, il n'avait cessé de travailler, de courir de réunion en réunion sans même prendre le temps de déjeuner. Aujourd'hui plus que jamais, il avait senti tout le poids du fardeau qui, tôt ou tard, fait plier les taï-pans — et qui parfois les brise.

Les pertes énormes des années de guerre avaient

ainsi usé son père, à qui la révolution chinoise avait donné le coup de grâce. De même, Alastair Struan ne s'était jamais remis de Suez et la malchance avait continué à l'accabler jusqu'à la ruée orchestrée par Gornt, qui avait causé son effondrement.

Claudia Chen changea abruptement de sujet.

— Réunion du conseil d'administration de Nelson Trading dans une demi-heure : vous m'aviez demandé de vous le rappeler.

— Oui, oui. Vous êtes drôlement bien renseignée sur nos amis américains. Que savez-vous d'autre ?

— Elle n'a jamais été mariée. Oh ! ce ne fut pas faute de soupirants mais elles les a tous éconduits. On dit même qu'elle n'aurait jamais...

— Jamais fait l'amour ?

— Nous n'en sommes pas sûrs, mais elle n'a pas la réputation de sortir tard ou de passer la nuit avec des messieurs. Le seul homme avec qui elle sort, c'est Mr. Bartlett, et encore, assez peu souvent. Lui, par contre, il court le jupon. Il a divorcé en 1956, l'année où votre *Cirrannousshi* est entrée à la société.

— Ce n'est pas *ma* Ciranoush.

— Elle a vingt-six ans, elle est Sagittaire.

— Vos espions ont fait du bon travail.

— Voyons, Taï-pan ! s'exclama l'Eurasienne en feignant l'indignation. Je n'espionne personne, je pose simplement des questions. Je vous parie cent dollars qu'il y a pourtant — ou qu'il y a eu — une histoire d'amour entre eux.

— Vous ne prenez guère de risques en l'affirmant. Ils s'aiment, c'est évident, il n'y a qu'à voir la façon dont ils ont dansé ensemble l'autre soir.

— Alors je vous parie qu'ils n'ont jamais été amants. Cent dollars ?

— D'où tenez-vous vos informations ?

Claudia tira un télex des papiers qu'elle portait et posa le reste dans la corbeille du courrier.

— Avant-hier soir, vous avez télégraphié à notre

bureau de New York de se renseigner sur elle et de vérifier le dossier de Bartlett. La réponse vient d'arriver.

Dunross parcourut rapidement le télex. Il avait une vitesse de lecture peu commune et une mémoire quasi photographique. Outre les informations déjà communiquées par la secrétaire, il apprit que K.C. Tcholok avait un casier judiciaire vierge, quarante-six mille dollars sur un livret d'épargne et huit mille sept cents dollars sur son compte à la Los Angeles and California Bank.

— C'est consternant la facilité avec laquelle, aux États-Unis, on peut savoir combien d'argent les gens ont à la banque.

— Consternant, Taï-pan. Si je vivais là-bas, je ne ferais pas appel aux banques.

— Sauf pour leur emprunter de l'argent ! Claudia, la prochaine fois, contentez-vous de me donner le télex.

— Vous ne trouvez pas que j'ai une façon plus captivante de présenter les choses ?

— Ou de les inventer. Certains détails ne figurent pas dans le télex.

— C'est parce que je les tiens de Chang-service-de...

Claudia s'interrompit trop tard, elle était tombée dans le piège.

— Voyez-vous ça, fit Ian avec un sourire angélique. Un espion au V & A !

La secrétaire se hâta de détourner la conversation :

— Voici la liste de vos rendez-vous, j'en ai reporté le plus possible à demain.

Le Taï-pan hocha machinalement la tête, déjà replongé dans ses pensées. Il songeait à la réunion qu'il aurait à dix-huit heures avec Roger Crosse et Brian Kwok, à celle qu'il avait eue avec eux le matin même.

— Rien de nouveau sur A.M.G. ? avait demandé Dunross.

— Apparemment, il s'agit bien d'un accident, avait répondu le directeur de la SI. Pas de marques suspectes sur le corps, pas de traces de pneus autres que celles de la moto, pas d'individus louches repérés dans le coin. Passons aux dossiers : nous avons maintenant la confirmation que vous en détenez les seules copies existantes.

— Navré, mais je ne peux satisfaire votre requête.

— Pour quelle raison ? avait répliqué Crosse d'un ton sec.

— Je n'ai d'ailleurs pas reconnu leur existence...

— Ne soyez pas ridicule, pour l'amour de Dieu ! Bien sûr qu'ils existent. Vous nous prenez pour des idiots ? Je vous conseille fortement de nous laisser les photocopier.

— Et je vous conseille fortement de garder votre calme.

— Si vous croyez que j'ai perdu mon sang-froid, vous me connaissez mal. Je vous demande officiellement de me remettre ces documents. En cas de refus, je ferai usage ce soir à dix-huit heures des pouvoirs qui me sont conférés par la Loi sur les secrets d'État. Taï-pan ou pas, Noble Maison ou pas, à six heures *une* vous serez en état d'arrestation. Nous vous mettrons au secret et nous fouillerons dans vos papiers, vos coffres, jusqu'à ce que nous les trouvions ! Donnez-moi ces dossiers !

Dunross se rappelait l'expression tendue du visage de Crosse, la dureté de son regard, et l'air consterné de Brian Kwok.

— Non.

Crosse avait soupiré.

— Pour la dernière fois, pourquoi ?

— Parce qu'ils pourraient nuire au gouvernement de Sa Majesté s'ils tombaient en de mauvaises mains.

— Mais bon dieu ! Je suis directeur de la Special Intelligence !

— Désolé, c'est non. J'ai passé la nuit à essayer de trouver une solution qui me permettrait de vous les...

Le policier s'était levé en disant :

— Je reviendrai chercher les dossiers à six heures. Ne les brûlez pas, c'est un conseil d'ami. Six heures.

Le Taï-pan avait effectivement passé une nuit blanche à relire les dossiers, à se demander ce qu'il devait en faire. Les remettre à Crosse, c'était trop risqué, les garder, impossible. Il avait songé à les détruire puis avait changé d'avis : son devoir lui dictait de n'en rien faire.

Il avait alors quitté son bureau pour la salle de bain voisine de sa chambre, s'était habillé silencieusement et était sorti. Le chemin conduisant à l'immeuble Struan était dégagé, il avait conduit plus vite encore que d'habitude et amélioré son record de seize secondes. Il était monté à l'appartement-terrasse pour se raser, passer un costume frais, et était redescendu au vingtième.

Après avoir examiné les télex arrivés dans la nuit, il avait appelé Bartlett pour remettre leur rendez-vous à dix-huit heures trente, puis il avait reçu un coup de téléphone du vieux Wu, qui lui avait résumé sa rencontre avec Gornt. Intrigué par les confidences alarmistes que le patron de Rothwell avait faites au contrebandier au sujet de la Ho-Pak, le Taï-pan était allé trouver Havergill à la banque.

— Paul, que se passe-t-il avec la Ho-Pak ?

— Cette ruée fait tort à tout le monde, elle nuit à notre image de marque. Pauvre Richard ! Nous sommes certains qu'il dispose de toutes les réserves nécessaires pour faire face à l'orage mais nous ne connaissons pas l'étendue de ses engagements. Naturellement, je lui ai téléphoné aussitôt après avoir lu l'article ridicule de Haply. Je ne vous cacherai pas que j'ai également appelé Christian Toxe pour lui demander en termes parfaitement clairs de moins lâcher la bride à ses journalistes. Je l'ai menacé de prendre des mesures si Haply persiste et ne revient pas sur ses déclarations.

— On m'a dit qu'on avait fait la queue devant l'agence de Tsim Sha Tsui.

— Je l'ignorais. Kwang a pourtant fait de Ho-Pak une affaire solide et sérieuse, qui jouit sans doute encore du soutien de banques comme la Ching Prosperity et la Lo Fat. Dieu sait ce qui arrivera s'il coule ! Nous avons déjà enregistré quelques retraits à notre succursale d'Aberdeen. Espérons qu'il ne s'agit que d'une tempête dans un verre d'eau. A ce propos, vous ne croyez pas que nous pourrions avoir de la pluie ?

— Pas samedi, par pitié !

— Ce serait une catastrophe pour les courses... Votre réception était très réussie et j'ai pris plaisir à bavarder avec vos amis américains. Comment progressent les négociations ?

— Le mieux du monde puisque le marché est conclu et que nous signons dans sept jours. L'accord porte sur deux ans et prévoit un apport de vingt millions de la Par-Con chaque année.

— Félicitations, mon vieux. A combien se monte le versement initial ?

— A sept millions.

— Formidable ! Vous allez pouvoir régler Toda, rembourser en partie Orlin et oublier enfin les années de vaches maigres. Avez-vous déjà affrêté vos navires ?

— Non, mais je trouverai des affréteurs en temps utile pour couvrir les intérêts de notre emprunt.

— J'ai vu que votre cote a monté de deux points.

— Elle va doubler dans le mois qui vient, assura Dunross.

— Qu'est-ce qui vous fait penser cela ?

— Il va y avoir un boom.

— Comment ?

— Tout l'indique, Paul. Le climat est à la confiance et notre accord avec Par-Con va être le catalyseur d'un mouvement qui se prépare depuis longtemps.

— Quand l'annoncerez-vous officiellement ?
— Vendredi, après la clôture.
— Excellent. Lundi, tout le monde prendra le train en marche.
— Mais, d'ici là, seule la famille doit être dans la confidence.
— Bien entendu. Vous êtes absolument sûr de vous, Ian ?
— Au point que j'ai l'intention d'acheter des Struan à tout va. Vous pourriez m'avancer un million ?
— Achat personnel ou pour la Noble Maison ?
— Personnel.
— Nous garderions les actions ?
— Naturellement.
— Et si elles dégringolent ?
— Impossible.
— Supposons-le quand même.
— Que suggérez-vous ?
— Disons que si elles perdent deux points, nous vendons et nous débitons notre compte de la différence.
— Trois points, plutôt. La cote de Struan va doubler.
— Deux jusqu'à ce que vous signiez avec Par-Con. La Noble Maison a déjà largement excédé son crédit à renouvellement automatique.
— Bon, d'accord.
Avant de quitter la banque, Dunross était passé voir Bruce Johnjohn, le directeur général-adjoint, héritier présomptif de Havergill, homme doux et rondelet doté d'une vitalité d'oiseau-mouche. A la différence de Paul, il s'était montré beaucoup plus circonspect à l'égard d'un boom éventuel et très préoccupé par la ruée sur la banque Ho-Pak.
— Je n'aime pas cela, Ian. Cette affaire sent mauvais, avait-il déclaré.
— Que pensez-vous de l'article de Haply ?
— Stupide. Nous ne donnons pas dans ce genre de

manœuvres, et Blacs pas davantage. Pourquoi chercherions-nous à éliminer une grande banque chinoise ? Le vieux Ching-beau-sourire est peut-être dans le coup, il est le rival de Kwang depuis des années. Il se peut même que les déposants de Ho-Pak soient vraiment effrayés : il semble que Richard trempe dans des affaires immobilières douteuses. En tout cas, s'il s'effondre, nous en subirons tous les conséquences. Soyez prudent, Ian.

— Je serai content de vous voir dans le fauteuil de Havergill, Bruce.

— Ne vendez pas trop tôt la peau de Paul. Il est intelligent, il a grandement contribué à la prospérité de la banque et de Hong-Kong. Nous allons connaître en Asie des temps difficiles et vous avez raison d'essayer de vous implanter en Amérique du Sud. C'est un marché énorme, que nous avons délaissé jusqu'ici. Avez-vous pensé à l'Afrique du Sud ?

— Dans quel sens ?

— Dînons ensemble mercredi prochain. J'ai une idée à vous proposer.

— Laquelle ?

— Cela peut attendre. Je suis tombé sur Phillip Chen à l'hippodrome. Il avait l'air... complètement à plat. L'enlèvement de John lui a fichu un sacré coup.

— Cela vous étonne ?

— Non, non, mais je ne pensais pas qu'il était aussi lié à son fils aîné.

Dunross pensa à Adryon et Glenna, à son fils Duncan, qui avait quinze ans et passait des vacances en Australie, à la ferme d'un ami. Que ferait-il si on enlevait l'un de ses enfants ? si on lui envoyait par la poste l'oreille de sa fille ?

Je deviendrais fou de rage, je laisserais tout tomber pour retrouver les ravisseurs et je me vengerais...

On frappa à la porte.

— Oui ? Oh ! bonjour, Kathy, fit-il, content, comme toujours, de voir sa sœur cadette.

— Excuse-moi de te déranger, Ian, mais Claudia m'a dit que tu avais quelques minutes avant ta prochaine réunion. C'est vrai ? demanda la jeune femme du seuil de la porte.

— Oui, entre.

Kathy prit place dans le fauteuil situé près de la fenêtre. Elle portait une robe en soie jaune et un chapeau de paille orné d'un ruban assorti.

— Tu respires la fraîcheur, la complimenta son frère en souriant. Quoi de neuf ?

— J'ai la sclérose en plaques.

— Quoi ?

— C'est ce qu'indiquent les résultats des tests, annonça calmement Kathy, droite sur son fauteuil, plus jolie qu'il ne l'avait jamais vue. Il... fallait que j'en parle à quelqu'un. J'ai pensé que tu pourrais m'aider à organiser ma vie en conséquence — pas aujourd'hui, mais quand tu auras le temps, pendant le week-end, peut-être.

Voyant l'expression de Ian, elle partit d'un rire nerveux.

— Ce n'est pas si terrible. Du moins, je crois.

— La sclérose en plaques... C'est grave, non ?

— Oui. C'est une maladie du système nerveux qu'on ne parvient pas encore à guérir. Les médecins ne savent pas ce qui la cause ou comment on l'attrape.

— Il faut voir un autre médecin, ou plutôt tu iras en Angleterre avec Penn, consulter des spécialistes. Il doit bien y avoir un traitement, quand même !

— Non, il n'y en a pas, mais l'Angleterre, c'est une bonne idée... D'après le Dr Tooley, je n'en suis qu'au premier stade et il n'y a pas de raison de s'inquiéter outre mesure si je fais attention.

— C'est-à-dire ?

— Si je me ménage, si je prends mes médicaments et si je fais la sieste pour être moins fatiguée. Je pourrai continuer à m'occuper d'Andrew, de la maison et des enfants, et même jouer un peu au tennis ou au golf. Tu comprends, on peut arrêter l'évolution de la maladie mais on ne peut réparer les dégâts qu'elle a déjà faits.

Dunross parvint à cacher l'angoisse qui lui serrait la gorge et dit avec autant de calme que sa sœur :

— Tu permets que je vois Tooley ?

— Bien sûr. Il ne faut pas s'alarmer, Ian. D'après lui, tout ira bien si je fais très attention et je lui ai promis d'être une patiente modèle.

Kathy s'étonnait que sa voix restât posée, que ses mains, sagement croisées sur ses genoux, ne trahissent pas la terreur qu'elle éprouvait. Elle avait l'impression de sentir les microbes ou les virus de la maladie envahir son corps, grignoter lentement ses nerfs. Peu à peu, l'engourdissement croîtrait dans ses doigts et ses orteils, gagnerait ses poignets, ses chevilles, ses jambes... Oh ! mon dieu.

Elle sortit un mouchoir de son sac et s'en épongea le front, la base du nez.

— Ce qu'il peut faire lourd !

— Pourquoi est-ce si soudain ?

— En fait je souffrais de cette maladie depuis quelque temps déjà mais on ne parvenait pas à établir un diagnostic. C'est la raison pour laquelle on m'a fait faire des tests.

Tout avait commencé six mois plus tôt par des maux de tête, de légers vertiges qui la prenaient le plus souvent lorsqu'elle jouait au golf. Le vieux docteur Tooley, le médecin de famille, l'avait envoyée à l'hôpital Matilda subir divers tests et radiographies du cerveau mais on n'avait décelé aucune tumeur. Seule la ponction lombaire avait fourni un indice qu'une autre série de tests avait confirmé. Hier, songeait Kathy. Doux Jésus, est-ce seulement hier qu'on m'a condamnée à devenir une infirme bavant dans son fauteuil à roulettes ?

— Tu as prévenu Andrew ?

La question éloigna Kathy du bord du gouffre.

— Non, pas encore. Le pauvre, il s'affole si facilement. Je lui dirai ce soir, il fallait que je t'en parle d'abord... Oh ! Ian, s'écria-t-elle soudain en éclatant en sanglots.

Il s'approcha, lui passa le bras autour des épaules, la fit se lever et la serra contre lui. Peu à peu elle cessa de pleurer, sécha ses larmes et sortit de son sac un petit miroir dans lequel elle se regarda.

— Mon Dieu, je suis affreuse, murmura-t-elle.

Elle alla refaire son maquillage dans la salle de bain dont la porte était dissimulée par de faux rayonnages de livres. Quand elle revint, elle trouva son frère debout devant la fenêtre, regardant au-dehors. Il se retourna et lui dit :

— Andrew n'est pas au bureau en ce moment mais je lui parlerai dès son retour.

— Non, c'est à moi de le faire.

Elle s'approcha en souriant et posa la main sur son bras.

— Je t'aime tendrement, Ian.

— Moi aussi, Kathy.

22

16 h 55

La boîte à chaussures que les Loups-garous avaient envoyée à Phillip Chen se trouvait sur le bureau de Roger Crosse, à côté des objets qu'elle avait contenus, et qui portaient tous maintenant une étiquette : la lettre, le trousseau de clefs, le permis de conduire, et même le papier journal qui avait servi d'emballage.

Crosse les examina une nouvelle fois dans l'espoir d'y découvrir un indice qui lui aurait échappé. On n'entendait aucun bruit dans la pièce dont les petites fenêtres donnaient sur Wanchai et une partie du port, du côté de Glessing Point. La sonnerie du téléphone le fit sursauter.

— Oui ?

— Mr. Rosemont, de la CIA, et Mr. Langan, du FBI.

— Je vais les recevoir.

Il raccrocha, prit le dossier d'A.M.G. qui se trouvait également sur son bureau et le rangea dans un tiroir qu'il ferma à clef. Puis il appuya sur un bouton et les bobines du magnétophone dissimulé dans le tiroir central du bureau se mirent à tourner silencieusement. L'appareil était relié à un micro très sensible caché dans l'interphone. Il pressa un autre bouton, qui fit s'ouvrir sans bruit le verrou de la porte, et se leva.

— Entrez, je vous en prie, dit-il d'un ton aimable en allant à la rencontre de ses visiteurs. Asseyez-vous. Une tasse de thé ?

— Non, merci, répondit l'homme de la CIA.

— Que puis-je pour vous ?

Rosemont ouvrit l'enveloppe qu'il tenait à la main, en sortit deux paquets de photos de dix-huit centimètres sur vingt-cinq et tendit celui du dessus à Crosse.

On y voyait Voranski traversant le wharf en courant, marchant dans les rues de Kowloon, montant ou descendant d'un taxi. Les photos montraient aussi ses assassins, notamment lorsqu'ils quittaient la cabine téléphonique, après avoir enjambé le cadavre qu'on distinguait en partie à l'arrière-plan.

Seule une parfaite maîtrise de soi permit au directeur de la SI de masquer sa stupeur, d'abord, sa colère, ensuite.

— Excellentes, commenta-t-il en les posant sur le bureau. Et alors ?

— Vous le suiviez aussi ? demanda Langan en fronçant les sourcils.

— Naturellement, mentit Crosse avec aisance. J'aimerais que vous nous laissiez travailler sans vous mêler de nos affaires.

— Nous voulions simplement protéger vos arrières.

— Nous pouvons nous en charger nous-mêmes, rétorqua le Britannique avec raideur.

— Naturellement, naturellement, fit Rosemont d'un ton conciliant.

Grand et mince, les cheveux en brosse, les traits agréables, il avait des mains fortes et toute sa personne dégageait une impression de puissance.

— Nous croyons savoir où se cachent les deux tueurs, poursuivit-il. Un de nos hommes pense les avoir repérés.

— Combien de vos agents surveillent le navire ?

— Dix. Nos gars ont failli se faire avoir par la diversion des Russes.

— Les nôtres aussi, fit Crosse en se demandant de quelle diversion il s'agissait.

— Nous savons que le Russe a donné deux coups de téléphone de la cabine..., reprit Rosemont.

L'Américain fut surpris de voir le Britannique froncer légèrement les sourcils. Curieux, pensa-t-il. S'il ignore ce détail, cela veut peut-être dire qu'il n'avait personne sur le coup.

— Nous avons envoyé sa photo à notre siège par bélino et nous aurons bientôt une réponse, continua-t-il. Qui était-ce ?

— D'après ses papiers, Igor Voranski, matelot de première classe de la marine marchande soviétique.

— Avez-vous un dossier sur lui ?

— C'est plutôt rare, de vous voir ensemble, non ? Au cinéma, la CIA et le FBI sont toujours en bisbille.

— C'est vrai que nous nous tirons dans les pattes, répondit Langan en souriant. Comme vous et le MI 5, comme le KGB et le GRU. Mais parfois nos intérêts coïncident. Nous... nous sommes venus solliciter votre aide... Stan et moi, nous avons perdu pied.

— C'est exact, approuva Rosemont, qui n'en pensait pas un mot.

— D'accord pour vous aider, mais dites-moi d'abord ce que vous savez, répondit Crosse.

— Bon, soupira Rosemont. Depuis quelque temps, nous avons l'impression qu'il se prépare quelque chose à Hong-Kong. Quoi exactement ? nous l'ignorons mais l'affaire a sans aucun doute des ramifications aux États-Unis. A mon avis, le lien, c'est le dossier d'A.M.G. Prenez Banastasio : c'est un gros bonnet de la Mafia, il fait le trafic de stupéfiants. Prenez Bartlett et les armes...

— Bartlett est lié à Banastasio ?

— Nous n'en sommes pas certains, nous vérifions.

Par contre, nous sommes sûrs que les armes ont été embarquées à Los Angeles. Ajoutez à cela que nous nous intéressons de plus en plus au Vietnam. D'où vient la drogue ? Du triangle d'or : Vietnam, Laos, et province du Yunnan, en Chine. Nous sommes au Vietnam...

— Et vous avez grand tort d'y être, je n'ai cessé de vous le répéter.

— Nos services ne décident pas plus que les vôtres de la politique de leur pays. Je continue : notre porte-avions atomique fait escale à Hong-Kong, il y est précédé par le *Sovetsky Ivanov* — curieuse coïncidence. Ed vous refile un tuyau, nous mettons la main sur le dossier d'A.M.G. et nous apprenons l'existence du réseau Sevrin ! Le KGB a infiltré des agents dans toute l'Asie et une taupe dans vos propres services.

— Ce n'est pas encore prouvé.

— Je connaissais A.M.G., il ne s'engageait pas à la légère. Revenons à la drogue : la Chine communiste est notre grand ennemi...

— Là encore, vous vous trompez, Stanley. La RPC n'est pas notre ennemie partout, les Russes le sont.

— La Chine est communiste, et le communisme, c'est l'ennemi. Pour porter un coup aux États-Unis, les Chinois pourraient les inonder de drogue à bon marché.

— Ils ne l'ont pas fait. Nos services des stupéfiants, les meilleurs d'Asie, n'ont jamais rien trouvé à l'appui de votre théorie selon laquelle la Chine de Mao serait derrière le trafic. Rien. La RPC est aussi hostile à la drogue que nous.

— Pensez ce que vous voudrez, grogna Rosemont. Avez-vous un dossier sur ce Voranski ?

Crosse alluma une cigarette avant de répondre :

— Il était venu nous rendre visite l'année dernière sous le nom de Sergueï Koudryov, matelot de première classe lui aussi, toujours sur le même navire — ils n'ont pas beaucoup d'imagination, vous ne trouvez pas ? Il s'appelait en réalité Youri Bakyan, major du KGB, division 6.

— Alors tu as raison, dit l'homme du FBI à son collègue de la CIA. Tout est lié.

— Peut-être. Qui avait-il rencontré l'année dernière ?

— Il avait joué les touristes et était descendu à l'hôtel des Neuf Dragons, à Kowloon...

— A.M.G. mentionne cet hôtel dans son rapport, souligna Langan. Oui. Nous avons surveillé l'endroit pendant un an sans rien trouver. Bakyan-Voranski y a passé deux semaines.

— Rien côté femmes ?

— Rien de régulier. Il fréquentait assidûment le dancing de la Chance, à Wanchai. Apparemment c'était un chaud lapin. Pour le reste, il ne posait jamais de questions et ne rencontrait personne de particulier.

— Pas de visite aux Tours Sinclair ?

— Non.

— Dommage, cela aurait collé parfaitement, dit Langan d'un ton de regret. Tsu-yan, qui y a un appartement, connaît Banastasio, qui lui-même connaît John Chen : revoilà les armes, la drogue, A.M.G. et Sevrin.

— Ouais, marmonna Rosemont. Vous avez retrouvé la trace de Tsu-yan ?

— Non. Il a disparu à Taipei.

— Vous croyez qu'il se cache là-bas ?

— Je le suppose, répondit Crosse, convaincu en fait que Tsu-yan était déjà mort, éliminé par les communistes, les nationalistes, la Mafia ou les sociétés secrètes. On finira par le retrouver — vous, nous, ou les services de Taïwan.

— Voranski vous a mené quelque part, Roger ? demanda Langan.

— Non. Pourtant nous le suivions depuis des années. Il avait été attaché à la mission commerciale soviétique de Bangkok, il avait passé quelque temps à

Hanoï, à Séoul, sans se livrer à quoi que ce soit de suspect. Je suis désolé qu'il soit mort : nous avions mis du temps à le repérer...

— Qu'allez-vous faire du cadavre ?

— Un de mes hommes, qui parle russe, a prévenu le capitaine du navire, Gregor Souslev. Il est membre du Parti, naturellement, mais tout à fait inoffensif. Il a une petite amie à Mong Kok, une fille de bar qui le distrait pendant ses escales à Hong-Kong en échange d'une modeste allocation mensuelle. Il joue aux courses, va au théâtre, connaît bien l'anglais. Nous le surveillons — ne venez pas tout bousiller avec vos gros sabots.

— Cela fait longtemps qu'il vient ici, alors ?

— Des années. Son bateau a Vladivostok comme port d'attache. C'est un ancien commandant de sous-marin — ce qui ne l'empêche pas d'avoir souvent du vent dans les voiles.

— Que voulez-vous dire ?

— Qu'il boit. Il fait la bringue avec certains socialos de chez nous, comme Sam et Molly Finn.

— Ceux qui n'arrêtent pas d'écrire aux journaux ?

— Oui. Ils sont plus embêtants que dangereux. Bref, nous avons prévenu Souslev qu'un de ses matelots avait eu une crise cardiaque, semble-t-il, dans une cabine téléphonique de la gare du Golden Ferry. Souslev s'est montré raisonnable : c'est un professionnel, il sait que nous ne liquidons pas leurs agents sans y être contraints, que nous nous contentons de les placer sous surveillance et d'en expulser un de temps à autre quand ils nous échauffent vraiment trop la bile.

Crosse regarda Rosemont dans les yeux en ajoutant :

— Nous trouvons cette méthode plus efficace que l'emploi du couteau, du revolver ou du poison.

— Alors qui voulait sa mort ? fit l'agent de la CIA.

— Le Chinois qui nous a téléphoné s'est réclamé des 14 K mais comme il parlait uniquement shanghaien, c'est sans doute faux. Il appartient probablement à une société secrète, le Pang Vert, par exemple. C'est un pro, il manie le couteau avec beaucoup d'adresse. Il a peut-être été formé par votre CIA s'il appartient aux services de Chiang Kai-shek ou à ceux de la Corée du Sud. Eux aussi sont antisoviétiques, non ?

Rosemont ne releva pas la raillerie et tendit à Crosse le second jeu de photos.

— Voici la maison dans laquelle les deux tueurs sont entrés. Et là, c'est la plaque de la rue. Notre homme ne connaît pas le chinois mais il a eu la présence d'esprit de la prendre en photo et nous l'avons fait traduire : rue de la Première Saison. C'est en fait une ruelle sordide située derrière le dépôt d'autobus de North Point.

Tandis que Crosse examinait soigneusement les photos, Rosemont se leva et s'approcha de la fenêtre donnant sur le port.

— Regardez ! lança-t-il avec orgueil.

Le porte-avions nucléaire américain venait de doubler North Point et se dirigeait vers l'arsenal maritime, arborant le grand pavois. Des files de marins vêtus de blancs s'alignaient sur le pont, devant les chasseurs à réaction. Quatre-vingt mille tonneaux, pas de cheminées, une passerelle immense et une piste de trois cents mètres sur laquelle les « jets » pouvaient se poser ou s'envoler simultanément. C'était le premier d'une nouvelle génération de bâtiments.

— Un sacré navire, dit avec envie le directeur de la SI, qui avait rejoint l'Américain. Quelle est sa vitesse de pointe ?

— Je n'en sais rien : secret militaire, comme le reste de ses caractéristiques. Vous ne pouviez pas envoyer au diable ce satané navire-espion soviétique ?

— Nous aurions pu le couler, tant que vous y êtes ! Voyons, Stanley, il faut se conduire en personnes civilisées. La réparation des bâtiments soviétiques constitue pour nous une source de revenus et de renseignements. Croyez-moi, nos méthodes ont fait leurs preuves.

Jadis, pensa Rosemont sans rancœur. Aujourd'hui, elles sont dépassées. L'Empire britannique a disparu et nous devons maintenant faire face à un ennemi différent, fanatique, totalitaire, qui ignore totalement les règles du marquis de Queensberry. Vous, les Britanniques, vous n'avez plus le fric et les forces nécessaires, votre gouvernement est noyauté par les socialistes, contaminé par la gangrène ennemie. Vous vous êtes fait baiser de l'intérieur par les Klaus Fuchs et les Philby. Bon dieu ! nous avons gagné deux guerres pour vous, nous avons réglé presque toute l'ardoise et, les deux fois, vous nous avez fait perdre la paix. Sans nos missiles, notre force nucléaire et l'argent de nos contribuables, vous seriez morts, ou en Sibérie.

— Roger, le meurtre de Voranski en ce moment précis est une coïncidence troublante. Est-ce qu'un de nos traducteurs pourrait assister à l'interrogatoire des deux Chinois ?

— Je vous préviendrai si nous avons besoin d'aide.

— Par ailleurs, nous aimerions avoir maintenant les copies des autres rapports que A.M.G. avait adressés au Taï-pan.

La requête mit Crosse mal à l'aise, bien qu'il s'y attendît.

— Il me faudra l'autorisation de Whitehall, fit-il valoir.

Rosemont eut l'air surpris.

— Notre chef de station à Londres a rencontré vos plus hautes instances, la question est réglée. Vous auriez dû en être avisé il y a une heure.

— Vraiment ?

— Washington nous presse d'obtenir rapidement des résultats. Nous essayons de retrouver la destinataire du second coup de téléphone mais...

— Vous pouvez répéter ?

— Le coup de téléphone en Suisse, de Kiernan.

— Je ne vous suis pas.

Après avoir entendu les explications de Rosemont, Crosse déclara en plissant le front :

— Je n'étais pas au courant... et je ne vois pas pourquoi Dunross ne m'en a pas parlé.

— Il est régulier, votre Taï-pan ?

— C'est une sorte de flibustier, royaliste à cent pour cent, dont la loyauté va à sa Maison, à lui-même et à la Reine — pas forcément dans cet ordre.

— Bon, Rog, si vous nous remettez nos copies, nous ne vous embêterons pas plus longtemps.

— Quand j'aurai le feu vert de Londres.

— Vous l'avez ! Vérifiez auprès de vos services de décodage, ils ont dû recevoir un message prioritaire 1-4 A.

Pris au piège, Crosse ne se résignait pas à avouer aux Américains qu'il n'avait pas encore obtenu les autres dossiers. Il décrocha le téléphone, composa un numéro.

— Ici Crosse. Avez-vous reçu un message 1-4 A de la Source ?

— Non, monsieur. Pas depuis celui que nous vous avons transmis il y a une heure, répondit l'employé du chiffre.

— Merci, fit Crosse, et il raccrocha. Nous n'avons rien reçu, dit-il à Rosemont.

— Merde, grommela l'agent de la CIA. Il devrait arriver d'un moment à l'autre. Avec votre permission, nous attendrons.

— J'ai un rendez-vous dans quelques instants. Nous pourrions nous revoir ce soir ?

Les deux Américains secouèrent la tête.

— Nous attendons. Nous avons l'ordre de les expédier directement sous bonne garde, sans même les faire photocopier ici. Un appareil de l'armée devrait bientôt atterrir à Kai Tak pour prendre livraison de la marchandise.

— Vous n'en faites pas un peu trop ?

— C'est vous qui pourriez répondre à cette question : vous connaissez le contenu des dossiers. Que disent-ils ?

Crosse jouait avec son vieux briquet frappé du blason de Cambridge.

— Est-il vrai que la CIA a des liens avec la Mafia, comme le prétend A.M.G. ? contra-t-il.

— Je n'en sais rien, répliqua Rosemont en le regardant dans les yeux. Vous-mêmes, vous avez utilisé toutes sortes de crapules pendant la guerre. Aujourd'hui aussi c'est la guerre, et nous devons gagner à tout prix.

— A tout prix, répéta Langan. Parce que si nous perdons cette fois, nous n'aurons plus jamais d'autre chance.

Sur la passerelle couverte du *Sovetsky Ivanov*, trois hommes braquaient leurs jumelles en direction du porte-avions nucléaire. L'un d'eux, un civil, dictait au magnétophone une description technique de ce qu'il avait sous les yeux. De temps à autre, ses deux compagnons, revêtus de l'uniforme de la marine, ajoutaient un commentaire. L'un était le capitaine Gregor Souslev, l'autre son second.

Flanqué de remorqueurs qui se contentaient de l'escorter, le colosse américain entrait au port par ses propres moyens, salué par les sirènes des cargos et des ferries. Une fanfare jouait sur le pont arrière, des marins vêtus de blanc agitaient la main en direction des navires qu'ils croisaient.

— Le capitaine s'y connaît en manœuvres, apprécia le second du *Sovetsky*.

— Avec tout cet appareillage, un enfant pourrait le commander, maugréa Souslev.

C'était un barbu aux larges épaules, aux yeux marron profondément enfoncés dans un visage sympathique.

— Ces antennes, on dirait les nouveaux GE pour radar à très longue portée, continua-t-il. Tu ne crois pas, Vassili ?

Le technicien interrompit sa description pour répondre :

— Si, camarade capitaine. Mais regardez à l'arrière ! Il y a quatre appareils d'interception F5 sur le pont d'envol droit.

— En principe, ils ne devaient pas être mis en service avant l'année prochaine, fit observer le capitaine. Envoie un rapport séparé sur ce point dès que le porte-avions sera au bassin. A elle seule, cette information paie notre voyage et compense un peu la mort de Voranski.

— C'est de la folie de l'amener ici, dit le second. Ces Américains sont stupides.

— Une chance pour nous : cela nous facilite le travail.

Souslev déplaça ses jumelles le long du bâtiment américain, dont la puissance et la taille l'impressionnaient malgré lui.

— Il paraît qu'il ne s'est pas réapprovisionné en combustible depuis son lancement, en 1960.

La porte de la cabine-radio, voisine de la passerelle, s'ouvrit derrière le capitaine ; un opérateur s'approcha, salua et lui remit un câble en disant :

— Message urgent du centre, camarade capitaine.

Après un dernier coup d'œil au porte-avions, Souslev laissa les jumelles retomber sur sa poitrine et quitta la passerelle pour gagner sa cabine. Il referma la porte à clef derrière lui, ouvrit le petit coffre encastré dans une paroi, en sortit un carnet de déchiffrement, s'installa à son bureau, et décoda rapidement le message.

Il réfléchit un moment, les yeux fixant le vide, puis relut le câble, brûla l'original dans un cendrier et replaça le carnet dans le coffre. Il décrocha ensuite le téléphone.

— Passerelle ? Envoyez le camarade Metkin à ma cabine.

Il raccrocha et attendit, parcourant machinalement du regard la cabine en désordre, les photos encadrées posées sur son bureau : une femme corpulente au sourire affecté, un jeune homme en uniforme de la marine, une adolescente. Une raquette de tennis et un journal traînaient sur la couchette aux draps froissés.

On frappa, il alla ouvrir.

— Entre, Dimitri, dit-il à un homme petit et râblé, aux cheveux grisonnants.

C'était le commissaire politique du navire et, à ce titre, la plus haute autorité à bord après le capitaine. Il prit le câble décodé que lui tendait Souslev et lut : « Message prioritaire. A Gregor Souslev. Prenez immédiatement les fonctions de Voranski. Londres nous informe que CIA et MI 6 s'intéressent vivement à dossiers couverture bleue transmis à Ian Dunross, de Struan, par expert renseignement britannique A.M.G. Ordre à Arthur d'en obtenir une copie. Si Dunross les a détruits, envisager l'enlever et lui faire subir interrogatoire méthode chimique. »

— A.M.G. ? Alan Medford Grant ? fit Metkin.

— Oui. Puisse-t-il rôtir en enfer !

Souslev sortit d'un placard une bouteille de vodka à moitié pleine et deux verres.

— Écoute, Dimitri, si je ne reviens pas, tu prends le commandement. Voici la clef du coffre, tu y trouveras des instructions.

— Laisse-moi y aller à ta place. Tu es plus impor...

— Tout ira bien, interrompit Souslev avec autorité.

Une autorité d'autant plus grande qu'en plus de ses fonctions de capitaine, il était secrètement directeur adjoint de la division 6 du KGB, responsable des opérations clandestines en Chine, en Corée du Nord et au Vietnam ; maître de conférence à l'école de contre-espionnage du département des Affaires étrangères de l'université de Vladivostok ; colonel du KGB et, surtout, dirigeant du Parti pour l'Extrême-Orient.

Metkin, qui naviguait avec lui depuis plusieurs années, ignorait d'où Souslev tirait son pouvoir et était parfois tenté de chercher à le savoir. Tu prends ta retraite dans un an, tu auras peut-être besoin d'amis puissants. Enfin, Souslev ou pas Souslev, tu vas goûter un repos mérité en Crimée, avec ta femme, et ton fils, en poste à Washington, viendra te voir de temps en temps.

Dieu le garde de trahir ou de commettre une erreur ! pensa-t-il. Et, comme chaque fois qu'il invoquait le Seigneur, la crainte l'envahit que ses supérieurs ne découvrent qu'il avait la foi et que ses parents, des paysans, l'avaient élevé religieusement. S'ils venaient à l'apprendre, plus de retraite en Crimée...

— Voranski était un homme de premier plan, dit Metkin, cachant, comme toujours, la haine qu'il avait éprouvée pour le faux matelot. Quelle erreur a-t-il commise ?

— On l'a trahi, mais nous retrouverons ses assassins et ils paieront, menaça le capitaine d'un air sombre. Et si je dois être le prochain à y passer...

Il haussa les épaules, vida son verre et partit d'un rire soudain.

— Bah ! Je mourrai pour la cause, pour le Parti et la Russie !

La chaleur de l'alcool dissipa quelque peu son angoisse et ses craintes. Il s'approcha du hublot, regarda en direction du porte-avions.

— Un sacré rafiot !

— Nous n'avons rien pour lutter contre un tel monstre, ou contre les F5.

Souslev revint à son bureau, remplit de nouveau les verres.

— Non, camarade, convint-il. Mais sans la volonté de vaincre, l'ennemi pourrait bien avoir une centaine de ces porte-avions, ils ne lui serviraient à rien.

— Les Américains sont imprévisibles, et ils ont les moyens de nous balayer de la surface du globe.

— Ils en ont les moyens mais ils ne le feront pas, ils n'ont pas de couilles ! Et bientôt nous leur mettrons le nez dans leur merde.

— Ce sera une guerre terrible.

— Non, elle sera courte et fera peu de victimes. Une fois l'Amérique vaincue, l'Occident s'écroulera, comme le cadavre en putréfaction qu'il est déjà.

— Peu de victimes ? Et leurs bombes A et H ?

— Ils n'oseront jamais les utiliser contre nous, ils ont trop peur des nôtres !

— Nous irions jusqu'à les utiliser ?

— Je ne sais pas, fit pensivement le capitaine en mettant le feu au message décodé. D'ailleurs, je suis sûr que nous n'aurons même pas besoin de livrer bataille. Encore vingt ans de détente — à quel génie russe doit-on cette merveilleuse invention ? — et nous les surpasserons dans tous les domaines militaires. La Mère Russie peut bien attendre encore vingt ans pour dominer le monde.

— Et la Chine ?

Souslev but et se versa un troisième verre de vodka.

— C'est peut-être contre elle que nous ferons usage de l'arme atomique, répondit-il avec détachement. Cela réglerait une fois pour toutes le problème chinois.

— Revenons aux dossiers, suggéra Metkin.

— Nous n'aurons aucun mal à les prendre à Dunross. L'un de nos agents est de sa famille, un autre fait partie de ses associés. De quelque côté qu'il se tourne, il tombe sur Arthur et Sevrin. Nous avons infiltré la SI, le Parlement et même le gouvernement !

— Et s'il les détruit ?

— On dit qu'il a une mémoire prodigieuse : il suffira de le droguer et de l'interroger. Quand tu enverras ton rapport au Centre, ce soir, demande-leur de tenir un expert à notre disposition, en cas de besoin. Koronski, de Vladivostok, par exemple.

Le regard de Metkin accrocha par hasard le gros titre du *Guardian* étalé sur la couchette. LA POLICE ARRÊTE UN SUSPECT DANS L'AFFAIRE DES LOUPS-GAROUS.

— Si nous devons enlever Dunross, pourquoi ne pas leur mettre ça sur le dos ? proposa-t-il. Et si on ne retrouve pas Dunross, notre homme pourrait devenir Taï-pan...

— Dimitri, tu es génial, glousse Souslev.

Rosemont consulta sa montre et décida qu'il avait assez attendu.

— Roger, je peux me servir de votre téléphone ?

— Certainement.

L'Américain écrasa sa cigarette et composa le numéro de la CIA au consulat des États-Unis.

— Ici Rosemont, passez-moi le poste 2022... Chapman ? c'est Stan. Quoi de neuf ?

— Rien. Marty Povitz nous a signalé que trois types observent le *Corregidor* à la jumelle à bord de l'*Ivanov*. On prévient le commandant ?

— Non, inutile de le faire frétiller de la queue plus que nécessaire. Dis-moi, Phil, nous avons eu confirmation pour notre 40-41 ?

— Oui, le câble est arrivé à... une seconde... à seize heures trois.

— Merci. A bientôt.

Rosemont raccrocha, alluma une autre cigarette.

— A quoi jouez-vous, Crosse ? fit-il avec une brusquerie qui gêna Langan. Vous avez reçu votre 1-4 A à seize heures trois, comme nous. Pourquoi nous faire lanterner ?

— J'ai mes raisons, répondit Crosse d'un ton badin.

— Moi, j'ai des instructions : il me faut les copies immédiatement !

— Désolé, Stanley.

— Vous voulez dire que vous ne vous conformez pas aux ordres reçus ?

— Pas pour le moment.

Rosemont se leva, s'approcha de la porte et lança avant de sortir :

— Ne vous étonnez pas si on vous passe un sacré savon !

Langan se leva à son tour et suivit son collègue. Aussitôt, Crosse appuya sur le bouton commandant le verrou de la porte puis arrêta le magnétophone. Il décrocha le téléphone, fit un numéro.

— Brian ? Des nouvelles de Dunross ?

— Non, monsieur.

— Attendez-moi en bas. Avec Armstrong.

Il raccrocha, sortit d'un tiroir un formulaire portant comme titre : ORDRE DE DÉTENTION SELON LA LOI SUR LES SECRETS D'ÉTAT, y inscrivit le nom de Ian Dunross et signa. Il détacha le premier exemplaire, le glissa dans sa poche et rangea l'autre dans le tiroir qu'il referma à clef. Puis il inséra entre le cadre du bureau et le bord supérieur du tiroir un petit morceau de papier, afin de savoir, à son retour, si on avait essayé de l'ouvrir. Satisfait, il sortit de la pièce.

23

17 h 45

Dans la salle de réunion de Struan, Dunross présidait le conseil d'administration de Nelson Trading.

— Non, Richard, désolé, je ne peux pas attendre jusqu'à demain.

— Pour vous, c'est la même chose ; pour moi, cela change tout, plaida le banquier.

Son regard interrogea les autres participants : Phillip Chen, Lando Mata et Tung-le-Zeppelin.

— Je ne suis pas d'accord, répliqua le Portugais sèchement. Tu n'as pas l'air de prendre cette ruée au sérieux !

Tung poussa un grognement et Dunross soupira. Sans lui, les autres membres du conseil d'administration se seraient jeté des obscénités à la figure, il le savait. Ils auraient crié, hurlé, comme à toute négociation entre Chinois, et d'autant plus fort que l'affaire était d'importance. Mais la Noble Maison avait pour principe de tenir toutes les réunions de conseil d'administration en anglais, langue qui inhibait les Chinois et les privait d'une partie de leurs moyens — ce qui était naturellement le but recherché.

— Il faut régler la question maintenant, reprit Mata.

C'était un quinquagénaire au visage en lame de couteau, dont le teint doré et les cheveux noirs trahissaient le sang chinois qu'il tenait de sa mère. Jamais Kwang n'osera révéler que je contrôle la banque avec Tung-l'avare et Mo-le-contrebandier, pensait-il en tambourinant sur la table de ses doigts longs et fins. La banque, c'est une chose, l'or, c'en est une autre.

— Pas question de laisser planer une menace sur nos lingots ! s'écria-t-il.

— Absolument pas, renchérit Tung-le-Zeppelin. Mon père a été clair : il veut son or !

— Nous en avons près de cinquante tonnes dans tes coffres.

— Plus de cinquante, corrigea Tung, le front luisant de sueur. Mon père m'a donné les chiffres exacts : 1 792 668 onces, 298 778 lingots de cinq taels.

Tung-le-Zeppelin était un homme replet de quarante ans avec de petits yeux. Toujours vêtu avec élégance, il parlait anglais avec un accent distingué. Fils aîné de Tung-l'avare, il tenait son surnom d'un film que son père avait vu le jour de sa naissance.

— C'est exact, Richard ? continua-t-il.

Kwang consulta ses papiers en songeant que s'il devait céder les lingots ce soir, la banque se trouverait dans de graves difficultés. Si la nouvelle venait à se savoir — ce qui ne manquerait pas — tout l'édifice serait ébranlé. Malgré la panique qui le gagnait, il garda une attitude calme.

— Votre or et votre argent sont en sécurité, assura-t-il. Nous sommes les banquiers de Nelson Trading depuis sa fondation et il n'y a jamais eu le moindre ennui. Nous avons pris de gros risques avec vous, au début...

— Je t'en prie, Richard. Ce n'est pas une raison pour en prendre maintenant avec *notre* or ! riposta Mata.

Cet or appartenait à la Compagnie de la Chance de

Macao, par ailleurs détentrice du monopole du jeu pour trente années. On estimait son actif à plus de deux milliards de dollars américains, dont 40 p. 100 à Tung-l'avare, 40 p. 100 à Lando Mata et 30 p. 100 aux héritiers de Mo-le-contrebandier, mort l'année précédente. Et à nous trois, pensait Mata, nous possédons 50 p. 100 de la Ho-Pak, que ce tas d'étrons a mis en danger par sa bêtise.

— Alors, navré, Richard, poursuivit le Portugais, je demande que Nelson Trading change de banque, au moins temporairement. Tung-l'avare est très inquiet... et la famille Chin m'a donné procuration.

— Il n'y a rien à craindre, protesta Kwang. Haply écrit dans son nouvel article qu'il s'agit d'une panique sans fondement suscitée par des rumeurs mal...

— Possible, mais les Chinois croient aux rumeurs, et la ruée est bien réelle.

— Mon père croit aux rumeurs, confirma le Zeppelin. Il croit aussi à ce que lui dit Wu-quatre-doigts, et tu sais comment il est...

Oh ! oui, pensa Kwang. Ce vieux grigou se traînerait par terre pour trois sous.

— Je vous demande d'attendre un jour ou deux...

Dunross, qui avait déjà pris une décision, laissait les autres s'exprimer pour la forme : Nelson Trading appartenait en majeure partie à Struan, qui faisait la pluie et le beau temps au conseil d'administration. Mais bien que le gouvernement lui eût accordé le monopole de l'importation d'or à Hong-Kong, Nelson n'aurait pas rapporté un sou sans la Compagnie de la Chance, à laquelle elle revendait l'or.

La filiale de Struan touchait un dollar par once d'or importée pour la compagnie et livrée à Macao, et un dollar sur chaque once exportée de Hong-Kong. Nelson recevait en outre 10 p. 100 des profits réels de l'opération, dont elle avait eu l'idée et qu'elle avait proposée à la compagnie.

— Bon, fit le Taï-pan, signifiant que la discussion

était close. Inutile d'attendre, j'ai pris des dispositions. Notre camion se présentera à ma banque à vingt heures précises.

— Pourquoi si tard ? demanda Mata. Il n'est pas encore dix-huit heures.

— Parce qu'il vaut mieux attendre la tombée de la nuit pour transporter cinquante tonnes d'or. Il pourrait y avoir des curieux.

— Vous pensez aux triades ? fit Tung, inquiet. Je vais téléphoner à mon père de nous envoyer quelques gardes supplémentaires.

— Inutile, la police nous recommande de ne pas trop nous faire remarquer. Elle assurera notre protection discrètement.

— Est-ce que notre or ne risque rien à la Victoria Bank ? demanda Mata.

— Quand la Victoria fera faillite, il n'y aura plus de Colonie, répondit le Taï-pan en décrochant le téléphone.

Il composa le numéro de la ligne personnelle de Johnjohn à la banque.

— Bruce ? Ian. Nous aurons besoin de la chambre forte, à vingt heures trente.

— Bien, je préviens nos services de sécurité. Vous utiliserez la porte latérale, celle de Dirk's Street. Richard est encore là ?

— Oui.

— Alors rappelez-moi plus tard, je serai chez moi. J'ai fait mon enquête, il est dans de sales draps. Mes amis chinois sont tous très inquiets : il y a même eu une mini-ruée sur la Moktung à Aberdeen. Bien entendu, nous avancerons à Richard tous les fonds nécessaires sur ses titres bancables mais, à votre place, je retirerais tout mon argent de la Ho-Pak.

— Merci, Bruce. A plus tard.

Après avoir raccroché, il se tourna vers Kwang :

— Richard, vous me ferez un chèque de banque pour solder le compte de Nelson Trading.

— Et un autre pour celui de mon père ! réclama le Zeppelin.

— Je vous les ferai parvenir dès demain.

— Ce soir, exigea Mata.

— Je n'ai pas assez de liquidités pour couvrir vos trois chèques. Même la banque d'Angleterre ne le pourrait pas ! explosa Kwang.

— Alors engage une partie de tes titres, répliqua Mata. Demande de l'aide à Havergill ou à Southerby, ils attendent ton coup de téléphone.

— Quoi ?

— Je leur ai parlé cet après-midi.

Kwang chercha une dernière échappatoire :

— Dans ce cas, rendez-vous à la banque dans une heure...

— Phillip vous accompagnera, c'est encore mieux, intervint Ian. Vous lui remettrez les trois chèques et il les portera aussitôt à Blacs, qui les compensera à minuit, comme elle le fait chaque jour pour des quantités d'autres.

— Entendu, murmura le banquier en se levant. Vous venez, Phillip ?

Après le départ des deux hommes, il y eut un moment de silence.

— Ce pauvre Phillip a l'air effondré, dit enfin Mata.

— Rien d'étonnant, fit Tung. Le bruit court qu'il a commencé à négocier avec les Loups-garous.

— A votre avis, la Ho-pak est fichue ? questionna le Portugais.

— Oui, si Richard ne trouve pas les liquidités nécessaires, répondit Dunross. Dunstan a fermé tous ses comptes chez lui cet après-midi.

— Encore une rumeur qui se vérifie !

— J'en ai peur. Sa cote va chuter.

— Est-ce que cela aura des répercussions sur le boom que vous prévoyez ?

— Parce que je prévois un boom ?

— J'ai entendu dire que vous achetiez des Struan en grande quantité, de même que Phillip et sa *tai-tai.*

— C'est une opération que je conseillerais à n'importe qui. Notre cote est sous-évaluée.

Tung-le-Zeppelin, qui avait lui aussi entendu parler des achats massifs de la famille Chen, écouta plus attentivement.

— Vous avez vu les prédictions de Tung-l'aveugle ? demanda-t-il. Il a l'air très sérieux.

En prenant connaissance ce matin de l'horoscope annonçant un boom, Dunross avait souri. Dianne Chen avait décidément beaucoup d'influence.

— Oui. L'Aveugle est un de vos parents, Zep ?

— Non, pas que je sache. J'espère que Richard va nous donner les chèques. Mon père aura une attaque s'il manque un centime.

Le Taï-pan crut discerner une lueur curieuse dans le regard de Mata.

— Qu'y a-t-il ?

— Rien, répondit le Portugais. Zep, il vaudrait mieux que tu préviennes ton père le plus vite possible. Essaie de le joindre avec l'aide de Claudia.

— Tu as raison.

Le Chinois se leva et sortit.

— Alors, qu'y a-t-il ? répéta Dunross.

Mata hésita puis annonça à mi-voix :

— J'ai l'intention de transférer mes fonds de Macao et Hong-Kong à New York.

Dunross le regarda avec consternation.

— Vous allez bousiller tout le système. Si vous vous retirez, les autres en feront autant : l'Avare, les Chin, Quatre-doigts...

— Qu'est-ce qui est le plus important : le système lui-même ou l'argent ?

— Je tiens aussi au système.

— Vous vous êtes mis d'accord avec Par-Con ?

— Verbalement. Nous signons dans sept jours.

Votre retrait nous ferait très mal, Lando, et ce qui est mauvais pour nous le serait aussi pour vous.

— J'y réfléchirai. Ainsi Par-Con s'installe à Hong-Kong. C'est excellent, et si American Superfood réussit à absorber HK General Stores, ce sera une impulsion de plus pour le marché. Le vieux Tung-l'aveugle n'exagère peut-être pas. Il lui est déjà arrivé de se tromper ?

— Je ne sais pas. Personnellement, je ne crois pas qu'il bénéficie des confidences du Tout-puissant mais beaucoup de gens en sont convaincus.

— Un boom serait le bienvenu, reprit Mata. Nous pourrions même lui donner un coup de pouce...

— Quelle serait votre contribution ?

— Dix millions de dollars américains entre moi et les Chin — l'Avare ne sera pas intéressé, je le sais. Précisez-moi quand et comment.

— Un demi-million investi dans Struan mardi juste avant la clôture, le reste réparti entre Rothwell-Gornt, Asian Properties, Hong-Kong Wharf, Hong-Kong Power, Golden Ferry, Kowloon Investmetns et HK General Stores.

— Pourquoi mardi ? pourquoi pas demain ?

— La ruée sur Ho-Pak fera chuter les cours. Si nous achetons mardi, avant la clôture, nous gagnerons une fortune.

— Quand annoncerez-vous l'accord avec Par-Con ?

Dunross marqua un temps avant de répondre :

— Vendredi, après la fermeture.

— Bon, je marche. Quinze millions au lieu de dix. Vous allez vendre des Ho-Pak en masse demain ?

— Naturellement. Lando, savez-vous qui est derrière la ruée ?

— Non, mais Richard a commis des imprudences. Les gens parlent, les Chinois écoutent les rumeurs et se méfient toujours des banques. A mon avis, Kwang va boire le bouillon.

— Nom de Dieu !

— C'est le *joss*. J'ai décidé de tripler nos importations d'or.

Le Taï-pan considéra le Portugais avec étonnement.

— Vous tournez déjà à plein régime. Si vous forcez, vous risquez un pépin.

— Quatre-doigts et les autres assurent qu'ils peuvent en toute sécurité nous livrer d'importants chargements.

— Ne prenez pas de risques.

— Ian, écoutez-moi. Il y a des troubles en Indonésie, en Chine, en Inde, au Tibet, en Malaisie, à Singapour, aux Philippines. Les Américains s'engagent en Asie du Sud-Est, ce qui est excellent pour nous et désastreux pour eux. L'inflation va atteindre des sommets et, comme toujours, les hommes d'affaires avisés vont chercher à convertir en or leur papier monnaie. Nous devons être prêts à satisfaire cette demande.

— Qu'avez-vous entendu de précis, Lando ?

— Des bruits curieux. Par exemple que certains généraux américains veulent une confrontation avec les communistes et ont choisi le Vietnam comme terrain.

— Les Américains ne peuvent pas y remporter de victoire, la Chine ne le permettrait pas. En ouvrant n'importe quel livre d'histoire, ils apprendraient que la Chine franchit *toujours* ses frontières afin de protéger ses marches quand un envahisseur approche.

— Et pourtant il y aura affrontement.

Dunross scruta le visage de Mata qui, du fait de son immense fortune et des longues années consacrées à « l'honorable profession de négociant » — pour reprendre ses propres termes — avait ses entrées dans les milieux les plus fermés.

— Que savez-vous d'autre, Lando ?

— Le budget de la CIA a été doublé.

— Comment pouvez-vous détenir des informations aussi secrètes ?

— Les services secrets américains ont l'étanchéité

d'une passoire. On retrouve la CIA partout, dans le Sud-Est asiatique. Je crois même que certains de ses agents tentent de se faire une place dans le trafic d'opium au bénéfice des tribus montagnardes du Mékong, afin de les inciter à lutter contre le Vietcong.

— Sacré bon dieu !

— L'argent américain coule à flots pour la construction d'aérodromes, de ports, de routes, à Okinawa, à Taiwan et surtout au Sud-Vietnam. Certaines familles jouissant de hautes relations politiques fournissent le ciment et l'acier nécessaires à des conditions très avantageuses.

— Lesquelles ?

— Cherchez du côté de la Nouvelle Angleterre...

— Bon sang, vous êtes sûr ?

— J'ai même entendu dire qu'un prêt très important a été englouti dans la construction d'un aérodrome... qui n'existe pas. Les profits sont déjà énormes, vous pouvez tripler les livraisons dès demain, croyez-moi. Nos hydroglisseurs entreront en service le mois prochain et réduiront le trajet Hong-Kong-Macao de trois heures à soixante-quinze minutes.

— Ce n'est pas plus sûr avec le Catalina ?

— Je ne pense pas. Les hydroglisseurs transporteront plus de lingots et leur vitesse leur permettra d'échapper à n'importe quel bâtiment, dans ces eaux.

— Une telle quantité d'or attirera toutes sortes de requins, fit remarquer Dunross. Ils afflueront du monde entier.

— Qu'ils y viennent — ils ne repartiront jamais. Nous avons le bras long, en Asie. Ian, nous sommes de vieux amis, je voudrais vous demander conseil.

— Volontiers.

— Croyez-vous au changement ?

— Dans le domaine des affaires ? Cela dépend, répondit aussitôt le Taï-pan. En près d'un siècle et demi, la Noble Maison a à la fois peu et beaucoup changé.

— Dans quelques semaines, les autorités de Macao seront tenues de remettre aux enchères la concession du jeu...

Dunross dressa immédiatement l'oreille. A Macao, toutes les affaires juteuses faisaient l'objet d'un monopole accordé à la personne ou à la compagnie offrant les royalties les plus élevées.

— ... La période de cinq ans va expirer. En principe, ces enchères sont ouvertes à tous mais, en pratique, nous effectuons une sévère sélection. Mon vieil associé Mo est mort, laissant pour seule descendance de jeunes débauchés qui préfèrent le midi de la France à l'Asie et le golf à l'avenir du Syndicat. C'est toujours la même histoire : un coolie sue sang et eau pour gagner de l'argent, économise, devient riche, investit dans la terre ; ses héritiers jettent l'argent par les fenêtres, hypothèquent les terres ; la troisième génération vend les terres et finit ruinée, la quatrième retombe au niveau du coolie...

Mata poussa un soupir avant de poursuivre :

— Mon vieil ami est mort et je n'ai aucune sympathie pour ses fils. Quant à l'Avare, il n'en a plus pour longtemps.

— Mais je l'ai vu il y a une semaine. Il m'a paru en bonne santé : frêle, certes, mais aussi pisse-vinaigre que d'habitude.

— Il est condamné, Ian. Je le sais parce que je lui ai servi d'interprète avec les spécialistes portugais — il ne faisait pas confiance à ses fils. J'ai mis des mois à le convaincre de voir les médecins et leur diagnostic est formel : cancer du côlon. Ils lui donnent un mois, deux au mieux. Le vieux les a agonis d'injures, traités de charlatans et a refusé de payer pour un diagnostic erroné...

Le Portugais eut un rire sans chaleur.

— Il possède plus de six cents millions de dollars américains mais il ne paiera jamais la note du médecin, pas plus qu'il ne renoncera à la pipe d'opium qu'il fume à l'occasion, ou à ses décoctions d'herbes chinoises malodorantes au goût infect. Il n'acceptera jamais le diagnostic d'un *quai loh*, vous le connaissez.

Dunross le connaissait effectivement très bien. Pendant les vacances scolaires, le père du jeune Ian l'envoyait travailler chez certains de ses vieux amis, et Dunross se souvenait de l'été effroyable qu'il avait passé dans le sous-sol de la banque du Syndicat, à Macao, s'efforçant de donner satisfaction à son mentor tandis que ses camarades de classe s'amusaient sur les plages. Mais à présent, il ne regrettait pas les mois passés auprès du vieux Chinois. Tung-l'avare lui avait appris bien des choses sur l'argent : comment le gagner, comment le garder, comment le prêter.

Il se rappelait parfaitement le vieillard édenté aux yeux froids, analphabète, tout juste capable d'écrire son nom, mais qui avait un ordinateur dans la tête et savait au centime près ce qu'on lui devait et quand l'emprunt arrivait à échéance. Le vieux Tung tourmentait les mauvais payeurs avec un tel acharnement qu'ils finissaient tous par s'acquitter de leur dette.

Cet été-là, le jeune Ian, qui avait treize ans, était devenu l'ami de Lando Mata, personnage mystérieux, évoluant déjà dans les milieux du pouvoir, silhouette étique apparaissant et disparaissant au gré de sa fantaisie, étrange Asiatique peu connu, rarement vu, toujours à l'arrière-plan, amassant d'incroyables richesses. Aujourd'hui encore une poignée d'initiés seulement connaissait son nom — sans parler de l'homme lui-même. Même Dunross n'avait jamais pénétré dans sa villa de la rue de la Fontaine-Brisée, bâtisse basse et trapue cachée derrière de hauts murs d'enceinte et une grille en fer forgé. Nul ne savait qui il était vraiment, d'où il venait, qui étaient ses parents, et comment il avait obtenu les deux monopoles sur lesquels il avait édifié son immense fortune.

— Cette nouvelle me peine, fit le Taï-pan. Il avait

le cœur sec mais il ne m'avait pas traité plus durement que ses propres fils, en définitive.

— Ils vont devenir riches, comme les Chin. Zeppelin héritera cinquante à soixante-quinze millions de dollars américains.

— Le jeu rapporte des sommes colossales, remarqua Ian.

— Vous pensez que je devrais m'adapter ? demanda Mata, les yeux mi-clos.

— Pour le moment, seuls les jeux chinois sont permis : fan-tan, dominos et dés. Mais avec un nouveau groupe moderne, voyant loin et prêt à investir dans la construction d'un grand casino, avec roulette, vingt-et-un, chemin de fer, voire passe anglaise, toute l'Asie affluerait à Macao.

— Y a-t-il des chances que le jeu devienne légal à Hong-Kong ?

— Aucune. Sans le jeu et le trafic de l'or, Macao mourrait, vous le savez mieux que moi, et les hommes d'affaires de Londres ou de la Colonie tiennent à l'éviter à tout prix. A nous les chevaux, à vous les tables de jeu.

Le Portugais tendit une feuille au Taï-pan en disant :

— Voici quatre groupes de trois noms qui pourraient participer aux enchères. J'aimerais connaître votre opinion.

Sans un regard pour la feuille, Dunross répondit :

— Vous voudriez que je vous conseille le groupe que vous avez déjà choisi ?

Mata s'esclaffa :

— Ian, vous me connaissez trop bien !

Le patron de Struan parcourut la liste rapidement.

— Ils sont tous riches et célèbres, fit-il observer.

— Et capables de gouverner un empire.

— Alors pourquoi mon nom n'y figure-t-il pas ? demanda Dunross en souriant.

— Abandonnez la Noble Maison, formez votre

groupe et je vous garantis l'octroi du monopole. Ma part se monterait à 40 p. 100.

— Désolé mais c'est impossible, Lando.

— En dix ans, vous porteriez votre fortune personnelle à un milliard de dollars.

— L'argent, murmura Dunross en haussant les épaules.

— *Moh ching, moh meng !* Pas d'argent, pas de vie.

— Il n'y a pas assez d'argent au monde pour me faire quitter la Noble Maison. Je vous propose un compromis : Struan dirigera les jeux pour vous par l'intermédiaire d'hommes de paille.

— Non. C'est tout ou rien.

— Je comprends. Non, c'est impossible.

— Vous pourriez cependant nous être utile à titre personnel en qualité... de conseiller.

— A condition que je choisisse le bon groupe ?

— Peut-être, répondit Mata en souriant.

Dunross s'interrogeait sur les risques d'une telle association : faire son entrée dans le syndicat du jeu de Macao, c'était autre chose que de devenir commissaire du Club hippique.

— J'y réfléchirai.

— J'aimerais avoir votre réponse dans les quarante-huit heures, Ian.

— Entendu.

— Un dernier point : je ne crois pas que vous reverrez jamais votre ami Tsu-yan.

— Quoi ? s'exclama le Taï-pan, stupéfait.

— Il m'avait téléphoné hier matin de Taipei, dans un état proche de l'affolement, pour me demander d'envoyer le Catilina le prendre. L'affaire était urgente, il m'expliquerait dès son arrivée à Macao.

Le Portugais considéra ses ongles manucurés et haussa les épaules.

— Comme Tsu-yan est un vieil ami, je lui rendis ce service, mais il ne se présenta pas chez moi. Oh ! il était bien dans la vedette : mon chauffeur, que j'avais chargé d'aller le chercher au quai, lui a même parlé. D'après lui, Tsu-yan était déguisé en coolie : vêtements sales et râpés, chapeau de paille. Il a marmonné qu'il viendrait me voir plus tard puis s'est précipité dans le premier taxi comme s'il avait tous les diables à ses trousses.

— Vous êtes sûr que c'était bien lui ?

— Certain, il est très connu. Par bonheur, mon chauffeur est Portugais et capable de prendre des initiatives. Il a filé le taxi, qui a pris la direction du nord et s'est arrêté près de la barrière. Tsu-yan est descendu, il a couru vers la Chine et s'est rué dans le poste de garde des soldats de la RPC.

Dunross fixait Mata d'un regard incrédule : Tsu-yan était l'un des hommes d'affaires les plus notoirement anticommunistes de Hong-Kong et de Taiwan. Avant la révolution, il avait même été une sorte de petit seigneur de la guerre dans la région de Shanghai.

— La RPC ne lui réservera pas un bon accueil, il figure probablement sur leur liste noire.

— A moins qu'il ne travaille pour eux, insinua Mata.

— Ce n'est pas possible.

— Tout est possible, en Chine.

Vingt étages plus bas, Roger Crosse et Brian Kwok descendaient d'une voiture de police, suivis par Robert Armstrong. Un agent en civil de la SI s'avança à leur rencontre en annonçant :

— Dunross est toujours dans son bureau.

Robert Armstrong demeura dans l'entrée, tandis que ses deux collègues se dirigeaient vers l'ascenseur. Ils descendirent au vingtième étage.

— Bonsoir, messieurs, dit Claudia Chen en souriant à Brian.

Tung-le-Zeppelin, debout près du téléphone, sursauta en reconnaissant les deux policiers.

— Mr. Dunross m'attend, fit Crosse.

— Certainement.

La secrétaire décrocha son téléphone, enfonça un bouton.

— Mr. Crosse vint d'arriver, Taï-pan.

— Introduisez-le dans une minute, répondit Ian.

Il raccrocha, se tourna vers Mata :

— Crosse est ici. Si je ne vous vois pas à la banque ce soir, rendez-vous demain matin.

Mata se leva, traversa la pièce et sortit par une porte dérobée encastrée dans les rayonnages de livres et donnant sur un escalier qui conduisait à l'étage inférieur.

Après le départ du Portugais, Dunross rangea ses papiers puis se renversa sur son fauteuil, les yeux braqués sur la porte, le cœur battant un peu plus vite que la normale. La porte s'ouvrit, Crosse et Kwok entrèrent, Claudia referma derrière eux.

— Bonsoir, leur lança le Taï-pan.

— Les dossiers, s'il vous plaît, Ian, réclama Crosse.

— Certainement, mais, d'abord, je veux voir le gouverneur.

— D'abord les dossiers.

Crosse sortit le mandat de sa poche tandis que Dunross décrochait le téléphone. Après quelques instants d'attente, le Taï-pan dit dans l'appareil :

— Bonsoir, Excellence. Crosse est ici... oui.. oui, je vous le passe.

Le directeur de la SI hésita et finit par prendre le téléphone que lui tendait Dunross.

— Ici Crosse... oui, Excellence... Très bien.

Il raccrocha et se tourna vers Ian :

— Qu'est-ce que vous mijotez encore ?

— Rien. Je suis prudent, voilà tout.

— Si vous ne me donnez pas les dossiers, je ferai usage de ce mandat, gouverneur ou pas, menaça Crosse en agitant la feuille de papier sous les yeux du Taï-pan.

Dunross soutint le regard du policier et répondit :

— Je vous en prie.

— Vous l'aurez cherché, Ian Dunross ! explosa le directeur de la SI. Navré mais vous êtes en état d'arrestation !

Les muscles des mâchoires du Taï-pan saillirent quelque peu.

— Bon, mais d'abord, nous verrons bel et bien le gouverneur !

24

18 h 20

Laissant Brian Kwok près de la voiture de police, le Taï-pan et Roger Crosse traversèrent l'étendue de gravier blanc menant à la porte principale du palais du gouverneur. Un jeune officier de marine en uniforme les accueillit avec déférence et les conduisit dans une antichambre au mobilier raffiné.

Son Excellence Sir Geoffrey Allison, DSO, OBE*, approchait de la soixantaine et avait les cheveux d'un blond roux. En dépit de ses manières courtoises, c'était un homme dur et inflexible. Assis derrière un bureau ancien, il invita ses visiteurs à prendre place dans les fauteuils lui faisant face puis attaqua sans préambule :

— Roger, il semble que nous ayons un problème : Ian détient légalement quelque chose qu'il rechigne à vous céder et que vous lui réclamez.

— Que je lui réclame *légalement*, précisa le directeur de la SI. Londres m'a autorisé à faire usage de la Loi sur les secrets d'État.

— Oui, je sais, j'ai parlé au ministre il y a une heure. Il considère — et je partage son opinion — que

* Décorations britanniques. *(N.d.T.)*

nous ne pouvons guère arrêter Ian et fouiller la Noble Maison. Ce ne serait ni efficace ni très avisé, quel que soit notre désir de mettre la main sur les dossiers d'A.M.G. Je ne pense pas non plus qu'il soit souhaitable de les obtenir en recourant à l'arsenal de l'espionnage traditionnel, vous ne croyez pas ?

— Si Ian accepte de coopérer, rien de tout cela ne sera nécessaire, dit Crosse.

— C'est bien mon avis. Ce matin, Ian m'a expliqué les raisons pour lesquelles il se montre aussi, aussi prudent... Raisons tout à fait valables, à mon sens, et le ministre partage mon point de vue. Roger, je vous serais reconnaissant de bien vouloir découvrir au plus vite qui est la taupe infiltrée dans ma police et qui sont les agents du réseau Sevrin. Ian a eu l'amabilité de me communiquer le rapport que vous avez intercepté...

Le gouverneur plissa le front et poursuivit :

— Si je me souviens bien, on y recommande de transmettre ces révélations au directeur de la police ou au gouverneur s'ils sont *dignes de confiance* ! Dieu tout-puissant ! Où allons-nous ?

— Je n'en sais rien, Excellence.

— C'est votre travail de le savoir, Roger. Qui pourrait être la taupe ?

— Vous, moi, Armstrong — n'importe qui, répondit instantanément Crosse. Je crois que cet homme s'est terré si profondément qu'il a probablement oublié qui il est vraiment, à qui va en fait sa loyauté. Il est habile, comme tous les membres du réseau Sevrin : malgré l'efficacité de la SI et de la CIA, nous n'avions pas même soupçonné leur existence.

— Comment comptez-vous le démasquer ? demanda Dunross.

— Aucune idée. Par définition, il est au-dessus de tout soupçon, et, pourtant, c'est un espion. Il faudrait un coup de chance, une erreur de leur part.

— Ian m'a assuré que les autres dossiers ne fournissent aucun indice sur leur identité, intervint le gouverneur. Ils ne nous seraient donc d'aucune aide dans l'immédiat.

— Ils nous aideraient dans d'autres domaines, objecta Crosse.

— Je le sais, reprit Sir Geoffrey d'un ton qui signifiait : fermez-la, laissez-moi finir.

Après un silence, il ajouta :

— Le problème est donc simplement d'obtenir la coopération de Ian et, je le répète, je comprends sa prudence. Philby, Burgess et MacLean nous ont donné une belle leçon. Je dois l'avouer, chaque fois que je téléphone à Londres, je me demande si je ne parle pas à un traître... Bon, passons. Ian, voudriez-vous exposer à Roger les conditions dans lesquelles vous remettriez les dossiers d'A.M.G. ?

— Je les remettrais personnellement au chef du MI 5 ou du MI 6 — ou à leur adjoint — si Son Excellence me garantit par écrit que cet homme exerce bien les fonctions dont il se réclame.

— Le ministre serait d'accord ? demanda Crosse au gouverneur.

— Si vous l'êtes vous-même.

Là encore, le ton de Sir Geoffrey indiquait clairement au directeur qu'il ferait bien de l'être.

— Mr. Sinders a accepté ces conditions ?

— Il arrive vendredi — si la BOAC y met sa grâce.

Crosse se tourna vers Dunross :

— Il vaudrait peut-être mieux que je garde les dossiers d'ici là. Vous les mettriez dans un paquet cacheté et...

— Non, dit Dunross en secouant la tête. Ils ne risquent rien jusqu'à la livraison.

— Si je suis au courant de leur existence, d'autres peuvent l'être, argua le policier. Nous devons savoir où ils se trouvent et assurer leur protection vingt-quatre heures sur vingt-quatre.

— Cela me paraît acceptable, intervint le gouverneur. Qu'en pensez-vous, Ian ?

Après un temps de réflexion, le Taï-pan répondit :

— Ils sont dans un coffre, à la Victoria.

Le visage de Crosse s'empourpra lorsque Dunross posa sur le bureau une clef dont le numéro avait été soigneusement limé.

— Il y en a un bon millier à la banque, poursuivit-il. Moi seul connais le numéro. Sir Geoffrey, je vous confie la seule clef... Voilà, je ne peux faire davantage.

— Roger ?

— Si vous êtes d'accord...

— Ils sont en sécurité : impossible de forcer tous les coffres de la Victoria. Bon, cette affaire est réglée et le mandat est annulé... Dites-moi, Ian, les négociations avancent, avec Par-Con ?

— J'espère pouvoir vous faire un rapport favorable la semaine prochaine.

— Excellent. L'implantation de quelques grandes firmes américaines à Hong-Kong serait une bonne chose. A propos, la délégation parlementaire britannique arrive de Pékin demain. Je donne une soirée jeudi pour ses membres — vous êtes invité, naturellement.

— Un « dîner de garçons » ?

— Oui, bonne idée.

— De mon côté, je les inviterai aux courses samedi : s'ils sont trop nombreux pour tenir tous dans ma loge, le reste ira dans celle de la banque.

— Merci, Ian. Roger, si vous voulez bien m'accorder quelques instants...

Dunross prit congé et sortit. Bien qu'il fût venu avec Crosse dans la voiture de police, sa Rolls l'attendait dehors.

— Alors ? lui demanda Kwok lorsqu'il passa près de lui.

— Votre patron vous mettra au courant.

— Il y en a pour longtemps ?

— Sais pas. Golden Ferry, ordonna le Taï-pan d'un ton sec à son chauffeur.

Sir Geoffrey versait un excellent sherry dans une tasse en porcelaine délicate et transparente.

— Cette affaire A.M.G. m'effraie, Roger, et je m'aperçois que je ne suis pas encore habitué aux coups fourrés de l'ennemi — même après tant d'années.

Le gouverneur avait fait toute sa carrière dans le corps diplomatique, à l'exception des années de guerre, pendant lesquelles il avait été officier d'état-major dans l'armée britannique. Il parlait russe, mandarin, français et italien.

— Je vous suggère de placer deux hommes dans la salle des coffres : un de la SI, un autre de la Criminelle pour plus de sûreté. Parallèlement, vous exercerez une surveillance — discrète, bien entendu — sur le Taï-pan.

— C'est déjà fait, répondit Crosse en prenant avec appréhension la tasse fragile que lui tendait le gouverneur. Vous a-t-il dit s'il avait relu les dossiers récemment ? Hier soir, par exemple ?

Le front plissé, Sir Geoffrey fit appel à sa mémoire.

— Attendez... Voici les propos exacts qu'il m'a tenus ce matin : « Quand j'ai lu les rapports d'A.M.G. pour la première fois, j'ai pensé qu'il exagérait sur certains points mais à présent... » Oui, cela pourrait signifier qu'il les a relus. Pourquoi ?

— J'ai souvent entendu dire qu'il a une mémoire remarquable... Le KGB pourrait avoir l'idée de l'enlever.

— Grand dieu, vous les croyez capables d'une telle stupidité ?

— Tout dépend de l'importance qu'ils accordent aux dossiers, répondit Crosse d'une voix neutre. La surveillance exercée sur le Taï-pan pourrait être aussi dissuasive et nous ferions alors en sorte de ne pas trop la cacher. Vous pourriez lui en toucher un mot ?

— Certainement, fit le gouverneur en griffonnant une note sur son bloc.

Crosse observait contre le soleil couchant la transparence bleutée de la porcelaine qui semblait faire ressortir l'or du sherry.

— Je trouverai Arthur et les autres, promit-il. Vous pouvez compter sur moi.

— Je n'ai pas d'autre solution, je le crains. Par ailleurs, il va falloir aviser le Premier Ministre et les chefs d'état-major.

— Ce qui multipliera les risques de fuite.

— J'ai obtenu un délai du ministre : vous avez quatre jours, Roger. Après, il transmettra. Du nouveau sur Bartlett et Miss Casey ?

— Non, Excellence. Il semble qu'il y ait un rapport entre Bartlett et Banastasio, nous ne savons pas encore de quelle nature. En outre, Casey et son patron se sont rendus à Moscou le mois dernier.

— Ah ! fit Sir Geoffrey en remplissant de nouveau les tasses. Qu'avez-vous fait pour ce pauvre Voranski ?

— J'ai prévenu son capitaine, il a récupéré le corps, répondit le policier, qui résuma ensuite son entrevue avec Rosemont et Langan.

— Nos cousins deviennent intelligents, on dirait, commenta le gouverneur. Je vous conseille de retrouver les deux tueurs avant le KGB... et la CIA.

— J'ai placé des hommes autour de la maison. Dès qu'ils réapparaîtront, nous les arrêtons et nous les mettons au secret. D'autre part, j'ai renforcé la surveillance de l'*Ivanov*. Plus personne ne réussira à passer à travers les mailles du filet, je vous le promets.

— Le directeur de la police a également demandé à la Criminelle de se montrer plus vigilante. Roger, je vais envoyer une note au ministre sur votre refus d'obéir à l'instruction 1-4 A : il s'agit simplement de calmer les Américains, dont le représentant à Londres chargé de la liaison avec nos services doit fulminer.

— Si je puis me permettre : il vaut peut-être mieux ne pas mentionner que nous ne sommes pas encore entrés en possession des dossiers. Cette information-là aussi pourrait tomber dans de mauvaises mains.

— Reste le problème de l'*Ivanov*, fit Sir Geoffrey. Ce matin, Pékin m'a fait savoir que sa présence à Hong-Kong les préoccupe gravement.

Le représentant officieux de la République populaire de Chine à Hong-Kong était l'un des vice-présidents de la Banque de Chine, par laquelle s'effectuaient tous les échanges avec l'étranger, notamment le ravitaillement de l'île, source de millions de dollars pour les Chinois. La Grande-Bretagne considérait en effet que Hong-Kong était terre britannique, colonie de la Couronne, et ne pouvait à ce titre accueillir de représentant *officiel* de la Chine communiste.

— Leur porte-parole m'a même suggéré d'exiger qu'il quitte le port, poursuivit le gouverneur. Je l'ai remercié de son conseil et je lui ai dit que j'en référerais à mes supérieurs... en temps utile. Par contre, la présence du porte-avions américain ne le contrarie apparemment pas.

— C'est curieux.

— Faut-il y voir l'indice d'un changement important en matière de politique étrangère, d'un désir de paix avec les États-Unis ? Je n'arrive pas à y croire. En tout cas, si les Chinois apprennent par une fuite l'existence du réseau Sevrin, ils vont pousser les hauts cris — à juste titre.

Le gouverneur s'assit près d'une fenêtre et contempla les pelouses soigneusement entretenues, le jardin à l'anglaise, les buissons, les massifs de fleurs de son parc, protégé de l'extérieur par un haut mur blanc. Son épouse, accompagnée par un jardinier chinois à la mine désapprobatrice, se faisait un bouquet. Sir Geoffrey la suivit un moment des yeux. Ils étaient mariés depuis trente ans, avaient trois enfants, mariés eux aussi, et vivaient en harmonie, satisfaits l'un de l'autre.

— Des traîtres, encore et toujours, murmura-t-il sombrement. Les Soviétiques sont passés maîtres dans l'art de les utiliser. Ce n'est pas difficile pour eux de répandre çà et là un peu de poison, d'affoler les Chinois, qui souffrent déjà de xénophobie aiguë ! Oh ! oui, rien de plus facile que de compromettre notre position !... Que comptez-vous faire au sujet du général Jen et de ses agents nationalistes clandestins ?

— Rien, ils sont sur écoute depuis des mois. Il vaut mieux laisser tranquilles des agents connus que d'avoir à repérer leurs remplaçants.

— Le ministre m'a demandé d'assurer la sécurité de la délégation parlementaire avec efficacité et discrétion. Certains de ses membres pourraient entrer au gouvernement en cas de victoire des travaillistes : autant que la Colonie leur fasse bonne impression.

— Vous croyez que le Labour a une chance ?

— Je ne me mêle pas de ce genre de questions, fit le gouverneur d'un ton réprobateur. Je ne m'occupe pas de politique, je représente Sa Majesté la Reine. Je considère cependant que la philosophie socialiste de leur aile gauche est absolument contraire au mode de vie anglais. Certains d'entre eux aident l'ennemi, consciemment ou pas. Puisque nous avons abordé ce sujet, pensez-vous qu'il se trouve parmi nos invités parlementaires des personnes posant des problèmes ?

— Cela dépend de ce que vous entendez par là. Deux d'entre eux sont des syndicalistes appartenant à l'aile gauche travailliste, des députés sans portefeuille qui donnent l'impression de vouloir tout avaler : Robin Grey et Lochin Donald McLean. Ce dernier ne cache pas ses sympathies pour le PC britannique et il figure en bonne place sur notre liste de personnes à surveiller. Tous les autres travaillistes sont des modérés, de même que les conservateurs. Hugh Guthrie, le représentant du Parti libéral est au contraire un partisan à tout crin de l'impérialisme.

— Vous avez d'autres renseignements sur les deux premiers ?

— McLean est un ancien mineur, fils de mineur, qui a longtemps milité dans les syndicats écossais. Robin Grey était capitaine dans l'infanterie.

— Il est rare que les syndicalistes de gauche soient d'anciens officiers, fit observer Sir Geoffrey.

— Plus rare encore qu'ils soient apparentés à un taï-pan.

— Hein ?

— Robin Grey est le frère de Penelope Dunross.

— Dieu du ciel ! s'exclama le gouverneur. Pourquoi Ian ne m'en a-t-il pas parlé ?

— Il n'est peut-être pas très fier de son beau-frère. Mr. Grey est tout l'opposé de Mrs. Dunross.

— Vous êtes sûr de votre information ?

— Absolument. C'est Brian Kwok qui a fait cette découverte en vérifiant les renseignements personnels demandés pour le visa chinois. Il a remarqué que Grey avait une sœur prénommée Penelope domiciliée au château Avisyard, à Ayr, et s'est souvenu que c'était l'adresse de la famille Dunross.

Crosse sortit de sa poche un étui à cigarettes.

— La fumée vous dérange, Excellence ?

— Non, allez-y.

— Merci. Une petite enquête nous a permis d'établir rapidement que Robin Grey s'est brouillé avec sa sœur juste après la guerre. Fait prisonnier à Singapour en 1942, le capitaine Grey a été détenu à Changi et est rentré en Angleterre en 1945, alors que Penelope était déjà mariée à Dunross depuis deux ans. Les histoires de famille ne nous regardent pas mais il semble que la brouille ait...

Crosse s'interrompit en entendant un léger coup frappé à la porte.

— Oui ? fit Sir Geoffrey avec humeur.

La porte s'ouvrit sur le jeune officier de marine.

— Excusez-moi, Excellence, Lady Allison m'a prié de vous prévenir qu'on vient de rétablir l'eau.

— Ah ! très bien, merci.

Comme le policier se levait, le gouverneur l'invita à se rasseoir.

— Finissez donc, Roger, ce n'est pas à quelques minutes près — encore que je commençais à m'impatienter. Voulez-vous prendre une douche avant de partir ?

— Merci, mais nous avons nos propres réservoirs d'eau au QG de la police.

— Je l'avais oublié. Reprenez.

— La brouille semble être grave puisqu'ils ne se sont apparemment pas revus depuis la guerre. Un ami de Grey confiait il y a quelques jours à l'un de nos hommes qu'à sa connaissance, Robin Grey n'avait pas d'autres parents vivants. Le frère et la sœur doivent vraiment se haïr.

— Enfin, comme vous le disiez, cela ne nous regarde pas, conclut le gouverneur.

Il vida sa tasse et la reposa d'un geste appuyé qui fit comprendre à Crosse que l'entretien était terminé. Le policier se leva, remercia le gouverneur et sortit. Resté seul, Sir Geoffrey poussa un soupir, demeura un moment pensif puis décrocha le téléphone de sa ligne spéciale et donna à la standardiste le numéro personnel du ministre.

— Ici Geoffrey Allison. Il est là ?

Au bout de quelques secondes, la voix du ministre retentit dans l'appareil :

— Bonsoir, Allison !

— Bonsoir, monsieur le Ministre. Je viens de voir Roger : la cachette et Dunross lui-même seront étroitement gardés. Mr. Sniders est en route ?

— Il arrivera chez vous vendredi. J'espère que le regrettable accident survenu au marin n'aura pas de répercussions ?

— Non, non. Tout est en ordre.

— Le Premier Ministre était inquiet.

— Je le comprends. Au sujet de l'instruction 1-4 A... Il vaudrait peut-être mieux ne rien dire à nos amis pour le moment.

— Ils m'ont déjà fait part de leur mécontentement... Bon, par chance, nous allons avoir un long week-end : j'attendrai lundi pour les informer et rédiger le blâme.

— Merci, monsieur le Ministre.

— Dites-moi, Geoffrey, ce sénateur américain que vous avez chez vous en ce moment, il faudrait lui fournir un guide.

Le gouverneur fronça les sourcils : fournir un guide signifiait en langage codé « surveiller très attentivement ». Le sénateur Wilf Tillman, candidat possible aux prochaines élections présidentielles, faisait escale à Hong-Kong avant de se rendre à Saigon à la tête d'une commission d'enquête autour de laquelle la presse avait fait beaucoup de battage.

— Je m'en occupe immédiatement, promit le gouverneur, impatient d'aller prendre une douche. Y a-t-il d'autres problèmes ?

— Non. Envoyez-moi simplement une note sur le programme du sénateur.

Un *programme*, autrement dit un rapport détaillé.

— Quand vous aurez le temps, ajouta le ministre.

— Vous l'aurez sur votre bureau vendredi.

— Merci, Geoffrey. Vous me rappelez demain à l'heure habituelle.

Le gouverneur raccrocha d'un air songeur. Bien que ses entretiens téléphoniques avec Londres fussent brouillés au départ puis rétablis à l'arrivée par un procédé électronique, il faisait toujours preuve d'une grande prudence car l'ennemi disposait des appareils d'écoute les plus perfectionnés au monde. Lorsque la conversation, téléphonique ou autre, portait sur des questions vraiment secrètes, il descendait au sous-sol, dans la pièce aux murs de ciment que des experts inspectaient chaque semaine afin d'y déceler d'éventuels micros.

Quelle barbe, ces précautions qu'on dirait tirées d'un roman d'espionnage ! songea-t-il... Roger ? Impensable, et pourtant il y a bien eu Philby...

25

18 h 30

Le capitaine Gregor Souslev adressa un joyeux signe de la main aux policiers gardant les grilles et sortit des chantiers navals de Kowloon, suivi par deux inspecteurs en civil. Le Soviétique qui portait un costume bien coupé, attendit un moment sur le trottoir puis arrêta un taxi et y monta. Lorsque la voiture redémarra, une petite Jaguar grise dans laquelle se trouvaient le sergent Lee et un de ses collègues de la Criminelle prit son sillage.

Le taxi descendit Chatham Road, artère toujours encombrée longeant la voie ferrée, puis tourna dans Salisbury Road, à l'extrémité sud de Kowloon, passa devant la gare et s'arrêta près du débarcadère du Golden Ferry. Souslev régla le chauffeur et gravit d'un pas alerte le perron de l'hôtel Victoria and Albert. Le sergent Lee l'imita tandis que l'autre inspecteur garait la Jaguar de la police.

Dans l'immense hall au plafond haut et tarabiscoté, où des ventilateurs désuets brassaient l'air, Souslev chercha une table libre, s'installa, commanda une double vodka d'une voix forte et se mit à lire son journal. C'était l'heure du cocktail et de nombreux clients — Européens pour la plupart — bavardaient en prenant un verre.

Une fille s'approcha de la table de Souslev.

— Salut, dit-elle.

— Ginny, *doragaya !* s'écria le Russe en se levant.

Il la prit dans ses bras et la souleva de terre sous le regard désapprobateur de toutes les clientes, et envieux de tous les clients.

— Toi en retard, lui reprocha la fille avec un mouvement de la tête qui fit danser ses cheveux courts.

Elle s'assit à la table, consciente des yeux braqués sur elle, à la fois ravie et ulcérée d'être au centre de l'attention.

— Pourquoi me faire attendre ? continua-t-elle. Une dame convenable pas attendre toute seule au Victoria, *heya* ?

— Tu as raison, *golubchik !* rugit Souslev en tirant de sa poche un paquet plat. Tiens, je t'ai ramené ça de Vladivostok.

— Oh ! grand merci !

Ginny Fu, qui avait vingt-huit ans, travaillait la plupart des soirs au Bar des Joyeux Buveurs, dans une ruelle donnant sur Mong Kok. Dans la journée, elle remplaçait ses amies derrière le comptoir de minuscules échoppes quand elles étaient occupées avec un client. Elle avait des dents éclatantes, des yeux d'un noir de jais, comme ses cheveux, un teint doré, de longues jambes gainées de bas sous un *chong-sam* de couleur criarde.

Elle glissa le présent dans son sac et releva la tête au moment où le serveur apportait la vodka de Souslev avec la moue méprisante que tous les Chinois réservaient à leurs jeunes compatriotes fréquentant des *quai lohs*. Encore une putain de bas étage, se disait-il. Aucune autre femme n'accepterait de s'asseoir en public à la table d'un étranger. Il posa le verre devant le Soviétique et dévisagea Ginny Fu avec une insolence délibérée.

— *Diou ne lo mo* sur tes pourceaux d'ancêtres, murmura-t-elle en cantonais populaire. Mon mari est 489 dans la police, si je lui parle de toi, il viendra arracher de ton corps puant les cacahuètes qui te servent de couilles !

— Hein ? bredouilla le serveur en blêmissant.

— Apporte-moi du thé bien chaud, et si tu craches dedans, mon mari fera un nœud au fêtu de paille qui te sert de verge !

Il déguerpit.

— Que lui as-tu dit ? demanda Souslev, qui ne connaissait que quelques mots de cantonais.

— Apporter du thé, répondit la jeune femme avec un sourire suave. Prochaine fois, pas rendez-vous ici, trop de gens méchants, ajouta-t-elle en faisant la grimace à un groupe de vieilles Anglaises qui la regardaient de haut. Trop de vieilles peaux puantes !

Elle gloussa en voyant les Anglaises rougir et détourner les yeux.

— Merci tellement pour le cadeau, Gregor.

Souslev savait que les bonnes manières chinoises interdisaient à Ginny d'ouvrir le paquet devant lui. Ainsi évitait-on des situations embarrassantes : celui qui recevait le cadeau n'avait pas à cacher son éventuelle déception ; celui qui l'offrait ne risquait pas d'être blessé par la froideur des remerciements de l'autre.

— Tu as l'air en forme, dit-il.

— Toi aussi.

Cela faisait trois mois que Souslev n'était pas revenu à Hong-Kong, et bien qu'il eût à Vladivostok une autre maîtresse, fille d'une Russe blanche et d'un père chinois, il revoyait toujours Ginny Fu avec plaisir.

— Gregy, finir le verre, murmura-t-elle avec un sourire aguichant. On commence la fête. Toi, tu as vodka, moi j'ai autre chose !

— Ça tu peux le dire, *golubchik !*

— Combien de jours tu restes ?

— Au moins trois mais...

La Chinoise s'efforça de cacher sa déception.

— ... il faudra que je retourne plusieurs fois au navire, acheva le Soviétique. Mais cette nuit je reste avec toi, et les étoiles vont scintiller !

Le serveur apporta le thé avec empressement.

— Hum ! fit Ginny Fu en le fusillant du regard. Il est froid et sans goût, je le vois tout de suite. Pour qui tu me prends ? Pour un tas de viande de chien, une étrangère ? Je suis une personne civilisée des Quatre Provinces que son père, après s'être ruiné au jeu, a vendue comme concubine à ce chef de la police des diables d'étrangers. Alors va pisser dans ton galurin ! conclut-elle en se levant.

Le serveur recula d'un pas.

— Que se passe-t-il ? demanda Souslev.

— Pas payer pour le thé, Gregy ! dit la Chinoise d'un ton impérieux. Pas donner pourboire !

Le capitaine paya quand même, la prit par le bras et sortit de l'hôtel. Ginny Fu relevait le menton pour marquer son mépris à tout le personnel chinois, même au petit groom qui lui ouvrit la porte et qui ressemblait tant au jeune frère qu'elle avait à sa charge.

Dunross, qui montait les marches du perron, s'écarta pour les laisser passer, une lueur amusée dans le regard, puis pénétra dans le hall. Il se dirigeait vers le téléphone quand il aperçut à une table Jacques de Ville et sa femme, qui regardaient tous deux dans le vide, le visage fermé. Ce pauvre Jacques s'est encore fait prendre, elle vient de lui faire la leçon sur ses infidélités, devina-t-il. En temps ordinaire, il les aurait laissés à leur scène de ménage en prétendant ne pas les voir mais quelque chose le poussa à aller les saluer.

— Bonsoir, Jacques, bonsoir, Susanne. Comment allez-vous ?

— Oh ! bonsoir, Taï-pan, fit Jacques en se levant. Vous prenez un verre ?

— Non, merci, je n'ai pas le temps.

Remarquant alors la souffrance peinte sur le visage de son ami, il se rappela l'accident survenu en France à sa fille Avril et à son gendre.

— Que s'est-il passé ?

— Avril m'a téléphoné de Cannes au moment où je quittais le bureau. Elle m'a expliqué en sanglotant qu'elle essayait de me joindre depuis deux jours, que Borge était mort. Elle a répété plusieurs fois en bredouillant « Mon Borge est mort » puis elle a raccroché. Nous savons qu'elle est dans un hôpital, à Cannes, et Susanne part par le premier avion. Le vol a du retard... nous attendons. J'ai demandé à la réception d'essayer de rappeler Cannes mais je ne crois pas qu'ils obtiendront la communication.

Dunross ressentit un pincement au cœur en pensant qu'Avril avait l'âge d'Adryon et qu'il aurait pu arriver la même chose à sa fille.

— Je suis désolé, compatit-il. Susanne, pourquoi ne pas nous confier le bébé ? Jacques pourrait partir avec vous — je m'occuperais de tout.

— Non, il vaut mieux que j'y aille seule, répondit-elle. Jacques aura les *amahs* pour l'aider... C'est trop injuste ! gémit-elle soudain, les yeux inondés de larmes.

— Penn passera chez vous tous les jours pour s'assurer que le bébé ne manque de rien, promit Ian. Ne vous faites pas de souci. Jacques, quand vous aurez mis Susanne dans l'avion, retournez au bureau, envoyez un télex à notre agent de Marseille pour qu'il réserve une suite au Capitole et se mette à la disposition de votre femme pendant son séjour. Vous lui demanderez également de me faire demain par téléphone un rapport détaillé sur l'accident, les circonstances, le chauffeur de l'autre voiture, etc.

— Bien.

— Ça ira, vous êtes sûr ?

— Oui, merci, répondit de Ville en se forçant à sourire.

Le Taï-pan s'éloigna en songeant que jusqu'à présent sa famille avait été épargnée. Il empoigna le téléphone :

— Mr. Bartlett, s'il vous plaît.

Quelques secondes plus tard, il entendit la voix de Casey :

— Allô ?

— Bonsoir, Ciranoush. Pouvez-vous prévenir Linc que je suis dans le hall ?

— Bien sûr. Vous ne montez pas ?

— Non, je vous attends en bas. Si vous n'êtes pas trop occupés, je vous montrerai quelque chose qui vous intéressera. Ensuite nous dînerons ensemble, si vous êtes libres.

— Volontiers. A tout de suite, fit la jeune femme avec un sourire dans la voix.

Dunross se dirigea vers une table, accompagné par le Très Haut Maître d'hôtel, accouru pour avoir le rare honneur de faire asseoir le Taï-pan. C'était un majestueux personnage aux cheveux gris qui répondait au nom de Pok-après-midi et régnait avec autorité sur le bar et le restaurant.

— Quel plaisir, honoré seigneur ! s'exclama-t-il en s'inclinant avec déférence. Avez-vous mangé du riz aujourd'hui ?

Ce qui était la façon polie de dire bonjour ou comment allez-vous ? en chinois.

— Oui, merci, Frère aîné, répondit Ian. Vous avez l'air prospère.

— Vous aussi, Taï-pan, mais vous n'avez toujours qu'un seul fils. Ne pensez-vous pas qu'il est temps que votre révérée Première Épouse vous trouve une seconde femme ?

Les deux hommes sourirent et Pok, l'allure altière, conduisit Dunross à la table qui venait miraculeusement d'apparaître dans l'espace ménagé par quatre serveurs énergiques en repoussant celles d'autres clients.

— Comme d'habitude, monsieur ? s'enquit le sommelier. J'ai une bouteille de 1952.

Dunross aurait préféré du thé au vin qu'on lui proposait mais il ne pouvait refuser, et la Doucette fraîchissait déjà dans un seau à glace.

— J'attends Mr. Bartlett et Miss Tcholok, prévint-il.

Un serveur se précipita aussitôt vers l'ascenseur pour accueillir les Américains.

— Si vous désirez la moindre chose, appelez-moi, fit le Très Haut Maître d'hôtel, qui gratifia le Taï-pan d'une autre courbette avant de s'éloigner.

En s'asseyant, Ian remarqua la présence de Peter et Fleur Marlowe, qui avaient grand-peine à faire tenir tranquilles deux turbulentes petites filles de quatre et huit ans. A la table voisine, le vieux Willie Tusk lui adressa un salut de la main.

Quand Ian n'était qu'un adolescent, Sir Ross Struan, le père d'Alastair, l'envoyait deux ou trois fois par semaine porter des papiers chez Tusk, importateur capable de faire venir n'importe quoi de Thaïlande, de Birmanie ou de Malaisie et de l'expédier n'importe où, moyennant une commission de 7,5 p. 100 à laquelle s'ajoutait un peu de *h'eung yau.*

— Pourquoi 7,5 et pas 7 p. 100, Oncle Tusk ? lui avait un jour demandé le jeune garçon.

— Les 0,5 p. 100 de plus, c'est pour la bagatelle, c'est de l'argent dont je fais cadeau aux dames.

— Pourquoi donnez-vous de l'argent aux dames ?

— C'est une longue histoire, mon petit.

Très longue, pensa Dunross en se souriant à lui-même. Cette partie de son éducation avait été assurée par divers « professeurs » et le vieux Chen-chen, notamment, avait fourni à Ian sa première maîtresse quand il avait quatorze ans.

— Surtout, pas un mot à ton père, il m'arracherait les tripes pour en faire des supports-chaussettes ! lui avait recommandé l'Eurasien. C'est lui qui aurait dû s'en occuper, d'ailleurs. Enfin, peu importe.

— Mais quand faut-il... quand faut-il payer, Oncle Chen-chen ? Avant ou après ? C'est ce que je voudrais savoir.

— Tu ne sais pas grand-chose, en effet ! Pas même quand il faut se taire et écouter ! Comment veux-tu que je fasse ton instruction si tu n'arrêtes pas de jacasser ? Tu crois que j'ai du temps à perdre ?

— Non, Oncle Chen-chen.

— Tu as une sacrée chance, gloussa le vieillard. La première fois, c'est formidable ! Parce que c'est la première fois, non ? Dis-moi la vérité.

— Euh... eh bien... oui.

Ce fut seulement des années plus tard que Dunross apprit que plusieurs des meilleures « maisons » de Hong-Kong et Macao s'étaient secrètement disputé l'honneur de dépuceler l'arrière-arrière-petit-fils du Diable-aux-yeux-verts. Outre le prestige que le choix du compradore de la Noble Maison conférerait à l'établissement élu, le *joss* ne manquerait pas de favoriser l'initiatrice elle-même : la Première Semence de n'importe quel jouvenceau, si humble soit-il, était un puissant élixir, de même que les essences du yin d'une jeune vierge avaient le pouvoir de régénérer le yang des vieillards.

Quand Ian avait fait cette découverte, il avait explosé :

— C'est vrai, Oncle Chen, vous avez mis mon pucelage aux enchères ? Vous m'avez vendu à un bordel ?

— Bien sûr, avait ricané l'ancien compradore, à présent aveugle et proche d'une mort qu'il attendait sereinement. Qui te l'a dit ?

C'était Tusk. L'importateur, qui était veuf et fréquentait assidûment les lieux de plaisir, tenait l'histoire d'une *mama-san* selon qui c'était une tradition dans la Noble Maison : le compradore avait pour mission d'initier les descendants du Diable-aux-yeux-verts.

— C'est plutôt dégoûtant, Oncle Chen-chen !

— Pourquoi ? cela ne t'a rien coûté et t'a procuré beaucoup de plaisir. Cela ne m'a rien coûté non plus et j'ai empoché vingt mille dollars. La maison y a gagné en réputation, la fille aussi : elle s'est assuré pendant des années une foule de clients désireux de partager d'une certaine manière ta première expérience !

Jade Élégant — Dunross ne connaissait son initiatrice que sous ce nom — était une fille experte de vingt-deux ans, qui exerçait sa profession depuis que ses parents l'avaient vendue, à l'âge de douze ans, à la Maison des Mille Plaisirs. C'était, au gré de sa fantaisie, une femme douce et gentille ou un véritable dragon. Ian en était tombé follement amoureux et l'initiation avait duré deux années de suite, pendant les vacances d'été qu'il passait à Hong-Kong en sortant du pensionnat anglais où il faisait ses études. Mais la troisième année, le contrat passé par Chen-chen avait expiré, et lorsque Ian s'était précipité à la Maison des Mille Plaisirs, Jade Élégant avait disparu.

Aujourd'hui encore, Dunross se souvenait de la détresse qui l'avait envahi. Il s'était mis à la recherche de la fille mais n'avait pu retrouver sa trace. Des années plus tard, il avait demandé une explication au vieux Chen-chen, qui attendait la mort dans son lit.

— Il fallait qu'elle parte, avait murmuré l'Eurasien d'une voix lasse. Les jeunes gens s'enflamment trop facilement et donnent trop de leur temps, trop d'eux-mêmes à la femme dont ils sont épris. Il fallait qu'elle parte... Ne t'en fais pas, mon fils, elle n'a pas eu d'enfant de toi et elle a été bien payée.

Dunross goûta le vin sans cesser d'évoquer ses souvenirs. C'est la seule fois qu'il m'a appelé son fils, pensa-t-il.

Chen-chen était mort la semaine suivante et Hong-

Kong lui avait fait les plus grandes funérailles jamais vues : mille pleureuses vêtues de blanc suivirent le cercueil en gémissant, en implorant les dieux de faciliter le passage de l'esprit du défunt vers le grand Vide. Comme Chen-chen était officiellement chrétien, il eut droit, pour plus de sûreté, à deux services religieux : l'un anglican, l'autre bouddhiste...

— Bonsoir, Taï-pan !

Casey et Bartlett se tenaient près de sa table, souriants, bien qu'ils eussent tous deux l'air un peu fatigué. Ils s'installèrent, commandèrent à boire.

— Dawson, votre homme de loi, a reporté la réunion de ce matin à demain midi, annonça Casey.

— Je pense que j'y assisterai également, annonça Ian, cela accélérera les choses. Je lui demanderai de passer à notre siège et j'enverrai une voiture vous prendre à onze heures dix.

— Inutile, je sais comment venir par le ferry, répondit la jeune femme. J'ai fait la traversée dans les deux sens, cet après-midi : on en a pour ses cinq *cents*. Comment faites-vous pour maintenir le prix du billet aussi bas ?

— Nous avons transporté quarante-sept millions de passagers l'année dernière, expliqua Dunross, qui se tourna ensuite vers Bartlett. Vous serez à la réunion, demain ?

— Non, à moins que vous n'y teniez pour une raison particulière. Casey s'occupe toujours des questions juridiques dans un premier temps et Seymour Steigler III arrive jeudi par le vol de la Pan Am. Il réglera tous les détails avec vos avocats de manière que nous puissions conclure sans problème dans sept jours.

Un garçon au sourire obséquieux apporta un whisky pour Casey, une bière pour Bartlett, et remplit le verre de Dunross. Après son départ, la vice-présidente de Par-Con reprit à voix basse :

— En ce qui concerne vos bateaux, vous voulez un

accord séparé ? Si nous confions aux avocats le soin de s'en occuper, il n'y aura plus de secret.

— Je préparerai moi-même le document et j'y apposerai notre *chop*, ce qui le rendra légal et contraignant. Ainsi cette disposition restera entre nous.

— Qu'est-ce qu'un *chop* ? voulut savoir l'Américain.

— C'est l'équivalent d'un sceau.

Le Taï-pan sortit d'une de ses poches un étui oblong en bambou de cinq centimètres de long. Il fit coulisser la partie supérieure, sortit le *chop* de son écrin de soie rouge et en montra les caractères chinois gravés en relief dans l'ivoire.

— C'est mon *chop* personnel... Comme il a été gravé à la main, il est presque impossible d'en fabriquer un faux. Vous encrez cette partie ici... (Dunross montra le godet d'encre rouge et presque solide placé dans un coin de la boîte) et vous imprimez votre marque sur le papier. A Hong-Kong, il arrive très souvent qu'on ne signe pas un document et qu'on y appose seulement son *chop*. Le sceau de notre compagnie est identique à celui-ci mais un peu plus grand.

— Que signifient les caractères ? demanda Casey.

— C'est une sorte de jeu de mots sur le nom de mon ancêtre. Littéralement, ils veulent dire « illustre poignard fendant les nobles eaux vertes », allusion à « dirk », poignard écossais, au surnom de Diable-aux-yeux-verts, et à la Noble Maison.

Dunross sourit, rangea le *chop* et ajouta :

— Il a d'autres significations — dont celle de « Taï-pan de la Noble Maison » — car en chinois, il y a toujours plusieurs niveaux de lecture. C'est ce qui rend cette langue si complexe et si intéressante.

Casey s'éventait avec un menu. Il faisait chaud dans la salle malgré la légère brise créée par les ventilateurs du plafond.

— Il fait toujours aussi humide ? questionna-t-elle.

— Le temps est relativement sec, aujourd'hui. L'automne et le printemps sont les meilleures saisons à Hong-Kong. Cependant on prévoit effectivement de la pluie et nous pourrions avoir un typhon.

— Ian, j'ai parlé à Forrester, le responsable de notre branche polyuréthane, et il arrive par le même avion que Steigler, annonça Bartlett. J'ai pensé que nous pourrions gagner du temps en mettant la machine en branle sans attendre la signature des papiers.

— Charlie connaît de A à Z la question des mousses de polyuréthane : fabrication, vente et distribution, précisa K.C.

Désireux de vérifier une supposition, Dunross lâcha un ballon-sonde.

— Voulez-vous qu'il nous accompagne à Taipei ? proposa-t-il innocemment à Bartlett.

A l'expression de l'Américain, le Taï-pan comprit qu'il avait deviné juste. Salaud ! tu ne lui en as pas encore parlé, se dit-il. Tu m'as fait passer un sale moment hier soir, avec ces informations confidentielles que tu sortais de je ne sais où. Eh bien, à toi de te dépatouiller maintenant !

— Pendant notre partie de golf, Forrester discutera avec mes experts et reconnaîtra divers emplacements où nous pourrions implanter les usines, poursuivit Ian.

— Excellente idée.

Bartlett ne parut pas le moins du monde embarrassé et sa cote remonta dans l'opinion du Taï-pan.

— Taipei ? Taipei à Taiwan ? s'écria Casey, tout excitée. Nous allons à Taipei ? Quand ?

— Dimanche après-midi, répondit Bartlett d'une voix calme. Nous nous y rendons pour deux jours, Ian et m...

— C'est parfait, Linc. Pendant que tu joueras au golf, je mettrai les choses au point avec Charlie et j'étudierai les possibilités offertes à Taiwan.

Le « chef suprême de la Noble Maison » décida

charitablement de tirer Bartlett du guêpier dans lequel il l'avait fourré :

— A la réflexion, il vaut peut-être mieux que vous envisagiez d'abord avec Forrester les possibilités à Hong-Kong, qui constituera notre marché principal. Comme il arrive jeudi, vous souhaiterez sans doute passer le week-end ici avec lui.

Il regarda l'Américain, qui offrait l'image même de l'innocence.

— Si vous préférez annuler, je n'y vois pas d'inconvénient, vous aurez tout le temps de vous rendre à Taipei plus tard. Moi je ne peux malheureusement pas remettre.

— Non, non, je pars avec vous. Casey, tu t'occuperas de Seymour, il aura besoin d'aide. De mon côté, je procéderai à une exploration préliminaire et nous retournerons ensemble à Taiwan plus tard.

L'Américaine but pour se donner une contenance. Ainsi je ne suis pas invitée, se dit-elle avec colère.

— Alors vous partez dimanche ?

Dunross ne décela aucune trace d'irritation dans sa question et crut que son subterfuge avait marché.

— Oui, dans l'après-midi. Il est possible que je participe à la course de côte dans la matinée. Venez donc, si cela vous intéresse. Ensuite, nous irons directement ensemble à l'aéroport. A ce propos, je dois encore régler la question de votre appareil.

— Justement, fit Casey. Je croyais que ni l'avion ni Linc ne pouvaient quitter Hong-Kong.

— J'ai arrangé cela : la police l'a confié à ma garde.

— Et quand rentrez-vous ?

— Mardi, pour le dîner.

— Le jour de la signature ?

— Exactement.

— Linc, tu ne crois pas que c'est un peu juste ?

— Non, le marché est conclu, il ne reste plus qu'à signer, et je resterai en contact avec toi.

— Comme tu voudras. Tout sera prêt pour votre

retour. Taï-pan, s'il y a un problème, je le règle avec Andrew ?

— Ou avec Jacques. De toute façon, les liaisons téléphoniques sont excellentes entre Hong-Kong et Taipei, ne vous tracassez pas. Bon, êtes-vous libres pour dîner ?

— Certainement, dit Bartlett.

— Quel genre de cuisine vous plairait ?

— Cuisine chinoise ?

— Ah ! il faut être plus précis. C'est comme si vous parliez de cuisine européenne — ce qui fait aller la gamme des raffinements italiens aux viandes bouillies anglaises.

— Nous nous en remettons à vous, dit Casey. Personnellement, j'aime le riz cantonais, le chop suey, la sauce aigre-douce, mais je me méfie des plats trop « exotiques », trop éloignés de mes goûts.

— Moi aussi : pas de chien ni de serpent, ajouta Bartlett.

— Le serpent est excellent en cette saison. En particulier la bile, que l'on mélange au thé pour faire une boisson très roborative. Et un petit chow-chow mitonné dans du jus d'huître : succulent !

— Vous avez mangé du chien ? fit Casey, choquée.

— On m'avait dit que c'était du poulet et effectivement, cela y ressemble beaucoup. Il paraît qu'il ne faut jamais boire de whisky lorsqu'on mange du chien : la viande devient dure comme du bois et très difficile à digérer.

Tout en débitant des propos anodins, Ian regardait Jacques et Susanne de Ville sortir de l'hôtel. Comme il aurait voulu pouvoir les aider davantage ! comment diriger la Noble Maison et rester un être humain, une personne sensible ? se demandait-il. « Être Taï-pan comporte des joies et des peines », lui avait souvent répété Dirk Struan dans ses rêves. Bien peu de joies, songeait-il.

Quel est le but de mon existence ? l'argent, le pouvoir, la conquête de la Chine ?

Il s'aperçut que Bartlett et Casey l'observaient. Depuis l'arrivée de ces deux-là, je n'ai que des ennuis, pensa-t-il.

— Bon, je choisirai pour vous, trancha-t-il, en décidant de les emmener dans un restaurant cantonais.

Un groom, porteur d'un tableau noir sur lequel on avait écrit « Miss K.C. Shuluk », traversa la salle en agitant une clochette. Dunross lui fit signe et précisa à Casey.

— Il va vous conduire à la cabine téléphonique.

Elle se leva et il la regarda s'éloigner d'une démarche pleine de sensualité.

— Vous êtes un beau salopard, lui lança Bartlett d'une voix calme.

— Vraiment ?

— Vraiment, répéta l'Américain avec un grand sourire. Mais je ne vous ai pas fait de cadeaux hier soir — c'était mon tour d'encaisser. Pourtant ne recommencez pas ce petit jeu avec Casey : chasse gardée !

Les deux hommes suivirent des yeux la jeune femme, qui s'arrêta un instant à la table des Marlowe puis reprit son chemin.

— D'ailleurs elle a parfaitement compris qu'elle n'était pas invitée, reprit Bartlett.

— Vous êtes sûr ? demanda Dunross, chagriné. Je croyais bien l'avoir embobinée.

— Oh ! votre numéro était excellent mais je vous parie qu'elle n'en a pas été dupe.

Le visage de Bartlett se fendit d'un nouveau sourire et le Taï-pan se demanda ce qu'il cachait. Il va falloir que je me méfie un peu plus de ce type, pensa-t-il. Ainsi Casey est chasse gardée ? Qu'est-ce qu'il a voulu dire par là ?

Dunross avait choisi délibérément de rencontrer les Américains en public afin d'alimenter les rumeurs sur le prochain accord, de perturber le marché et de désorienter les boursicoteurs. Si la Ho-Pak s'effondrait sans entraîner d'autres banques avec elle, le boom pourrait quand même avoir lieu. Si les Américains se montraient un peu plus accommodants et s'il pouvait leur faire vraiment confiance, il raflerait le pactole des pactoles. Trop de si, estima-t-il. Pour l'instant ce n'est pas moi qui ai l'offensive mais eux.

— Que pensez-vous de Banastasio ? interrogea-t-il à brûle-pourpoint.

— Vincenzo ? C'est un type intéressant. Pourquoi ?

— Pour rien. Vous le connaissez depuis longtemps ?

— Trois ou quatre ans. Casey et moi avons été aux courses plusieurs fois avec lui, à Del Mar. C'est un gros flambeur, il lui arrive de jouer cinquante mille dollars sur un cheval, à ce qu'il prétend. John Chen le connaît bien. Et vous ?

— Je ne l'ai jamais rencontré mais j'en ai entendu parler par John, et par Tsu-yan.

— Un sacré flambeur aussi celui-là. Quand je l'ai vu à LA, il ne pensait qu'à filer claquer son fric à Vegas. D'ailleurs, nous l'avions rencontré à l'hippodrome la dernière fois que nous y étions allés avec John Chen.

Dunross s'efforça de faire rapidement le point. Le dossier qu'il avait fait établir sur Bartlett ne prouvait aucunement que l'Américain était mêlé aux activités de la Mafia mais Banastasio apparaissait maintenant comme le fil conducteur reliant les armes, John Chen, Tsu-yan et Par-Con.

La Mafia était sans cesse à la recherche d'affaires légales lui permettant de « blanchir » l'argent gagné avec la drogue. Quant à Tsu-yan, il avait fait le trafic de médicaments pendant la guerre de Corée et, selon les rumeurs, se livrait maintenant avec Wu-quatre-doigts à la contrebande de l'or. Si Banastasio vendait des armes, qui était l'acheteur ? John Chen avait-il été enlevé parce qu'il avait découvert quelque chose ? Par-Con était-elle contrôlée par la Mafia ?

— Je crois me rappeler que, d'après John, Banastasio est un de vos principaux actionnaires, lança le Taï-pan à l'aveuglette.

— Vincenzo a un gros paquet d'actions de Par-Con mais il n'est membre ni du bureau ni du conseil d'administration. Pourquoi ?

Sentant que ses questions intriguaient Bartlett, Dunross décida de mettre fin à l'interrogatoire.

— Décidément, le monde est petit, conclut-il d'un ton anodin.

Casey bouillait encore de colère lorsqu'elle pénétra dans la cabine.

— Ici Miss Tcholok, vous avez une communication pour moi ?

— Ung moment si-vous-plet.

Alors je ne suis pas invitée, songeait-elle, furieuse. Pourquoi Dunross a-t-il tourné autour du pot au lieu de me le dire ? Pourquoi Linc s'est-il prêté à ce jeu ? Nous avons pourtant l'habitude d'être francs l'un envers l'autre. Elle se souvint du jour où il lui avait déclaré :

— Avec toi, je ne joue pas. C'est toi que je veux, rien d'autre ne compte. Oublions le contrat que nous avons passé, marions-nous et...

C'était quelques mois après son entrée à Par-Con. Elle venait d'avoir vingt ans, elle l'aimait déjà mais elle voulait d'abord se trouver, devenir financièrement indépendante et prendre sa revanche sur les hommes.

— Non, Linc, avait-elle répondu. Nous avons décidé d'attendre sept ans. Je t'aiderai à devenir riche, je gagnerai de l'argent en t'en faisant gagner et nous ne dépendrons pas l'un de l'autre. Tu peux me licencier à tout moment, je peux partir quand j'en ai envie : nous sommes libres et égaux. Je t'aime de tout mon cœur mais je tiens à cet accord. Si tu veux encore m'épouser lorsque j'aurai vingt-sept ans, alors j'accepterai. Je deviendrai ta femme, je vivrai avec toi : comme tu voudras. Mais pas maintenant. Je t'aime, c'est vrai, pourtant si nous devenons amants maintenant, je... je ne pourrai jamais... Je ne peux pas, Linc, pas maintenant. J'ai trop de choses à apprendre d'abord sur moi-même.

Quel marché insensé ! pensa-t-elle en soupirant. Vaut-il vraiment toutes ces années d'efforts, d'attente et de solitude ? Je n'en sais rien. Et Par-Con ? Pourrai-je un jour atteindre mon double objectif : Par-Con *et* Linc, ou devrai-je renoncer à l'un des deux ?

— Ciranoush ? fit une voix dans l'appareil.

— Ah ! Mr. Gornt ! Bonsoir, quelle bonne surprise !

Casey sentit une vague de chaleur l'envahir et s'efforça aussitôt de recouvrer ses esprits.

— J'espère que je ne vous dérange pas.

— Pas du tout. Que puis-je faire pour vous ?

— Je me demandais si vous pourriez me donner dès maintenant confirmation pour dimanche, de manière que je puisse préparer ma promenade en mer. Je serai ravi de vous avoir comme invités d'honneur, tous les deux.

— Je suis désolée mais Linc n'est pas libre.

Après une légère pause, Gornt reprit :

— Alors venez seule. Il y aura aussi quelques-unes de mes relations d'affaires — des gens qui vous intéresseront.

Je devrais peut-être y aller pour Par-Con, se dit Casey. D'ailleurs, si Linc et le Taï-pan vont à Taipei sans moi, je peux bien faire une balade en mer sans eux.

— J'accepte avec joie — si vous êtes sûr que je ne serai pas de trop.

— Absolument pas. Je passerai vous prendre au wharf, près du Golden Ferry, juste en face de l'hôtel, vers dix heures environ. Nous irons vers les petites îles, nous pique-niquerons, nous ferons du ski nautique et nous rentrerons juste avant le coucher du soleil.

— J'aimerais que cette excursion demeure entre nous, sollicita Casey. « Bouche cousue ne gobe pas les mouches », a dit Confucius.

— Il a dit beaucoup de choses. Il a entre autres comparé une dame à un rayon de lune.

Bien qu'elle sentît venir le danger, la jeune femme répondit d'un ton léger :

— Dois-je me faire accompagner d'un chaperon ?

— Peut-être.

— Que diriez-vous de Dunross ?

— Il gâcherait ce qui promet d'être une belle journée.

— A dimanche, Mr. Gornt.

— Merci, dit Gornt avant de raccrocher aussitôt.

Sale con prétentieux ! faillit s'exclamer K.C. Tu crois que c'est dans la poche ? Juste « merci », et hop, je raccroche, sans même dire au revoir. Je ne suis pas à prendre, je suis à Linc.

Alors pourquoi as-tu joué les coquettes à la réception et maintenant, au téléphone ? se demanda-t-elle. Et pourquoi veux-tu que ce salaud ne parle à personne de votre rendez-vous de dimanche ?

Les femmes aussi aiment les secrets, se dit-elle. En fait elles aiment très souvent ce qu'aiment les hommes.

26

20 h 35

Au sous-sol de la Ho-Pak, dans la chambre forte, deux costauds soulevèrent un sac en toile qu'ils posèrent sur le dos courbé d'un coolie, un petit homme âgé vêtu d'un maillot crasseux et d'un short en lambeaux. Il ajusta sur son front la courroie passant autour du sac, tendit le cou et agrippa les deux sangles usées. Son cœur fatigué battait à grands coups, ses doigts se crispaient pour ne pas céder sous le poids du fardeau.

Le sac pesait quarante-cinq kilos — presque autant que lui — et contenait deux cent cinquante petits lingots de cinq taels, dont un seul aurait nourri sa famille pendant des mois. Pourtant le vieil homme ne songeait pas à voler, fût-ce une once d'or. Il ne pensait qu'à dominer sa souffrance, à avancer, à faire sa part du travail, à toucher sa paye et à se reposer.

— Presse-toi, grommela le contremaître. Y en a encore vingt tonnes à charger, fornication ! Suivant !

Le coolie ne répondit pas, il ne devait pas gaspiller inutilement son énergie s'il voulait tenir jusqu'à la fin. Il mit péniblement en mouvement ses jambes nouées et variqueuses, couturées de cicatrices après tant d'années de travail.

Un autre prit sa place tandis qu'il sortait lentement du caveau de béton humide où s'alignaient, sur des rayonnages, des lingots soigneusement empilés. Deux employés de banque d'allure proprette les comptaient et les recomptaient avant de les mettre dans un sac qu'ils fermaient et plombaient.

En montant l'étroit escalier, le coolie trébucha, reprit avec peine son équilibre et leva le pied pour gravir la marche suivante. Plus que vingt-huit, se dit-il. Il arrivait sur le palier quand ses jambes se dérobèrent sous lui. Il chancela, s'appuya contre le mur pour soulager son dos et serra désespérément la courroie de ses deux mains, conscient qu'il ne parviendrait jamais à recharger le sac sur son dos s'il venait à tomber, terrifié à la pensée que le contremaître ou son aide pourraient passer par là. A travers le brouillard dont la douleur l'enveloppait, il entendit des pas derrière lui, parvint à remonter le sac et se remit à avancer. Cette fois, il faillit tomber en avant.

— Hé, Chu-neuf-carats, ça va ? lui demanda l'autre coolie en dialecte de Shan-tung.

— Oui... oui, haleta le vieux, rassuré par la voix de son ami, originaire du même village que lui et chef de leur petite bande. Forniquent tous les dieux ! j'ai... glissé...

Le « pays » de Chu vit la détresse du vieillard dans ses yeux chassieux, son regard torturé.

— Repose-toi un moment, je monterai ton sac.

Il déchargea Chu de son fardeau et le posa sur les planches du palier.

— Je dirai à cet étranger sans mère qui croit avoir assez de cervelle pour être contremaître que tu es parti pisser.

Il sortit de ses haillons une feuille de papier à cigarettes pliée en deux qu'il tendit au vieillard en disant :

— Tiens. Je le déduirai de ta paye ce soir.

Envahi par la douleur, à peine capable de penser, Chu marmonna des remerciements tandis que son ami hissait le sac sur son dos et montait lentement l'escalier, satisfait du marché qu'il venait de passer.

Le vieillard descendit quelques marches, s'accroupit et se coula dans une niche poussiéreuse. Les doigts tremblants, il déplia la feuille de papier contenant la pincée de poudre blanche puis il craqua une allumette et la promena sous la feuille. Quand la poudre commença à noircir et à fumer, il l'approcha de ses narines et inspira profondément, une, deux, trois fois, jusqu'à ce que le dernier grain blanc fût transformé en cette fumée âcre dont il emplissait avidement ses poumons.

Il se renversa contre le mur et bientôt, la douleur fit place à l'euphorie. Il se sentit jeune et fort, capable de finir le travail de ce soir. Samedi, aux courses, il miserait sur le gagnant. Oui, ce serait sa semaine de chance et, avec ses gains, il achèterait un terrain, modeste, mais le boom en décuplerait le prix ; il le revendrait, en acquerrait d'autres et ferait fortune, il deviendrait un ancêtre vénéré, entouré d'une troupe de petits-enfants...

Il se leva et retourna dans la chambre forte, où il reprit place dans la file des coolies.

— *Diou ne lo mo,* dépêchez-vous ! s'écria-t-il d'un ton impatient dans son dialecte chantant. J'ai un autre boulot à minuit, moi !

Un autre travail l'attendait effectivement sur un chantier situé non loin de la banque car, ce soir-là, Chu avait eu la chance de trouver deux fois de l'embauche en plus de son emploi normal d'ouvrier du bâtiment. C'était grâce à la poudre blanche qu'il tiendrait le coup ce soir, il le savait, mais la poudre était dangereuse et, en homme sensé et prudent, il n'en prenait qu'une fois parvenu à la limite de ses forces. Qu'il en prît désormais presque tous les jours, et souvent deux fois par jour, cela ne le préoccupait pas. C'est le *joss*, pensa-t-il en chargeant un autre sac sur son dos.

Fils aîné de paysans propriétaires d'une petite ferme dans la province de Shan-tung, il avait jadis cultivé la terre fertile du delta du Fleuve Jaune où, depuis des siècles, on faisait pousser des fruits et des céréales, du soja, des cacahuètes, du tabac et des légumes.

Ah ! la bonne terre, se souvenait-il en grimpant l'escalier sans plus sentir les battements de son cœur. Les champs couverts d'une riche récolte, comme c'était beau ! Mais les Mauvais Temps étaient venus, les diables de la Mer de l'Est, avec leurs canons et leurs chars, s'étaient emparés de nos terres. Puis les seigneurs de la guerre, Mao Tse-tung et Chiang Kai-shek, les avaient chassés mais ils avaient aussitôt commencé à se battre entre eux et la terre était de nouveau restée en jachère. Il avait fallu fuir la famine, avec la jeune femme et les deux fils, pour finir ici à Port-Odorant, perdu parmi des barbares du Sud et des diables d'étrangers. Nous avons parcouru tout le chemin à pied et nous avons survécu. J'ai porté mes fils pendant presque tout le voyage — ils ont à présent seize et quatorze ans. Nous avons aussi deux filles et tous les enfants mangent du riz une fois par jour. Oui, je sens que la chance est revenue. Quand j'aurai gagné assez d'argent, je retournerai au village, je récupérerai mes terres et je sèmerai de nouveau. Le Président Mao nous souhaitera la bienvenue, nous serons riches et heureux...

Parvenu dans la rue obscure, il s'arrêta près du camion, des mains empoignèrent le sac et le placèrent à côté d'autres, sous le regard vigilant des employés de banque. Quelques mètres plus loin, des gardes s'appuyaient contre le deuxième camion, déjà chargé ; un seul policier sans arme surveillait nonchalamment les environs.

Chu allait redescendre lorsqu'il vit trois Européens

s'approcher : deux hommes et une femme. Il s'arrêta, bouche bée, près d'un groupe de coolies.

— *Diou ne lo mo !* Regardez-moi cette putain — le monstre avec le chapeau de paille, s'exclama-t-il, sans s'adresser à personne en particulier.

— Incroyable ! fit en écho un autre homme de peine.

— La façon dont ces garces s'habillent ! s'indigna un vieux coolie. Avec ces pantalons collants, on leur voit les rides de la Fente, fornication !

— Je parie que tu pourrais y fourrer le poing et le bras ! s'esclaffa un autre.

— Sans toucher le fond ! renchérit Chu-neuf-carats.

Il se gratta la gorge, cracha par terre et se dirigea de nouveau vers l'entrée de la banque.

— C'est dégoûtant, cette habitude de cracher en public, murmura Casey.

— Les Chinois croient qu'ils ont dans la gorge un esprit malfaisant dont il faut se débarrasser constamment si l'on ne veut pas qu'il vous étouffe, expliqua Dunross, venu montrer à ses invités la curiosité promise avant le dîner.

— Pourquoi nous avoir amenés ici ? questionna Bartlett.

— J'ai pensé que vous aimeriez voir cinquante tonnes d'or.

— Ces sacs sont pleins d'or ? fit Casey, ahurie.

— Oui. Venez.

Dunross conduisit ses hôtes au sous-sol où les responsables de la banque l'accueillirent avec déférence, sous les yeux des gardes sans arme et des coolies. Ébahis, les deux Américains contemplaient les rangées de lingots empilés sur les rayonnages métalliques.

— Je peux en prendre un ? demanda la jeune femme.

— Servez-vous, répondit Dunross, qui les avait

conduits à la banque pour sonder la profondeur de leur cupidité.

Ni Casey ni Bartlett n'avaient jamais vu autant d'or de leur vie. Elle promena les doigts sur un lingot avant de le soulever.

— C'est lourd, murmura-t-elle.

— On les appelle des « barres de contrebandier » parce qu'elles sont faciles à cacher et à transporter, dit le Taï-pan. Les contrebandiers portent une sorte de gilet en toile avec des poches taillées à la dimension des lingots. On prétend qu'un bon passeur peut porter jusqu'à quarante kilos d'or par voyage.

Casey tourna vers Ian des yeux agrandis par l'excitation :

— Ils sont à vous ?

— Grand dieu non ! Ils appartiennent à une compagnie de Macao qui les transfère à la Victoria Bank.

— Je comprends maintenant pourquoi le regard de mon père s'éclairait quand il parlait d'or, dit Casey.

Dunross, qui l'observait, ne lut sur son visage aucune cupidité, seulement de l'étonnement.

— Les banques organisent souvent ce genre de transfert ? voulut savoir Bartlett.

— C'est très fréquent, répondit Ian, qui se demanda si l'Américain envisageait déjà un braquage avec son ami Banastasio. Nous attendons la livraison d'une très importante quantité d'or dans trois semaines, ajouta-t-elle pour l'appâter davantage.

— Cinquante tonnes d'or, cela vaut combien ?

— Soixante-trois millions de dollars au cours légal.

— Et vous les transportez dans des camions qui ne sont même pas blindés, sous la protection de quelques gardes sans arme ?

— Naturellement. Cela vous explique pourquoi la police de Hong-Kong veille soigneusement à ce qu'aucune arme ne soit introduite en fraude dans la Colonie : si les policiers sont les seuls à être armés, il n'y a rien à craindre des brigands.

— Mais où sont les policiers ? Je n'en ai vu qu'un et il n'avait pas d'arme.

— Oh ! ils ne doivent pas être loin, dit Dunross d'un ton délibérément insouciant.

Après avoir laissé ses invités contempler tout leur soûl le trésor offert à leurs yeux, le Taï-pan proposa :

— Nous remontons ?

En sortant dans la rue, il aperçut deux hommes qui bavardaient dans l'ombre, près des camions, et il se raidit en reconnaissant Martin Haply, du *China Guardian*, en compagnie de Peter Marlowe.

— Bonsoir, Taï-pan, lui lança le jeune journaliste en s'approchant avec un sourire confiant. Je ne pensais pas vous trouver ici. Miss Casey, Mr. Bartlett... Taï-pan, j'aimerais avoir votre opinion sur l'affaire Ho-Pak.

— Quel affaire Ho-Pak ?

— La ruée sur la banque.

— Je ne suis pas au courant.

— Vous n'avez pas lu mon article sur les...

— Mon cher Haply, vous devriez savoir que j'accorde rarement d'interviews, et jamais au coin d'une rue.

— Ce transfert est un sale coup pour la Ho-Pak, non ? Un vrai baiser de la mort pour Richard Kwang.

— Oubliez donc la Ho-Pak, Mr. Haply, soupira Ian. J'aimerais vous dire un mot en particulier.

Il prit le jeune homme par le bras et l'entraîna avec une fermeté gantée de velours. Lorsqu'ils furent seuls, à demi cachés par l'un des camions, il le lâcha et déclara, en baissant inconsciemment la voix :

— Puisque vous sortez avec ma fille, je tiens à vous dire que je lui suis très attaché. J'espère que vous êtes un type bien, et si je venais à apprendre le contraire, je vous demanderais immédiatement des comptes.

Le Taï-pan fit aussitôt volte-face et retrouva instantanément un sourire amical en se dirigeant vers les autres.

— Bonsoir, Marlowe, comment ça va ?

— Très bien, merci. Sidérant, cette montagne d'or ! dit l'écrivain en montrant les camions.

— Où avez-vous entendu parler du transfert ?

— Un de mes amis journalistes m'en a informé il y a une heure. J'ai pensé que le spectacle pouvait m'intéresser. Je... je ne suis pas indiscret, j'espère ?

— Pas du tout. Vous voyez, Casey, je vous l'avais dit, Hong-Kong est un village, rien n'y reste secret longtemps. Mais ces sacs ne contiennent que du plomb : de l'or pour gogos. Le vrai transfert s'est effectué il y a une heure et il ne portait que sur quelques milliers d'onces. Les réserves en or de la Ho-Pak sont à peine entamées.

Ian adressa un sourire à Haply, qui le regardait, le visage fermé.

— Alors, tout ça, c'est de la frime ? bredouilla Casey.

Peter Marlowe se mit à rire :

— Je dois dire que l'opération me semblait un tantinet risquée !

— Venez, il est temps d'aller dîner, décréta Dunross en prenant le bras de l'Américaine. Bonsoir, messieurs.

Le trio descendit la rue et tourna pour se diriger vers le grand immeuble de la Victoria.

— J'aurais pourtant juré que c'était de l'or, murmura K.C.

— C'en était.

La jeune femme s'arrêta de marcher.

— Pardon de cet embrouillamini, j'ai seulement cherché à semer la confusion dans l'esprit de Haply et Marlowe. A présent, ils se méfieront de leurs informateurs.

— C'est curieux, reprit Casey avec un rire nerveux. J'étais sûre que c'était de l'or mais quand vous avez dit le contraire, je vous ai cru et maintenant je vous crois à nouveau. C'est facile à faire, de faux lingots d'or ?

— Oui et non. Pour savoir si un lingot est bon, on

le soumet au test de l'acide, c'est le seul moyen, expliqua Ian.

— Pour l'or comme pour les gens, enchaîna Bartlett avec un demi-sourire.

— Je vois que nous nous comprenons parfaitement, conclut le Taï-pan.

Comme il était trop tard pour rentrer par le ferry, Casey et Linc avaient pris une vedette-taxi pour traverser le port. La nuit était merveilleuse, Il flottait dans l'air une agréable odeur marine. Assis sur le banc faisant face à Hong-Kong, ils se tenaient par la main. Le dîner avait été succulent, Dunross s'était révélé un hôte charmant. Ils se sentaient tous deux en paix avec le monde et avec eux-mêmes.

Répondant à la pression des doigts de Linc, Casey se laissa aller contre lui.

— Quelle vue romantique ! s'extasia-t-elle. Regarde toutes ces lumières sur le Pic. C'est le plus bel endroit du monde !

— Plus beau que le midi de la France ?

— C'était très différent.

Deux ans plus tôt, ils avaient pris des vacances ensemble sur la côte d'Azur pour la première et la dernière fois. Ne pas céder à la tentation leur avait demandé à tous deux trop d'efforts.

Après être descendus au wharf, côté Kowloon, ils regagnèrent l'hôtel à pas lents, bras dessus bras dessous. Il y avait encore quelques grooms dans le hall et à leur étage, Chang-service-de-nuit se précipita pour leur ouvrir la porte de la suite.

— Un dernier verre ? proposa Bartlett.

— Non, merci. Eh bien... à demain, Linc, dit Casey en restant immobile au milieu du salon.

Une veine battait à ses tempes et elle avait l'impression que ses reins se liquéfiaient. Jamais Linc ne lui avait paru aussi beau.

— Dans trois mois, c'est ton anniversaire, Casey.
— Treize semaines et six jours.
— Pourquoi attendre ? Marions-nous demain.
— Linc, tu as été merveilleux, murmura la jeune femme avec un sourire hésitant. Tu t'es montré si patient, si compréhensif. Ce ne sera plus long, maintenant. Je t'en prie, ne changeons rien à ce que nous avons décidé.
Bartlett la regarda longuement avant de répondre :
— Entendu. Tu as raison, cet endroit est romantique — trop même : moi aussi j'en ressens les effets. Tu... ferais peut-être mieux de prendre une autre chambre.
Il passa dans la pièce voisine, ferma la porte.
Cette nuit-là, Casey s'endormit en pleurant.

MERCREDI

27

5 h 45

Les deux chevaux de course émergèrent du tournant à très vive allure pour se lancer dans la dernière ligne droite. Bien que l'aube commençât à pointer, le ciel restait noir à l'ouest. Sous les yeux de quelques curieux matinaux venus suivre l'entraînement à l'hippodrome de la Vallée Heureuse, Dunross montait Buccaneer, un grand hongre bai, et venait de se porter à la hauteur de Noble Star, montée par le jockey Tom Leung. En apercevant le poteau, Ian sentit en lui un soudain désir de pousser son cheval et d'arriver le premier. jTom Leung dut avoir la même envie mais les deux cavaliers savaient qu'ils n'étaient pas en course, qu'il s'agissait simplement d'une séance d'entraînement, et qu'il valait mieux ne pas dévoiler les cartes de l'écurie Struan avant samedi.

Les deux pur-sang avaient les flancs luisants de sueur, les oreilles rabattues en arrière. Excités par la proximité du poteau, ils donnaient à présent le meilleur d'eux-mêmes tandis que leurs jockeys, debout sur les étriers, se penchaient en avant.

Noble Star, qui avait la corde et portait moins de poids, commença à se détacher. Instinctivement, Ian donna du talon dans le flanc de Buccaneer, qui accéléra l'allure. L'écart se réduisit. Jugeant qu'aucun entraîneur indiscret ne pourrait estimer avec précision la force de son cheval sur une distance aussi courte, le Taï-pan donna un autre coup de talon, plus appuyé : la course avait commencé. Les chevaux, qui l'avaient compris, allongèrent leur foulée. Voyant que Buccaneer se rapprochait, Noble Star eut un sursaut, s'envola et gagna d'une demi-longueur.

Les deux cavaliers ralentirent leurs bêtes et firent un nouveau tour au petit trot puis Dunross s'arrêta et descendit, flatta l'encolure de son cheval et tendit la bride à un lad qui se mit aussitôt en selle pour poursuivre la séance d'entraînement.

Ian tira les épaules en arrière et éprouva dans ses muscles une douleur agréable. Il avait le cœur battant, un goût de sang dans la bouche : il se sentait bien. Officiellement, à Hong-Kong, les courses étaient réservées aux amateurs et, dans sa jeunesse, Dunross avait monté deux saisons. Il aurait continué si son père, alors Taï-pan et premier commissaire de course, ne lui avait ordonné d'abandonner. Mais bien qu'il eût cessé de monter en course, il continuait à entraîner les chevaux de l'écurie Struan quand il en avait envie.

Se lever alors que presque tout le monde dormait encore, galoper dans le petit jour lui clarifiait les idées pour la journée.

D'autres pur-sang s'entraînaient, pénétraient sur la piste ou la quittaient. Propriétaires, entraîneurs et jockeys discutaient par petits groupes, tandis que les lads, les *ma-fous*, faisaient marcher des chevaux protégés par une couverture.

Butterscotch Lass, la jument de Richard Kwang, passa au petit trot en secouant sa tête frappée d'une étoile blanche. Elle avait fière allure. Plus loin, Pilot Fish, l'étalon de Gornt, se mit au galop derrière un autre cheval de l'écurie Struan, Impatience, un poulain que Dunross venait d'acheter et qu'il n'avait pas encore essayé. Ian suivit d'un œil critique sa nouvelle acquisition et trouva qu'elle manquait de nerf.

Son entraîneur, un émigré russe d'une soixantaine d'années au visage parcheminé, s'approcha de lui.

— Taï-pan, vous n'avez pas résisté à l'envie de faire la course. Vous avez vu comment Noble Star s'est détachée ?

— C'est une battante, tout le monde le sait, Alexi.

— J'aurais préféré qu'elle ne le rappelle pas aujourd'hui devant toute cette clique, maugréa le Russe en montrant les autres entraîneurs.

Alexi Travkin avait quitté la Russie en 1919 pour Harbin, en Mandchourie, puis était descendu vers le Sud et s'était installé dans la concession internationale de Shanghai. Ce fut là qu'il commença à monter des gagnants. Comme il connaissait mieux les chevaux que la plupart des hommes se connaissent eux-mêmes, il devint entraîneur. Lorsqu'il dut fuir à nouveau la révolution, en 1949, il passa quelques années à Hong-Kong et partit ensuite pour l'Australie, où prospérait l'élevage. Mais l'Asie lui manqua et il revint à Hong-Kong. Dunross, qui cherchait alors un entraîneur, lui proposa de s'occuper de l'écurie de la Noble Maison. La première saison n'avait pas été très bonne, la suivante avait été meilleure et les deux hommes savaient que cette troisième année serait l'épreuve de vérité.

— Et samedi ? demanda Dunross en regardant passer Noble Star.

— Elle sera tout aussi battante. Mais d'autres aussi voudront gagner : Butterscotch Lass et Pilot Fish, notamment. D'ailleurs les huit courses de la réunion seront très ouvertes.

Dunross aperçut Gornt discutant avec Sir Dunstan Barre près de l'arrivée.

— Je n'aimerais pas du tout me faire battre par Pilot Fish, grogna-t-il.

— Alors montez Noble Star vous-même. Vous le

coincerez contre la balustrade dans le tournant s'il vous menace, ou vous filerez un coup de cravache dans les yeux de son jockey, eh ? Ce n'est pas ce que vous auriez fait aujourd'hui si vous aviez été en course ?

— Comme ce n'était pas une course, vous ne le saurez jamais, répondit Ian en souriant.

Un *ma-fou* s'approcha de l'entraîneur et lui remit une note.

— Message de Mr. Choi : il vous demande de jeter un œil aux bandages de Chardistan quand vous aurez un moment.

— J'arrive. Dites-lui d'ajouter de l'eau blanche aujourd'hui et demain à la nourriture de Buccaneer.

Voyant que le Taï-pan avait les yeux fixés sur Noble Star, Travkin fronça les sourcils :

— Vous n'envisagez pas sérieusement de monter samedi ?

— Non, rassurez-vous. Au revoir, Alexi. Demain, je ferai travailler Impatience.

L'entraîneur regarda le Taï-pan s'éloigner puis déplia la note qu'on venait de lui remettre. Elle était courte et écrite en russe : « Bons baisers de Kurgan, Altesse. J'ai des nouvelles de Nestorova... » L'émigré blêmit. Qui en Asie pouvait savoir qu'il était fils du Prince de Kurgan et Tobol, qu'il avait épousé mille années plus tôt Nestorova, femme-enfant chérie disparue dans les tourbillons de la révolution tandis qu'il se battait avec son régiment. Il n'avait jamais parlé d'elle à personne...

Bouleversé, il relut la note et se demanda si c'était un nouveau tour des Bolcheviks ou le message d'un ami. « Rendez-vous au restaurant du Dragon Vert, dans la rue qui donne sur Nathan Road, au niveau du n° 189, à trois heures cet après-midi, dans la salle du fond. » Il n'y avait pas de signature.

De l'autre côté du paddock, Richard Kwang se

dirigeait vers son entraîneur lorsqu'il vit Ching-beau-sourire, son cousin au sixième degré, président de la puissante Ching Prosperity Bank, braquant ses jumelles sur Pilot Fish.

— Bonjour, cousin, fit-il en cantonais d'un ton affable. As-tu mangé du riz aujourd'hui ?

Le vieil homme matois fut aussitôt sur ses gardes.

— Tu n'auras pas un sou de moi, marmotta-t-il, découvrant un peu plus les dents mal plantées qui lui donnaient un éternel sourire grimaçant.

— Et pourquoi pas ? répliqua le banquier. Fornication, je t'ai prêté dix-sept millions que...

— Remboursables en quatre-vingt-dix jours et bien investis. Nous t'avons régulièrement payé les 40 % d'intérêt.

— Misérable os de chien ! Je t'ai aidé quand tu avais besoin d'argent. Le moment est venu de rembourser !

— Rembourser quoi ? Je t'ai fait gagner une fortune : j'ai pris les risques, tu as récolté les bénéfices. D'ailleurs, cette catastrophe ne pouvait plus mal tomber ! Tout mon argent est investi, jusqu'au dernier centime. Je ne suis pas comme certains banquiers qui laissent dormir leur capital, je le fais travailler.

En investissant dans le trafic de drogue, songea Kwang. Bien sûr, ce n'étaient que des rumeurs mais on racontait que la Prosperity servait à « blanchir » les profits énormes du trafic des stupéfiants, dont la plaque tournante était Bangkok.

— Pense à la famille, plaida Kwang. Quand ces fornicateurs d'étrangers les attaquent, les personnes civilisées doivent se serrer les coudes !

— C'est toi la cause de la ruée sur Ho-Pak. C'est après toi qu'ils en ont, moi ils me laissent tranquille. Tu as dû leur faire tort d'une façon ou d'une autre ! D'ailleurs, il paraît que tu t'es lancé dans des affaires très risquées. Oui, cousin : tu as mis toi-même la tête dans la cangue. Demande donc de l'aide à tes associés, à ce mauvais fils de putain maltaise — il a des milliards — ou à l'avare...

Le vieux Ching ricana et poursuivit :

— Tiens, je te donnerai un dollar pour chaque *cent* qu'il te prêtera !

— Si je bois la tasse, la Prosperity ne tardera pas à suivre.

— Pas de menaces ! riposta Beau-sourire avec colère, un filet de salive aux lèvres. Si tu plonges, ce ne sera pas ma faute. Ne rejette pas ton mauvais *joss* sur la famille ! Si les déposants de la Prosperity se mettent eux aussi à fermer leurs comptes, je ne tiendrai pas un jour !

Richard Kwang éprouva une satisfaction passagère de savoir l'empire Ching également menacé mais les soucis reprirent bientôt le dessus. Malgré les accords qu'il avait passés avec Blacs, la Victoria et la Bombay and Eastern Bank of Kowloon en offrant ses titres en garantie, il était inquiet. Et furieux. Les circonstances l'avaient contraint à prendre des engagements extrêmement désavantageux, qu'il n'avait aucune envie d'honorer.

— Allons, cousin, implora-t-il, juste cinquante millions pendant dix jours et je renouvellerai ton emprunt pour deux ans.

— Cinquante millions pendant trois jours, à 10 % d'intérêt par jour, avec en garantie l'argent que tu m'as prêté plus ton immeuble dans le centre.

— Va forniquer dans l'oreille de ta mère ! tempêta Kwang. Cet immeuble vaut quatre fois plus.

Ching haussa les épaules et regarda de nouveau Pilot Fish dans ses jumelles.

— Tu crois que le grand noir va battre aussi Butterscotch Lass ?

Richard Kwang regarda d'un air renfrogné l'étalon de Gornt.

— Ma jument devrait gagner si son jockey ne la retient pas ou si mon entraîneur ne la drogue pas.

— Ces voleurs ! On ne peut pas leur faire confiance ! Moi mon cheval n'a même jamais réussi à finir placé.

— Cinquante millions pendant une semaine, à 2 % par jour ?

— 5 %, plus l'im...

— Jamais !

— Alors la moitié.

— Je t'offre 6 p. 100 des parts de l'immeuble, proposa Kwang.

Beau-sourire estima les risques, et les profits. Même si Ho-Pak faisait faillite, le prêt serait largement couvert par l'immeuble. Oui, il y avait gros à gagner... à condition que sa banque ne fasse pas elle aussi l'objet d'une ruée.

— Quinze pour cent des parts, pas moins, et Butterscotch Lass en prime, exigea-t-il.

Après quelques marchandages supplémentaires, les deux hommes convinrent que Richard Kwang aurait ses cinquante millions en liquide, le jour même à quatorze heures, et qu'il donnerait comme garantie 39 p. 100 de l'immeuble et un quart de sa jument.

— Pour samedi, dans la cinquième course, on pourrait peut-être s'arranger avec le jockey de Pilot Fish ? suggéra Ching. *Notre* cheval sera favori, il suffira de le retenir et de parier sur Pilot Fish.

— Bonne idée, approuva Kwang. Nous prendrons une décision samedi matin.

— J'ai entendu dire que tu as dîné hier soir à l'Old Vic ?

Le patron de la Ho-Pak sourit en repensant au succès que Venus Poon s'était taillé en entrant dans la salle du restaurant, vêtue de la nouvelle robe de chez Dior qu'il lui avait offerte, des bracelets en or étincelant à ses poignets. En s'asseyant à la table bien placée pour laquelle il avait glissé un « rouge » — cent dollars — au maître d'hôtel, Kwang remarqua quatre de ses amis chinois dînant en compagnie de leurs épouses, bouffies et couvertes de bijoux. Les femmes lui avaient décoché un regard glacial.

Toutes les mêmes, ces épouses, pensa-t-il. Des dragons ! Et elles devinent qu'on va leur mentir avant même qu'on ait ouvert la bouche. Il n'était pas encore rentré chez lui pour affronter Mai-ling, que deux ou trois de ses amies l'avaient sans doute prévenue. Après l'avoir laissée tempêter, crier, pleurer un moment, il répondrait qu'elle avait tort de croire les ragots colportés par des commères pleines de fiel et lui parlerait du manteau de vison qu'il avait commandé pour elle trois semaines plus tôt et qu'il passerait prendre à temps pour qu'elle puisse le porter samedi aux courses. Le calme reviendrait dans son foyer — jusqu'à la prochaine fois.

Une bonne idée, ce vison. L'ennui, c'était que, à l'origine, il l'avait acheté pour Venus Poon, et que ce matin, amolli par ses caresses, il avait promis de le lui apporter ce soir. Bah ! tant pis, se dit-il. De toute façon, il m'a coûté quarante mille dollars, c'est trop pour cette petite garce. Je lui en trouverai un autre, d'occasion, si possible...

— Avec Venus Poon, *heya* ? précisa Ching.

— J'ai l'intention de me lancer dans la production de films et d'en faire une star, répondit Kwang d'un ton pompeux, fier du mensonge qu'il venait d'imaginer et qu'il servirait à sa femme.

Beau-sourire eut l'air impressionné :

— Dis donc ! mais ce n'est pas risqué, ce genre d'affaires ?

— Il y a moyen d'éliminer les risques, chuchota Kwang.

— *Ayiiya*, tu penses à un film cochon ? Fais-moi savoir quand tu lances la production, je veux y participer. Toute l'Asie se ruera pour voir Venus Poon nue ! Comment est-elle au lit ?

— Parfaite maintenant que je l'ai éduquée. Elle était vierge...

— Quel *joss* ! Combien de fois as-tu escaladé les Remparts ?

— Hier soir ? Trois fois — et chaque fois plus forte que la précédente ! Sa Corolle : une merveille ! Et son Triangle ! des poils doux comme de la soie, des lèvres roses délicates. Sa Porte en Jade ! sa Porte en Jade a la forme d'un cœur, et sa Perle est d'un rose...

Richard Kwang sentit son cœur battre au souvenir du soir où Venus s'était allongée sur le sofa et lui avait tendu une loupe en lui proposant fièrement : « Regarde la déesse que ton moine chauve va adorer. » Et il l'avait examinée, méticuleusement.

— C'est la meilleure partenaire que j'ai jamais eue, déclara-t-il avec chaleur, sans trop se soucier de la vérité. J'ai l'intention de lui faire cadeau d'un gros diamant. La pauvre petite bouche onctueuse a pleuré ce matin quand j'ai quitté l'appartement que je lui ai offert.

— Tu es un homme heureux, soupira Beau-sourire.

Se sentant observé, il se retourna et découvrit dans les tribunes, à cinquante mètres au-dessus de lui, Gros-tas-de-fiente, le chef de la brigade criminelle de Kowloon, qui le regardait de ses yeux froids de poisson, une paire de jumelles autour du cou.

— Qu'est-ce que tu as, cousin ? lui demanda Kwang.

— Rien, j'ai envie de pisser, c'est tout. Envoie-moi les papiers à deux heures si tu veux l'argent.

Beau-sourire déguerpit en direction des toilettes en se demandant si la police était au courant de l'arrivée d'un des Grands Dragons étrangers de la Poudre Blanche, un homme de la Montagne-dorée nommé Vincenzo Banastasio.

Qu'ils le sachent ou non, peu importe, pensa-t-il en crachant bruyamment. Ils ne peuvent rien contre moi, je ne suis qu'un banquier.

Robert Armstrong approcha les jumelles de ses yeux

et examina successivement Pilot Fish, Noble Star, Butterscotch Lass et Golden Lady, la jument de John Chen. Il réprima un bâillement : la nuit avait été longue, il n'était pas rentré se coucher. Hier soir, au moment où il s'apprêtait à quitter le QG de la police de Kowloon, un coup de téléphone anonyme l'avait informé que John Chen se trouvait dans les Nouveaux Territoires, à Sha Tau Kwok, petit village de pêcheurs à cheval sur la frontière.

Il s'y était précipité avec une équipe, avait fouillé l'endroit, cabane après cabane : fausse alerte. Il n'était cependant pas revenu complètement bredouille puisque ses hommes avaient découvert un laboratoire où l'on transformait l'opium brut en morphine puis en héroïne, ainsi que six tripots.

De retour au QG, il avait reçu un autre coup de téléphone qui l'avait lancé sur une autre fausse piste, et il était cinq heures du matin quand il avait mis fin à l'opération et envoyé ses hommes se coucher.

— Brian, je vais me mettre au lit. Encore une nuit pour rien, avait-il conclu dans un bâillement.

— Puisqu'on est dans le coin, pourquoi ne pas prendre le petit déjeuner au Para avant d'aller jeter un œil à l'entraînement ? avait proposé Kwok.

La fatigue d'Armstrong s'était subitement envolée.

— Bonne idée !

Le restaurant Para, situé dans Wanchai Road, près du champ de courses de la Vallée Heureuse, était toujours ouvert et servait de point de ralliement aux truands locaux et à leurs filles. On y mangeait bien pour un prix modique. Quand les deux policiers firent leur entrée dans la grande salle bruyante et animée, il y eut un moment de silence. Ko-n'a-qu'un-pied s'approcha en claudiquant et les conduisit à sa meilleure table avec un sourire épanoui.

— *Diou ne lo mo* sur toi aussi, mon vieux, lui avait lancé Armstrong, que le sourire de N'a-qu'un-pied n'avait pas abusé.

Et pour faire bonne mesure, il avait ajouté quelques obscénités choisies en jetant un regard appuyé au groupe de jeunes frappes qui le dévisageaient à la table voisine. Les truands avaient détourné les yeux.

Ko partit d'un rire qui dévoila ses dents cariées.

— Seigneurs, vous faites honneur à mon pauvre établissement. *Dim sum ?*

Autrement dit des beignets de crevettes ou de petits morceaux de viande qu'on trempe dans le soya.

— Pourquoi pas ?

— Vos Seigneuries vont à l'hippodrome ?

Brian Kwok hocha la tête et parcourut la salle d'un regard qui mit les clients mal à l'aise.

— Qui va gagner la cinquième ?

Le restaurateur hésita puis prit le parti de dire la vérité :

— D'après ce qu'on raconte, ni Pilot Fish, ni Noble Star, ni Golden Lady, ni Butterscotch Lass n'ont une...

Ko s'interrompit en sentant sur lui les yeux froids d'Armstrong.

— C'est ce qu'on raconte, bredouilla-t-il.

— Je passerai samedi matin ou j'enverrai le sergent. Tu le préviendras s'il y a des combines. Si la course est truquée et que je ne sois pas au courant, tes soupes pourriront une cinquantaine d'années dans leurs marmites en attendant ton retour.

— Oui, seigneur, fit Ko avec un sourire nerveux.

— Avant de retourner à tes fourneaux, donne-nous donc les dernières rumeurs concernant John Chen.

— Il n'y en a pas, honoré seigneur, affirma N'a-qu'un-pied, la lèvre supérieure luisante de sueur. Pas la moindre information dans tout Port-Odorant — pas même un pet de chien. Pourtant tout le monde est à l'affût, avec cette nouvelle récompense.

— Quelle récompense ? Les cinquante mille dollars offerts par Struan et Chen de la Noble Maison ?

— Non, non. Cent mille dollars si on le retrouve dans les trois jours qui viennent.

— Offerts par qui ? demanda le policier britannique.

— Personne ne sait, seigneur. Un des Dragons, peut-être. Cent mille dollars et une promotion si on le retrouve vivant avant trois jours. Avec votre permission, je vais aller m'occuper de votre repas.

Après le départ du restaurateur, Armstrong murmura à son collègue :

— Je ne m'attendais pas à une réaction aussi rapide en m'adressant au sergent Tang-po. Cent mille dollars, ça en fait, du fric ! Cette affaire cache peut-être autre chose qu'un simple enlèvement.

Mais Armstrong n'avait rien appris de plus avant de se rendre sur le champ de courses. Il braqua ses jumelles sur Butterscotch Lass, qui lui parut en grande forme.

— Robert ?

— Oh ! bonjour Peter.

— Vous avez remarqué comme Noble Star a déboulé sans être sollicitée par son jockey ? dit l'écrivain.

— Vous avez de bons yeux.

— C'est McBride qui me l'a soufflé dans le creux de l'oreille, avoua Marlowe en montrant un groupe d'hommes entourant un des chevaux.

Donald McBride, commissaire de course, était un promoteur eurasien qui avait quitté Shanghai en 1949 pour s'installer à Hong-Kong.

— Il ne vous aurait pas aussi refilé le gagnant, par hasard ? S'il y a quelqu'un qui le connaît, c'est bien lui.

— Non, mais il m'a invité dans sa loge samedi. Vous courez, vous aussi ?

— Grand dieu non ! Je ne fais pas partie du gratin !

Les deux hommes observèrent un moment les pur-sang puis Armstrong tourna ses jumelles vers Dunross, qui discutait avec plusieurs commissaires. L'homme de la SI que Crosse avait affecté à sa surveillance se tenait à proximité.

— Avant que j'oublie, Peter : le Vieux est d'accord

pour votre balade le long de la frontière. Après-demain vendredi, six heures précises au QG de Kowloon.

— Formidable ! s'exclama Marlowe, ravi.

Enfin il allait pouvoir regarder la Chine continentale, plonger les yeux dans l'inconnu. De toute la zone frontière des Nouveaux Territoires, les touristes avaient accès à un seul observatoire, si lointain qu'on n'y découvrait quasiment rien de la Chine, même avec des jumelles. Par contre il existait une route qui longeait la frontière d'une côte à l'autre et traversait le no-man's land situé entre la Chine et la Colonie. Une fois par jour, la police de Hong-Kong y effectuait une patrouille selon des règles soigneusement établies : le gouvernement de Sa Majesté ne tenait pas à irriter la République populaire de Chine.

— A une condition, précisa Armstrong. Vous n'en parlerez pas avant un an.

— Vous avez ma parole.

Le commissaire reprit dans un bâillement :

— Vous serez le premier Américain à y faire un tour. A propos, pourquoi avez-vous pris la nationalité américaine ?

— C'est aux États-Unis que je gagne ma vie. En outre, je commence à avoir des lecteurs et je préfère avoir le droit d'émettre des critiques sur ce pays.

— Vous vous êtes déjà rendu de l'autre côté du rideau de fer ?

— Je suis allé à Moscou en juillet pour le festival cinématographique : un de mes films représentait les États-Unis. Pourquoi ?

— Oh ! pour rien, répondit Armstrong en songeant aux visas soviétiques des passeports de Bartlett et Tcholok.

— Un service en vaut un autre : j'ai entendu certains bruits sur les armes trouvées à bord de l'avion.

Armstrong dressa l'oreille car Peter Marlowe avait le rare privilège de fréquenter toutes les couches sociales de Hong-Kong et de compter des amitiés parmi des groupes hostiles les uns aux autres.

— Il ne s'agit probablement que de rumeurs mais des amis à moi considèrent...

— Des amis chinois ?

— Oui. Selon eux, ces armes n'étaient que des échantillons destinés à l'un de vos contrebandiers notoires, qui devait ensuite les livrer à l'un des groupes de guérilla opérant au Vietnam du Sud : le Viêt-cong.

— Cela me paraît tiré par les cheveux, marmonna le commissaire. Hong-Kong est le dernier endroit à choisir pour y faire transiter des armes.

— Il s'agissait d'une cargaison spéciale : la première d'une série, réclamée et livrée de toute urgence. Vous avez entendu parler de la Delta Force ?

— Non, mentit Armstrong, stupéfait que Marlowe fût déjà au fait d'une information ultra-confidentielle, que Rosemont lui avait confiée sous le sceau du secret.

— Si j'ai bien compris, ce sont des soldats américains spécialement entraînés opérant au Vietnam en petites unités sous le commandement de l'American Technical Group, couverture de la CIA. Ces troupes ont remporté de tels succès que le Viêt-cong a besoin rapidement de grandes quantités d'armes modernes, et il est prêt à les payer un bon prix. Voilà pourquoi des échantillons ont été envoyés de toute urgence par l'avion de Bartlett.

— Il est dans le coup ?

— Mes amis en doutent. Une fois les échantillons approuvés, la livraison en grande quantité ne posera pas de problème.

— Expliquez-vous.

— Ces armes proviennent de l'armée américaine et c'est elle qui va les fournir.

— Comment ?

— C'est très simple. Il suffit que le Viêt-cong soit informé *à l'avance* de la date exacte, de la destination, de la quantité et du type d'armes livrées au Vietnam.

Vous connaissez l'Asie : un peu de *h'eung yau* ici et là... Ensuite il n'y a plus qu'à détourner la cargaison.

— Comment le Viêt-cong paiera-t-il ? par l'intermédiaire d'une banque de Hong-Kong ?

— En opium, livré ici. Une des grandes banques de la Colonie assure le financement de l'opération.

— C'est sans faille, fit Armstrong, admiratif.

— Oui. Un salopard de traître transmet à l'ennemi depuis les États-Unis des informations grâce auxquelles il nous vole les armes dont il a besoin pour tuer nos propres soldats. L'ennemi paie avec un poison qui ne lui coûte rien — le seul produit, j'imagine, dont il dispose en grande quantité. L'opium est introduit à Hong-Kong par des contrebandiers chinois et transformé en héroïne. C'est ici, en effet, que se trouvent les labos et les spécialistes. Aux États-Unis, les traîtres qui ont fourni les renseignements passent un marché avec la Mafia, qui revend l'héroïne avec un profit énorme à de jeunes Américains. Si bien que, du même coup, l'ennemi mine un des piliers de notre pays : sa jeunesse.

Le policier réfléchit un moment à cette théorie qui permettait d'assembler tous les éléments du puzzle.

— Banastasio, cela vous dit quelque chose ?

— C'est un nom de consonance italienne, répondit Peter Marlowe sans se troubler.

Il tenait ses informations de deux journalistes eurasiens portugais qui détestaient la police. Quand il leur avait demandé s'il pouvait les transmettre à Armstrong, l'un d'eux, Da Vega, avait posé certaines conditions : « Ne citer aucun nom, ni les nôtres, ni ceux de Wu-quatre-doigts, Pa-le-contrebandier, la Ching Prosperity ou Banastasio. »

Après un moment de silence, le commissaire relança l'écrivain :

— Qu'avez-vous entendu d'autre ?

— Des tas de choses mais je vous en ai assez dit pour aujourd'hui. Un dernier tuyau, cependant : un ami journaliste m'a chargé de vous prévenir qu'une réunion concernant la drogue se tiendra prochainement à Macao.

Les yeux bleus du policier se plissèrent.

— Quand ?

— Je n'en sais rien.

— Quel genre de réunion ?

— Gros bonnets : fournisseurs, importateurs, exportateurs, distributeurs, pour reprendre les termes de mon ami.

— Où à Macao ?

— Il ne me l'a pas dit.

— Il a prononcé des noms ?

— Aucun, mais il a précisé qu'il y aurait un participant américain.

— Bartlett ?

— Il n'a mentionné aucun nom, je vous le répète. Bartlett me fait d'ailleurs l'impression d'un type très bien dont on cherche à salir la réputation.

Armstrong grimaça un de ses sourires de bilieux :

— Je suis un flic méfiant et l'on trouve des fripouilles partout : aussi bien dans les palaces que dans les taudis. Peter, mon vieux, j'ai un message pour votre ami journaliste : s'il veut me filer des tuyaux, il peut m'appeler directement.

— Il a peur de vous. Moi aussi d'ailleurs !

— Mon œil, grogna le commissaire. A votre avis, quel est le meilleur endroit de la Colonie pour la contrebande ?

— Aberdeen ou Mirs Bay, tout le monde le sait.

Aberdeen, songeait Armstrong. Oui, mais quel contrebandier ? ils sont près de deux cents. Je parierais pour Quatre-doigts, mais il y a aussi Poon-beau-temps, Pa-le-contrebandier, Ta Sap-fok, Pok-le-pêcheur... Et à Mirs Bay ? les frères Pa, Fang-le-braillard, plus un millier d'autres...

— A mon tour de jouer les informateurs : prévenez

votre ami que la délégation parlementaire britannique arrive aujourd'hui de Pékin... Qu'avez-vous ?

— Rien, assura Marlowe en s'efforçant de masquer son trouble. Vous disiez ?

— La délégation arrive cet après-midi par le train de Canton, annonça Armstrong en scrutant le visage de l'écrivain. Elle changera de voiture à la frontière à seize heures trente-deux : votre ami pourrait se débrouiller pour obtenir une interview exclusive.

— Merci, je transmettrai. Bon, il faut que je vous quitte.

Brian Kwok s'approcha d'eux en courant.

— Salut, Peter, haleta-t-il. Robert, Crosse veut nous voir immédiatement.

— Merde ! soupira Armstrong d'un ton las. Je t'avais dit de ne pas appeler le QG avant de rentrer. Ce type ne dort jamais. Va chercher la voiture, je te retrouve devant l'entrée.

Quand Kwok se fut éloigné, Armstrong demanda à l'écrivain :

— Pourquoi avez-vous sursauté quand j'ai parlé de la délégation ?

— Je... j'ai connu un de ses membres pendant la guerre : le lieutenant Robin Grey. Il a été prévôt de Changi pendant deux ans, répondit Marlowe d'un ton glacial. Nous nous haïssons mutuellement. J'espère seulement que je n'aurai pas à le rencontrer.

Planté près du poteau d'arrivée, Gornt regardait l'écrivain se diriger vers un groupe de jockeys et d'entraîneurs après avoir quitté Armstrong.

— Sale fouineur ! grinça le taï-pan de Rothwell.

— Qui ça ? Ah ! Marlowe, ricana Sir Dunstan Barre. Ce n'est pas un fouineur mais il aimerait bien tout savoir sur Hong-Kong. Il est fasciné par les zones d'ombre de votre passé — et de celui du Taï-pan.

— Et le vôtre, Dunstan ? Pas de squelettes dans les placards de votre famille ?

— Si, naturellement. Prenez un Anglais, grattez le vernis, vous trouverez un foutu pirate. Nous avons tous un passé ténébreux.

— J'organise une petite fête dimanche, à bord de mon yacht. Épouses interdites. Qu'en dites-vous ?

— Ah ! je suis dans le coup ! s'exclama Barre. Je peux amener une amie ?

— Deux si vous voulez. Plus on est de fous... Il y aura Plumm, c'est un type agréable et sa petite amie m'amuse beaucoup.

Voyant Marlowe obliquer vers Donald McBride, qui venait de lui faire signe, Gornt eut une idée soudaine.

— Je crois que je vais aussi inviter Marlowe.

— Vous ne venez pas de le traiter de fouineur ?

— Précisément. Je lui réserve quelques histoires sur les Struan, les pirates d'hier et d'aujourd'hui.

— S'il pouvait pleuvoir ! soupira l'aristocrate rougeaud en s'épongeant le front. Vous savez que Marlowe était dans les Hurricanes ? Il a descendu trois foutus boches à la Bataille d'Angleterre avant d'être envoyé à Singapour. Je ne pardonnerai jamais à ces foutus Japs ce qu'ils ont fait à nos gars. Un cauchemar... A propos de cauchemars, vous avez essayé d'en donner à Ian en venant à sa réception ?

— Il m'a rendu la pareille en s'occupant de ma voiture.

— Hein ? on a trafiqué votre Rolls ?

— On a cassé le maître-cylindre en tapant dessus.

Barre secoua la tête avec une expression incrédule :

— Ian est un homme violent mais ce n'est pas un imbécile. Je ne le crois pas capable d'une tentative de meurtre.

— Ce ne serait pourtant pas la première fois.

— A votre place, j'éviterais de répéter ce genre de choses devant témoin.

— Vous n'êtes pas un témoin, pas vrai, mon vieux ? Par les temps qui courent, les amis doivent se serrer les coudes.

— Ah oui ? balbutia Barre, s'attendant au pire.

— Le marché est très agité, la ruée sur Ho-Pak pourrait compromettre une partie de nos plans.

— Ma société Hong-Kong and Lan Tao Farms est aussi solide que le Pic.

— A condition que vos banquiers suisses maintiennent les nouveaux crédits qu'ils vous ont accordés.

Le visage rubicond blêmit.

— Sans leurs capitaux, vous ne pouvez pas mettre la main sur la Compagnie des Docks de Hong-Kong, la Royal Insurance of Hong-Kong and Malaya, ni vous implanter à Singapour ni réaliser les quelques autres petites opérations douteuses que vous projetez, vous et votre nouvel ami Mason Loft, l'enfant prodige de Threadneedle Street.

— D'où tenez-vous ces informations ? murmura Barre, le dos inondé de sueur froide.

— J'ai des amis haut placés. Mais rassurez-vous, je ne révélerai à personne votre talon d'Achille... A propos, Dunstan, j'aurai peut-être besoin de votre voix au prochain conseil d'administration de la banque.

— Sur quelle question ?

— Sais pas encore, marmonna Gornt en observant son cheval. J'ai seulement besoin de savoir que je peux compter sur vous.

— Mais naturellement, vieux.

— Merci. Vous vendez vos Ho-Pak, vous aussi ?

— Bien sûr, et j'ai retiré tout mon argent de la banque de Kwang. Pourquoi ?

— J'ai entendu dire que l'accord entre Struan et Par-Con ne se fera pas et j'ai l'intention de vendre également Struan à découvert...

— Bonjour, Quillan, bonjour, Dunstan, dit Donald McBride en s'approchant, deux hommes dans son sillage. Puis-je vous présenter Mr. Charles Biltzmann, vice-président d'American Superfoods, qui dirigera la nouvelle société General Stores-Superfoods, et qui s'installe dès à présent ici. Mr. Gornt, Sir Dunstan Barre...

Grand et blond, l'Américain avait un costume gris, une cravate, et des lunettes à verres non cerclés.

— Charmé de faire votre connaissance, assura-t-il aimablement en tendant la main. Joli petit hippodrome, que vous avez là.

A ses côtés se tenait Richard Hamilton Pugmire, Taï-pan de HK General Stores, commissaire du Club hippique, petit homme arrogant d'une cinquantaine d'années qui semblait lancer sa taille à la figure de tout le monde comme un défi.

— Bonjour ! s'exclama-t-il. Alors, qui gagnera dans la cinquième ?

— Je vous le dirai après la course, répondit Gornt en le toisant.

— Voyons, Quillan, vous savez bien que l'arrivée sera décidée avant même que les chevaux n'entrent en piste.

— Richard plaisante, intervint McBride.

Agé d'un peu plus de soixante ans, c'était un Eurasien aux traits agréables et au sourire chaleureux.

— On parle toujours de courses truquées mais nous faisons notre travail, ajouta-t-il à l'intention de Biltzmann.

— Ainsi vous allez vivre à Hong-Kong, Mr. Biltzmann ? demanda Gornt.

— Appelez-moi Chuck. Oui, il faudra bien puisque je suis à présent le taï-pan de Superfoods of Asia. Ça sonne bien, non ?

— A merveille ! ironisa Gornt.

Peu habitué aux sarcasmes anglais, Biltzmann continua d'un ton joyeux :

— Je suis ici pour deux ans au moins et j'ai l'intention de profiter au maximum de mon séjour. Dès que ma femme sera dans ses meubles, nous vous inviterons à dîner. Un barbecue, peut-être ? Nous ferons venir des steaks de New York une fois par mois. Et des pommes de terre de l'*Idaho* !

— Je suis particulièrement content pour les pommes de terre, persifla Gornt. Je suppose que vous allez faire construire ?

— Non. Dickie nous a trouvé quelque chose dans Blore Street, le quartier chic.

Les autres retinrent leur rire : la plus ancienne et la plus célèbre des Maisons de Petite Vertu de la Colonie se trouvait dans cette rue, au nº 1. Elle avait été fondée en 1860 par Nellie Blore, l'une des « jeunes demoiselles » de Mrs. Fotheringill, avec l'argent que lui avait donné Culum Struan, et fonctionnait toujours selon les mêmes règles : les « pensionnaires » venaient d'Europe ou d'Australie, la clientèle indigène n'était pas admise.

— Blore Street vous conviendra parfaitement, déclara Gornt.

— La vue est formidable mais il y a des problèmes de tuyauterie. La bourgeoise s'en occupera.

— Elle travaille dans la plomberie ?

L'Américain s'esclaffa.

— Non mais elle bricole dans la maison.

— Si vous voulez bien m'excuser, je dois voir mon entraîneur... Donald, je peux vous dire un mot ?

— Bien sûr. A tout de suite, Mr. Biltzmann.

— Appelez-moi Chuck, voyons.

Quand les hommes se furent suffisamment éloignés, Gornt attaqua d'un ton rageur :

— Vous n'envisagez pas sérieusement de faire entrer ce guignol au Club hippique ?

— Eh bien... si, répondit McBride avec embarras. C'est la première fois qu'une grande firme américaine s'installe ici. Pour nous, c'est important.

— Alors faites-en un membre sans droit de vote, cela nous épargnera au moins de l'avoir dans les loges. Si vous voulez l'inviter dans la vôtre, c'est votre affaire, mais pas question de lui donner une voix et une loge ! Il va probablement faire imprimer Superfoods sur la casaque de ses jockeys !

— Il est nouveau, il apprendra, plaida le commissaire. C'est un type bien, même s'il commet quelques gaffes, et il a de la fortune.

— Depuis quand l'argent donne-t-il accès au Club ? S'il en était ainsi, nous serions envahis par tous les parvenus chinois !

— Je ne suis pas d'accord. Il faudrait peut-être augmenter le nombre des membres ayant droit de vote.

— Certainement pas. Bien entendu, la décision appartient aux commissaires mais je vous conseille de réfléchir.

Les deux cents membres du Club ayant droit de vote désignaient chaque année les douze commissaires à bulletin secret. Gornt, qui se présentait régulièrement, n'avait jamais obtenu le nombre de voix nécessaires pour être élu.

— Très bien, quand sa candidature sera proposée, je ferai part de votre opposition, promit McBride.

— Ce qui reviendra à assurer son élection, répliqua Gornt en souriant.

— Je n'en suis pas sûr. C'est Pug qui m'a prié de le présenter à tout le monde et je dois reconnaître que Biltzmann a pris un très mauvais départ : avec Paul Havergill, il a comparé nos procédures bancaires à celles des États-Unis — et la comparaison n'était pas flatteuse pour nous ; avec le Taï-pan, il s'est extasié sur Hag et Dirk Struan, sur les autres pirates et trafiquants d'opium de la famille ! Je me demande vraiment pourquoi Pug a vendu sa firme aux Américains.

— Parce qu'il n'a pas l'envergure de son père. Depuis la mort de Sir Thomas, General Stores dévalait la pente. Maintenant Pug a un contrat de cinq ans qui lui garantit un revenu personnel de six millions de dollars américains par an. A lui la galette sans les soucis !

— Il s'est bien débrouillé, convint McBride. Quillan, je suis préoccupé par la cinquième course de samedi. On parle de dopage...

— Il y a toujours des rumeurs de ce genre avant une grande course.

— Les commissaires ont décidé hier soir de rendre les tests anti-dopage obligatoires avant et après chaque course, comme cela se pratique en Angleterre et aux États-Unis.

— Vous aurez le temps de mettre le système sur pied d'ici samedi ?

— Le docteur Meng, le médecin légiste, a accepté de se charger des analyses en attendant que nous ayons un spécialiste.

— Excellente idée, estima Gornt.

— Oui, mais le Puissant Dragon n'est pas de taille face au Serpent Local, soupira McBride.

Sur ce, il se retourna et partit. Gornt se dirigea vers son entraîneur, qui discutait avec le jockey de Pilot Fish, un Australien nommé Bluey White. Sur le papier, White était directeur d'un des services de la Rothwell, ce qui lui permettait de préserver son statut d'amateur.

— 'jour, Mr. Gornt, fit le jockey en portant la main à son front.

— Bonjour... Bluey, si tu gagnes, tu auras une prime de cinq mille dollars. Si tu finis derrière Noble Star, tu seras viré.

— Oui, patron ! dit le petit homme sec et dur.

— Va te changer, maintenant.

— Je gagnerai, patron, promit White avant de s'éloigner.

— Pilot Fish est en grande condition, déclara l'entraîneur, mal à l'aise.

— Si Noble Star gagne, vous êtes viré. Si Noble Star finit devant Pilot Fish, vous êtes viré.

— Parole, Mr. Gornt, c'est pas moi qui décide de l'...

— Je ne prétends rien de tel. Je vous annonce simplement ce qui risque de vous arriver, reprit l'homme d'affaires d'un ton enjoué.

Il se rendit au restaurant du Club, commanda son petit déjeuner favori : des œufs Benedict et du café de Java. Il savourait sa troisième tasse quand le serveur s'approcha de sa table :

— Un coup de téléphone pour vous, Mr. Gornt.

Le Taï-pan de Rothwell s'isola dans la cabine.

— J'écoute.

— Bonjour, Mr. Gornt. Ici Paul Choy, le neveu de Mr. Wu. J'espère que je ne vous dérange pas.

— Vous êtes matinal, Mr. Choy, remarqua Gornt en cachant sa surprise.

— J'ai tenu à être le premier au bureau pour ma première journée. C'est pourquoi j'étais seul ici quand le téléphone a sonné. C'était Mr. Bartlett, l'Américain, vous savez...

— Bartlett ?

— Oui, il voulait vous parler de toute urgence. J'ai d'abord appelé chez vous puis j'ai essayé au Club.

— Que voulait-il ?

— Je ne sais pas. Vous devez le rappeler au V & A, poste 773 : ce n'est pas le numéro de sa suite mais celui de son bureau.

— Bien, merci, fit Gornt, impressionné. Bouche cousue ne gobe pas les mouches, Mr. Choy.

— Soyez tranquille, Mr. Gornt. L'oncle Wu nous a appris à nous taire à coups de taloche.

Gornt mit fin à la communication et composa aussitôt le numéro de l'hôtel.

— Poste 773, s'il vous plaît... Mr. Bartlett ? Bonjour, ici Gornt. Vous vouliez me parler ?

— Oui. J'ai reçu des nouvelles préoccupantes. Vous connaissez la société Toda ?

— C'est une firme japonaise géante qui a des

intérêts dans la construction navale et la sidérurgie. Struan lui a acheté deux navires, des minéraliers, je crois. Pourquoi ?

— Struan lui doit douze millions de dollars : six payables en trois fois, les 1er, 11 et 15 du mois prochain, et six autres payables dans quatre-vingt-dix jours. Par ailleurs, Dunross doit rembourser avant le 8 à Orlin International 6,8 millions. Vous connaissez cette banque ?

Gornt était stupéfait que l'Américain connût aussi bien la situation financière du Taï-pan.

— J'en ai entendu parler, répondit-il en tâchant de garder un ton détaché.

— Je sais aussi que Struan ne dispose actuellement que de 1,3 million en liquide et qu'il n'attend pas de rentrées importantes avant novembre. En outre, il a un découvert à la Victoria.

— Voilà des renseignements strictement confidentiels, Mr. Bartlett. Pourquoi me les transmettez-vous ?

— De quelles liquidités disposez-vous ?

— Je vous ai déjà répondu : plus de vingt fois celles de Struan, mentit Gornt avec aisance.

— Si je conclus l'accord avec Dunross, mon apport initial de fonds lui permettra de remplir ses engagements auprès de Toda et Orlin, même si sa banque ne le soutient plus.

— Oui, et alors ?

— Pensez-vous que la Victoria le soutiendra ?

— Elle l'a toujours fait.

— Si elle le lâche, il sera dans la panade.

— Struan est un gros actionnaire de la Victoria, elle est obligée de le soutenir.

— Dunross a un découvert important et Havergill le déteste. Et si l'on additionne les parts de Struan, celles de Chen et de leurs hommes de paille, on obtient seulement 21 p. 100...

Gornt faillit laisser tomber le combiné.

— Comment le savez-vous ? Il faut être parmi les initiés pour...

— Exact, coupa l'Américain d'une voix calme. Pouvez-vous vous assurer le contrôle des 79 p. 100 restants ?

— Quoi ?

— Dunross est vulnérable. Si sa banque cesse de le soutenir, il devra vendre une partie de ses biens ou trouver du crédit ailleurs. Dans un cas comme dans l'autre, il s'expose dangereusement à une attaque, à une prise de contrôle de ses sociétés pour une bouchée de pain.

Gornt s'épongea le front et maîtrisa l'excitation qui montait en lui.

— Vous êtes sûr de vos chiffres ?

— Absolument sûr. J'ai en ma possession les bilans de Struan pour les sept dernières années.

— Impossible ! s'écria Gornt.

— On parie ?

— Alors il suffirait d'obtenir aussi l'organigramme secret des sociétés qu'il contrôle pour l'avoir à notre botte.

— J'ai également ce document. Vous êtes dans le coup ?

— Bien sûr, répondit le Britannique avec un détachement qu'il n'éprouvait pas. Quand pourrions-nous nous voir ? Ce midi ?

— Pourquoi pas maintenant ? Mais ni à l'hôtel ni à vos bureaux. Il nous faut un endroit plus tranquille.

Gornt avait la bouche sèche, il se demandait jusqu'à quel point il pouvait faire confiance à Bartlett.

— Je... je vous enverrai une voiture. Nous discuterons en roulant.

— Bonne idée mais passez plutôt me prendre à la gare du Golden Ferry dans une heure.

— D'accord. J'ai une Jaguar immatriculée 8888. Je vous attendrai à la station de taxi.

Gornt distingua l'Américain dans la foule et lui envia un moment sa haute silhouette mince, son allure désinvolte et pleine d'assurance. Bartlett portait des jeans, une chemise à col ouvert, une veste sport et, en bandoulière, un appareil photo qui fit rire le Britannique.

Le Taï-pan de la Rothwell ouvrit la porte de sa voiture et lança avec une jovialité forcée :

— Bienvenue sur l'île de Hong-Kong !

Puis il mit le moteur en marche, descendit Gloucester Road en direction de Glessing Point et du Yacht Club.

— Comment va Miss Casey ? Je pensais qu'elle vous accompagnerait.

— Elle n'est pas encore au courant.

— Elle ne sait pas que vous m'avez téléphoné ?

— Elle ne sait rien du tout.

— Je croyais qu'elle était votre bras droit.

— Elle l'est, mais le patron, c'est moi.

— Je n'en ai jamais douté, mentit Gornt, dont l'opinion sur Bartlett venait de changer.

— On peut s'arrêter quelque part ? J'ai quelque chose à vous montrer.

Gornt continua à descendre Gloucester Road, où la circulation était aussi dense qu'à l'ordinaire, et trouva une place près de Causeway Bay, devant les grappes de bateaux de toutes sortes amarrés le long de la digue anti-typhon.

— Tenez, dit Bartlett en tendant une chemise à Gornt.

Elle contenait une copie du bilan de Struan pour l'année qui avait précédé sa transformation en société par actions. Gornt en parcourut rapidement les chiffres.

— Bon dieu ! murmura-t-il. Alors *Lasting Cloud* leur a coûté douze millions ?

— Son naufrage a failli couler la Noble Maison. Il transportait toutes sortes de marchandises curieuses, notamment des moteurs à réaction pour la Chine, non assurés.

— Évidemment : on n'assure pas les marchandises de contrebande.

La stupeur de Gornt croissait à mesure qu'il prenait connaissance du document.

— Si j'en avais su seulement la moitié, je les aurais écrasés. Je peux le garder ?

— Je vous en remettrai une copie quand nous nous serons mis d'accord.

Bartlett reprit la chemise et tendit à Gornt une feuille de papier :

— Voici un autre échantillon.

Le second document révélait la participation de Struan dans Kowloon Investments et montrait comment, par l'entremise de compagnies bidon, le Taï-pan exerçait un contrôle absolu sur une firme censée être totalement indépendante et cotée en tant que telle sur le marché.

— De toute beauté ! fit le rival de Dunross, admiratif. Officiellement, Struan ne détient qu'un très faible pourcentage mais, en fait, la société lui appartient.

— Aux États-Unis, ce genre d'astuce vous conduit en taule.

— Dieu merci, c'est parfaitement légal à Hong-Kong — quoiqu'un peu tortueux.

Les deux hommes partirent d'un même rire et Bartlett récupéra la feuille en disant :

— Je possède des informations semblables sur le reste de leurs holdings.

— Pour être clair, qu'envisagez-vous exactement, Mr. Bartlett ?

— Une attaque commune contre Struan, une offensive de guerre éclair que nous déclencherions dès aujourd'hui. Nous nous partagerions également les dépouilles : à vous la maison sur le Pic, le yacht, le prestige, le titre de commissaire de course — oui, je sais que vous y attachez une importance particulière. Pour tout le reste, moitié moitié.

— Excepté Kai Tak : j'en ai besoin pour ma ligne aérienne.

— Dans ce cas vous me laissez Kowloon Investments.

— Non, nous partageons, comme pour le reste, répliqua Gornt.

— Pas question. Il vous faut Kai Tak, il me faut Kowloon Investments pour asseoir l'implantation de Par-Con en Asie.

— Pourquoi ?

— Parce que toutes les grandes fortunes de Hong-Kong reposent sur l'immobilier. KI me fournira la base nécessaire.

— Pour lancer d'autres raids ?

— Naturellement, reconnut l'Américain. Votre ami Jason Plumm est le suivant sur la liste : nous pourrions facilement absorber Asian Properties. Là encore moitié moitié ?

Le Britannique demeura silencieux un long moment avant de demander :

— Et après lui ?

— Hong-Kong and Lan Tao Farms.

Le cœur de Gornt se mit à battre plus vite. Il avait toujours détesté Dunstan Barre et sa haine n'avait fait que croître trois ans plus tôt, lorsque Barre avait été nommé chevalier — titre obtenu, Gornt en était persuadé, grâce à de judicieuses contributions financières au Parti conservateur.

— Comment comptez-vous opérer ?

— Il vient toujours un moment où un pays, une armée, une compagnie devient vulnérable. Les généraux comme les P-DG doivent prendre des risques pour se maintenir au premier plan.

— Et vous, vous l'êtes, vulnérable ?

— Je l'étais il y a deux ans. Maintenant, j'ai les

réserves qu'il me faut. Qu'il *nous* faut, si vous êtes dans le coup.

Des mouettes tournoyaient dans le ciel, piquaient vers la mer avec des cris rauques.

— Que devrai-je faire ?

— Vous serez le fer de lance de l'offensive, moi je couvrirai l'arrière. Quand vous aurez ouvert une brèche dans ses défenses, je lui assènerai le coup de grâce. Vous avez déjà pris position en ce qui concerne Ho-Pak, je suppose ?

— Oui, je vends. Modérément, mentit Gornt.

— Aux États-Unis, on réussirait à obtenir des informations auprès des propres comptables de la Struan. Et ici ?

— J'en doute.

— Même en y mettant le prix ?

— Non, mais cela ne nous empêche pas de lancer des rumeurs. Oui, ce serait possible. Ensuite ?

— Vous vendez à découvert dès l'ouverture. Un paquet.

Le Taï-pan de Rothwell alluma une cigarette.

— Je vends à découvert. Bien. Et vous, qu'est-ce que vous faites ?

— Rien ouvertement. C'est le piège.

— Un piège qui pourrait se refermer sur moi.

— Et si je m'engageais à couvrir les pertes, pour vous prouver ma bonne foi ?

— Comment ?

— Soit nous partageons les bénéfices moitié moitié, soit je paie les pertes. Si nous ne réussissons pas à le mettre à genoux avant vendredi après-midi, vous rachetez des Struan juste avant la clôture : c'est raté. Si au contraire nous pensons l'avoir, nous vendons à tout va jusqu'à la fermeture. Lundi, après l'avoir laissé mijoter tout le week-end, j'abats mes cartes et je passe à l'offensive. Imparable.

— A condition que je puisse vous faire confiance.

— Aujourd'hui à dix heures, je déposerai deux

millions de dollars américains à votre nom dans une banque suisse de votre choix : cela compensera largement vos pertes éventuelles. Je ne vous demande rien en échange : pas de contrepartie, pas de papier, pas d'engagement, juste votre parole que cet argent servira à couvrir vos pertes. Si nous gagnons, nous partageons les profits et le reste de Struan comme convenu.

— Vous mettriez deux millions de dollars à ma disposition ? demanda Gornt, incrédule.

— De cette façon, vous êtes certain de ne rien perdre. Étant donné vos relations, Dunross ne s'étonnera pas de vous voir mener l'assaut et il ne s'attendra pas à l'attaque que je lancerai sur l'aile.

— Pourquoi ce changement soudain, Mr. Bartlett ? Vous deviez attendre jusqu'à mardi, voire plus tard.

— Nous avons procédé à certaines vérifications et les chiffres que nous avons découverts ne me plaisent pas du tout. Nous ne devons rien à Dunross et ce serait de la folie que de choisir un associé aussi mal en point. L'accord que je vous propose peut rapporter des centaines de millions.

— Et si nous perdons ?

— Je retournerai chez moi, répondit Bartlett avec un haussement d'épaules. A moins que nous ne passions un accord Rothwell-Gornt-Par-Con. On ne peut pas toujours gagner mais cette opération est trop belle pour que je ne la tente pas. Sans vous, elle ne peut réussir. Je connais maintenant assez Hong-Kong pour savoir que la règle du jeu y est très particulière. Je n'ai pas le temps de l'apprendre, je préfère m'associer avec vous.

— Ou avec Dunross.

Bartlett se mit à rire.

— Vous n'êtes ni endetté ni vulnérable — lui si. Alors, qu'en dites-vous ?

— Vous êtes très convaincant, je dois le reconnaître. Qui vous a fourni les informations — et le document ?

— Je vous répondrai mardi, après l'effondrement de Struan.

— Il faudra donc prévoir la récompense de Monsieur X ?

— Cinq pour cent du total, pas davantage.

Gornt hocha la tête, partagé entre son désir d'anéantir Struan et sa méfiance à l'égard de Bartlett.

— Je vais réfléchir.

— Combien de temps ?

— Jusqu'à onze heures.

— Non, pas question. C'est un raid que je vous propose, pas une affaire ordinaire. Nous nous mettons d'accord maintenant ou pas du tout.

Gornt consulta sa montre : il avait le temps. Un coup de téléphone à un journal chinois suffirait pour que les informations qu'il voulait rendre publiques soient dans la presse du matin. Et si Bartlett préparait un coup fourré, lui aussi avait gardé un as dans la manche : Havergill.

Il suivit des yeux une mouette qui, portée par un courant d'air chaud, planait en direction du Pic. Son regard se posa sur la Grande Maison perchée sur les hauteurs.

— D'accord, déclara-t-il en tendant la main.

— Parfait. Où dois-je verser les deux millions ?

— A la Banque de Suisse et de Zurich, compte numéroté 181819. Attendez, je vais vous le noter.

Gornt porta la main à l'une de ses poches et s'aperçut que ses doigts tremblaient.

— Non, inutile, fit l'Américain. Le compte est à votre nom ?

— Grand dieu non ! A celui de Canberra SA.

— Eh bien, Canberra Société Anonyme est plus riche de deux millions. Et dans trois jours, avec un peu de chance, vous serez Taï-pan de la Noble Maison ! dit Bartlett en ouvrant la portière de la voiture. Salut.

— Attendez, je vais vous dépo...

— Non, merci. Je dois donner un coup de téléphone et, à neuf heures quinze, j'ai rendez-vous avec votre amie Orlanda Ramos.

Bartlett descendit de la Jaguar et s'éloigna avec un dernier signe de la main. Parfait, se dit Gornt. Elle l'aura à l'œil si elle devient sa maîtresse — et elle le deviendra, elle a trop à y gagner.

Il suivit l'Américain des yeux jusqu'à ce qu'il disparaisse dans la foule de Wanchai, et se sentit soudain très las. Tout paraissait trop simple, trop facile. Son regard se porta de nouveau vers la Grande Maison qui semblait l'attirer irrésistiblement. Une bouffée de haine le submergea et il repensa à ses ancêtres : Sir Morgan Brock, brisé par les Struan ; Gorth Brock, assassiné par Dirk Struan ; Tyler Brock, trahi par sa fille, Hag Struan. Il renouvela le serment qu'il avait fait à son père et que son père avait fait au sien : venger les Brock, détruire la Noble Maison.

28

10 h 50

Perché dans un ciel légèrement nuageux, le soleil accablait Aberdeen de ses rayons. L'air était moite, étouffant. La mer était à marée basse et l'odeur des plages de vase découvertes, du varech pourrissant semblait rendre l'atmosphère plus lourde encore.

Une foule de Chinois impatients et renfrognés se pressait entre les barrières que la police avait placées devant l'agence de la Ho-Pak et qui ne laissaient passer qu'une personne à la fois. Des hommes et des femmes de tous âges se bousculaient, se poussaient pour gagner quelques centimètres dans la file d'attente.

— Regarde ces cons, murmura l'inspecteur principal Donald C.C. Smyth. Si chacun attendait tranquillement son tour, cela irait beaucoup plus vite. Appelle la brigade anti-émeute.

— Oui, inspecteur, répondit le sergent Mok.

Ayiiya, pensait Mok en se dirigeant vers la voiture de ronde, ce crétin n'a pas encore compris que les Chinois sont incapables de faire la queue pendant des heures comme les *quai lohs* ou les diables de la Mer de l'Est.

— Sergent Mok, annonça-t-il dans le micro du

tableau de bord. L'inspecteur réclame une unité anti-émeute de toute urgence. Garez-vous derrière le marché aux poissons et restez en contact.

Le sergent alluma une cigarette en plissant le front. Cette foule l'inquiétait. Si la banque fermait à trois heures comme hier avant d'avoir remboursé tout le monde, les déposants mettraient l'agence à sac. En tout cas, c'est ce qu'il aurait fait, lui, s'il n'avait déjà récupéré ses économies ce matin grâce au Serpent.

— Sergent ?

— Oui ?

— Regardez, là-bas ! dit un jeune inspecteur en civil. Près des barrières de la Victoria. La vieille *amah*.

— Ou ?... Ah ! oui.

Mok observa un moment la vieille sans rien déceler d'anormal puis il la vit trottiner à travers la foule et murmurer quelque chose à l'oreille d'un jeune Chinois en jean en indiquant un vieil homme qui venait de sortir de la banque. Le jeune Chinois prit aussitôt le sillage du vieux tandis que l'*amah* retournait se poster près de la barrière.

— C'est la troisième fois, sergent. La vieille lui montre un client, il le suit, revient quelques minutes plus tard. Je suis sûr de l'avoir vu glisser quelque chose à l'*amah*. De l'argent, sans doute.

— Bon travail, Wu-le-bigle. C'est sûrement la mère et le fils, qui opèrent pour la même triade. Suis-le, moi je fais le tour pour l'intercepter de l'autre côté.

Le sergent Mok tourna le coin de la rue, descendit une ruelle encombrée d'étals puis tourna de nouveau, juste à temps pour voir des billets passer d'une main dans une autre. Quand il aperçut le Bigle à l'autre bout de la rue, il s'avança d'un pas pesant.

— Qu'est-ce qui se passe ?

— Hein ? Rien, rien du tout, bafouilla le vieux. Je n'ai rien fait !

— Pourquoi tu lui as donné de l'argent ?

Le jeune Chinois regardait le policier avec insolence.

Il n'avait pas peur, il était Kin-le-grêlé, l'un des Loups-garous qui terrifiaient Hong-Kong !

— Il t'a accosté ? reprit Mok. Il t'a menacé ?

— Non. Je... je lui devais cinq cents dollars... C'est mon cousin.

Des badauds commençaient à s'attrouper.

— Pourquoi tu sues comme ça ? insista le sergent.

— Les dieux forniquent tous les pourceaux ! Il fait chaud, tout le monde sue !

— C'est vrai, fornication ! lança quelqu'un.

Le policier se tourna vers le jeune truand qui l'observait d'un air moqueur.

— Comment tu t'appelles ?

— Sixième-fils Wong.

— Menteur ! Vide tes poches !

— J'ai rien fait ! Je connais la loi. Vous pouvez pas me fouiller sans mand...

La poigne d'acier de Mok saisit le bras du Grêlé et le tordit derrière son dos. Le Bigle s'avança, sortit des poches du racketteur des liasses de billets.

— D'où ça vient ? aboya Mok.

— C'est à moi, gémit Kin. Je suis prêteur sur gages, je ramasse mon ar...

— Où travailles-tu, habituellement ?

— Dans... la Troisième Allée, derrière Aberdeen Road.

— Allons-y, ordonna le policier en lâchant le Grêlé.

— Rendez-moi d'abord mon fric ! réclama le jeune arnaqueur, qui prit la foule à témoin. Vous avez vu, il m'a pris mon argent ! Je suis un honnête prêteur sur gages !

— Oui, rendez-lui son argent, fornication !

— S'il est prêteur...

Les curieux se mirent à échanger des arguments pour et contre. Voyant une ouverture dans la foule, Kin s'y précipita et s'enfuit à toutes jambes. Wu-le-bigle voulut se lancer à sa poursuite mais les badauds ne s'écartèrent pas sur son chemin comme ils l'avaient fait pour faciliter la fuite du truand.

— Laisse-le donc courir, ce saligaud sans mère, grogna Mok.

— Qu'est-ce que vous allez faire de son argent, fornication ? demanda une voix.

— Je vais en faire cadeau à un asile de vieillards, rétorqua le sergent. Va déféquer dans l'oreille de ta grand-mère !

La foule se dispersa.

— Pourquoi ils réagissent comme ça, sergent ? demanda Wu. Nous cherchons seulement à les protéger.

— Ils ne font pas confiance aux flics, soupira Mok. C'est comme ça en Chine depuis que la police existe.

— Mais nous, c'est différent, nous sommes de la police britannique.

— Oui, oui, répondit le sergent, qui ne voulait pas briser les illusions de son jeune collègue.

Moi aussi j'ai servi loyalement la Reine et le drapeau *quai loh*, se souvint-il. Mais lorsque j'ai eu besoin d'aide et de protection, personne ne m'en a accordé. Les Britanniques me traitent comme de la viande de chien et me versent un salaire de misère. Comment vivre en sécurité sans argent ? comment envoyer mes fils faire leurs études en Angleterre ou aux États-Unis ? Quand j'ai eu besoin de dix mille dollars pour l'aîné, ce n'est pas le directeur de la police qui me les a prêtés, c'est le Serpent, et à 10 % d'intérêt seulement. Maintenant mon fils est architecte, le mois prochain il aura un passeport américain, il pourra revenir ici, personne ne s'en prendra à lui. C'est lui au contraire qui nous protégera. Non pas que j'aie besoin de protection, d'ailleurs : à présent, je suis Grand Dragon. Ni les dieux ni les diables ni le Serpent lui-même ne peuvent toucher à ma famille ou à mes comptes en Suisse et au Canada.

De retour devant l'agence, le sergent rapporta l'incident à son chef.

— Mets l'argent dans la cagnotte et offre un gueuleton à tes hommes ce soir, ordonna Smyth. Qui était avec toi ? Wu, celui qui veut entrer dans la SI ?

— Oui, inspecteur. Il est plein de bonne volonté.

Smyth fit venir le Bigle et lui demanda :

— Où elle est, cette *amah* ?

Wu lui montra la vieille, qui attendait au coin de la rue le retour de son complice.

— Quand elle s'en ira, suis-la sans te faire voir, elle te mènera au jeunot qui vous a filé entre les doigts. Et peut-être au reste de la bande.

Il se fit derrière eux un silence menaçant puis des cris s'élevèrent, suivis d'un rugissement furieux. La foule avait traversé les barrières, bousculé les quatre policiers postés devant l'entrée, et s'était ruée dans la banque. Sung, le directeur, tentait en vain d'endiguer le flot avec l'aide de ses employés.

— Appelle du renfort ! ordonna Smyth.

Mok courut à la voiture tandis que le Serpent se dirigeait vers l'agence en lançant des appels au calme dans son mégaphone. Dans le tumulte, personne ne l'entendit. D'autres policiers accoururent à la rescousse, parvinrent à fermer la porte mais la foule l'ouvrit de nouveau. Une brique fracassa la vitre d'une des fenêtres et déclencha une avalanche de projectiles de toutes sortes, ramassés sur un chantier voisin.

Smyth empoigna une des barrières métalliques en criant à ses hommes :

— Aidez-moi !

Et s'en servant comme d'un bouclier, il força la meute à reculer.

— A mort ces fornicateurs de banquiers ! ils ont volé notre argent !

— *A mort les diables d'étrangers !*

Smyth sentit soudain que l'incident virait à l'émeute, comme en 1956. Plusieurs Chinois se jetèrent sur lui, une main s'agrippa à sa ceinture, une autre fit tomber sa casquette ; un poing s'enfonça dans son ventre, des ongles lui lacérèrent le visage. Mok chargea à la tête d'un petit groupe pour libérer son chef, que la foule venait d'engloutir.

Dix hommes de la brigade anti-émeute déboulèrent alors de la rue, foncèrent sur les assaillants de l'inspecteur et le dégagèrent. Smyth avait la bouche en sang, l'épaule gauche disloquée.

— Ça va, inspecteur ?

— Nom de dieu, relevez les barrières ! Et virez-moi ces salauds de la banque — à la lance d'arrosage !

Mais les lances d'arrosage ne furent pas nécessaires. La première charge de la brigade anti-émeute avait fait reculer la foule des Chinois qui se tenaient à présent à distance, l'air renfrogné. Certains criaient encore des insultes.

Smyth emboucha le mégaphone et menaça en cantonais :

— Quiconque s'approche à moins de vingt mètres sera arrêté et déporté ! Mettez-vous sur une file si vous voulez entrer dans la banque ! Là-bas, à cent mètres.

La foule gronda, hésita mais battit en retraite quand Mok s'avança de nouveau avec les hommes de la brigade anti-émeute.

— Inspecteur ! appela un policier agenouillé près d'une femme que la foule avait piétinée.

Un filet de sang coulait de la bouche de la fille, qui respirait difficilement.

Smyth s'approcha.

— Bon dieu, fais venir l'ambulance !

La fille hoqueta, cracha un flot de sang et mourut.

Christian Toxe, rédacteur en chef du *Guardian*, griffonnait des notes, le téléphone plaqué contre l'oreille.

— Comment s'appelle-t-elle, Dan ? demanda-t-il à

son correspondant par-dessus le brouhaha de la salle de presse.

— Su Tzee-Ian, d'après l'un de ses livrets d'épargne, répondit Dan Yap, le journaliste, depuis Aberdeen. Mais un autre livret porte le nom de Tak H'eung-fah. Elle avait au total plus de sept mille dollars d'économie.

— Ces noms te disent quelque chose ?

— Non. Le premier signifie « Glycine » Su, le second Fleur-parfumée Tak.

— Ça fait beaucoup de fric pour une fille de dancing, non ?

— Elle devait être entretenue. Détail intéressant, on a retrouvé dans son sac une enveloppe chiffonnée contenant une lettre d'amour à l'eau de rose écrite il y a deux semaines et adressée à... une seconde... à Tak H'eung-fah, 14 Tsung Pan Street, Aberdeen.

— En anglais ?

— Non, en chinois, mais les caractères étaient tracés bizarrement, comme par une main *quai loh.*

— Débrouille-toi pour en avoir une copie pour l'édition de ce soir. C'était signé ?

— « Ton seul amour » — amour en anglais.

— Dan, tu restes sur cette affaire, tu suis les flics à l'appartement de la fille — si c'est le sien. Tu me trouves le nom du propriétaire, tu te renseignes sur les parents et les amis de la morte.

Toxe raccrocha et appela son adjoint :

— Mac ! On passe l'affaire en « dernière heure » avec ce titre : La foule tue Fleur-parfumée.

Un grand maigre aux cheveux gris et à l'air sévère sortit de son bureau.

— Plutôt : la foule assassine..., proposa-t-il.

— Oui, c'est meilleur. Martin !

Martin Haply s'approcha.

— Martin, tu me fais un jus du genre : « la belle entraîneuse a été piétinée par la foule mais qui sont les véritables tueurs ? des gouvernants incompétents qui refusent de réglementer un système bancaire dépassé ? des hommes d'affaires qui lancent des rumeurs fallacieuses ? On peut se demander si la ruée sur la banque Ho-Pak est aussi spontanée qu'il y paraît », etc., etc.

— Compris.

Haply retourna à son bureau, but un reste de café froid, s'installa devant sa machine à écrire et se mit à taper. Des téléscripteurs crépitaient au fond de la salle ; quelques grouillots silencieux passaient prendre la *copie*.

— Hé, Martin ! cria Toxe. Tu as les derniers cours de la Bourse ?

Le journaliste composa un numéro et attendit :

— Ho-Pak perd quatre points, à 24,60, Struan perd un point bien qu'il y ait eu des achats importants. Hong-Kong Lang Tao gagne trois points : ce n'est pas étonnant : tout le monde sait maintenant que Dusntan Barre a retiré ses fonds de la Ho-Pak.

— Alors tu avais raison !

— Vic baisse d'un demi-point. Toutes les banques sont instables et il n'y a pas d'acheteurs... Paraîtrait qu'une queue se forme devant les sièges centraux de Blacs et de Victoria.

— Mac, envoie quelqu'un vérifier ! ordonna Toxe.

Bon dieu, pensait le rédacteur en chef, si Vic boit la tasse, c'est toute l'île qui fait naufrage — avec mes économies. Il se renversa dans son vieux fauteuil, posa les pieds sur son bureau.

— Mr. Toxe, j'ai Mrs. Mong au téléphone, annonça sa secrétaire.

— Merde ! Bon, passe-moi le Dragon.

Le Dragon, c'était la femme de Mong Pa-tok, propriétaire du *Guardian*, de trois journaux chinois et de cinq magazines.

— Allô ? Bonjour, Mrs. Mong, que puis-je faire pour vous ?

— Je vois dans édition d'aujourd'hui encore article

sur certains taï-pans et grande banque à l'origine rumeurs non fondées concernant Ho-Pak.

— Oui. Haply est sûr de ses informations.

— Mon mari et moi avons d'autres qui disent exactement le contraire. Peut-être sage abandonner attaques.

— Il ne s'agit pas d'attaques mais d'un désir de présenter l'affaire sous son vrai jour. Nous sommes certains que ces rum...

— Pas par taï-pans et grande banque. Mon mari et moi n'aimons pas ces articles. Vous changez, ça-fait-rien.

— C'est moi qui décide de la ligne du journal, riposta Toxe. J'en suis le rédacteur en chef.

— Et nous propriétaires. Nous vous disons arrêter, vous arrêtez.

— Vous m'en donnez l'ordre ?

— L'ordre.

— Bon, dans ces conditions...

Quand l'épouse de Mong Pa-tok eut raccroché, Toxe lança son stylo contre le mur et se mit à jurer. Peg, sa secrétaire, soupira et ferma la porte qui séparait les deux bureaux pour laisser passer l'orage. Quand le rédacteur en chef se fut calmé, il rouvrit la porte.

— Peg, fais-nous du café... Mac ! Martin !

Toxe retourna à son bureau, s'assit en faisant craquer son fauteuil, alluma une cigarette et inhala une longue bouffée.

— Oui ? demanda Haply en entrant.

— Laisse tomber l'article que tu es en train d'écrire et fais-moi un jus général sur le système bancaire de Hong-Kong...

Comme les deux hommes le regardaient bouche bée, Toxe expliqua :

— Mong n'aime pas notre façon de voir les choses.

— Qu'il aille se faire foutre ! explosa Haply. Vous avez entendu vous-même ce que disaient ces types à la réception du Taï-pan !

— Ça ne prouve rien, et sans preuve, je ne peux pas prendre position. On laisse tomber.

— Mais...

Toxe devint cramoisi.

— *On laisse tomber ! Compris ?*

Haply ouvrit la bouche pour répliquer puis changea d'avis et sortit en claquant la porte.

— Quel sale caractère il a, ce môme, marmonna Christian Toxe.

— Mong n'a pas eu cette idée tout seul, supputa Mac. Quelqu'un a dû la lui souffler. Si tu étais à sa place, que demanderais-tu en échange de ce petit service ?

— Voyons... Mon entrée au Club hippique avec droit de vote !

— Vingt sur vingt !

Singh, reporter indien, apporta les derniers télex au rédacteur en chef, qui les lut à mi-voix :

— Téhéran, manœuvres militaires soviétiques près de la frontière et des régions pétrolières de l'Azerbaïdjan iranien où d'autres émeutes ont éclaté... Tel-Aviv, la Knesset confirme les plans d'un nouveau détournement des eaux du Jourdain pour irriguer le désert du Neguev... Réactions hostiles immédiates de la Jordanie, de l'Égypte et de la Syrie... Bon, tu en fais des « brèves » pour la dernière : c'est pas ça qui nous fera vendre des canards. En première, on développe sur les Loups-garous : « Malgré le ratissage de la police, les ravisseurs de Mr. John Chen demeurent introuvables... »

Wu-le-bigle vit la vieille sortir de l'immeuble, un panier au bras, et se mêler à la foule bruyante d'une ruelle étroite d'Aberdeen. En attendant sa réapparition, il avait habilement questionné un vendeur de thé et de boulettes de gruau de riz exerçant son négoce au coin de la rue. Ah Tam vivait dans le quartier depuis un an ; elle était venue du village de Ning-tok avec le flot de réfugiés de l'été dernier.

C'était un coup de chance pour le Bigle, dont les parents étaient originaires de ce même village. Il regarda la vieille acheter des légumes puis s'arrêter devant l'étal d'un marchand de volaille dont les poulets étiques, à peine vivants, étaient entassés dans des cages. Après un long marchandage, le volailler consentit un rabais à la vieille, qui était une bonne cliente, saisit le poulet choisi, l'étrangla adroitement d'un geste machinal et tendit la carcasse à sa fille de cinq ans, accroupie au milieu des plumes et des tripes.

— J'en veux un au même prix ! s'écria alors le policier. Celui-là !

Tandis que le marchand empoignait en grommelant la bête désignée, Wu se tourna vers Ah Tam.

— Grande Sœur, tu viens de me faire gagner de l'argent. Je t'offre une tasse de thé en attendant que la petite vide nos poulets.

— Ah ! merci, mes vieux os sont fatigués. Allons là-bas, décida Ah Tam en pointant un doigt noueux vers l'étal d'en face. Nous surveillerons pour être sûr qu'il ne nous en refile pas un autre.

Le volailler marmonna une obscénité qui fit éclater de rire la vieille et le policier. Ah Tam se fraya un chemin à travers la foule, se laissa tomber sur un banc, commanda du thé et commença aussitôt à se lamenter sur la vie qu'elle menait à Hong-Kong, au milieu d'étrangers. Wu glissa dans la conversation un ou deux mots de patois de Ning-tok, que Ah Tam releva aussitôt, et tous deux de s'extasier de la coïncidence. Ravie de rencontrer un « pays », elle lui raconta comment la famine avait chassé une grande partie des habitants de son village, comment elle était arrivée dans la colonie, sans argent ni amis.

— J'ai fini par trouver un emploi de cuisinière chez les Ch'ung, des éboueurs. La Première Épouse est une sorcière à bouche de magot qui ne me donne pas un sou pour mon travail, juste la nourriture et un coin pour dormir. Mais je serai bientôt débarrassée de toute cette clique !

Ah Tam baissa la voix pour ajouter :

— Les dieux m'ont enfin prise sous leur protection. Dans un mois ou deux, je rentre au pays, je prends ma retraite.

— Ta retraite ? Il faut de l'argent pour cela, Grande Sœur. Ne viens-tu pas de me dire que les Ch'ung ne te donnent pas un sou ?

— J'ai un ami haut placé, gloussa la vieille.

— Quel genre d'ami ?

— Un homme d'affaires qui a besoin de mes services.

— Ne me raconte pas d'histoires, pouffa le Bigle.

— Mon ami est si puissant que toute l'île en a peur ?

— Allons !

— Tu as entendu parler des Loups-garous ? murmura Ah tam.

— Quoi ? fit Wu, interloqué.

Il rassembla aussitôt ses esprits : si la vieille disait vrai, il toucherait la récompense, obtiendrait de l'avancement et peut-être sa mutation à la SI.

— Tu inventes !

— Est-ce que je mentirais à quelqu'un de mon village ? Mon ami fait partie de leur bande, je te dis.

— Alors tu as de la chance, Grande Sœur. La prochaine fois que tu le vois, demande-lui s'il n'aurait pas aussi du travail pour moi. Il est aussi de Ning-tok ?

— Non. C'est... c'est mon neveu. Je vais le voir bientôt, il doit m'apporter de l'argent.

— Ne le mets pas à la banque — en tout cas pas à la Ho-Pak si...

— Pourquoi me parles-tu de Ho-Pak ? demanda l'*amah*, soudain méfiante. Je n'ai rien à voir avec Ho-Pak.

Wu essaya de rattraper sa gaffe :

— Je disais Ho-Pak comme ça, parce que j'ai vu la queue ce matin.

Pas tout à fait convaincue, Ah Tam hocha la tête, remercia le jeune homme pour le thé et alla chercher son poulet en marmonnant entre ses dents.

L'homme de la CIA descendit de voiture et entra d'un pas pressé au QG de la police.

— Bonjour, Mr. Rosemont, le salua un sergent en uniforme.

— J'ai rendez-vous avec Mr. Crosse.

— Oui, il vous attend.

La mine sombre, l'Américain se dirigea vers l'ascenseur. J'en ai ma claque de cette putain d'île et de ces emmerdeurs de Britanniques ! soupira-t-il intérieurement.

— Bonjour, Stanley, lui lança Armstrong. Vous nous rendez visite ?

— Salut, Robert. Je viens voir votre patron.

— J'espère que vous lui apportez de bonnes nouvelles — il est en pétard, dit Armstrong en pénétrant dans la cabine.

— Vous àssisterez à notre entretien ?

— J'en ai bien peur, répondit le policier en bâillant.

— J'avais demandé à lui parler en privé ! protesta Rosemont.

— Je suis un tombeau.

— M'ouais. Et Brian aussi, et toute la police — sauf que l'un de vous fait des confidences aux Russes !

L'Américain se rendit compte qu'il avait froissé le Britannique. Et puis, je m'en fous, pensa-t-il. Après tout, c'est la vérité. L'ascenseur s'arrêta, les deux hommes retrouvèrent Kwok dans le couloir et entrèrent avec lui dans le bureau de Crosse.

— Roger, j'avais demandé à vous parler en privé, attaqua Rosemont sans préambule.

— Brian et Robert sont d'une discrétion à toute épreuve. Que puis-je pour vous, Stanley ? demanda Crosse avec une amabilité glacée.

— Votre taupe s'est surpassée, cette fois, répliqua d'un ton hargneux l'homme de la CIA. Pour commencer, nous venons d'apprendre d'un de nos agents de Canton que Fong-fong et son équipe sont brûlés : ils ont été arrêtés hier soir.

— Brian, allez vérifier. Utilisez le code d'urgence. Ensuite ?

— Ensuite, la plupart des informations contenues dans le rapport d'A.M.G. ont filtré de l'autre côté.

— Saloperies de traîtres, murmura Crosse.

— Ce n'est pas tout, Roger : la mort d'A.M.G. n'était pas un accident. Sa moto a été renversée par une voiture.

— Comment se fait-il que la Source ne m'en ait pas informé ?

— Je viens de recevoir un coup de téléphone de Londres. Comme il est cinq heures là-bas, vos amis prennent sans doute le temps de boire une tasse de thé avant de vous prévenir.

Le directeur de la SI demeura imperturbable :

— Ensuite ?

— Pour finir, je voudrais savoir comment vous avez utilisé les photos des tueurs de Voranski.

— Nous avons surveillé la maison mais, comme ils ne réapparaissaient pas, nous nous sommes décidés à opérer une descente au petit jour. Nous avons fouillé partout sans trouver personne ressemblant aux deux types des photos. Il n'y a pas non plus de passage secret ou de truc de ce genre : votre agent a dû se tromper.

— Non, Marty Povitz est sûr de lui. Les tueurs ont profité que toutes les issues n'étaient pas encore gardées pour s'échapper. Là encore, votre taupe les a prévenus.

Rosemont sortit de sa poche un télex qu'il tendit à Crosse. Ce dernier le lut et le passa à Armstrong.

« Du directeur, Washington, à Rosemont, chef-adjoint de la station de Hong-Kong : Sinders, du MI 6, apporte ordres de Source, selon lesquels vous assisterez vendredi à remise documents et obtiendrez immédiatement photocopie. »

— Vous recevrez confirmation cet après-midi, Roger. A propos des dossiers, nous aussi nous avons placé Dunross sous surveillance. Il...

— Je vous prierai de ne pas piétiner nos plates-bandes ! coupa le directeur, furieux.

Rosemont posa sur le bureau un autre télex.

« Rosemont, Hong-Kong. Câble à remettre au directeur de la SI en personne. Jusqu'à ordre contraire, Rosemont est autorisé à prendre de son côté toute initiative qu'il jugera bon. Lui demandons cependant rester dans le cadre de la loi et vous tenir informé. Source 8-98/3. »

— C'est tout ? demanda Crosse en ravalant sa colère. On ne vous autorise à rien d'autre ?

— C'est tout. Vendredi, nous nous présenterons à la banque et...

— Vous savez où Dunross a mis les dossiers ?

— Dans les milieux du renseignement, c'est devenu le secret de polichinelle : je vous dis que votre taupe s'est surpassée ! Voyons, Rog, vous savez bien qu'en prévenant Londres, vous auriez des fuites. Nous avons tous des problèmes d'étanchéité mais les vôtres sont pires que tout ! Si vous aviez joué franc jeu avec moi dès le début, nous nous serions épargné ces complications.

— Ce n'est pas sûr. J'ai simplement cherché à limiter les risques.

— Aux dernières nouvelles, je suis dans le même camp que vous ! S'il ne tenait qu'à moi, je ferais ouvrir tous les coffres de la banque avant ce soir — tant pis pour les conséquences !

— Dieu merci, ce n'est pas vous qui décidez.

— Nous sommes en guerre, bon dieu ! Il y a peut-être dans ces dossiers de quoi démasquer votre taupe !

— Peut-être pas.

— Que voulez-vous dire ?

— Dunross a promis de remettre les dossiers vendredi à Sinders mais il pourrait bien nous refiler un emballage vide, ou de la fausse monnaie. Nous ne sommes même pas sûrs que les dossiers sont bien à la banque.

— Alors, que faisons-nous ? Nous restons le cul sur notre chaise jusqu'à vendredi ?

— Nous attendons — nous en avons reçu l'ordre. Même si Dunross a détruit les dossiers en partie ou en totalité, nous ne pouvons le mettre en prison ou le forcer à les régurgiter de mémoire.

— Si la Source décide de s'occuper vraiment de lui, il y a certains moyens..., reprit Rosemont. L'ennemi n'hésiterait pas à s'en servir.

Crosse et Armstrong regardèrent fixement l'Américain.

— Cela ne les rend pas légitimes pour autant, dit enfin Armstrong d'un ton froid.

— Cela ne les rend pas non plus condamnables, rétorqua Rosemont. Un dernier point, réservé à vos seules oreilles, Rog...

Aussitôt, Armstrong se leva mais Crosse lui fit signe de se rasseoir.

— Non, désolé, Rog, insista le cadre de la CIA. Ordre de vos supérieurs et des miens.

Le directeur hésita puis prit une décision :

— Attendez dehors, Robert. Je sonnerai pour vous rappeler.

— Bien, monsieur, dit Armstrong en se levant de nouveau.

Il sortit, ferma la porte derrière lui.

— Eh bien ?

L'Américain alluma une autre cigarette avant de répondre :

— Information ultra-secrète : aujourd'hui à quatre heures, le 92e régiment de paras a sauté au-dessus de l'Azerbaïdjan iranien et s'est déployé le long de la frontière soviétique avec le soutien d'unités de la Delta Force. Cette opération, réclamée par le Shah lui-même, répond aux préparatifs militaires soviétiques de l'autre côté de la frontière et aux émeutes fomentées dans tout le pays par des agents russes.

Rosemont s'épongea le front.

— Bon dieu, Rog, vous ne pourriez pas faire installer l'air conditionné ? A six heures des unités aéroportées ont atterri à Téhéran. La VIIe Flotte a mis le cap sur le Golfe, la VIe, celle de Méditerranée, croise au large d'Israël, la IIe quitte l'Atlantique pour la Baltique. L'OTAN est en alerte, les *Poséidon* prêts à intervenir.

— Que se passe-t-il ?

— Khrouchtchev a jugé le moment venu de s'en prendre à l'Iran. Il estime que le terrain lui est favorable : il est sur sa frontière alors que nous sommes loin des nôtres. Hier, les services de renseignement du Shah ont découvert un projet d'insurrection « socialiste démocratique » qui devait éclater dans quelques jours en Azerbaïdjan. Le Pentagone a aussitôt réagi : si l'Iran tombe, c'est tout le golfe Persique qui passe sous la coupe des Russes, puis l'Arabie Saoudite. Plus de pétrole pour l'Europe... et bientôt, plus d'Europe.

— Le Shah a déjà eu ce genre d'ennuis. Vous ne croyez pas que vous en faites un peu trop, cette fois encore ?

— Khrouchtchev a fait machine arrière à Cuba parce que J.F.K. ne bluffait pas. Les cocos ne comprennent qu'un seul langage : celui de la force.

— Vous risqueriez de faire voler le monde en éclats pour quelques émeutiers analphabètes, fanatiques et cinglés, qui d'ailleurs n'ont probablement pas entièrement tort ?

— Mon boulot, ce n'est pas de faire de la politique, c'est de gagner. Le pétrole, iranien ou saoudien, est indispensable à l'Occident. Nous ne laisserons pas l'ennemi s'en emparer.

— Il le prendra si ça lui chante.

— Pas cette fois. L'opération, qui a pour nom de code *Coup-à-blanc*, consiste à intervenir massivement pour effrayer l'ennemi puis à nous retirer rapidement. Selon le Pentagone, les Soviétiques ne nous croient pas capables d'une réaction aussi énergique dans un délai aussi court sur un terrain aussi éloigné de nos frontières. Notre riposte leur flanquera la frousse et ils courront se réfugier dans leur trou — jusqu'à la prochaine fois.

— Pourquoi me révéler tout cela ?

— Ordre d'en haut. Il faut informer les services de renseignement alliés parce qu'il y aura, comme d'habitude, des manifestations et des émeutes soigneusement orchestrées dans le monde entier pour soutenir l'insurrection iranienne. Autant que vous soyez prévenu : c'est ici que le réseau Sevrin opère, et il pourrait y avoir un rapport. En outre, Hong-Kong est un point stratégique capital pour nous : la Colonie commande l'accès à la Chine, à Vladivostok, à tout l'Est de l'URSS, à leurs bases de sous-marins atomiques.

— Là encore vous exagérez. Les États-Unis n'ont rien à craindre dans cette région.

Rosemont se rembrunit :

— On me traite de faucon parce que je suis simplement réaliste. Les Russes sont sur le pied de guerre.

— Vous vous trompez, ils ne la veulent pas plus que nous.

— Il vous faut des preuves ? Vous les aurez demain, dès que j'aurai obtenu l'autorisation de vous les révéler. J'espère qu'ensuite vous accepterez de coopérer.

— Tout ce que vous voudrez, Stanley ; il y a autre chose qui vous tracasse, n'est-ce pas ? demanda Crosse, d'un ton cordial.

— Nous avons perdu hier soir l'une de nos meilleures équipes à Berlin-Est. Un de mes amis s'est fait descendre en traversant la frontière. Nous sommes persuadés que ce coup de filet a un rapport avec les dossiers d'A.M.G.

— Navré, Stan. Ce n'était pas Tom Owen ?

— Non, il a quitté Berlin le mois dernier. C'était Frank O'Connell... Rog, cette taupe sème la merde dans nos rangs.

Rosemont se leva, s'approcha de la carte accrochée au mur.

— Vous connaissez Iman ? C'est un nœud ferroviaire situé à trois cents kilomètres au nord de Vladivostok, un important centre industriel.

— Et ?

— Vous êtes au courant, pour l'aérodrome ?

— Quel aérodrome ?

— Une piste souterraine, construite en dehors de la ville dans un gigantesque labyrinthe de grottes naturelles. Ce doit être une des merveilles du monde. Cent mille prisonniers nazis et japonais y ont, paraît-il, travaillé de 1945 à 1947. L'abri peut contenir deux mille cinq cents appareils, il est à l'épreuve des bombes — même atomiques — et possède quatre-vingts pistes qui débouchent sur un immense terrain d'envol courant entre des collines. En 1946, il a fallu neuf heures à l'un de nos gars pour le parcourir en voiture — alors, maintenant...

— Ça doit être encore plus impressionnant — si tout cela est vrai.

— Bien sûr que c'est vrai, mais les renseignements concernant cette base sont délibérément enterrés, ainsi que d'autres informations, bougonna Rosemont en se levant. Dites, vous avez envisagé de placer Dunross en détention préventive ?

— Pas question.

— Vous pouvez invoquer la loi sur les secrets d'État.

— Pas question, répéta Crosse.

— En tout cas, je vais le demander. A propos, le FBI a établi un rapport entre Banastasio et Bartlett : le mafioso est un important actionnaire de Par-Con, à qui il a avancé les fonds nécessaires pour la fusion qui en a fait une firme de premier plan.

— Et le voyage à Moscou de Bartlett et Tcholok ?

— Du tourisme, apparemment. Nous n'avons rien trouvé.

— Du nouveau pour les armes ?

Dans la matinée, Armstrong avait transmi à Crosse la théorie de Peter Marlowe et le directeur avait immédiatement donné l'ordre de surveiller Wu-quatre-doigts.

— Le FBI est certain qu'elles ont été embarquées à LA, reprit Rosemont. N'importe qui aurait pu le faire, le hangar de Par-Con n'est pas gardé. Les collègues de Langan ont aussi vérifié les numéros de série que vous leur aviez donnés : les fusils proviennent tous d'un chargement qui s'était « égaré » entre l'usine et Camp Pendleton, le dépôt des Marines en Californie du Sud. Ils ont peut-être découvert un trafic important : plus de sept cents M 14 ont été « égarés » de cette manière au cours des six derniers mois. Par ailleurs...

On frappa à la porte, Crosse appuya sur le bouton ouvrant le verrou, Kwok et Armstrong entrèrent.

— Par ailleurs, vous vous souvenez de l'affaire CARE ?

— Le détournement de fonds collectés par une organisation charitable ?

— Oui. Nous avons une piste pour vous.

— Robert, vous vous étiez chargé de cette affaire, n'est-ce pas ?

— Oui, monsieur.

Trois mois plus tôt, l'un des vice-consuls américains avait orienté la Criminelle sur certains administrateurs qu'il soupçonnait de détourner une partie des fonds à leur profit. L'enquête se poursuivait.

Rosemont sortit d'une de ses poches une liste de trois noms : Thomas K.K. Lim (Lim-l'étranger), Tak Chou-Lan (Tak-les-grosses-mains) et Lo Tup-lin (Lo-dents-de-lapin), bureau 720, Princes Building.

— Thomas K.K. Lim est américain, plein aux as, et possède des relations à Washington, au Vietnam et en Amérique du Sud, développa l'agent de la CIA. Il est associé avec les deux autres dans une affaire dont le siège se trouve à cette adresse. Selon nos informateurs, il est mouillé dans quelques coups foireux avec AID, et Grosses-mains s'occupe de CARE. Comme ce n'est pas de notre ressort je vous transmets le tuyau. Le monde est au bord du gouffre mais il faut quand même faire la chasse aux escrocs.

Rosemont haussa les épaules et sortit. Après son départ, Crosse résuma pour le bénéfice des deux commissaires ce que l'Américain lui avait révélé de l'opération *Coup-à-blanc.*

— Un de ces jours, un cinglé d'Amerlo va faire une boulette, dit Kwok d'un air sombre. Ils sont fous de jouer avec les armes atomiques.

— Brian, prévenez Dunross que la mort d'A.M.G. n'était pas un accident. Dites-lui de ne sortir sous aucun prétexte sans notre protection.

— Bien, monsieur, répondit Kwok, en songeant que le Taï-pan n'en ferait qu'à sa tête.

— Notre plan anti-émeute devrait nous permettre de faire face aux retombées des événements iraniens, reprit Crosse. Toutefois...

Il s'interrompit en voyant Armstrong froncer les sourcils à la lecture de la liste de Rosemont.

— Oui, Robert ?

— Tsu-yan n'avait pas un bureau aux Princes Building ?

— Brian ?

— Il s'y est rendu plusieurs fois alors que nous l'avions placé sous surveillance. Il y rencontrait une relation d'affaires... (Le commissaire chinois fouilla dans sa mémoire.) ... Un type qui s'occupe de transport maritime... Ng, Vee Cee Ng, surnommé Ng-le-photographe. Bureau 721. Nous nous sommes renseignés sur son compte mais, apparemment, il ne trempe dans aucune combine louche. Il dirige la compagnie Asian and China Shipping et une cinquantaine d'autres petites sociétés satellites. Pourquoi ?

— Les trois autres occupent le bureau voisin, le 720, répondit Armstrong. Tsu-yan pourrait être le lien avec John Chen, les armes, Banastasio, et même les Loups-garous.

Le directeur de la SI prit la liste des mains d'Armstrong et la considéra longuement.

— Prenez une équipe, Robert, et allez donc voir un peu ce qui se passe dans ces deux bureaux. Tout de suite.

— Ce n'est pas mon secteur, monsieur, objecta le commissaire de la brigade de Kowloon.

— C'est parfaitement exact, répliqua Crosse d'une voix lourde de sarcasmes. Je sais que vous êtes de Kowloon, mais je vous donne l'autorisation d'effectuer cette descente. Allez-y, et au trot.

— Bien, monsieur, grommela Armstrong.

Et il sortit, le visage cramoisi. Crosse prit une cigarette, l'alluma, se renversa dans son fauteuil et déclara :

— Brian, je crois que la taupe, c'est Robert.

29

13 h 38

Robert Armstrong et un sergent en uniforme descendirent d'une voiture de ronde et fendirent la foule en direction de Princes Arcade, vaste galerie où de petites boutiques proposaient des bijoux, des appareils photo ou des transistors, au rez-de-chaussée d'un haut immeuble de bureaux d'aspect vieillot. Ils se frayèrent un chemin jusqu'aux ascenseurs devant lesquels se massait un essaim de Chinois et pénétrèrent dans une cabine. L'air y était lourd et fétide.

Ils sortirent au septième étage, firent quelques pas dans un couloir sombre et étroit le long duquel s'alignaient des portes de chaque côté. Un tableau indiquait que le bureau 720 abritait l'Immobilière Ping-sing Wah et que le 721 était le siège d'Asian and China Shipping. Armstrong s'avança d'un pas pesant, suivi du sergent Yat.

Comme ils approchaient de l'endroit où le couloir tournait, un Chinois d'âge mûr vêtu d'une chemise blanche et d'un pantalon noir sortit du bureau 720, les aperçut et se rua de nouveau à l'intérieur. Armstrong s'y précipita juste à temps pour voir le Chinois à la chemise blanche disparaître par la porte du fond, en compagnie d'un autre homme aussi pressé que lui.

Le policier poussa un soupir sous le regard stupéfait de deux secrétaires défraîchies. L'une d'elles tenait une paire de baguettes au-dessus d'un bol de poulet aux nouilles.

— Bonjour, dit Armstrong. Je voudrais voir messieurs Lim, Tak et Lo. Vous savez où ils sont ?

L'une des secrétaires haussa les épaules, l'autre recommença à manger bruyamment. Le bureau était sale, mal rangé, encombré d'assiettes et de bols vides ; les corbeilles à papiers débordaient.

Armstrong montra son mandat de perquisition aux deux femmes, qui ouvrirent de grands yeux.

— Vous parlez anglais ? grogna-t-il avec irritation.

— Oui, monsieur, répondirent-elles en chœur.

— Bon. Donnez vos noms au sergent et répondez à ses questions. Il...

A ce moment, la porte du fond s'ouvrit et les deux fuyards entrèrent dans la pièce, poussés par deux policiers en uniforme.

— Merci, caporal, bien joué. Alors, où couriez-vous, tous les deux ? interrogea le commissaire.

Avec volubilité, les deux Chinois commencèrent à protester de leur innocence en cantonais.

— La ferme ! cria Armstrong, en cantonais également. Donnez-moi vos noms, et ne mentez pas, sinon je vais me mettre en rogne, fornication !

— Lui c'est Tak Chou-lan, déclara celui qui avait des dents de lapin.

— Et toi ?

— Euh, Lo Tup-sop, seigneur, mais je n'ai rien f...

— Lo Tup-sop, pas Lo Tup-lin ?

— Ah ! non, ça c'est mon frère.

— Où est-il ?

— Je ne sais pas. S'il vous pl...

— Tu avais l'air bien pressé, Dents-de-lapin.

— J'avais oublié un rendez-vous important. C'est très urgent, est-ce que je peux m'en aller ?

— Non ! J'ai un mandat de perquisition, nous allons jeter un œil dans vos papiers.

Comme les deux hommes recommençaient à déverser un flot de paroles, Armstrong les fit taire.

— Vous préférez être expulsés tout de suite ?

Lo et Tak secouèrent la tête en silence.

— Bon. Maintenant dites-moi où est votre ami Thomas Lim ?

N'obtenant pas de réponse, Armstrong braqua son index en direction du plus jeune des deux Chinois.

— Où est Lim, Dents-de-lapin ?

— En Amérique du Sud, bredouilla Lo nerveusement.

— Où ?

— Je ne sais pas, il partage seulement le bureau avec nous. C'est un étranger de la Montagne-dorée à qui le cousin Tak loue une partie de cette pièce. Il va, il vient, je ne sais rien de ses affaires.

— Tu es peut-être mieux renseigné sur le détournement de fonds de CARE ?

— Hein ? firent les deux Chinois en écarquillant les yeux.

— Vous avez volé de l'argent destiné à des femmes et à des enfants qui meurent de faim ! accusa le policier.

Nouvelles protestations d'innocence.

— Ça suffit ! C'est le juge qui décidera. En route ! nous prendrons vos dépositions au poste. Caporal, em...

— Honoré seigneur, je peux parler dans le bureau ? demanda Lo dans un anglais haché en montrant la pièce voisine.

Dents-de-lapin conduisit Armstrong dans le bureau, referma la porte et murmura en cantonais :

— Je ne suis au courant de rien, seigneur. S'il se passe ici quelque chose d'illégal, c'est à cause de ces deux fornicateurs. Moi je suis un homme d'affaires honnête qui veut gagner de l'argent pour envoyer ses enfants étudier aux États-Unis et...

— Bien sûr. Continue.

— Je n'ai rien fait, rien du tout...

Lo ouvrit un tiroir rempli de liasses de billets rouges usagés.

— Si vous me laissez partir, seigneur..., chuchota-t-il en tripotant l'argent.

D'un coup de pied, Armstrong referma le tiroir sur les doigts de Lo, qui poussa un hurlement de douleur. Le policier s'approcha, repoussa le Chinois et évalua la somme se trouvant dans le tiroir : trente à quarante mille dollars, probablement, et autant dans les autres. Ce serait si facile de faire cracher Dents-de-lapin, pensa-t-il. Je pourrais payer mes dettes et il me resterait encore de quoi jouer...

— Tu connais Tsu-yan ? demanda-t-il.

— Qui, moi ? Quel Tsu-yan ?

Le Britannique agrippa le Chinois et le secoua.

— Tsu-yan le trafiquant d'armes ! celui qui se rend chez ton voisin, Mr. Ng.

— Ah ! oui. Je ne savais pas qu'il était trafiquant d'armes, je le prenais pour un homme d'affaires. Il est du Nord, comme Ng-le-photographe. Je ne lui ai jamais parlé. Oh ! ma main ! Il faut que je voie un docteur...

Agacé, Armstrong poussa Lo dans un fauteuil et ouvrit brutalement la porte. Les trois policiers et les deux secrétaires le regardèrent en silence.

— Sergent, emmenez ce zigoto au central et inculpez-le de tentative de corruption. Venez voir, dit le commissaire en ouvrant grand le tiroir.

— *Diou ne lo mo !* s'exclama le sergent Yat.

— Comptez-les, établissez le total et faites contresigner la somme par vos hommes avant de la remettre au central. Vous, caporal, commencez à fouiller les classeurs. Je vais à côté.

Armstrong sortit du bureau. Il savait que Yat négocierait rapidement avec Lo et Tak le montant à déclarer et partagerait le reste avec eux. Lo et Tak seraient convaincus que lui aussi toucherait sa part tandis que ses hommes le jugeraient une fois de plus trop bête pour profiter de l'aubaine. Il s'en moquait. Yat et les autres étaient de bons policiers, sous-payés par rapport au travail qu'ils fournissaient.

A Hong-Kong, il faut savoir être pragmatique, pensa-t-il en poussant la porte du bureau 721. Une secrétaire plutôt jolie leva les yeux du bol contenant son déjeuner : riz blanc de neige, lamelles de porc rôti.

— Bonjour, dit Armstrong en montrant sa carte. Je voudrais voir Mr. Vee Cee Ng, s'il vous plaît.

— Désolée, il est sorti déjeuner, il ne reviendra pas avant cinq heures.

— Comment vous appelez-vous ?

— Virginia Tong, répondit la fille après un temps d'hésitation.

— Cela vous dérangerait que je jette un coup d'œil ? J'ai un mandat.

— Vous ne pourriez pas attendre cinq heures ?

— Non, je préfère maintenant.

Virginia Tong haussa les épaules, se leva et le conduisit dans la pièce voisine. C'était un petit bureau comportant trois autres portes : une au fond, donnant sur un escalier d'incendie, une autre, du côté du 720, conduisant à un minuscule cabinet de toilette sale et malodorant, une troisième, qu'il ne parvint pas à ouvrir.

— La clef, s'il vous plaît.

— Il n'y en a qu'une et c'est Mr. Ng qui l'a, répondit la secrétaire.

Armstrong soupira :

— J'ai un mandat, Miss Tong. Ne m'obligez pas à défoncer la porte à coups de pied.

— Je... Un instant, je vais voir s'il ne l'a pas laissée.

Le policier la regarda ouvrir un tiroir, faire semblant

de chercher, en inspecter un autre. Sentant qu'il commençait à s'impatienter, elle se décida à « trouver » la clef.

— Ah ! la voilà ! Vous avez de la chance.

Elle ouvrit et se recula, révélant une deuxième porte qu'Armstrong poussa aussitôt. Avec un sifflement admiratif, il entra dans une grande pièce luxueuse, au sol recouvert d'un épais tapis. Au centre, un bureau ancien en bois de rose sur lequel étaient posés un vase et quelques photos encadrées représentant toutes le même Chinois souriant : à cheval, en tenue de soirée, serrant la main du gouverneur, en compagnie de Dunross.

— C'est Mr. Ng ?

— Oui.

Le policier examina brièvement les tableaux accrochés au mur, le bar, l'électrophone haute-fidélité, et se dirigea vers une autre porte, à demi-ouverte. Elle menait à une chambre élégante et féminine, dont le lit, immense et défait, se reflétait dans un grand miroir fixé au plafond.

— Intéressant, murmura Armstrong.

La fille garda le silence. Elle portait des vêtements chics, coûteux sans doute, que le policier n'avait pas remarqués de prime abord. Rien ne vous empêche, si vous en avez les moyens, de vous faire installer une garçonnière derrière votre bureau, pensa Armstrong avec une pointe d'envie. Ce n'est pas illégal — pas plus que d'avoir une jolie secrétaire.

Il fouilla les tiroirs d'une commode mais n'y trouva rien d'intéressant, hormis un appareil photo perfectionné et un projecteur démontable. Il revint au bureau, inspecta les tiroirs, qui se révélèrent tous vides. Son œil accrocha l'énorme bar en bois de rose, il l'ouvrit, n'y trouva rien de particulier et s'apprêtait à abandonner quand il remarqua l'étroitesse anormale de l'intérieur du meuble par rapport à l'extérieur.

Quelques secondes lui suffirent pour ouvrir une des fausses parois latérales dissimulant un double fond.

Le commissaire écarquilla les yeux en découvrant une douzaine de photos de Portes-en-jade dans toute leur splendeur. Chacune d'elles était encadrée et portait une date et un nom de femme. Il partit d'un rire gêné, se retourna : Virginia Tong avait disparu. Il parcourut rapidement les noms et trouva celui de la secrétaire sur la troisième photo en partant du bas.

Il éclata à nouveau de rire puis se ressaisit et examina les photos de plus près. Elles avaient toutes été prises avec le même objectif, à la même distance. Tiens, celle-là est *bat jam gai*, remarqua-t-il. Mona Leung... J'ai déjà entendu ce nom quelque part. C'est curieux, généralement, les Chinois croient que les pubis sans poils sont moins érotiques... Et là ? Venus Poon ! Alors, c'est comme ça qu'elle l'a, la petite sainte-nitouche de la télé ?

Armstrong retourna dans le premier bureau, où Virginia Tong, visiblement furieuse, se limait les ongles.

— Je pourrais avoir Mr. Ng au téléphone ?

— Pas avant quatre heures, répondit-elle, l'air renfrogné.

— Mr. Tsu-yan, alors, lança le policier au hasard.

La secrétaire composa un numéro sans consulter son répertoire, prononça une phrase ou deux dans un cantonais guttural et raccrocha brutalement.

— Il n'est pas là. Il a quitté la ville et personne, à son bureau, ne sait où il est.

— Quand l'avez-vous vu pour la dernière fois ?

— Il y a trois ou quatre jours, maugréa Miss Tong. (Elle ouvrit d'un geste agacé un gros agenda.) Vendredi.

— Vous permettez ?

Elle hésita puis haussa les épaules et poussa vers Armstrong le carnet de rendez-vous. En le feuilletant, le commissaire releva de nombreux noms qu'il connaissait : Richard Kwang, Jason Plumm, Dunross — plusieurs fois —, Thomas K.K. Lim, le mystérieux Américain du bureau voisin, Johnjohn, de la Victoria, Donald McBride, Mata, plusieurs fois lui aussi. Il allait rendre l'agenda à la secrétaire quand l'idée lui vint de regarder aussi les prochains rendez-vous. « Samedi, 10 h. V. Banastasio. »

Sans rien dire, il referma le carnet et s'appuya contre un des classeurs, l'air pensif. La fille continuait à se faire les ongles sans lui prêter attention. La porte s'ouvrit, le sergent Yat entra :

— Excusez-moi, commissaire, téléphone pour vous.

— Restez ici jusqu'à mon retour, ordonna Armstrong, qui ne tenait pas à laisser à Virginia l'occasion de prévenir quelqu'un.

Dans le bureau voisin, Lo-dents-de-lapin gémissait en agitant sa main blessée tandis que Tak, s'efforçant à la désinvolture, faisait des remarques à sa secrétaire sur son travail. En voyant réapparaître Armstrong, ils se lancèrent dans de nouvelles protestations d'innocence.

— Fermez-la ! leur intima le policier en empoignant le combiné. Armstrong à l'appareil.

— Salut, Robert, ici Don Smyth, à East Aberdeen...

Malgré le dégoût qu'il éprouvait pour le personnage, malgré les soupçons de trafic d'influence pesant sur lui, Armstrong lui rendit son salut d'un ton aimable. Si l'on pouvait admettre que des sous-fifres chinois agrémentent l'ordinaire en palpant des pots-de-vin, il était inadmissible qu'un officier britannique fasse de même. Cependant, il n'y avait aucune preuve contre Smyth, qui n'avait même jamais fait l'objet d'une enquête. Selon la rumeur, il bénéficiait de la protection de certains pontes qui se faisaient eux aussi graisser la patte.

— Quoi de neuf ? ajouta Armstrong.

— Un coup de veine — du moins, je crois. C'est toi qui t'occupes du kidnapping de John Chen, non ?

— Exact, dit le commissaire, soudain intéressé.

Bien que corrompu, Smyth faisait parfaitement son boulot de flic et East Aberdeen avait le taux de criminalité le plus bas de toute la Colonie.

— Tu es tombé sur quelque chose ? continua Armstrong.

Smyth lui résuma l'incident devant la banque, la filature de la vieille *amah*, les propos qu'elle avait tenus au Bigle.

— Tu la coffres tout de suite ou tu préfères attendre ?

— J'attends, même s'il est peu probable que le Loup-garou cherche à la revoir. Continue à la surveiller et tiens-moi au courant.

— Bon. Le sergent Mok consulte les photos des archives pour tenter d'identifier le jeune Chinois. Moi même j'ai l'impression d'avoir déjà vu son visage grêlé par la petite vérole. S'il est fiché chez nous, on l'épinglera avant ce soir.

— Excellent. Ça se calme, à Aberdeen ?

— Ho-Pak continue à rembourser mais en faisant traîner les choses. La banque est foutue, Robert, et, maintenant, il y aussi la queue devant l'agence de la Victoria.

— La Vic ne risque rien, quand même ! C'est chez elle que le gouvernement dépose ses fonds.

— En tout cas, moi j'ai fermé tous mes comptes. Bon, je retourne au boulot.

— Comment va ton bras ?

— C'est l'épaule, elle est disloquée. J'ai bien cru que j'allais y avoir droit quand ils se sont mis à crier « Mort aux *quai lohs* ! ».

Armstrong fut parcouru d'un frisson. Depuis les émeutes de 1956, il faisait fréquemment un cauchemar qui le ramenait au sein d'une foule hystérique et hurlante. C'était à Kowloon, les Chinois venaient de renverser la voiture dans laquelle le consul helvétique se trouvait avec son épouse, et y avaient mis le feu. Armstrong avait chargé avec ses hommes pour secourir les deux Suisses mais le consul était mort quand il l'avait sorti du véhicule. Sa femme, gravement brûlée, avait la peau calcinée, en lambeaux. Et tout autour, des femmes, des hommes, des adolescents vociféraient : « Mort aux *quai lohs* ! »

— Les salauds, murmura-t-il, croyant encore sentir l'odeur de la chair brûlée.

— Ça fait partie du boulot. Bon, je te tiens au courant. Si le Loup-garou remet les pieds à Aberdeen, il tombera dans une souricière plus serrée qu'un trou du cul de mouche.

30

14 h 20

Phillip Chen blêmit en trouvant dans son courrier une enveloppe portant l'inscription : « Mr. Phillip Chen, personnel. »

— Qu'y a-t-il ? lui demanda sa femme.

— Les Loups-garous, répondit-il d'une voix tremblante en lui montrant la lettre par-dessus la table du déjeuner. Ils ont écrit...

Dianne reposa sa tasse de café d'un geste nerveux.

— Attention aux empreintes, sers-toi de ton mouchoir.

— Ah ! oui.

Le compradore ouvrit l'enveloppe avec un coupe-papier en ivoire et déplia la lettre.

— Oui, c'est..., c'est bien d'eux.

— Eh bien, lis !

— « A Phillip Chen, compradore de la Noble Maison, salutations. Je vous prie de vous informer qu'il faut payer la rançon et j'explique comment. Cinq cent mille dollars, pour vous, c'est rien du tout, mais pour nous autres paysans, ce serait un héritage pour...

— Menteurs ! grinça Dianne en agitant ses colliers. Comme si des paysans auraient osé enlever John et le mutiler ! Continue.

— ... pour nos pauvres petits-enfants affamés. Vous avez parlé à la police mais c'est comme pisser dans l'océan. Maintenant, plus question de police. Non. Sinon votre fils ne reviendra pas et toute la mauvaise volonté sera de votre faute. Prenez garde, nous avons des yeux partout. Si vous essayez de nous avoir, le pire arrivera et ce sera tout de votre faute. Je vous téléphonerai ce soir à six heures. Pas un mot à personne, même pas à votre femme. En atten...

— Fripouilles ! fulmina Dianne. Sales fils de putain qui essaient de semer la discorde entre le mari et la femme !

— ... En attendant préparez la rançon en billets usagés de cent dollars... » Cela ne me laisse pas beaucoup de temps pour aller à la banque.

— Finis donc la lettre !

— Oui, oui, une seconde, répondit Phillip. Où en étais-je ? « ... de cent dollars. Si vous suivez scrupuleusement nos instructions, vous reverrez votre fils ce soir... » Oh ! je l'espère de tout mon cœur ! « ... Ne prévenez pas la police, n'essayez pas de nous tromper. Nous vous surveillons en ce moment même. Signé : les Loups-garous. »

Le compradore ôta ses lunettes. Il avait les yeux rouges, l'air vieux et fatigué.

— En ce moment même ? murmura-t-il. Un des domestiques, peut-être ?

— Mais non. Ils sont à notre service depuis des années.

— Cela ne veut rien dire. Je... je ferais mieux d'appeler la police.

— Ne la préviens pas avant de savoir exactement ce qu'il faut faire. Passe à la banque, retire deux cent mille dollars seulement — en marchandant, tu devrais obtenir leur accord sur cette somme. Si tu prends davantage, tu seras tenté de céder à leurs exigences.

— Oui, tu as raison... Et le Taï-pan, il faut le mettre au courant, tu crois ? il pourrait nous aider.

— Comment ? répliqua Mrs. Chen d'un ton méprisant. Nous avons affaire à une triade, pas à des gredins *quai lohs*. S'il faut demander de l'aide, c'est aux nôtres que tu dois t'adresser. Et tu ferais mieux de me dire ce qui te tourmente, pourquoi tu t'es mis dans une telle colère hier soir, et pourquoi tu t'agites comme un chat échaudé au lieu de t'occuper de tes affaires !

— Je m'occupe de mes affaires, riposta Phillip, sur la défensive.

— Combien d'actions de Struan as-tu achetées ? As-tu mis à profit les confidences du Taï-pan ? Tu n'as pas oublié que Tung-l'aveugle a prédit un boom, j'espère ?

— Mais non, voyons. J'ai déjà doublé mon portefeuille et j'ai donné secrètement l'ordre à divers agents de change d'acheter encore moitié autant.

Dianne jubila intérieurement à la pensée que les profits de l'opération viendraient s'ajouter à ceux qu'elle réaliserait de son côté, grâce aux achats qu'elle avait effectués pour son propre compte, sans en aviser son mari.

— Combien les as-tu payées ?

— A 28,90, en moyenne.

— Hum ! Selon les journaux d'aujourd'hui, la cote de la Noble Maison était de 28,80 à l'ouverture, fit Dianne, furieuse d'apprendre que son époux avait payé cinq *cents* de moins qu'elle par action. Tu aurais mieux fait d'aller à la Bourse ce matin, au lieu de rester ici à broyer du noir.

— Je ne me sentais pas très bien.

— C'est depuis avant-hier que tu ne te sens pas bien ! Qu'est-ce qui t'a mis dans cet état ?

— Rien, répondit Chen en se levant pour fuir l'interrogatoire. Rien du tout.

— Assieds-toi ! *Rien*, la façon dont tu m'as traitée devant les domestiques ? *Rien*, de m'avoir enfermée dans la salle à manger ? moi, Dianne Mai-wei T'Chung, dans les veines de qui coule le sang du grand Dirk Struan ! Moi qui t'ai donné les plus belles années de ma vie et qui ne t'ai jamais reproché ni tes ronflements ni cette garce d'entraîneuse à qui tu as fait un marmot !

— Hein ?

— Oh ! je sais tout d'elle et des autres ! Je sais même que tu as envoyé le gosse faire ses études aux États-Unis. Tu ne m'as jamais aimée, tu m'as épousée parce que j'avais des terres et des titres, parce que je décorerais joliment ta maison ! Je connais toutes tes vilaines petites manies et je suis même au courant de ton club.

— Mon club, quel club ?

— Le 74, un club privé chinois de quarante-trois membres, où l'on déguste des plats raffinés et où de jeunes hôtesses raniment l'ardeur de vieux cochons comme toi !

— Ce n'est pas vrai, balbutia Phillip. Simplement, nous...

— Ne mens pas ! Tu as versé au départ quatre-vingt-sept mille dollars américains, de même que Shitee T'Chung et tes deux autres amis, et tu continues à payer une cotisation de quatre mille dollars de Hong-Kong par mois. Pour quoi tout cet argent ?... Où vas-tu ?

— Je... je dois aller aux toilettes, murmura le compradore en se rasseyant.

— Chaque fois que nous discutons, tu dois aller aux toilettes !

Craignant que ses récriminations ne finissent par provoquer chez son mari une explosion de colère, Dianne changea de tactique.

— Mon pauvre Phillip, fit-elle, d'un ton radouci. Confie-moi ce qui te tracasse tant.

Chen lui raconta ce qu'il avait découvert dans le coffre de John et se sentit aussitôt soulagé.

— Mon propre fils ! gémit-il.

— Si le Taï-pan découvre que Chen-chen et toi gardiez des documents sur la Noble Maison, il est capable de nous ruiner !

— Je le sais ! C'est pour cela que je suis si inquiet. Le testament de Dirk lui en donne le droit et les moyens... Mais ce n'est pas tout : John a aussi trouvé le coffre enterré dans le jardin.

— Quoi !

Quand Phillip lui eut parlé de la demi-pièce, Dianne se sentit partagée entre la peur et la jubilation car désormais, qu'il revînt ou non, John ne pouvait plus hériter. C'est mon Kevin qui sera compradore de la Noble Maison ! se dit-elle. Cependant, son exaltation retomba aussitôt et elle murmura :

— Si la Maison de Chen existe encore...

— Que dis-tu ?

— Rien. Laisse-moi réfléchir... Passe à la banque, retire trois cent mille dollars, au cas où le marchandage se révélerait difficile. Il faut à tout prix récupérer John. A ton avis, il gardait la pièce sur lui ou il l'avait mise à la banque ?

— A la banque, ou chez lui, aux Tours Sinclair.

— Impossible d'aller fouiller là-bas, avec cette garce de Barbara. Si elle se doutait de quelque chose... Je sais à qui nous pourrions demander de l'aide : à ton cousin Quatre-doigts...

Phillip parut surpris puis un sourire éclaira son visage.

— Des hommes à lui t'accompagneront sans se montrer quand tu remettras la rançon, ils suivront ensuite les Loups-garous jusqu'à leur repaire et délivreront John, continua Dianne. Surtout, pas un mot de la pièce à ce vieux pirate : dis-lui simplement que tu veux sauver ton fils.

— Tu as raison, c'est au cousin Wu qu'il faut s'adresser. Je sais où le trouver, cet après-midi.

Le compradore se dirigeait vers la porte lorsque le téléphone se mit à sonner. Il s'arrêta, regarda sa femme se lever pour aller décrocher.

— *Weiiii ?* fit Dianne. Oh ! bonjour, Taï-pan, comment allez-vous ?

Phillip Chen devint livide.

— Votre mari est là ? demanda Dunross.

— Oui, un instant, je vous le passe, répondit-elle en s'efforçant de dominer sa nervosité.

Elle tendit le combiné à son époux et lui fit signe de ne pas plaquer l'écouteur contre son oreille pour qu'elle pût suivre elle aussi la conversation.

— Allô, Taï-pan ?

— Bonjour, Phillip. Quels sont vos projets pour cet après-midi ?

— Rien de particulier. Je dois simplement passer à la banque. Pourquoi ?

— Auparavant, rejoignez-moi à la Bourse. Le marché s'affole. La ruée sur Ho-Pak s'est étendue à toute la Colonie et la cote de la banque dégringole, bien que Richard tente de la soutenir avec tous les moyens dont il dispose. Ho-Pak va s'effondrer d'un moment à l'autre en entraînant probablement d'autres banques dans son sillage. J'ai entendu dire qu'on fait la queue devant la Ching Prosperity, et même devant la Vic...

Phillip Chen et sa femme échangèrent un regard inquiet.

— Toutes les valeurs sont en baisse, poursuivit Dunross, y compris les plus solides : le V & A, Kowloon Investments, Hong-Kong Power, Rothwell-Gornt, Asian Properties, Hong-Kong and Lao Farms, Zong Securities, Solomon Textiles, nous... tout le monde.

— Combien de points avons-nous perdu ?

— Trois depuis ce matin.

— Quoi ? s'écria le compradore, qui faillit lâcher le téléphone.

— Eh oui, reprit le Taï-pan d'un ton désinvolte. Quelqu'un a lancé des rumeurs sur nous. Le bruit court que nous sommes en difficulté, que nous ne pourrons payer ni Toda ni Orlin la semaine prochaine. Je crois qu'on vend des Struan à découvert.

31

14 h 45

A la Bourse, Gornt, assis à côté de son agent de change Joseph Stern, regardait le grand tableau des cotes avec satisfaction. Il faisait chaud et très humide dans la vaste salle bondée et bruyante où s'agitaient employés, donneurs d'ordres et contrepartistes. D'ordinaire les transactions se faisaient dans le calme et sans hâte mais, ce jour-là, tout le monde était tendu et nerveux.

Gornt ne s'inquiétait pas de la baisse d'un point de ses propres actions : Struan avait perdu 3,5 et Ho-Pak vacillait. L'attaque était lancée, la Noble Maison n'en avait plus pour longtemps.

Son attention se porta vers la partie du tableau où figurait Ho-Pak après qu'un agent de change eut inscrit de nouvelles offres de vente. Aucun acheteur ne se manifesta. Lundi, quand Gornt avait commencé à vendre, la cote était de 28,60, elle atteignait maintenant 24,30, soit une chute plus importante que toutes celles que la banque avait enregistrées depuis sa fondation, onze ans plus tôt.

4,30 multipliés par 500 000, cela fait 2 150 000, calculait joyeusement Gornt. Ce n'est déjà pas mal mais je ne rachète pas encore, j'attends. Ho-Pak va s'effondrer, si ce n'est demain, après-demain, et je gagnerai alors vingt fois plus.

Décidant de passer ouvertement à l'offensive, il ordonna à son agent de change :

— Vendez deux cent mille Ho-Pak.

Stern le regarda avec stupeur :

— Kwang va devoir sortir près de cinq millions pour couvrir. Cela va provoquer un vent de panique.

— J'y compte bien, répondit l'homme d'affaires gaiement.

L'un des téléphones se mit à sonner au moment où le cambiste se levait.

— Oui ?... Bonjour, Chang-service-de-jour, dit Stern dans un cantonais passable. Que puis-je faire pour vous ?

— Sauver mon argent, j'espère, honorable intermédiaire. A combien est la Noble Maison ?

— 25,30.

— Misère de misère ! Et il ne reste qu'une demi-heure avant la clôture, fornication d'os de chien ! Vendez ! Vendez Noble Maison et toutes ses filiales, l'Immobilière de la Chance, la Golden Ferry... A combien est Rothwell-Gornt ?

— 23,30.

— Elle a perdu un point depuis ce matin ? Vendez !

— Mais Chang, le marché est solide et...

— Vendez immédiatement ! Vous n'avez pas entendu les rumeurs ? La Noble Maison va s'effrondrer !

Stern raccrocha, l'air préoccupé : c'était le cinquième coup de téléphone affolé qu'il recevait de la part de clients fidèles. Directeur de la firme Stern and Jones, qui s'était lancée depuis la guerre dans les transactions boursières, c'était un petit homme brun presque chauve, âgé d'une soixantaine d'années. Beaucoup le soupçonnaient d'avoir quelques gouttes de sang chinois dans les veines.

Il se dirigea vers le tableau, s'arrêta devant la

colonne de Golden Ferry et inscrivit l'offre de Chang dans la partie vente.

— J'achète à 30 *cents* en dessous du cours, proposa un cambiste.

— Il n'y a pas de ruée sur Golden Ferry, rétorqua Stern.

— Il y en a une sur Struan. Alors, oui ou non ?

— Les bénéfices de Golden Ferry ont augmenté, ce trimestre.

— Bon dieu, ce qu'il fait chaud ! On pourrait quand même s'offrir l'air conditionné, tu ne crois pas ? Alors oui ou non ?

Joseph Stern réfléchit. Hier encore, Golden Ferry avait monté d'un dollar parce que la réunion annuelle de la compagnie se tiendrait dans une semaine, que l'année avait été bonne et que, selon les rumeurs, on allait fractionner les actions. Mais Stern connaissait la règle d'or de toute transaction : hier, ce n'est pas aujourd'hui, et le client avait donné l'ordre de vendre.

— Vingt *cents* en dessous ? marchanda-t-il.

— Trente, dernier prix. Qu'est-ce que cela peut te faire, de toute manière ? Tu toucheras la même chose.

— D'accord.

L'agent de change descendit le long du tableau, vendit sans trop de difficultés la plupart des titres de Chang en consentant à chaque fois un léger rabais. Il eut par contre plus de mal à faire reporter les Ho-Pak. Dans la colonne de la banque, sous les ordres de vente, nombreux mais portant sur de faibles quantités, il inscrivit le nombre 200 000. Une onde de choc parcourut la salle et Stern se tourna vers Forsythe, le cambiste de Richard Kwang, seul acheteur de Ho-Pak ce jour-là.

— Quillan veut couler Ho-Pak ? questionna un agent.

— Elle a déjà la tête sous l'eau, fit observer un autre. Tu achètes, toi ?

— Sûrement pas ! Oh ! je n'aime pas ça du tout...

— T'inquiète donc pas, Harry. Le marché s'anime, c'est le principal.

— Tu crois que Richard va tenir le coup ? demanda à Stern le nommé Harry.

— Question de *joss*, répondit l'agent de change de Gornt en songeant que les déposants de Kwang avaient déjà tranché.

Comme Forsythe lui faisait signe, il fendit la foule pour le rejoindre.

— Tu achètes ?

— En temps utile, mon bon Joseph ! répondit l'agent de Kwang. Dis, tu ne pourrais pas convaincre Quillan de ne pas jouer contre nous ? J'ai toutes les raisons de croire qu'il est de mèche avec ce taré de Southerby.

— C'est une accusation publique ?

— Juste une opinion personnelle. Tu n'as pas lu l'article de Haply sur les rumeurs répandues par une grande banque et certains taï-pans ? Richard est aussi solide que... que Rothschild ! Il a plus d'un milliard en rés...

— J'ai assisté au krach de 1929, mon vieux : il y avait des trillions en réserve, et tout le monde a quand même fini ruiné. C'est une question de liquidités, de crédit et de confiance. Tu vas couvrir notre offre ?

— Probablement.

— Combien de temps pourras-tu tenir ?

— Éternellement. Moi je suis simplement intermédiaire, j'exécute les ordres et je touche 0,25 p. 100, à l'achat comme à la vente.

Stern alla rejoindre Gornt et lui annonça :

— Je crois qu'il achètera avant la clôture.

— Bon. A présent...

Il y eut un remous dans la salle quand Dunross, accompagné de Casey et Linc Bartlett, se dirigea vers le bureau d'Alan Holdbrook, directeur d'une compagnie d'agents de change faisant partie de Struan.

— Ils ont l'air en excellents termes, constata Stern

en observant le trio. Je me demande s'ils ne feront pas finalement affaire, contrairement aux bruits qui courent.

— Impossible, assura Gornt. Bartlett n'est pas bête au point de s'associer à un homme dont l'empire vacille.

— C'est curieux, quand même, ces rumeurs qui surgissent d'un seul coup de nulle part : les traites sur les navires, l'emprunt à Orlin, le soutien défaillant de la Vic. J'ai téléphoné aujourd'hui à Havergill et il m'a affirmé que sa banque ne modifierait pas son attitude.

— Que pouvait-il vous dire d'autre ? répliqua Gornt. A présent, vendez deux cent mille Struan.

L'agent de change porta la main à ses sourcils broussailleux :

— Mr. Gornt, je crois que vous faites erreur, cette fois. Le Taï-pan trouvera tout le soutien nécessaire. Vous allez vous brûler les doigts.

— Les temps changent, les gens aussi. Et les canards boiteux ne survivent pas longtemps, à Hong-Kong. Portez donc le nombre à trois cent mille.

— A quel prix ?

— Au cours du marché.

— Il faudra du temps pour faire reporter les actions. Je devrai vendre par plus petites quantités...

— Que voulez-vous dire ? Que mon crédit n'est pas assez bon ou que vous n'êtes pas capable de faire votre travail ?

— Ni l'un ni l'autre, bien sûr, répondit Stern, peu désireux d'offenser son principal client.

— Alors, vendez. Tout de suite.

Stern alla trouver Sir Luis Basilio, cambiste possédant personnellement un grand nombre de Struan et comptant parmi ses clients d'autres personnes qui en détenaient aussi. Après avoir fait reporter les titres, il s'approcha du tableau et écrivit l'énorme offre de vente. La craie crissa sur le bois, peu à peu le silence se fit dans la salle. Les regards se portèrent sur le Taï-pan, glissèrent vers Gornt puis revinrent à Dunross.

Casey tourna elle aussi vers Ian des yeux interrogateurs. Vêtue d'une jupe et d'une blouse en soie jaune, une écharpe verte retenant ses cheveux dorés, elle faisait plus californienne que jamais. Pourquoi est-elle si désirable ? se demanda Gornt. Parce que aucun homme ne l'a jamais satisfaite ?

Holdbrook se pencha vers Dunross, qui haussa les épaules, secoua la tête et reprit tranquillement la conversation interrompue avec les Américains.

Quelqu'un proposa une transaction à Stern et après marchandage, cinquante mille actions changèrent de main. La cote de la Noble Maison descendit à 24,90. Un second cambiste acheta une petite quantité d'actions puis plus personne ne se présenta. Stern retourna s'asseoir, le corps inondé de sueur.

— Si cela en reste là, c'est mauvais pour Ian.

— Oui, dit Gornt, les yeux braqués sur Casey, qui écoutait attentivement le Taï-pan. Vendez encore cent mille Ho-Pak, et deux cent mille Struan.

— Voyons, Mr. Gornt, si Struan dégringole, tout le marché va s'en ressentir, votre compagnie aussi.

— Il y aura des ajustements, c'est certain.

— Il y aura une hécatombe. Si Struan s'effondre, d'autres compagnies suivront, des milliers d'investisseurs seront lessivés et...

— Je ne vous demande pas un cours sur l'économie de la Colonie, Mr. Stern, coupa Gornt d'un ton froid. Si vous ne voulez pas exécuter mes ordres, je porterai ma clientèle ailleurs.

Le cambiste rougit :

— Il va falloir que je réunisse d'abord les actions. Une telle quantité...

— Raison de plus pour vous presser ! Je les veux au tableau aujourd'hui !

Stern reprit la direction de la table de Sir Luis Basilio, qui le regarda s'approcher en souriant.

— Alors, Joseph, vous voulez faire reporter d'autres actions de la Noble Maison pour Quillan ?

Basilio, septuagénaire élégant, petit et très mince, présidait cette année-là le comité dirigeant la Bourse.

— Asseyez-vous donc, mon ami, invita-t-il. Combien vous en faut-il, cette fois ?

— Deux cent mille.

— Alors qu'il en reste près de trois cent mille au tableau ? s'étonna le vieillard. Gornt lance une offensive générale, on dirait.

— Il... il ne me fait pas de confidences mais j'en ai l'impression.

— J'envisage de suspendre les transactions sur Ho-Pak et la Noble Maison. Je suis inquiet, je vous l'avoue. Une double faillite pourrait provoquer un effondrement général du marché. Madonna ! la chute de Struan, c'est impensable ! Hong-Kong ne s'en relèverait pas.

— L'heure est peut-être venue pour la Noble Maison de passer la main. Je peux faire reporter deux cent mille Struan ?

— Répondez d'abord à ma question. Faut-il suspendre les transactions sur Ho-Pak et Struan ? J'ai consulté tous les membres du comité, vous excepté. Les avis sont presque également partagés.

— Je crois qu'il vaut mieux ne pas intervenir. Qu'ils se battent et que le meilleur gagne. Vous me direz que je ne risque rien, je joue peu à la bourse.

— Dans quoi placez-vous votre argent ?

— Dans le diamant. Les juifs préfèrent investir dans des valeurs qu'on peut emporter facilement.

— Ici vous n'avez rien à craindre, Joseph. Votre famille vit et prospère à Hong-Kong depuis de nombreuses années. Regardez Solomon : c'est un des hommes les plus riches de toute l'Asie.

— Pour un juif, la peur est un mode de vie.

— Alors Joseph, que me conseillez-vous ? Suspension ou non ? Pour l'instant, je vous l'ai dit, les membres du comité se répartissent en deux camps d'importance presque égale.

Un murmure s'éleva dans la salle et les deux hommes regardèrent le tableau : une transaction venait de faire descendre la cote de Struan à 24,70.

— Vous maintenez votre position ? reprit Basilio. Bon, dans ce cas, les deux camps se retrouvent à égalité et c'est à moi de trancher. Vous pouvez faire reporter deux cent mille Struan jusqu'à vendredi deux heures. Au-delà de cette limite, je vous demanderai de les restituer. Il faut que je songe à ma propre maison, eh ?

Stern retourna au tableau et inscrivit d'une main ferme les deux nouvelles offres de vente. Après un moment de silence, la salle s'anima de nouveau quand Soorjani, le Parsi, acheta une partie des valeurs proposées, mais de notoriété publique, il agissait pour le compte de nombreux membres du clan Struan. Soudain la voix du Taï-pan s'éleva :

— *J'achète !*

— Toutes mes actions ? demanda Stern, le cœur battant.

— Les vôtres et le reste. Au cours du marché !

— Avec quoi ? lança Gornt, sardonique. Cela fait près de neuf millions.

Dunross se tourna vers son ennemi, un sourire méprisant aux lèvres.

— La Noble Maison dispose de cette somme et de bien davantage. Qui en a jamais douté ?

— Moi. Et demain, je vends !

La cloche retentit, annonçant la fermeture. Dans la salle, la tension retomba.

— Quelle journée ! dit un cambiste.

— Je n'en pouvais plus, fit un autre en écho.

— Sacré Taï-pan !

— Tu crois que Gornt va l'avoir cette fois ?

— Les rumeurs n'ont peut-être aucun fondement. En tout cas, il a cinq jours pour payer les actions.

Casey regarda Bartlett, qui sifflotait, les yeux braqués sur le tableau. Elle était impressionnée et elle avait un peu peur. Juste avant de rejoindre Dunross, Linc lui avait révélé sa rencontre avec Gornt.

— Tu sais tout, maintenant, avait-il dit en lui souriant. Ils vont s'empoigner, chercher à se porter des coups mortels. Nous, nous attendons. Que l'un ou l'autre gagne, c'est nous qui remporterons la victoire.

32

15 h 03

Alexi Travkin remonta la ruelle animée donnant dans Nathan Road et entra au restaurant du Dragon vert. Il portait un petit calibre 38 sous l'aisselle gauche et se déplaçait avec souplesse pour un homme de son âge.

Dans la salle à manger petite et triste, les tables étaient dépourvues de nappe. Dans un coin, quatre Chinois avalaient bruyamment leur soupe au vermicelle. Un serveur qui avait l'air de s'ennuyer à mourir prit un menu et s'avança à la rencontre de Travkin. L'entraîneur refusa ses services d'un signe de tête et passa sous l'arcade menant à la salle du fond.

La pièce n'avait que quatre tables, et un seul client.

— *Zdrastvuytyé*, dit Souslev paresseusement.

— *Zdrastvuytyé*, répondit Travkin, qui ajouta, toujours en russe : Qui êtes-vous ?

— Un ami, Altesse.

— Ne me donnez pas ce titre. Je n'ai rien d'une altesse.

— Vous avez pourtant été prince. Asseyez-vous donc, proposa le capitaine en montrant la table sur laquelle étaient posés une bouteille de vodka entamée et deux verres. Votre père, Nicolaï Pétrovitch, fut prince lui aussi, comme ses ancêtres avant lui — Prince de Kurgan et de Tobol.

— Vous parlez par énigmes, l'ami, dit Travkin d'une voix calme en s'asseyant. D'après votre accent vous êtes Moscovite — et Géorgien.

— Quelle oreille, Prince Kurgan ! Oui je suis Moscovite mais né en Géorgie. Vodka ?

— Pourquoi pas ?

Travkin regarda l'inconnu empoigner la bouteille, servir, et prit le verre le plus éloigné. Sans la moindre hésitation, Souslev se rabattit sur celui qu'il destinait à l'entraîneur.

— Santé ! J'ai des nouvelles de votre femme, annonça le marin.

— Je n'ai pas de femme. Que voulez-vous de moi, *l'ami* ?

Dans la bouche de Travkin, le mot sonnait comme une insulte.

— Votre femme s'appelle Nestorova Mikaïl. C'est la fille du prince Anatoli Zergueïev, dont les terres entouraient Karaganda, non loin du propre domaine de votre famille.

L'émigré garda les mains immobiles, son visage demeura impassible mais il ne put s'empêcher de blêmir.

— Que voulez-vous ?

— Vous connaissez bien Ian Dunross ?

— J'entraîne scs chevaux depuis trois ans, répondit Travkin, surpris.

— Vous aimeriez revoir la princesse Nesto...

— Pour la dernière fois, qui êtes-vous et que voulez-vous ?

Souslev remplit les verres avant de repartir d'un ton aimable :

— Elle a aujourd'hui soixante-trois ans, elle vit à Yakoutsk...

— En Sibérie ? Dans quel *goulag*, espèce de salaud ?

Dans l'autre salle, à présent vide elle aussi, le serveur leva les yeux de son journal de courses, bâilla puis reprit sa lecture.

— Pourquoi dans un *goulag* ? rétorqua Souslev d'un ton plus dur. Elle y habite de son plein gré, depuis qu'elle a quitté Kurgan. Tenez, ajouta-t-il en sortant son portefeuille, voici une photo de sa *datcha*. Elle appartenait à la famille, je crois.

Devant la maison de campagne couverte de neige, une petite silhouette au dos voûté agitait joyeusement la main. Elle se trouvait trop loin pour qu'on pût distinguer ses traits.

— C'est ma femme ? demanda Travkin d'une voix étranglée. Je ne vous crois pas !

Souslev posa sur la table une autre photo, le portrait d'une femme aux cheveux blancs, dont le visage, quoique éprouvé, avait gardé une grande noblesse. La chaleur de son sourire atteignit l'émigré au plus profond de lui-même.

— Ordure ! s'écria-t-il. Vous et vos maîtres du KGB, vous êtes des porcs répugnants !

— Parce que nous l'avons retrouvée ? répliqua le capitaine avec humeur. Parce que nous lui avons épargné le... le centre de rééducation qu'elle et tous les membres de votre classe devraient connaître ? Je suis russe et fier de l'être. Vous, vous avez quitté votre pays. Mon père et ma mère, qui *appartenaient* à l'un des vôtres, ont vécu dans la misère...

Souslev s'interrompit et reprit d'une voix changée :

— C'est du passé, des fautes ont été commises de part et d'autre, oublions-les. Tous les Soviétiques ne sont pas des assassins comme Béria ou Staline... Votre femme sait que vous êtes vivant.

— Impossible : elle est morte. Elle a été tuée par une bande d'émeutiers qui a mis à sac notre pal..., notre maison de Kurgan.

— Les masses avaient le droit de...

— Ils étaient conduits par des bolcheviks venus d'ailleurs qui ont ensuite massacré les paysans par milliers, avant d'être eux-mêmes victimes des purges.

— Il n'empêche qu'elle réussit à s'enfuir, avec un vieux domestique d'origine autrichienne nommé Pavchen.

— Mensonges ! Elle est morte.

— Elle prit le chemin de la Mandchourie, dans l'espoir de vous rejoindre, mais l'hiver la surprit à Yakoutsk et elle décida d'y attendre le printemps. Elle était bien obligée, d'ailleurs, parce qu'elle était enceinte...

Souslev montra à l'entraîneur une troisième photo :

— C'est votre fils, avec sa famille. Elle a été prise l'année dernière.

Un homme en uniforme de capitaine de l'armée de l'air, un bras passé autour des épaules d'une femme assez belle souriait d'un air affecté. Près d'un garçon qui s'efforçait de garder son sérieux, une fillette tenait un bébé dans ses bras.

— Elle l'a appelé Pietr Ivanovitch, comme votre grand-père. Il est pilote de bombardier.

— Alors elle sait que je suis vivant ?

— Depuis trois mois. Nous le lui avons appris.

— Pourquoi pas plus tôt ?

— Parce que nous l'avons découvert nous-mêmes il y a six mois seulement.

Travkin avait l'impression de faire un mauvais rêve, de ne pouvoir penser clairement.

— Elle m'aurait écrit, murmura-t-il d'une voix étrange.

— Elle l'a fait, je vous donnerai la lettre dans quelques jours.

— Et eux ? demanda l'entraîneur en montrant la photo de famille, ils savent aussi ?

— Non. Votre femme a préféré cacher la vérité à son fils, de peur de lui attirer des ennuis. Comme si nous rejetions sur les enfants les fautes des parents ! Il a grandi en vous croyant mort, sans rien savoir de vous. Vous le voyez, il vous fait honneur. Comme il travaillait bien en classe, il fut envoyé à l'université : à présent, tous les enfants doués peuvent faire des études. Savez-vous, Alexi Ivanovitch, que je fus le premier fils de paysan de toute ma province à devenir étudiant ? Aujourd'hui, la justice règne en Russie.

— Combien de cadavres avez-vous enjambés pour vous hisser là où vous êtes ?

— Quelques-uns. Tous des criminels ou des ennemis de la Russie. Voulez-vous voir votre femme ?

— Si c'est bien elle, si elle vit encore.

— Soyez-en sûr. Je peux vous la faire rencontrer à Vladivostok.

— Non. Ici, à Hong-Kong.

— Impossible.

Travkin partit d'un rire sans joie :

— Bien sûr, *l'ami*.

Souslev le regarda puis baissa les yeux vers la photo du pilote. Il se gratta la barbe d'un air pensif et déclara :

— D'accord. Ici, à Hong-Kong.

Le cœur de Travkin fit un bond dans sa poitrine.

— Que demandez-vous en échange ?

— Des informations. Et votre collaboration.

— Quelles informations ?

— Tout ce que vous savez sur le Taï-pan de la Noble Maison, sur les gens que vous avez connus en Chine.

— Et la collaboration ?

— Je vous en parlerai plus tard.

— Quand la reverrai-je ?

— A Noël.

— Comment être sûr que je peux vous faire confiance ?

— Vous devez me croire sur parole. Si vous vous montrez coopératif, votre femme sera ici à Noël. Et n'oubliez pas, Prince Kurgan, que votre fils et vos petits-enfants resteront, eux, en notre pouvoir...

— C'est quand vous me tenez ce langage que je vous crois. Par quoi voulez-vous commencer ?

— Par le Taï-pan. Mais d'abord, je dois aller pisser.

Souslev se leva, demanda au garçon où se trouvaient les toilettes et sortit par la cuisine.

Demeuré seul, l'émigré contempla la photo de la *datcha* et les larmes lui montèrent aux yeux. Ma chérie, es-tu vraiment vivante ? pensa-t-il. Il savait qu'il ne connaîtrait plus la paix avant d'avoir une certitude. Qui est ce mange-merde ? se demanda-t-il en tournant vers la porte de la cuisine un regard haineux. Comment a-t-il fait pour me retrouver ?

Il attendit, en proie à des pensées lugubres, puis se dressa soudain, pris de panique. Il se rua dans la cuisine, la traversa, ouvrit la porte des toilettes : elles étaient vides. Il se précipita dans la rue par la porte de derrière. L'inconnu avait disparu.

33

17 h 50

— Bonsoir, Ian, dit Penelope. Tu rentres tôt, aujourd'hui. La journée a été bonne ?

— Oui, oui, répondit Dunross distraitement.

Juste avant de quitter le bureau, il avait appris par Brian Kwok qu'A.M.G. avait probablement été assassiné et qu'il ferait bien de se montrer lui-même très prudent.

— Oh ! je vois, reprit Penn. Ce qu'il te faut, c'est une coupe de champagne.

— Tu lis dans mes pensées !

Il posa sa serviette sur une console et suivit sa femme dans l'un des salons de la Grande Maison. Sur une table basse, une bouteille de champagne émergeait d'un seau à glace, près de deux verres à moitié pleins. Penelope en remplit un troisième et le tendit à Ian en disant :

— Kathy est là-haut, elle raconte une histoire à Glenna. Elle... elle vient de me prévenir, pour... pour sa maladie.

— Comment Andrew a-t-il pris la nouvelle ? Il ne m'en a pas parlé.

— Elle le mettra au courant ce soir seulement. Le

champagne, c'est pour lui donner du courage. Tout ira bien, n'est-ce pas ?

— Je le pense. J'ai longuement discuté avec le Dr Tooley, qui est optimiste. Il m'a communiqué les noms de trois spécialistes de Londres avec lesquels j'ai déjà arrangé des rendez-vous par télégramme. Le Dr Fergusson leur envoie par avion des copies du dossier médical de Kathy. Ils les recevront avant votre arrivée.

La brise qui soufflait par les portes-fenêtres ouvertes sur le jardin apportait un peu de fraîcheur.

— Il y a des messages ? continua Dunross.

— Oui, pardon. Ils sont sur la console.

Le Taï-pan les parcourut rapidement : Johnjohn, Holdbrook, Phillip Chen, et l'inévitable Claudia, qu'il venait pourtant de quitter. Il repensa avec plaisir à la passe d'armes qui l'avait opposé à Gornt cet après-midi, à la Bourse. Cela ne l'inquiétait pas de ne pas disposer pour l'instant des moyens de payer les actions puisqu'il avait cinq jours de délai pour réunir la somme.

Depuis que son agent de change l'avait appelé ce matin, peu après l'ouverture, pour l'avertir des rumeurs circulant à la Bourse et de l'effritement de Struan, Dunross avait consolidé ses défenses en prévision d'une attaque soudaine. Avec l'aide de Phillip Chen, Holdbrook, Gavallan et de Ville, il avait prévenu tous les gros actionnaires qu'il avait pu toucher contre ces rumeurs sans fondement et leur avait conseillé de ne pas prêter à Gornt de grandes quantités d'actions. Il avait même révélé confidentiellement à certains d'entre eux que l'accord avec Par-Con était conclu et qu'une merveilleuse occasion leur était offerte d'écraser définitivement Rothwell-Gornt.

A tous il avait déclaré : « Si Gornt vend à découvert, laissez-le faire. Feignons d'être vulnérables et d'avoir des difficultés à soutenir nos valeurs. Vendredi, après l'annonce de l'accord, notre cote grimpera en flèche et

Gornt y laissera sa chemise. Nous récupérerons notre ligne aérienne et nous lui prendrons la sienne. Et lorsque sa flotte s'ajoutera à la nôtre, nous dominerons toute l'Asie. »

Toute la journée, il avait insufflé aux autres une confiance qu'il n'avait pas lui-même. Il avait rassuré les actionnaires inquiets qui lui avaient téléphoné : Tung-l'avare et Wu-quatre-doigts, par exemple, qu'il avait convaincus, non sans peine, de ne pas vendre ou prêter d'actions Struan pendant les jours qui venaient.

J'ai résisté au premier assaut, conclut-il, l'avenir me dira si Bartlett est un ami ou un traître. Curieux que les informations secrètes qu'il a réussi à obtenir sur moi se soient soudain mises à circuler de bouche à oreille à la Bourse. Qui est son espion ? celui qui travaille aussi pour le réseau Sevrin ?

La sonnerie du téléphone interrompit le cours de ses pensées.

— Oui ?... Bonjour, Lando. C'est à quel sujet ?

— Navré mais je me vois contraint de revenir sur les quinze millions que je vous avais promis pour demain. Le marché me rend nerveux.

— Simplement Gornt qui s'amuse à ses petites combines, argua le Taï-pan, la gorge nouée.

— Je suis très inquiet. Il ne s'agit pas seulement de Gornt mais aussi de Ho-Pak et de la tendance générale. La crise de confiance gagne maintenant les déposants de la Ching Prosperity, et même la Vic. Je préfère prendre mes précautions.

— Je comptais sur vous, Lando.

— Avez-vous triplé la prochaine cargaison d'or comme je vous l'avais demandé ?

— Je m'en suis occupé personnellement.

— Excellent.

— J'aurai besoin demain de votre lettre de crédit.

— Naturellement. Envoyez quelqu'un chez moi, je lui remettrai un chèque.

— Un chèque ? s'étonna Dunross. Sur quelle banque ?

— Victoria.

— Le moment n'est guère choisi pour retirer une telle somme.

— Je ne retire rien du tout, je paie simplement une cargaison d'or. Et si j'étais à votre place, je m'arrangerais pour convertir en lingots une partie de mon argent.

— Qu'avez-vous entendu dire ? questionna Ian.

— Rien, je suis prudent, c'est tout. Nous en discuterons plus longuement demain, mais ne comptez pas sur les quinze millions.

— Je vous connais : vous savez quelque chose. *Chi pao pu chu huo.*

Littéralement : on n'enveloppe pas le feu dans du papier, autrement dit, il n'est secret si bien gardé qui ne finisse par transpirer.

Après un long silence, Mata passa aux confidences :

— L'Avare a commencé à vendre, il a l'intention de se défaire de toutes ses actions. Il a beau être mourant, il a toujours autant de flair et je ne l'ai jamais vu se tromper.

— Quand lui avez-vous parlé ?

— Aujourd'hui. Pourquoi ?

— Je l'ai eu au téléphone cet après-midi et il m'a donné sa parole de ne vendre aucune action de Struan. Il aurait changé d'avis ?

— Il le voudrait qu'il ne le pourrait pas : il n'en détient aucune.

— Il en a quatre cent mille !

— Il en *avait* six cent mille mais il s'en est débarrassé aujourd'hui. En fait, Sir Luis Basilio possède peu d'actions, il sert surtout de prête-nom au vieux Tung.

Le Taï-pan ravala une grossièreté.

— Confidentiellement, je puis vous révéler que l'Avare a donné à Basilio l'ordre de vendre ou de faire reporter toutes ses actions de la Noble Maison. Il en a cédé immédiatement cent mille à divers agents de change ; le reste... ce sont celles que vous avez achetées cet après-midi à Gornt. Dès qu'il eut compris qu'une offensive était déclenchée contre la Noble Maison et que Gornt vendait à découvert, l'Avare a donné ses instructions à Sir Luis. A la fermeture, il avait gagné près de deux millions.

— Le vieux roublard ! murmura Dunross, sans véritable rancœur. (C'était sa faute, il aurait dû lui téléphoner plus tôt.) Et vos trois cent mille actions, Lando ?

Le Portugais tardait à répondre et Ian sentait son estomac se serrer.

— Je les ai encore, dit enfin Mata. Comme je les ai achetées à 16, lorsque vous les avez lancées, je n'ai pas encore lieu de m'inquiéter. Alastair Struan avait peut-être raison quand il vous déconseillait de transformer la Noble Maison en société par actions. Si vous ne l'aviez pas fait, vous ne seriez pas vulnérable aujourd'hui.

— Je n'aurais pas non plus réussi à redresser la situation dont j'ai héritée ni à atteindre un taux de croissance cinq fois supérieur à celui de Gornt. Nous contrôlons toujours la Vic, qui doit donc continuer à nous soutenir, et lorsque nous aurons surmonté ces quelques difficultés passagères, nous serons la plus puissante firme d'Asie.

— Peut-être. Mais peut-être auriez-vous mieux fait d'accepter notre proposition. Elle vous aurait épargné les aléas de la Bourse. Lando Mata, Tung-l'avare et Chin-le-joueur avaient à l'époque proposé au Taï-pan 20 p. 100 des revenus de leur syndicat du jeu contre 50 p. 100 de Struan — à condition qu'il ne la transforme pas en société par actions.

— C'était impossible et ça l'est toujours.

— Voyons, Ian, soyez raisonnable. L'Avare et moi vous offrons cent millions cash contre 50 p. 100 de la société. Vous demeurerez Taï-pan, vous dirigerez le nouveau syndicat du jeu et notre trafic d'or, ouvertement ou secrètement, à votre guise, et vous toucherez en outre 10 p. 100 des bénéfices à titre d'appointements personnels.

— Qui désignera mon successeur ?

— Vous — après consultation.

— Vous voyez bien ! C'est impossible. Cinquante pour cent des actions vous donnerait sur la Noble Maison un pouvoir que je ne suis pas prêt à vous céder. Ce serait contraire au testament de Dirk : je romprais mon serment en vous abandonnant le contrôle de Struan.

— Un serment fait à un dieu inconnu auquel vous ne croyez pas, au nom d'un pirate assassin mort depuis plus d'un siècle ?

— Je ne peux accepter, quelles que soient mes raisons.

— Vous risquez de tout perdre...

Après un long silence, Mata reprit, sur le même ton amical :

— Notre offre demeurera valable deux semaines. Si le *joss* vous est contraire, vous pourrez toujours prendre la tête de notre syndicat. Je ne commencerai à vendre mes Struan que lorsqu'elles seront descendues à 21. Bonne nuit et bonne chance, Taï-pan.

Dunross raccrocha et finit sa coupe de champagne. Cent millions cash, songeait-il. De quoi écraser Gornt, absorber Asian Properties et contraindre Dunstan à la retraite. Puis je remettrais une Noble Maison solide à Jacques ou Andrew et...

Et ensuite ? Je me retirerais en Écosse pour chasser la grouse ? je donnerais des réceptions à Londres ? je me ferais élire au Parlement et je dormirais sur les banquettes pendant que les socialistes livreraient le pays aux communistes ? Mais je m'ennuierais à mourir ! Je...

— Comment ? Que disais-tu, Penn ?

— Mauvaises nouvelles, n'est-ce pas ?

— Oui, mais c'était à prévoir. C'est le *joss* ! répondit-il d'un ton enjoué. (Il tira la bouteille du seau à glace, elle était vide.) Nous en avons bien mérité une autre... Non, chérie, ne bouge pas, je m'en occupe.

Il ouvrit le réfrigérateur dissimulé dans un grand meuble laqué chinois.

— Comment te débrouilles-tu pour tenir, Ian ? Depuis que tu as pris la succession, chaque coup de téléphone annonce une catastrophe. Tu travailles tout le temps, sans jamais prendre de vacances. Est-ce que le déluge va s'arrêter ?

— Non, bien sûr : cela fait partie du boulot.

— Est-ce que cela en vaut la peine ?

— Certainement.

Pour toi, Ian, pas pour moi, pensa Penelope.

— Je peux partir ? Tu sauras t'occuper des enfants ?

— Ne te fais pas de soucis.

— Tu participes à la course de côte, dimanche ?

— Oui. Ensuite je vais à Taipei avec Bartlett.

Penn se demanda s'il n'allait pas y retrouver une beauté chinoise, douce, chaude, et surtout bien plus jeune qu'elle. Tandis qu'il desserrait le fil de fer emprisonnant le bouchon, elle scrutait son visage anguleux, séduisant et volontaire. Une femme peut-elle garder un homme plus de quelques années ? pensait-elle.

— Je n'aurais jamais pu être Taï-pan, soupira-t-elle. On reçoit trop de coups sur la tête.

— Je n'aurais jamais su m'occuper d'une maison et élever des enfants, répondit Dunross en débouchant adroitement la bouteille.

— Je crois que la nouvelle génération va remettre en cause ce partage des rôles. Adryon, par exemple — son mari n'aura pas la vie facile.

— Chaque nouvelle génération veut refaire le monde. Tu te rappelles comme nous supportions mal la façon de vivre de nos parents ?

— C'est vrai, mais en plus, aujourd'hui il y a la pilule et...

— Quoi ? Tu veux dire qu'Adryon prend la pilule ?

— Calme-toi. Peu de gens se rendent compte de la révolution que la pilule va provoquer. A présent, les femmes peuvent faire l'amour sans crainte d'avoir un enfant ; elles peuvent chercher tranquillement leur plaisir, comme les hommes. Quant à Adryon, elle prend la pilule depuis l'âge de dix-sept ans.

— *Quoi ?*

— Tu aurais préféré qu'elle tombe enceinte ?

— Bien sûr que non ! Alors elle a eu des... des aventures et...

— Je l'ai envoyée chez le Dr Tooley quand elle est venue me demander mon avis. Pourquoi te mettre dans un tel état ? Adryon aura vingt ans le mois prochain. Il n'y a rien là que de tout à fait normal.

— Sûrement pas ! Et je me demande si je ne devrais pas avoir une conversation avec elle.

— Non, non. C'est un sujet... très intime. Il s'agit de son corps, de sa vie. Quoi que tu puisses lui dire, elle a le droit de mener sa vie comme elle l'entend. Cette discussion serait gênante aussi bien pour toi que pour elle.

Voyant le visage de son mari s'empourprer soudain, Penelope lui demanda :

— Qu'y a-t-il ?

— Je pensais à... Je pensais, voilà tout.

— A celui qui est ou sera son amant ?

— Oui, reconnut Ian.

— Pour ton propre bien, tu ferais mieux de penser à autre chose. Je lui fais confiance, elle est raisonnable !

— Elle est trop jeune, bon dieu !

— Je ne partage pas ton avis et, comme je viens de te le dire, tu n'y peux rien de toute façon. Sois raisonnable, toi aussi.

— Tu as raison, murmura Dunross d'un ton plus amer que convaincu.

— Commence à te préparer pour le dîner sinon tu seras en retard, lui recommanda Penn.

— Tu sais bien qu'il te faut une heure de plus que moi. De toute façon, nous n'y ferons qu'une brève apparition et nous partirons dès la fin du repas. Pourquoi...

— Chéri, je préfère ne pas y aller.

— Mais...

— Je dois préparer mon départ et m'occuper d'un tas de choses avant de partir. Tu m'excuseras auprès des autres.

— Si tu me disais la vraie raison ? demanda Ian avec un léger sourire.

— Robin y sera sans doute, je ne veux pas le rencontrer.

— La délégation n'arrive que demain, voyons !

— Non, j'ai lu dans le *Guardian* qu'on l'attendait cet après-midi. Je suis sûre que ses membres seront invités.

Le dîner était donné par Sir Shitee T'Chung, professeur milliardaire, pour fêter son anoblissement et lancer sa dernière œuvre de charité : une collecte pour la construction d'une nouvelle aile à l'hôpital Elizabeth.

— Je t'en prie, je n'ai vraiment aucune envie d'y aller, insista Penn.

— Bon, capitula Dunross. Je réponds aux coups de téléphone et j'y vais. Je passerai te voir avant de partir.

Il monta dans son bureau et y trouva Lim, le valet de chambre : tunique blanche, pantalon noir et chaussons.

— Bonsoir, Taï-pan, dit le vieux serviteur.

D'un geste calme, il invita Dunross à s'approcher de la fenêtre et lui montra deux hommes, deux Chinois, déambulant lentement le long du haut mur entourant la Grande Maison.

— Ils sont là depuis un moment, précisa le domestique.

Dunross les observa avec inquiétude.

— S'ils sont encore là à la tombée de la nuit, préviens les services de Crosse, ordonna-t-il... A propos, Lim, quand je veux qu'on trafique une voiture, je suis assez grand pour en donner l'ordre moi-même.

Le vieux Lim Chu, qui servait la famille depuis l'âge de sept ans — comme avant lui son père et le père de son père — regarda son maître d'un air impassible.

— Je ne comprends pas, Taï-pan.

— On n'enveloppe pas le feu dans du papier. La police est habile et le vieux Barbe Noire y compte des amis. En examinant les freins trafiqués, un expert peut parvenir à toutes sortes de conclusions.

— Je ne connais rien aux méthodes de la police, bougonna le serviteur avec un haussement d'épaules. Taï-pan, la nuit de la réception, comme je ne pouvais pas dormir, je suis venu ici. En pénétrant dans le bureau, j'aperçus sur le balcon une ombre qui disparut aussitôt. Voilà ce que j'ai trouvé, accroché au tuyau de la gouttière.

Lim tendit à Dunross un lambeau de tissu tout à fait ordinaire. Le Taï-pan l'examina en fronçant les sourcils puis leva les yeux vers le portrait de Dirk Struan : apparemment, on n'y avait pas touché. Il s'approcha, le fit tourner sur se gonds et constata que le cheveu qu'il avait posé sur le bord de la porte du coffre s'y trouvait toujours. Satisfait, il remit le tableau en place et retourna à la fenêtre. Les deux hommes étaient toujours en faction sur le trottoir et, pour la première fois, Dunross se félicita d'être sous la surveillance de la SI.

34

19 h 58

Il faisait une chaleur moite dans le bureau où Phillip Chen attendait, assis près du téléphone. L'irruption de Dianne dans la pièce le fit sursauter.

— Inutile d'attendre plus longtemps, les Loups-garous n'appelleront pas ce soir, dit-elle d'un ton irrité. Va donc te changer.

Elle portait un *chong-sam* du soir coûteux et à la dernière mode, une profusion de bijoux qui la faisait ressembler à un arbre de Noël.

— Il a dû se passer quelque chose, continua-t-elle. La police, peut-être... Ou alors ces canailles s'amusent à nous laisser mijoter. Va te changer ! Nous allons être en retard.

— Je n'ai pas envie d'y aller. Shitee T'Chung a toujours été assommant et il l'est sans doute deux fois plus depuis son anoblissement. Vas-y sans moi.

— *Ayiiya*, pas question que tu restes ici après ce qui s'est passé aujourd'hui à la Bourse. Tout Hong-Kong dirait que nous avons peur de nous montrer parce que la Maison ne peut plus honorer ses engagements. Et Constance, la nouvelle femme de Shitee, cette putain à la bouche pulpeuse, n'attend que l'occasion de m'humilier !

Dianne Chen se retenait à grand-peine de se mettre à crier. La journée lui avait coûté plus de cent mille de ses propres dollars, et lorsque Phillip lui avait téléphoné de la Bourse, juste après trois heures, pour la prévenir des événements, elle avait failli s'évanouir.

— *Oh ko*, il faut que tu viennes ! insista-t-elle. Sinon, nous serons ruinés !

Le compradore acquiesça d'un signe de tête.

— Tu as sans doute raison, murmura-t-il d'un air sombre. Toutes les langues de vipère de la Colonie seront à la soirée.

Pourquoi ai-je fait confiance à Dunross ? se lamenta-t-il intérieurement. Je n'aurais jamais dû acheter autant de Struan ! J'ai déjà perdu près d'un million de dollars et si Gornt gagne la partie, je suis lessivé.

— Bon, je me prépare, soupira-t-il. J'en ai pour une minute.

Le téléphone se mit à sonner au moment où Phillip sortait du bureau. Il revint sur ses pas et décrocha.

— *Weiii ?* grogna-t-il avec humeur.

En moins de deux heures, il avait reçu six coups de téléphone de membres de la famille s'inquiétant de la chute des actions de la Noble Maison. Encore un, se disait-il.

— Vous êtes de mauvais poil ? fit une voix d'homme en cantonais. Et les bonnes manières, alors ? fornication !

— Qui parle ? qui êtes-vous ?

— Le Loup-garou, le chef des Loups-garous, par tous les dieux !

Phillip Chen devint livide et, d'un geste affolé, appela son épouse à la rescousse.

— Com... quel est votre nom ? bredouilla-t-il.

— Vous avez les oreilles bouchées ? Je vous dis que je suis le Loup-garou. Vous me croyez assez bête pour vous donner mon nom ?

— C'est que... je ne vous connais pas. Comment savoir si vous me dites la vérité ?

— Moi non plus je vous connais pas ! Vous seriez pas un fornicateur de policier, des fois ?

— Je suis Chen de la Noble Maison, je le jure !

— Bon. Vous avez reçu la lettre ?

— Oui, oui. Je vous en prie, laissez-moi parler à mon fils !

— Pas possible. Il est dans une autre partie de l'île... dans les Nouveaux Territoires, en fait, dans un endroit où y a pas le téléphone. Mais il se porte bien et il manque de rien. Vous avez l'argent ?

— Oui. Enfin, c'est-à-dire, je n'ai pu réunir que cent mille dollars.

— Cinq cent mille, fornication ! Pour vous, c'est comme arracher un poil à un bœuf.

— C'est faux ! glapit le compradore. Je ne suis pas riche. Vous avez vu ce qui s'est passé à la Bourse, aujourd'hui ?

— Nous autres, pauvres paysans, on s'intéresse pas à la Bourse ! Vous voulez que je vous envoie l'autre oreille ?

Chen blêmit.

— Non, surtout pas. Mais nous pouvons discuter. Cinq cents, c'est trop. A la rigueur, je pourrais me débrouiller pour trouver cent cinquante.

— Si j'accepte cent cinquante, toute la Chine se foutra de moi ! Je suis pas du genre à montrer une tête d'agneau pour vendre de la viande de chien, vous pouvez me faire confiance. Mais cent cinquante mille pour le Premier Fils du compradore de la Noble Maison ? Non, impossible. J'aurais l'air d'un crétin !

— Vous avez peut-être raison, convint Chen. Je voudrais d'abord savoir quand je reverrai mon fils.

— Dès que vous aurez payé la rançon. C'est juré sur les os de mes ancêtres ! Quelques heures après avoir touché l'argent, nous le conduirons sur la route de Sha Tin.

— Parce qu'il se trouve à Sha Tin ?

— Essayez pas de me piéger, Chen de la Noble Maison. Cette conversation pue la fiente. La police écoute, fornication ? Vous l'avez prévenue ?

— Non, je n'ai pas prévenu la police et je n'essaie pas de vous tendre un piège. Mais comprenez-moi, j'ai besoin de garanties.

Après un silence, le Loup-garou reprit sur un ton radouci :

— Bon, bon. Mais s'il y a des ennuis, tant pis pour votre fils, et ce sera de votre faute. Je vais me montrer raisonnable : quatre cents, paiement cette nuit.

— Impossible ! Autant me demander de pêcher un tigre dans la mer ! Les banques étaient fermées quand j'ai reçu votre lettre mais je dispose de cent mille dollars en petites coupures...

Dianne donna un coup de coude dans les côtes de Phillip et lui montra deux doigts tendus.

— Écoutez, honorable Loup-garou, en empruntant à des amis, je pourrais peut-être trouver cent mille autres dollars ce soir.

— Les dieux m'allongent raide mort si j'accepte une telle misère ! Trois cent cinquante mille.

— Deux cents, versement dans une heure !

— Trois cents cette nuit ou l'autre oreille dans deux jours !

Phillip Chen se lamenta, argumenta, jura et marchanda pendant une demi-heure encore, au terme de laquelle il feignit de céder :

— J'abandonne, vous êtes trop fort pour moi. Deux cent mille ce soir et cent mille dans quatre mois.

— Dans un mois !

— Disons trois.

Interloqué par le flot d'obscénités que provoqua sa proposition, le compradore se demanda s'il n'avait pas sous-estimé son adversaire.

— Deux ! rugit le Loup-garou.

Dianne fit signe à son mari d'accepter.

— Bon, d'accord. Cent mille dans deux mois.

— Très bien, dit le ravisseur, apparemment satisfait. Je réfléchis et je vous rappelle.

— Attendez, honorable Loup-garou ! Quand...

— Dans une heure.

— Mais...

L'homme avait raccroché. Phillip Chen poussa un juron et s'épongea le front.

— Je pensais bien l'avoir, ce misérable étron de chien !

— Tu as bien manœuvré, Phillip ! s'exclama Dianne, ravie. Deux cents seulement maintenant, plus cent dans deux mois. Parfait ! Tout peut arriver en deux mois : s'ils se font prendre par cette saleté de police, nous n'aurons même pas à leur payer le solde.

Une pensée lui traversa l'esprit :

— Et la soirée de Shitee T'Chung ? Il faut que tu attendes le coup de téléphone des Loups-garous...

— Vas-y avec Kevin, je vous rejoindrai plus tard, répondit Phillip.

— Voilà la solution ! s'écria Dianne. Tout va bien, le *joss* va peut-être nous être de nouveau favorable. Nous allons récupérer la pièce et il y aura peut-être un boom, comme l'a prédit Tung-l'aveugle.

Elle sortit en remerciant les dieux. Excellent, pensait-elle, et elle se voyait déjà faisant son entrée au bras de son fils vêtu de son nouveau smoking blanc.

— Keviiiin !

Elle referma la porte derrière elle et Phillip poussa un soupir.

Une demi-heure après le départ de Dianne et Kevin, le téléphone sonna de nouveau.

— Chen de la Noble Maison ?

— Honorable Loup-garou ?

— Nous acceptons. Paiement ce soir. Vous aurez l'argent ?

— Oui, oui.

— En coupures de cent ?

— Comme vous l'avez demandé.

— Bon. Vous prendrez un taxi...

— Oh ! mais j'ai une voiture !

— Je le sais bien, fornication ! je connais même le numéro. Je sais des tas de trucs sur vous ! Si vous essayez de me rouler, vous ne reverrez jamais votre fils et vous serez le prochain sur ma liste ! Compris ?

— J'ai compris, honorable Loup-garou. Je prendrai un taxi — pour où ?

— Le jardin triangulaire de Kowloon Tong. Dans Essex Road, y a une palissade percée d'un trou, une flèche tracée à la craie sur le trottoir vous montrera. En glissant la main dans le trou, vous trouverez une lettre. Vous la lirez, nos hommes vous rejoindront et vous diront *« Tin koun chi fouk »*, vous leur remettrez le sac.

— Et si je me trompe de personne ?

— Impossible avec le mot de passe. Combien il vous faut pour aller là-bas.

— Je peux partir immédiatement et passer prendre l'argent qui me manque chez un ami.

— Bon, alors allez-y tout de suite. Venez seul, n'oubliez pas qu'on vous surveillera dès que vous aurez mis le nez dehors.

— Et mon fils ? demanda Chen, le front couvert de sueur.

— Obéissez aux instructions ! beugla le kidnappeur avant de raccrocher.

Le compradore saisit une bouteille de cognac d'une main tremblante et se versa un verre qu'il vida d'un trait. La chaleur de l'alcool se répandit dans son corps sans dissiper son appréhension. Quand il eut recouvré un peu de calme, il composa un numéro et demanda en dialecte haklo :

— Je voudrais parler à Wu-quatre-doigts.

— Un instant...

Il entendit quelques mots murmurés en haklo puis une voix dit en anglais :

— C'est à Mr. Phillip Chen que j'ai l'honneur... ?

— Oh ! fit l'Eurasien, surpris. Qui êtes-vous ?

— Paul Choy, le neveu de Wu. Mon oncle a dû s'absenter mais il m'a chargé d'attendre votre coup de téléphone et m'a laissé des instructions. Les ravisseurs ont pris contact avec vous ?

Bien qu'il se sentît gêné de se confier à un inconnu, Chen n'avait pas le choix et il rapporta à Paul Choy le résultat des négociations avec le Loup-garou.

— Un moment, Mr. Chen, sollicita le neveu de Wu.

Le compradore perçut des bribes indistinctes de conversation en haklo puis de nouveau la voix de Choy :

— Tout est en ordre, nous vous envoyons un taxi. Vous téléphonez du Repaire ?

— Oui, je suis chez moi.

— Le chauffeur est un homme à nous et d'autres, euh, employés de mon oncle seront disséminés dans Kowloon Tong. N'ayez aucune crainte, vous serez à chaque instant sous notre protection. Contentez-vous de payer la rançon, nos hommes se chargeront du reste. Le lieuten..., euh, l'assistant de mon oncle m'a assuré que tout se passera bien. Mr. Chen ? vous êtes toujours là ?

— Oui, oui, je vous écoute. Merci.

— Le taxi passera vous prendre dans vingt minutes.

Paul Choy raccrocha.

— Chen de la Noble Maison vous remercie, honorable père, dit-il à Wu-quatre-doigts.

Les yeux perçants du vieillard le rendaient mal à l'aise et il ne parvenait pas à cacher sa peur. Il faisait étouffant dans la grande cabine de la vieille jonque amarrée le long d'un des quais d'Aberdeen.

— Puis-je accompagner vos hommes ? demanda Paul d'une voix mal assurée.

— On ne chasse pas le dragon avec un lapin,

rétorqua le vieux pirate d'un ton méprisant. Poon ! tu prends le commandement.

Poon-beau-temps sortit de la cabine, entraînant à sa suite les hommes de main du vieux Wu. Resté seul avec son fils, le contrebandier alluma une cigarette, toussa et cracha sur le plancher. Paul Choy l'observait avec inquiétude. La peur, plus que la chaleur, le faisait ruisseler de sueur.

La cabine, qui servait de bureau à Quatre-doigts, était meublée de quelques vieilles tables, de chaises branlantes et de classeurs. C'était de cet endroit que Wu commandait sa flotte. Si la plupart du temps ses navires transportaient des cargaisons parfaitement légales, la consigne, pour les capitaines des bâtiments arborant le Lotus d'argent, était la suivante : charger n'importe quelle marchandise, la livrer n'importe où, à n'importe quel moment — pour un bon prix.

Assis sur un baril renversé, Wu fixait Paul Choy par-dessous ses sourcils broussailleux.

— On apprend de drôles de manières à la Montagne-dorée, *heya* ?

Paul garda le silence, le cœur battant. Comme il regrettait d'être revenu à Hong-Kong.

— Par exemple à mordre la main qui te nourrit, *heya* ? poursuivit le vieillard.

— Honorable père, excu...

— On t'a appris que tu pouvais puiser dans mes coffres et te servir de mon *chop* ?

— Non, honoré seigneur. Pardon de vous avoir mécontenté, balbutia Paul, que la peur dégonflait comme une baudruche.

Le matin, quand Gornt était arrivé au bureau après sa rencontre avec Bartlett, les secrétaires n'avaient pas encore pris leur travail et Choy avait proposé son aide à son nouveau patron. Gornt l'avait chargé de donner plusieurs coups de téléphone tandis que lui-même utilisait sa ligne directe. Sans le vouloir, le jeune homme avait entendu une phrase concernant Struan qui lui avait fait dresser l'oreille. Il s'était rappelé le coup de téléphone de Bartlett, une heure plus tôt, et en avait déduit que son patron avait rencontré l'Américain. A en juger par la bonne humeur de Gornt, la rencontre avait été fructueuse. Les suppositions de Paul s'étaient trouvées confirmées quand il avait entendu Gornt ordonner à son agent de change : « Vous vendez... Non, il ne se passera rien avant que je ne sois couvert, vers onze heures environ.. »

Le Taï-pan de la Rothwell avait ensuite téléphoné au directeur de la Banque de Suisse et de Zurich, à qui il avait déclaré :

— J'attends une importante rentrée en dollars ce matin avant onze heures. Prévenez-moi dès que la somme aura été portée à mon compte...

En assemblant les divers morceaux du puzzle, Choy avait échafaudé l'hypothèse suivante : Bartlett avait conclu un accord secret avec Gornt, l'ennemi de Struan, pour lancer un de ses raids de Pirate ; l'Américain prenait sa part des risques — voire la totalité — en déposant sur un compte numéroté d'une banque suisse de quoi couvrir les pertes éventuelles de Gornt. Autrement dit, Par-Con envoyait Rothwell à l'offensive en restant dans l'ombre, la cote de Struan allait s'effondrer.

Le neveu de Wu avait aussitôt décidé de se tailler une part du gâteau en vendant Struan à découvert avant même que Gornt et Bartlett ne déclenchent leur attaque. Ne disposant ni de fonds, ni d'actions, ni de crédit, il avait appelé son nouvel ami, Ishwar Soorjani, le prêteur et intermédiaire dont il avait fait la connaissance grâce au vieil Eurasien de la bibliothèque.

— Dis-moi, Ishwar, ton frère est bien directeur de la compagnie d'agents de change Soorjani ?

— Non, jeune maître. Arjan est mon cousin germain. Pourquoi ?

— Si j'envisageais de vendre à découvert, tu me soutiendrais ?

— Certainement. A condition, comme je vous l'ai dit, que vous m'offriez des garanties suffisantes.

— Un tuyau sensationnel, par exemple ?

— Le chemin de la prison pour dettes est pavé de tuyaux sensationnels. Jeune maître, je vous conseille de vous en méfier.

— Nous aurions pu nous faire quelques centaines de milliers de dollars, avait soupiré Choy.

— Ah ! oui ? Sur quel titre porterait l'opération ? Si vous vouliez bien me murmurer son nom...

— Tu me couvrirais pour... pour vingt mille dollars américains ?

— Désolé, jeune maître. Je prête de l'argent, je n'en fais pas cadeau : mes ancêtres me l'interdisent.

— Vingt mille dollars de Hong-Kong.

— Pas même dix dollars de la Confédération sudiste ! Pourquoi ne vous adressez-vous pas à votre illustre parent ? Avec le *chop* de votre oncle, j'irais jusqu'à un demi-million. De Hong-Kong.

Choy savait que son père détenait un important paquet de Struan et qu'il risquait de perdre gros si Gornt gagnait la partie. Il avait promis à Soorjani de le rappeler et avait aussitôt téléphoné à Wu mais n'avait pas réussi à le joindre. Après avoir laissé des messages un peu partout, il avait attendu avec une anxiété croissante. Peu avant dix heures, il avait entendu la secrétaire de Gornt répondre au téléphone :

— Oui ?... Un moment, je vous prie... Mr. Gornt, une communication personnelle de Zurich... Je vous la passe.

Paul s'apprêtait à essayer une nouvelle fois de joindre son père quand Gornt l'avait fait venir dans son bureau.

— Mr. Choy, vous remettrez ceci à mon agent de change, lui avait ordonné son patron en lui remettant une enveloppe cachetée. En mains propres.

Le jeune homme avait donc quitté les bureaux de Rothwell et s'était arrêté en chemin à toutes les cabines téléphoniques pour tenter de prévenir son père. Sans succès. Il avait remis la note à l'agent de change, dont le visage s'était éclairé en la lisant.

— Y a-t-il une réponse ? avait demandé Paul poliment.

— Dites simplement que le nécessaire sera fait.

Sur le chemin du retour, il avait longuement réfléchi puis s'était décidé à rappeler Soorjani.

— Ishwar ? Mon oncle veut se défaire d'urgence de ses Struan. Cent cinquante mille actions.

— Il agit en homme avisé, il court des bruits inquiétants.

— Je propose que tu te charges de l'opération avec ton cousin. Tu peux le faire immédiatement ?

— Sans problème. Le crédit du vénérable Quatre-doigts est aussi solide que celui des Rothschild ! Où sont les actions ?

— Dans le coffre, à la banque.

— Il me faudrait son *chop*.

— Je vais le chercher mais mon oncle désire que vous commenciez à vendre sans attendre. Par petites quantités pour ne pas perturber le marché, et au meilleur prix. Immédiatement, c'est possible ?

— Entendu, immédiatement. Et au meilleur prix !

— Un dernier point : il vous demande d'être discrets.

— N'ayez crainte, jeune maître. Et votre propre opération ?

— Ah ! oui... J'attendrai d'avoir les moyens de la faire.

— C'est la sagesse même.

Debout dans la cabine de la jonque, le cœur battant, Paul gardait les yeux fixés sur la cigarette de son père et n'osait pas affronter les yeux froids et durs qu'il sentait sur lui. Il se souvenait de l'excitation qu'il avait éprouvée quand la cote de Struan avait commencé à descendre, de la nervosité avec laquelle il avait ordonné à Ishwar de racheter juste avant la clôture.

Vers la fin de l'après-midi, Poon-beau-temps lui avait téléphoné que Wu l'attendrait à Aberdeen à dix-neuf heures trente et, avant de se rendre à la jonque, Paul était passé prendre chez Soorjani le chèque établi au nom de son père. Six cent quinze mille dollars de Hong-Kong, moins la commission de l'agent de change.

Enivré par son succès, il avait remis le chèque à son père mais lorsqu'il lui en avait expliqué la provenance, le vieux Wu avait été pris d'une colère qui avait stupéfié le faux neveu, et que le coup de téléphone de Chen avait interrompue.

— Je suis profondément désolé de vous avoir offensé, hono...

— Alors mon *chop* et mes biens t'appartiennent ? cria soudain Quatre-doigts.

— Non, honorable père, j'ai simplement voulu protéger votre fortune et vous faire gagner de l'argent.

— Rien pour toi ?

— Non, père, c'était pour vous. Afin de vous rembourser en partie l'argent que vous avez dépensé pour mon éducation.

— Ce n'est pas une excuse ! Viens avec moi !

Paul se leva en tremblant et suivit le vieillard sur le pont. Quatre-doigts congédia ses gardes du corps en les gratifiant d'une bordée de jurons et pointa un index épais vers les eaux croupies du port.

— Si tu n'étais pas mon fils, siffla-t-il entre ses dents, si tu n'étais pas mon fils, tu nourrirais déjà les poissons, une chaîne aux pieds.

— Oui, père.

— Si tu te sers encore de mon nom, de mon *chop* ou de quoi que ce soit qui m'appartienne sans mon autorisation, je te tue.

— Oui, père, marmonna Paul, pétrifié, convaincu que Wu disposait des moyens et de l'influence nécessaires pour mettre sa menace à exécution sans avoir rien à craindre de la justice. Pardon, père, je vous jure de ne plus recommencer.

— Bon, grogna le vieux pirate. Mais c'est bien parce que je n'ai pas perdu un sou dans l'affaire que tu es encore en vie.

Wu lança à son fils un regard furibond et continua à cacher son plaisir d'avoir gagné une grosse somme. Six cent quinze mille dollars sans lever le petit doigt, pensait-il. Rien qu'un bon tuyau et quelques coups de téléphone ! Incroyable. Ce garçon n'est ici que depuis trois semaines mais il m'a déjà remboursé vingt fois l'argent consacré à son éducation. Comme il est intelligent... et dangereux !

Que se passerait-il si je laissais mes rejetons prendre des décisions ? *Diou ne lo mo*, je serais en leur pouvoir, et leurs bêtises finiraient par m'envoyer en prison ! Pourtant c'est comme cela que font les barbares, et Septième-fils a été élevé chez eux. Les dieux m'en soient témoins, je n'ai pas voulu en faire une vipère !

Le vieillard dévisagea ce fils qu'il ne comprenait pas et dont il haïssait les manières, la façon de parler sans détours, comme les barbares, et non indirectement, par insinuation, comme une personne civilisée.

Et cependant, il m'a fait gagner plus de six cent mille dollars en un jour. S'il m'avait consulté, je n'aurais pas été d'accord et cette aubaine me serait passée sous le nez.

— Explique-moi pourquoi ce diable d'étranger barbu me doit tant d'argent ! ordonna Wu à son fils.

Paul démonta pour lui le mécanisme de l'opération.

— Alors, demain, je recommence ? demanda Quatre-doigts.

— Non, honorable père, vous gardez vos gains. Aujourd'hui l'affaire était sûre : c'était un raid, une attaque soudaine. Mais nous ne savons pas comment la Noble Maison réagira demain ou même si Gornt a l'intention de poursuivre son offensive.

— Alors, qu'est-ce que je fais, demain ?

— Vous attendez. Il faut voir comment la situation va évoluer pour Ho-Pak et Victoria. Puis-je utiliser votre nom pour demander des informations à Gornt sur Ho-Pak ?

— Quoi ? Ah ! oui. Et ce morceau de papier, qu'est-ce que j'en fais ? marmonna Wu en tirant le chèque de sa poche.

— Convertissez-le en or, père. Le prix du lingot est stable.

— Je le mettrai où, cet or ?

Paul Choy expliqua qu'il n'était pas nécessaire d'avoir des lingots chez soi pour posséder de l'or.

— Je ne fais pas confiance aux banques, répliqua le vieillard avec colère.

— Pas une banque de Hong-Kong, père. Une banque suisse, absolument sûre.

— Tu en réponds sur ta tête ?

— Oui, père.

Quatre-doigts inscrivit au dos du chèque l'ordre de le convertir en or et signa.

— Sur ta tête, mon fils, répéta-t-il. Alors, demain, rien à rafler ?

— Il y aura peut-être une occasion mais je n'en suis pas sûr. Je serai fixé vers midi.

— Appelle-moi à midi.

— Oui, père. Évidemment, si nous avions notre propre marché, nous manipulerions des centaines de titres différents...

— Hein ?

Le jeune homme expliqua lentement qu'il serait possible de créer un nouveau marché des valeurs, contrôlé par les Chinois, et offrant de fabuleuses perspectives de profits. Il exposa longuement son projet, prenant confiance à mesure qu'il parlait.

— Si c'est si simple, pourquoi Tung-l'avare ne l'a pas déjà fait ? objecta Quatre-doigts. Ou Sung-gros-nez, ou Kwang, ou des dizaines d'autres ?

— Ils n'y ont peut-être pas pensé ou n'ont pas eu le culot. Peut-être préfèrent-ils rester dans le cadre du système des diables d'étrangers : le club hippique, le cricket, les titres de chevalier et autres fichaises anglaises. Peut-être ont-ils peur d'aller à contre-courant ou s'en sentent-ils incapables. Nous avons les connaissances et l'expérience nécessaires. Et j'ai un ami de la Montagne-dorée avec qui j'ai fait mes études...

— Quel ami ?

— Un Shanghaien établi à New York comme agent de change. En travaillant ensemble, nous pourrions réussir, j'en suis certain !

— *Ayiiya !* travailler avec un barbare du Nord ! s'exclama Wu.

— On peut lui faire confiance, honorable père. Bien entendu, il faudrait veiller à protéger le jardin des mauvaises herbes, comme le fait tout bon jardinier.

— Mais les diables d'étrangers ont l'île sous leur coupe. Les personnes civilisées n'auront jamais les ressources nécessaires pour créer un marché concurrent.

Choy s'efforça de ne pas trahir, par son expression ou le ton de sa voix, l'excitation qui montait en lui.

— Vous avez peut-être raison, père, convint-il prudemment. Mais les Chinois aiment jouer et pas un seul d'entre eux n'est agent de change ! Pourquoi les barbares nous tiennent-ils à l'écart ? Parce qu'ils savent que nous ne serions pas longs à les battre sur leur terrain. Les personnes civilisées et leurs sociétés viendraient à nous en masse dès la création de notre marché, et les diables d'étrangers seraient contraints de nous ouvrir les portes de leur propre marché. En matière de jeu, ils ne nous arrivent pas à la cheville. Tout ceci (d'un geste circulaire, il montra la côte, les navires, les jonques, les restaurants flottants) pourrait être à vous ! C'est grâce à la Bourse, aux titres et aux actions que l'homme moderne *possède* le monde.

Quatre-doigts tira nonchalamment une bouffée de sa cigarette.

— Combien il coûterait, ton nouveau marché ? demanda-t-il.

— Un an d'efforts, avec un investissement initial de... je ne sais pas au juste mais je pourrais vous fournir une estimation dans une semaine.

Le vieil homme tourna son regard rusé vers son fils et lut sur son visage son excitation, sa cupidité. De quoi a-t-il tant envie ? D'argent ou de pouvoir ? Des deux, probablement. Ce jeune imbécile ignore que l'un ne va pas sans l'autre.

Le mot pouvoir le fit penser à la Noble Maison, à Phillip Chen et à la demi-pièce volée par John. Dianne et Phillip sont des imbéciles, eux aussi. Ils auraient dû savoir qu'il y a toujours une oreille collée de l'autre côté du mur... Les fils, se dit le vieux Wu, songeur. Ils sont la richesse d'un père mais ils causent aussi parfois sa mort. Bien fou celui qui fait entièrement confiance à son enfant !

— Très bien, mon fils. Soumets-moi ton plan par écrit, avec une estimation, et je prendrai une décision.

Devant le triangle de gazon de Kowloon Tong, Phillip Chen descendit de taxi, une serviette à la main, et s'engagea dans Essex Road, rue longeant le jardin. Il avait l'impression que la serviette devenait plus lourde au bout de son bras et que chaque passant qu'il croisait savait qu'elle contenait deux cent mille dollars de Hong-Kong. Sa nervosité s'accrut. Dans ce faubourg de Kowloon surpeuplé, labyrinthe de taudis et de gratte-ciel, la vie d'un homme ne valait guère plus d'une centaine de dollars. Il avançait d'un pas rapide, les yeux baissés vers le trottoir défoncé.

Il avait presque fait le tour du jardin quand il repéra la flèche pointée vers la palissade. Bien que l'endroit fût sombre, mal éclairé par de rares réverbères, le compradore découvrit le trou et, à l'intérieur, ce qui ressemblait à un journal froissé. Il s'en saisit hâtivement, s'assura qu'il n'y avait rien d'autre et alla s'asseoir sur un banc, à la lumière. Quand les battements de son cœur se firent moins rapides et sa respiration plus calme, Chen ouvrit le journal. Il y trouva une enveloppe contenant un message : « Marchez jusqu'à Waterloo Road. Prenez la direction du camp militaire, restez sur le trottoir gauche. Attention, nous vous surveillons en ce moment même. »

Il frissonna, regarda autour de lui, mais ne vit personne, ni ami ni ennemi. Pourtant il se sentait observé.

Les dieux me protègent ! pria-t-il avec ferveur. Où sont passés les hommes de Quatre-doigts ?

Quand il eut rassemblé un reste de courage, il se remit en route pour Waterloo Road, artère animée débouchant non loin du jardin. Il la remonta sans prêter attention à la foule, sans regarder quiconque en particulier, mais en se sentant menacé de toutes parts. Les boutiques étaient ouvertes, les restaurants bondés, les ruelles adjacentes noires de monde. Un train de marchandises fit entendre au loin un sifflement lugubre par-dessus le concert de klaxons.

Il marchait d'un pas lent depuis quelques minutes lorsque deux jeunes gens surgirent devant lui et lui barrèrent le chemin.

— *Tin koun chi fouk*, murmura l'un d'eux.

— Hein ?

Tous deux portaient des lunettes noires, une casquette rabattue sur le front.

— *Tin koun chi fouk*, répéta Kin-le-grêlé d'un ton menaçant. *Diou ne lo mo*, donne-moi le sac !

Chen tendit l'argent au Loup-garou qui lui ordonna :

— Continue à marcher sans te retourner !

— Oui, mais vous devez tenir votre promes...

Le compradore s'interrompit : les deux jeunes gens avaient disparu. Abasourdi, il se remit en marche en tentant de fixer dans sa mémoire le peu qu'il avait aperçu de leurs visages. Une femme venant en sens inverse le bouscula, l'image des deux Loups-garous disparut de son esprit. Soudain, il sentit quelqu'un lui agripper le bras.

— Où est la serviette, fornication ?

— Quoi ?

— La serviette, répéta Poon-beau-temps. Où est-elle ?

— Deux jeunes gens..., bredouilla Phillip en pointant le doigt derrière lui.

Poon poussa un juron, écarta Chen et émit un long sifflement. Il descendit rapidement la rue, suivi de ses hommes, aperçut un des Loups-garous porteur de la serviette au moment où il tournait dans une ruelle, et se mit à courir.

Le Grêlé et son frère cadet se frayaient un chemin dans la foule sans se presser. Persuadés qu'ils ne risquaient plus rien, ils ôtèrent leurs lunettes, leurs casquettes, et les fourrèrent dans leurs poches.

— *Diou ne lo mo*, ce vieux con avait la trouille à en crever ! ricana Kin.

— La semaine prochaine, c'est lui qu'on enlève, et il crachera encore ! Comme un vieux chien qui pète !

Ils éclatèrent de rire, s'arrêtèrent devant une boutique et profitèrent de sa lumière pour examiner l'intérieur de la serviette.

— *Ayiiya !* s'exclama le plus jeune des deux frères en voyant les liasses de billets. Nous avons franchi d'un bond les portes du ciel ! Dommage que le fils soit mort et enterré.

Le Grêlé haussa les épaules en tournant dans une ruelle plus étroite encore.

— L'honorable père a raison, on a su profiter d'un mauvais coup du sort. C'est pas de notre faute si ce salaud avait la tête fragile ! Quand nous le déterrerons pour le porter sur le bord de Sha Tin Road, avec un message sur la poitrine...

Il s'interrompit et s'écarta pour laisser passer un camion bringuebalant et lourdement chargé. Comme il regardait machinalement derrière lui, il vit trois hommes changer brusquement de direction en l'apercevant et se précipiter vers lui.

— *Diou ne lo mo !* on est refait, murmura-t-il.

Il se lança dans la foule, son frère sur les talons. La peur donnait des ailes aux deux Loups-garous qui contournaient les éventaires et les marmites, aidés dans leur fuite par l'obscurité. Le Grêlé, qui tenait la serviette, cria à son jeune frère sans cesser de courir :

— Rentre à la maison par un autre chemin !

Au croisement suivant, il tourna à gauche, laissant son cadet continuer tout droit. Leurs trois poursuivants se séparèrent aussi, deux d'entre eux prenant le sillage du Grêlé. Il faisait de plus en plus sombre dans le dédale de ruelles qui tournaient en tous sens sans jamais aboutir à un cul-de-sac. Kin haletait mais il avait réussi à prendre de l'avance sur les deux hommes qui le pourchassaient. Il se rua dans un passage et pénétra aussitôt dans une boutique malpropre servant aussi de lieu d'habitation. Sans un regard pour la famille rassemblée autour d'un poste de télévision braillard, il traversa la pièce en courant, sortit par la porte de derrière et gagna à toutes jambes le coin de la rue. Là il ralentit, examina les lieux prudemment avant de tourner. Quelques passants l'observèrent avec curiosité mais peu désireux de s'attirer des ennuis, ils continuèrent leur route sans tenter de l'arrêter.

Se sentant enfin en sécurité, le Grêlé se glissa dans la foule et marcha d'un pas tranquille pour reprendre sa respiration. Déjà il pensait à se venger de Phillip Chen, qui les avait trahis. La semaine prochaine, quand nous l'enlèverons, je lui couperai le nez avant de le libérer ! se promit-il.

Le poids de l'argent au bout de son bras le rasséréna. Il acheta une valise bon marché et, dans la pénombre d'une ruelle, y transféra les liasses de billets, puis il revendit la serviette en cuir du compradore à un brocanteur. Satisfait, il prit l'autobus pour Kowloon

City, où son père avait loué sous un nom d'emprunt un petit appartement leur servant de planque. Kin ne vit pas Poon-beau-temps monter à son tour dans le bus, suivi de deux de ses hommes, ni le taxi qui prit le sillage du véhicule.

Kowloon City était une sorte d'ulcère suppurant, un ramassis de taudis entre lesquels les égouts coulaient à ciel ouvert. Le Grêlé savait qu'il y serait en sécurité car la police n'y mettait jamais les pieds. En 1898, lorsque la Chine avait accordé à la Grande-Bretagne une concession de cent ans sur les Nouveaux Territoires, elle avait maintenu sa suzeraineté sur Kowloon City, qui se trouvait donc théoriquement en territoire chinois. Les autorités britanniques ne s'occupaient pas de cette zone pourvu qu'elle restât calme et l'on n'y comptait plus les fumeries d'opium, les tripots, les criminels en fuite qui y trouvaient refuge. De temps à autre, la police opérait une descente en force — le lendemain, tout reprenait comme avant à Kowloon City.

L'escalier menant à l'appartement de cinq pièces était branlant, jonché de déchets, le plâtre des murs s'écaillait. Kin frappa selon le code convenu, la porte s'ouvrit.

— Salut, père, salut Chen-oreilles-de-chien ! lança joyeusement le Grêlé. J'ai l'argent !

Découvrant son jeune frère, il s'écria :

— Oh ! formidable. Tu leur as échappé, toi aussi ?

— Bien sûr ! On aurait dû descendre un ou deux de ces mangeurs de fiente de policiers en civils, pour leur apprendre ! dit Kin Pak en agitant un 38. Faut nous venger !

— T'as peut-être raison, approuva le père.

— Tuer un policier, c'est trop dangereux, objecta Oreilles-de-chien timidement.

— *Diou ne lo mo* sur toute la police, jura Kin Pak en rengainant son arme.

Le Grêlé haussa les épaules :

— De toute façon, nous avons l'arg...

La porte s'ouvrit brusquement, Poon-beau-temps et trois de ses hommes firent irruption dans la pièce, couteau à la main. Tout le monde se figea. Soudain, le père tira un poignard de sa manche et fit un bond de côté mais avant qu'il ait pu lancer son arme, celle de Poon fendait l'air et s'enfonçait dans sa gorge. Le vieux Kin s'effondra, les mains sur le manche du couteau. Ni ses fils ni Oreilles-de-chien n'avaient bougé. Ils regardèrent son corps tressaillir, les muscles contractés par un spasme, puis devenir immobile.

— Où est Premier-fils Chen ? brailla Beau-temps, un autre couteau à la main.

— On connaît pas de...

Deux des hommes de Wu se jetèrent sur le Grêlé, lui saisirent une main et la plaquèrent sur la table. Poon s'avança, coupa l'index du Loup-garou et répéta sa question. Livide, le Grêlé regarda son doigt mutilé et le sang qui en jaillissait par saccades. Quand Beau-temps se pencha de nouveau vers sa main, il se mit à crier.

— Non ! supplia-t-il. Non ! Il est mort, on l'a enterré.

— Où ?

— Près... près de Sha Tin Road. Écoutez, on partage l'argent avec vous. On...

Poon lui glissa la pointe de son couteau dans la bouche.

— Contente-toi de répondre à mes questions, merde de putain, sinon je te coupe la langue. Où sont les affaires de Premier-fils — celles qu'il portait sur lui ?

— On, on a tout envoyé à Chen de la Noble Maison, tout sauf l'argent. Je le jure !

L'un des deux hommes qui le tenaient lui tordit le bras, le faisant gémir de douleur.

— C'est la vérité ! Les dieux m'en soient témoins !

Quand la lame pénétra dans sa bouche le Grêlé poussa un hurlement et s'évanouit. Oreilles-de-chien se mit à crier, Poon le gifla si fort que sa tête heurta violemment le mur et qu'il perdit conscience lui aussi. Tous les yeux se tournèrent alors vers Kin Pak.

— C'est vrai, geignit le jeune Loup-garou, terrorisé. Tout ce qu'il a dit est vrai.

— Vous l'avez fouillé avant de l'enterrer ?

— Oui, seigneur — enfin, pas moi, lui, répondit Kin Pak en montrant le cadavre de son père.

— Tu étais là ?

Comme le jeune Kin hésitait, Poon se rua vers lui avec une agilité surprenante pour un homme de son âge et lui taillada le visage juste en-dessous de l'œil droit.

— Menteur !

— J'étais là, seigneur, j'allais vous le dire !

— La prochaine fois que tu mens, je te crève un œil. Qui d'autre était là ? Lui ? demanda Beau-temps en montrant le Grêlé.

— Non, seigneur.

— Et lui ?

— Oui. Oreilles-de-chien était là.

— Vous avez fouillé dans toutes ses poches ?

— Oui, partout.

— Vous avez trouvé des papiers, des bijoux ?

Kin Pak faisait désespérément appel à sa mémoire sans quitter le couteau des yeux.

— Rien, seigneur. On a tout envoyé à Chen de la Noble Maison, sauf l'argent. On a gardé l'argent... et sa montre, j'oubliais sa montre ! C'est celle-là ! dit-il en tendant le bras vers le poignet de son père.

Poon-beau-temps poussa un juron. Wu-quatre-doigts lui avait ordonné de récupérer John Chen et toutes ses affaires, en particulier les pièces qu'il portait sur lui, puis de liquider les ravisseurs. Je ferais mieux de lui téléphoner pour demander de nouvelles instructions, pensa-t-il.

— Qu'est-ce que vous avez fait de l'argent ?

— On l'a dépensé, seigneur. Il avait seulement

quelques centaines de dollars en billets et de la monnaie.

— Il ment ! déclara un des hommes de main.

— Non, seigneur, je le jure ! s'écria Kin Pak en fondant en larmes. Par pitié...

— La ferme ! Je lui coupe la gorge, à celui-là ? demanda l'homme d'un ton tranquille en montrant le Grêlé, affalé, toujours inconscient, dans une mare de sang qui s'élargissait.

— Non, pas tout de suite, répondit Beau-temps, qui se gratta pensivement la poitrine. On va déterrer Premier-fils Chen... Oui, c'est ce qu'on va faire. Dis-moi, petit étron, qui l'a tué ?

Kin Pak désigna sans hésiter le cadavre de son père.

— C'est lui. Il l'a frappé avec une pelle quand il a essayé de se sauver, le soir où on l'a enlevé, expliqua Kin Pak, les yeux fixés sur la lame qui le terrorisait. C'était pas ma faute, seigneur.

— Comment tu t'appelles ?

— Soo Tak-gai, mentit aussitôt le Loup-garou en se servant du faux nom qu'il s'était choisi à l'avance.

— Et lui ? demanda Poon en montrant le Grêlé.

— Soo Tak-tong.

— Lui ?

— Wu-tip Sup.

— Lui ?

Kin Pak considéra le cadavre de son père.

— Soo-la-dent-d'or, seigneur. Il était très mauvais mais... mais on devait lui obéir. C'était notre père.

— Où t'as emmené Premier-fils Chen avant de le tuer ?

— A Sha Tin, seigneur, mais je ne l'ai pas tué. On l'a enlevé à Hong-Kong, on l'a fourré à l'arrière d'une voiture volée et on l'a conduit dans une vieille cabane que mon père avait louée, juste à la sortie du village. Il avait tout combiné... on était obligé de lui obéir.

Beau-temps poussa un grognement avant d'ordonner à ses hommes :

— On va d'abord fouiller ici. Toi, occupe-toi du doigt de ton frère, dit-il à Kin Pak.

Le Loup-garou déchira une vieille serviette de table et, le cœur au bord des lèvres, fit un tourniquet autour du moignon.

Poon soupira en se demandant par où commencer. Il ouvrit la valise contenant l'argent, regarda les billets, et la posa sur la table. Chacun l'examina avec convoitise. Il fit passer son couteau d'une main dans l'autre, referma la valise et parcourut la pièce, touchant au passage les chaises, le lit de fer au matelas souillé. Le papier se décollait des murs, les fenêtres, dépourvues de carreaux, étaient presque toutes obstruées par des planches. Il souleva le matelas, le palpa mais ne trouva rien. Il alla ensuite dans la cuisine sale et presque vide, alluma la lumière, passa dans les toilettes malodorantes. Kin-le-grêlé commençait à reprendre conscience en gémissant.

Dans un tiroir, Poon trouva des feuilles de papier, de l'encre et des pinceaux.

— C'est quoi, ça ? demanda-t-il en sortant une des feuilles.

On y avait écrit, en gros caractères : « Premier-fils Chen a été assez bête pour essayer de nous échapper. Personne n'échappe aux Loups-garous ! Hong-Kong, prends garde ! Nous avons des yeux partout ! »

— C'est quoi ? répéta Beau-temps.

Kin Pak s'empressa de répondre :

— Comme on pouvait pas le rendre vivant, mon père avait décidé que, cette nuit, on le déterrerait, on lui mettrait ça sur la poitrine et on le porterait sur la route de Sha Tin.

Poon-beau-temps fixa le Loup-garou en disant :

— Il vaudrait mieux pour toi que tu retrouves vite son cadavre. Parce que sinon, petite merde, tu auras des yeux nulle part.

35

21 h 30

Orlanda Ramos monta le large escalier du restaurant du *Dragon flottant*, ancré à Aberdeen, et chercha Linc Bartlett parmi les invités de Sir T'Chung.

Les deux heures qu'elle avait passées à l'interviewer le matin même lui avaient appris beaucoup de choses, notamment au sujet de Casey, et l'instinct d'Orlanda lui avait soufflé d'engager au plus tôt le combat contre sa rivale. Elle n'avait eu aucune difficulté à les faire inviter par Shitee T'Chung, qui était une vieille connaissance de Gornt.

Une agréable odeur de mer entrait par les fenêtres, il faisait bon malgré l'humidité et le ciel couvert. Des guirlandes de lumière festonnaient les hauteurs et la ville d'Aberdeen ; dans le port flottaient les îles de jonques en partie éclairées où vivaient cent cinquante mille personnes.

La salle dans laquelle le dîner avait lieu occupait toute la largeur du bateau et la moitié de sa longueur. Gargouilles, licornes et dragons décoraient les trois ponts du restaurant rutilant de lumière et bondé de clients. Aux cuisines, installées dans les soutes, vingt-huit cuisiniers aidés par une armée de marmitons s'affairaient devant une douzaine d'énormes chaudrons fumants. Quatre-vingt-deux garçons assuraient le service du *Dragon flottant*, qui pouvait accueillir quatre cents clients sur chacun des deux premiers ponts et deux cents sur le troisième. Sir Shitee avait réservé l'ensemble du pont supérieur où ses invités, rassemblés en petits groupes impatients, attendaient de s'installer autour des tables rondes de douze couverts.

Orlanda se sentait sûre d'elle dans la robe de soie blanche qu'elle avait choisie avec soin pour Bartlett. Elle savait qu'elle avait une silhouette parfaite et qu'on lui enviait la sensualité franche qui émanait de sa personne. C'est une des nombreuses choses que Quillan m'a apprises, songeait-elle, un demi-sourire aux lèvres. Il m'a ouvert le monde de la sensualité.

Elle se tenait devant Havergill et son épouse, dont elle sentait les regards sur sa poitrine sans soutien-gorge. Orlanda avait conscience d'être probablement la seule à avoir adopté ce soir-là cette mode audacieuse née à Londres l'année précédente.

Elle les salua poliment et continua à se frayer un chemin entre les groupes. La « journaliste » connaissait bien Havergill, qu'elle avait souvent rencontré à bord du yacht de Gornt. A l'époque où sa femme était clouée au lit, Quillan ne cachait pas qu'Orlanda était sa maîtresse et il l'emmenait avec lui au cours des « excursions » en mer qu'il offrait à ses amis. Le yacht partait de Hong-Kong mais avant de prendre le large il faisait escale à Kowloon, où des filles en maillot attendaient à l'embarcadère, près de Golden Ferry.

Orlanda aurait pu écrire un livre sur chacun des amis de Gornt mais même après la rupture, elle avait toujours su se montrer discrète. Une autre chose que Quillan m'a apprise, pensait-elle : la discrétion.

La rupture... Quel gâchis ! Après la mort de son épouse, elle s'était rendue chez lui et avait bien cru l'avoir reconquis mais il n'avait fait que jouer avec elle. « Rhabille-toi, Orlanda, lui avait-il ordonné. Je voulais simplement savoir si tu était toujours aussi bien faite que *de mon temps*. Ton corps n'a rien perdu de sa perfection, je dois le reconnaître, mais je n'éprouve aucun désir pour toi. » Elle avait eu beau sangloter, l'implorer, il était demeuré inébranlable. Après l'avoir écoutée en fumant une cigarette, il avait écrasé son mégot et dit d'une voix tranquille : « Ne reviens plus jamais ici sans y avoir été invitée. Tu as choisi Macao. »

— Orlanda !

Richard Hamilton Pugmire s'était mis en travers de son chemin.

— Je vous présente Charles Biltzmann, des États-Unis, dit le petit homme en la lorgnant d'un air polisson. Charles va prendre la direction de General Stores. Chuck, voici Orlanda Ramos.

— Enchanté, mam'zelle.

— Ravie, murmura Orlanda à l'Américain, qui lui parut aussitôt antipathique.

— Appelez-moi Chuck. Vous, c'est Orlanda ? Joli nom... et jolie robe !

D'un geste théâtral, Biltzmann lui tendit sa carte de visite en déclarant :

— Vieille coutume chinoise !

La « journaliste » la prit sans lui rendre la pareille.

— Merci, Mr. Biltzmann. Si vous voulez bien m'excuser, des amis m'att...

Avant qu'elle n'ait pu achever sa phrase, Pugmire la prit par le bras, l'entraîna à l'écart et lui murmura :

— Si nous dînions ensemble un de ces soirs ? Tu es très en beauté.

Orlanda se dégagea en s'efforçant de ne pas trop attirer l'attention.

— Laissez-moi, Pug.

— Écoute...

— Je vous ai demandé poliment cinquante fois de me laisser tranquille ! Maintenant je vous dis *diou ne lo mo* sur vous et toute votre descendance !

Pugmire devint écarlate. Elle l'avait toujours détesté, même à l'époque de sa liaison avec Gornt. Après la rupture, il avait essayé par tous les moyens de la fourrer dans son lit — et il n'avait pas encore renoncé.

— Si vous continuez à m'importuner, je révélerai à toute la Colonie vos habitudes particulières, le menaça-t-elle.

Elle salua Biltzmann d'un signe de tête, laissa discrètement tomber sa carte et s'éloigna. Pugmire revint à l'Américain.

— Drôlement roulée ! apprécia le nouveau taï-pan de General Stores en suivant la jeune femme des yeux.

— C'est — c'est une des prostituées les plus en vue de Hong-Kong, fit Pugmire d'un ton méprisant.

— Une putain ? demanda Biltzmann, interloqué.

— Ici, c'est difficile à deviner. Je suis surpris que T'Chung l'ait invitée. Il se fiche probablement des convenances maintenant qu'il a réussi à se payer son titre de chevalier. Il y a quelques années, elle eut une liaison avec un de mes amis, ce qui ne l'empêcha pas de continuer à exercer son métier pour se faire de petits suppléments. Quand il l'apprit, il s'en débarrassa à grands coups de pied dans le derrière.

— Je lui donnerais bien un coup d'autre chose, murmura Biltzmann qui ne parvenait pas à détacher ses yeux d'Orlanda.

— Simple question d'argent, mon vieux, assura Pugmire. Mais, entre nous, elle ne vaut rien au lit, je peux vous le dire, et de nos jours, ces filles couchent avec n'importe qui. Personnellement une fois m'a suffi, mais si vous tenez quand même à y tremper votre biscuit, prenez vos précautions.

Dunross venait d'arriver et prêtait une oreille distraite à Richard Kwang, qui lui expliquait avec grandiloquence les accords qu'il avait dû passer pour enrayer la ruée. Le banquier chinois n'avait pas assez de mots pour fustiger ceux qui avaient lancé les rumeurs concernant Ho-Pak.

— Je suis bien de votre avis, Richard, répondit distraitement le Taï-pan, en observant les membres de la délégation parlementaire, qui se trouvaient à l'autre bout de la salle. Le monde est plein de salauds. Avec votre permission...

— Je vous en prie... Dites, Taï-pan, j'aurai peut-être besoin d'aide, ajouta Kwang en baissant la voix.

— Tout ce que vous voudrez, sauf de l'argent.

— Vous pourriez parler à Johnjohn de la Vic. Il accepterait peut-être de...

— C'est exclu, vous le savez bien. Vos amis chinois sont votre seule chance. Vous vous êtes adressé à Ching-beau-sourire ?

— Ce vieux filou ! Jamais je ne m'abaisserai à lui demander un sou ! Il mérite la prison et sa banque aussi fait l'objet d'une ruée, mais lui, il ne l'a pas volé ! Tout cela, c'est sûrement un coup des communistes, qui cherchent à nous ruiner. Vous savez qu'on a fait la queue devant les guichets de Blacs et de la Victoria ? La banque de l'Est asiatique et du Japon, du vieux Tok-panse-de-cochon, n'a pas résisté, elle n'ouvrira pas ses portes demain.

— Vous en êtes sûr ?

— Il m'a téléphoné ce soir pour me demander vingt millions. *Diou ne lo mo*, Taï-pan, c'est toute la Colonie qui va couler si nous ne trouvons pas d'aide. Nous sommes...

Il s'interrompit en voyant Venus Poon faire son entrée au bras de Wu-quatre-doigts. Quelques heures auparavant, elle lui avait fait une scène parce qu'il ne lui avait pas apporté le manteau de vison promis. Elle avait pleuré, tempêté, et il avait dû lui jurer qu'elle aurait son manteau sans faute pour les courses.

— Tu m'emmènes au dîner de Shitee ? avait-elle alors demandé.

— Je ne peux pas. Ma femme a changé d'avis, elle y va, mais après, nous irons...

— Après, je serai fatiguée ! D'abord pas de cadeau, et maintenant, pas de réception ! Tu ne m'aimes plus, ta pauvre fille n'a plus qu'à se tuer ou à accepter l'invitation de Wu-quatre-doigts.

Kwang se souvenait du mal qu'il avait eu pour la calmer. Il lui avait même promis de se précipiter à l'appartement pour la rejoindre dès qu'il pourrait s'éclipser de la soirée. A présent elle se tenait dans l'entrée au bras d'un autre, souriante et resplendissante, dans la robe qu'il venait de lui offrir.

— Qu'y a-t-il, Richard ? s'inquiéta Dunross.

Incapable de répondre, le banquier alla rejoindre sa femme d'une démarche mal assurée.

— Ça va, chérie ? marmonna-t-il, les jambes flageolantes.

— Très bien, répondit Mai-ling Kwang d'une voix suave. Qui est cette putain ?

— Où ça ?

— Là, dans l'entrée.

— Ce... ce n'est pas la starlette de la télé — comment s'appelle-t-elle, déjà ?

— Poon, non ? Poon-le-feu-aux-fesses.

Richard se força à rire avec sa femme alors qu'il avait envie de se rouler par terre et de s'arracher les cheveux. Tout Hong-Kong saurait demain que sa dernière maîtresse était venue au banquet en compagnie d'un autre homme et on ne manquerait pas d'y voir la confirmation de ses difficultés financières : la petite putain avait quitté la jonque en perdition pour un navire plus sûr.

— Quoi ? fit-il d'une voix lasse. Que disais-tu ?

— Je te demandais si le Taï-pan a accepté d'intervenir auprès de la Victoria.

La proximité d'oreilles non chinoises incita Kwang à passer au cantonais.

— Malheureusement, ce fils de pute a lui aussi des

ennuis, il ne nous aidera pas. Ses difficultés nous ont d'ailleurs fait gagner un peu d'argent : j'ai vendu aujourd'hui toutes nos actions de la Noble Maison.

— Excellent. A quel prix ?

— Nous avons gagné 2,70 par action et j'ai tout converti en or, sur notre compte commun de Zurich, répondit Richard, en travestissant quelque peu la vérité.

— Parfait, approuva Mai-ling en jouant avec son pendentif d'aigue-marine.

Le banquier se souvint alors qu'il avait promis d'offrir ce bijou à Venus Poon. Catastrophe, se dit-il...

— Tu ne te sens pas bien ? demanda sa femme.

— Je, je ne digère pas le poisson de ce midi. Je vais aller aux toilettes.

— Dépêche-toi, nous allons bientôt passer à table, je suppose... En attendant, je vais regarder cette petite putain d'un peu plus près.

— Non, viens donc avec moi.

Il la prit par le bras et la conduisit vers l'escalier menant aux toilettes. En descendant, il salua çà et là diverses connaissances d'un air jovial, comme si tout allait parfaitement. Dès que Mai-ling eut disparu dans les toilettes des dames, Kwang remonta l'escalier précipitamment, s'approcha de Tung-le-Zeppelin, échangea quelques mots avec lui et feignit soudain de découvrir Quatre-doigts.

— Bonsoir, honorable Oncle Wu ! s'exclama-t-il avec chaleur. Merci de l'avoir amenée ici. Bonsoir, petite bouche onctueuse !

— Quoi ? croassa le vieillard. Je l'ai amenée pour moi, pas pour toi.

— Et je ne vous permets pas de m'appeler petite bouche onctueuse, ajouta Venus Poon. Adressez-vous à celle qui porte *mon* manteau de vison et *mon* pendentif !

— Voyons, petite b...

— Laisse-la, neveu, tu vas l'énerver, grommela Wu. Elle ne sera pas en forme pour cette nuit !

Kwang grimaça un sourire, marmonna quelques plaisanteries et s'éloigna d'une démarche raide en direction de l'escalier.

— On dirait que la pouliche a déserté le paddock pour une prairie plus grasse, lança un invité.

— Ne dites pas de bêtises ! rétorqua le banquier en se retournant. J'ai simplement demandé à ce vieil idiot de l'accompagner à ma place parce que ma femme est ici ce soir. D'ailleurs, qu'est-ce qu'il pourrait bien en faire, de Venus Poon ? A son âge ! Même avec toute la technique que je lui ai enseignée, elle ne parviendrait pas à réveiller ce qui est mort ! Ça l'arrange, ce vieux, de faire croire qu'il est encore capable de quelque chose.

— Très habile de ta part, Kwang ! dit l'homme.

Il fit quelques pas et murmura l'histoire à l'oreille d'un autre invité, qui lui répondit d'un ton sarcastique :

— Tu avalerais un seau de merde si on te disait que c'est du bœuf bouilli avec une sauce aux haricots noirs ! Ne sais-tu pas que Wu entretient son Bâton-viril avec les meilleures drogues et les meilleurs onguents ? Le mois dernier, sa Septième concubine a donné naissance à un fils ! Ne t'en fais pas pour lui. Avant que la nuit ne se termine, Venus Poon va avoir droit à de tels assauts que sa Fente-dorée criera grâce en huit dialectes !

— Vous restez pour le dîner, Taï-pan ? demanda Brian Kwok à Dunross. Si tant est que Shitee finisse par arriver...

— Oui. Pourquoi ?

— Je dois rentrer, j'ai du travail, mais il y aura quelqu'un d'autre pour vous chaperonner.

— Vous ne pensez pas que vous en faites un peu trop ?

— Je ne crois pas. Je viens de téléphoner à Crosse au sujet de ces deux types qui flânaient en bas de chez vous. Ils ont décampé en voyant nos hommes arriver.

— Ce n'était peut-être que des truands qui n'apprécient pas le voisinage de la police.

— Non, sûrement pas. Crosse m'a chargé de vous prévenir : il y a un navire-espion soviétique dans le port.

— Je ne vois pas le rapport.

— Vous le voyez parfaitement : vous connaissez le contenu des rapports d'A.M.G. Écoutez, Ian, je vous parle en ami. Je suis vraiment très inquiet... Même le sage peut tomber dans les ronces, ajouta le policier en cantonais.

— Dans deux jours, le Mandarin du MI sera ici et je lui remettrai les documents. Deux jours, ce n'est pas long.

— C'est suffisant pour permettre à un espion de nous causer un tort considérable. Pourquoi tenter les dieux ?

— Non, désolé, pas avant vendredi.

Kwok durcit le ton et reprit en anglais :

— Nos amis américains nous ont demandé de vous placer en détention préventive.

— Quels idiots !

— Ils ne sont pas si idiots que ça. Chacun sait que votre mémoire est prodigieuse, et vous feriez bien de continuer à être prudent même après avoir remis les rapports. En tout cas évitez de vous déplacer seul et n'essayez pas de semer vos anges-gardiens. Si vous avez des rendez-vous d'un caractère, disons, privé, prévenez-moi.

— Des rendez-vous secrets ? Ici, à Hong-Kong ? Quelle idée !

— Le nom de Jen ne vous dit rien ?

Le regard de Dunross devint de glace.

— Vous vous montrez un peu trop curieux.

— Et vous n'avez pas l'air de comprendre que vous jouez un foutu jeu, dans lequel tous les coups sont permis.

— Merci du conseil.

— Bonsoir, Taï-pan.

— Bonsoir, Brian.

Dunross alla rejoindre Jacques de Ville, qui s'entretenait avec quatre membres de la délégation parlementaire. Les autres députés, fatigués par le voyage, s'étaient fait excuser. Le Français présenta son patron à Sir Charles Pennyworth, conservateur, Hugh Guthrie, libéral, Julian Broadhurst, travailliste. Pour le quatrième — travailliste lui aussi — les présentations étaient inutiles.

— Bonsoir, Robin, dit le Taï-pan.

— Bonsoir, Ian. Cela fait un bout de temps que nous ne nous étions pas vus.

— En effet. Vous n'avez pas changé.

— Vous non plus, assura Robin Grey, qui se tourna ensuite vers Pennyworth. J'ai fait la connaissance de Ian à Londres, juste après la guerre. Je venais d'être élu délégué syndical.

Grey était un homme mince aux lèvres fines et aux cheveux grisonnants.

— Si vous voulez bien m'excuser, glissa Jacques de Ville. Ma femme est en voyage et je dois m'occuper d'un de nos petits-enfants. Bonsoir, messieurs.

— Vous restez longtemps à Hong-Kong, Robin ? reprit le Taï-pan.

Lui aussi respectait l'accord que Penelope et son frère avaient passé bien des années auparavant : ne jamais parler de leurs liens de parenté.

— Quelques jours, répondit le député travailliste avec un sourire aussi mince que ses lèvres. Comme je n'ai jamais mis les pieds dans ce paradis des travailleurs, je vais en profiter pour rencontrer quelques représentants syndicaux.

Sir Charles Pennyworth, le chef de la délégation, se mit à rire. C'était un homme bien en chair au teint fleuri, ancien colonel du London Scottish Regiment.

— Je ne crois pas qu'on soit très porté sur les syndicats, ici. N'est-ce pas, Taï-pan ?

— Nos ouvriers se débrouillent parfaitement sans eux, déclara Dunross.

— Des ouvriers surexploités, répliqua Grey. Selon vos propres statistiques, celles du gouvernement.

— Disons plutôt selon *vos* statisticiens. Notre main-d'œuvre est la mieux payée de toute l'asie — Japon mis à part — et nous vivons dans une société libre.

— Libre ? Allons donc ! Libre d'exploiter les travailleurs, oui ! Enfin, le parti travailliste mettra bon ordre à tout cela quand nous aurons remporté les prochaines élections.

— Les travaillistes n'ont aucune chance aux prochaines élections, affirma Sir Charles.

— N'en soyez pas si sûr, riposta Robin Grey. Les Anglais veulent le changement, les travailleurs veulent une juste part des richesses qu'ils créent.

— Les socialistes parlent toujours des « travailleurs » comme si nous ne faisions pas nous aussi notre part du travail. Nous sommes également des travailleurs, nous travaillons aussi dur que quiconque si ce n'est plus, avec une journée de travail plus longue et...

— Ah ! mais vous êtes Taï-pan, vous vivez dans une grande maison que vous avez héritée en même temps que votre pouvoir. Votre capital provient du labeur de pauvres gens — sans parler du trafic d'opium qui est à l'origine de votre fortune. Il serait juste qu'il y ait une redistribution du capital, que chacun ait les mêmes chances au départ. Les riches devraient payer plus d'impôts et il faudrait instituer une taxe sur le capital. Les Anglais vivront mieux quand il n'y aura plus de grosses fortunes, n'est-ce pas, Julian ?

Homme d'âge mûr, grand et distingué, Julian Broadhurst était membre de la Société des Fabians, pépinière d'intellectuels du mouvement socialiste. D'une voix paresseuse, presque hésitante, il répondit :

— Je ne suis certes pas partisan, comme vous, Robin, d'édifier des barricades mais voyez-vous, Mr. Dunross, je crois qu'il pourrait y avoir à Hong-Kong de vrais syndicats, des parlementaires élus, un salaire minimum, une politique sociale et autres avantages dont jouissent les Britanniques.

— Grossière erreur, Mr. Broadhurst. La Chine ne permettrait pas que l'on touche à notre statut colonial, elle ne veut pas d'un État-cité, à ses frontières, sous quelque forme que ce soit. Quant à vos avantages, qui paie la facture ? Notre système, libre de toute entrave, donne des résultats vingt fois supérieurs à ceux de la Grande-Bretagne et...

— Payez donc la facture sur vos profits, Ian, proposa Grey d'un ton sarcastique. Si, au lieu de vos 15 p. 100, vous payiez autant d'impôts qu'en Angleterre...

— A Dieu ne plaise ! s'exclama le Taï-pan. Avec vos impôts, vous vous rendez vous-mêmes non compétitifs.

Le député libéral Hugh Guthrie se mit de la partie :

— Vous parlez de profits, Robin, mais le dernier gouvernement travailliste a empêché les entreprises de faire du bénéfice, il s'est lancé dans des dépenses inconsidérées et inutiles, des nationalisations insensées ; il a laissé l'Empire s'émietter par sa stupide politique d'abandon, il a démantelé le Commonwealth et enfoncé la pauvre vieille Albion dans la boue.

— Le gouvernement travailliste a répondu aux aspirations des masses, rétorqua Grey. Il a suivi la politique voulue par les Anglais.

— Voulue par nos ennemis ! par les communistes. En moins de vingt ans, vous avez perdu le plus vaste empire jamais édifié, vous avez fait de la Grande-Bretagne une nation de second ordre et vous avez laissé ces salopards de Soviétiques dévorer presque toute l'Europe !

— Le communisme est un système terrifiant, je suis entièrement d'accord, dit Broadhurst d'un ton conciliant. Mais quant à l'Empire, les temps avaient changé, le colonialisme devait disparaître. Il faut voir les choses à long terme, Hugh.

— C'est ce que je fais, et je constate que le pays va à vau-l'eau. Churchill avait raison, comme toujours.

— Les Anglais ne furent pas de cet avis puisqu'ils votèrent contre lui, répliqua Grey avec un sourire. Et votre Empire, mon cher Hugh, n'était que le moyen d'exploiter des indigènes qui n'en pouvaient mais.

Le député travailliste observa les visages autour de lui et y lut de la haine. Il en avait l'habitude et la rendait avec intérêts. Après la guerre, il aurait voulu demeurer dans l'armée mais on l'avait rejeté : l'Angleterre regorgeait de capitaines décorés ayant eu une conduite héroïque alors que lui avait passé la guerre au camp de Changi. Aigri, plein de ressentiment, il avait trouvé un emploi de mécanicien aux usines Crawley, important constructeur de voitures, et y était rapidement devenu délégué syndical. Après avoir gravi les échelons du syndicat, il était devenu député travailliste et protégé d'Aneurin Bevan, socialiste de gauche à présent décédé.

— Oui, reprit-il, nous nous sommes débarrassés de Churchill, et l'année prochaine, nous ferons table rase une fois encore de vos méthodes dépassées, nous nationaliserons toute l'industrie et...

— Allons, Robin, l'interrompit Sir Charles, vous êtes à une soirée, pas à Hyde Park sur une caisse à savons. Nous étions convenus d'oublier la politique pendant le voyage.

— Vous avez raison. C'est le Taï-pan de la Noble Maison qui m'a provoqué. A ce propos, comment va la Noble Maison ? demanda Grey en se tournant vers Dunross.

— On ne peut mieux.

— J'ai lu dans un journal du soir qu'elle fait l'objet d'une attaque en règle.

— Un de nos concurrents qui joue l'imbécile, rien de plus.

— Et les ruées sur les banques ? Ce n'est rien non plus ?

— L'affaire est sérieuse, répondit Ian en choisissant ses mots avec soin.

Il existait au Parlement un puissant *lobby* anti-Hong-Kong regroupant de nombreux membres des trois partis, Dunross ne l'ignorait pas. Ces parlementaires étaient opposés au statut colonial, à l'absence d'élections et aux privilèges fiscaux de la Colonie.

— Elle concerne Ho-Pak, l'une de nos banques chinoises, poursuivit-il.

— Que se passera-t-il pour les déposants si elle fait faillite ? voulut savoir Robin Grey.

— Ils perdront malheureusement leur argent.

— Vous auriez grand besoin d'une législation bancaire, comme en Grande-Bretagne.

— Notre système nous donne pleine satisfaction. Comment avez-vous trouvé la Chine ?

La question s'adressait manifestement au chef de la délégation mais, avant que Sir Charles n'ait eu le temps d'ouvrir la bouche, Grey répondit :

— Nous pensons que les Chinois sont dangereux et qu'il faudrait fermer la frontière. Ils s'efforcent ouvertement d'exacerber les tensions dans le monde et leur régime n'est qu'une dictature déguisée permettant l'exploitation des masses.

— Je vous en prie, Robin, intervint Sir Charles d'un ton sec. C'est seulement votre opinion et celle du comm... — de McLean. Je pense au contraire que les Chinois essaient réellement de résoudre les problèmes de leur pays, qui sont monumentaux, et à mon avis insolubles.

— Dieu merci, ils vont effectivement avoir de gros

ennuis, fit Grey d'un ton méprisant. Les Russes le savent, c'est pour cela qu'ils s'en vont. Sinon, pourquoi quitteraient-ils la Chine ?

— Parce que la Chine est leur ennemie, parce qu'ils ont avec elle huit mille kilomètres de frontière, dit Dunross en tâchant de maîtriser sa colère. Les Russes et les Chinois ne se sont jamais fait confiance, parce que les envahisseurs de la Chine sont toujours venus de l'Ouest et ceux de la Russie de l'Est. La Russie a toujours été obsédée par la conquête de la Chine.

— Vous exagérez, Mr. Dunross, protesta Broadhurst.

— La Russie a tout intérêt à voir disparaître Hong-Kong, à affaiblir et à diviser la Chine.

— Les Russes sont civilisés, eux, au moins, marmonna Grey. Les Chinois sont de dangereux fanatiques avec lesquels il faut rompre tout rapport, en particulier ici.

— C'est ridicule ! explosa le Taï-pan. La civilisation chinoise est la plus ancienne du monde et la Chine veut devenir l'amie de l'Occident. La Chine est chinoise avant d'être communiste.

— C'est Hong-Kong et des hommes comme vous qui permettent aux communistes de se maintenir au pouvoir.

— Allons donc ! Mao et Chou En-lai n'ont besoin ni des Soviétiques ni de nous pour demeurer à Pékin !

— Personnellement, je juge la Chine communiste et la Russie soviétique aussi dangereuses l'une que l'autre, opina Guthrie.

— On ne peut pas comparer ! s'insurgea Grey. A Moscou, on mange avec un couteau et une fourchette ! En Chine, la nourriture, les hôtels sont infects, et c'est le royaume de l'hypocrisie !

— Je ne vous comprends pas, mon vieux, dit Sir Charles avec humeur. Vous avez fait des pieds et des mains pour faire partie de la délégation, vous êtes censé vous intéresser à l'Asie et vous n'avez pas cessé de vous plaindre.

— Critiquer n'est pas se plaindre. Pour être tout à fait clair, je suis résolument opposé à toute aide à la Chine communiste, et, dès notre retour, je proposerai un changement radical du statut de Hong-Kong : embargo sur toute marchandise en provenance ou à destination de la Chine, tenue immédiate d'élections, instauration d'un véritable système fiscal, création de vrais syndicats et politique de justice sociale !

— Autrement dit, détruire notre position en Asie ! s'indigna Dunross.

— La position des taï-pans, pas celle du peuple !

— Je parlais du monde libre ! Vous devriez comprendre que la Russie soviétique n'a qu'un but : dominer le monde, et pour cela nous détruire. La Chine ne poursuit pas cet objectif.

— L'arbre vous cache la forêt, Ian, dit Grey.

— Si la Russie...

— La Russie a déjà fort à faire pour résoudre ses propres problèmes, Mr. Dunross, intervint Broadhurst. La politique d'endiguement du communisme poursuivie par les États-Unis en constitue précisément un. Les Russes préféreraient qu'on les laisse tranquilles, ils n'aiment pas se sentir encerclés par des Américains trop nerveux et trop bien nourris, prêts à appuyer sur le bouton de la guerre nucléaire.

— Foutaises ! s'écria Hugh Guthrie d'un ton rageur. Les Yankees sont nos seuls amis ! Ah ! parlons-en des Soviétiques : la guerre froide, Berlin, la Hongrie, Cuba, l'Égypte ! Ils nous grignotent petit à petit.

Sir Charles Pennyworth poussa un soupir.

— La vie est étrange et les hommes ont la mémoire courte. Le 2 mai 1945, dans la soirée, nos troupes faisaient leur jonction avec les Russes à Wismar, dans le Nord de l'Allemagne. Jamais de ma vie je n'avais été aussi heureux et aussi fier. Oui, fier. Nous avons chanté et bu ensemble, en nous souhaitant tous les bonheurs possibles. Puis ma division reçut l'ordre d'arrêter sa progression pour permettre aux Ruskofs de déferler en Allemagne par les Balkans, la Tchécoslovaquie et la Pologne. A l'époque, je ne m'en suis pas beaucoup préoccupé, tant j'étais content de voir enfin approcher la fin de la guerre, tant j'étais fier de nos amis russes. Aujourd'hui, avec le recul, je sais que nous avons été trahis. Trahis par nos propres dirigeants, Julian, par vos foutus socialistes, par Eisenhower, Roosevelt et ses conseillers fourvoyés. Je ne sais pas ce qui s'est passé mais nous avons perdu la guerre.

— Vous vous trompez, Charles, dit Broadhurst. Nous avons gagné, tous les peuples du monde ont gagné quand l'Allemagne nazie a été... — qu'avez-vous, Robin ?

Grey regardait fixement un groupe situé à l'autre bout de la pièce.

— Ian ! Cet homme, le grand en blazer qui cause avec des Chinois, vous le connaissez ?

— Le blond ? C'est Peter Marlowe.

— Cet enfoiré de Marlowe, murmura Grey. Que... que fait-il à Hong-Kong ?

— Il prépare un livre sur la Colonie. Il est écrivain.

— Écrivain ? Curieux. C'est un de vos amis ?

— J'ai fait sa connaissance il y a quelques jours. Pourquoi ?

— La fille à côté de lui, c'est sa femme ?

— Oui, Fleur Marlowe. Pourquoi ?

Grey ignora une fois de plus la question.

— Vous le connaissez, Robin ? demanda Broadhurst, troublé lui aussi.

Grey dut faire un effort pour détacher son regard de Marlowe.

— Nous étions ensemble à Changi, le camp de prisonniers de guerre dont j'ai été prévôt — chargé de la discipline — pendant les deux dernières années, répondit le député en essuyant le filet de salive qui coulait au coin de ses lèvres. Lui, c'était un des rois du marché noir.

— Marlowe ? fit Dunross, éberlué.

— Oui, le lieutenant Marlowe, le gentleman anglais. Avec son ami américain, le caporal King, il trafiquait pendant que nous crevions de faim. Ce sont les types comme Marlowe qui trahissent les pauvres bougres comme nous, nés sans privilèges, dit Grey en fixant Sir Charles. Sans vouloir vous offenser, vous allez tous enfin recevoir ce que vous méritez. Bon dieu, j'ai besoin de boire un coup, excusez-moi.

L'ancien syndicaliste se dirigea à grands pas vers le bar.

— Incroyable, murmura Charles Pennyworth.

Guthrie eut un petit rire nerveux :

— J'ai cru un moment qu'il fonçait sur Marlowe.

— Ne faites pas attention, Mr. Dunross, dit Broadhurst. Grey est... plutôt vulgaire, et pas du tout représentatif du parti travailliste, Dieu merci. Harold Wilson, notre nouveau dirigeant, vous plairait beaucoup, j'en suis certain. Je serais ravi de vous le présenter à votre prochain passage à Londres.

— Merci. En fait, je pensais à Marlowe. On l'imagine mal en traître, non ?

— Sait-on jamais, avec les hommes ?

Robin Grey se fit servir un whisky-soda au bar puis revint sur ses pas.

— Ma parole, mais c'est le lieutenant Marlowe !

L'écrivain se retourna, son sourire s'évanouit. Les deux hommes se dévisagèrent.

— Bonsoir, Grey, dit Marlowe d'une voix blanche. Chérie, je te présente le député Robin Grey.

L'écrivain fit ensuite les présentations pour les Chinois, notamment l'hôte de la soirée.

— Mr. Grey, c'est un honneur de vous avoir parmi

nous, assura Shitee T'Chung avec un accent d'Oxford prononcé.

Grand, plutôt bel homme, il ressemblait davantage à un Européen qu'à un Chinois.

— Nous espérons que votre séjour sera agréable, reprit-il. Si je puis vous êtes utile en quoi que ce soit...

— Merci, répondit Grey machinalement, avec une grossièreté que tous remarquèrent. Ce vieux Marlowe ! Vous n'avez pas beaucoup changé.

— Vous non plus, mais vous avez fait votre chemin...

A l'intention des autres, Marlowe ajouta :

— Nous avons fait la guerre ensemble, nous ne nous étions pas revus depuis 1945.

— Nous avons été prisonniers ensemble, précisa Grey. Marlowe, mon vieux, vous êtes toujours dans le commerce ?

Pour un homme issu comme Marlowe d'une longue lignée d'officiers anglais, le mot « commerce » avait quelque chose d'insultant.

— Je suis écrivain.

— J'aurais pensé que vous feriez carrière dans l'armée, comme vos illustres ancêtres.

— J'ai été réformé après avoir attrapé la malaria. Fort ennuyeux.

Marlowe accentuait sa façon de parler patricienne, sachant que cela rendait Grey furieux.

— Ainsi vous voilà au Parlement. Vous êtes très habile. Vous représentez Streatham East, je présume ? C'est bien le quartier où vous êtes né ?

— Oui, en effet, répondit le député en rougissant.

La tension sous-jacente qu'on devinait entre les deux hommes incita T'Chung à s'éclipser.

— Avec votre permission, je dois m'occuper du dîner...

Il s'éloigna, bientôt imité par les autres Chinois.

— Peter, je crois que nous devrions nous mettre à la recherche de notre table, suggéra Fleur en s'éventant.

— Excellente idée, Mrs. Marlowe, approuva Grey. Et King, comment va-t-il ?

— Je n'en sais rien, je ne l'ai pas revu depuis Changi, répondit Marlowe en toisant le député.

— Mais vous êtes restés en relation ?

— Non, pas du tout.

— Vous ne savez pas ce qu'il est devenu ?

— Absolument pas.

— Curieux, vous étiez si proches.

Grey accorda enfin un peu d'attention à Fleur Marlowe et s'aperçut qu'elle était d'une beauté extraordinaire. Blonde, délicate, délicieusement anglaise, comme Trina, son ex-épouse, qui était partie avec un Américain un mois après qu'il eut été porté disparu au cours d'une mission. Un mois...

— Savez-vous que nous étions ennemis, votre mari et moi, à Changi ? demanda-t-il avec une douceur qui effraya la jeune femme.

— Peter ne parle jamais de Changi, Mr. Grey. Ni à moi ni à personne.

— C'est étonnant. Nous y avons passé des moments terribles, Mrs. Marlowe, et ils sont restés gravés dans ma mémoire. Je...

Il leva les yeux vers Marlowe, parut se raviser et partit en marmonnant de vagues excuses.

— Quel horrible bonhomme ! murmura Fleur après son départ. Il me flanque la chair de poule.

— Tu n'as aucune raison d'être inquiète, ma chérie.

— C'est vrai que vous étiez ennemis ?

— Je t'expliquerai plus tard, pas maintenant, dit Marlowe en souriant à sa femme. Ce type n'est rien pour nous.

36

21 h 45

Linc Bartlett eut le souffle coupé en voyant Orlanda Ramos, qui était toujours à sa recherche. Il ne put s'empêcher de la comparer à Casey, qui bavardait à ses côtés avec Andrew Gavallan. Orlanda portait une robe longue en soie blanche, décolletée dans le dos et maintenue sur le devant par une bretelle passant autour de son cou. Casey avait revêtu une robe verte sur laquelle ses cheveux fauves tombaient en cascade.

— Voudriez-vous venir ce soir à la réception de Shitee ? lui avait proposé la « journaliste » dans la matinée. Cette soirée pourrait vous être utile.

— Pourquoi ?

— Parce que c'est à ce genre de raout que se traitent toutes les affaires importantes de Hong-Kong.

L'interview n'avait été en fait qu'une longue conversation à bâtons rompus pendant laquelle ils avaient pris le petit déjeuner, au Mandarin, un hôtel flambant neuf choisi par Orlanda. Jamais Bartlett ne s'était trouvé en compagnie d'une femme affirmant sa féminité avec une telle assurance et sans la moindre hypocrisie. Casey était forte, efficace, maîtresse d'elle-même, et peu féminine. C'était de sa part un choix délibéré et Linc devait reconnaître qu'il l'avait approuvé. De même, Casey se parfumait rarement pour, disait-elle, ne pas distraire l'attention des hommes d'affaires qu'elle était amenée à rencontrer. Au contraire, le parfum d'Orlanda était affriolant.

— C'est Orlanda ? demanda Casey, qui observait l'Eurasienne en fronçant les sourcils.

— Oui. Que penses-tu d'elle ?

— C'est de la dynamite.

— Dans quel sens ?

Casey s'esclaffa et se tourna vers Gavallan, qui faisait des efforts pour suivre la conversation mais dont les pensées revenaient sans cesse à Kathy.

— Vous la connaissez, Andrew ?

— Qui, pardon ?

— La fille en blanc.

— Où ça ? Ah ! oui. De réputation.

— Bonne ou mauvaise ?

— C'est affaire de point de vue. Elle est Portugaise — Eurasienne, bien sûr. Pendant quelques années, elle a été l'amie de Gornt.

— Vous voulez dire sa maîtresse ?

— C'est le terme exact, je suppose, répondit Gavallan, choqué par la franchise de la jeune femme. Leur liaison fut très discrète.

— Gornt a du goût. Tu étais au courant, Linc ?

— Elle me l'a appris ce matin. J'ai fait sa connaissance chez Gornt il y a deux jours. D'après lui, ils sont restés amis.

— On ne peut avoir confiance en Gornt, déclara Gavallan.

— Il bénéficie de soutiens très importants à Hong-Kong et ailleurs, paraît-il, dit Casey. Autant que je sache, il ne connaît pas actuellement comme vous des problèmes de trésorerie. Vous avez sans doute entendu dire qu'il essaie de vous griller sur le poteau en signant un accord avec nous ?

— Nous n'avons pas de problèmes de trésorerie et nous nous sommes déjà mis d'accord, non ?

— Signature mardi, si vous êtes prêts, dit Bartlett.

— Nous le sommes d'ores et déjà.

— Ian souhaite que nous différions l'annonce de l'accord jusqu'à samedi et nous n'y voyons pas d'objection, n'est-ce pas, Linc ?

— Aucune, affirma Bartlett en reportant son regard sur Orlanda.

L'ancienne amie de Gornt bavardait avec un homme d'une cinquantaine d'années, mince et élégant, au visage attirant.

— A qui parle-t-elle, Andrew ?

— A Lando Mata. Un Portugais lui aussi, de Macao.

Gavallan se demanda si Dunross parviendrait à persuader Mata de leur venir en aide avec ses millions. Quelle décision prendrais-je si j'étais Taï-pan ? Continuer à acheter demain ou passer ce soir un marché avec Mata et l'Avare ? Leur argent mettrait la Noble Maison à l'abri pour des dizaines d'années sans que nous en perdions le contrôle.

Mata sourit à Orlanda puis tous deux regardèrent dans la direction de Bartlett et s'approchèrent. Gavallan avait les yeux braqués sur les seins fermes de la fille, qui dansaient librement sous la soie. Bon dieu, jura-t-il intérieurement, même Venus Poon n'oserait pas faire ça.

Après les présentations, il se recula pour mieux observer les deux couples.

— Bonsoir, dit Orlanda à Casey avec un grand sourire. Linc m'a beaucoup parlé de vous.

— Il m'a parlé de vous aussi, assura Casey sur le même ton cordial.

Mais pas assez, songea-t-elle. Tu es bien plus jolie qu'il ne le laissait entendre. Alors voici Orlanda Ramos, la belle journaliste pleine de féminité, la garce qui veut me souffler Linc ! Mon Dieu, que puis-je faire ? Peut-être vaut-il mieux laisser Linc avoir une aventure ? Il doit en avoir assez d'attendre. Hier soir, ce fut aussi dur pour moi que pour lui... Mais comment l'arracher ensuite à cette charmeuse ? Sera-t-elle simplement un nom de plus dans la série de filles avec qui il a couché quelques jours et qui n'eurent d'importance ni pour moi ni pour lui ?

Elle, c'est différent, estima Casey.

— Orlanda, votre robe est ravissante, assura-t-elle.

— Merci. Puis-je vous appeler Casey ?

Les deux femmes savaient que la guerre avait commencé. Bartlett, lui, était ravi que Casey sympathisât avec Orlanda.

— Comment trouvez-vous Hong-Kong, Miss Casey ? demanda Mata en s'interrogeant sur les compétences érotiques de la jeune Américaine.

— Je n'en ai pas encore vu grand-chose, je le crains. J'ai quand même visité rapidement les Nouveaux Territoires, ce qui m'a permis d'entrevoir un bout de Chine.

— Vous aimeriez voir la Chine pour de bon ? Je pourrais m'arranger pour vous faire inviter à Canton.

— Mais nos passeports ne sont pas valables pour la Chine.

— La Chine populaire ne s'embarrasse pas de passeports. Les visiteurs *quai lohs* sont si peu nombreux qu'il leur suffit d'un visa et d'un cachet.

— Le Département d'État américain n'est sans doute pas de cet avis. Non, je préfère ne pas courir de risques.

— Nous n'avons même pas le droit d'entrer dans le magasin que les communistes ont installé ici, renchérit Bartlett.

— Entrer dans un magasin maoïste, mais c'est de la subversion ! ironisa le Portugais. Vous connaissez l'histoire du Hilton ? La chaîne a acheté une série d'antiquités chinoises pour son nouvel hôtel, toutes à Hong-Kong, naturellement. Eh bien ! il paraît que le gouvernement des États-Unis en a interdit l'usage pour la décoration de l'hôtel et qu'elles sont bloquées dans un entrepôt. C'est du moins ce qu'on raconte.

— Cela ne m'étonnerait pas, marmonna Bartlett.

— Vous devriez visiter ce magasin, Casey, reprit Mata. Il s'appelle Art et Artisanat chinois et se trouve dans Queen's Road. Vous verrez que les prix y sont très intéressants et que les communistes n'ont ni cornes ni queue fourchue.

— C'est très différent de ce à quoi je m'attendais, dit Bartlett. Casey, il y a des bibelots qui t'emballeraient.

— Tu y es allé ?

— Bien sûr.

— J'y ai conduit Mr. Bartlett ce matin, expliqua Orlanda. Nous étions dans le coin. Je serais ravie de vous y emmener.

— Volontiers, merci, répondit aimablement Casey, qui entendait résonner dans sa tête un signal d'alarme. Pourtant on nous a raconté à LA que la CIA surveille les Américains qui s'y rendent : elle est sûre que le magasin sert de lieu de rencontre aux communistes.

— Il m'a fait l'impression d'un magasin tout à fait ordinaire, déclara Bartlett, sans rien de particulier, à part quelques portraits de Mao. Il y a des affaires sensationnelles — dommage qu'on ne puisse rien rapporter.

Les États-Unis avaient décrété l'embargo sur toutes les marchandises d'origine chinoise, y compris les antiquités se trouvant à Hong-Kong depuis une centaine d'années.

— Ce n'est pas un problème, intervint Mata, qui songeait déjà à ce qu'il pourrait gagner en servant d'intermédiaire. Si vous désirez acquérir quelque objet, je serais heureux de l'acheter pour vous.

— Nous ne pourrons pas pour autant le rapporter en Amérique, objecta Casey.

— Rien de plus simple. Je rends fréquemment ce

service à mes amis américains. J'envoie leurs achats à l'une de mes compagnies de Singapour ou Manille qui, pour une somme modique, les expédie aux États-Unis avec un certificat d'origine malais ou philippin.

— Mais c'est de la contrebande ! s'exclama Casey.

Mata, Gavallan et Orlanda éclatèrent de rire.

— C'est le commerce qui fait tourner le monde, dit Gavallan. Des marchandises américaines tombant sous le coup de l'embargo parviennent quand même en Chine populaire, et réciproquement, pourvu qu'il y ait une demande.

— Je le sais, mais je n'approuve pas ces pratiques, répondit Casey.

Gavallan se tourna vers Bartlett :

— Vous commercez avec l'Union soviétique, bien qu'elle cherche à vous détruire.

— Par-Con ne fait pas d'affaires avec les Russes, affirma l'Américaine. Ils nous ont pourtant contactés pour l'achat d'ordinateurs mais pas question, quels que soient les bénéfices potentiels. Notre gouvernement commerce en effet avec la Russie mais uniquement sur des marchandises soigneusement contrôlées, le blé, par exemple.

— Si quelqu'un est décidé à acheter, il se trouvera quelqu'un pour vendre, répliqua Gavallan, agacé par Casey. Prenez le cas du Vietnam, votre « Algérie ».

— Comment ?

— Je veux dire que le Vietnam saignera votre économie à blanc comme l'Algérie l'a fait pour la France.

— Nous ne mettrons jamais les pieds au Vietnam, déclara Bartlett, péremptoire. Nous n'avons rien à y faire.

— C'est exact, mais cela n'empêche pas les États-Unis d'y être de plus en plus engagés, corrigea Mata. Je crois en fait, Mr. Bartlett, qu'un gouffre vous aspire.

— Que voulez-vous dire ? demanda Casey.

— Que les Soviétiques vous ont délibérément attirés

au Vietnam. Vous y enverrez des troupes, eux non. Vous combattrez les Viets, la jungle, mais ce sont les Russes qui gagneront. Votre CIA y joue déjà un rôle actif, notamment par l'intermédiaire de la ligne aérienne qu'elle dirige. Actuellement, on construit au Vietnam des aérodromes avec l'argent des États-Unis et le pays est inondé d'armes américaines. Vos soldats s'y battent déjà.

— Je ne vous crois pas, répliqua Casey.

— Vous avez tort. Ces troupes portent le nom de Special Forces, ou parfois de Delta Force. Désolé mais le Vietnam va devenir un gros problème pour votre gouvernement à moins qu'il ne fasse preuve d'une grande habileté.

— De l'habileté, il en a, dit Bartlett d'un ton confiant. Kennedy a réglé le problème de Cuba, il réglera aussi celui du Vietnam.

Gavallan sourit :

— D'après Ian, ce sont les Américains qui ont perdu à Cuba, et je suis de son avis. Les Russes vous ont tendu un piège, ils ont installé leurs missiles quasi ouvertement, pour que vous n'ayez aucune peine à les détecter. Bien entendu vous les avez repérés, vous vous êtes lancés dans vos rodomontades ; le monde a tremblé et, pour finir, en échange du retrait des missiles soviétiques de Cuba, votre président a abandonné la doctrine Monroe, pierre angulaire de tout votre système de sécurité.

— Quoi ?

— Parfaitement. Kennedy n'a-t-il pas promis à Khrouchtchev, dans un document écrit, de ne pas envahir Cuba, de ne permettre aucune invasion de l'île depuis le territoire américain ou n'importe quel pays occidental ? Par *écrit* ! A présent, une nation européenne hostile, la Russie soviétique, est établie à cent cinquante kilomètres de vos côtes, votre propre président a approuvé sa présence dans un document écrit ratifié par votre Congrès. Monsieur K. a réussi un coup prodigieux, sans précédent dans l'histoire, poursuivit Gavallan en durcissant le ton. Cuba se porte bien, merci, elle engraisse et finira par contaminer toute l'Amérique du Sud... Dieu tout-puissant ! quelle belle victoire pour les États-Unis !

— Linc, ce n'est pas vrai ? demanda Casey, troublée.

— Je... Si l'on y réfléchit bien, cet accord n'a rien coûté aux Russes.

— C'est précisément l'opinion de Ian, reprit Gavallan. Quant au Vietnam, il n'est personne ici pour croire Kennedy capable de résoudre le problème, quelle que soit l'admiration que nous ayons pour lui.

Il y eut un silence, que Bartlett finit par briser :

— Alors vous pensez qu'il y aura la guerre ?

— Il n'y a pas là de quoi vous inquiéter. Par-Con est implanté dans des secteurs auxquels la guerre donnera de l'expansion : industrie lourde, ordinateurs, pétrochimie, aéronautique, etc. En cas de guerre, vos profits grimperont en flèche.

— Je n'aimerais pas gagner de l'argent de cette façon, dit Casey. Ce serait plutôt moche.

Gavallan se tourna vers elle :

— Beaucoup de choses sont moches et injustes sur cette terre...

Irrité de ce qu'elle ne cessât de s'immiscer dans sa conversation avec Bartlett, il fut tenté de l'accabler de sarcasmes mais décida finalement que ce n'était ni le moment ni le lieu.

— Bien sûr, vous avez raison, continua-t-il d'un ton affable. Personne ne voudrait faire de la mort une source de profits. Si vous le permettez, je vais chercher ma place... Vous savez que chacun a une place indiquée par son nom ? fit-il en s'éloignant.

— J'ai l'impression que je ne lui suis pas du tout sympathique, marmonna Casey d'un ton qui fit éclater de rire tous les autres.

— Vous aviez raison, Casey, approuva Orlanda. La guerre est une chose affreuse.

— Vous l'avez connue ? demanda naïvement l'Américaine.

— Oui mais à Macao. Ma mère m'a raconté que les Japonais ne nous ont pas trop embêtés parce que le Portugal était neutre. Naturellement, je ne m'en souviens pas très bien, je n'avais pas encore sept ans à la fin de la guerre. Macao est une jolie ville, Casey, vous devriez y venir avec Linc, je serais ravie de vous servir de guide.

Je n'en doute pas, pensa Casey, qui se sentit soudain vieille, malgré ses vingt-six ans, face à cette femme à la peau de jeune fille.

— Ce serait formidable... Dites-moi, Lando, pourquoi Andrew s'est-il montré si désagréable ? Parce qu'il n'aime pas traiter d'affaires avec une femme ?

— Je crois plutôt qu'il n'aime pas beaucoup les États-Unis et qu'il ne s'habitue pas à la disparition de l'Empire britannique. L'Amérique, dont dépend aujourd'hui le sort du monde, commet à son avis des erreurs patentes. Et la plupart des Britanniques partagent son opinion, j'en ai peur. C'est en partie une réaction de jalousie. Soyez indulgente pour Andrew. Après tout, votre gouvernement avait bel et bien abandonné Hong-Kong à Chiang Kai-shek en 1945, et seule la Navy britannique l'empêcha de s'en emparer. De même, les États-Unis se sont entendus avec la Russie contre la Grande-Bretagne lors de la crise de Suez, et en Palestine, ils ont soutenu les Juifs hostiles aux Anglais. Je pourrais vous citer dix autres exemples. Il est vrai également que, en Asie, nous sommes nombreux à juger malavisée votre hostilité actuelle à l'égard de la Chine.

— Les Chinois sont aussi communistes que les Russes. Ils nous ont fait la guerre alors que nous tentions seulement de protéger la liberté en Corée du Sud. Nous n'avions pas l'intention de les attaquer.

— Les Chinois ont toujours traversé le Yalou quand un quelconque envahisseur étranger approchait de cette frontière. *Toujours*. J'aurais cru que votre général MacArthur connaissait mieux l'histoire. En fait, c'est lui, ou votre président, qui a contraint la Chine à prendre une voie dont elle ne voulait pas.

Un murmure de soulagement parcourut la salle, les invités se dirigèrent vers leurs tables et une troupe de serveurs portant des plats recouverts de dômes d'argent fit son entrée.

— Dieu soit loué, je meurs de faim ! s'exclama Casey.

— Orlanda, vous auriez dû prévenir vos amis qu'il faut toujours manger avant de venir aux dîners de Shitee.

L'Eurasienne se contenta de lui adresser un de ses charmants sourires. Casey examina sa rivale, qui mesurait près d'une tête de moins qu'elle. Pour la première fois de sa vie, elle se sentit trop grande, un peu balourde.

— Nous sommes tous à la même table, poursuivit le Portugais. Je dois avouer que j'y suis pour quelque chose.

Il prit la tête du groupe, tout excité par la perspective de l'offensive qu'il allait mener. Car il voulait mettre Casey dans son lit, il avait pris cette décision en la voyant. En partie parce qu'elle était grande et belle, qu'elle avait une poitrine admirable et qu'elle devait offrir un changement agréable après toutes ces Asiatiques menues et si peu différentes les unes des autres ; en partie à cause des incitations discrètes d'Orlanda, mais surtout parce qu'il avait soudain pensé que le meilleur moyen de faire échouer l'incursion de Par-Con en Asie, c'était de faire éclater le couple Bartlett-Casey. Il vaut mieux tenir le plus longtemps à l'écart de notre territoire ces Américains à la morale hypocrite et gênante, s'était-il dit. Et si Dunross ne passe pas de marché avec Par-Con, il sera contraint de me vendre le contrôle de sa compagnie. Je deviendrai enfin le Taï-pan de la Noble Maison, malgré les Dunross et les Struan.

Curieux que cette femme puisse être la clef du plus beau coffre d'Asie. Elle est à vendre, c'est évident, pensa-t-il avec satisfaction. Il suffit d'y mettre le prix.

37

23 h 01

Mata et Orlanda servaient aux Américains les mets du repas de douze plats commandés par Shitee T'Chung. Hormis Fleur et Peter Marlowe, tous les autres invités assis à leur table étaient Chinois. Après l'échange rituel des cartes de visite, ils s'étonnèrent en anglais de voir des Blancs manger avec des baguettes puis prirent leurs aises et revinrent au cantonais. Les femmes, couvertes de bijoux, échangèrent sur les étrangers des commentaires à peine édulcorés du fait de la présence de Mata et Orlanda.

— Que disent-ils, Orlanda ? demanda Bartlett dans le brouhaha.

— Ils se posent des questions sur vous et Miss Casey, répondit l'Eurasienne.

Elle omit de traduire les remarques égrillardes sur le volume des seins de Casey, sur ses vêtements, leur provenance et leur prix probables, et l'impression bizarre qu'on doit avoir à être aussi grande. De Bartlett elles parlaient peu, si ce n'est pour s'interroger à voix haute sur son éventuelle appartenance à la Mafia, insinuation lancée par un journal chinois.

En bas, aux cuisines, l'énorme fourneau à gaz

dégageait une chaleur d'enfer que venait encore alimenter un barbecue de charbon de bois. Une armée de marmitons aidait les vingt-huit cuisiniers à préparer viandes et légumes, plumer les poulets, tuer et nettoyer les poissons frais, accomplir les mille et une tâches que requiert la cuisine chinoise où rien ne se cuit à l'avance.

Le restaurant ouvrait à dix heures, le travail cessait aux cuisines à vingt-deux heures quarante-cinq, parfois plus tard lorsqu'il y avait une réception. Le personnel savait que ce soir, le pourboire serait bon car Shitee T'Chung ne regardait pas à la dépense. La plupart des serveurs supposaient que l'argent collecté pour les bonnes œuvres était en fait utilisé pour remplir son estomac et ceux de ses invités ou payer les bijoux de ses petites amies. T'Chung avait en outre la réputation d'être rancunier avec ses détracteurs, pingre avec sa famille, impitoyable avec ses ennemis.

— Pressons ! beugla le chef de cuisine. Je vais attendre toute la nuit ? Apportez-moi les crevettes, fornication !

Un marmiton en sueur, vêtu d'un pantalon en lambeaux et d'un vieux maillot se précipita avec un plateau en bambou couvert de crevettes fraîchement pêchées et décortiquées. Le chef les jeta dans une marmite fumante, ajouta une poignée de glutamate de sodium, remua puis les sortit et les égoutta, disposa sur deux plateaux des cosses de pois étuvées et répartit également les succulentes crevettes roses et luisantes.

— Tous les dieux pissent sur toutes les crevettes ! grommela-t-il, l'estomac tenaillé par son ulcère, les pieds douloureux après dix heures passées devant son fourneau. Allez, monte-les avant qu'elles ne pourrissent ! Dépêche-toi, *diou ne lo mo* ! C'est ma dernière commande, je vais enfin pouvoir rentrer chez moi.

Un jeune aide de cuisine portant un pot de graisse fondue trébucha et le renversa sur l'un des brûleurs du fourneau. Le liquide prit feu avec une déflagration, la panique s'empara aussitôt du personnel. Un cuisinier cerné par les flammes se mit à hurler, le visage brûlé, les cheveux roussis. Un autre jeta sur le feu un seau d'eau qui contribua à propager l'incendie. Dans un tourbillon de fumée, les flammes s'élevèrent jusqu'aux planches du premier pont. Des marmitons criaient et se bousculaient au pied de l'escalier, provoquant un embouteillage. Une fumée noire et âcre commençait à envahir les soutes.

Le Chinois le plus proche de l'escalier décrocha l'un des deux extincteurs, enfonça la manette et visa le brasier. Rien ne se produisit. Il s'apprêtait à faire un nouvel essai quand son voisin lui arracha l'appareil en jurant, essaya à son tour, sans succès, et le jeta sur le plancher. L'autre extincteur se révéla également hors d'usage : personne n'avait jamais pris la peine de les vérifier.

— Tous les dieux défèquent sur ces inventions de *quai lohs* sans mère ! gémit un cuisinier en reculant devant le brasier.

A l'autre bout des cuisines, un coolie effrayé et suffocant fit un bond de côté et renversa des jarres contenant des œufs pourris et de l'huile de sésame. L'huile se répandit sur les planches et prit feu, enveloppant le coolie dans les flammes.

En haut, la plupart des clients étaient partis mais les invités de T'Chung se trouvaient encore sur le pont supérieur du *Dragon flottant*. Les Chinois, dont Wu-quatre-doigts et Venus Poon, sortaient ou s'apprêtaient à le faire car on avait servi depuis longtemps le dernier plat et l'étiquette chinoise voulait qu'on prît congé dès la fin du repas, table après table. Seuls les étrangers s'attardaient devant un verre de porto ou de cognac, en fumant un cigare.

Les serveurs installaient à présent les tables de mah-jong en faisant cliqueter les plaquettes d'ivoire.

— Vous jouez au mah-jong. Mr. Bartlett ? demanda Mata.

— Non. Appelez-moi donc Linc.

— Vous devriez, c'est encore plus passionnant que le bridge. Aimez-vous le bridge, Casey.

— Elle est de première force, ne jouez jamais avec elle pour de l'argent, avertit l'Américain en souriant.

— Nous pourrions faire une partie un de ces soirs, reprit le Portugais. Bonsoir, Taï-pan.

Dunross salua tout le monde d'un sourire.

— Comment avez-vous trouvé le repas ?

— Succulent ! s'exclama Casey. Voulez-vous vous joindre à nous ?

— Merci mais...

— Bonsoir, Taï-pan, dit Dianne Chen en s'approchant.

Elle traînait derrière elle son fils Kevin, un jeune homme courtaud et trapu, avec des cheveux noirs et bouclés, une lippe boudeuse.

Après les présentations, Dunross s'enquit de son compradore.

— Il n'a malheureusement pas pu venir, répondit Dianne. Eh bien ! bonne nuit...

Elle sourit, son fils l'imita et tous deux se dirigèrent vers la porte.

— Moi aussi je vais partir, annonça Ian.

— Comment était votre table ?

— Éprouvante.

Il avait mangé à la table d'honneur, avec les députés, Gornt, Shitee et son épouse.

— Robin Grey a son franc-parler mais il est souvent mal informé, continua le Taï-pan. Certains d'entre nous ont rompu des lances avec lui et, pour une fois, je me suis trouvé dans le même camp que Gornt. Notre table a été servie en premier pour que le pauvre Shitee puisse filer avec sa femme. Il a décampé sans se faire prier il y a un quart d'heure.

Dunross dirigea son regard vers Marlowe et se demanda si l'écrivain savait que Robin était le frère de Penelope.

— Grey vous connaît bien, semble-t-il, Mr. Marlowe.

— Il a une excellente mémoire et des manières déplorables.

— Je ne me prononcerai pas sur ses manières mais s'il obtient jamais ce qu'il veut au Parlement, que Dieu protège Hong-Kong ! Nous dînons ensemble, demain ? proposa-t-il à Bartlett et Casey.

— Volontiers, acquiesça la jeune femme. Au V & A, par exemple ? Juste avant le dîner, Andrew me dis...

Elle s'interrompit en entendant des cris étouffés. Chacun se tut et tendit l'oreille.

— *Au feu !*

— Bon dieu ! regardez, s'écria Ian en montrant l'ouverture du monte-plats par laquelle s'échappaient de la fumée et des flammes.

Les invités mirent une seconde pour réagir puis se ruèrent vers l'escalier principal devant lequel ils formèrent bientôt un bouchon. Bartlett se leva d'un bond et entraîna Casey avec lui, Mata courut vers la sortie.

— *Du calme !* rugit Dunross par-dessus le tumulte. Pas de panique, nous avons tout le temps, inutile de courir !

Son intervention rassura les plus effrayés, qui ralentirent et commencèrent à dégager lentement la porte embouteillée. Mais plus bas, dans l'escalier, les cris et la bousculade redoublèrent.

Gornt, qui n'avait pas bougé, tirait sur son cigare. Havergill et sa femme s'étaient approchés des fenêtres d'où l'on découvrait la foule qui s'agglutinait en bas devant la sortie principale.

— Ne craignez rien, chère, dit-il à son épouse. Quand le plus gros sera passé, nous sortirons tranquillement.

Lady Joanna, qui se trouvait à côté d'eux, lui demanda :

— Vous avez vu Biltzmann détaler ? Quel rustre !

Tournant la tête, elle remarqua Bartlett et Casey,

qui s'étaient arrêtés près de Dunross, et s'étonna de leur attitude :

— Voyons, Joanna, lui répondit Havergill, tous les Yankees ne sont pas des pleutres.

Une longue langue de feu jaillit soudain du monte-plats et les cris de panique reprirent.

— Il y a une autre sortie ? demanda Bartlett au Taï-pan.

— Je ne sais pas. Allez voir, je reste ici pour les calmer, murmura Ian en réponse.

Il fit rapidement le tour des visages se trouvant près de lui. Fleur Marlowe, bien que livide, avait gardé son sang-froid ; Casey, l'air égaré, regardait les invités obstruant la sortie ; Orlanda, pétrifiée, paraissait sur le point de s'effondrer.

— Tout va bien, Orlanda, lui dit-il. Il n'y a pas de danger...

A l'autre bout de la salle, Gornt se leva et se rapprocha de la porte. A voir la foule qui s'y pressait, l'escalier devait être complètement bloqué. Les cris contribuaient à accroître la panique et Sir Charles Pennyworth, qui se trouvait sur le seuil, s'efforçait vainement d'organiser l'évacuation.

En dessous, sur le palier bondé du deuxième pont, Lando Mata trébucha et entraîna dans sa chute tout un groupe comprenant Dianne et Kevin. La seule issue se trouva momentanément barrée, des hommes et des femmes s'écroulèrent en hurlant, poussés par d'autres qui ne songeaient qu'à fuir et se mettre à l'abri. Dans l'escalier, Pugmire, accroché à la rampe, parvint à rester debout et, résistant de toutes ses forces à la pression exercée dans son dos, empêcha d'autres invités de tomber. A ses côtés Julian Broadhurst, effrayé mais maître de lui, conjugua ses efforts à ceux de son voisin. Ensemble, ils parvinrent à endiguer provisoirement le flot mais peu à peu ils furent submergés et Pugmire sentit ses mains lâcher prise. Dix marches plus bas, Mata parvint péniblement à se relever, écrasa quelques personnes dans sa hâte et dévala l'escalier, la veste à moitié arrachée. Dianne Chen se dégagea à coups de griffes, se remit debout et aida Kevin à la suivre. Dans la bousculade, elle ne sentit pas la main qui se posa sur son pendentif en diamant et le subtilisa. Décramponné, Pugmire fut entraîné par le flot humain, Broadhurst perdit l'équilibre. Une seconde vague de corps s'engouffra dans l'escalier et s'y figea, comme coagulée.

Quatre-doigts, qui se trouvait sur le premier palier avec Venus Poon quand l'alerte avait été donnée, s'était aussitôt précipité vers la passerelle et le quai. Une fois en sécurité, il se retourna, le cœur battant, le souffle court. Des hommes et des femmes sortaient en titubant de l'énorme entrée tarabiscotée, des flammes s'échappaient des hublots proches de la ligne de flottaison. Un policier faisant sa ronde dans le secteur accourut, regarda un instant la scène en écarquillant les yeux puis se rua vers le téléphone. Wu reprenait encore sa respiration quand il vit Richard Kwang et sa femme émerger de la mêlée. Il se mit à rire et se sentit beaucoup mieux. Des badauds commençaient à se rassembler ; sans chercher à venir en aide à quiconque, ils se contentaient de contempler le spectacle, bouche bée. Ils ont raison, pensa Wu, il ne faut jamais contrarier la volonté des dieux. Les dieux ont leurs propres lois, ils décident du sort des humains. Mon *joss* était d'en réchapper et de jouir cette nuit de cette putain. Que tous les dieux m'aident à maintenir dressé mon Fer-impérial jusqu'à ce qu'elle demande grâce.

— Viens, petite bouche onctueuse, caqueta le vieillard. Laissons-les à leur *joss*, le temps est précieux.

— Non, Père, répondit Venus Poon, les journalistes et les photographes ne vont pas tarder à arriver. Je dois penser à ma publicité, *heya* ?

— Ta publicité ? C'est le plumard et ta Fente-dor...

— Plus tard ! ordonna-t-elle, impérieuse. Tu ne veux pas qu'on te traite en héros ?

Rapidement, elle frotta ses mains par terre, les passa

sur son visage, arracha une des bretelles de sa robe et s'approcha de la passerelle, là où on pouvait la voir. Le vieux pirate la suivit des yeux. Un héros ? se dit-il Pourquoi pas ? Et il prit son sillage en veillant toutefois à ne pas pénétrer dans la zone dangereuse.

Des rescapés continuaient à sortir du bateau, toussant à cause de la fumée qui enveloppait désormais une partie du restaurant. Un homme s'effondra dans un cri, ceux qui suivaient le piétinèrent en beuglant à ceux qui les précédaient de se presser. Quatre-doigts et d'autres curieux se mirent à rire.

Sur le pont supérieur, Bartlett se pencha par-dessus le bastingage pour regarder la coque du bateau et la jetée. Il vit la foule rassemblée sur le quai, les groupes hystériques jaillissant sur la passerelle. Il n'y avait aucune autre sortie. Son cœur lui martelait la poitrine mais il n'avait pas peur. Il n'y a pas encore vraiment de danger, pensait-il. Nous pourrons toujours nous jeter à l'eau. Il doit y avoir une dizaine de mètres — facile, si l'on évite de tomber sur le ventre. Il parcourut de nouveau en courant toute la longueur du pont, ouvrit la porte de la salle, y pénétra et la referma aussitôt pour ne pas provoquer un appel d'air. La fumée s'était épaissie, elle sentait la chair brûlée. Presque tous les invités assiégeaient la sortie, à l'exception de Gornt qui sirotait un verre, accoudé au bar.

Bartlett fit un écart pour éviter les flammes vomies par le monte-plats et faillit heurter Christian Toxe, à moitié caché par la fumée.

— Je m'en fous ! s'époumonait le rédacteur en chef dans le téléphone. Envoyez-moi d'abord un photographe et *ensuite* appelez les pompiers !

Il raccrocha d'un geste rageur en marmonnant « Les cons ! » et retourna auprès de sa femme, une matrone chinoise qui posa sur lui un regard sans expression. Bartlett rejoignit le Taï-pan, qui se tenait toujours à la même place, près des Marlowe, de Casey et d'Orlanda.

— Rien, dit l'Américain. Pas d'escalier, pas d'échelle. Mais on peut sauter si cela devient nécessaire.

— Ceux d'en dessous n'auront peut-être pas cette possibilité, dit Dunross. Il va falloir prendre une décision rapidement, continua-t-il en fixant le monte-plats situé près de la porte. Le feu pourrait bientôt nous couper de la sortie. Si nous quittons la salle, il nous sera impossible d'y revenir et nous devrons sauter ; si nous restons, l'escalier constituera notre seule chance.

— Mon Dieu, murmura Casey.

Elle s'efforçait de dominer la sensation de claustrophobie qui montait en elle. Son cœur battait la chamade, sa peau lui semblait gluante de sueur.

— Rien à craindre, assura Bartlett en la prenant par les épaules. Il sera toujours possible de sauter.

— Oui, Linc, chuchota-t-elle en s'agrippant à lui.

— Vous savez nager, Casey ? demanda Ian.

— Oui. Je... j'ai déjà été prise dans un incendie. Depuis, le feu me terrorise... Mais ça ira, bredouilla-t-elle. Je préfère sortir, un petit plongeon me fera du bien.

— Je ne sais pas nager ! dit Orlanda d'une voix tremblante.

Perdant soudain son sang-froid, elle se leva pour aller vers l'escalier mais Bartlett la retint.

— Vous n'y arriverez jamais par là. Écoutez-les crier, ceux qui sont pris au piège. Les pauvres, ils sont mal partis. Non, l'escalier, non. Restez calme.

L'Eurasienne s'accrochait à lui, terrifiée.

— Tout ira bien, dit Casey pour la rassurer.

— Nous... nous ne courons pas un grand danger, n'est-ce pas, Taï-pan ? dit Peter Marlowe. Le feu vient sans doute des cuisines, on finira bien par le maîtriser. Fleur, ma chérie, il ne sera pas nécessaire de sauter.

— Mais nous ne risquons rien, intervint Bartlett. Il

y a des quantités de sampans qui viendront nous repêcher !

— Fleur ne sait pas nager non plus.

— Tu m'as pourtant souvent répété que je devrais apprendre, balbutia Fleur Marlowe en saisissant le bras de son mari.

Dunross n'écoutait pas. Malade de peur, il repensait à un épisode de la guerre au cours duquel il avait failli mourir et que l'odeur de chair calcinée avait fait émerger de sa mémoire.

— Qu'en pensez-vous, Taï-pan ?

— Quoi ?

— Nous restons ici ou non ? répéta Marlowe.

— Nous restons pour le moment, répondit Dunross, apparemment imperturbable. Nous sortirons par l'escalier quand il sera dégagé — ce serait idiot de se mouiller pour rien.

Casey lui adressa un sourire hésitant :

— Ces incendies sont fréquents ?

— Pas ici mais à Hong-Kong, ils le sont. Nos amis chinois ne se soucient pas beaucoup des règlements de sécurité.

Quelques minutes seulement s'étaient écoulées depuis que l'incendie avait éclaté aux cuisines mais le feu avait déjà gagné toute l'étendue des soutes et, par le monte-plats, une bonne partie des trois ponts. Vingt employés des cuisines étaient bloqués au fond, coupés de l'escalier par les flammes ; les autres avaient rejoint la foule qui se bousculait sur le premier pont. Saisi de panique, un cuisinier fonça dans la barrière de flammes, hurla quand elles l'enveloppèrent, réussit presque à passer mais glissa et continua à crier de longues secondes dans le brasier. Un murmure terrifié s'éleva du groupe de ses compagnons.

— Des sacs de farine de riz ! ordonna le chef de cuisine... du riz... Vite !

Comme les autres le regardaient sans bouger, paralysés par la peur, il secoua le plus proche, l'entraîna dans la réserve et lui mit sur les bras un sac de vingt-cinq kilos dont il déchira le dessus.

— Faites la même chose ! cria-t-il. Et attendez mon ordre.

La vitre d'un des hublots éclata, le courant d'air ainsi créé fouetta les flammes. Terrorisés, suffoquant, les hommes s'exécutèrent.

— *Maintenant !* rugit le chef de cuisine en jetant le sac dans le couloir de feu courant le long du fourneau.

Un tourbillon blanc tomba sur le brasier, qui perdit un peu de sa violence. D'autres sacs suivirent, des flammes moururent, étouffées par la farine. Une seconde bordée dégagea un passage dans lequel le chef de cuisine se précipita. Tous l'imitèrent pêle-mêle, fonçant à travers les dernières flammes, enjambant deux cadavres carbonisés. Ils parvinrent au pied de l'escalier avant que le feu ne reprît de plus belle, gravirent les marches en toute hâte et rejoignirent les clients qui se poussaient, criaient et toussaient sur le pont.

Des larmes coulaient sur la plupart des visages, la fumée rendait l'air presque irrespirable. La cloison protégeant le conduit du monte-plats commença à noircir et à se gondoler puis se fendit soudain. Des flammes envahirent le premier palier ; ceux qui se trouvaient plus bas, dans l'escalier, essayèrent désespérément de descendre plus vite ; ceux qui étaient sur le palier même reculèrent. Puis, voyant qu'il ne leur restait que quelques mètres à franchir pour échapper au brasier, ils foncèrent de nouveau en avant, contournèrent les flammes et dévalèrent les marches. Hugh Guthrie, le député, voulut s'arrêter pour aider une femme qui venait de tomber mais la poussée des autres le fit s'effondrer à son tour. Il se releva en jurant, eut le temps d'agripper la femme par le bras avant que le flot humain ne le submerge de nouveau, et descendit avec elle les dernières marches.

La moitié du palier situé entre le premier et le deuxième pont était à présent la proie des flammes mais ceux qui se trouvaient au-dessus ne pouvaient se rendre compte de la situation à cause de la fumée.

— Pourquoi on ne descend plus ?

— La voie est encore libre ?

— Allez-y, bon dieu !

Perdu parmi les invités bloqués dans l'escalier du deuxième pont, Grey avait conscience que la cloison céderait bientôt aussi à leur niveau. Il ne parvenait pas à décider s'il fallait battre en retraite ou aller de l'avant. Apercevant un enfant blotti contre la rampe, il le prit dans ses bras et, soudain résolu, poussa ceux qui étaient devant lui pour descendre quelques marches.

Sur le pont supérieur, où il ne restait plus qu'une cinquantaine de personnes, Gornt finit son verre, le reposa et se dirigea vers le groupe entourant Dunross.

— Ian, il semble que le feu ait gagné le premier palier, dit-il d'un ton détaché. Je propose une petite trempette.

Le Taï-pan jeta un coup d'œil aux flammes jaillissant de l'ouverture du monte-plats, près de la porte de sortie.

— Deux des femmes ne savent pas nager, répondit-il. Attendons encore quelques minutes.

— Bien. Je pense que ceux qui n'ont pas peur de sauter devraient se rendre sur le pont.

Une explosion secoua légèrement le bateau, la déflagration fut suivie d'un silence inquiétant.

Aux cuisines, le feu avait gagné la réserve et fait éclater un tonneau de quatre cents litres d'huile. L'explosion avait ouvert dans la coque une brèche par laquelle des hordes de rats cherchaient à s'échapper.

Un second tonneau métallique vola en éclats, fracassant la coque en dessous de la ligne de flottaison. Sur le quai, les badauds reculèrent bien qu'il n'y eût aucun danger ; d'autres rirent nerveusement. Un troisième tonneau explosa, crachant des gerbes de flammes dans toutes les directions. Les planches du plafond, aspergées d'huile, commencèrent à brûler.

Bloqué un peu au-dessous du premier palier, Grey serrait l'enfant contre lui d'un bras et s'agrippait à la rampe de l'autre. Quand il put enfin avancer, il protégea l'enfant de son mieux, traversa le palier en évitant les flammes et descendit le dernier escalier, où la voie était presque libre. Le tapis recouvrant les planches commençait à fumer. Au moment où le député atteignait la passerelle, les deux derniers tonneaux explosèrent, le plancher se volatilisa derrière lui et il fut propulsé en avant avec l'enfant par la déflagration.

Hugh Guthrie jaillit de la foule attroupée sur le quai pour lui venir en aide.

— Ça va, mon vieux ?

Étourdi, haletant, les vêtements fumants, Grey murmura à demi consciemment :

— Oui... oui, je crois.

Guthrie lui prit des bras l'enfant, qui avait perdu conscience.

— Le pauvre !

— Il est mort ? demanda Grey.

— Je ne pense pas.

Guthrie tendit le petit Chinois à un spectateur et les deux Britanniques retournèrent aider ceux qui avaient réussi à gagner le quai mais restaient groggys après l'explosion.

— Dieu du ciel ! murmura Guthrie en constatant qu'on ne pouvait plus sortir par la passerelle.

Par-dessus le rugissement des flammes, il entendit des sirènes qui se rapprochaient.

L'incendie, qui s'était propagé à l'ensemble du premier pont, contraignait les gens à remonter l'escalier. Effrayés, suffoquant, ils refluaient dans la salle du troisième niveau.

— Ian, nous ferions mieux de partir, dit Bartlett.

— Oui, vous avez raison. Quillan, voulez-vous leur montrer le chemin et prendre la direction des opérations sur le pont ?

— *Tout le monde par ici !* cria Gornt. Dehors, vous serez en sécurité... Un par un...

Il ouvrit la porte, se planta à proximité et tâcha d'assurer une évacuation en bon ordre des derniers invités, britanniques pour la plupart. Bartlett, qui attendait dans la salle, était tendu mais pas effrayé car il savait qu'il suffirait de briser les vitres d'une des fenêtres et de sauter à l'eau avec Casey pour échapper au brasier.

— Ça va, Casey ?

— Oui.

— A ton tour de sortir.

— Je sortirai en même temps que toi.

Le patron de Par-Con aida Lady Joanna à franchir la porte puis Havergill, qui boitait, et son épouse. Apercevant Orlanda figée sur sa chaise, Casey se sentit prise de pitié pour elle. Elle s'approcha, lui posa doucement la main sur l'épaule et la fit se lever. L'Eurasienne avait les jambes tremblantes, l'Américaine passa un bras sous le sien.

— J'ai... perdu... mon sac, marmonna Orlanda.

— Non, il est sur la chaise, dit Casey en se baissant pour le prendre.

Bien qu'elle ne fût elle-même guère vaillante, elle soutint Orlanda jusqu'à la porte. Une fois dehors, sur le pont où s'entassaient les rescapés, elle se sentit beaucoup mieux et conduisit la Portugaise jusqu'au bastingage. Elle se retourna, chercha Linc des yeux et le vit qui la regardait de l'intérieur. Il lui adressa un petit signe de la main auquel elle répondit.

Marlowe et sa femme rejoignirent Casey.

— Ça va ? demanda Peter.

— Oui. Et vous, Fleur ?

— Très bien. Il... fait meilleur ici, non ? plaisanta la femme de l'écrivain bien qu'elle fût terrorisée par la perspective de sauter à l'eau d'une hauteur de dix mètres. Vous croyez qu'il va pleuvoir ?

— Espérons-le.

Casey se pencha et vit que des sampans commençaient à se rassembler sur les eaux boueuses autour du bateau en flammes. Soudain un homme jeta une chaise dans l'une des fenêtres de la salle du deuxième pont, passa par l'ouverture et se lança dans le vide. Une embarcation se dirigea aussitôt vers l'endroit où il était tombé, un matelot lui jeta un cordage. D'autres hommes pris au piège sautèrent à leur tour, une femme les imita, disparut dans l'eau et ne refit pas surface.

Les flammes de l'incendie trouaient la nuit noire et projetaient sur le quai des ombres menaçantes. La foule recula quand les voitures des pompiers arrivèrent dans un hurlement de freins. Aussitôt les pompiers chinois et les officiers britanniques déroulèrent les tuyaux, qui furent branchés sur les bouches d'incendie. Quand la première lance cracha son jet d'eau, la foule poussa une exclamation. Deux pompiers protégés par un masque et une combinaison d'amiante, une bouteille sur le dos, se précipitèrent vers la passerelle pour mettre à l'abri ceux qui gisaient, inconscients, sur les planches. Une explosion les cribla de cendres brûlantes que l'un de leurs collègues éteignit en dirigeant sa lance de manière que l'eau retombât sur eux.

Dans la salle du troisième pont, il ne restait plus à présent que Bartlett, Dunross et Gornt. Ils sentirent les planches basculer sous eux et faillirent perdre l'équilibre.

— Nom de Dieu, nous allons couler ? demanda l'Américain.

— Ces explosions ont dû crever la coque, répondit Gornt. Pressons-nous !

Il sortit, suivi de Bartlett. Resté seul, le Taï-pan parvint à dominer sa peur et parcourut rapidement la salle pour voir s'il n'y restait personne. À travers la fumée, il distingua une forme inerte allongée sur les premières marches de l'escalier. Malgré les flammes qui le cernaient de toutes parts, Ian se précipita, prit l'homme par les bras et le traîna vers la porte. L'odeur de chair brûlée faisait renaître en Dunross de vieilles terreurs mais il continua à tirer son fardeau, homme évanoui ou cadavre, il ne savait. Bartlett vint à son aide et ensemble ils portèrent le Chinois au-dehors.

— Merci, fit Ian, pantelant.

Quillan Gornt les rejoignit, se pencha et retourna l'homme, dont le visage était partiellement brûlé.

— Vous avez joué au héros pour rien, dit-il. Il est mort.

— Qui est-ce ? demanda Linc.

— Je n'en sais rien, répondit Gornt avec un haussement d'épaules. Vous le connaissez, Ian ?

— C'est Tung-le-Zeppelin, murmura Dunross, les yeux baissés vers le corps.

— Le fils de l'Avare ? reprit Gornt d'un ton surpris. Comme il a grossi, je ne l'aurais jamais reconnu. Bon, il vaut mieux préparer tout le monde à sauter, ajouta-t-il en se relevant. Ce bateau est un cimetière.

Comme il s'éloignait, une nouvelle explosion secoua le *Dragon flottant*, qui s'inclina fortement. Plusieurs personnes passèrent par-dessus le bastingage et sautèrent, des sampans filèrent à la rescousse. Le bras autour des épaules de son épouse chinoise, Christian Toxe regardait l'eau d'un air sombre.

— Il va falloir sauter, Christian, lui dit Dunross.

— Dans le port d'Aberdeen ? Vous plaisantez, mon vieux ! Si cette puanteur ne nous étouffe pas, nous attraperons la peste !

— C'est ça ou frire comme un poulet, lança quelqu'un en riant.

A l'autre extrémité du pont, Sir Charles Pennyworth tentait de rassurer tout le monde.

— Allons, mademoiselle, ce n'est qu'un petit saut, vous verrez, dit-il à Orlanda.

Elle secoua la tête, les yeux agrandis par la peur.

— Je... je ne sais pas nager.

— Moi non plus, dit Fleur Marlowe en lui passant

le bras autour des épaules. Ne vous en faites pas, je reste aussi.

— Peter, vous lui tiendrez la main, elle ne risquera rien, intervint Bartlett. Fleur, tout ce que vous aurez à faire, c'est retenir votre respiration.

— Elle ne sautera pas, répondit Marlowe d'une voix calme. Du moins, pas avant la dernière seconde.

— Il n'y a pas de danger !

— Elle est enceinte de trois mois.

Des flammes s'élevèrent en rugissant dans un des conduits d'aération. A l'intérieur de la salle, les tables brûlaient. L'escalier central s'effrondra dans un tourbillon d'étincelles.

— Mon Dieu ! gémit Casey. Et ceux qui se trouvaient en dessous de nous ?

— Ils sont sortis depuis longtemps, assura Dunross sans y croire lui-même.

A présent qu'il était sorti de la salle, il était redevenu parfaitement maître de ses émotions et le fait d'avoir réussi à dominer sa peur augmentait encore son sang-froid.

— La vue est splendide, vous ne trouvez pas ? ajouta-t-il d'un ton désinvolte.

— Nous avons de la chance ! lui cria Pennyworth. Le bateau s'incline dans le bon sens, ce ne sera pas trop dangereux quand il coulera. A moins qu'il ne se retourne. Ah ! on se croirait revenu au bon vieux temps ! J'ai été coulé trois fois en Méditerranée.

— Quelle est la profondeur de l'eau ? demanda Bartlett.

— Six mètres ou plus, dit Dunross.

— Cela suff...

Une vedette de la police s'approcha en faisant mugir sa sirène, se faufila entre les îles de bateaux qu'elle prenait dans son projecteur. Lorsqu'elle fut à proximité du *Dragon flottant*, une voix ordonna en cantonais à l'aide d'un mégaphone :

— A tous les sampans, dégagez la voie, dégagez la voie.

Puis elle poursuivit en anglais :

— Les personnes qui se trouvent sur le pont supérieur doivent se préparer à abandonner le navire ! La coque est trouée !

— J't'en fous que je vais bousiller ma seule tenue de soirée ! grommela Christian Toxe à personne en particulier.

— Elle ne t'a jamais plu, de toute façon, dit son épouse en s'agrippant à son bras.

— Ce soir, elle me plaît, bougonna-t-il. Toi non plus tu ne sais pas nager...

Elle haussa les épaules :

— Je te parie cinquante dollars que nous allons barboter comme des canetons, toi et moi.

— Pari tenu, Mrs. Toxe. Nous sauterons les derniers, comme ça il y aura foule pour nous regarder.

Le pont s'inclinait de plus en plus à mesure que l'eau s'engouffrait par les brèches de la coque. Les pompiers continuaient à braquer leurs lances sur le brasier sans grand résultat. Un murmure parcourut la foule quand le *Dragon flottant* trembla de toute sa coque et brisa deux de ses amarres.

Appuyé contre le bastingage, Pennyworth encourageait les indécis à sauter. Paul Havergill aida sa femme à passer de l'autre côté de la rambarde, la vit s'élancer et attendit qu'elle eût refait surface pour sauter à son tour. A bord de la vedette, des matelots jetaient aux rescapés des bouées de sauvetage, d'autres mettaient un canot à l'eau. Sous la conduite d'un officier, une dizaine de marins plongèrent pour aider les femmes et les enfants en difficulté. Un sampan repêcha Lady Joanna et les Havergill, qui montèrent avec reconnaissance à bord de l'embarcation délabrée.

Sur le pont supérieur, un homme glissa et heurta Pennyworth, qui perdit l'équilibre. Il tomba à la renverse, rebondit sur la poupe d'un sampan et coula à pic. Personne ne s'en aperçut.

Casey se tenait au bastingage avec Bartlett, Dunross, Gornt, Orlanda et les Marlowe. Non loin d'eux, Toxe tirait sur sa cigarette en tâchant de rassembler son courage. Le feu grondait dans les bouches d'aération. Soudain le bateau racla le fond et fit trembler toute sa carcasse. Gornt lâcha prise et fut projeté contre la rambarde, la tête la première ; Toxe et sa femme basculèrent par-dessus bord ; Peter Marlowe retint sa femme tandis que Bartlett et Casey s'écroulaient ensemble sur le pont.

En bas, les matelots aidaient les « naufragés » à se hisser à bord du canot de sauvetage. Toxe et sa femme firent surface à quelques mètres de l'embarcation, en crachant et suffoquant, puis disparurent à nouveau. Un marin plongea à l'endroit où l'eau les avait recouverts et, après quelques longues secondes, parvint à agripper la femme du journaliste par sa robe et à la faire remonter. Le jeune lieutenant commandant les sauveteurs plongea à son tour à la recherche de Toxe mais ne réussit pas à le trouver dans les eaux sombres. Il refit surface pour respirer et plongea de nouveau, les bras tâtonnant dans le noir. Il avait l'impression que ses poumons allaient exploser quand ses doigts frôlèrent ce qui ressemblait à de l'étoffe. Il empoigna le vêtement et donna un coup de pied pour remonter. Dans son affolement, Toxe s'accrochait à l'officier qui dut le frapper pour lui faire lâcher prise, le tourna sur le dos et le tira jusqu'au canot.

Sur le bateau, Dunross fut le premier à se relever. Il découvrit Gornt, inerte, étendu sur le pont, s'approcha de lui en titubant, essaya vainement de le relever.

— Ça... ça va, grogna Gornt en reprenant conscience. Merci...

Il secoua la tête, leva les yeux et constata que c'était Dunross qui était venu à son secours.

— Merci, répéta-t-il en se mettant sur pied. Mais

cela ne m'empêchera pas de continuer à vendre demain. Dans une semaine, vous serez liquidé.

Dunross s'esclaffa :

— Je préfère ça ! L'idée de brûler avec vous ou de me noyer en votre compagnie ne me séduit aucunement.

Quelques mètres plus loin, Bartlett aidait Casey à se relever.

— Ce foutu rafiot peut basculer d'un moment à l'autre, grommela-t-il.

— Et elles ? murmura Casey en désignant Orlanda et Fleur.

Il réfléchit, puis dit d'un ton décidé :

— Tu sautes d'abord, tu attends en bas.

— Compris.

Elle lui tendit son petit sac, qu'il fourra dans l'une de ses poches, ôta ses chaussures et sa robe, qu'elle noua autour de sa taille. Après avoir enjambé le bastingage, elle se tint un moment en équilibre, visa avec soin son point d'impact et se lança dans un plongeon parfait.

Dès qu'il vit Casey refaire surface, Bartlett souleva Orlanda, la fit passer de l'autre côté de la rambarde et lui dit :

— Retenez votre respiration, mon chou.

Il la lâcha. Orlanda tomba les pieds en avant et pénétra dans l'eau à quelques mètres de Casey, qui avait anticipé sur le point de chute et nageait déjà sous la surface. Elle agrippa facilement l'Eurasienne et donna un vigoureux coup de pied pour remonter. Orlanda sortit la tête de l'eau et aspira une goulée d'air sans avoir clairement conscience de ce qui s'était passé. Casey lui passa un bras autour de la poitrine et la remorqua vers le canot.

Le *Dragon flottant* s'inclina un peu plus encore et Bartlett faillit perdre l'équilibre en s'approchant des Marlowe.

— Vous êtes bon nageur, Peter ?

— Plutôt moyen.

— Alors vous me la confiez ? J'ai été maître nageur sur une plage pendant des années.

Avant que Marlowe ait pu refuser, Bartlett souleva Fleur, la prit dans ses bras, enjamba la rambarde et dit :

— Bloquez simplement votre respiration.

Elle lui passa un bras autour du cou, se pinça le nez quand il sauta. Ils ne restèrent sous l'eau que quelques secondes et Fleur ne suffoquait même pas lorsqu'ils refirent surface.

Du pont supérieur, Peter Marlowe vit sa femme prendre place dans le canot de sauvetage.

— Bien joué, murmura-t-il.

— Vous avez vu Casey ? demanda Dunross. Sensationnelle, non ?

— Quoi ? Oh ! non, Taï-pan.

— Juste un soutien-gorge et une drôle de culotte-jarretelles ! Quelle ligne, et quel plongeon !

— Ça s'appelle un panty, c'est la dernière mode en Amérique, expliqua Marlowe distraitement, les yeux fixés sur l'eau, rassemblant son courage.

— Ah ! oui, quelle ligne ! approuva Gornt. Et quel cran !

La carcasse du bateau gémit quand la dernière de ses amarres se rompit. Le pont bascula lentement. Les trois hommes s'élancèrent ensemble, Marlowe en sautant, Dunross et Gornt en plongeant. Les deux hommes plongeaient bien mais ni l'un ni l'autre n'arrivaient à la cheville de Casey.

Œuvres de James Clavell

Shōgun, *t. 1 et 2* — nos 5789 et 5790

Dans les années 1600, John Blackthorne, un navigateur anglais, aborde aux côtes du Japon.

Dans ce pays inconnu, mystérieux, en proie à de sauvages divisions féodales et où s'accomplit l'irrésistible ascension de Toranaga, qui deviendra « Shōgun », le maître du Japon, John Blackthorne va vivre une extraordinaire aventure. D'une foule de personnages vivants et divers, pères jésuites, guerriers, prostituées, se détache la figure de la très belle Mariko, épouse d'un samourai, qui s'éprend de Blackthorne. Leur amour sera semé de guets-apens, d'intrigues cruelles et d'assassinats...

Dans cette vaste saga, deux civilisations s'affrontent. Le Japon révèle aux yeux d'un Occidental tous ses contrastes : sa férocité et les rites de sa politesse, les raffinements de son érotisme et sa fascination de la mort.

Caïd — no 5916

Des milliers de prisonniers pourrissent au milieu de la jungle, livrés dans le camp de Changi aux brutalités des Japonais, à la faim, au désespoir, à la dégradation, à la mort lente... Mais, Changi, c'est aussi une impitoyable école de survie.

Et qui sera le plus capable de survivre, sinon le plus rusé, le plus fort, le plus dénué de préjugés ? Autrement dit celui que l'on appelle le Roi, le « Caïd » du camp, malin comme un singe, cruel comme un rat, et pourtant honnête à sa manière, loyal à sa façon.

Caïd est un roman tantôt hallucinant d'horreur, tantôt débordant d'humour. C'est aussi un témoignage lucide sur la condition de l'homme, de l'homme dépouillé, réduit à sa plus simple expression, et qui, plongé dans l'abjection d'un univers terrifiant d'absurdité, retrouve au fond de l'avilissement le signe même de sa grandeur — l'amitié, la camaraderie, la virilité, l'espérance.

Taï-pan n° 6339

26 janvier 1841. — Le cœur de Dirk Struan bat d'exaltation. La guerre contre la Chine s'est déroulée comme il l'a voulu. La victoire est telle qu'il l'a prévue : Hong Kong, l'île chinoise, est enfin cédée à la Grande-Bretagne.

Hong Kong n'est que quelque quatre-vingts kilomètres carrés de montagnes rocheuses, mais il y a la plus majestueuse rade du monde. Et c'est pour Struan le marchepied de la Chine. Dirk Struan est le « Taï-pan », le chef suprême de la plus puissante et la plus redoutable des compagnies commerciales d'Extrême-Orient. Pour concrétiser tous les espoirs qu'il a mis dans Hong Kong, pour conserver la prééminence de sa compagnie, Dirk Struan va se déchaîner...

Ouragan

1. *Azadeh* n° 6494
2. *Sharazad* n° 6535

L'Iran, février 1979. — Tout fermente et bouillonne. Il s'abat sur le pays la vague d'un fanatisme qui n'épargne personne. C'est dans ces affrontements que se trouve pris le personnel de S-G Helicopters, une société d'hélicoptères de service qui assure la liaison entre différentes installations pétrolières. Devant la menace d'une nationalisation de sa compagnie, Gavallan décide de sauver tout à la fois ses collaborateurs et ses hélicoptères : c'est le plan Ouragan qui prévoit une évacuation éclair des pilotes, des techniciens et des appareils. Il y a là toute une foule de personnages pris par la magie de ce pays des Mille et Une Nuits, mais emportés aussi par cet ouragan qui les entraînera vers la mort ou le salut.

Composition réalisée par C.M.L., Montrouge.

IMPRIMÉ EN FRANCE PAR BRODARD ET TAUPIN
Usine de La Flèche (Sarthe).
LIBRAIRIE GÉNÉRALE FRANÇAISE - 6, rue Pierre-Sarrazin - 75006 Paris.

ISBN : 2 - 253 - 04824 - 0 30/6562/0